中国现代文学原典导读

ZHONGGUO XIANDAI WENXUE

YUANDIAN DAODU

袁向东　陈翠平　刘茉琳　编著

暨南大學出版社
JINAN UNIVERSITY PRESS

中国·广州

图书在版编目（CIP）数据

中国现代文学原典导读/袁向东，陈翠平，刘荣琳编著.—广州：暨南大学出版社，2012.8（2024.1 重印）
ISBN 978-7-5668-0316-0

Ⅰ.①中… Ⅱ.①袁…②陈…③刘… Ⅲ.①中国文学—现代文学—文学欣赏—高等学校—教材 Ⅳ.①I206.6

中国版本图书馆 CIP 数据核字（2012）第 197538 号

中国现代文学原典导读
ZHONGGUO XIANDAI WENXUE YUANDIAN DAODU
主　编：袁向东　陈翠平　刘荣琳

出 版 人：阳　翼
责任编辑：潘雅琴　吴筱颖
责任校对：周玉宏　郝　文
责任印制：周一丹　郑玉婷

出版发行：暨南大学出版社（511443）
电　　话：总编室（8620）37332601
营销部（8620）37332680　37332681　37332682　37332683
传　　真：（8620）37332660（办公室）　37332684（营销部）
网　　址：http://www.jnupress.com
排　　版：广州市新晨文化发展有限公司
印　　刷：佛山市浩文彩色印刷有限公司
开　　本：787mm×1092mm　1/16
印　　张：22.5
字　　数：450 千
版　　次：2012 年 8 月第 1 版
印　　次：2024 年 1 月第 5 次
印　　数：4901—5700 册
定　　价：45.00 元

前　言

中国现当代文学史的教学和研究，从1980年代末起，经历了两次大的事件，一次是1980年代末“重写文学史”的讨论；① 另一次是新世纪初关于文学教学改革的讨论和实践。② 前者是对国内的思想解放和海外现当代文学研究的响应；后者则是中国现当代文学在经过对传统等资源进一步吸收与整合之后，对1949年以来建构的文学教育体制的反思与批判。具体到对中国现当代文学教学的影响，前者是对课堂讲述什么的启蒙，后者是对讲授的自觉。这两大事件所产生的一个具体结果，就是原典阅读逐渐成为文学教学和研究中的一个关键过程。人们期望通过原典阅读，实现对文学教育与研究中存在着的弊制恶端来一个彻底改变。

就教学来说，新中国成立后发展起来的现当代文学史的教学体制，有两方面的特点：一是受苏联等的影响，将中国现当代文学史以知识点的形式系统化；二是在特定时期的文学理论和文学批评作用下所形成的教师知识体系化心理预期（如把鲁迅的《阿Q正传》看作是毛泽东对辛亥革命论述的形象说明），不论是系统化的体制还是体系化心理预期，都是以知识的告知为教育教学的关键环节，在今天看来这种教学理念有其明显的弱点：一是在易于课堂讲授的同时隐藏着僵化的危险，把鲜活的文学史用知识概念条分成所谓的体系，这本身必然会遗漏许多文学的本真，其结果是学生远离文学，教师也会因此而丢失自己的风格。二是这种僵化的后果，不仅使文学史成为概念的演绎，还容易导致学生丧失学习的主动性，专注于“耳学”，忽略“眼学”，学生为了考试而听讲而不是为了文学本身，不是为了丰富自身的能力和修养而去读书。这就形成了章太炎1924年所批评的“恶制”：“大学教育所以不及格者重众，乃恶制陋习使然。……专重耳学，遗弃眼学，卒令学者所知，不能出于讲义。”③

对作品原典的体验性阅读，对文学史料原典的细读，在文学教学研究中的地位如鸟之双翼。前者强调阅读中的自我，后者关注阅读中的历史还原。二者是文学专业阅读的基本内涵，也是建构中国现当代文学情感和知识框架

---

① 1988年《上海文学》开辟“重写文学史”专栏是其标志。

② 陈平原：《文学如何教育》，《文汇报》2002年1月6日。

③ 《章太炎全集》（第5卷），上海人民出版社1985年版，第98页。

的主要手段。最基本的学习与研究方式，是将二者历时性地结构起来——先阅读、体验作品，再阅读相关资料并建立、完善“文学史”的网络。但这只能是存在于理论中的教学、研究状态，在我们的文学生活中已经积累了太多的文学意见，我们就是在各种文学意见中进行作品原典阅读的。实际上我们现有的文学教学、研究体制，很难有“素本文学史”的存在空间。我们在阅读中总是不自觉地根据别人的意见去寻找甚至规定作品的意义（极端的如立意新颖、语言生动一类），并通过考试、论文等手段使这些意见流传。既然我们不能摆脱别人的意见，那么如何带领初学者在众多的文学意见中建立自己的文学立场，就是一个很有意义的事情。我们编写这本教材的目的，就是希望能够带领初学者掌握阅读文学原典的基本能力，发挥阅读者已有的生活经验、文学意见和审美积淀，在阅读中逐步建立自己的“文学史”，最终形成能清楚地表达自己的能力。

原典者何？这也是个值得追问的问题。作为术语的原典，其词源很可能是从日文的汉字词汇中转借过来的。因为在汉语词典中，多不收“原典”一词，而不同时代的日语词典却大都收录了这个词，如三省堂的《新明解国语辞典》、《旺文社国语辞典》等。众多日语词典对“原典”一词都有大致相同的解释：引用や翻訳、改作などの元になった本（《新明国》）、翻訳・引用などで、よりどころとなる元の書物、文献（《旺文社》）。中国出版的《日汉词典》也有收这个词条的，如辽宁人民出版社 1979 年出版的《新日汉词典》、商务印书馆和日本小学馆 1987 年出版的《现代日汉大词典》等。说原典从日文汉字转借而来，还有个证据，就是日本汉学重视原典的运用，如岩波书店就出版过《原典中国现代史》丛书。

原典强调的是在教学与研究过程中对原著的尊重以及由此体现出的一种尊重历史的学术态度和思想原则。在日文里，原典也是指被引用、翻译的原著。这层意思比起仅仅单纯地把原典理解为原著，更强调了引用，强调了阅读、使用原著时应保持一种尊重原著的态度。这样理解，更能突出原典在文学教学研究中的作用。

目　录

contents

第二章 诗歌

第三章 散文

第四章 戏剧

第一章 小说

沉沦（节选）

郁达夫

一

他近来觉得孤冷得可怜。

他的早熟的性情，竟把他挤到与世人绝不相容的境地去，世人与他的中间介在的那一道屏障，愈筑愈高了。

天气一天一天的清凉起来，他的学校开学之后，已经快半个月了。那一天正是九月的二十二日。

晴天一碧，万里无云，终古常新的皎日，依旧在她的轨道上，一程一程的在那里行走。从南方吹来的微风，同醒酒的琼浆一般，带着一种香气，一阵阵的拂上面来。在黄苍未熟的稻田中间，在弯曲同白线似的乡间的官道上面，他一个人手里捧了本六寸长的Wordsworth的诗集，尽在那里缓缓的独步。在这大平原内，四面并无人影；不知从何处飞来的一声两声的远吠声，悠悠扬扬的传到他的耳膜上来。他眼睛离开了书，同做梦似的向有犬吠声的地方看去，但看见了一丛杂树，几处人家，同鱼鳞似的屋瓦上，有一层薄薄的蜃气楼，同轻纱似的在那里飘荡。

“Oh，you serene gossamer！you beautiful gossamer！”

这样的叫了一声，他的眼睛里就涌出了两行清泪来，他自己也不知道是什么缘故。

呆呆的看了好久，他忽然觉得背上有一阵紫色的气息吹来，窸窣的一响，道旁的一枝小草竟把他的梦境打破了。他回转头来一看，那枝小草还是颠摇不已，一阵带着紫罗兰气息的和风，温微微的喷到他那苍白的脸上来。在这清和的早秋的世界里，在这澄清透明的以太（ether）中，他的身体觉得同陶醉似的酥软起来。他好象是睡在慈母怀里的样子。他好象是梦到了桃花源里的样子。他好象是在南欧的海岸，躺在情人膝上，在那里贪午睡的样子。

他看看四边，觉得周围的草木，都在那里对他微笑。看看苍空，觉得悠久无穷的大自然，微微的在那里点头。一动也不动的向天看了一会，他觉得天空中有一群小天神，背上插着了翅膀，肩上挂着了弓箭，在那里跳舞。他觉得乐极了。便不知不觉开了口，自言自语的说：

"这里就是你的避难所。世间的一般庸人都在那里妒忌你，轻笑你，愚弄你；只有这大自然，这终古常新的苍空皎日，这晚夏的微风，这初秋的清气，还是你的朋友，还是你的慈母，还是你的情人；你也不必再到世上去与那些轻薄的男女共处去，你就在这大自然的怀里，这纯朴的乡间终老了罢。"

这样的说了一遍，他觉得自家可怜起来，好象有万千哀怨，横亘在胸中，一口说不出来的样子。含了一双清泪，他的眼睛又看到他手里的书上去。

Behold her, single in the field,
You solitary Highland lass!
Reaping and singing by herself;
Stop here, or gently pass!
Alone she cuts, and binds the grain,
And sings a melancholy strain;
Oh, listen! for the vale profound
Is overflowing with the sound.

看了这一节之后，他又忽然翻过一张来，脱头脱脑的看到那第三节去。

Will no one tell me what she sings?
Perhaps the plaintive numbers flow
For old, unhappy, far-off things,
And battle long ago:
Or is it some more humble lay,
Familiar matter of today?
Some natural sorrow, loss, or pain,
That has been, and may be again!

这也是他近来的一种习惯，看书的时候，并没有次序的。几百页的大书，更可不必说了，就是几十页的小册子，如爱美生的《自然论》(Emerson's *On Nature*)，沙罗的《逍遥游》(Thoreau's *Excursion*)之类，也没有完完全全从头至尾的读完一篇过。当他起初翻开一册书来看的时候，读了四行五行或一页二页，他每被那一本书感动，恨不得要一口气把那一本书吞下肚子里去的样子，到读了三页四页之后，他又生起一种怜惜的心来，他心里似乎说：

"象这样的奇书，不应该一口气就把它念完，要留着细细儿的咀嚼才好。一下子就念完了之后，我的热望也就不得不消灭，那时候我就没有好望，没有梦想了，怎么使得呢?”

他的脑里虽然有这样的想头，其实他的心里早有一些儿厌倦起来，到了这时候，他总把那本书收过一边，不再看下去。过几天或者过几个钟头之后，他又用了满腔的热忱，同初读那一本书的时候一样的，去读另外的书去；几日前或者几点钟前那样的感动他的那一本书，就不得不被他遗忘了。

放大了声音把渭迟渥斯的那两节诗读了一遍之后，他忽然想把这一首诗用中国文翻译出来。

《孤寂的高原刈稻者》

他想想看，《*The solitary highland reaper*》诗题只有如此的译法。

你看那个女孩儿，她只一个人在田里，
你看那边的那个高原的女孩儿，她只一个人，冷清清地！
她一边刈稻，一边在那儿唱着不已：
她忽而停了，忽而又过去了，轻盈体态，风光细腻！
她一个人，刈了，又重把稻儿捆起，
她唱的山歌，颇有些儿悲凉的情味：
听呀听呀！这幽谷深深，
全充满了她的歌唱的清音。

有人能说否，她唱的究是什么？
或者她那万千的痴话
是唱的前代的哀歌，
或者是前朝的战事，千兵万马；
或者是些坊间的俗曲，
便是目前的家常闲说？
或者是些天然的哀怨，必然的丧苦，自然的悲楚，
这些事虽是过去的回思，将来想亦必有人指折。

他一口气译了出来之后，忽又觉得无聊起来，便自嘲自骂的说道：

“这算是什么东西呀，岂不同教会里的赞美歌一样的乏味么？英国诗是英国诗，中国诗是中国诗，又何必译来对去呢！”

这样的说了一句，他不知不觉便微微儿的笑起来。向四边一看，太阳已经打斜了；大平原的彼岸，西边的地平线上，有一座高山浮在那里，饱受了一天残照，山的周围酝酿成一层朦朦胧胧的岚气，反射出一种紫不紫红不红的颜色来。

他正在那里出神呆看的时候，喀的咳嗽了一声，他的背后忽然来了一个农夫。回头一看，他就把他脸上的笑容改装成一副忧郁的面色，好象他的笑容是怕被人看见的样子。

二

他的忧郁症愈闹愈甚了。

他觉得学校里的教科书，真同嚼蜡一般，毫无半点生趣。天气清朗的时候，他每捧了一本爱读的文学书，跑到人迹罕至的山腰水畔，去贪那孤寂的深味去。在万籁俱寂的瞬间，在天水相映的地方，他看看草木虫鱼，看看白云碧落，便觉得自家是一个孤高傲世的贤人，一个超然独立的隐者。有时在山中遇着一个农夫，他便把自己当作了 Zarathustra，把 Zarathustra 所说的话，也在心里对那农夫讲了。他的 Megalomania 也同他的 Hypochondria 成了正比例，一天一天的增加起来。在这样的时候，也难怪他不愿意上学校去，去作那同机械一样的工夫去。他竟有接连四五天不上学校去听讲的时候。

有时候他到学校里去，他每觉得众人都在那里凝视他的样子。他避来避去想避他的同学，然而无论到了什么地方，他的同学的眼光，总好象怀了恶意，射在他背脊上的样子。

上课的时候，他虽然坐在全班学生的中间，然而总觉得孤独得很：在稠人广众之中感得的这种孤独，倒比一个人在冷清的地方感得的那种孤独还更难受。看看他的同学们，一个个都是兴高采烈的在那里听先生的讲义，只有他一个人身体虽然坐在讲堂里头，心思却同飞云逝电一般，在那里作无边无际的空想。

好容易下课的钟声响了！先生退去之后，他的同学说笑的说笑，谈天的谈天，个个都同春来的燕雀似的，在那里作乐；只有他一个人锁了愁眉，舌根好象被千钧的巨石锤住的样子，兀的不作一声。他也很希望他的同学来对他讲些闲话，然而他的同学却都自家管自家的去寻欢作乐去，一见了他那一副愁容，没有一个不抱头奔散的，因此他愈加怨他的同学了。

“他们都是日本人，他们都是我的仇敌，我总有一天来复仇，我总要复他们的仇。”

一到了悲愤的时候，他总这样的想的，然而到了安静之后，他又不得不嘲骂自家说：

“他们都是日本人，他们对你当然是没有同情的，因为你想得他们的同情，所以你怨他们，这岂不是你自家的错误么?”

他的同学中的好事者，有时候也有人来向他说笑的，他心里虽然非常感激，想同那一个人谈几句知心的话，然而口中总说不出什么话来；所以有几个解他的意的人，也不得不同他疏远了。

他的同学日本人在那里欢笑的时候，他总疑他们是在那里笑他，他就一霎时的红起脸来。他们在那里谈天的时候，若有偶然看他一眼的人，他又忽然红起脸来，以为他们是在那里讲他。他同他同学中间的距离，一天一天的远背起来。他的同学都以为他是爱孤独的人，所以谁也不敢来近他的身。

有一天放课之后，他挟了书包回到他的旅馆里来，有三个日本学生同他同路的。将要到他寄寓的旅馆的时候，前面忽然来了两个穿红裙的女学生。在这一区市外的地方，从没有女学生看见的，所以他一见了这两个女子，呼吸就紧缩起来。他们四个人同那两个女子擦过的时候，他的三个日本人的同学都问她们说：

"你们上哪儿去？"

那两个女学生就作起娇声来回答说：

"不知道！"

"不知道！"

那三个日本学生都高声笑起来，好象是很得意的样子；只有他一个人似乎是他自家同她们讲了话似的，匆匆跑回旅馆里来。进了他自家的房，把书包用力的向席上一丢，他就在席上躺下了——日本室内都铺的席子，坐也席地而坐，睡也睡在席上的——他的胸前还在那里乱跳；用了一只手枕着头，一只手按着胸口，他便自嘲自骂的说：

"You coward fellow，you are too coward！"

"你既然怕羞，何以又要后悔？

"既要后悔，何以当时你又没有那样的胆量，不同她们去讲一句话？

"Oh，coward，coward！"

说到这里，他忽然想起刚才那两个女学生的眼波来了。

那两双活泼泼的眼睛！

那两双眼睛里，确有惊喜的意思含在里头。然而再仔细想了一想，他又忽然叫起来说：

"呆人呆人！她们虽有意思，与你有什么相干？她们所送的秋波，不是单送给那三个日本人的么？唉！唉！她们已经知道了，已经知道我是支那人了，否则她们何以不来看我一眼呢！复仇复仇，我总要复她们的仇。"

说到这里，他那火热的颊上忽然滚了几颗冰冷的眼泪下来。他是伤心到极点了。这一天晚上，他记的日记说：

我何苦要到日本来，我何苦要求学问。既然到了日本，那自然不得不被他们日本人轻侮的。中国呀中国！你怎么不富强起来。我不能再隐忍过去了。

故乡岂不有明媚的山河，故乡岂不有如花的美女？我何苦要到这东海的岛国里来！

到日本来倒也罢了，我何苦又要进这该死的高等学校。他们留了五个月学回去的人，岂不在那里享荣华安乐么？这五六年的岁月，教我怎么能捱得过去。受尽了千辛万苦，积了十数年的学识，我回国去，难道定能比他们来胡闹的留学生更强么？

人生百岁，年少的时候，只有七八年的光景，这最纯最美的七八年，我就不得不在这无情的岛国里虚度过去，可怜我今年已经是二十一了。

槁木的二十一岁！

死灰的二十一岁！

我真还不如变了矿物质的好，我大约没有开花的日子了。

知识我也不要，名誉我也不要，我只要一个能安慰我体谅我的“心”。一副白热的心肠！从这一副心肠里生出来的同情！

从同情而来的爱情！

我所要求的就是爱情！

若有一个美人，能理解我的苦楚，她要我死，我也肯的。

若有一个妇人，无论她是美是丑，能真心真意的爱我，我也愿意为她死的。

我所要求的就是异性的爱情！

苍天呀苍天，我并不要知识，我并不要名誉，我也不要那些无用的金钱，你若能赐我一个伊甸园内的“伊扶”，使她的肉体与心灵全归我有，我就心满意足了。

……

八

一醉醒来，他看看自家睡在一条红绸的被里，被上有一种奇怪的香气。这一间房间也不很大，但已不是白天的那一间房间了。房中挂着一盏十烛光的电灯，枕头边上摆着了一壶茶，两只杯子。他倒了二三杯茶，喝了之后，就踉踉跄跄的走到房外去。他开了门，却好白天的那侍女也跑过来了。她问他说：

“你！你醒了么？”

他点了一点头，笑微微的回答说：

“醒了。厕所是在什么地方的？”

“我领你去罢。”

他就跟了她去。他走过日间的那道夹道的时候，电灯点得明亮得很。远近有许多歌唱的声音，三弦的声音，大笑的声音，传到他的耳朵里来。白天的情节，他都想了出来。一想到酒醉之后，他对那侍女说的那些话的时候，他觉得面上又发起烧来。

从厕所回到房里之后，他问那侍女说：

“这被是你的么？”

侍女笑着说：

“是的。”

“现在是什么时候了？”

“大约是八点四五十分的样子。”

“你去开了帐来罢！”

“是。”

他付清了帐，又拿了一张纸币给那侍女，他的手不觉微颤起来。那侍女说：

“我是不要的。”

他知道她是嫌少了。他的面色又涨红了，袋里摸来摸去，只有一张纸币了，他就拿了出来给她说：

“你别嫌少了，请你收了罢。”

他的手震动得更加利害，他的话声也颤动起来了。那侍女对他看了一眼，就低声的说：

“谢谢！”

他一直的跑下了楼，套上了皮鞋，就走到外面来。

外面冷得非常，这一天，大约是旧历的初八九的样子。半轮寒月，高挂在天空的左半边。淡青的圆形天盖里，也有几点疏星，散在那里。

他在海边上走了一会，看看远岸的渔灯，同鬼火似的在那里招引他。细浪中间，映着了银色的月光，好象是山鬼的眼波，在那里开闭的样子。不知是什么道理，他忽想跳入海里去死了。

他摸摸身边看，乘电车的钱也没有了。想想白天的事情看，他又不得不痛骂自己。

“我怎么会走上那样的地方去的，我已经变了一个最下等的人了。悔也无及，悔也无及。我就在这里死了罢。我所求的爱情，大约是求不到了。没有爱情的生涯，岂不同死灰一样么？唉，这干燥的生涯，这干燥的生涯。世上的人又都在那里仇视我，欺侮我，连我自家的亲弟兄，自家的手足，都在那里挤我出去到这世界外去。我将何以为生，我又何必生存在这多苦的世界里呢！”

想到这里，他的眼泪就连连续续的滴下来。他那灰白的面色，竟同死人没有分别了。他也不举起手来揩揩眼泪，月光射到他的面上，两条泪线倒变了叶上的朝露一样放起光来。他回转头来，看看他自家的那又瘦又长的影子，不觉心痛起来。

“可怜你这清影，跟了我二十一年，如今这大海就是你的葬身地了。我的身子，虽然被人家欺辱，我可不该累你也瘦弱到这地步的。影子呀影子，你饶了我罢！”

他向西面一看，那灯台的光，一霎变了红一霎变了绿的，在那里尽它的本职。那绿的光射到海面上的时候，海面就现出一条淡青的路来。再向西天一看，他只见西方青苍苍的天底下，有一颗明星，在那里摇动。

“那一颗摇摇不定的明星的底下，就是我的故国，也就是我的生地。我在那一颗星的底下，也曾送过十八个秋冬。我的乡土吓，我如今再不能见你的面了。”

他一边走着，一边尽在那里自伤自悼的想这些伤心的哀话。走了一会，再向那西方的明星看了一眼，他的眼泪便同骤雨似的落下来。他觉得四边的景物，都模糊起来。把眼泪揩了一下，立住了脚，长叹了一声，他便断断续续的说：

“祖国呀祖国！我的死是你害我的！

"你快富起来，强起来罢！

"你还有许多儿女在那里受苦呢！"

★导读

郁达夫（1896—1945），原名郁文，浙江富阳人。1913年随兄赴日留学，1921年与郭沫若、成仿吾等人组织成立"创造社"。1922年，郁达夫于东京帝国大学毕业后回国，1938年底到新加坡主编《星洲日报》，1945年于印尼苏门答腊失踪。1921年，郁达夫出版了包括《银灰色的死》、《沉沦》和《南迁》三篇小说在内的小说集《沉沦》，这是中国新文学史上的第一部白话短篇小说集。主要代表作品有小说《沉沦》、《春风沉醉的晚上》、《她是一个弱女子》、《迟桂花》及散文《故都的秋》等。

《沉沦》写于1921年5月，收入同年10月由上海泰东图书局出版的同名小说集《沉沦》。《沉沦》讲述了一个留学日本的中国青年饱受各种心理疾病和情绪压力的折磨，日益沉沦，终至投海的悲剧故事。郁达夫在他的《忏余独白》中说："我的这抒情时代，是在那荒淫残酷军阀专权的岛国里过的。眼看到的故国的陆沉，身受到的异乡的屈辱，与夫所感所思，所经所历的一切，剔括起来没有一点不是失望，没有一处不是忧伤，同初丧了夫主的少妇一般，毫无气力，毫无勇毅，哀哀切切，悲鸣出来的，就是那一卷当时很惹起了许多非难的《沉沦》"。小说带有一定的自叙传色彩，其大胆的自我暴露和坦率的自我解剖，挑动了时代的神经，激起了强烈的反响。

《沉沦》涉及性与国族等敏感话题。贫穷留学生的身份使主人公饱受性压抑、性苦闷的折磨，一方面沉溺于自慰，另一方面又坠入罪恶感和道德焦虑的深渊。"支那人"的身份令主人公深深体会到弱国子民的屈辱，在投海之时，他断断续续地说着："祖国呀祖国！我的死是你害我的！""你快富起来！强起来罢！""你还有许多儿女在那里受苦呢！"就这样，主人公颇为牵强地在祖国的贫弱和个人的苦闷之间建立起某种因果关系，并发出了国家富强的时代诉求，偶然而又必然地契合了五四文学滥情感伤的基调。

和强烈但稍显简单的民族主题相比，小说更为细致地呈现了一个忧郁而孤独的年轻人的身心困境。这个性情早熟的年轻人，在家乡已经孕育了忧郁病的根苗，来到日本后，病情愈演愈烈，身体也一天天衰弱。临死之前，看着月光下又瘦又长的影子，主人公心痛地慨叹："可怜你这清影，跟了我二十一年，如今这大海就是你的葬身地了。我的身子，虽然被人家欺辱，我可不该累你也瘦弱到这地步的。影子呀影子，你饶了我罢！"小说以"他近来觉得孤冷得可怜"开篇，详细地描述了主人公的疾病史。细读文本，主人公的忧郁症有多种表现。

一是人际交往障碍。他无法与人相处，不只是轻辱“支那人”的日本人，就连自己的同胞也形同仇敌，他只能孤独地在大自然中寻找慰藉。他把自己想象为孤高傲视的贤人、超然独立的隐者。他抱怨所有人，包括自己的兄弟，以为他们都在仇视、欺侮、排挤自己。与此同时，他一而再地赞美大自然，视之为桃花源、避难所，乃至慈母、情人和朋友。

二是妄想狂。“他避来避去想避他的同学，然而无论到了什么地方，他的同学的眼光，总好象怀了恶意，射在他背脊上的样子。”日本同学在笑的时候，他疑心是在笑他；日本同学谈天的时候，他以为是在讲他；中国同学乃至长兄无不是要害他的蛇蝎一样的恶人；偷窥女人洗澡后，甚至疑心路遇的农夫也知道了。

三是感伤病。他敏感忧郁，自怨自艾，自伤自悼，动不动就流泪。小说提及他的眼泪的地方，有十几处之多，简直是从开头流到结尾。看到美丽的风景流泪，读到动人的诗句流泪，感伤难过流泪，投海之时眼泪更是如同骤雨般落下。

四是都市怀乡病。这种情绪病源于现代都市文明对传统农业文明的破坏和挑战。主人公从乡土中国来到现代化程度较高的日本，都市怀乡病在城乡冲突之上又增加了异国环境，他所经历和体验的漂泊、离散心理更加强烈。打算跳海的时候，他郑重地与故国故土道别：“那一颗摇摇不定的明星的底下，就是我的故国，也就是我的生地。我在那一颗星的底下，也曾送过十八个秋冬。我的乡土吓，我如今再不能见你的面了。”

五是灵肉冲突带来的焦虑症。令主人公最感折磨的并不是性欲的冲动，而是由之产生的罪恶感。小说里写他“非常爱洁净”，他所爱的不止是身体的洁净，更是精神的洁净。他把自慰行为等同于犯罪，即使得知果戈理有同样的病，也不能稍减他的忧虑。视“性”为罪恶、不洁的观念，使得这个年轻人时刻处在自责和恐惧的焦虑情绪中，并导致了明显的神经衰弱。

作为五四时期极具代表性的现代小说，《沉沦》亦彰显出鲜明的异域文化色彩。小说不仅把一个中国青年的故事放在日本这个异国环境中讲述，而且让他患上了西方文学中一度流行的忧郁病。此外，郁达夫直接使用了大量的外语词汇，使得文本有着明显的分裂性和多义性。Zarathustra（查拉图斯特拉）、Megalomania（妄想症）、Hypochondria（忧郁症）、nostalgia（都市怀乡病）、sentimental（感伤）、dreams of the romantic age（浪漫年龄的梦想）、Idyllic Wandering（田园漫步）、Wordsworth（渭迟准斯）、Heine（海涅）、Millet（米勒）、Gogol（果戈理）、G. Gissing（乔治·吉辛）、Emerson's *On Nature*（爱美生《自然论》）、Thoreau's *Excursion*（沙罗《逍遥游》）等等，这些外来词汇夹带着异国文化，与汉语所表征的中国文化并置，产生了复杂的文本张力。主人公把 Wordsworth 的 *The solitary highlond reaper* 译成中文后自嘲道："这算是什么东西呀，岂不同教会里的赞美歌一样的乏味么？英国诗是英国诗，中国诗是中国诗，又何必译来对去呢！"这番话中已经包含了有关翻译的现代思考。(陈翠平)

★思考题：

1. 谈谈你对小说主人公"他"的看法。
2. 简单分析小说的现代意涵。

阿Q正传

鲁　迅

第一章　序

我要给阿Q做正传，已经不止一两年了。但一面要做，一面又往回想，这足见我不是一个"立言"的人，因为从来不朽之笔，须传不朽之人，于是人以文传，文以人传——究竟谁靠谁传，渐渐的不甚了然起来，而终于归结到传阿Q，仿佛思想里有鬼似的。

然而要做这一篇速朽的文章，才下笔，便感到万分的困难了。第一是文章的名目。孔子曰，"名不正则言不顺"。这原是应该极注意的。传的名目很繁多：列传，自传，内传，外传，别传，家传，小传……，而可惜都不合。"列传"么，这一篇并非和许多阔人排在"正史"里；"自传"么，我又并非就是阿Q。说是"外传"，"内传"在那里呢？倘用"内传"，阿Q又决不是神仙。"别传"呢，阿Q实在未曾有大总统上谕宣付国史馆立"本传"——虽说英国正史上并无"博徒列传"，而文豪迭更司也做过《博徒别传》这一部书，但文豪则可，在我辈却不可的。其次是"家传"，则我既不知与阿Q是否同宗，也未曾受他子孙的拜托；或"小传"，则阿Q又更无别的"大传"了。总而言之，这一篇也便是"本传"，但从我的文章着想，因为文体卑下，是"引车卖浆者流"所用的话，所以不敢僭称，便从不入三教九流的小说家所谓"闲话休题言归正传"这一句套话里，取出"正传"两个字来，作为名目，即使与古人所撰《书法正传》的"正传"字面上很相混，也顾不得了。

第二，立传的通例，开首大抵该是"某，字某，某地人也"，而我并不知道阿Q姓什么。有一回，他似乎是姓赵，但第二日便模糊了。那是赵太爷的儿子进了秀才的时候，锣声镗镗的报到村里来，阿Q正喝了两碗黄酒，便手舞足蹈的说，这于他也很光采，因为他和赵太爷原来是本家，细细的排起来他还比秀才长三辈呢。其时几个旁听人倒也肃然的有些起敬了。那知道第二天，地保便叫阿Q到赵太爷家里去；太爷一见，满脸溅朱，喝道：

“阿Q，你这浑小子！你说我是你的本家么?”

阿Q不开口。

赵太爷愈看愈生气了，抢进几步说：“你敢胡说！我怎么会有你这样的本家?你姓赵么?”

阿Q不开口，想往后退了；赵太爷跳过去，给了他一个嘴巴。

“你怎么会姓赵！——你那里配姓赵!”

阿Q并没有抗辩他确凿姓赵，只用手摸着左颊，和地保退出去了；外面又被地保训斥了一番，谢了地保二百文酒钱。知道的人都说阿Q太荒唐，自己去招打；他大约未必姓赵，即使真姓赵，有赵太爷在这里，也不该如此胡说的。此后便再没有人提起他的氏族来，所以我终于不知道阿Q究竟什么姓。

第三，我又不知道阿Q的名字是怎么写的。他活着的时候，人都叫他阿Quei，死了以后，便没有一个人再叫阿Quei了，那里还会有“著之竹帛”的事。若论“著之竹帛”，这篇文章要算第一次，所以先遇着了这第一个难关。我曾经仔细想：阿Quei，阿桂还是阿贵呢？倘使他号叫月亭，或者在八月间做过生日，那一定是阿桂了；而他既没有号——也许有号，只是没有人知道他，——又未尝散过生日征文的帖子：写作阿桂，是武断的。又倘若他有一位老兄或令弟叫阿富，那一定是阿贵了；而他又只是一个人：写作阿贵，也没有佐证的。其余音Quei的偏僻字样，更加凑不上了。先前，我也曾问过赵太爷的儿子茂才先生，谁料博雅如此公，竟也茫然，但据结论说，是因为陈独秀办了《新青年》提倡洋字，所以国粹沦亡，无可查考了。我的最后的手段，只有托一个同乡去查阿Q犯事的案卷，八个月之后才有回信，说案卷里并无与阿Quei的声音相近的人。我虽不知道是真没有，还是没有查，然而也再没有别的方法了。生怕注音字母还未通行，只好用了“洋字”，照英国流行的拼法写他为阿Quei，略作阿Q。这近于盲从《新青年》，自己也很抱歉，但茂才公尚且不知，我还有什么好办法呢。

第四，是阿Q的籍贯了。倘他姓赵，则据现在好称郡望的老例，可以照《郡名百家姓》上的注解，说是“陇西天水人也”，但可惜这姓是不甚可靠的，因此籍贯也就有些决不定。他虽然多住未庄，然而也常常宿在别处，不能说是未庄人，即使说是“未庄人也”，也仍然有乖史法的。

我所聊以自慰的，是还有一个“阿”字非常正确，绝无附会假借的缺点，颇可以就正于通人。至于其余，却都非浅学所能穿凿，只希望有“历史癖与考据癖”的胡适之先生的门人们，将来或者能够寻出许多新端绪来，但是我这《阿Q正传》到那时却又怕早经消灭了。

以上可以算是序。

第二章　优胜纪略

阿Q不独是姓名籍贯有些渺茫，连他先前的“行状”也渺茫。因为未庄的人们之于阿Q，只要他帮忙，只拿他玩笑，从来没有留心他的“行状”的。而阿Q自己也不说，独有和别人口角的时候，间或瞪着眼睛道：

“我们先前——比你阔的多啦！你算是什么东西！”

阿Q没有家，住在未庄的土谷祠里；也没有固定的职业，只给人家做短工，割麦便割麦，舂米便舂米，撑船便撑船。工作略长久时，他也或住在临时主人的家里，但一完就走了。所以，人们忙碌的时候，也还记起阿Q来，然而记起的是做工，并不是“行状”；一闲空，连阿Q都早忘却，更不必说“行状”了。只是有一回，有一个老头子颂扬说：“阿Q真能做！”这时阿Q赤着膊，懒洋洋的瘦伶仃的正在他面前，别人也摸不着这话是真心还是讥笑，然而阿Q很喜欢。

阿Q又很自尊，所有未庄的居民，全不在他眼睛里，甚而至于对于两位“文童”也有以为不值一笑的神情。夫文童者，将来恐怕要变秀才者也；赵太爷钱太爷大受居民的尊敬，除有钱之外，就因为都是文童的爹爹，而阿Q在精神上独不表格外的崇奉，他想：我的儿子会阔得多啦！加以进了几回城，阿Q自然更自负，然而他又很鄙薄城里人，譬如用三尺长三寸宽的木板做成的凳子，未庄叫“长凳”，他也叫“长凳”，城里人却叫“条凳”，他想：这是错的，可笑！油煎大头鱼，未庄都加上半寸长的葱叶，城里却加上切细的葱丝，他想：这也是错的，可笑！然而未庄人真是不见世面的可笑的乡下人呵，他们没有见过城里的煎鱼！

阿Q“先前阔”，见识高，而且“真能做”，本来几乎是一个“完人”了，但可惜他体质上还有一些缺点。最恼人的是在他头皮上，颇有几处不知起于何时的癞疮疤。这虽然也在他身上，而看阿Q的意思，倒也似乎以为不足贵的，因为他讳说“癞”以及一切近于“赖”的音，后来推而广之，“光”也讳，“亮”也讳，再后来，连“灯”“烛”都讳了。一犯讳，不问有心与无心，阿Q便全疤通红的发起怒来，估量了对手，口讷的他便骂，气力小的他便打；然而不知怎么一回事，总还是阿Q吃亏的时候多。于是他渐渐的变换了方针，大抵改为怒目而视了。

谁知道阿Q采用怒目主义之后，未庄的闲人们便愈喜欢玩笑他。一见面，他们便假作吃惊的说：

“哙，亮起来了。”

阿Q照例的发了怒，他怒目而视了。

“原来有保险灯在这里！”他们并不怕。

阿Q没有法，只得另外想出报复的话来：

“你还不配……”这时候，又仿佛在他头上的是一种高尚的光荣的癞头疮，并非平常的癞头疮了；但上文说过，阿Q是有见识的，他立刻知道和“犯忌”有点抵触，便不再往底下说。

闲人还不完，只撩他，于是终而至于打。阿Q在形式上打败了，被人揪住黄辫子，在壁上碰了四五个响头，闲人这才心满意足的得胜的走了，阿Q站了一刻，心里想，“我总算被儿子打了，现在的世界真不像样……”于是也心满意足的得胜的走了。

阿Q想在心里的，后来每每说出口来，所以凡有和阿Q玩笑的人们，几乎全知道他有这一种精神上的胜利法，此后每逢揪住他黄辫子的时候，人就先一着对他说：

“阿Q，这不是儿子打老子，是人打畜生。自己说：人打畜生！”

阿Q两只手都捏住了自己的辫根，歪着头，说道：

“打虫豸，好不好？我是虫豸——还不放么？”

但虽然是虫豸，闲人也并不放，仍旧在就近什么地方给他碰了五六个响头，这才心满意足的得胜的走了，他以为阿Q这回可遭了瘟。然而不到十秒钟，阿Q也心满意足的得胜的走了，他觉得他是第一个能够自轻自贱的人，除了“自轻自贱”不算外，余下的就是“第一个”。状元不也是“第一个”么？“你算是什么东西呢”?!

阿Q以如是等等妙法克服怨敌之后，便愉快的跑到酒店里喝几碗酒，又和别人调笑一通，口角一通，又得了胜，愉快的回到土谷祠，放倒头睡着了。假使有钱，他便去押牌宝，一堆人蹲在地面上，阿Q即汗流满面的夹在这中间，声音他最响：

“青龙四百！”

“咳~~开~~啦！”桩家揭开盒子盖，也是汗流满面的唱。“天门啦~~角回啦~~！人和穿堂空在那里啦~~！阿Q的铜钱拿过来~~！”

“穿堂一百——一百五十！”

阿Q的钱便在这样的歌吟之下，渐渐的输入别个汗流满面的人物的腰间。他终于只好挤出堆外，站在后面看，替别人着急，一直到散场，然后恋恋的回到土谷祠，第二天，肿着眼睛去工作。

但真所谓“塞翁失马安知非福”罢，阿Q不幸而赢了一回，他倒几乎失败了。

这是未庄赛神的晚上。这晚上照例有一台戏，戏台左近，也照例有许多的赌摊。做戏的锣鼓，在阿Q耳朵里仿佛在十里之外；他只听得桩家的歌唱了。他赢而又赢，铜钱变成角洋，角洋变成大洋，大洋又成了叠。他兴高采烈得非常：

“天门两块！”

他不知道谁和谁为什么打起架来了。骂声打声脚步声，昏头昏脑的一大阵，他才爬起来，赌摊不见了，人们也不见了，身上有几处很似乎有些痛，似乎也挨了几拳几脚似的，几个人诧异的对他看。他如有所失的走进土谷祠，定一定神，知道他的一堆洋钱不见了。赶赛会的赌摊多不是本村人，还到那里去寻根柢呢？

很白很亮的一堆洋钱！而且是他的——现在不见了！说是算被儿子拿去了罢，总还是忽忽不乐；说自己是虫豸罢，也还是忽忽不乐：他这回才有些感到失败的苦痛了。

但他立刻转败为胜了。他擎起右手，用力的在自己脸上连打了两个嘴巴，热刺刺的有些痛；打完之后，便心平气和起来，似乎打的是自己，被打的是别一个自己，不久也就仿佛是自己打了别个一般，——虽然还有些热刺刺，——心满意足的得胜的躺下了。

他睡着了。

第三章　续优胜纪略

然而阿Q虽然常优胜，却直待蒙赵太爷打他嘴巴之后，这才出了名。

他付过地保二百文酒钱，愤愤的躺下了，后来想："现在的世界太不成话，儿子打老子……"于是忽而想到赵太爷的威风，而现在是他的儿子了，便自己也渐渐的得意起来，爬起身，唱着《小孤孀上坟》到酒店去。这时候，他又觉得赵太爷高人一等了。

说也奇怪，从此之后，果然大家也仿佛格外尊敬他。这在阿Q，或者以为因为他是赵太爷的父亲，而其实也不然。未庄通例，倘如阿七打阿八，或者李四打张三，向来本不算一件事，必须与一位名人如赵太爷者相关，这才载上他们的口碑。一上口碑，则打的既有名，被打的也就托庇有了名。至于错在阿Q，那自然是不必说。所以者何？就因为赵太爷是不会错的。但他既然错，为什么大家又仿佛格外尊敬他呢？这可难解，穿凿起来说，或者因为阿Q说是赵太爷的本家，虽然挨了打，大家也还怕有些真，总不如尊敬一些稳当。否则，也如孔庙里的太牢一般，虽然与猪羊一样，同是畜生，但既经圣人下箸，先儒们便不敢妄动了。

阿Q此后倒得意了许多年。

有一年的春天，他醉醺醺的在街上走，在墙根的日光下，看见王胡在那里赤着膊捉虱子，他忽然觉得身上也痒起来了。这王胡，又癞又胡，别人都叫他王癞胡，阿Q却删去了一个癞字，然而非常渺视他。阿Q的意思，以为癞是不足为奇的，只有这一部络腮胡子，实在太新奇，令人看不上眼。他于是并排坐下去了。倘是别的闲人们，阿Q本不敢大意坐下去。但这王胡旁边，他有什么怕呢？老实说：他肯坐下去，简直还是抬举他。

阿Q也脱下破夹袄来，翻检了一回，不知道因为新洗呢还是因为粗心，许多工夫，只捉到三四个。他看那王胡，却是一个又一个，两个又三个，只放在嘴里毕毕剥剥的响。

阿Q最初是失望，后来却不平了：看不上眼的王胡尚且那么多，自己倒反这样少，这是怎样的大失体统的事呵！他很想寻一两个大的，然而竟没有，好容易才捉到一个中的，恨恨的塞在厚嘴唇里，狠命一咬，劈的一声，又不及王胡的响。

他癞疮疤块块通红了，将衣服摔在地上，吐一口唾沫，说：

“这毛虫！”

“癞皮狗，你骂谁？”王胡轻蔑的抬起眼来说。

阿Q近来虽然比较的受人尊敬，自己也更高傲些，但和那些打惯的闲人们见面还胆怯，独有这回却非常武勇了。这样满脸胡子的东西，也敢出言无状么？

“谁认便骂谁！”他站起来，两手叉在腰间说。

“你的骨头痒了么？”王胡也站起来，披上衣服说。

阿Q以为他要逃了，抢进去就是一拳。这拳头还未达到身上，已经被他抓住了，只一拉，阿Q跄跄踉踉的跌进去，立刻又被王胡扭住了辫子，要拉到墙上照例去碰头。

“‘君子动口不动手’！”阿Q歪着头说。

王胡似乎不是君子，并不理会，一连给他碰了五下，又用力的一推，至于阿Q跌出六尺多远，这才满足的去了。

在阿Q的记忆上，这大约要算是生平第一件的屈辱，因为王胡以络腮胡子的缺点，向来只被他奚落，从没有奚落他，更不必说动手了。而他现在竟动手，很意外，难道真如市上所说，皇帝已经停了考，不要秀才和举人了，因此赵家减了威风，因此他们也便小觑了他么？

阿Q无可适从的站着。

远远的走来了一个人，他的对头又到了。这也是阿Q最厌恶的一个人，就是钱太爷的大儿子。他先前跑上城里去进洋学堂，不知怎么又跑到东洋去了，半年之后他回到家里来，腿也直了，辫子也不见了，他的母亲大哭了十几场，他的老婆跳了三回井。后来，他的母亲到处说，“这辫子是被坏人灌醉了酒剪去的。本来可以做大官，现在只好等留长再说了。”然而阿Q不肯信，偏称他“假洋鬼子”，也叫作“里通外国的人”，一见他，一定在肚子里暗暗的咒骂。

阿Q尤其“深恶而痛绝之”的，是他的一条假辫子。辫子而至于假，就是没有了做人的资格；他的老婆不跳第四回井，也不是好女人。

这“假洋鬼子”近来了。

“秃儿。驴……”阿Q历来本只在肚子里骂，没有出过声，这回因为正气忿，因为要报仇，便不由的轻轻的说出来了。

不料这秃儿却拿着一支黄漆的棍子——就是阿Q所谓哭丧棒——大踏步走了过来。阿Q在这刹那，便知道大约要打了，赶紧抽紧筋骨，耸了肩膀等候着，果然，拍的一声，似乎确凿打在自己头上了。

“我说他！”阿Q指着近旁的一个孩子，分辩说。

拍！拍拍！

在阿Q的记忆上，这大约要算是生平第二件的屈辱。幸而拍拍的响了之后，于他倒似乎完结了一件事，反而觉得轻松些，而且“忘却”这一件祖传的宝贝也发生了效力，他慢慢的走，将到酒店门口，早已有些高兴了。

但对面走来了静修庵里的小尼姑。阿Q便在平时，看见伊也一定要唾骂，而况在屈辱之后呢？他于是发生了回忆，又发生了敌忾了。

“我不知道我今天为什么这样晦气，原来就因为见了你！”他想。

他迎上去，大声的吐一口唾沫：

“咳，呸！”

小尼姑全不睬，低了头只是走。阿Q走近伊身旁，突然伸出手去摩着伊新剃的头皮，呆笑着，说：

“秃儿！快回去，和尚等着你……”

“你怎么动手动脚……”尼姑满脸通红的说，一面赶快走。

酒店里的人大笑了。阿Q看见自己的勋业得了赏识，便愈加兴高采烈起来：

“和尚动得，我动不得？”他扭住伊的面颊。

酒店里的人大笑了。阿Q更得意，而且为满足那些赏鉴家起见，再用力的一拧，才放手。

他这一战，早忘却了王胡，也忘却了假洋鬼子，似乎对于今天的一切“晦气”都报了仇；而且奇怪，又仿佛全身比拍拍的响了之后更轻松，飘飘然的似乎要飞去了。

“这断子绝孙的阿Q！”远远地听得小尼姑的带哭的声音。

“哈哈哈！”阿Q十分得意的笑。

“哈哈哈！”酒店里的人也九分得意的笑。

第四章　恋爱的悲剧

有人说：有些胜利者，愿意敌手如虎，如鹰，他才感得胜利的欢喜；假使如羊，如小鸡，他便反觉得胜利的无聊。又有些胜利者，当克服一切之后，看见死的死了，降的降了，“臣诚惶诚恐死罪死罪”，他于是没有了敌人，没有了对手，没有了朋友，只有自己在上，一个，孤另另，凄凉，寂寞，便反而感到了胜利的悲哀。然而我们的阿Q却没有这样乏，他是永远得意的：这或者也是中国精神文明冠于全球的一个证据了。

看哪，他飘飘然的似乎要飞去了！

然而这一次的胜利，却又使他有些异样。他飘飘然的飞了大半天，飘进土谷祠，照例应该躺下便打鼾。谁知道这一晚，他很不容易合眼，他觉得自己的大拇指和第二指有点古怪：仿佛比平常滑腻些。不知道是小尼姑的脸上有一点滑腻的东西粘在他指上，还是他的指头在小尼姑脸上磨得滑腻了？……

“断子绝孙的阿Q！”

阿Q的耳朵里又听到这句话。他想：不错，应该有一个女人，断子绝孙便没有人供一碗饭，……应该有一个女人。夫“不孝有三无后为大”，而“若敖之鬼馁而”，也是一件人生的大哀，所以他那思想，其实是样样合于圣经贤传的，只可惜后来有些“不能收其放心”了。

“女人，女人！……”他想。

“……和尚动得……女人，女人！……女人！”他又想。

我们不能知道这晚上阿Q在什么时候才打鼾。但大约他从此总觉得指头有些滑腻，所以他从此总有些飘飘然；“女……”他想。

即此一端，我们便可以知道女人是害人的东西。

中国的男人，本来大半都可以做圣贤，可惜全被女人毁掉了。商是妲己闹亡的；周是褒姒弄坏的；秦……虽然史无明文，我们也假定他因为女人，大约未必十分错；而董卓可是的确给貂蝉害死了。

阿Q本来也是正人，我们虽然不知道他曾蒙什么明师指授过，但他对于“男女之大防”却历来非常严；也很有排斥异端——如小尼姑及假洋鬼子之类——的正气。他的学说是：凡尼姑，一定与和尚私通；一个女人在外面走，一定想引诱野男人；一男一女在那里讲话，一定要有勾当了。为惩治他们起见，所以他往往怒目而视，或者大声说几句“诛心”话，或者在冷僻处，便从后面掷一块小石头。

谁知道他将到“而立”之年，竟被小尼姑害得飘飘然了。这飘飘然的精神，在礼教上是不应该有的，——所以女人真可恶，假使小尼姑的脸上不滑腻，阿Q便不至于被蛊，又假使小尼姑的脸上盖一层布，阿Q便也不至于被蛊了，——他五六年前，曾在戏台下的人丛中拧过一个女人的大腿，但因为隔一层裤，所以此后并不飘飘然，——而小尼姑并不然，这也足见异端之可恶。

“女……”阿Q想。

他对于以为“一定想引诱野男人”的女人，时常留心看，然而伊并不对他笑。他对于和他讲话的女人，也时常留心听，然而伊又并不提起关于什么勾当的话来。哦，这也是女人可恶之一节：伊们全都要装“假正经”的。

这一天，阿Q在赵太爷家里舂了一天米，吃过晚饭，便坐在厨房里吸旱烟。倘在别家，吃过晚饭本可以回去的了，但赵府上晚饭早，虽说定例不准掌灯，一吃完便睡觉，然而偶然也有一些例外：其一，是赵大爷未进秀才的时候，准其点灯读文章；其二，便是阿Q来做短工的时候，准其点灯舂米。因为这一条例外，所以阿Q在动手舂米之前，还坐在厨房里吸旱烟。

吴妈，是赵太爷家里唯一的女仆，洗完了碗碟，也就在长凳上坐下了，而且和阿Q谈闲天：

“太太两天没有吃饭哩，因为老爷要买一个小的……”

“女人……吴妈……这小孤孀……”阿Q想。

“我们的少奶奶是八月里要生孩子了……”

“女人……”阿Q想。

阿Q放下烟管，站了起来。

“我们的少奶奶……”吴妈还唠叨说。

“我和你困觉，我和你困觉!”阿Q忽然抢上去，对伊跪下了。

一刹时中很寂然。

“阿呀!”吴妈楞了一息，突然发抖，大叫着往外跑，且跑且嚷，似乎后来带哭了。

阿Q对了墙壁跪着也发楞，于是两手扶着空板凳，慢慢的站起来，仿佛觉得有些糟。他这时确也有些忐忑了，慌张的将烟管插在裤带上，就想去舂米。蓬的一声，头上着了很粗的一下，他急忙回转身去，那秀才便拿了一支大竹杠站在他面前。

“你反了，……你这……”

大竹杠又向他劈下来了。阿Q两手去抱头，拍的正打在指节上，这可很有一些痛。他冲出厨房门，仿佛背上又着了一下似的。

“忘八蛋!”秀才在后面用了官话这样骂。

阿Q奔入舂米场，一个人站着，还觉得指头痛，还记得“忘八蛋”，因为这话是未庄的乡下人从来不用，专是见过官府的阔人用的，所以格外怕，而印象也格外深。但这时，他那“女……”的思想却也没有了。而且打骂之后，似乎一件事也已经收束，倒反觉得一无挂碍似的，便动手去舂米。舂了一会，他热起来了，又歇了手脱衣服。

脱下衣服的时候，他听得外面很热闹，阿Q生平本来最爱看热闹，便即寻声走出去了。寻声渐渐的寻到赵太爷的内院里，虽然在昏黄中，却辨得出许多人，赵府一家连两日不吃饭的太太也在内，还有间壁的邹七嫂，真正本家的赵白眼，赵司晨。

少奶奶正拖着吴妈走出下房来，一面说：

“你到外面来，……不要躲在自己房里想……”

“谁不知道你正经，……短见是万万寻不得的。”邹七嫂也从旁说。

吴妈只是哭，夹些话，却不甚听得分明。

阿Q想：“哼，有趣，这小孤孀不知道闹着什么玩意儿了?”他想打听，走近赵司晨的身边。这时他猛然间看见赵大爷向他奔来，而且手里捏着一支大竹杠。他看见这一支大竹杠，便猛然间悟到自己曾经被打，和这一场热闹似乎有点相关。他翻身便走，想逃回舂米场，不图这支竹杠阻了他的去路，于是他又翻身便走，自然而然的走出后门，不多工夫，已在土谷祠内了。

阿Q坐了一会，皮肤有些起粟，他觉得冷了，因为虽在春季，而夜间颇有余寒，尚不宜于赤膊。他也记得布衫留在赵家，但倘若去取，又深怕秀才的竹杠。然而地保进来了。

“阿Q，你的妈妈的！你连赵家的用人都调戏起来，简直是造反。害得我晚上没有觉睡，你的妈妈的！……”

如是云云的教训了一通，阿Q自然没有话。临末，因为在晚上，应该送地保加倍酒钱四百文，阿Q正没有现钱，便用一顶毡帽做抵押，并且订定了五条件：

一　明天用红烛——要一斤重的——一对，香一封，到赵府上去赔罪。

二　赵府上请道士祓除缢鬼，费用由阿Q负担。

三　阿Q从此不准踏进赵府的门槛。

四　吴妈此后倘有不测，惟阿Q是问。

五　阿Q不准再去索取工钱和布衫。

阿Q自然都答应了，可惜没有钱。幸而已经春天，棉被可以无用，便质了二千大钱，履行条约。赤膊磕头之后，居然还剩几文，他也不再赎毡帽，统统喝了酒了。但赵家也并不烧香点烛，因为太太拜佛的时候可以用，留着了。那破布衫是大半做了少奶奶八月间生下来的孩子的衬尿布，那小半破烂的便都做了吴妈的鞋底。

第五章　生计问题

阿Q礼毕之后，仍旧回到土谷祠，太阳下去了，渐渐觉得世上有些古怪。他仔细一想，终于省悟过来：其原因盖在自己的赤膊。他记得破夹袄还在，便披在身上，躺倒了，待张开眼睛，原来太阳又已经照在西墙上头了。他坐起身，一面说道，“妈妈的……”

他起来之后，也仍旧在街上逛，虽然不比赤膊之有切肤之痛，却又渐渐的觉得世上有些古怪了。仿佛从这一天起，未庄的女人们忽然都怕了羞，伊们一见阿Q走来，便个个躲进门里去。甚而至于将近五十岁的邹七嫂，也跟着别人乱钻，而且将十一岁的女儿都叫进去了。阿Q很以为奇，而且想：“这些东西忽然都学起小姐模样来了。这娼妇们……”

但他更觉得世上有些古怪，却是许多日以后的事。其一，酒店不肯赊欠了；其二，管土谷祠的老头子说些废话，似乎叫他走；其三，他虽然记不清多少日，但确乎有许多日，没有一个人来叫他做短工。酒店不赊，熬着也罢了；老头子催他走，噜苏一通也就算了；只是没有人来叫他做短工，却使阿Q肚子饿：这委实是一件非常“妈妈的”的事情。

阿Q忍不下去了，他只好到老主顾的家里去探问，——但独不许踏进赵府的门槛，——然而情形也异样：一定走出一个男人来，现了十分烦厌的相貌，像回复乞丐一般的摇手道：

“没有没有！你出去！”

阿Q愈觉得稀奇了。他想，这些人家向来少不了要帮忙，不至于现在忽然都无事，这总该有些蹊跷在里面了。他留心打听，才知道他们有事都去叫小Don。这小D，是一个穷小子，又瘦又乏，在阿Q的眼睛里，位置是在王胡之下的，谁料这小子竟谋了他的饭碗去。所以阿Q这一气，更与平常不同，当气愤愤的走着的时候，忽然将手一扬，唱道：

"我手执钢鞭将你打！……"

几天之后，他竟在钱府的照壁前遇见了小D。"仇人相见分外眼明"，阿Q便迎上去，小D也站住了。

"畜生！"阿Q怒目而视的说，嘴角上飞出唾沫来。

"我是虫豸，好么？……"小D说。

这谦逊反使阿Q更加愤怒起来，但他手里没有钢鞭，于是只得扑上去，伸手去拔小D的辫子。小D一手护住了自己的辫根，一手也来拔阿Q的辫子，阿Q便也将空着的一只手护住了自己的辫根。从先前的阿Q看来，小D本来是不足齿数的，但他近来挨了饿，又瘦又乏已经不下于小D，所以便成了势均力敌的现象，四只手拔着两颗头，都弯了腰，在钱家粉墙上映出一个蓝色的虹形，至于半点钟之久了。

"好了，好了！"看的人们说，大约是解劝的。

"好，好！"看的人们说，不知道是解劝，是颂扬，还是煽动。

然而他们都不听。阿Q进三步，小D便退三步，都站着；小D进三步，阿Q便退三步，又都站着。大约半点钟，——未庄少有自鸣钟，所以很难说，或者二十分，——他们的头发里便都冒烟，额上便都流汗，阿Q的手放松了，在同一瞬间，小D的手也正放松了，同时直起，同时退开，都挤出人丛去。

"记着罢，妈妈的……"阿Q回过头去说。

"妈妈的，记着罢……"小D也回过头来说。

这一场"龙虎斗"似乎并无胜败，也不知道看的人可满足，都没有发什么议论，而阿Q却仍然没有人来叫他做短工。

有一日很温和，微风拂拂的颇有些夏意了，阿Q却觉得寒冷起来，但这还可担当，第一倒是肚子饿。棉被，毡帽，布衫，早已没有了，其次就卖了棉袄；现在有裤子，却万不可脱的；有破夹袄，又除了送人做鞋底之外，决定卖不出钱。他早想在路上拾得一注钱，但至今还没有见；他想在自己的破屋里忽然寻到一注钱，慌张的四顾，但屋内是空虚而且了然。于是他决计出门求食去了。

他在路上走着要"求食"，看见熟识的酒店，看见熟识的馒头，但他都走过了，不但没有暂停，而且并不想要。他所求的不是这类东西了；他求的是什么东西，他自己不知道。

未庄本不是大村镇，不多时便走尽了。村外多是水田，满眼是新秧的嫩绿，夹着几个圆形的活动的黑点，便是耕田的农夫。阿Q并不赏鉴这田家乐，却只是走，因为他直觉的知道这与他的"求食"之道是很辽远的。但他终于走到静修庵的墙外了。

庵周围也是水田，粉墙突出在新绿里，后面的低土墙里是菜园。阿Q迟疑了一会，四面一看，并没有人。他便爬上这矮墙去，扯着何首乌藤，但泥土仍然簌簌的掉，阿Q的脚也索索的抖；终于攀着桑树枝，跳到里面了。里面真是郁郁葱葱，但似乎并没有黄酒馒头，以及此外可吃的之类。靠西墙是竹丛，下面许多笋，只可惜都是并未煮熟的，还有油菜早经结子，芥菜已将开花，小白菜也很老了。

阿Q仿佛文童落第似的觉得很冤屈，他慢慢走近园门去，忽而非常惊喜了，这分明是一畦老萝卜。他于是蹲下便拔，而门口突然伸出一个很圆的头来，又即缩回去了，这分明是小尼姑。小尼姑之流是阿Q本来视若草芥的，但世事须“退一步想”，所以他便赶紧拔起四个萝卜，拧下青叶，兜在大襟里。然而老尼姑已经出来了。

“阿弥陀佛，阿Q，你怎么跳进园里来偷萝卜！……阿呀，罪过呵，阿唷，阿弥陀佛！……”

“我什么时候跳进你的园里来偷萝卜？”阿Q且看且走的说。

“现在……这不是？”老尼姑指着他的衣兜。

“这是你的？你能叫得他答应你么？你……”

阿Q没有说完话，拔步便跑；追来的是一匹很肥大的黑狗。这本来在前门的，不知怎的到后园来了。黑狗哼而且追，已经要咬着阿Q的腿，幸而从衣兜里落下一个萝卜来，那狗给一吓，略略一停，阿Q已经爬上桑树，跨到土墙，连人和萝卜都滚出墙外面了。只剩着黑狗还在对着桑树嗥，老尼姑念着佛。

阿Q怕尼姑又放出黑狗来，拾起萝卜便走，沿路又捡了几块小石头，但黑狗却并不再出现。阿Q于是抛了石块，一面走一面吃，而且想道，这里也没有什么东西寻，不如进城去……

待三个萝卜吃完时，他已经打定了进城的主意了。

第六章　从中兴到末路

在未庄再看见阿Q出现的时候，是刚过了这年的中秋。人们都惊异，说是阿Q回来了，于是又回上去想道，他先前那里去了呢？阿Q前几回的上城，大抵早就兴高采烈的对人说，但这一次却并不，所以也没有一个人留心到。他或者也曾告诉过管土谷祠的老头子，然而未庄老例，只有赵太爷钱太爷和秀才大爷上城才算一件事。假洋鬼子尚且不足数，何况是阿Q：因此老头子也就不替他宣传，而未庄的社会上也就无从知道了。

但阿Q这回的回来，却大与先前不同，确乎很值得惊异。天色将黑，他睡眼蒙胧的在酒店门前出现了，他走近柜台，从腰间伸出手来，满把是银的和铜的，在柜上一扔说，“现钱！打酒来！”穿的是新夹袄，看去腰间还挂着一个大搭连，沉钿钿的将裤带坠成了很弯很弯的弧线。未庄老例，看见略有些醒目的人物，是与其慢也宁敬的，现在虽然明知道是阿Q，但因为和破夹袄的阿Q有些两样了，古人云，“士别三日便当刮目相待”，所以堂倌，掌柜，酒客，路人，便自然显出一种凝而且敬的形态来。掌柜既先之以点头，又继之以谈话：

“嚄，阿Q，你回来了！”

“回来了!”

“发财发财，你是——在……”

“上城去了!”

这一件新闻，第二天便传遍了全未庄。人人都愿意知道现钱和新夹袄的阿Q的中兴史，所以在酒店里，茶馆里，庙檐下，便渐渐的探听出来了。这结果，是阿Q得了新敬畏。

据阿Q说，他是在举人老爷家里帮忙。这一节，听的人都肃然了。这老爷本姓白，但因为合城里只有他一个举人，所以不必再冠姓，说起举人来就是他。这也不独在未庄是如此，便是一百里方圆之内也都如此，人们几乎多以为他的姓名就叫举人老爷的了。在这人的府上帮忙，那当然是可敬的。但据阿Q又说，他却不高兴再帮忙了，因为这举人老爷实在太“妈妈的”了。这一节，听的人都叹息而且快意，因为阿Q本不配在举人老爷家里帮忙，而不帮忙是可惜的。

据阿Q说，他的回来，似乎也由于不满意城里人，这就在他们将长凳称为条凳，而且煎鱼用葱丝，加以最近观察所得的缺点，是女人的走路也扭得不很好。然而也偶有大可佩服的地方，即如未庄的乡下人不过打三十二张的竹牌，只有假洋鬼子能够叉“麻酱”，城里却连小乌龟子都叉得精熟的。什么假洋鬼子，只要放在城里的十几岁的小乌龟子的手里，也就立刻是“小鬼见阎王”。这一节，听的人都赧然了。

“你们可看见过杀头么?”阿Q说，“咳，好看。杀革命党。唉，好看好看，……”他摇摇头，将唾沫飞在正对面的赵司晨的脸上。这一节，听的人都凛然了。但阿Q又四面一看，忽然扬起右手，照着伸长脖子听得出神的王胡的后项窝上直劈下去道：

“嚓!”

王胡惊得一跳，同时电光石火似的赶快缩了头，而听的人又都悚然而且欣然了。从此王胡瘟头瘟脑的许多日，并且再不敢走近阿Q的身边；别的人也一样。

阿Q这时在未庄人眼睛里的地位，虽不敢说超过赵太爷，但谓之差不多，大约也就没有什么语病的了。

然而不多久，这阿Q的大名忽又传遍了未庄的闺中。虽然未庄只有钱赵两姓是大屋，此外十之九都是浅闺，但闺中究竟是闺中，所以也算得一件神异。女人们见面时一定说，邹七嫂在阿Q那里买了一条蓝绸裙，旧固然是旧的，但只化了九角钱。还有赵白眼的母亲，——一说是赵司晨的母亲，待考，——也买了一件孩子穿的大红洋纱衫，七成新，只用三百大钱九二串。于是伊们都眼巴巴的想见阿Q，缺绸裙的想问他买绸裙，要洋纱衫的想问他买洋纱衫，不但见了不逃避，有时阿Q已经走过了，也还要追上去叫住他，问道：

“阿Q，你还有绸裙么?没有?纱衫也要的，有罢?”

后来这终于从浅闺传进深闺里去了。因为邹七嫂得意之余，将伊的绸裙请赵太太去鉴赏，赵太太又告诉了赵太爷而且着实恭维了一番。赵太爷便在晚饭桌上，和秀才大爷讨论，以为阿Q实在有些古怪，我们门窗应该小心些；但他的东西，不知道可还有什么可买，也许有点好东西罢。加以赵太太也正想买一件价廉物美的皮背心。于是家族决议，便托邹七嫂即刻去寻阿Q，而且为此新辟了第三种的例外：这晚上也姑且特准点油灯。

油灯干了不少了，阿Q还不到。赵府的全眷都很焦急，打着呵欠，或恨阿Q太飘忽，或怨邹七嫂不上紧。赵太太还怕他因为春天的条件不敢来，而赵太爷以为不足虑：因为这是"我"去叫他的。果然，到底赵太爷有见识，阿Q终于跟着邹七嫂进来了。

"他只说没有没有，我说你自己当面说去，他还要说，我说……"邹七嫂气喘吁吁的走着说。

"太爷！"阿Q似笑非笑的叫了一声，在檐下站住了。

"阿Q，听说你在外面发财，"赵太爷踱开去，眼睛打量着他的全身，一面说。"那很好，那很好的。这个，……听说你有些旧东西，……可以都拿来看一看，……这也并不是别的，因为我倒要……"

"我对邹七嫂说过了。都完了。"

"完了？"赵太爷不觉失声的说，"那里会完得这样快呢？"

"那是朋友的，本来不多。他们买了些，……"

"总该还有一点罢。"

"现在，只剩了一张门幕了。"

"就拿门幕来看看罢。"赵太太慌忙说。

"那么，明天拿来就是，"赵太爷却不甚热心了。"阿Q，你以后有什么东西的时候，你尽先送来给我们看，……"

"价钱决不会比别家出得少！"秀才说。秀才娘子忙一瞥阿Q的脸，看他感动了没有。

"我要一件皮背心。"赵太太说。

阿Q虽然答应着，却懒洋洋的出去了，也不知道他是否放在心上。这使赵太爷很失望，气愤而且担心，至于停止了打呵欠。秀才对于阿Q的态度也很不平，于是说，这忘八蛋要提防，或者竟不如吩咐地保，不许他住在未庄。但赵太爷以为不然，说这也怕要结怨，况且做这路生意的大概是"老鹰不吃窝下食"，本村倒不必担心的；只要自己夜里警醒点就是了。秀才听了这"庭训"，非常之以为然，便即刻撤消了驱逐阿Q的提议，而且叮嘱邹七嫂，请伊千万不要向人提起这一段话。

但第二日，邹七嫂便将那蓝裙去染了皂，又将阿Q可疑之点传扬出去了，可是确没有提起秀才要驱逐他这一节。然而这已经于阿Q很不利。最先，地保寻上门了，取了他的门幕去，阿Q说是赵太太要看的，而地保也不还，并且要议定每月的孝敬钱。其次，是村人对于他的敬畏忽而变相了，虽然还不敢来放肆，却很有远避的神情，而这神情和先前的防他来"嚓"的时候又不同，颇混着"敬而远之”的分子了。

只有一班闲人们却还要寻根究底的去探阿Q的底细。阿Q也并不讳饰，傲然的说出他的经验来。从此他们才知道，他不过是一个小脚色，不但不能上墙，并且不能进洞，只站在洞外接东西。有一夜，他刚才接到一个包，正手再进去，不一会，只听得里面大嚷起来，他便赶紧跑，连夜爬出城，逃回未庄来了，从此不敢再去做。然而这故事却于阿Q更不利，村人对于阿Q的“敬而远之”者，本因为怕结怨，谁料他不过是一个不敢再偷的偷儿呢？这实在是“斯亦不足畏也矣”。

第七章　革　命

宣统三年九月十四日——即阿Q将搭连卖给赵白眼的这一天——三更四点，有一只大乌篷船到了赵府上的河埠头。这船从黑魆魆中荡来，乡下人睡得熟，都没有知道；出去时将近黎明，却很有几个看见的了。据探头探脑的调查来的结果，知道那竟是举人老爷的船！

那船便将大不安载给了未庄，不到正午，全村的人心就很摇动。船的使命，赵家本来是很秘密的，但茶坊酒肆里却都说，革命党要进城，举人老爷到我们乡下来逃难了。惟有邹七嫂不以为然，说那不过是几口破衣箱，举人老爷想来寄存的，却已被赵太爷回复转去。其实举人老爷和赵秀才素不相能，在理本不能有“共患难”的情谊，况且邹七嫂又和赵家是邻居，见闻较为切近，所以大概该是伊对的。

然而谣言很旺盛，说举人老爷虽然似乎没有亲到，却有一封长信，和赵家排了“转折亲”。赵太爷肚里一轮，觉得于他总不会有坏处，便将箱子留下了，现就塞在太太的床底下。至于革命党，有的说是便在这一夜进了城，个个白盔白甲：穿着崇正皇帝的素。

阿Q的耳朵里，本来早听到过革命党这一句话，今年又亲眼见过杀掉革命党。但他有一种不知从那里来的意见，以为革命党便是造反，造反便是与他为难，所以一向是“深恶而痛绝之”的。殊不料这却使百里闻名的举人老爷有这样怕，于是他未免也有些“神往”了，况且未庄的一群鸟男女的慌张的神情，也使阿Q更快意。

“革命也好罢，”阿Q想，“革这伙妈妈的的命，太可恶！太可恨！……便是我，也要投降革命党了。”

阿Q近来用度窘，大约略略有些不平；加以午间喝了两碗空肚酒，愈加醉得快，一面想一面走，便又飘飘然起来。不知怎么一来，忽而似乎革命党便是自己，未庄人却都是他的俘虏了。他得意之余，禁不住大声的嚷道：

“造反了！造反了！”

未庄人都用了惊惧的眼光对他看。这一种可怜的眼光，是阿Q从来没有见过的，一见之下，又使他舒服得如六月里喝了雪水。他更加高兴的走而且喊道：

"好，……我要什么就是什么，我欢喜谁就是谁。

得得，锵锵！

悔不该，酒醉错斩了郑贤弟，

悔不该，呀呀呀……

得得，锵锵，得，锵令锵！

我手执钢鞭将你打……"

赵府上的两位男人和两个真本家，也正站在大门口论革命。阿Q没有见，昂了头直唱过去。

"得得，……"

"老Q，"赵太爷怯怯的迎着低声的叫。

"锵锵，"阿Q料不到他的名字会和"老"字联结起来，以为是一句别的话，与己无干，只是唱。"得，锵，锵令锵，锵！"

"老Q。"

"悔不该……"

"阿Q！"秀才只得直呼其名了。

阿Q这才站住，歪着头问道，"什么？"

"老Q，……现在……"赵太爷却又没有话，"现在……发财么？"

"发财？自然。要什么就是什么……"

"阿……Q哥，像我们这样穷朋友是不要紧的……"赵白眼惴惴的说，似乎想探革命党的口风。

"穷朋友？你总比我有钱。"阿Q说着自去了。

大家都怃然，没有话。赵太爷父子回家，晚上商量到点灯。赵白眼回家，便从腰间扯下搭连来，交给他女人藏在箱底里。

阿Q飘飘然的飞了一通，回到土谷祠，酒已经醒透了。这晚上，管祠的老头子也意外的和气，请他喝茶；阿Q便向他要了两个饼，吃完之后，又要了一支点过的四两烛和一个树烛台，点起来，独自躺在自己的小屋里。他说不出的新鲜而且高兴，烛火象元夜似的闪闪的跳，他的思想也迸跳起来了：

"造反？有趣，……来了一阵白盔白甲的革命党，都拿着板刀，钢鞭，炸弹，洋炮，三尖两刃刀，钩镰枪，走过土谷祠，叫道，'阿Q！同去同去！'于是一同去。……

"这时未庄的一伙鸟男女才好笑哩，跪下叫道，'阿Q，饶命！'谁听他！第一个该死的是小D和赵太爷，还有秀才，还有假洋鬼子，……留几条么？王胡本来还可留，但也不要了。……

"东西，……直走进去打开箱子来：元宝，洋钱，洋纱衫，……秀才娘子的一张宁式床先搬到土谷祠，此外便摆了钱家的桌椅，——或者也就用赵家的罢。自己是不动手的了，叫小D来搬，要搬得快，搬得不快打嘴巴。……

"赵司晨的妹子真丑。邹七嫂的女儿过几年再说。假洋鬼子的老婆会和没有辫子的男人睡觉，吓，不是好东西！秀才的老婆是眼胞上有疤的。……吴妈长久不见了，不知道在那里，——可惜脚太大。”

阿Q没有想得十分停当，已经发了鼾声，四两烛还只点去了小半寸，红焰焰的光照着他张开的嘴。

“荷荷！”阿Q忽而大叫起来，抬了头仓皇的四顾，待到看见四两烛，却又倒头睡去了。

第二天他起得很迟，走出街上看时，样样都照旧。他也仍然肚饿，他想着，想不起什么来；但他忽而似乎有了主意了，慢慢的跨开步，有意无意的走到静修庵。

庵和春天时节一样静，白的墙壁和漆黑的门。他想了一想，前去打门，一只狗在里面叫。他急急拾了几块断砖，再上去较为用力的打，打到黑门上生出许多麻点的时候，才听得有人来开门。

阿Q连忙捏好砖头，摆开马步，准备和黑狗来开战。但庵门只开了一条缝，并无黑狗从中冲出，望进去只有一个老尼姑。

“你又来什么事？”伊大吃一惊的说。

“革命了……你知道？……”阿Q说得很含胡。

“革命革命，革过一革的，……你们要革得我们怎么样呢？”老尼姑两眼通红的说。

“什么？……”阿Q诧异了。

“你不知道，他们已经来革过了！”

“谁？……”阿Q更其诧异了。

“那秀才和洋鬼子！”

阿Q很出意外，不由的一错愕；老尼姑见他失了锐气，便飞速的关了门，阿Q再推时，牢不可开，再打时，没有回答了。

那还是上午的事。赵秀才消息灵，一知道革命党已在夜间进城，便将辫子盘在顶上，一早去拜访那历来也不相能的钱洋鬼子。这是“咸与维新”的时候了，所以他们便谈得很投机，立刻成了情投意合的同志，也相约去革命。他们想而又想，才想出静修庵里有一块“皇帝万岁万万岁”的龙牌，是应该赶紧革掉的，于是又立刻同到庵里去革命。因为老尼姑来阻挡，说了三句话，他们便将伊当作满政府，在头上很给了不少的棍子和栗凿。尼姑待他们走后，定了神来检点，龙牌固然已经碎在地上了，而且又不见了观音娘娘座前的一个宣德炉。

这事阿Q后来才知道。他颇悔自己睡着，但也深怪他们不来招呼他。他又退一步想道：

“难道他们还没有知道我已经投降了革命党么？”

第八章　不准革命

未庄的人心日见其安静了。据传来的消息，知道革命党虽然进了城，倒还没有什么大异样。知县大老爷还是原官，不过改称了什么，而且举人老爷也做了什么——这些名目，未庄人都说不明白——官，带兵的也还是先前的老把总。只有一件可怕的事是另有几个不好的革命党夹在里面捣乱，第二天便动手剪辫子，听说那邻村的航船七斤便着了道儿，弄得不像人样子了。但这却还不算大恐怖，因为未庄人本来少上城，即使偶有想进城的，也就立刻变了计，碰不着这危险。阿Q本也想进城去寻他的老朋友，一得这消息，也只得作罢了。

但未庄也不能说是无改革。几天之后，将辫子盘在顶上的逐渐增加起来了，早经说过，最先自然是茂才公，其次便是赵司晨和赵白眼，后来是阿Q。倘在夏天，大家将辫子盘在头顶上或者打一个结，本不算什么稀奇事，但现在是暮秋，所以这“秋行夏令”的情形，在盘辫家不能不说是万分的英断，而在未庄也不能说无关于改革了。

赵司晨脑后空荡荡的走来，看见的人大嚷说，

“嚄，革命党来了！”

阿Q听到了很羡慕。他虽然早知道秀才盘辫的大新闻，但总没有想到自己可以照样做，现在看见赵司晨也如此，才有了学样的意思，定下实行的决心。他用一支竹筷将辫子盘在头顶上，迟疑多时，这才放胆的走去。

他在街上走，人也看他，然而不说什么话，阿Q当初很不快，后来便很不平。他近来很容易闹脾气了；其实他的生活，倒也并不比造反之前反艰难，人见他也客气，店铺也不说要现钱。而阿Q总觉得自己太失意：既然革了命，不应该只是这样的。况且有一回看见小D，愈使他气破肚皮了。

小D也将辫子盘在头顶上了，而且也居然用一支竹筷。阿Q万料不到他也敢这样做，自己也决不准他这样做！小D是什么东西呢？他很想即刻揪住他，拗断他的竹筷，放下他的辫子，并且批他几个嘴巴，聊且惩罚他忘了生辰八字，也敢来做革命党的罪。但他终于饶放了，单是怒目而视的吐一口唾沫道“呸！”

这几日里，进城去的只有一个假洋鬼子。赵秀才本也想靠着寄存箱子的渊源，亲身去拜访举人老爷的，但因为有剪辫的危险，所以也就中止了。他写了一封“黄伞格”的信，托假洋鬼子带上城，而且托他给自己绍介绍介，去进自由党。假洋鬼子回来时，向秀才讨还了四块洋钱，秀才便有一块银桃子挂在大襟上了；未庄人都惊服，说这是柿油党的顶子，抵得一个翰林；赵太爷因此也骤然大阔，远过于他儿子初隽秀才的时候，所以目空一切，见了阿Q，也就很有些不放在眼里了。

阿Q正在不平，又时时刻刻感着冷落，一听得这银桃子的传说，他立即悟出自己之所以冷落的原因了：要革命，单说投降，是不行的；盘上辫子，也不行的；第一着仍然要和革命党去结识。他生平所知道的革命党只有两个，城里的一个早已“嚓”的杀掉了，现在只剩了一个假洋鬼子。他除却赶紧去和假洋鬼子商量之外，再没有别的道路了。

钱府的大门正开着，阿Q便怯怯的躄进去。他一到里面，很吃了惊，只见假

洋鬼子正站在院子的中央，一身乌黑的大约是洋衣，身上也挂着一块银桃子，手里是阿Q曾经领教过的棍子，已经留到一尺多长的辫子都拆开了披在肩背上，蓬头散发的像一个刘海仙。对面挺直的站着赵白眼和三个闲人，正在必恭必敬的听说话。

阿Q轻轻的走近了，站在赵白眼的背后，心里想招呼，却不知道怎么说才好：叫他假洋鬼子固然是不行的了，洋人也不妥，革命党也不妥，或者就应该叫洋先生了罢。

洋先生却没有见他，因为白着眼睛讲得正起劲：

"我是性急的，所以我们见面，我总是说：洪哥！我们动手罢！他却总说道：No！——这是洋话，你们不懂的。否则早已成功了。然而这正是他做事小心的地方。他再三再四的请我上湖北，我还没有肯。谁愿意在这小县城里做事情。……"

"唔，……这个……"阿Q候他略停，终于用十二分的勇气开口了，但不知道因为什么，又并不叫他洋先生。

听着说话的四个人都吃惊的回顾他。洋先生也才看见：

"什么?"

"我……"

"出去!"

"我要投……"

"滚出去!"洋先生扬起哭丧棒来了。

赵白眼和闲人们便都吆喝道："先生叫你滚出去，你还不听么!"

阿Q将手向头上一遮，不自觉的逃出门外；洋先生倒也没有追。他快跑了六十多步，这才慢慢的走，于是心里便涌起了忧愁：洋先生不准他革命，他再没有别的路；从此决不能望有白盔白甲的人来叫他，他所有的抱负，志向，希望，前程，全被一笔勾销了。至于闲人们传扬开去，给小D王胡等辈笑话，倒是还在其次的事。

他似乎从来没有经验过这样的无聊。他对于自己的盘辫子，仿佛也觉得无意味，要侮蔑；为报仇起见，很想立刻放下辫子来，但也没有竟放。他游到夜间，赊了两碗酒，喝下肚去，渐渐的高兴起来了，思想里才又出现白盔白甲的碎片。

有一天，他照例的混到夜深，待酒店要关门，才踱回土谷祠去。

拍，吧～～！

他忽而听得一种异样的声音，又不是爆竹。阿Q本来是爱看热闹，爱管闲事的，便在暗中直寻过去。似乎前面有些脚步声；他正听，猛然间一个人从对面逃来了。阿Q一看见，便赶紧翻身跟着逃。那人转弯，阿Q也转弯，既转弯，那人站住了，阿Q也站住。他看后面并无什么，看那人便是小D。

"什么?"阿Q不平起来了。

"赵……赵家遭抢了!"小D气喘吁吁的说。

阿Q的心怦怦的跳了。小D说了便走；阿Q却逃而又停的两三回。但他究竟是做过“这路生意”的人，格外胆大，于是蹩出路角，仔细的听，似乎有些嚷嚷，又仔细的看，似乎许多白盔白甲的人，络绎的将箱子抬出了，器具抬出了，秀才娘子的宁式床也抬出了，但是不分明，他还想上前，两只脚却没有动。

这一夜没有月，未庄在黑暗里很寂静，寂静到像羲皇时候一般太平。阿Q站着看到自己发烦，也似乎还是先前一样，在那里来来往往的搬，箱子抬出了，器具抬出了，秀才娘子的宁式床也抬出了，……抬得他自己有些不信他的眼睛了。但他决计不再上前，却回到自己的祠里去了。

土谷祠里更漆黑；他关好大门，摸进自己的屋子里。他躺了好一会，这才定了神，而且发出关于自己的思想来：白盔白甲的人明明到了，并不来打招呼，搬了许多好东西，又没有自己的份，——这全是假洋鬼子可恶，不准我造反，否则，这次何至于没有我的份呢？阿Q越想越气，终于禁不住满心痛恨起来，毒毒的点一点头：“不准我造反，只准你造反？妈妈的假洋鬼子，——好，你造反！造反是杀头的罪名呵，我总要告一状，看你抓进县里去杀头，——满门抄斩，——嚓！嚓！”

第九章　大团圆

赵家遭抢之后，未庄人大抵很快意而且恐慌，阿Q也很快意而且恐慌。但四天之后，阿Q在半夜里忽被抓进县城里去了。那时恰是暗夜，一队兵，一队团丁，一队警察，五个侦探，悄悄地到了未庄，乘昏暗围住土谷祠，正对门架好机关枪；然而阿Q不冲出。许多时没有动静，把总焦急起来了，悬了二十千的赏，才有两个团丁冒了险，踰垣进去，里应外合，一拥而入，将阿Q抓出来；直待擒出祠外面的机关枪左近，他才有些清醒了。

到进城，已经是正午，阿Q见自己被搀进一所破衙门，转了五六个弯，便推在一间小屋里。他刚刚一跄踉，那用整株的木料做成的栅栏门便跟着他的脚跟阖上了，其余的三面都是墙壁，仔细看时，屋角上还有两个人。

阿Q虽然有些忐忑，却并不很苦闷，因为他那土谷祠里的卧室，也并没有比这间屋子更高明。那两个也仿佛是乡下人，渐渐和他兜搭起来了，一个说是举人老爷要追他祖父欠下来的陈租，一个不知道为了什么事。他们问阿Q，阿Q爽利的答道，“因为我想造反。”

他下半天便又被抓出栅栏门去了，到得大堂，上面坐着一个满头剃得精光的老头子。阿Q疑心他是和尚，但看见下面站着一排兵，两旁又站着十几个长衫人物，也有满头剃得精光像这老头子的，也有将一尺来长的头发披在背后像那假洋鬼子的，都是一脸横肉，怒目而视的看他；他便知道这人一定有些来历，膝关节立刻自然而然的宽松，便跪了下去了。

“站着说！不要跪！”长衫人物都吆喝说。

阿Q虽然似乎懂得，但总觉得站不住，身不由己的蹲了下去，而且终于趁势改为跪下了。

“奴隶性！……”长衫人物又鄙夷似的说，但也没有叫他起来。

“你从实招来罢，免得吃苦。我早都知道了。招了可以放你。”那光头的老头子看定了阿Q的脸，沉静的清楚的说。

“招罢！”长衫人物也大声说。

“我本来要……来投……”阿Q胡里胡涂的想了一通，这才断断续续的说。

“那么，为什么不来的呢？”老头子和气的问。

“假洋鬼子不准我！”

“胡说！此刻说，也迟了。现在你的同党在那里？”

“什么？……”

“那一晚打劫赵家的一伙人。”

“他们没有来叫我。他们自己搬走了。”阿Q提起来便愤愤。

“走到那里去了呢？说出来便放你了。”老头子更和气了。

“我不知道，……他们没有来叫我……”

然而老头子使了一个眼色，阿Q便又被抓进栅栏门里了。他第二次抓出栅栏门，是第二天的上午。

大堂的情形都照旧。上面仍然坐着光头的老头子，阿Q也仍然下了跪。

老头子和气的问道，“你还有什么话说么？”

阿Q一想，没有话，便回答说，“没有。”

于是一个长衫人物拿了一张纸，并一支笔送到阿Q的面前，要将笔塞在他手里。阿Q这时很吃惊，几乎“魂飞魄散”了：因为他的手和笔相关，这回是初次。他正不知怎样拿；那人却又指着一处地方教他画花押。

“我……我……不认得字。”阿Q一把抓住了笔，惶恐而且惭愧的说。

“那么，便宜你，画一个圆圈！”

阿Q要画圆圈了，那手捏着笔却只是抖。于是那人替他将纸铺在地上，阿Q伏下去，使尽了平生的力气画圆圈。他生怕被人笑话，立志要画得圆，但这可恶的笔不但很沉重，并且不听话，刚刚一抖一抖的几乎要合缝，却又向外一耸，画成瓜子模样了。

阿Q正羞愧自己画得不圆，那人却不计较，早已掣了纸笔去，许多人又将他第二次抓进栅栏门。

他第二次进了栅栏，倒也并不十分懊恼。他以为人生天地之间，大约本来有时要抓进抓出，有时要在纸上画圆圈的，惟有圈而不圆，却是他“行状”上的一个污点。但不多时也就释然了，他想：孙子才画得很圆的圆圈呢。于是他睡着了。

然而这一夜，举人老爷反而不能睡：他和把总呕了气了。举人老爷主张第一要追赃，把总主张第一要示众。把总近来很不将举人老爷放在眼里了，拍案打凳的说道，“惩一儆百！你看，我做革命党还不上二十天，抢案就是十几件，全不破案，我的面子在那里？破了案，你又来迂。不成！这是我管的！”举人老爷窘急了，然而还坚持，说是倘若不追赃，他便立刻辞了帮办民政的职务。而把总却道，“请便罢！”于是举人老爷在这一夜竟没有睡，但幸而第二天倒也没有辞。

阿 Q 第三次抓出栅栏门的时候，便是举人老爷睡不着的那一夜的明天的上午了。他到了大堂，上面还坐着照例的光头老头子；阿 Q 也照例的下了跪。

老头子很和气的问道，“你还有什么话么？”

阿 Q 一想，没有话，便回答说，“没有。”

许多长衫和短衫人物，忽然给他穿上一件洋布的白背心，上面有些黑字。阿 Q 很气苦：因为这很像是带孝，而带孝是晦气的。然而同时他的两手反缚了，同时又被一直抓出衙门外去了。

阿 Q 被抬上了一辆没有蓬的车，几个短衣人物也和他同坐在一处。这车立刻走动了，前面是一班背着洋炮的兵们和团丁，两旁是许多张着嘴的看客，后面怎样，阿 Q 没有见。但他突然觉到了：这岂不是去杀头么？他一急，两眼发黑，耳朵里嗡的一声，似乎发昏了。然而他又没有全发昏，有时虽然着急，有时却也泰然；他意思之间，似乎觉得人生天地间，大约本来有时也未免要杀头的。

他还认得路，于是有些诧异了：怎么不向着法场走呢？他不知道这是在游街，在示众。但即使知道也一样，他不过便以为人生天地间，大约本来有时也未免要游街要示众罢了。

他省悟了，这是绕到法场去的路，这一定是“嚓”的去杀头。他惘惘的向左右看，全跟着马蚁似的人，而在无意中，却在路旁的人丛中发见了一个吴妈。很久违，伊原来在城里做工了。阿 Q 忽然很羞愧自己没志气：竟没有唱几句戏。他的思想仿佛旋风似的在脑里一回旋：《小孤孀上坟》欠堂皇，《龙虎斗》里的“悔不该……”也太乏，还是“手执钢鞭将你打”罢。他同时想将手一扬，才记得这两手原来都捆着，于是“手执钢鞭”也不唱了。

“过了二十年又是一个……”阿 Q 在百忙中，“无师自通”的说出半句从来不说的话。

“好！！！”从人丛里，便发出豺狼的嗥叫一般的声音来。

车子不住的前行，阿 Q 在喝采声中，轮转眼睛去看吴妈，似乎伊一向并没有见他，却只是出神的看着兵们背上的洋炮。

阿 Q 于是再看那些喝采的人们。

这刹那中，他的思想又仿佛旋风似的在脑里一回旋了。四年之前，他曾在山脚下遇见一只饿狼，永是不远不近的跟定他，要吃他的肉。他那时吓得几乎要死，幸而手里有一柄斫柴刀，才得仗这壮了胆，支持到未庄；可是永远记得那狼眼睛，又凶又怯，闪闪的像两颗鬼火，似乎远远的来穿透了他的皮肉。而这回他又看见从来没有见过的更可怕的眼睛了，又钝又锋利，不但已经咀嚼了他的话，并且还要咀嚼他皮肉以外的东西，永是不远不近的跟他走。

这些眼睛们似乎连成一气，已经在那里咬他的灵魂。

“救命，……”

然而阿Q没有说。他早就两眼发黑，耳朵里嗡的一声，觉得全身仿佛微尘似的迸散了。

至于当时的影响，最大的倒反在举人老爷，因为终于没有追赃，他全家都号咷了。其次是赵府，非特秀才因为上城去报官，被不好的革命党剪了辫子，而且又破费了二十千的赏钱，所以全家也号咷了。从这一天以来，他们便渐渐的都发生了遗老的气味。

至于舆论，在未庄是无异议，自然都说阿Q坏，被枪毙便是他的坏的证据；不坏又何至于被枪毙呢？而城里的舆论却不佳，他们多半不满足，以为枪毙并无杀头这般好看，而且那是怎样的一个可笑的死囚呵，游了那么久的街，竟没有唱一句戏：他们白跟一趟了。

★导读

鲁迅（1881—1936），字豫才，原名周樟寿，又名树人，浙江绍兴人。自小接受传统文化教育，在南京求学及日本留学期间，广泛接触西方文化。1909年回国，1912年到国民政府教育部任职，1918年在《新青年》发表白话小说《狂人日记》，1926年南下，先后在厦门大学、中山大学任教，1927年到上海从事创作。从1907年发表第一篇论文《人之历史》至1936年病逝，鲁迅以丰富的著述，对中国现代文学乃至文化产生了深远影响。主要著作有短篇小说集《呐喊》、《彷徨》、《故事新编》，散文诗集《野草》，散文集《朝花夕拾》，杂文集《华盖集》、《而已集》、《南腔北调集》、《三闲集》、《二心集》、《准风月谈》、《伪自由书》、《且介亭杂文》，书信集《两地书》，以及学术著作《中国小说史略》、《汉文学史纲要》等。

《阿Q正传》最初连载于1921年12月4日至1922年2月12日的《晨报》副刊，1923年收入短篇小说集《呐喊》。1926年，留法学生敬隐渔将《阿Q正传》译成法文，经罗曼·罗兰推荐，分两期发表于1926年《欧罗巴》杂志的5月号和6月号。鲁迅表示，他要通过阿Q“画出这样沉默的国民的魂灵来”。周作人认为：“阿Q像神话里的‘众赐’（Pandora）一样，承受了恶梦似的四千年来的经验所造成的一切‘谱’上的规则，包含对于生命幸福名誉道德各种意见，提炼精粹，凝为个体，所以实在是一幅中国人品行的‘混合照相’。”不仅如此，阿Q已经成为了一个具有普世意义的文学形象，触动着人性深处的脆弱与悲凉。

在小说的第一章“序”中，鲁迅以第一人称叙述视角解题。“我要给阿Q做正传，已经不止一两年了。但一面要做，一面又往回想，这足见我不是一个‘立言’的人，因为从来不朽之笔，须传不朽之人，于是人以文传，文以人传——究竟谁靠谁传，渐渐的不甚了然起来，而终于归结到传阿Q，仿佛思想里有鬼似的。”在介绍阿Q的形状和性格之前，叙述者首先说明了命名的困难，这种困难表现为文章名目的不正当和传主身份的不确定。所谓“名不正则言不顺”，中国几千年历史上的传虽然名目繁多，却无一相合。阿Q这样的小民百姓从来都是速朽的，仿佛幽灵或鬼魂飘荡在历史上空，哪里都没有他们的位置和痕迹。只能从“闲话休提言归正传”的套话中，取出“正传”暂作名目。更为尴尬的是无法确认传主的身份，他是无姓、无名、无籍贯的“三无”人员。只好根据唯一正确的“阿”字，再辅以洋字“Q”，而勉强命名为“阿Q”。“你怎么会姓赵！——你那里配姓赵！”赵太爷的一个嘴巴，成功地把阿Q从氏族的谱系中排除出去。小说的“序”看似与主体叙事无关，实则有力质疑并挑战了中国传统文化的价值体系，并暗示了阿Q之国民性的文化渊源和集体印记。阿Q和排斥他的等级秩序或价值体系之间，是一种互为表里的关系，两者相互说明。

阿Q在“优胜纪略”和“续优胜纪略”中所体现的精神胜利法，正是对等级秩序的肯定和维护，当未庄的闲人们笑话癞疮疤时，他冲口而出的“你还不配”和赵太爷的“你那里配姓赵”如出一辙。赵太爷打了阿Q嘴巴后，因为打的人有名，被打的也就托庇有了名，阿Q因此得意了很多年。阿Q敢于渺视王胡、挑衅小D和调戏小尼姑，乃是因为他自觉在等级秩序中占有较为优越的位置。阿Q对世界的看法和赵太爷、钱太爷之流并无不同，既然世界由强与弱、成功与失败、富与穷、有权与无权两端构成，那么谄上欺下就是一种自然反应。当自己明显处于下风时，他便以“先前阔”、“儿子打老子”、“第一个能够自轻自贱的人”等方式，实现逻辑上的转换，以获得精神上的胜利。当这些方法都不奏效时，他还可以借助睡觉或忘却的法宝，重新得意起来。

第四章“恋爱的悲剧”中，阿Q向赵太爷的女仆吴妈求爱失败，由此引发了第五章“生计问题”，阿Q由是打定了进城的主意。第六章“从中兴到末路”讲述回到未庄的阿Q因为发了财、见过杀头且有好东西而受到敬畏，却又因暴露了其不敢再偷的偷儿的身份，失去了刚获得的地位和权势。第七章“革命”描写辛亥革命爆发后，阿Q想要投降革命党，他认为造反了之后，“我要什么就是什么，我欢喜谁就是谁”。第八章“不准革命”中，假洋鬼子不准阿Q革命，阿Q痛心于好东西自己都没份。

第九章"大团圆"中，被革命排斥，没份参与打劫赵家的阿Q，却因被控抢劫而判了死刑。平生第一次拿笔的阿Q在画押时，因手抖把圆圈画成了瓜子模样。曾经的看客阿Q在游街、示众的路上，在从看到被看的角色转换中，终于有了死亡的实感，临死的刹那，仿若灵光闪现，他看清了这吃人的文化。"这回他又看见从来没有见过的更可怕的眼睛了，又钝又锋利，不但已经咀嚼了他的话，并且还要咀嚼他皮肉以外的东西，永是不远不近的跟他走。"阿Q死了，阿Q的精神还在。阿Q的死成为其他看客的谈资。"他们多半不满足，以为枪毙并无杀头这般好看，而且那是怎样的一个可笑的死囚呵，游了那么久的街，竟没有唱一句戏：他们白跟一趟了。"（陈翠平）

★思考题：

1. 谈谈你对阿Q的精神胜利法的看法。
2. 简单分析小说的结构艺术。

潘先生在难中

叶圣陶

一

车站里挤满了人，各有各的心事，都现出异样的神色，脚夫的两手插在号衣的袋里，睡着一般地站着；他们知道可以得到特别收入的时间离得还远，也犯不着老早放出精神来。空气沉闷得很，人们略微感到呼吸的受压迫，大概快要下雨了。电灯亮了一歇了，仿佛比平时昏黄一点，望去好像一切的人物都在雾里梦里。

揭示处的黑漆板上标明西来的快车须迟到四点钟。这个报告在几点钟以前早就教人家看熟了，现在便同风化了的戏单一样，没有一个人再望它一眼。像这种报告，在这一个礼拜里，几乎每天每趟的行车都有：所以本来是难得的事件，大家也习以为当然了。

不知几多人心系着的来车居然到了，闷闷的一个车站就一变而为扰扰的境界。来客的安心，候客者的快意，以及脚夫的小小发财，我们且都不提。单讲一位从让里来的潘先生。他当火车没有驶进站场之先，早已调排得十分周妥：他领头，右手提着个黑漆皮包，左手牵着个七岁的孩子；七岁的孩子牵着他的哥哥（今年九岁）；哥哥又牵着他的母亲，潘师母。潘先生说人多照顾不齐，这么牵着，首尾一气，犹如一条蛇，什么地方都好钻了。他又屡次叮嘱，教大家握得紧紧，切勿放手；尚恐大家万一忘了，又屡次摇荡他的左手，意思是教把这警告打电报一般一站站递过去。

首尾一气诚然不错，可是也不能全乎没有弊端。火车将停时，所有的客人和东西都要涌向车门，潘先生一家的一条蛇是有点尾大不掉了。他用黑漆皮包做前锋，胸腹部用力，向前抵，居然进展到距车门只两个窗洞的地位。但是他的七岁的孩子还在距车门四个窗洞的地方，被挤在好些客人和坐椅的中间，一动不能动；两臂一前一后，伸得很长，前后的牵引力都很大，似乎快要把臂膊拉了去的样子。他急得直喊，“阿！我的臂膊！我的臂膊！”

一些客人听见了带哭的喊声，方才知道腰下挤着个孩子；留心一看，见他们四个人一串，手联手牵着。一个客人呵斥道，“赶快放手，要不然，把孩子拉做两半了！”

“怎么弄的，孩子不抱在手里！”又一个客人用鄙夷的声气自语，他一方面仍注意在攫得向前行进的机会。

“不，”潘先生心想他们的话不对的，牵着自有牵着的妙用；再转一念，妙用岂是人人能够了解的，向他们辩白，也不过徒劳唇舌，不如省些精神罢，就把以下的话咽了下去。而七岁的孩子还是“臂膊！臂膊！”喊着，潘先生前进后退都没有希望，只得自己失约先放了手。随即惊惶地发命令道，“你们看着我！你们看着我！”

车轮一顿，在轨道上立定了；车门里弹出去似地跳下许多的人。潘先生觉得前头松动了些；但是后面的力量突然增加，他的脚作不得一点主，只得向前推移；要回转头来招呼自己的队伍，也不得自由，于是对着前头的人的后脑叫喊，“你们跟着我！你们跟着我！”

他居然从车门里被弹出来了。旋转身子看，后面没有他的儿子同夫人。心知他们还挤在车中，守住车门老等总是稳当的办法。又下来了百多人，方才看见脚踏上人从中现出七岁的孩子的上半身，承着电灯光，面目作哭泣的形相。他走前去，几次被跳下来的客人冲回，才用左臂把孩子抱了下来。再等了一歇，潘师母同九岁的孩子也下来了；她吁吁地呼着气，连喊“阿唷，阿唷，”凄然的眼光相着潘先生的脸，似乎乞求抚慰的孩子。

潘先生到底镇定，看见自己的队伍全下来了，重又发命令道，“我们仍旧同刚才这样联起来。你们看月台上的人这么多，收票处又挤得厉害，不是联着，就要走散了！”

七岁的孩子觉得害怕，拦住他的膝头说，“爸爸，抱。”

“没用的东西！”潘先生颇有点愤怒，但随即耐住，蹲下身子把孩子抱了起来。同时关照大的孩子拉着他的长衫的后幅，一手要紧紧牵着母亲，因为他自己一只手也没得空了。

潘师母向来不曾受过这样的困累，好容易下了车，却还有可怕的拥挤在前头，不禁发怨道，“早知道这样子，宁可死在家里，再也不要逃难的了！”

“悔什么！”潘先生一半发气，一半又觉得怜惜。“到了这里，懊悔也是没用。并且，性命到底安全了。走罢，当心脚下。”于是四个一串向人丛中蹒跚地移过去。

一阵的拥挤，潘先生如在梦里似的，出了收票处的隘口。他仿佛急流里的一滴水滴，没有回旋侧向的余地，只有顺着大众的势，脚不点地地走。一会儿，已经出了车站的铁栅栏，跨过了电车轨道，来到水门汀的旁路上。慌忙地回转身来，只见数不清的给电灯光耀得发白的面孔以及数不清的提箱与包裹，一齐向自己这边涌来，忽然觉得长衫后幅上的小手没有了，不知什么时候放了的；心头怅惘到不可说，只无意识地把身子乱转。转了几回，一丝影踪也没有。家破人亡之感立时袭进他的心门，禁不住渗出两滴眼泪来，望出去电灯人形都有点模糊了。

幸而抱着的孩子眼光敏锐，他瞥见母亲的疏疏的额发，便认识了，举起手来指点着，“妈妈，那边。”

潘先生一喜；但是还有点不大相信，眼睛凑近孩子的衣衫擦了擦，然后望去。搜寻了一歇，果然看见他的夫人呆鼠一般在人丛中瞎撞，前面护着那大的孩子：他们还没有跨过电车轨道呢。他便向前迎上去，连喊着“阿大，”把他们引到刚才站定的旁路上。于是放下手中的孩子，舒畅地吐一口气，一手抹着脸上的汗说，“现在好了！”的确好了，只要跨出那一道铁栅栏，就有人保着险，什么兵火焚掠都遭逢不到；而已经散失的一妻一子，又幸福得很，一寻即着：岂不是四条性命，一个皮包，都从毁灭和危难的当中捡了回来么？岂不是“现在好了”？

“黄包车！”潘先生很入调地喊着。

车夫们听见了，一齐拉着车围拢来，问他到什么地方。

他昂起一点头，似乎增加好几分威严，伸出两个指头扬着说，“只消两辆！两辆！”他想了一想，继续说，“十个铜子，四马路，去的就去！”这分明表示他是个“老上海”。

辩论了好一会，终于讲定十二铜子一辆。潘师母带着大的孩子坐一辆，潘先生带着小的孩子同黑漆皮包坐一辆。

车夫刚欲拔脚前奔，一个背枪的印度巡捕一臂在前面一横，只得缩住了。小的孩子看这个人的形相可怕，不由得回过脸来，贴着父亲的胸际。

潘先生领悟了，连忙解释道，“不要害怕，那就是印度巡捕，你看他的红包头。我们因为本地没有他，所以要逃到这里来；他背着枪保护我们。他的胡子很好玩的，你可以看一看，同罗汉的胡子一个样子。”

孩子总觉得怕，便是同罗汉一样的胡子也不想看。直到听见的声音，才从侧边斜睨过去，只见很亮很亮的一个房间一闪就过去了；那边一家家都是花花灿灿的，都点得亮亮，他于是不再贴着父亲的胸际。

到了四马路，一连问了八九家旅馆，都大大的写着客满的牌子；而且一望而知情商也没有用，因为客堂里都搭起床铺，可知确实是住满了。最后到一家也标着“客满”，但是一个伙计懒懒地开口道，“找房间么？”

“是找房间，这里还有么?”一缕安慰的心直透潘先生的周身，仿佛到了家的样子。

“有是有一间，客人刚刚搬走，他自己租了房子了。你先生若是迟来一刻，说不定就没有了。”

“那一间就是我们住好了。”他放了小的孩子，回身去扶下夫人同大的孩子来，说，“我们总算运气好，居然有房间住了!”随即付车钱，慷慨地照原价加上一个铜子；他相信运气好的时候多给人一些好处，以后好的运气会续续而来的。但是车夫偏不知足，说跟着他们回来回去走了许多时，非加上五个铜子不可。结果旅馆里的伙计出来调停，潘先生又多破费了四个铜子。

这房间就在楼下，有一个床，一盏电灯，一桌，两椅，此外就只有烟雾一般的一间的空气了。潘先生一家跟着茶房走进去时，立刻闻到刺鼻的油腥味，中间又混着阵阵的尿臭。潘先生不快地自语道，“讨厌的气味!”随即听见隔壁有食料投下油锅的声音，才知道原是厨房。再一思想，气味虽讨厌，究比吃枪子睡露天好多了；也就觉得没有什么，舒舒泰泰在一张椅子上坐下。

“用晚饭吧?”茶房摆下皮包回头问。

“我要吃火腿汤淘饭，”小的孩子咬着指头说。

潘师母马上对他看个白眼，懔然说，“火腿汤淘饭!是逃难呢，有得吃就好了，还要这样那样点戏!”

大的孩子也不懂看看风色，央着潘先生说，“今天到上海了，你可给我吃大菜。”

潘师母竟然发怒了，她回头呵斥道，“你们都是没有心肝的，只配什么也没得吃，活活地饿……”

潘先生有点儿窘，却作没事的样子说，“小孩子懂得什么。”便分付茶房道，“我们在路上吃了东西了，现在只消来两客蛋炒饭。”

茶房似答非答地一点头就走，刚出房门，潘先生又把他喊回来道，“带一斤绍兴，一毛钱熏鱼来。”

茶房的脚声听不见了，潘先生舒快地对着潘师母道，“这一刻该得乐一乐，喝一杯了。你想，从兵祸凶险的地方，来到这绝无其事的境界，第一件可乐。刚才你们忽然离开了我，找了半天找不见，真把我急得要死了；倒是阿二乖觉（他说着，把阿二拖在身边，一手轻轻地拍着），他一眼便看见了你，于是我迎上来，这是第二件可乐。乐哉乐哉，陶陶酌一杯。”他作举杯就口的样子，迷迷地笑着。

潘师母不响，她正想着家里呢。细软的虽然已经带在皮包里以及寄到教堂里去了，但是留下的东西究竟还不少。不知王妈倒底可靠不可靠；又不知隔壁那家穷人家曾不曾知晓他们一家都出来了，只剩个王妈在家里看守；又不知王妈睡觉时，会不会忘记关上一扇门或是一扇窗。她又想起院子里的三只母鸡，没有做完的阿二的裤子，厨房的一碗白熝鸭……真同通了电一般，一刻之间，种种的事情都涌上心头，觉得异样地不舒服；便叹口气道，“不知弄到怎样呢!”

两个孩子都怀着失望的心情，茫昧地觉得这样的上海没有平时父母嘴里的上海来得好玩而有味。

疏疏的雨点从窗外洒进来，潘先生站起来说，“果真下雨了，幸亏在这一刻下，”就把窗关上。突然看见本来给窗子掩没的旅客须知单，他便想起一件顶紧要的事情，一眼不眨地直注着那单子看。

“不折不扣，两块！”他惊讶地喊。回转头时，眼珠瞪视着潘师母，一段舌头从嘴里伸了出来。

二

明天早上，走廊中茶房们正蜷在几条长凳上熟睡，狭得只有一条的天井上面很少有晨光透下来，几许房间里的电灯还是昏黄地亮着。但是潘先生夫妇两个已经在那里谈话了；两个孩子希望今天的上海或许比昨晚的好一点，也醒了一歇了，只因父母教他们再睡一会，所以还躺在床上，彼此呵痒为戏。

“我说你一定不要回去，”潘师母焦心地说。“这报上的话，知道它靠得住靠不住的。既然千难万难地逃了出来，那有立刻又回去的道理！”

“料是我早先也料到的。顾局长的脾气就是一点不肯马虎。‘地方上又没有战事，学自然照常要开的，’这句话确然是他的声口。这个通信员我也认识，就是教育局里的职员，又那里会靠不住？回去是一定要回去的。”

“你要晓得，回去危险呢！”潘师母凄然地说。“说不定三天两天他们就会打到我们那地方去，你就回去开学，有什么学生来念书？就是不打到我们那地方，将来教育局长怪你为什么不开学时，你也有话回答。你只要问他，到底性命要紧还是学堂要紧？他也是一条性命，想来决不会对你过不去。”

“你懂得什么！”潘先生颇怀着鄙薄的意思。“这种话只配躲在家里，伏在床角里，由你这种女人去说；你道我们也说得出口的么！你切不要拦阻我，（这时候他已转为抚慰的声调），回去是一定要回去的；但是包你没有一点危险，我自有保全自己的法子。而且，（他自喜心思的灵捷，微微笑着），你不是很不放心家里的东西么？我回去了，就可以自己照看，你也得定心定意住在这里了。等到时局平定了，我马上来接你们回去。”

潘师母知道丈夫的回去是万无挽回的了。回去能得照看东西固然很好；但是风声这样地紧，一去之后，犹如珠子抛在海里，谁保得定必能捞回来呢！生离死别的哀感涌上她的心头，再不敢正眼看她的丈夫，眼泪早在眼角边偷偷地想跑出来了。她又立刻想起这不大吉利，现在并没有什么不好的事情，怎能凄惨地流起泪来。于是勉强忍住，聊作自慰的请求道，“那么你去看看情形，假使教育局长并没有照常开学这句话，如还来得及，你就趁了今天下午的车来，不然，趁了明天的早车来。你要知道，（她到底忍不住，一滴眼泪落在手背，立刻在衫子上擦去了），我不放心呢！”

潘先生心里也着实有点烦乱，局长的意思照常开学，自己万无主张暂缓开学之理，回去当然是天经地义，但是又怎么放得下这里！看他夫人这样的依依之情，决计一走，未免太没有恩义。又况一个女人两个孩子都是很懦弱的，一无依傍，寄住在外边，怎能断言决没有意外？他这样想时，不禁深深地发恨：恨这人那人调兵遣将，预备作战，恨教育局长主张照常开课，又恨自己没有个已经成年，可以帮助一臂的儿子。

但是他究竟不比女人，他更从利害远近种种方面着想，觉得回去终于是天经地义。便把恼恨搁在一旁，脸上也不露一毫形色，顺着夫人的口气点头道，“假若打听明白局长并没有这意思，依你的话，就趁了下午的车来。”

两个孩子约略听得回去和再来的话，小的就伏在床沿作娇道，“我也要回去。”

“我同爸爸妈妈回去，剩下你独个住在这里，”大的孩子扮着鬼脸说。

小的听着，便迫紧喉咙喊作啼哭的腔调，小手擦着眉眼的部分，但眼睛里实在没有眼泪。

“你们都跟着妈妈留在这里，”潘先生提高了声音说，“再不许胡闹了，好好儿起来待吃早饭罢。”说罢，又嘱咐了潘师母几句，径出雇车，赶往车站。

模糊地听得行人在那里说铁路已断火车不开的话，潘先生想，“火车如果不开，倒死了我的心，就是立刻免职也只得由他了。”同时又觉得这消息很使他失望；因想他若是运气好，未必会逢到这等失望的事，那么行人的话也未必可靠。欲决此疑，只希望车夫三步并作一步跑。

他的运气诚然不坏，赶到车站一看，并没有火车不开的通告；揭示处只标明夜车要迟四点钟才到，这一刻还没有到呢。买票处绝不拥挤，时时有一两个人前去买票。聚在站中的人却不少，一半是候客的，一半是为看看来的，也有带着照相器具的，专等夜车到时摄取车站拥挤的情形，好作将来风云变幻史的一页。行李房满满地堆着箱子铺盖，各色各样，几乎碰到铅皮的屋面。

他心中似乎很安慰，又似乎有点儿怅惘，顿了一顿，终于前去买了张三等票，就走入车箱里坐着。晴明的阳光照得一车通亮，温温地不嫌燠热；坐位很宽舒，就是勉强要躺躺也可以。他想，“这是难得逢到的。倘若心里没有事，真是趟愉快的旅行呢。”

这趟车一路耽搁，听候军人的命令，等待兵车的通过。直到抵达让里，已是下午三点过了。潘先生下了车，急忙赶到家，看见大门紧紧关着，心便一定，原来昨天再四叮嘱王妈的就是这一件。

扣了十几下，王妈方才把门开了。一见潘先生，出惊地说，“怎么，先生回来了！不用逃难了么？”

潘先生含糊回答了她；奔进里面四周一看，便开了房门的锁，闯进去上下左右打量着。没有变更，一点没有变更，什么都同昨天一样。于是他吊起的一半心放下来了。还有一半心没放下，便又锁上房门，回身出门；吩咐王妈道，“你照旧好好把门关上了。”

王妈摸不清头绪，关了门进去只是思索。她想主人们一定就住在本地，恐怕她也要跟了去，所以骗她说逃到上海去。“不然，怎么先生又回来了？奶奶同两个孩子不一同来，又躲在什么地方呢？但是，他们为什么不让我跟了去？这自然嫌得人多了不好。——他们一定就住在那洋人的红房子里，那些兵都讲通的，打起仗来不打那红房子。——其实就是老实告诉我，要我跟了去，我也不高兴去呢。我在这里一点也不怕；如果打仗打到这里来，横竖我的老衣早做好了。”她随即想起甥女儿送她的一双绣花鞋真好看，穿了这鞋子上西方，阎王一定另眼相看；于是她感到一种微妙的舒快，不复想那主人究竟在那里的问题。

潘先生出门，就去访那当通信员的教育局职员，问他局长究竟有没有照常开学的意思。那人回答道，“怎么没有？他还说有一些教员只顾逃难，不顾职务，这就是表示教育的事业，不配他们干的；乘此淘汰一下也是好处。”潘先生听了，仿佛觉得一凛；但又赞赏自己有主意，决定回来到底是不错的。一口气奔到自己的学校里，提起笔来就起草送给学生家属的通告。意思是说兵乱虽然可虑，子弟的教育犹如布帛菽粟，是一天一刻不可废离的，现在暑假期满，我校照常开学。从前欧洲大战的时候，他们天空里布着御防炸弹的网，下面学校里却依然在那里上课：这种非常的精神，我们应当不让他们专美于前。希望家长们能够体谅这一层意思，若无其事地依旧把子弟送来：这不但是家庭和学校的益处，实也是地方和国家的荣誉。

他起完这草，往复看了三遍，觉得再没有可以增损，局长看见了，至少也得说一声“先得我心。”便得意地誊上蜡纸，又自己动手印刷了百多张，命校役向一个个学生家里送去。公事算是完毕了，开始想到私事：既要开学，上海是去不成了，他们母子三个住在旅馆里怎么弄得下去！但也没有办法，惟有教他们一切留意，安心住着。于是蘸着刚才的残墨写寄与夫人的信。

下一天，他从茶馆里得到确实的信息，铁路真个不通了！他心头突然一沉，似乎觉得最亲热的一妻两儿忽地乘风飘去，飘得很远，几至于渺茫。没精没采地踱到学校里，校役回报昨天的使命道，“昨天出去派通告，有二十多家是关上大门，打也打不开，只好从门缝里插了进去。有三十多家只有用人在家里，主人逃到上海去了，孩子当然跟着去，不一定几时才能回来念书。其余的都说知道了；有的又说性命还保不定安全，读书的事情再说罢。”

“哦，知道了。”潘先生并不留心在这些上边，更深的忧虑正萦绕于心头。抽完了一支香烟以后，应走的路途决定了，便赶到红十字会分会的办事处。

他缴纳会费愿做会员；又宣言自己的学校房屋还宽阔，也愿意作为妇女收容所，到万一的时候收容妇女。这是慈善的举措，当然受热诚的欢迎，更兼潘先生本来是体面的大家知道的人物。办事处就给他红十字的旗子，好在学校门前张起来；又给他红十字的徽章，标明这是红十字会的一员。

潘先生接旗子和徽章在手，如捧着救命的神符，心头起一种神秘的快慰。

“现在什么都安全了！但是……”想到这里，便笑向办事处的职员道，“多给我一面旗，几个徽章罢？”他的理由是学校还有个侧门，也得张一面旗，而徽章这东西不很大，恐怕偶尔遗失了，不如多拿几个备在那里。

办事员同他说笑话，这些东西又不好吃的，拿着玩也没有什么意思，多拿几份仍旧只作一个会员，不如不要多拿罢。但是终于依他的话给了他。

两面红十字旗立刻在新秋的轻风中招展着；可是学校的侧门上并没有，原来移到潘先生家的大门上去了。一枚红十字徽章早已跳上潘先生的衣襟，闪耀着慈善庄严的光，给与潘先生一种新的勇气。其余几枚呢，潘先生重重包裹着，藏在贴身小衫的一个口袋里。他想，“一个是她的，一个是阿大的，一个是阿二的。”虽然他们离处在那渺茫难接的上海，但是仿佛给他们加保了一重稳当可靠的险，他们也就各各增加一种新的勇气。

三

碧庄地方两军开火了！

让里的人家很少有开门的，店铺自然更不用说，路上时时有兵士经过。他们快要开拔到前方去，觉得最高的权威附灵在自己的身上，什么东西都不在眼里，只要高兴提起脚来踏，总可踏做泥团踏做粉。这就来了拉夫的事情：恐怕被拉的人乘隙脱逃，便用长绳一个联一个缚着臂膊，几个弟兄在前，几个弟兄在后，一串一串牵着走。因此，大家对于出门这事都觉得危惧，万不得已时，也只从小巷僻路走，甚至佩着红十字徽章如潘先生之辈，也不免怀着戒心，不敢大模大样地踱来踱去。于是让里的街道见得清静且宽阔起来了。

上海的报纸好几天没有来。本地的军事机关却常常有前方的战报公布出来，无非是些“敌军大败，我军进攻若干里”的话。街头巷口贴出一张新鲜的来时，慢慢聚集，也有好些人注目看着。但大家看罢以后依然不能定心，好似这布告的背后还伏着许多的话，于是怅怅地各自散了，眉头照旧皱着。

这几天潘先生无聊极了。最难堪的，自然是妻儿的远离，而且不通消息，而且似乎有永远难通的朕兆。次之便是自身的问题，“碧庄冲过来只一百多里路，这徽章虽说有用处，可是没有人写过笔据，万一没有用，又向谁去说话？——枪子炮弹劫掠放火都是真家伙，不是耍的，到底要多打听多走门路才行。”他于是这里那里探听前方的消息，只要这消息与外间传说的不同，便觉得真实的分数越多，即根据着盘算对于自身的利害。街上如其有一个人神色仓皇急忙行走时，他便突地一惊，以为这个人一定探得确实而又可怕的消息了；只因与他不相识，“什么!”一声就在喉际咽住了。

红十字会派人在前方办理救护的事情，常有人附着兵车回来，要打听消息自然最可靠了。潘先生虽然是个会员，却不常到办事处去探听，以为这样就对公众表示胆怯，很不好意思。然而红十字会究竟是可以得到真消息的机关，舍此他求未免有点傻，于是每天傍晚，到姓吴的办事员家里打听去。姓吴的告诉他没有什么，或者说前方抵住在那里，他才透了口气回家。

这一天傍晚，潘先生又到姓吴的家里；等了好久，姓吴的才从外面走进来。

"没有什么罢？"潘先生急切地问。"照布告上说，昨天正向对方总攻击呢。"

"不行，"姓吴的忧愁地说；但随即咽住了，捻着唇边仅有的几根二三分长的髭须。

"什么！"潘先生心头突地跳起来，周身有种拘牵不自由的感觉。

姓吴的悄悄地回答，似乎防着人家偷听了去的样子，"确实的消息，正安（距碧庄八里的一个镇）今天早上失守了！"

"啊！"潘先生发狂似地喊出来。顿了一顿，回身就走，一壁说道，"我回去了！"

路上的电灯似乎特别昏暗，背后又仿佛有人追赶着的样子，惴惴地，歪斜的急步赶到了家，叮嘱王妈道，"你关着门就可安睡，我今夜有事，不回来住了。"他看见衣橱里有件绉纱的旧棉袍，当时没有收拾在寄出去的箱子里，丢了也可惜；又有孩子的几件布夹衫，仔细看实在还可以穿穿；又有潘师母的一条旧绸裙，她不一定舍得便不要它：便胡乱包在一起，提着出门。

"车！车！福星街红房子，一毛钱。"

"那里有一毛钱的？"车夫懒懒地说。"你看这几天路上有几辆车？不是拼死寻饭吃的，早就躲起来了。随你要不要，三毛钱。"

"就是三毛钱；"潘先生迎上去，跨上脚踏坐稳了，"你也得依着我，跑得快一点？"

"潘先生，你到那里去？"一个姓黄的同业在途中瞥见了他，立定了问。

"哦，先生，到那边……"潘先生失措地回答，也不辨这是谁的声音；忽然想起回答他实是多事——车轮滚得绝快，那人决不至于赶上来再问，——便缩住了。

红房子里早已住满了人，大都是十天以前就搬来的，儿啼人语，灯火这边那边亮着，颇有点热闹的气象。主人翁相见之后，说，"这里实在没有余屋了。但是先生的东西都寄在这里，却也不好拒绝。刚才有几位匆忙地赶来，也因不好拒绝，权且把一间做饭吃的厢房给他们安顿。现在去同他们商量，总可以多插你先生一个。"

"商量商量总可以，"潘先生到了家一般地安慰。"况且在这么的时候。我也不预备睡觉，随便坐坐就得了。"

他提着包裹跨进厢房的当儿，疑惑自己受惊太厉害了，眼睛生了翳，因而引起错觉。但是闭了一闭再张开来时，所见依然如前，这靠窗坐着，在那里同对面的人谈话，上唇翘起两笔浓须的，不就是教育局长么？

他顿时踌躇起来，已跨进去的一只脚想要缩出来，又似乎不大好。那局长也望见了他，尴尬的脸上故作笑容说，"潘先生，你来了，进来坐坐。"主人翁听了，知道他们是相识的，转身自去。

“局长先在这里了。还方便吧，再容一个人?”

“我们只三个人，当然还可以容你。我们带着席子；好在天气不很凉，可以轮流躺着歇歇。”

潘先生觉得今晚的局长特别可亲，全不同平日那副庄严的神态，便忘形地直跨进去说，“那么不客气，就要陪三位先生过一夜了。”

这厢房不很宽阔。地上铺着一张席，一个戴眼镜的中年人坐在上面，略微有疲倦的神色，但绝无欲睡的意思。锅灶等东西贴着一壁。靠窗一排摆着三只凳子，局长坐一只，头发梳得很光的二十多岁的人，局长的表弟，坐一只，一只空着。那边的墙角有一只柳条箱，三个衣包，大概就是三位先生带来的，仅仅这些，房里已没有空地了。电灯的光本来很弱，又蒙上了一层灰尘，照得房里的人物都昏黯模糊。

潘先生也把衣包摆在那边的墙角，与三位的东西合伙。回过来谦逊地坐上那只空凳子。局长给他介绍了自己的同伴，随说，“你也听到了正安的消息么?”

“是呀，正安。正安失守，碧庄未必靠得住呢。”

“大概这方面对于南路很疏忽，正安失守，便是明证。那方面从正安袭取碧庄是最便当的，说不定此刻已被他们得手了。要是这样，不堪设想!”

“要是这样，这里非糜烂不可!”

“但是，这方面的杜统帅不是庸碌无能的人，他是著名善于用兵的，大约见得到这一层，总有方法抵当得住。也许就此反守为攻，势如破竹，直捣那方面的巢穴呢。”

“但是这样，战事便收场了，那就好了！——我们办学的就可以开起学来，照常进行。”

局长一听到办学，立刻感得自己的尊严，捻着浓须叹道，“别的不要讲，这一场战争，大大小小的学生吃亏不小呢!”他把坐在这间小厢房里的局促不舒的感觉遗忘了，仿佛堂皇地坐在教育局的办公室里。

坐在席上的中年人仰起头来含恨似地说，“那方面的朱统帅实在可恶！这方面打过去，他抵抗些什么，—— 他没有不终于吃败仗的。他若肯漂亮点儿让了，战事早就没有了。”

“他是傻子，”局长的表弟顺着说，“不到尽头不肯死心的。只是连累了我们，这当儿坐在这又暗又窄的房间里。”他带着玩笑的神气。

潘先生却想念起远在上海的妻儿来了。他不知他们可安好，不知他们出了什么乱子没有，不知他们此刻已经睡了不曾，抓既抓不到，想象也极模糊；因想自己的被累要算最深重了，凄然望着窗外的小院子默不作声。

“不知到底怎样呢!”他又转想到那个可怕的消息以及意料所及的危险，不自主地吐露了这一句。

“难说，”局长表示富有经验的样子说。“用兵全在趁一个机，机是刻刻变化的，也许竟不被我们所料，此刻已…… 所以我们……”他对着中年人一笑。

中年人，局长的表弟同潘先生三个已经领会这一笑的意味；大家想坐在这地方总不至于有什么，也各安慰地一笑。

小院子里长满了草，是蚊虫同各种小虫的安适的国土。厢房里灯光亮着，它们齐向那里飞去。四位怀着惊恐的先生就够受了；扑头扑面的全是那些小东西，蚊虫突然一针，痛得直跳起来。又时时停语侧耳，惶惶地听外边有没有枪声或人众的喧哗。睡眠当然是无望了，只实做了局长所说的轮流躺着歇歇。

明天清晨，潘先生的眼球上添了几缕红丝；风吹过来，觉得身上很冷。他急欲知道外面的情形，独个闪出红房子的大门。路上同平时的早晨一样，街犬竖起了尾巴高兴地这头那头望，偶尔走过一两个睡眼惺忪的人。他走过去，转入又一条街，也听不见什么特别的风声。回想昨夜的匆忙情形，不禁心里好笑。但是再转一念，又觉得实在并无可笑，小心一点总比冒险好。

二十余天之后，战事停止了。大众点头自慰道，“这就好了！只要不打仗，什么都平安了！”但是潘先生还不大满意，铁路还没有通，不能就把避居上海的妻儿接回来。信是来过两封了，但简略得很，比较不看更教他想念。他又恨自己到底没有先见之明；不然，这一笔冤枉的逃难费可以省下，又免得几十天的孤单。

他知道教育局里一定要提到开学的事情了，便前去打听。跨进招待室，看见局里的几个职员在那里裁纸磨墨，像是办喜事的样子。

一个职员喊出来道，“巧得很，潘先生来了！你写得一手好颜字，这个差就请你当了罢。”

“这么大的字，非得潘先生写不可。”其余几个人附和着。

“写什么东西？我完全茫然。”

“我们这里正筹备欢迎杜统帅凯旋的事务。车站的两头要搭起对对的四个彩牌坊，让统帅的花车在中间通过。现在要写的就是牌坊上的几个字。”

“我那里配写这上边的字。”

“当仁不让，”“一致推举，”几个人一哄地说；笔杆便送到潘先生的手里。

潘先生觉得这当儿很有点滋味，接了笔便在墨盆里蘸墨汁。凝想一下，提起笔来在蜡笺上一并排写“功高岳牧”四个大字。第二张写的是“威镇东南”。又写第三张，是“德隆恩溥”。——他写到“溥”字，仿佛觉得许多的影片，拉夫，开炮，烧房屋，淫妇人，菜色的男女，腐烂的死尸，在眼前一闪。

旁边看写字的一个人赞叹说，“这一句更见恳切。字也越来越好了。”

“看他对上一句什么，”又一个说。

★导读

叶圣陶（1894—1988），原名叶绍钧，江苏苏州人。主要作品有短篇小说集《隔膜》、《火灾》、《线下》、《城中》，被茅盾称为“扛鼎之作”的长篇小说《倪焕之》，童话集《稻草人》、《古代英雄的石像》，散文集《未厌居习作》、《西川集》等。

叶圣陶的文学创作，多是在做教师、编辑工作时完成的。他长期在苏州、上海当小学教师，又在商务印书馆、开明书店任职。他编过的著名杂志有《中学生》、《小说月报》等。作为文学研究会的代表作家，叶圣陶主张“为人生”的文学。他认为文学作品应是作家“真切见到”的书写，其作品以冷静地观察、客观地描写著称，以写他所熟悉的知识分子和市民的灰色人生为特色。

《潘先生在难中》是叶圣陶抒写灰色卑琐人生的代表作。

1924 年，江浙军阀混战。是年 10 月，叶圣陶曾到战场考察。11 月，他在上海写了《潘先生在难中》，发表在 1925 年 1 月出版的《小说月报》第 16 卷第 1 期上。

潘先生所遭之“难”是军阀混战。小说的叙述重点是难中的潘先生而非“难”本身，“难”只是一个背景。战争的炮火时远时近，战争的传闻也时淡时浓，小学教员潘先生的心理也随之波动变化，其“临虚惊而失色，暂苟安而又喜”（茅盾语）的灰色卑琐性格也在这心理变化中得到充分的展示。

潘先生的所思所想全在自己和妻儿的身家性命。小说在逃难这一大线索下，主要是写潘先生如何保己护家的。

小说先写潘先生挈妇将雏，逃难上海。在嘈杂、仓皇的氛围中，我们初步感受到了潘先生临惊失色、苟安窃喜以及没有社会意识与责任的性格。潘先生闻知军阀开战，离开让里老家，逃奔自认为是安全之地的上海租界。为了对付拥挤的火车车厢和站台，他发明“一字长蛇”行进法：一家四口手拉着手，长蛇般地游走于拥挤的人群。正当他为自己的发明而暗自得意之时，长蛇阵却毁于他所不屑的人群。他顿时有了“家破人亡”的感觉。但当他想到“四条性命，一个皮包，都从毁灭和危难之中捡了回来”，便“很入调地喊”黄包车；特别是他看到“背着枪保护我们”的印度巡捕时，更有了安全感。他无论如何也要“陶陶酌一杯”，尽管是在充溢着“尿臭”、“刺鼻的油腥味”的客房里。

再写抛妻别子，只身归乡。比起逃难上海，这一节气氛略微平和，作者更从容地用细节描写等方法，不动声色地来刻画潘先生的自私卑琐。潘先生从报纸上了解到教育局长要照常开学的谈话，为了避免“淘汰一下”，他立刻抛妻别子，赶回让里，并盼望着得到局长“先得我心”的夸奖。他又一次为自己的“聪明”而得意。可让里地方，已是一片风声鹤唳，他刚刚生成的幸福感再次被现实毁坏。潘先生只得到外国人的红十字会去，宣称愿意把校舍变成妇女收容所，并多要了一面旗子和几枚徽章，为的是自己的房产和远在上海的妻儿。

最后写想妻念子，避难红十字会。仍旧是仓皇，比起先前，潘先生在仓皇之外，又多了煎熬和尴尬的感觉。上海的报纸停了，铁路也停了，妻儿的消息没了，潘先生到了"最难堪"的时候。真正的"虚惊"来了，潘先生先是"发狂似地喊出来"，接着便仓皇逃到红十字会。不幸的潘先生在此却尴尬地遇到了也来避难的局长，潘先生的卑琐性格再次得以展示。

小说布局严谨中正，人物刻画寓谐于庄，注重内心活动的描绘，注重场面和细节描写。(袁向东)

★思考题：

1. 简析潘先生的性格。
2. 谈谈《潘先生在难中》的结构特点。

菊英的出嫁

鲁　彦

菊英离开她已有整整的十年了。这十年中她不知道滴了多少眼泪，瘦了多少肌肉了，为了菊英，为了她的心肝儿。

人家的女儿都在自己的娘身边长大，时时刻刻倚傍着自己的娘，"阿姆阿姆"的喊。只有她的菊英，她的心肝儿，不在她的身边长大，不在她的身边倚傍着喊"阿姆阿姆"。

人家的女儿离开娘的也有，例如出了嫁，她便不和娘住在一起。但做娘的仍可以看见她的女儿，她可以到女儿那边去，女儿可以到她这里来。即使女儿被丈夫带到远处去了，做娘的可以写信给女儿，女儿也可以写信给娘，娘不能见女儿的面，女儿可以寄一张相片给娘。现在只有她，菊英的娘，十年中不曾见过菊英，不曾收到菊英一封信，甚至一张相片。十年以前，她又不曾给菊英照过相。

她能知道她的菊英现在的情形吗？菊英的口角露着微笑？菊英的眼边留着泪痕？菊英的世界是一个光明的？是一个黑暗的？有神在保佑菊英？有恶鬼在捉弄菊英？菊英肥了？菊英瘦了？或者病了？——这种种，只有天知道！

但是菊英长得高了，发育成熟了，她相信是一定的。无论男子或女子，到了十七八岁的时候想要一个老婆或老公，她相信是必然的。她确信——这用不着问菊英——菊英现在非常的需要一个丈夫了。菊英现在一定感觉到非常的寂寞，非常的孤单。菊英所呼吸的空气一定是沉重的，闷人的。菊英一定非常的苦恼，非常的忧郁。菊英一定感觉到了活着没有趣味。或者——她想——菊英甚至于想自杀了。要把她的心肝儿菊英从悲观的，绝望的，危险的地方拖到乐观的，希望的，平安的地方，她知道不是威吓，不是理论，不是劝告，不是母爱，所能济事；唯一的方法是给菊英一个老公，一个年青的老公。自然，菊英绝不至于说自己的苦恼是因为没有老公；或者菊英竟当真的不晓得自己的苦恼是因何而起的也未可知。但是给菊英一个老公，必可除却菊英的寂寞，菊英的孤单。他会给菊英许多温和的安慰和许多的快乐。菊英的身体有了托付，灵魂有了依附，便会快活起来，不至于再陷入这样危险的地方去了。问一个十七八岁的女子要不要老公，这是不会得到"要"字的回答的。不论她平日如何注意男子，喜欢男子，想念男子，或甚至已爱上了一个男子，你都无须多礼。菊英的娘明白这个道理，所以也毅然的把女儿的责任照着向来的风俗放在自己的肩上了。她已经耗费了许多心血。五六年前，一听见媒人来说某人要给儿子讨一个老婆，她便要冒风冒雨，跋山涉水的去东西打听。于今，她心满意足了，她找到了一个非常好的女婿。虽然她现在看不见女婿，但是女婿在七八岁时照的一张相片，她看见过。他生的非常的秀丽，显见得是一个聪明的孩子。因了媒人的说合，她已和他的爹娘订了婚约。他的家里很有钱，聘金的多少是用不着开口的。四百元大洋已做一次送来。她现在正忙着办嫁妆，她的力量能好到什么地步，她便好到什么地步。这样，她才心安，才觉得对得住女儿。

菊英的爹是一个商人。虽然他并不懂得洋文，但是因为他老成忠厚，森森煤油公司的外国人遂把银根托付了他，请他做经理。他的薪水不多，每月只有三十元，但每年年底的花红往往超过他一年的薪水。他在森森公司五年，手头已有数千元的积蓄。菊英的娘对于穿吃，非常的俭省。虽然菊英的爹不时一百元二百元的从远处带来给她，但她总是不肯做一件好的衣服，买一点好的小菜。她身体很不强健，屡因稍微过度的劳动或心中有点不乐，她的大腿腰背便会酸起来，太阳心口会痛起来，牙齿会浮肿起来，眼睛会模糊起来。但是她虽然这样的多病，她总是不肯雇一个女工，甚至一个工钱极便宜的小女孩。她往往带着病还要工作。腰和背尽管酸痛，她有衣服要洗时，还是不肯在家用水缸里的水洗——她说水缸里的水是备紧要时用的——定要跑到河边，走下那高高低低摇动而且狭窄的一级一级的埠头，跪倒在最末的一级，弯着酸痛的腰和背，用力的洗她的衣服。眼睛尽管起了红丝，模糊而且疼痛，有什么衣或鞋要做时，她还是要带上眼镜，勉强的做她的衣或鞋。她的几种病所以成为医不好的老病，而且一天比一天厉害了下去，未始不是她过度的勉强支持所致。菊英的爹和邻居都屡次劝她雇一个女工，不要这样过度的操劳，但她总是不肯。她知道别人的劝告是对的。她知道自己的身体一天不如一天的缘故。但是她以为自己是不要紧的，不论多病或不寿。她以为要紧的是，赶快给女儿嫁一个老公，给儿子讨一个老婆，而且都要热热闹闹阔阔绰绰的举办。菊英的娘和爹，一个千辛万苦的在家工作，一个飘海过洋的在外面经商，一大半是为的儿女的大事。如果儿女的婚姻草草的了事，他们的心中便要生出非常的不安。因为他们觉得儿女的婚嫁，是做爹娘责任内应尽的事，做儿女的除了拜堂以外，可以袖手旁观。不能使喜事热闹阔绰，他们便觉得对不住儿女。人家女儿多的，也须东挪西扯的弄一点钱来尽力的把她们一个一个，热热闹闹阔阔绰绰的嫁出去，何况他们除了菊英没有第二个女儿，而且菊英又是娘所最爱的心肝儿。

尽她所有的力给菊英预备嫁妆，是她的责任，又是她十分的心愿。

哈，这样好的嫁妆，菊英还会不喜欢吗？人家还会不称赞吗？你看，那一种不完备？那一种不漂亮？那一种不值钱？

大略的说一说：金簪二枚，银簪珠簪各一枚。金银发钗各二枚。挖耳，金的二个，银的一个。金的，银的和钻石的耳环各两副。金戒指四枚，又钻石的两枚。手镯三对，金的倒有二对。自内至外，四季衣服粗穿的具备三套四套，细穿的各二套。凡丝罗缎如纺绸等衣服皆在粗穿之列。棉被八条，湖绉的占了四条。毡子四条，外国绒的占了两条。十字布乌贼枕六对，两面都挑出山水人物。大床一张，衣橱二个，方桌及琴桌各一个。椅，凳，茶几及各种木器，都用花梨木和其他上等的硬木做成，或雕刻，或嵌镶，都非常细致，全件漆上淡黄，金黄和淡红等各种颜色。玻璃的橱头箱中的镴器光彩夺目。大小的蜡烛台六副，最大的每只重十二斤。其余日用的各种小件没有一件不精致，新奇，值钱。在种种不能详说（就是菊英的娘也不能一一记得清楚）的东西之外，还随去了良田十亩，每亩约计价一百二十元。

吉期近了，有许多嫁妆都须在前几天送到男家去，菊英的娘愈加一天比一天忙碌起来。一切的事情都要经过她的考虑，她的点督，或亲自动手。但是尽管日夜的忙碌，她总是不觉得容易疲倦，她的身体反而比平时强健了数倍。她心中非常的快活。人家都由“阿姆”而至“丈姆”，由“丈姆”而至“外婆”，她以前看着好不难过，现在她可也轮到了！邻居亲戚们知道罢，菊英的娘不是一个没有福气的人！

她进进出出总是看见菊英一脸的笑容。“是的呀，喜期近了呢，我的心肝儿！”她暗暗的对菊英说。菊英的两颊上突然飞出来两朵红云。“是一个好看的郎君哩！聪明的郎君哩！你到他的家里去，做‘他的人’去！让你日日夜夜跟着他，守着他，让他日日夜夜陪着你，抱着你！”菊英羞着抱住了头想逃走了。“好好的服侍他，”她又庄重的训导菊英说：“依从他，不要使他不高兴。欢欢喜喜的明年就给他生一个儿子！对于公婆要孝顺，要周到。对于其他的长者要恭敬，幼者要和蔼。不要被人家说半句坏话，给娘争气，给自己争气，牢牢的记着！……”

音乐热闹的奏着，渐渐由远而近了。住在街上的人家都晓得菊英的轿子出了门。菊英的出嫁比别人要热闹，要阔绰，他们都知道。他们都预先扶老携幼的在街上等候着观看。

最先走过的是两个送嫂。她们的背上各斜披着一幅大红绫子，送嫂约过去有半里远近，队伍就到了。为首的是两盏红字的大灯笼。灯笼后八面旗子，八个吹手。随后便是一长排精制的，逼真的，各色纸童，纸婢，纸马，纸轿，纸桌，纸椅，纸箱，纸屋，以及许多纸做的器具。后面一顶鼓阁两杠纸铺陈，两杠真铺陈。铺陈后一顶香亭，香亭后才是菊英的轿子，这轿子与平常的花轿不同，不是红色，却是青色，四维着彩。轿后十几个人抬着一口十分沉重的棺材，这就是菊英的灵柩。棺材在一套呆大的格子架中，架上盖着红色的绒毡，四面结着彩，后面跟送着两个坐轿的，和许多预备在中途折回的，步行的孩子。

看的人都说菊英的娘办得好，称赞她平日能吃苦耐劳。她们又谈到菊英的聪明和新郎生前的漂亮，都说配合得的当。

这时，菊英的娘在家里哭得昏去了。娘的心中是这样的悲苦，娘从此连心肝儿的棺材也要永久看不见了。菊英幼时是何等的好看，何等的聪明，又是何等的听娘话！她才学会走路，尚不能说话的时候，一举一动已很可爱了。来了一位客，娘喊她去行个礼，她便过去弯了一弯腰。客给她糖或饼吃，她红了脸不肯去接，但看着娘，她说“接了罢，谢谢！”她便用两手捧了，弯了一弯腰。她随后便走到她的身边，放了一点在自己的口里，拿了一点给娘吃，娘说，“娘不要吃，”她便“嗯”的响了一声，露出不高兴的样子，高高的举着手，硬要娘吃，娘接了放在口里，她便高兴得伏在娘的膝上嘻嘻的笑了。那时她的爹不走运，跑到千里迢迢的云南去做生意，半年六个月没有家信，四年没有回家，也没有边烂钱寄回来。娘和她的祖母千辛万苦的给人家做粗做细，赚来养她，她六岁时自己学磨纸，七岁绣花，学做小脚娘子的衣裤，八岁便能帮娘磨纸，挑花边了。她不同别的孩子去玩耍，也不嗓吃闲食，只是整天的坐在房子里做工。她离不开娘，娘离不开她。她是娘的肉，她是娘的唯一的心肝儿！好几次，娘想到她的爹不走运，娘和祖母日日夜夜低着头的给人家做苦工，还不能多赚一点钱，做一件好看的新衣服给她穿，买点好吃的糖果给她吃，反而要她日日夜夜的帮着娘做苦工，娘的心酸了起来，忽然抱着她哭了。她看见娘哭，也就放声大哭起来。娘没有告诉她，娘想些什么，但是娘的心酸苦了，她也酸苦了。夜间娘要她早一点睡，她总是说做完了这一点。娘恐怕她疲倦，但是她反说娘一定疲倦了，她说娘的事情比她多。她好几次的对娘说，“阿姆，我再过几年，人高了，气力大了，我来代你煮饭。你太苦了，又要做这个，又要做那个。”娘笑了，娘抱着她说，“好的，我的肉！”这时，眼泪几乎从娘的眼中滚出来了。娘有时心中悲伤不过，脸上露着愁容，一言不发的独自坐着，她便走了过来，靠着娘站着说“阿姆，我猜阿爹明天要回来了。”她看见娘病了，躺在床上，她的脸上的笑容就没有了。她没有心思再做工，她但整天的坐在娘的床边，牵着娘的手，或给娘敲背，或给娘敲腿。八年来，娘没有打过她一下，骂过她半句，她实在也无须娘用指尖去轻轻的触一触！菩萨，娘是敬重的，娘没有做过一件秽渎菩萨的事情。但是，天呵！为什么不留心肝儿在娘的身边呢？那时虽是娘不小心，但也是为的她苦得太可怜了，所以娘才要她跟着祖母到表兄弟那里去吃喜酒，好趁此热闹热闹，开开心。

谁能够晓得反而害了她呢？早知这样，咳，何必要她去呢！她原是不肯去的："阿姆不去，我也不去。"她对娘这样说。但是又有吃，又好看，又好耍，做娘的怎么不该劝她偶而的去一次呢？"那末只有阿姆一个人在家了，"她固执不过娘，便答应了，但她又加上这一句，娘愿意离开她吗？娘能离开她吗？天呵，她去了八天，娘已经尽够苦恼了！她的爹在千里迢迢的地方，钱也没有，信也没有，人又不回来，娘日日夜夜在愁城中做苦工，还有什么生趣？娘的唯一的安慰只有这一个心肝儿，没有她，娘早就不想再活下去了。第九天，她跟着祖母回来了。娘是这样的喜欢：好象娘的灵魂失去了又回来一般！她一看见娘便喊着"阿姆"，跑到娘的身边来。娘把她抱了起来，她便用手臂挽住了娘的颈，将面颊贴到娘的脸上来。娘问她去了八天喜欢不喜欢，她说，"喜欢，只是阿姆不在那里没有十分趣味。"娘摸她的手，看她的脸，觉得反而比先瘦了。娘心中有点不乐。过了一会，她咳嗽了几声，娘没有留意。谁知过了一会，她又咳嗽了。娘连忙问她咳嗽了几天，她说两天。娘问她身体好过不好过，她说好过，只是咳了又咳，有点讨厌。娘听了有点懊悔，忙到街上去买了两个铜子的苏梗来泡茶给她吃。她把新娘子生得什么样子，穿什么好的衣服，闹房时怎样，以及种种事情讲给娘听，她的确很喜欢，她讲起来津津有味。第二天早晨，她的声音有点哑了，娘很担忧。但因为要预备早饭，娘没有仔细的问她，娘烧饭时，她还代娘扫了房中的地。吃饭时，娘看她吃不下去，两颊有点红色，忙去摸她的头，她的头发烧了。娘问她还有什么地方难过，她说喉咙有点痛。这一来，娘懊悔得不得了了，娘觉得以先不该要她去。祖母愈加懊悔，她说不知道那里疏忽了，竟使她受了寒，咳嗽而至于喉痛。娘放下饭碗，看她的喉咙，她的喉咙已如血一般红了。收拾过饭碗，娘又喊她到屋外去，给她仔细的看。这时，娘看见她喉咙的右边起了一个小小的雪白的点子。娘不晓得这是什么病，娘只知道喉病是极危险的。娘的心跳了起来，祖母也非常的担忧。娘又问她，那一天便觉得喉咙不好过了，这时她才告诉说，前天就觉得有点干燥了似的。娘连忙喊了一只划船，带她到四里远的一个喉科医生那里去。医生的话，骇死了娘，他说这是白喉，已起了两三天了。"白喉！"这是一个可怕的名字！娘听见许多人说，生这病的人都是一礼拜就死的！医生要把一根明晃晃的东西拿到她的喉咙里去搽药，她怕，她闭着嘴不肯。娘劝她说这不痛的，但是她依然不肯。最后，娘急得哭了："为了阿姆呀，我的肉！"于是她也哭了，她依了娘的话，让医生搽了一次药。回来时，医生又给了一包吃的和漱的药。

第二天，她更加厉害了：声音愈加哑，咳嗽愈加多，喉咙里面起了一层白的薄膜，白点愈加多，人愈发烧了。娘和祖母都非常的害怕。一个邻居的来说，昨天的医生不大好，他是中医，这种病应该早点请西医。西医最好的办法是打药水针，只要病人在二十四点钟内不至于窒息，药水针便可保好。娘虽然不大相信西医，但是眼见得中医医不好，也就不得不去试一试。首善医院是在万邱山那边，娘想顺路去求药，便带了香烛和香灰去。她怕中医，一定更怕西医，娘只好不告诉她到医院里，只说到万邱山求药去。她相信了娘的话，和娘坐着船去了。但是到要上岸的时候，她明白了。因为她到过万邱山两次，医院的样子与万邱山一点也不象，她哭了，她无论如何不肯上岸去。娘劝她，两个划船的也劝她说，不医是不会好的，你不好，娘也不能活了，她总是不肯。划船的想把她抱上岸去，她用手乱打乱挣，哑着声音号哭得更厉害了，娘看着心中非常的不好过，又想到外国医生的厉害，怕要开刀做什么，她既一定不肯去，不如依了她，因此只到万邱山去求了药回来了。第三天早晨，她的呼吸是这样的困难：喉咙中发出嘶嘶的声音，好象有什么塞住了喉咙一般，咳嗽愈厉害，她的脸色非常的青白。她瘦了许多，她有二天没有吃饭了。娘的心如烈火一般的烧着，只会抱着流泪。祖母也没有一点主意，也只会流眼泪了。许多人说可以拿荸荠汁，莱菔汁，给她吃，娘也一一的依着办来给她吃过。但是第四天早晨，她的喉咙中声音响得如猪的一般了。说话的声音已经听不清楚。嘴巴大大的开着，鼻子跟着呼吸很快的一开一开。咳嗽的非常厉害。脸色又是青又是白，两颊陷了进去。下颚变得又长又尖，两眼呆呆的圆睁着，凹了进去，眼白青白的失了光，眼珠暗淡的不活泼了——象山羊的面孔！死相！娘怕看了。娘看起来，心要碎了！但是娘肯甘心吗？娘肯看着她死吗？娘肯舍却心肝儿吗？不的！娘是无论如何也要想法子的！娘没有钱，娘去借了钱来请医生。内科医生请来了两个，都说是肺风，各人开了一个方子。娘又暗自的跪倒在灶前，眼泪如潮一般的流了出来，对灶君菩萨许了高王经三千，吃斋一年的愿，求灶君菩萨的保佑。娘又诚心的在房中暗祝说，如果有客在房中请求饶恕了她。今晚瘥了，今晚就烧五十锭，直到完全好了，摆一桌十六大碗的羹饭。上半天，那个要娘送她到医院去看的邻居又来了。他说今天再不去请医生来打药水针，一定不会好了。他说他亲眼看见过医好几个人，如果她在二十四点钟内不至于“走”，打了这药水针一定保好。请医院的医生来，必须喊轿子给他，打针和药钱都贵，他说总须六元钱才能请来，他既然这样说，娘在走投无路的时候也必须试一试看。娘没有钱，也没有地方可以再借了，娘只有把自己的皮袄托人拿去当了请医生。皮袄还有什么用处呢，她如果没有法子救了，娘还能活下去吗？吃中饭的时候，医生请来了。他说不应该这样迟才去请他，现在须看今夜的十二点钟了，过了这一关便可放心。她听见，哭了，紧紧的挽住了娘的头颈。她心里非常的清白。她怕打针，几个人硬按住了她，医生便在她的屁股上打了一针，灌了一瓶药水进去。——但是，命运注定了，还有什么用处呢！咳，娘是该要这样可怜的！下半天，她的呼吸渐渐透不转来，就在夜间十一点钟……天呀！

★导读

鲁彦（1901—1944）原名王衡，浙江镇海人。主要作品有短篇小说集《柚子》、《黄金》，长篇小说《野火》等，还有《显克微支小说集》等翻译作品留世。

鲁彦一生颠沛流离，贫穷困顿。作品风格感伤，以写小有产者为主，长于描情状物，刻画心理。鲁迅在论乡土文学时，指出鲁彦为代表作家之一。沈雁冰、苏雪林等评论家也有肯定其文学成就的文章。

作为20世纪20年代乡土文学的代表作家，鲁彦的乡土家园里所发生的主要是浙东的人情风俗故事。《菊英的出嫁》收在鲁彦的第一本小说集《柚子》中，写的是浙东冥婚风俗。题目虽是出嫁，落笔却是风俗难掩的悲凉。在好人不得好死的传统宿命原型之外，故事中更有农村文化落后、经济凋敝的社会批判因素。

小说可分两大部分，都以“她”为叙述视角，只是此“她”非彼“她”。前一部分，“她”是菊英娘。后一部分“她”则转化成菊英（其实就彼此亲密情感和作者的叙述意图来说，两个“她”是一体的）。

前半部分写娘为女儿办婚事。她——菊英娘，极具母亲之仁慈。小说一开始就非常强调这一点，为了离开她已十年的菊英，她“不知道滴了多少眼泪，瘦了多少肌肉”。但作者和“她”都未言明，“她的心肝”去了何处，她只是不断地抒发对菊英的思念和愧疚，直至感动得读者忘却了这是个悬念策略。她想象不在身边的菊英的处境和希望：她的菊英已到了十七八岁的年龄，她“要把她的心肝儿菊英从悲观的，绝望的，危险的地方拖到乐观的，希望的，平安的地方，她知道不是威吓，不是理论，不是劝告，不是母爱，所能济事；唯一的方法是给菊英一个老公，一个年青的老公”。这是菊英出嫁的理由，也是菊英娘的最大心愿。小说接下来铺叙菊英出嫁的过程。从她“冒风冒雨，跋山涉水的去东西打听”开始，到终于找到一个相貌家境都好的青年，到开列嫁妆清单，到嘱咐菊英服侍丈夫孝敬公婆，她都是在照习俗和规矩极尽母亲和财力之能事，把菊英的出嫁办成最体面、最“阔绰”的婚事。读者从嫁妆清单和观看出嫁的人群就可以感受到婚事的阔绰和热闹。小说也就是在这最热闹之时，揭开了菊英身处何地的谜底：这是一场人间的母亲为在冥间的女儿精心准备的冥婚。随着送亲的音乐声和母亲的哭声，我们分明感受到了表层热闹和暗涌着的凄凉所形成的张力的冲击与震撼。当悬念破解之后，叙述的重点也由风俗描绘转为现实刻画，叙述视角也转化为第二个“她”——菊英。

菊英是个小好人，8年的生命历程讲述的只是好人的故事。父亲在云南经商，“半年六个月没有家信，四年没有回家，也没有边烂钱寄回来”。在男性为中心的社会中，她和她娘、祖母三个女性苦撑着门面和门面里的生活。

生活的艰辛磨炼了菊英的生活技能，更培养和铸造了她对娘的爱心：帮娘做工，陪娘说话；娘病了，“她但整天的坐在娘的床边，牵着娘的手，或给娘敲背，或给娘敲腿”。这是一个没有缺点的好小孩。她娘让这个小好人去参加婚礼，好感受一下幸福的滋味，但她却在幸福的感受中染上了重病。母爱没能敌得过落后和愚昧，她死在了母亲的怀里。虽然在技巧上有“好人不得好死”的原型痕迹，但是作品给我们描述得更多的是农村的落后和凋敝。这样就在风俗描写之后，完成了小说的现实刻画，于文化陋习之外，又不露痕迹地增加了社会批判的意义。

小说的场面描写细密，讲究用动作来刻画人物心理，如当嫁妆等准备完备、只等吉日到来时，菊英娘“进进出出总是看见菊英的笑容。……菊英的两颊上突然飞出来两朵红云”。通过这段描写，读者可以从娘的笑容和娘想象出的菊英的两颊上的红云，感受到她们母女俩的复杂心理状态。（袁向东）

★思考题：

1. 风俗描写在这篇小说中有何作用？
2. 作者为什么将“她”由菊英娘转换成菊英？

竹林的故事

冯文炳

出城一条河，过河西走，坝脚下有一簇竹林，竹林里露出一重茅屋，茅屋两边都是菜园：十二年前，他们的主人是一个很和气的汉子，大家呼他老程。

那时我们是专门请一位先生在祠堂里讲《了凡纲鉴》，为得拣到这菜园来割菜，因而结识了老程。老程有一个小姑娘，非常的害羞而又爱笑，我们以后就借了割菜来逗她玩笑。我们起初不知道她的名字，问她，她笑而不答，有一回见了老程呼“阿三”，我才挽住她的手：“哈哈，三姑娘！”我们从此就呼她三姑娘。从名字看来，三姑娘应该还有姊妹或兄弟，然而我们除掉她的爸爸同妈妈，实在没有看见别的谁。

一天我们的先生不在家，我们大家聚在门口掷瓦片，老程家的捏着香纸走我们的面前过去，不一刻又望见她转来，——不笔直的循走原路，勉强带笑的弯近我们：“先生！替我看看这签。”我们围着念菩萨的绝句，问道，“你求的是什么呢？”她对我们诉一大串，我们才知道她的阿三头上本来还有两个姑娘，而现在只要让她有这一个，不再三朝两病的就好了。

老程除了种菜，也还打鱼卖。四五月间，霪雨之后，河里满河山水，他照例拿着摇网走到河边的一个草墩上，——这墩也就是老程家的洗衣裳的地方，因为太阳射不到这来，一边一棵树交荫着成一座天然的凉棚。水涨了，搓衣的石头沉在河底，剩现绿团团的坡，刚刚高过水面，老程老象乘着划船一般站在上面把摇网朝水里兜来兜去；倘若兜着了，那就不移地的转过身倒在挖就了的荡里，——三姑娘的小小的手掌，这时跟着她的欢跃的叫声热闹起来，一直等到碰跳碰跳好容易给捉住了，才又坐下草地望着爸爸。

流水潺潺，摇网从水里探起，一滴滴的水点打在水上，浸在水当中的枝条也冲击着查查作响。三姑娘渐渐把爸爸站在那里都忘掉了，只是不住的抠土，嘴里还低声的歌唱；头毛低到眼边，才把脑壳一扬，不觉也就瞥到那滔滔水流上的一堆白沫，顿时兴奋起来，然而立刻不见了，偏头又给树叶子遮住了，——使得眼光回复到爸爸的身上，是突然一声“阿呀！”这回是一尾大鱼！而妈妈也沿坝走来，说盐钵里的盐怕还够不了一餐饭。

老程由街转头，茅屋顶上正在冒烟，叱咤一声，躲在园里吃菜的猪飞奔的跑，——三姑娘也就出来了，老程从荷包里掏出一把大红头绳：“阿三，这个打辫好吗?”三姑娘抢在手上，一面还接下酒壶，奔向灶角里去。“留到端午扎艾呵，别糟塌了！”妈妈这样答应着，随即把酒壶伸到灶孔烫。三姑娘到房里去了一会又出来，见了妈妈抽筷子，便赶快拿出杯子——家里只有这一个，老是归三姑娘照管——站着脚送在桌上；然而老程终于还是要亲自朝中间挪一挪，然后又取出壶来。“爸爸喝酒，我吃豆腐干！”老程实在用不着下酒的菜，对着三姑娘慢慢的喝了。

三姑娘八岁的时候，就能够代替妈妈洗衣。然而绿团团的坡上，从此也不见老程的踪迹了，——这只要看竹林的那边河坝倾斜成一块平坦的上面，高耸着一个不毛的同教书先生（自然不是我们的先生）用的戒方一般模样的土堆，堆前竖着三四根只有杪梢还没有斩去的枝椏吊着被雨粘住的纸幡残片的竹竿，就可以知道是什么意义。

老程家的已经是四十岁的婆婆，就在平常，穿的衣服也都是青蓝大布，现在不过系鞋的带子也不用那水红颜色的罢了，所以并不显得十分异样。独有三姑娘的黑地绿花鞋的尖头蒙上一层白布，虽然更现得好看，却叫人看了也同三姑娘自己一样懒懒的没有话可说了。

然而那也并非是长久的情形。母子都是那样勤敏，家事的兴旺，正如这块小天地，春天来了，林里的竹子，园里的菜，都一天一天的绿得可爱。老程的死却正相反，一天比一天淡漠起来，只有鹞鹰在屋顶上打圈子，妈妈呼喊女儿道，“去，去看坦里放的鸡娃”，三姑娘才走到竹林那边，知道这里睡的是爸爸了。到后来，青草铺平了一切，连曾经有个爸爸这件事实几乎也没有了。

正二月间城里赛龙灯，大街小巷，真是人山人海。最多的还要算邻近各村上的女人，她们象一阵旋风，大大小小牵成一串从这街冲到那街，街上的汉子也借这个机会撞一撞她们的奶。然而能够看得见三姑娘同三姑娘的妈妈吗？不，一回也没有看见！锣鼓喧天，惊不了她母子两个，正如惊不了栖在竹林的雀子。鸡上埘的时候，比这里更西也是住在坝下的堂嫂子们顺便也邀请一声“三姐”，三姑娘总是微笑的推辞。妈妈则极力鼓励着一路去，三姑娘送客到坝上，也跟着出来，看到底攀缠着走了不；然而别人的渐渐走得远了，自己的不还是影子一般的依在身边吗？

三姑娘的拒绝，本是很自然的，妈妈的神情反而有点莫名其妙了！用询问的眼光朝妈妈脸上一睄，——却也正在睄过来，于是又掉头望着嫂子们走去的方向：

“有什么可看？成群打阵，好象是发了疯的！”

这话本来想使妈妈热闹起来，而妈妈依然是无精打采沉着面孔。河里没有水，平沙一片，现得这坝从远远看来是蜿蜒着的一条蛇，站在上面的人，更小到同一颗黑子了。由这里望过去，半圆形的城门，也低斜得快要同地面合成了一起；木桥俨然是画中见过的，而往来蠕动都在沙滩；在坝上分明数得清楚，及至到了沙滩，一转眼就失了心目中的标记，只觉得一簇簇的仿佛是远山上的树林罢了。至于哐哐的喧声，却比站在近旁更能入耳，虽然听不着说的是什么，听者的心早被他牵引了去了。竹林里也同平常一样，雀子在奏他们的晚歌，然而对于听惯了的人只能够增加静寂。

打破这静寂的终于还是妈妈：

“阿三！我就是死了也不怕猫跳！你老这样守着我，到底……”

妈妈不作声，三姑娘抱歉似的不安，突然来了这埋怨，刚才的事倒好象给一阵风赶跑了，增长了一番力气娇恼着：

“到底！这也什么到底不到底！我不欢喜玩！”

三姑娘同妈妈间的争吵，其原因都出在自己的过于乖巧，比如每天清早起来，把房里的家具抹得干净，妈妈却说，“乡户人家呵，要这样？”偶然一出门做客，只对着镜子把散在额上的头毛梳理一梳理，妈妈却硬从盒子里拿出一枝花来。现在站在坝上，眶子里的眼泪快要迸出来了，妈妈才不作声。这时节难为的是妈妈了，皱着眉头不转睛的望，而三姑娘老不抬头！待到点燃了案上的灯，才知道已经走进了茅屋，这其间的时刻竟是在梦中过去了。

灯光下也立刻照见了三姑娘，拿一束稻草，一菜篮适才饭后同妈妈在园里割回的白菜，坐下板凳三棵捆成一把。

“妈妈，这比以前大得多了！两棵怕就有一斤。”

妈妈那想到屋里还放着明天早晨要卖的菜呢？三姑娘本不依恃妈妈的帮忙，妈妈终于不出声的叹一口气伴着三姑娘捆了。

三姑娘不上街看灯，然而当年背在爸爸的背上是看过了多少次的，所以听了敲在城里响在城外的锣鼓，都能够在记忆中画出是怎样的情境来。“再是上东门，再是在衙门口领赏，……”忖着声音所来的地方自言自语的这样猜。妈妈正在做嫂子的时候，也是一样的欢喜赶热闹，那情境也许比三姑娘更记得清白，然而对于三姑娘的仿佛亲临一般的高兴，只是无意的吐出来几声“是”——这几乎要使得三姑娘稀奇得伸起腰来了："刚才还催我去玩哩！"

三姑娘实在是站起来了，一二三四的点着把数，然后又一把把的摆在菜篮，以便于明天一大早挑上街去卖。

见了三姑娘活泼泼的肩上一担菜，一定要奇怪，昨夜晚为什么那样没出息，不在火烛之下现一现那黑然而美的瓜子模样的面庞的呢？不，——倘若奇怪，只有自己的妈妈。人一见了三姑娘挑菜，就只有三姑娘同三姑娘的菜，其余的什么也不记得，因为耽误了一刻，三姑娘的菜就买不到手；三姑娘的白菜原是这样好，隔夜没有浸水，煮起来比别人的多，吃起来比别人的甜了。

我在祠堂里足足住了六年之久，三姑娘最后留给我的印象，也就在卖菜这一件事。

三姑娘这时已经是十二三岁的姑娘，因为是暑天，穿的是竹布单衣，颜色淡得同月色一般，——这自然是旧的了，然而倘若是新的，怕没有这样合式，不过这也不能够说定，因为我们从没有看见三姑娘穿过新衣：总之三姑娘是好看罢了。三姑娘在我们的眼睛里同我们的先生一样熟，所不同的，我们一望见先生就往里跑，望见三姑娘都不知不觉的站在那里笑。然而三姑娘是这样淑静，愈走近我们，我们的热闹便愈是消灭下去，等到我们从她的篮里拣起菜来，又从自己的荷包里掏出了铜子，简直是犯了罪孽似的觉得这太对不起三姑娘了。而三姑娘始终是很习惯的，接下铜子又把菜篮肩上。

一天三姑娘是卖青椒。这时青椒出世还不久，我们大家商议买四两来煮鱼吃，——鲜青椒煮鲜鱼，是再好吃没有的。三姑娘在用秤称，我们都高兴的了不得，有的说买鲫鱼，有的说鲫鱼还不及鳊鱼。其中有一位是最会说笑的，向着三姑娘道：

"三姑娘，你多称一两，回头我们的饭熟了，你也来吃，好不好呢？"

三姑娘笑了：

"吃先生们的一餐饭使不得？难道就要我出东西？"

我们大家也都笑了；不提防三姑娘果然从篮子里抓起一把掷在原来称就了的堆里。

"三姑娘是不吃我们的饭的，妈妈在家里等吃饭。我们没有什么谢三姑娘，只望三姑娘将来碰一个好姑爷。"

我这样说。然而三姑娘也就赶跑了。

从此我没有见到三姑娘。到今年，我远道回来过清明，阴雾天气，打算去郊外看烧香，走到坝上，远远望见竹林，我的记忆又好象一塘春水，被微风吹起波皱了。正在徘徊，从竹林上坝的小径，走来两个妇人，一个站住了，前面的一个且走且回应，而我即刻认定了是三姑娘！

"我的三姐，就有这样忙，端午中秋接不来，为得先人来了饭也不吃！"

再没有别的声息：三姑娘的鞋踏着沙土。我急于要走过竹林看看，然而也暂时面对流水，让三姑娘低头过去。

★导读

冯文炳（1901—1967），笔名废名，湖北黄梅人。冯文炳在创作上的主要成绩在小说，他富有诗意的散文化小说向来为后人所称道。主要作品有小说集《竹林的故事》、《桃园》、《枣》，长篇小说《莫须有先生传》、《桥》。此外他还有新诗、散文散见于报纸杂志，如诗歌《十二月十九日夜》等。《论新诗》则是他有影响的理论著作。

冯文炳为人为文均属僻才，卞之琳曾这样描写他奇特的相貌："面目清癯，大耳阔嘴。发作'和尚头'式（非剃光），衣衫不检，有点像野衲，说话声音有点吵嘎，乡土气息重。"其肖像如此，其作品风格也冲淡朴讷，多是对故乡山水间的儿女翁媪之事的记忆，乡土田园风盛，有禅意。冯文炳的作品在内容和文体上的独特之处，影响了沈从文等人的创作。

《竹林的故事》1925年2月发表在《语丝》第14期上，鲁迅将这篇小说收入《中国新文学大系·小说二集》。这篇小说的故事之平和冲淡，人事景色之和谐，文字之美文诗意，都可代表冯文炳的小说特色。

小说开篇便写竹林茅屋，清流菜园，这是老程一家的居所，亦是"我"私塾课余的乐土。之所以是乐土，并不只是因为清丽的景色，更有老程的女儿三姑娘的含笑相望。如此一来三姑娘和景物一起就成了"我"记忆中的竹林故事。这故事是深染了田园风光的，三姑娘如同翠绿的竹林般美好，竹林像三姑娘一样生气勃勃。景物与人是和谐的，父母与女儿是和谐的，学堂里读书的小先生与卖青椒的三姑娘也是和谐的。由于这些个和谐，行文也包裹上几缕平淡气。即使是写老程的死这样容易"作文"的事件，叙述者也只是用"绿团团的坡上，从此也不见老程的踪迹了"，三姑娘"懒懒的没有话可说"这样平淡的文字来讲述。

小说的叙述焦点是"我"所看到并记忆的三姑娘，她"在我们的眼睛里同我们的先生一样熟，所不同的，我们一望见先生就往里跑，望见三姑娘都不知不觉的站在那里笑"。先生引导我们进入《了凡纲鉴》的知识殿堂，三姑娘带领我们进入自然人生。在记忆者的讲述中三姑娘是朴素的，朴素来自于她"那黑然而美的瓜子模样的面庞"；来自于她那"颜色淡得同月色一般"的竹布单衣；还来自于和"我们"买卖青菜时的对话。三姑娘还是文静懂事的，城里的赛灯会就是民间的狂欢节，三姑娘却是拒绝的，因为她要帮妈妈做活，因为她"当年背在爸爸的背上是看过了多少次的"。爸爸的再次出现，让我们看到了平淡文字缝隙间的更多内涵。对于这样一个美好的少女，我们也不由得跟着作者一起祝愿她"将来碰一个好姑爷"。

小说行文追求美文诗意，在叙述中追求意境、含蓄等诗意的效果。写老程打鱼，先写“四五月间，霪雨之后，河里满河山水，他照例拿着摇网走到河边的一个草墩上……”作者所关注的并不是鱼的多少有无，而是更看重在什么情境中打鱼。因为是记忆，叙述者总是选择精彩的细节来讲述：妈妈让老程去买盐，老程给阿三带回来红头绳。阿三踮着脚把酒杯给老程放到桌子上，老程还是要亲自往中间挪挪。生动的细节中，表现出了其乐融融的和谐。结尾只闻三姑娘声而不得见其面，有竹喧归浣女的境界，只是让人们担心作者美好的祝愿和现实间的距离。（袁向东）

★思考题：

1. 与《菊英的出嫁》相比较，这篇小说在乡土叙事上有何不同？
2. 谈谈你对这篇小说所表现出的文体特点的理解。

绣　枕

凌叔华

大小姐正在低头绣一个靠垫，此时天气闷热，小巴狗只有躺在桌底伸出舌头喘气的份儿，苍蝇热昏昏的满玻璃窗上打转。张妈站在背后打扇子，脸上一道一道的汗渍，她不住的用手巾擦，可总擦不干，鼻尖的刚才干了，嘴边的又点点凸了出来。她瞧着她主人的汗虽然没有她那样多，可是脸热的酱红，白细夏布褂汗湿了一背脊，忍不住说道：

“大小姐，歇会儿，凉快凉快吧。老爷虽说明天得送这靠垫去，可是没定规早上或晚上呢。”

“他说了明儿早上十二点以前，必得送去才好，不能不赶了。你站过来扇扇。”小姐答完仍旧低头做活。

张妈走过左边，一面打着扇子，一面不住眼的看着绣的东西，叹口气道：

“我从前听人家讲故事，说那头面长得俊的小姐，一定也是聪明灵巧的，我总想这是说书人信嘴编的，哪知道就真有。这样一个水葱儿似的小姐，还会这一手活计！这鸟绣的真爱死人！”大小姐嘴边轻轻的显露一弧笑涡，但刹那便止。张妈话兴不断，接着说：

“哼，这一封靠枕儿送到白总长那里，大家看了，别提有多少人来说亲呢。门也得挤破了。……听说白总长的二少爷二十多岁还没找着合式亲事。唔，我懂得老爷的意思了，上回算命的告诉太太今年你有红鸾星照命主，……”

“张妈，少胡扯吧。”大小姐停针打住说，她的脸上微微红晕起来。

此时屋内又是很寂静，只听见绣花针噗噗的一上一下穿缎子的声音和那扇子扶扶轻微的风响，忽听竹帘外边有一个十三四的女孩子叫道：

“妈，我来了。”

“小妞儿吗？这样大热天跑来干什么？”张妈赶紧问。小妞儿穿着一身的蓝布裤褂，满头满脸的汗珠，一张窝瓜脸热得紫涨，此时已经闪身入到帘内，站在房门口边，只望着大小姐出神。她喘吁吁的说：

“妈，昨儿四嫂子说这里大小姐绣了一对甚么靠垫，已经绣了半年拉，说光是那只鸟已经用了三四十样线，我不信。四嫂子说，不信你赶快去看看，过两天就要送人啦。我今儿吃了饭就进城，妈，我到那儿看看，行吗？”

张妈听完连忙赔笑问：

“大小姐，你瞧小妞儿多么不自量，想看看你的活计哪！”

大小姐抬头望望小妞儿，见她的衣服很脏，拿住一条灰色手巾不住的擦脸上的汗，大张着嘴，露出两排黄板牙，瞪直了眼望里看，她不觉皱眉答——

“叫她先出去，等会儿再说吧。”

张妈会意这因为嫌她的女儿脏，不愿使她看的话，立刻对小妞儿说：

“瞧瞧你鼻子上的汗，还不擦把脸去。我屋里有脸水。大热天的这汗味儿可别熏着大小姐。”

小妞儿脸上显出非常失望的神气，听她妈说完还不想走出去。张妈见她不动，很不忍的瞪了她一眼，说：

“去我屋洗脸去吧。我就来。”

小妞儿噘着嘴掀帘出去。大小姐换线时偶尔抬起头往窗外看，只见小妞拿起前襟擦额上的汗，大半块衣襟都湿了。院子里盆栽的石榴吐着火红的花，直映着日光，更叫人觉得暑热，她低头看见自己的胳肢窝汗湿了一大片了。

光阴一晃便是两年，大小姐还在深闺做针线活，小妞儿已经长成和她妈一样粗细，衣服也懂得穿干净些了。现在她妈告假回家的当儿，她居然能做替工。

夏天夜上，小妞儿正在下房坐近灯旁缝一对枕头顶儿，忽听见大小姐喊她，便放下针线，跑到上房。

她与大小姐捶腿时，有一搭没一搭的说闲话：

“大小姐，前天干妈送我一对枕头顶儿，顶好看啦，一边是一只翠鸟，一边是一只凤凰。”

“怎么还有绣半只鸟的吗？”大小姐似乎取笑她说。

“说起我这对枕头顶儿，话长哪。咳，为了它，我还和干姐姐呕了回子气。那本来是王二嫂子给我干妈的，她说这是从两个大靠垫子上剪下来的，因为已经弄脏了。新的时候好看极啦。一个绣的是荷花和翠鸟，那一个绣的是一只凤凰站在石山上。头一天，人家送给她们老爷，就放在客厅的椅子上，当晚便被吃醉了的客人吐脏了一大片；另一个给打牌的人，挤掉在地上，便有人拿来当作脚踏垫子用，好好的缎地子，满是泥脚印。少爷看见就叫王二嫂捡了去。干妈后来就和王二嫂要了来给我，那天晚上，我拿回家来足足看了好一会子，真爱死人咧，只那凤凰尾巴就用了四十多样线。那翠鸟的眼睛望着池子里的小鱼儿真要绣活了，那眼睛真个发亮，不知用什么线绣的。”

大小姐听到这里忽然心中一动，小妞儿还往下说：

“真可惜，这样好看的东西毁了。干妈前天见了我，教我剪去脏的地方拿来缝一对枕头顶儿。哪知道干姐姐真小气，说我看见干妈好东西就想法子讨了去。”

大小姐没有理会她们怄气的话，却只在回想她在前年的伏天曾绣过一对很精细的靠垫——上头也有翠鸟与凤凰的。那时白天太热，拿不得针，常常留到晚上绣，完了工，还害了十多天眼病。她想看看这鸟比她的怎样，吩咐小妞儿把那对枕顶儿立刻拿了来。

小妞儿把枕顶片儿拿来说：

“大小姐你看看这样好的黑青云霞缎的地子都脏了。这鸟听说从前都是凸出来的，现在已经踏凹了。您看——这鸟的冠子，这鸟的红嘴，颜色到现在还很鲜亮。王二嫂说那翠鸟的眼球子，从前还有两颗真珠子镶在里头。这荷花不行了，都成了灰色，荷叶太大，做枕顶儿用不着……这个山石旁还有小花朵儿……”

大小姐只管对着这两块绣花片子出神，小妞儿末了说的话，一句都听不清了。她只回忆起她做那鸟冠子曾拆了又绣，足足三次，一次是汗污了嫩黄的线，绣完才发现；一次是配错了石绿的线，晚上认错了色；末一次记不清了。那荷花瓣上的嫩粉色的线她洗完手都不敢拿，还得用爽身粉擦了手，再绣。……荷叶太大块，更难绣，用一样绿色太板滞，足足配了十二色绿线。……做完那对靠垫以后，送了给白家，不少亲戚朋友对她的父母进了许多谀词。她的闺中女伴，取笑了许多话，她听到常常自己红着脸微笑。还有，她夜里也曾梦到她从未经历过的娇羞傲气，穿戴着此生未有过的衣饰，许多小姑娘追她看，很羡慕她，许多女伴面上显出嫉妒颜色。那种是幻境，不久她也懂得。所以她永远不愿再想起它来撩乱心思。今天却不由得一一想起来。

小妞儿见她默默不言，直着眼，只管看那枕顶片儿，便说道：

“大小姐也喜欢它不是？这样针线活，真爱死人呢。明儿也照样绣一对儿不好吗?”

大小姐没有听见小妞儿问的是什么，只能摇了摇头算答复了。

★导读

凌叔华（1900—1990），原名凌瑞棠，祖籍广东番禺，生于北京一个仕宦家庭。自幼跟随名师习画，1922年考入燕京大学预科，1923年升入本科外语系，1924年开始在报刊发表文学作品。1947年与丈夫陈源赴法国，后定居英国，在海外多次举办画展。1989年底回国，1990年在北京逝世。代表性作品有散文《爱山庐梦影》，短篇小说《酒后》、《绣枕》、《花之寺》及自传体小说《古韵》等。

《绣枕》是凌叔华的代表作，原载于1925年3月21日《现代评论》第1卷第15期。这篇不足2 500字的小说讲述了闺阁中的大小姐和她所绣的一对靠垫的命运。"五四"新文学中的女性人物形象，多为"子君"式的新女性和"祥林嫂"式的底层农村妇女。《绣枕》所描述的则是在"五四"妇女解放运动中淡出人们视野的旧式贵族小姐的生活。从仕宦家庭走出来的凌叔华，回望旧中国宅院深处的闺阁，以复杂的心态描摹她们生活的世界。正如鲁迅在《中国新文学大系·小说二集·导言》中所说，凌叔华小说的独特性正在于其反映了"世态的一角，高门巨族的精魂"。任何一个时代，女性的经历和处境都不是单一的，不同阶层、不同环境、不同遭际的女性有着各自具体而细微的生存状态。

古典文学作品中的大家闺秀，凝聚了关于优雅美好的集体想象，激发着男性的向往之情和女性的羡慕之心。《绣枕》中的大小姐在两年的故事时间里，始终专注于同一件事，那就是针线活。外面的世界天翻地覆，深闺中的大小姐依然恪守着传统妇德，婉顺少言，精于女红。处于封闭的建筑空间和意识结构，她天真地以为一对蕴含着自己的才情和心意的靠垫，能够为自己带来幸福。于是，在那个天气闷热的伏天，"小巴狗只有躺在桌底伸出舌头喘气的份儿，苍蝇热昏昏的满玻璃窗上打转"，大小姐脸热得酱红，背脊都汗湿了，仍在低头专心致志地刺绣。张妈的女儿特地进城，只为一睹绣枕的风采，而大小姐为确保作品的完美，婉拒了小妞儿的要求。

"光阴一晃便是两年，大小姐还在深闺做针线活"，小妞儿已经能在她妈告假时做替工了。一句简单的过场，暗示大小姐在绣枕送出去之后的两年间，没有得到任何回应——哪怕是一个拒绝的答复。大小姐偶然从小妞儿口中得知，在送到白总长家的当晚，两只靠垫分别被呕吐物和泥脚印弄脏，少爷随即让下人捡了去。心灵手巧的大小姐，为了这对靠垫劳神费心了半年，荷花配了十二色绿线，鸟冠子三次拆了重绣，凤凰尾巴用了四十多样线。靠垫送出去后，大小姐也曾做过嫁人的美梦，但终于在空茫的等待中，懂得那不过是幻境。闺秀还是一样的闺秀，时代却不再是闺秀被期待的时代，正如绣枕上的鸟，"从前都是凸出来的，现在已经踏凹了"。

大小姐和绣枕之间构成了互相指涉的关系，绣枕的遭遇象征着大小姐的命运。绣枕被践踏，正如大小姐被漠视。小说通过巧妙而尖锐的对比，呈现出社会变革时期的旧式大小姐们的尴尬处境。恪守儒家妇德的大小姐们，即使容貌俊秀、心灵手巧、任劳任怨，并且甘愿牺牲奉献，但在新的文化语境中，闺阁和女红意味着陈腐、僵化和落伍。凌叔华含蓄地质疑了传统儒家道德中的女性定位，不动声色地传递出这样的信息：女性应该走出闺阁，重新打量和审视变革中的社会，寻找属于自己的位置。(陈翠平)

★思考题：

1. 简单分析《绣枕》的象征意味和讽刺手法。
2. 谈谈你对大小姐这个人物形象的看法。

创造（节选）

茅　盾

一

靠着南窗的小书桌，铺了墨绿色的桌布，两朵半开的红玫瑰从书桌右角的淡青色小瓷瓶口边探出来，宛然是淘气的女郎的笑脸，带了几分“你奈我何”的神气，冷笑着对角的一叠正襟危坐的洋装书，它们那种道学先生的态度，简直使你以为一定不是脱不掉男女关系的小说。赛银墨水盒横躺在桌子的中上部，和整洁的吸墨纸版倒成了很合式的一对。纸版的一只皮套角里含着一封旧信。那边西窗下也有个小书桌。几本卷皱了封面的什么杂志，乱丢在桌面，把一座茶绿色玻璃三棱形的小寒暑表也推倒了；金杆自来水笔的笔尖吻在一张美术明信片的女子的雪颊上。其处凝结了一大点墨水，像是它的黑泪，在悲伤它的笔帽的不知去向；一只刻镂得很精致的象牙的兔子，斜起了红眼睛，怨艾地瞅着旁边的展开一半的小纸扇，自然为的是纸扇太无礼，把它挤倒了，——现在它撒娇似的横躺着，露出白肚皮上的一行细绿字：“娴娴三八初度纪念。她的亲爱的丈夫君实赠”。然而“丈夫”二字像是用刀刮过的。

织金绸面的沙发榻蹲在东壁正中的一对窗下，左右各有同式的沙发椅做它的侍卫。更左，直挺挺贴着墙壁的，是一口两层的木橱，上半层较狭，有一对玻璃门，但仍旧在玻片后衬了紫色绸。和这木橱对立的，在右首的沙发椅之右，是一个衣架，擎着雨衣斗篷帽子之类。再过去，便是东壁的右窗；当窗的小方桌摆着茶壶茶杯香烟盒等什物。更过去，到了壁角，便是照例的梳妆台了。这里有一扇小门，似乎是通到浴室的。椭圆大镜门的衣橱，背倚北壁，映出西壁正中一对窗前的大柚木床，和那珠络纱帐子，和睡在床上的两个人。和衣橱成西斜角的，是房门，现在严密的关着。

沙发榻上乱堆着一些女衣。天蓝色沙丁绸的旗袍，玄色绸的旗马甲，白棉线织的胸褡，还有绯色的裤管口和裤腰都用宽紧带的短裤：都卷作一团，极像是洗衣作内正待落漂白缸，想见主人脱下时的如何匆忙了。榻下露出镂花灰色细羊女皮鞋的发光的尖头；可是它的同伴却远远地躲在梳妆台的矮脚边，须得主人耐烦的去找。床右，近门处，是一个停火几，琥珀色绸罩的台灯庄严地坐着，旁边有的是：角上绣花的小手帕，香水纸，粉纸，小镜子，用过的电车票，小银元，百货公司的发票，寸半大的皮面金头怀中记事册，宝石别针，小名片，——凡是少妇手袋里找得出来的小物件，都在这里了。一本展开的杂志，靠了台灯的支撑，又牺牲了灯罩的正确的姿势，异样地直立着。台灯的古铜座上，有一对小小的展翅作势的鸽子，侧着头，似乎在猜详杂志封面的一行题字：《妇女与政治》。

太阳光透过了东窗上的薄纱，洒射到桌上椅上床上。这些木器，本来是漆的奶油色，现在都镀上了太阳的斑剥的黄金了。突然一辆急驰的汽车的啵啵的声音——响得作怪，似乎就在楼下，——惊醒了床上人中间的一个。他睁开倦眼，身体微微一动。浓郁的发香，冲入他的鼻孔；他本能的转过头去，看见夫人还没醒，两颊绯红，像要喷出血来。身上的夹被，早已撩在一边，这位少妇现在是侧着身子；只穿了一件羊毛织的长及膝弯的贴身背心（vest），所以臂和腿都裸浴在晨气中了，珠络纱筛碎了的太阳光落在她的白腿上就像是些跳动的水珠。

——太阳光已经到了床里，大概是不早了呵。

君实想，又打了个呵欠。昨晚他睡得很早。夫人回来，他竟完全不知道；然而此时他还觉得很倦，无非因为今晨三点钟醒过来后，忽然不能再睡，直到看见窗上泛出鱼肚白色，才又朦朦的像是睡着了。而且就在这半睡状态中，他做了许多短短的不连续的梦；其中有一个，此时还记得个大概，似乎不是好兆。他重复闭了眼，回想那些梦，同时轻轻地握住了夫人的一只手。

梦，有人说是日间的焦虑的再现，又有人说是下意识的活动；但君实以为都不是。他自说，十五岁以后没有梦；他的夫人就不很相信这句话：

“梦是不会没有的，大概是醒后再睡时遗忘了。”她常常这样说。

“你是多梦的；不但睡时有梦，开了眼你还会做梦呵！”君实也常常这么反驳她。

现在君实居然有了梦，他自觉是意外；并且又证明了往常确是无梦，不是遗忘。所以他努力要回忆起那些梦来，以便对夫人讲。即使是这样的小事情，他也不肯轻轻放过；他不肯让夫人在心底里疑惑他的话是撒谎；他是要人时时刻刻信仰他看着他听着他，摊出全灵魂来受他的拥抱。

他轻快地吐了口气，再睁开眼来，凝视窗纱上跳舞的太阳光；然后，沙发榻上的那团衣服吸引了他的视线，然后，迅速的在满房间掠视一周，终于落在夫人的脸上。不知道为什么，这位熟睡的少妇，现在眉尖半蹙，小嘴唇也闭合得紧紧的，正是昨天和君实呕气时的那副面目了。近来他们俩常有意见上的不合；娴娴对于丈夫的议论常常提出反驳，而君实也更多的批评夫人的行动，有许多批评，在娴娴看来，简直是故意立异。娴娴的女友李小姐，以为这是娴娴近来思想进步，而君实反倒退步之故。这个论断，娴娴颇以为然；君实却绝对不承认，他心里暗恨李小姐，以为自己的一个好好的夫人完全被她教唆坏了，昨天便借端发泄，很犀利的把李小姐批评了一番，最使娴娴不快的，是这几句：

"……李小姐的行为，实在太像滑头的女政客了。她天天忙着所谓政治活动，究竟她明白什么是政治？娴娴，我并不反对女子留心政治，从前我是很热心劝诱你留心政治的，你现在总算是知道几分什么是政治了。但要做实际活动——嘿！主观上能力不够，客观上条件未备。况且李小姐还不是把政治活动当作电影跳舞一样，只是新式少奶奶的时髦玩意罢了。又说女子要独立，要社会地位，咳，少说些门面话罢！李小姐独立在什么地方？有什么社会地位？我知道她有的地位是在卡尔登，在月宫跳舞场！现在又说不满于现状，要革命；咳，革命，这一向看厌了革命，却不道还有翻新花样的在影戏院跳舞场里叫革命！……"

君实说话时的那种神气——看定了别人是永远没出息的神气，比他的保守思想和指桑骂槐，更使娴娴难受；她那时的确动了真气。虽然君实随后又温语抚慰，可是娴娴整整有半天纳闷。

现在君实看见夫人睡中犹作此态，昨日的事便兜上心头；他觉得夫人是精神上一天一天的离开他，觉得自己再不能独占了夫人的全灵魂。这位长久拥抱在他思想内精神内的少妇，现在已经跳了出去，有自己的思想，自己的见解了。这在自负很深的君实，是难受的。他爱他的夫人，现在也还是爱；然而他最爱的是以他的思想为思想以他的行动为行动的夫人。不幸这样的黄金时代已成过去，娴娴非复两年前的娴娴了。

想到这里，君实忍不住微微喟了口气。他又闭了眼，冥想夫人思想变迁的经过。他记得前年夏天在莫干山避暑的时候，娴娴曾就女子在社会中应尽的职务一点发表了独立的意见；难道这就是今日趋向各异的起点么？似乎不是的，那时娴娴还没认识李小姐；似乎又像是的，此后娴娴确是一天一天的不对了。最近的半年来，她不但思想变化，甚至举动也失去了优美细腻的常态，衣服什物都到处乱丢，居然是"成大事者不修边幅"的气派了。君实本能的开眼向房中一瞥，看见他自己的世界缩小到仅存南窗下的书桌；除了这一片"干净土"，全房到处是杂乱的痕迹，是娴娴的世界了。

在沉郁的心绪中，君实又回忆起娴娴和他的一切琐屑的龃龉来。莫干山避暑是两心最融洽的时代，是幸福的顶点，但命运的黑丝，似乎也便在那时走进了他们的生活；似乎娴娴的变态，最初是在趣味方面发动的，她渐渐的厌倦了静的优雅的，要求强烈的刺激，因此在起居服用上常常和君实意见相反了。买一件衣料，看一次影戏，上一回菜馆，都成为他们俩争执的题材；常常君实喜欢甲，娴娴偏喜欢乙，而又不肯各行其是，各人要求自己的主张完全胜利。结果总是牺牲了一方面。因为他们都觉得“各行其是”的办法徒然使两人都感不快，倒不如轮替着都有失败都有胜利，那时，胜利者固然很满意，失败者亦未始没有相当的报偿，事过后的求谅解的甜蜜的一吻便是失败者的愉快。这样的争执，当第一二次发生时，两人的确都曾认真的烦恼过，但后来发现了和解时的澈骨的美趣，他们又默认这也是爱的生活中不可少的波澜。所以在习惯了以后，君实常常对娴娴说：

“这回又是你得了胜利了。但是，漂亮的少奶奶，娇养的小姐，你不要以为你的胜利是合理的，是久长的。”

于是在软颤的笑声中，娴娴偎在君实的怀中，给他一个长时间的吻。这是她的胜利的代价，也是她对于丈夫为爱而让步的热忱的感谢。

但是不久这种爱的戏谑的神秘性也就磨钝了。当给与者方面成为机械的照例的动作时，受者方面便觉得嘴唇是冷的，笑是假的，而主张失败的隐痛却在心里跳动了，况且娴娴对于自己的主张渐渐更坚持，差不多每次非她胜利不可，于是本不愿意的“各行其是”也只好实行了。这便是现在君实在卧室中的势力范围只剩了一个书桌的原因之一。

思想上的不同，也慢慢的来了。这是个无声的痛苦的斗争。君实曾经用尽能力，企图恢复他在夫人心窝里的独占的优势，然而徒然。娴娴的心里已经有一道坚固的壁垒，顽抗他的攻击；并且娴娴心里的新势力又是一天一天扩张，驱逼旧有者出来。在最近一月中，君实几次感到了自己的失败。他承认自己在娴娴心中的统治快要推翻，可是他始终不很明白，为什么两年前他那样容易的取得了夫人的心，占有了她的全灵魂，而现在却失之于不知不觉，并且恢复又像是无望的。两年前夫人的心，好比是一块海绵，他的每一滴思想，碰上就被吸收了去，现在这同一的心，却不知怎的已经变成一块铁，虽然他用了热情的火来锻炼，也软化不了它。“神秘的女子的心呵！”君实纳闷时常常这样想。他现在唯一的办法是讽刺；希望讽刺的酸味或者可以溶解了娴娴心里的铁。于是李小姐成了讽刺的目标。君实认定夫人的心质的变化，完全是李小姐从中作怪。有时他也觉得讽刺不是正法，许会使娴娴更离他远些。但是，除了这条路更没有别的方法了。“呵，神秘的女子的心！”他只能叹着气这么想。

君实陡然烦躁起来了。他抖开了身上的羊毛毯，向床沿翻过身去；他竟忘记了自己的左手还握住了夫人的一只手。娴娴也惊醒了。她定了下神，把身子挪近丈夫身边，又轻轻的翘起头来，从丈夫的肩头瞧他的脸。

君实闭了眼不动。他觉得有一只柔软的臂膊放到胸口来了。他又觉得耳根边被毛茸茸的细发拂着作痒了。他还是闭着眼不动，却聚集了全身的注意力，在暗中伺察。俄而，竟有暖烘烘的一个身体压上来，另一个心的跳声也清晰地听得；君实再忍不住了，睁开眼来，看见娴娴用两臂支起了上半身，面对面的瞧着他的脸，像一匹猫侦伺一只诈死的老鼠。君实不禁笑了出来。

“我知道你是假睡咧。”

娴娴微笑地说，同时两臂一松，全身落在君实的怀中了。女性的肉的活力，从长背心后透出来，沦浃了君实的肌骨；他委实有些摇摇不能自持了。但随即一个作痛的思想抓住了他的心：这温软的胸脯，这可爱的面庞，这善蹙的长眉，这媚眼，这诱人的熟透樱桃似的嘴唇——一切，这迷人的一切，都是属于他的，确确实实属于他的，然而在这一切以内，隐藏得很深的，有一颗心，现在还感得它的跳动的心，却不能算是属于他的了！他能够接触这名为娴娴的美丽的形骸，但在这有形的娴娴之外，还有一个无形的娴娴——她的灵魂，已经不是他现在所能接触了！这便是所谓恋爱的悲剧么？在恋爱生活中，这也算是失恋么？

他无法排遣似的忍痛地想着，不理会娴娴的疑问的注视。突然一只手掩在他的眼上；细而长的手指映着阳光，仿佛是几枝通明的珊瑚梗。而在那柔腴的手腕上，细珍珠穿成的手串很熨贴的围绕着，凡三匝。这是他们在莫干山消夏的纪念品，前几天断了线，新近才换好的。君实轻轻的拉下了娴娴的手。细珍珠给他的手指一种冷而滑的感觉。他的心灵突然一震。呵，可纪念的珠串！可纪念的已失的莫干山的快乐！祝福这再不能回来的快乐！

君实的眼光惘惘然在这些细珠上徘徊了半晌，然后，像感触了什么似的，倏地移到娴娴的脸上。这位少妇的微带惺忪的眼睛却也正在有所思的对他看。

“我们过去的生活，哪些日子你觉得顶快活？”

君实慢慢的说，像是每个字都经过深长的咀嚼的。

“我觉得现在顶快活。”

娴娴笑着回答，把她的身体更贴紧些。

“你不要随口乱说哟。娴娴，想一想罢——仔细的想一想。”

“那么，我们结婚的第一年——半年，正确的说，是第一个月，最快活。”

“为什么？”

娴娴又笑了。她觉得这样的考试太古怪。

“为什么？不为什么。只因为那时候我的经验全是新的。我以前的生活，好像是一页空白，到那时方才填上了色彩。以前的生活，现在回想起来，并不感到特别兴味，而且也很模糊了。只有结婚后的生活——唔，应该说是结婚后第一个月，即使是顶琐细的一衣一饭，我似乎都记得明明白白。”

君实微笑着点头，过去的事也再现在他眼前了。然而接踵来了感伤。难道过去的欢乐就这么永远过去，永远唤不回来么？

“那么，你呢？你觉得——哪些日子顶快活？”

娴娴反问了。她把左手抚摩君实前额的头发，让珍珠手串的短尾巴在君实眉间晃荡。

“我不反对你的话，但是也不能赞成。在我，新结婚的第一年——或照你说，第一月，只是快乐的起点，不是顶点。我想把你造成为一个理想的女子，那时正是我实现我的理想的开端，有很大的希望鼓舞着，但并未达到真正的快乐。”

“我听你说过这些话好几次了。”

娴娴淡淡的插进来说。虽然从前听得了这些话，也是“有很大的希望鼓舞着”，但现在却不乐意听说自己被按照了理想而创造。

“可是你从来没问过我的理想究竟是成功呢抑是失败。娴娴，我的理想是成功的，但是也失败了。莫干山避暑的时候，你的创造刚好成功。娴娴，你记得我们在银铃山瀑布旁边大光石头上的事么？你本来是颇有些拘束的，但那时，我们坐在瀑布旁边，你只穿了件 vest，正和你现在一样。自然这是一件小事，但很可以证明你的创造是完成了，我的理想是实现了。”

君实突然停止，握住了娴娴的臂膊，定着眼睛对她瞧。这位少妇现在脸上热烘烘了；她想起了当时的情形，她转又自怪为什么那时对于此等新奇的刺激并不感得十分的需要。如果在现今呀……

但是君实早又继续说下去了：

“我的理想是实现了，但又立即破碎了！我已经引满了幸福之杯。以前，我们的生活路上，是一片光明，以后是光明和黑暗交织着了。莫干山成了我们生活上的分水岭。从山里回来，你就渐渐改变了。娴娴，你是从那时起，一点一点的改变了。你变成了你自己，不是我所按照理想创造成的你了。我引导你所读的书，在你心里形成了和我各别的见解；我真不知道是怎么一回事，我不相信书里的真理会有两个。娴娴，你是在书本子以外——在我所引导的思想以外，又受了别的影响，可是你破坏了你自己！也把我的理想破坏了！”

君实的脸色变了，又闭了眼睛；理想的破灭使他十分痛苦，如梦的往事又加重了他的悒闷。

……

★导读

茅盾（1896—1981），原名沈德鸿，字雁冰，浙江桐乡人。1913 年考入北京大学预科第一类，1916 年北大预科毕业后到上海商务印书馆编译所工作。1920 年主持《小说月报》的“小说新潮”栏目，1921 年参与发起组织“文学研究会”，并着手改革《小说月报》。1921 年 7 月中国共产党成立后，由上海共产主义小组成员转为正式党员。1927 年滞留牯岭时开始创作长篇小说《幻灭》。主要作品有长篇小说《蚀》三部曲（《幻灭》、《动摇》、《追求》）、《虹》、《子夜》、《腐蚀》，短篇小说《林家铺子》、《春蚕》等。

《创造》写于《幻灭》、《动摇》之后，是茅盾的第一部短篇小说，最初发表于 1928 年 4 月 25 日的《东方杂志》第 25 卷第 8 号，后收入 1929 年 7 月由大江书铺出版的小说集《野蔷薇》。小说讲述了一对年轻夫妇君实和娴娴之间创造与被创造的关系，以及被创造者对创造者的背离和发展。茅盾本人明确表示《创造》是自己在写了《幻灭》、《动摇》之后“第一次思想上的变化”。

茅盾在《回忆录·创作生涯的开始》中写到："我戏用欧洲古典主义戏曲的'三一律'来写。故事发生于早晨一小时内，地点始终在卧室，人物只有两个：君实和娴娴夫妇。君实是个'进步分子'，是'创造者'，也就是说，在思想上他是娴娴的带路人；娴娴是'被创造者'，她是中国被名教所束缚的无数女子中的一个，但一旦她被'创造'成功了，一旦她的束缚被解除了，她要求进步的愿望却大大超出了君实的设想，她毫无牵挂，勇往直前。结尾是娴娴让家里的女仆传一句话给她丈夫：我要先走一步了，你要赶上来就来吧。在《创造》中，我暗示了这样的思想：革命既经发动，就会一发而不可收，它要一往直前，尽管中间要经过许多挫折，但它的前进是任何力量阻挡不住的。被压迫者的觉醒也是如此。"茅盾在《创造》中通过象征和隐喻的手法，表现了妇女解放乃至社会解放的主题。

小说开篇以全景镜头的方式，描述了两张小书桌上的陈设，暗示出它们各自主人的不同性格。一张书桌整洁有序，"一叠正襟危坐的洋装书"，带着"道学先生的态度"；另一张书桌凌乱不堪，一只象牙兔子横躺着，白肚皮上一行字中的"丈夫"二字像是用刀刮过的。这个细节在小说的结尾得到了呼应，在娴娴看来，提到"丈夫"，总不免令人联想到"夫者天也"等话。这个细节所暗示的创造品对创造者的反叛，正是整篇小说的主线。

镜头继续在室内移动，到处是女主人乱放的小物件，其中的一本杂志封面上赫然写着：《妇女与政治》。接着，小说以睡醒的君实为叙述视角，描写了娴娴魅惑的姿态："两颊绯红，像要喷出血来。身上的夹被，早已撩在一边，这位少妇现在是侧着身子；只穿了一件羊毛织的长及膝弯的贴身背心（vest），所以臂和腿都裸浴在晨气中了，珠络纱筛碎了的太阳光落在她的白腿上就像是些跳动的水珠"。接着，君实陷入回忆和沉思之中，想到两年来的创造计划行将失败甚或已然失败，他产生了极大的焦虑。二十岁的时候，君实立志找一个理想的女子做生活的伴侣，结果七年未成。君实改变计划，打算找一块璞玉，亲手雕琢而成器。他选择了仿佛一张白纸的娴娴，开始了自己的创造大计。在短短的两年内，娴娴读完了君实所指定的书，对于自然科学、历史、文学、哲学、现代思潮，都有了常识以上的了解。她的举止、谈吐、知识、头脑、性情，都证明了自己是卓绝的创造品。君实骄傲于那个以他的思想为思想，以他的行动为行动的夫人，然而，这样的黄金时代已成过去。君实渐渐发现，"你变成了你自己，不是我所按照理想创造成的你了"。对于自己的变化和君实的焦虑，娴娴倒是十分了然："你真真的玩了黄道士召鬼的把戏了。黄道士烧符念咒的时候，惟恐鬼不来，等到鬼当真来了，他又怕得什么似的，心里抱怨那鬼太狞恶，不是他的理想的鬼了。"她虽然是被启蒙/创造的对象，但她一旦有了自己的主体意识，必然会重新思考其和启蒙/创造者之间的关系，以及自己的发展方向。

不论茅盾的创作意图如何，单从文本的故事和细节来看，《创造》的确触摸了人类社会一对重要的主客体关系之间的复杂状态。启蒙者、创造者、引导者和被启蒙者、被创造者、被引导者之间的关系随时可能颠覆，毕竟这对关系中的客体对象不是物而是人。正如君实感到困惑的那样："我引导你所读的书，在你心里形成了和我各别的见解"。任何一个人一旦获得主体意识，便会对这个世界产生自己的个性化看法。一个人对另一个人的"创造"理想，本身已经包含了矛盾和破坏的因素。(陈翠平)

★思考题：

1. 简单分析小说题目"创造"的思想内涵。
2. 比较分析鲁迅的《伤逝》和茅盾的《创造》。

梅雨之夕

施蛰存

梅雨又淙淙地降下了。

对于雨，我倒并不觉得嫌厌，所嫌厌的是在雨中疾驰的摩托车的轮子，它会溅起泥水猛力地洒上我的衣裤，甚至会连嘴里也拜受了美味。我常常在办公室里，当公事空闲的时候，凝望着窗外淡白的空中的雨丝，对同事们谈起我对于这些自私的车轮的怨苦。下雨天是不必省钱的，你可以坐车，舒服些。他们会这样善意地劝告我。但我并不曾屈就了他们的好心，我不是为了省钱，我喜欢在滴沥的雨声中撑着伞回去。我的寓所离公司是很近的，所以我散工出来，便是电车也不必坐，此外还有一个我所以不喜欢在雨天坐车的理由，那是因为我还不曾有一件雨衣，而普通在雨天的电车里，几乎全是裹着雨衣的先生们，夫人们或小姐们，在这样一间狭窄的车厢里，滚来滚去的人身上全是水，我一定会虽然带着一柄上等的伞，也不免满身淋漓地回到家里。况且，尤其是在傍晚时分，街灯初上，沿着人行路用一些暂时安逸的心境去看看都市的雨景，虽然拖泥带水，也不失为一种自己的娱乐。在濛雾中来来往往的车辆人物，全都消失了清晰的轮廓，广阔的路上倒映着许多黄色的灯光，间或有几条警灯的红色和绿色在闪烁着行人的眼睛。雨大的时候，很近的人语声，即使声音很高，也好像在半空中了。

人家时常举出这一端来说我太刻苦了，但他们不知道我会从这里找出很大的乐趣来，即使偶尔有摩托车的轮子溅满泥泞在我身上，我也并不因此而改了我的习惯。说是习惯，有什么不妥呢？这样的已经有三四年了。有时也偶尔想着总得买一件雨衣来，于是可以在雨天坐车，或者即使步行，也可以免得被泥水溅着了上衣，但到如今这仍然留在心里做一种生活上的希望。

在近来的连日的大雨里，我依然早上撑着伞上公司去，下午撑着伞回家，每天都如此。

昨日下午，公事堆积得很多。到了四点钟，看看外面雨还是很大，便独自留下在公事房里，想索性再办了几桩，一来省得明天要更多地积起来，二来也借此避雨，等它小一些再走。这样地竟逗留到六点钟，雨早已停了。

走到外面，虽然已是满街灯火，但天色却转清朗了。曳着伞，避着檐滴，缓步过去，从江西路南口走到四川路桥，竟走了差不多半点钟光景。邮政局的大钟已是六点二十五分了。未走上桥，天色早已重又冥晦下来，但我并没有介意，因为晓得是傍晚的时分了。刚走到桥头，急雨骤然从乌云中漏下来，潇潇的起着繁响。看下面北四川路上和苏州河两岸行人的纷纷乱窜乱避，只觉得连自己心里也有些着急。他们在着急些什么呢？他们也一定知道这降下来的是雨，对于他们没有生命上的危险，但何以要这样急迫地躲避呢？说是为了恐怕衣裳给淋湿了，但我分明看见手中持着伞的和身上披了雨衣的人也有些脚步踉跄了。我觉得至少这是一种无意识的纷乱。但要是我不曾感觉到雨中闲行的滋味，我也是会得和这些人一样地急突地奔下桥去的。

何必这样的奔逃呢，前路也是在下雨，撑开我的伞来的时候，我这样漫想着。不觉已走过了天潼路口。大街上浩浩荡荡地降着雨，真是一个伟观，除了间或有几辆摩托车，连续地冲破了雨仍旧钻进了雨中地疾驰过去之外，电车和人力车全不看见。我奇怪它们都躲到什么地方去了。至于人，行走着的几乎是没有，但在店铺的檐下或蔽荫下是可以一团一团地看得见，有伞的和无伞的，有雨衣的和无雨衣的，全部聚集着，用嫌厌的眼望着这奈何不得的雨。我不懂他们这些雨具是为了怎样的天气而买的。

至于我，已经走近文监师路了。我并没什么不舒服，我有一柄好的伞，脸上绝不会给雨水淋湿，脚上虽然觉得有些湿漉漉，但这至多是回家后换一双袜子的事。我且行且看着雨中的北四川路，觉得朦胧的颇有些诗意。但这里所说的“觉得”，其实也并不是什么具体的思绪，除了“我该得在这里转弯了”之外，心中一些也不意识着什么。

从人行路上走出去，探头看看街上有没有往来的车辆，刚想穿过街去转入文监师路，但一辆先前并没有看见的电车已停在眼前。我止步了，依然退进到人行路上，在一支电杆边等候着这辆车的开出。在车停的时候，其实我是可以安心地对穿过去的，但我并不曾这样做。我在上海住得很久，我懂得走路的规则。我为什么不在这个可以穿过去的时候走到对街去呢？我没知道。

我数着从头等车里下来的乘客。为什么不数三等车里下来的呢？这里并没有故意的挑选，头等座在车的前部，下来的乘客刚在我面前，所以我可以很看得清楚。第一个，穿着红皮雨衣的俄罗斯人，第二个是中年的日本妇人，她急急地下了车，撑开了手里提着的东洋粗柄雨伞，缩着头鼠窜似地绕过车前，转进文监师路去了。我认识她，她是一家果子店的女店主。第三，第四，是像宁波人似的我国商人，他们都穿着绿色的橡皮华式雨衣。第五个下来的乘客，也即是末一个了，是一位姑娘。她手里没有伞，身上也没有穿雨衣，好像是在雨停止了之后上电车的，而不幸在到目的地的时候却下着这样的大雨。我猜想她一定是从很远的地方上车的，至少应当在卡德路以上的几站罢。

她走下车来，缩着瘦削的，但并不露骨的双肩，窘迫地走上人行路的时候，我开始注意着她的美丽了。美丽有许多方面，容颜的姣好固然是一重要因素，但风仪的温雅，肢体的停匀，甚至谈吐的不俗，至少是不惹厌，这些也有着份儿，而这个雨中的少女，我事后觉得她是全适合这几端的。

她向路的两边看了一看，又走到转角上看着文监师路。我晓得她是急于要招呼一辆人力车。但我看，跟着她的眼光，大路上清寂地没一辆车子徘徊着，而雨还尽量地落下来。她旋即回了转来，躲避在一家木器店的屋檐下，露着烦恼的眼色，并且蹙着细淡的修眉。

我也便退进在屋檐下，虽则电车已开出，路上空空地，我照理可以穿过去了。但我何以不即穿过去，走上了归家的路呢？为了对于这少女有什么依恋么？并不，绝没有这种依恋的意识。但这也决不是为了我家里有着等候我回去在灯下一同吃晚饭的妻，当时是连我已有妻的思想都不曾有，面前有着一个美的对象，而又是在一重困难之中，孤寂地只身呆立着望这永远地，永远地垂下来的梅雨，只为了这些缘故，我不自觉地移动了脚步站在她旁边了。

虽然在屋檐下，虽然没有粗重的檐溜滴下来，但每一阵风会得把凉凉的雨丝吹向我们。我有着伞，我可以如中古时期骁勇的武士似地把伞当作盾牌，挡着扑面袭来的雨的箭，但这个少女却身上间歇地被淋得很湿了。薄薄的绸衣，黑色也没有效用了，两只手臂已被画出了它们的圆润。她屡次旋转身去，侧立着，避免这轻薄的雨之侵袭她的前胸。肩臂上受些雨水，让衣裳贴着肉倒不打紧吗？我曾偶尔这样想。

天晴的时候，马路上多的是兜搭生意的人力车，但现在需要它们的时候，却反而没有了。我想着人力车夫的不善于做生意，或许是因为需要的人太多了，供不应求，所以即使在这样繁盛的街上，也不见一辆车子的踪迹。或许车夫也都在避雨呢，这样大的雨，车夫不该避一避吗？对于人力车之有无，本来用不到关心的我，也忽然寻思起来，我并且还甚至觉得那些人力车夫是可恨的，为什么你们不拖着车子走过来接应这生意呢，这里有一位美丽的姑娘，正窘立在雨中等候着你们的任何一个。

如是想着，人力车终于没有踪迹。天色真的晚了。远处对街的店铺门前有几个短衣的男子已经等得不耐而冒着雨，他们是拼着淋湿一身衣裤的，跨着大步跑去了。我看这位少女的长眉已颦蹙得更紧，眸子莹然，像是心中很着急了。她的忧闷的眼光正与我的互相交换，在她眼里，我懂得我正受着诧异，为什么你老是站在这里不走呢。你有伞，并且穿着皮鞋，等什么人么？雨天在街路上等谁呢？

眼睛这样锐利地看着我，不是没怀好意么？从她将钉住着在我身上打量我的眼光移向着阴黑的天空的这个动作上，我猜测她肯定是在这样想着。

我有伞呢，而且大得足够容两个人的，我不懂何以这个意识不早就觉醒了我。但现在它觉醒了我将使我做什么呢？我可以用我的伞给她挡住这样的淫雨，我可以陪伴她走一段路去找人力车，如果路不多，我可以送她到她的家。如果路很多，又有什么不成呢？我应当跨过这一箭路，去表白我的好意吗？好意，她不会有什么别方面的疑虑吗？或许她会得像刚才我所猜想着的那样误解了我，她便会得拒绝了我。难道她宁愿在这样不停的风雨中，在冷静的夕暮的街头，独自立到很迟吗？不啊！雨是不久就会停的，已经这样连续不断地降下了……多久了，我也完全忘记了时间的在这雨水中间流过。我取出表来，七点三十四分。一小时多了。不至于老是这样地降下来罢，看，排水沟已经来不及宣泄，多量的水已经积聚在它上面，打着旋涡，挣扎不到流下去的路，不久怕会溢上了人行路么？不会的，决不会有这样持久的雨，再停一会，她一定可以走了。即使雨不就停止，人力车是大约总能够来一辆的。她一定会不管多大的代价坐了去的。然则我应当走了么？应当走了。为什么不？……

这样地又十分钟过去了。我还没有走。雨没有住，车儿没有影踪。她也依然焦灼地站着。我有一个残忍的好奇心，如她这样的在一重困难中，我要看她终于如何处理她自己。看着她这样窘急，怜悯和旁观的心理在我身中各占了一半。

她又在惊异地看着我。

忽然，我觉得，何以刚才会不觉得呢？我奇怪，她好像在等待我拿我的伞贡献给她，并且送她回去，不，不一定是回去，只是到她所要到的地方去。你有伞，但你不走，你愿意分一半伞遮蔽我，但还在等待什么更适当的时候呢？她的眼光在对我这样说。

我脸红了，但并没有低下头去。

用羞赧来对付一个少女的注目，在结婚以后，我是不常有的。这是自己也随即觉得可怪了。我将用何种理由来譬解我的脸红呢？没有！但随即有一种男子的勇气升上来，我要求报复，这样说或许是较言重了，但至少是要求着制服她的心在我身里急突地催促着。

终归是我移近了这少女，将我的伞分一半遮蔽她。

“小姐，车子恐怕一时不会得有，假如不妨碍，让我来送一送罢。我有着伞。”

我想说送她回府，但随即想到她未必是在回家的路上，所以结果是这样两用地说了。当说着这些话的时候，我竭力做得神色泰然，而她一定已看出了这勉强的安静的态度后面藏匿着的我的血脉之急流。

她凝视着我半微笑着。这样好久。她是在估量我这种举止的动机，上海是个坏地方，人与人都用了一种不信任的思想交际着！她也许是正在自己委决不下，雨真的在短时期内不会停么？人力车真的不会来一辆么？要不要借着他的伞姑且走起来呢？也许转一个弯就可以有人力车，也许就让他送到了，那不妨事么？……不妨事。遇见了认识人不会猜疑么？……但天太晚了，雨并不觉得小一些。

于是她对我点了点头，极轻微地。

“谢谢你。”朱唇一启，她迸出柔软的苏州音。

转进靠西边的文监师路，在响着雨声的伞下，在一个少女的旁边，我开始诧异我的奇遇。事情会展开到这个现状吗？她是谁，在我身旁同走，并且让我用伞遮蔽她，除了和我的妻之外，近几年来我并不曾有过这样的经历。我回转头去，向后面斜看，店铺里有许多人歇下了工作对我，或是我们，看着。隔着雨的帡幪，我看得见他们的可疑的脸色。我心里吃惊了，这里有着我认识的人吗？或是可有着认识她的人吗？……再回看她，她正低下着头，拣着踏脚地走。我的鼻子刚接近了她的鬓发，一阵香。无论认识我们之中任何一个的人，看见了这样的我们的同行，会怎样想？……我将伞沉下了些，让它遮蔽到我们的眉额。人家除非故意低下身子来，不能看见我们的脸面。这样的举动，她似乎很中意。

我起先是走在她右边，右手执着伞柄，为了要让她多得些荫蔽，手臂便凌空了。我开始觉得手臂酸痛，但并不以为是一种苦楚。我侧眼看她，我恨那个伞柄，它遮隔了我的视线。从侧面看，她并没有从正面看那样的美丽。但我却从此得到一个新的发现：她很像一个人。谁？我搜寻着，我搜寻着，好像很记得，岂但……几乎每日都在意中的，一个我认识的女子，像现在身旁并行着的这个一样的身材，差不多的面容，但何以现在百思不得了呢？……啊，是了，我奇怪为什么我竟会得想不起来，这是不可能的！我的初恋的那个少女，同学，邻居，她不是很像她吗？这样的从侧面看，我与她离别了好几年了，在我们相聚的最后一日，她还只有十四岁，……一年……二年……七年了呢。我结婚了，我没有再看见她，想来长成得更美丽了……但我并不是没有看见她长大起来，当我脑中浮起她的印象来的时候，她并不还保留着十四岁的少女的姿态。我不时在梦里，睡梦或白日梦，看见她在长大起来，我曾自己构成她是个美丽的二十岁年纪的少女。她有好的声音和姿态，当偶然悲哀的时候，她在我的幻觉里会是一个妇人，或甚至是一个年轻的母亲。

但她何以这样的像她呢？这个容态，还保留十四岁时候的余影，难道就是她自己么？她为什么不会到上海来呢？是她！天下有这样容貌完全相同的人么？不知她认出了我没有……我应该问问她了。

“小姐是苏州人么？”

“是的。”

确然是她，罕有的机会啊！她几时到上海来的呢？她的家搬到上海来了吗？还是，哎，我怕，她嫁到上海来了呢？她一定已经忘记我了，否则她不会允许我送她走。……也许我的容貌有了改变，她不能再认识我，年数确是很久了。……但她知道我已经结婚吗？要是没有知道，而现在她认识了我，怎么办呢？我应当告诉她吗？如果这样是需要的，我将怎样措辞呢？……

我偶然向道旁一望，有一个女子倚在一家店里的柜上，用着忧郁的眼光，看着我，或者也许是看着她。我忽然好像发现这是我的妻，她为什么在这里？我奇怪。

我们走在什么地方了。我留心看。小菜场。她恐怕快要到了。我应当不失了这个机会，我要晓得她更多一些，但要不要使我们继续已断的友谊呢，是的，至少也得是友谊？还是仍旧这样地让我在她的意识里只不过是一个不相识的帮助女子的善意的人呢？我开始踌躇了。我应当怎样做才是最适当的。

我似乎还应该知道她正要到哪里去。她未必是回家去罢。家——要是父母的家倒也不妨事的，我可以进去，如像幼小的时候一样。但如果是她自己的家呢？我为什么不问她结婚了不曾呢……或许，连自己的家也不是，而是她的爱人的家呢，我看见一个文雅的青年绅士。我开始后悔了，为什么今天这样高兴，剩下妻在家里焦灼地等候着我，而来管人家的闲事呢？北四川路上，终于会有人力车往来的，即使我不这样地用我的伞伴送她，她也一定早已能雇到车子了。要不是自己觉得不便说出口，我早已会剩了她在雨中返身走了。

还是再考验一次罢。

“小姐贵姓？”

“刘。”

刘吗？一定是假的。她已经认出了我，她一定都知道了关于我的事，她哄我了。她不愿意再认识我了，便是友谊也不想继续了。女人！……她为什么改了姓呢？……也许这是她丈夫的姓？刘……刘什么？

这些思想的独白，并不占有了我多少时候。它们是很迅速地翻舞过我心里，就在与这个好像有魅力的少女同行过一条马路的几分钟之内。我的眼不常离开她，雨到这时已在小下来也没有觉得。眼前好像来来往往的人在多起来了，人力车也恍惚看见了几辆。她为什么不雇车呢？或许快要到达她的目的地了。她会不会因为心里已认识了我，不敢说，所以故意延滞着和我同走么？

一阵微风，将她的衣缘吹起，飘漾在身后。她扭过脸去避对面吹来的风，闭着眼睛，有些娇媚。这是很有诗兴的姿态，我记起日本画伯铃木春信的一帧题名叫《夜雨宫诣美人图》的画。提着灯笼，遮着被斜风细雨所撕破的伞，在夜的神社之前走着，衣裳和灯笼都给风吹卷着，侧转脸儿来避着风雨的威势，这是颇有些洒脱的感觉的。现在我留心到这方面了，她也有些这样的风度。至于我自己，在旁人眼光里，或许成为她的丈夫或情人了，我很有些得意于这种自譬的假设。是的，当我觉得她确是幼小时候初恋的女伴的时候，我是如像真有这回事似地享受着这样的假设。而从她鬓边颊上被潮润的风吹过来的粉香，我也闻嗅得出是和我妻所有的香味一样的。……我旋即想到古人有“担簦亲送绮罗人”那么一句诗，是很适合于今天的奇遇的。铃木画伯的名画又一度浮现上来了。但铃木所画的美人并不和她有一些相像，倒是我妻的嘴唇却与画里的少女的嘴唇有些仿佛。

我再试一试对于她的凝视，奇怪啊，现在我觉得她并不是我适才所误会着的初恋的女伴了。她是另外一个不相干的少女。眉额，鼻子，颧骨，即使说是有年岁的改换，也绝对地找不出一些踪迹来。而我尤其嫌厌着她的嘴唇，侧看过去，似乎太厚了一些。

我忽然觉得很舒适，呼吸也更通畅了。我若有意若无意地替她撑着伞，徐徐觉得手臂太酸痛之外，没什么感觉。在身旁由我伴送着的这个不相识的少女的形态，好似已经从我的心的樊笼中被释放了出去。我才觉得天已完全夜了，而伞上已听不到些微的雨声。

"谢谢你，不必送了，雨已经停了。"

她在我耳朵边这样地嘤响。

我蓦然惊觉，收起手中的伞。一缕街灯的光射上了她的脸，显着橙子的颜色。她快要到了吗？可是她不愿意我伴她到目的地，所以趁此雨已停住的时候要打发我吗？我能不能设法看一看她究竟到什么地方去呢？……

"不要紧，假使没有妨碍，让我送到了罢。"

"不敢当呀，我一个人可以走了，不必送罢。时光已是很晏了，真对不起得很呢。"

看来是不愿我送的了。但假如还是下着大雨便怎么了呢？……我怨怼着不情的天气，何以不再继续下半小时雨呢，是的，只要再半小时就够了。一瞬间，我从她的对于我的凝视——那是为了要等候我的答话——中看出一种特殊的端庄，我觉得凛然，像雨中的风吹上我的肩膀。我想回答，但她已不再等候我。

"谢谢你，请回转罢，再会。……"

她微微地侧面向我说着，跨前一步走了，没有再回转头来。我站在中路，看她的后形，旋即消失在黄昏里。我呆立着，直到一个人力车夫来向我兜揽生意。

在车上的我，好像飞行在一个醒觉之后就要忘记了的梦里。我似乎有一桩事情没有做完成，我心里有着一种牵挂。但这并不曾很清晰地意识着。我几次想把手中的伞撑起来，可是随即会自己失笑这是无意识的。并没有雨降下来，完全地晴了，而天空中也稀疏地有了几颗星。

下了车，我叩门。

"谁？"

这是我在伞底下伴送着走的少女的声音！奇怪，她何以又会在我家里？……门开了。堂中灯火通明，背着灯光立在开着一半的大门边的，倒并不是那个少女。朦胧里，我认出她是那个倚在柜台上用嫉妒的眼光看着我和那个同行的少女的女子。我惝怳地走进门。在灯下，我很奇怪，为什么从我妻的脸色上再也找不出那个女子的幻影来。

妻问我何故回家这样的迟，我说遇到了朋友，在沙利文吃了些点心，因为等雨停止，所以坐得久了。为了要证实我这谎话，夜饭吃得很少。

★导读

施蛰存（1905—2003），学名施德普，字蛰存，生于杭州，8岁时随家迁居江苏松江（今上海）。1922年考入杭州之江大学，1923年转入上海大学，1926年进入震旦大学法文特别班，与同学戴望舒、刘呐鸥等创办《璎珞》旬刊。1928年任上海第一书店和水沫书店编辑，与戴望舒等合编《无轨列车》。1930年与戴望舒等编《新文艺》月刊，发表大量心理小说。1932年主编大型文学月刊《现代》。主要著作有短篇小说集《上元灯》、《将军底头》、《梅雨之夕》、《善女人行品》，散文集《灯下集》等。

《梅雨之夕》先收入1929年8月上海水沫书店出版的小说集《上元灯》，后收入1933年3月新中国书店出版的同名小说集《梅雨之夕》，是施蛰存的代表作之一。20世纪20年代，施蛰存在上海接触到弗洛伊德的思想及显尼志勒的小说，开始有意运用精神分析学说，描述人物内心的潜意识流动，创作出一批风格独特的心理分析小说。在《为中国文坛擦亮"现代"的火花——答新加坡作家刘慧娟问》一文中，施蛰存区分了心理小说和心理分析小说，他认为："心理小说是老早就有的，十七八世纪就有的。Psychoanalysis（心理分析）是二十世纪二十年代的东西。我的小说应该是心理分析小说。因为里头讲的不是一般的心理，是一个人心理的复杂性，它有上意识、下意识，有潜在意识。"《梅雨之夕》正是一篇典型的心理分析小说，描写了"我"于梅雨之夕与一位少女共处伞下时的意识流动。

叙述者"我"是一名已婚的公司职员，喜欢在雨天撑着伞往返于公司和寓所，"尤其是在傍晚时分，街灯初上，沿着人行路用一些暂时安逸的心境去看看都市的雨景"，从中得到很大的乐趣。整篇小说以"我"的回忆为叙述基调，娓娓诉说着昨日归途中的一段插曲。六点钟离开公司时，雨已经停了，"我"曳着伞，缓步走着三四年来走过无数次的路。从江西路南口走到四川路桥，时间是六点二十五分。刚走到桥头，急雨骤下，"看下面北四川路上和苏州河两岸行人的纷纷乱窜乱避"，"我"不为所动，撑开伞，继续自己的雨中闲行。正要穿过北四川路转入文监师路，一辆电车停在眼前，一位乘客吸引了"我"的注意。那是一位没有带伞的美丽少女，容颜姣好、风仪温雅、肢体停匀，她避退在屋檐下，"我"潜意识中已被吸引，不自觉地中断了回家的行程，站在了她旁边。少女身上被风吹来的雨丝淋湿了，薄薄的绸衣贴着肩臂，"我"想送她，又担心她误解并拒绝，"我"取出表，时间已是七点三十四分。迟疑了十分钟后，"我"终于鼓起勇气，提出送她，并获允许。

转进文监师路，伞下的"我"惊喜而慌乱。"我"将伞压低，藏身于隐蔽而狭小的空间，潜意识活跃起来，"我"发现她很像自己的初恋。一方面是情感和欲望的激荡，一方面是道德和良心的压力，"我偶然向道旁一望，有一个女子倚在一家店里的柜上，用着忧郁的眼光，看着我，或者也许是看着她。我忽然好像发现这是我的妻，她为什么在这里?”当理性占了上风，意识到伞下的她只是另外一个不相干的少女时，“我”立刻觉得很舒适，呼吸也更通畅。“谢谢你，不必送了，雨已经停了。”少女旋即消失在黄昏里，“我”坐上人力车，仿佛“飞行在一个醒觉之后就要忘记了的梦里。”回到家，“我”仍在惝怳之中，似乎听到少女的声音，又在朦胧中见到“那个倚在柜台上用嫉妒的眼光看着我和那个同行的少女的女子”。妻子问“我”为何迟归，“我”谎称遇到朋友，一起吃了点心。

在这几乎无事的梅雨之夕，“我”的内心上演了一出潜意识的混战。已婚的“我”邂逅少女后，情欲涌动，难以自制，将她幻想为初恋。无论是初恋还是身旁的少女，都是“我”想实现而未能实现的欲望。“我”陷入自己的意淫，以及随之产生的嫉妒心理中，猜测着、想象着、好奇着现在的她和过去的初恋的情感状态。与此同时，潜意识中对妻子的不忠催生了“我”的紧张、不安和自责，幻觉中出现了那个倚在柜上的女子，她的忧郁，她的嫉妒，刺激着“我”的内心，催生了内疚心理乃至罪恶意识。面对妻子，心虚和惶恐令“我”说起了谎话，“我”因而受到了饿肚子的惩罚。施蛰存以清丽、舒缓的语调，呈现了“我”隐秘、兴奋而纠结的内心世界。(陈翠平)

★思考题：

1. 简单分析《梅雨之夕》中“我”这个人物形象。
2. 以《梅雨之夕》为例，谈谈你对心理分析小说的看法。

为奴隶的母亲

柔　石

她底丈夫是一个皮贩，就是收集乡间各猎户底兽皮和牛皮，贩到大埠上出卖的人。但有时也兼做点农作，芒种的时节，便帮人家插秧，他能将每行插得非常直，假如有五人同在一个水田内，他们一定叫他站在第一个做标准。然而境况总是不佳，债是年年积起来了。他大约就因为境况的不佳。烟也吸了，酒也喝了，钱也赌起来了。这样，竟使他变做一个非常凶狠而暴躁的男子，但也就更贫穷下去，连小小的移借，别人也不敢答应了。

在穷底结果的病以后，全身便变成枯黄色，脸孔黄的和小铜鼓一样，连眼白也黄了。别人说他是黄疸病，孩子们也就叫他“黄胖”了。有一天，他向他底妻说：

“再也没有办法了，这样下去，连小锅子也都卖去了。我想，还是从你底身上设法罢。你跟着我挨饿，有什么办法呢？”

“我底身上？……”

他底妻坐在灶后，怀里抱着她底刚满五周的男小孩——孩子还在啜着奶，她讷讷地低声地问。

“你，是呀，”她底丈夫病后的无力的声音，“我已经将你出典了……”

“什么呀？”她底妻子几乎昏去似的。

屋内是稍稍静寂了一息。他气喘着说：

“三天前，王狼来坐讨了半天的债回去以后，我也跟着他去，走到九亩潭边，我很不想要做人了。但是坐在那株爬上去一纵身就可落在潭里的树下，想来想去，总没有力气跳了。猫头鹰在耳朵边不住地啭，我底心被它叫寒起来，我只得回转身，但在路上，遇见了沈家婆，她问我，晚也晚了，在外做什么。我就告诉她，请她代我借一笔款，或向什么人家的小姐借些衣服或首饰去暂时当一当，免得王狼底狼一般的绿眼睛天天在家里闪烁。可是沈家婆向我笑道：

‘你还将妻养在家里做什么呢，你自己黄也黄到这个地步了？’

我低着头站在她面前没有答，她又说：

‘儿子呢，你只有一个了，舍不得。但妻——’

我当时想：‘莫非叫我卖去妻子么？’

而她继续道：

‘但妻——虽然是结发的，穷了，也没有法。还养在家里做什么呢？’

这样，她就直说出：‘有一个秀才，因为没有儿子，年纪已五十岁了，想买一个妾；又因他底大妻不允许，只准他典一个，典三年或五年，叫我物色相当的女人：年纪约三十岁左右，养过两三个儿子的，人要沉默老实，又肯做事，还要对他底大妻肯低眉下首。这次是秀才娘子向我说的，假如条件合，肯出八十元或一百元的身价。我代她寻了好几天，总没有相当的女人。’她说：现在碰到我，想起了你来，样样都对的。当时问我底意见怎样，我一边掉了几滴泪，一边却被她催的答应她了。”

说到这里，他垂下头，声音很低弱，停止了。他底妻简直痴似的，话一句没有。又静寂了一息，他继续说：

“昨天，沈家婆到过秀才底家里，她说秀才很高兴，秀才娘子也喜欢，钱是一百元，年数呢，假如三年养不出儿子，是五年。沈家婆并将日子也拣定了——本月十八，五天后。今天，她写典契去了。”

这时，他底妻简直连腑脏都颤抖，吞吐着问：

“你为什么早不对我说？”

“昨天在你底面前旋了三个圈子，可是对你说不出。不过我仔细想，除出将你底身子设法外，再也没有办法了。”

“决定了么？”妇人战着牙齿问。

"只待典契写好。"

"倒霉的事情呀，我！——一点也没有别的方法了么？春宝底爸呀！"

春宝是她怀里的孩子底名字。

"倒霉，我也想到过，可是穷了，我们又不肯死，有什么办法？今年，我怕连插秧也不能插了。"

"你也想到过春宝么？春宝还只有五岁，没有娘，他怎么好呢？"

"我领他便了。本来是断了奶的孩子。"

他似乎渐渐发怒了。也就走出门外去了。她，却呜呜咽咽地哭起来。

这时，在她过去的回忆里，却想起恰恰一年前的事：那时她生下了一个女儿，她简直如死去一般地卧在床上。死还是整个的，她却肢体分作四碎与五裂。刚落地的女婴，在地上的干草堆上叫："呱呀，呱呀"，声音很重的，手脚揪缩。脐带绕在她底身上，胎盘落在一边，她很想挣扎起来给她洗好，可是她底头昂起来，身子凝滞在床上。这样，她看见她底丈夫，这个凶狠的男子，飞红着脸，提了一桶沸水到女婴的旁边。她简单用了她一生底最后的力向他喊："慢！慢……"但这个病前极凶狠的男子，没有一分钟商量的余地，也不答半句话，就将"呱呀，呱呀"声音很重地在叫着的女儿，刚出世的新生命，用他底粗暴的两手捧起来，如屠户捧将杀的小羊一般，扑通，投下在沸水里了！除出沸水的溅声和皮肉吸收沸水的嘶声以外，女孩一声也不喊——她疑问地想，为什么也不重重地哭一声呢？竟这样不响地愿意冤枉死去么？啊！——她转念，那是因为她自己当时昏过去的缘故，她当时剜去了心一般地昏去了。

想到这里，似乎泪竟干涸了。"唉！苦命呀！"她低低地叹息了一声。这时春宝拔去了奶头，向他底母亲的脸上看，一边叫：

"妈妈！妈妈！"

在她将离别底前一晚，她拣了房子底最黑暗处坐着。一盏油灯点在灶前，萤火那么的光亮。她，手里抱着春宝，将她底头贴在他底头发上。她底思想似乎浮漂在极远，可是她自己捉摸不定远在那里。于是慢慢地跑过来，跑到眼前，跑到她底孩子底身上。她向她底孩子低声叫：

"春宝，宝宝！"

"妈妈，"孩子含着奶头答。

"妈妈明天要去了……"

"唔，"孩子似不十分懂得，本能地将头钻进他母亲底胸膛。

"妈妈不回来了，三年内不能回来了！"

她擦一擦眼睛，孩子放松口子问：

"妈妈那里去呢？庙里么？"

"不是，三十里路外，一家姓李的。"

"我也去。"

"宝宝去不得的。"

"呃!"孩子反抗地，又吸着并不多的奶。

"你跟爸爸在家里，爸爸会照料宝宝的：同宝宝睡，也带宝宝玩，你听爸爸底话好了。过三年……"

她没有说完，孩子要哭似地说：

"爸爸要打我的!"

"爸爸不再打你了，"同时用她底左手抚摸着孩子底右额，在这上，有他父亲在杀死他刚生下的妹妹后第三天，用锄柄敲他，肿起而又平复了的伤痕。

她似要还想对孩子说话，她底丈夫踏进门了。他走到她底面前，一只手放在袋里，掏取着什么，一边说：

"钱已经拿来七十元了。还有三十元要等你到了十天后付。"

停了一息说："也答应轿子来接。"

又停了一息说："也答应轿夫一早吃好早饭来。"

这样，他离开了她，又向门外走出去了。

这一晚，她和她底丈夫都没有吃晚饭。

第二天，春雨竟滴滴淅淅地落着。

轿是一早就到了。可是这妇人，她却一夜不曾睡。她先将春宝底几件破衣服都修补好；春将完了，夏将到了，可是她，连孩子冬天用的破烂棉袄都拿出来，移交给他底父亲——实在，他已经在床上睡去了。以后，她坐在他底旁边，想对他说几句话，可是长夜是迟延着过去，她底话一句也说不出。而且，她大着胆向他叫了几声，发了几个听不清楚的音，声音在他底耳外，她也就睡下不说了。

等她朦朦胧胧地刚离开思索将要睡去，春宝又醒了。他就推叫他底母亲，要起来。以后当她给他穿衣服的时候，向他说："宝宝好好地在家里，不要哭，免得你爸爸打你。以后妈妈常买糖果来，买给宝宝吃，宝宝不要哭。"

而小孩子竟不知道悲哀是什么一回事，张大口子"唉，唉，"地唱起来了。她在他底唇边吻了一吻，又说：

"不要唱，你爸爸被你唱醒了。"

轿夫坐在门首的板凳上，抽着旱烟，说着他们自己要听的话。一息，邻村的沈家婆也赶到了。一个老妇人，熟悉世故的媒婆，一进门，就拍拍她身上的雨点，向他们说：

"下雨了，下雨了，这是你们家里此后会有滋长的预兆。"

老妇人忙碌似地在屋内旋了几个圈，对孩子底父亲说了几句话，意思是讨酬报。因为这件契约之能订的如此顺利而合算，实在是她底力量。

"说实在话，春宝底爸呀，再加五十元，那老头子可以买一房妾了。"她说。

于是又转向催促她——妇人却抱着春宝，这时坐着不动。老妇人声音很高地："轿夫要赶到他们家里吃中饭的，你快些预备走呀!"

可是妇人向她瞧了一瞧，似乎说：

“我实在不愿离开呢！让我饿死在这里罢！”

声音是在她底喉下，可是媒婆懂得了，走近到她前面，迷迷地向她笑说：

“你真是一个不懂事的丫头，黄胖还有什么东西给你呢？那边真是一份有吃有剩的人家，两百多亩田，经济很宽裕，房子是自己底，也雇着长工养着牛。大娘底性子是极好的，对人非常客气，每次看见人总给人一些吃的东西。那老头子——实在并不老，脸是很白白的，也没有留胡子，因为读了书，背有些偻偻的，斯文的模样。可是也不必多说，你一走下轿就看见的，我是一个从不说谎的媒婆。”

妇人拭一拭泪，极轻地：

“春宝……我怎么抛开他呢！”

“不用想到春宝了，”老妇人一手放在她底肩上，脸凑近她和春宝。“有五岁了，古人说：‘三周四岁离娘身，’可以离开你了。只要你底肚子争气些，到那边，也养下一二个来，万事都好了。”

轿夫也在门首催起身了，他们噜苏着说：

“又不是新娘子，啼啼哭哭的。”

这样，老妇人将春宝从她底怀里拉去，一边说：

“春宝让我带去罢。”

小小的孩子也哭了，手脚乱舞的，可是老妇人终于给他拉到小门外去。当妇人走进轿门的时候，向他们说：

“带进屋里来罢，外边有雨呢。”

她底丈夫用手支着头坐着，一动没有动，而且也没有话。

两村的相隔有三十里路，可是轿夫的第二次将轿子放下肩，就到了。春天的细雨，从轿子底布篷里飘进，吹湿了她底衣衫。一个脸孔肥肥的，两眼很有心计的约摸五十四五岁的老妇人来迎她，她想：这当然是大娘了。可是只向她满面羞涩地看一看，并没有叫。她很亲昵似的地将她牵上阶沿，一个长长的瘦瘦的而面孔圆细的男子就从房里走出来。他向新来的少妇，仔细地瞧了瞧，堆出满脸的笑容来，向她问：

“这么早就到了么？可是打湿你底衣裳了。”

而那位老妇人，却简直没有顾到他底说话，也向她问：

“还有什么在轿里么？”

“没有什么了，”少妇答。

几位邻舍的妇人站在大门外，探头张望的；可是她们走进屋里面了。

她自己也不知道这究竟为什么，她底心老是挂念着她底旧的家，掉不下她的春宝。这是真实而明显的，她应庆祝这将开始的三年的生活——这个家庭，和她所典给他的丈夫，都比曾经过去的要好，秀才确是一个温良和善的人，讲话是那么地低声，连大娘，实在也是一个出乎意料之外的妇人，她底态度之殷勤，和滔滔的一席话：说她和她丈夫底过去的生活之经过，从美满而漂亮的结婚生活起，一直到现在，中间的三十年。她曾做过一次的产，十五六年以前，养下一个男孩子，据她说，是一个极美丽又极聪明的婴儿，可是不到十个月，竟患了天花死去了。这样，以后就没有养过第二个。在她底意思中，似乎——似乎——早就叫她底丈夫娶一房妾，可是他，不知是爱她呢，还是没有相当的人——这一层她并没有说清楚；于是，就一直到现在。这样，竟说得这个具着朴素的心地的她，一时酸，一会苦，一时甜上心头，一时又咸的压下去了。最后这个老妇人并将她底希望也向她说出来了。她底脸是娇红的，可是老妇人说：

"你是养过三四个孩子的女人了，当然，你是知道什么的，你一定知道的还比我多。"

这样，她说着走开了。

当晚，秀才也将家里底种种情形告诉她，实际，不过是向她夸耀或求媚罢了。她坐在一张橱子的旁边，这样的红的木橱，是她旧的家所没有的，她眼睛白晃晃地瞧着它。秀才也就坐到橱子底面前来，问她：

"你叫什么名字呢？"

她没有答，也并不笑，站起来，走在床底前面，秀才也跟到床底旁边，更笑地问她：

"怕羞么？哈，你想你底丈夫么？哈，哈，现在我是你底丈夫了。"声音是轻轻的，又用手去牵着她底袖子。"不要愁罢！你也想你底孩子的，是不是？不过——"

他没有说完，却又哈的笑了一声，他自己脱去他外面的长衫了。

她可以听见房外的大娘底声音在高声地骂着什么人，她一时听不出在骂谁，骂烧饭的女仆，又好像骂她自己，可是因为她底怨恨，仿佛又是为她而发的。秀才在床上叫道：

"睡罢，她常是这么噜噜苏苏的。她以前很爱那个长工，因为长工要和烧饭的黄妈多说话，她却常要骂黄妈的。"

日子是一天天地过去了。旧的家，渐渐地在她底脑子里疏远了，而眼前，却一步步地亲近她使她熟悉。虽则，春宝底哭声有时竟在她底耳朵边响，梦中，她也几次地遇到过他了。可是梦是一个比一个缥缈，眼前的事务是一天比一天繁多。她知道这个老妇人是猜忌多心的，外表虽则对她还算大方，可是她底嫉妒的心是和侦探一样，监视着秀才对她的一举一动。有时，秀才从外面回来，先遇见了她而同她说话，老妇人就疑心有什么特别的东西买给她了，非在当晚，将秀才叫到她自己底房内去，狠狠地训斥一番不可。"你给狐狸迷着了么？""你应该称一称你自己底老骨头是多少重！"像这样的话，她耳闻到不止一次了。这样以后，她望见秀才从外面回来而旁边没有她坐着的时候，就非得急忙避开不可。即使她在旁边，有时也该让开些，但这种动作，她要做的非常自然，而且不能让旁人看出，否则，她又要向她发怒，说是她有意要在旁人的前面暴露她大娘底丑恶。而且以后，竟将家里的许多杂务都堆积在她底身上，同一个女仆那么样。她还算是聪明的，有时老妇人底换下来的衣服放着，她也给她拿去洗了，虽然她说：

“我底衣服怎么要你洗呢？就是你自己底衣服，也可叫黄妈洗的。”可是接着说：

“妹妹呀，你最好到猪栏里去看一看，那两只猪为什么这样喁喁叫的，或者因为没有吃饱罢，黄妈总是不肯给它们吃饱的。”

八个月了，那年冬天，她底胃却起了变化：老是不想吃饭，想吃新鲜的面，番薯等。但番薯或面吃了两餐，又不想吃，又想吃馄饨，多吃又要呕。而且还想吃南瓜和梅子——这是六月里的东西，真稀奇，向那里去找呢？秀才是知道在这个变化中所带来的预告了。他镇日地笑微微，能找到的东西，总忙着给她找来。他亲身给她到街上去买橘子，又托便人买了金柑来。他在廊沿下走来走去，口里念念有词的，不知说什么。他看她和黄妈磨过年的粉，但还没有磨了三升，就向她叫：“歇一歇罢，长工也好磨的，年糕是人人要吃的。”

有时在夜里，人家谈着话，他却独自拿了一盏灯，在灯下，读起《诗经》来了：

关关雎鸠，
在河之洲，
窈窕淑女，
君子好逑——

这时长工向他问：

“先生，你又不去考举人，还读它做什么呢？”

他却摸一摸没有胡子的口边，怡悦地说道：

“是呀，你也知道人生底快乐么？所谓：‘洞房花烛夜，金榜挂名时。’你也知道这两句话底意思么？这是人生底最快乐的两件事呀！可是我对于这两件事都过去了，我却还有比这两件更快乐的事呢！”

这样，除出他底两个妻以外，其余的人们都大笑了。

这些事，在老妇人眼睛里是看得非常气恼了。她起初闻到她底受孕也欢喜，以后看见秀才的这样奉承她，她却怨恨她自己肚子底不会还债了。有一次，次年三月了，这妇人因为身体感觉不舒服，头有些痛，睡了三天。秀才呢，也愿她歇息歇息，更不时地问她要什么，而老妇人却着实地发怒了。她说她装娇，噜噜苏苏地说了三天。她先是恶意地讥嘲她：说是一到秀才底家里就高贵起来了，什么腰酸呀，头痛呀，姨太太的架子也都摆出来了；以前在自己底家里，她不相信她有这样的娇养，恐怕竟和街头的母狗一样，肚皮里有着一肚子的小狗，临产了，还要到处地奔求着食物。现在呢，因为“老东西”——这是秀才的妻叫秀才的名字——趋奉了她，就装着娇滴滴的样子了。

“儿子，”她有一次在厨房里对黄妈说，“谁没有养过呀？我也曾怀过十个月的孕，不相信有这么的难受。而且，此刻的儿子，还在‘阎罗王的簿里’，谁保的定生出来不是一只癞虾蟆呢？也等到真的‘鸟儿’从洞里钻出来看见了，才可在我底面前显威风，摆架子，此刻，不过是一块血的猫头鹰，就这么的装腔，也显得太早一点！”

当晚这妇人没有吃晚饭，这时她已经睡了，听了这一番婉转的冷嘲与热骂，她呜呜咽咽地低声哭泣了。秀才也带衣服坐在床上，听到浑身透着冷汗，发起抖来。他很想扣好衣服，重新走起来，去打她一顿，抓住她底头发狠狠地打她一顿，泄泄他一肚皮的气。但不知怎样，似乎没有力量，连指也颤动，臂也酸软了，一边轻轻地叹息着说：

“唉，一向实在太对她好了。结婚了三十年，没有打过她一掌，简直连指甲都没有弹到她底皮肤上过，所以今日，竟和娘娘一般地难惹了。”

同时，他爬过到床底那端，她底身边，向她耳语说：

“不要哭罢，不要哭罢，随她吠去好了！她是阉过的母鸡，看见别人的孵卵是难受的。假如你这一次真能养出一个男孩子来，我当送你两样宝贝——我有一只青玉的戒指，一只白玉的……”

他没有说完，可是他忍不住听下门外的他底大妻底喋喋的讥笑的声音，他急忙地脱去了衣服，将头钻进被窝里去，凑向她底胸膛，一边说：

“我有白玉的……”

肚子一天天地膨胀的如斗那么大，老妇人终究也将产婆雇定了，而且在别人的面前，竟拿起花布来做婴儿用的衣服。

酷热的暑天到了尽头，旧历的六月，他们在希望的眼中过去。秋开始，凉风也拂拂地在乡镇上吹送。于是有一天，这全家的人们都到了希望底最高潮，屋里底空气完全地骚动起来。秀才底心更是异常地紧张，他在天井上不断地徘徊，手里捧着一本历书，好似要读它背诵那么地念去——“戊辰”，“甲戌”，“壬寅之年”，老是反复地轻轻地说着。有时他底焦急的眼光向一间关了窗的房子望去——在这间房子内是有产母底低声呻吟的声音；有时他向天上望一望被云笼罩着的太阳，于是又走向房门口，向站在房门内的黄妈问：

“此刻如何？”

黄妈不住地点着头不做声响，一息，答：

“快下来了，快下来了。”

于是他又捧了那本历书，在廊下徘徊起来。

这样的情形，一直继续到黄昏底青烟在地面起来，灯火一盏盏的如春天的野花般在屋内开起，婴儿才落地了，是一个男的。婴儿底声音是很重地在屋内叫，秀才却坐在屋角里，几乎快乐到流出泪来了。全家的人都没有心思吃晚饭，在平淡的晚餐席上，秀才底大妻向用人们说道：

“暂时瞒一瞒罢，给小猫头避避晦气；假如别人问起，也答养一个女的好了。”

他们都微笑地点点头。

一个月以后，婴儿底白嫩的小脸孔，已在秋天的阳光里照耀了。这个少妇给他哺着奶，邻舍的妇人围着他们瞧，有的称赞婴儿底鼻子好，有的称赞婴儿底口子好，有的称赞婴儿底两耳好；更有的称赞婴儿底母亲，也比以前好，白而且壮了。老妇人却和老祖母那么地吩咐着，保护着，这时开始说：

“够了，不要弄他哭了。”

关于孩子底名字，秀才是煞费苦心地想着，但总想不出一个相当的字来。据老妇人底意见，还是从“长命富贵”或“福禄寿喜”里拣一个字，最好还是“寿”字或“寿”同意义的字，如“其颐”，“彭祖”等。但秀才不同意，以为太通俗，人云亦云的名字。于是翻开了《易经》，《书经》，向这里面找，但找了半月，一月，还没有恰贴的字。在他底意思：以为在这个名字内，一边要祝福孩子，一边要包含他底老而得子底蕴义，所以竟不容易找。这一天，他一边抱着三个月的婴儿，一边又向书里找名字，戴着一副眼镜，将书递到灯底旁边去。婴儿底母亲呆呆地坐在房内底一边，不知思想着什么，却忽然开口说道：

“我想，还是叫他‘秋宝’罢。”屋内的人们底几对眼睛都转向她，注意地静听着：“他不是生在秋天吗？秋天的宝贝——还是叫他‘秋宝’罢。”

秀才立刻接着说道：

“是呀，我真极费心思了。我年过半百，实在到了人生的秋期；孩子也正养在秋天；‘秋’是万物成熟的季节，秋宝，实在是一个很好的名字呀！而且《书经》里没有么？‘乃亦有秋’，我真乃亦有‘秋’了！”

接着，又称赞了一通婴儿底母亲：说是呆读书实在无用，聪明是天生的。这些话，说的这妇人连坐着都觉着局促不安，垂下头，苦笑地又含泪地想：

“我不过因春宝想到罢了。”

秋宝是天天成长的非常可爱地离不开他底母亲了。他有出奇的大的眼睛，对陌生人是不倦地注视地瞧着，但对他底母亲，却远远地一眼就知道了。他整天地抓住了他底母亲，虽则秀才是比她还爱他，但不喜欢父亲；秀才底大妻呢，表面也爱他，似爱她自己亲生的儿子一样，但在婴儿底大眼睛里，却看她似陌生人，也用奇怪的不倦的视法。可是他的执住他底母亲愈紧，而他底母亲的离开这家的日子也愈近了。春天底口子咬住了冬天底尾巴；而夏天底脚又常是紧随着在春天底身后的；这样，谁都将孩子底母亲底三年快到的问题横放在心头上。

秀才呢，因为爱子的关系，首先向他底大妻提出来了：他愿意再拿出一百元钱，将她永远买下来。可是他底大妻底回答是：

“你要买她，那先给我药死罢！”

秀才听到这句话，气的只向鼻孔放出气，许久没有说；以后，他反而做着笑脸地：

“你想想孩子没有娘……”

老妇人也尖利地冷笑地说：

“我不好算是他底娘么？”

在孩子底母亲的心呢，却正矛盾着这两种的冲突了：一边，她底脑里老是有“三年”这两个字，三年是容易过去的，于是她底生活便变做在秀才底家里底用人似的了。而且想象中的春宝，也同眼前的秋宝一样活泼可爱，她既舍不得秋宝，怎么就能舍得掉春宝呢？可是另一边，她实在愿意永远在这新的家里住下去，她想，春宝的爸爸不是一个长寿的人，他底病一定是在三五年之内要将他带走到不可知的异国里去的，于是，她便要求她底第二个丈夫，将春宝也领过来，这样，春宝也在她底眼前。

有时，她倦坐在房外的沿廊下，初夏的阳光，异常地能令人昏朦地起幻想，秋宝睡在她底怀里，含着她底乳，可是她觉得仿佛春宝同时也站在她底旁边，她伸出手去也想将春宝抱近来，她还要对他们兄弟两人说几句话，可是身边是空空的。

在身边的较远的门口，却站着这位脸孔慈善而眼睛凶毒的老妇人，目光注视着她。这样，她也恍恍惚惚地敏悟：“还是早些脱离罢，她简直探子一样地监视着我了。”可是忽然怀内的孩子一叫，她却又什么也没有的只剩着眼前的事实来支配她了。

以后，秀才又将计划修改了一些：他想叫沈家婆来，叫她向秋宝底母亲底前夫去说，他愿否再拿进三十元——最多是五十元，将妻续典三年给秀才。秀才对他底大妻说：

“要是秋宝到五岁，是可以离开娘了。”

他底大妻正是手里捻着念佛珠，一边在念着“南无阿弥陀佛”，一边答：

“她家里也还有前儿在，你也应放她和她底结发夫妇团聚一下罢。”

秀才低着头，断断续续地仍然这样说：

“你想想秋宝两岁就没有娘……”

可是老妇人放下念佛珠说：

“我会养的，我会管理他的，你怕我谋害了他么？”

秀才一听到末一句话，就拨步走开了。老妇人仍在后面说：

“这个儿子是帮我生的，秋宝是我底；绝种虽然是绝了你家底种，可是我却仍然吃着你家底餐饭。你真被迷了，老昏了，一点也不会想了。你还有几年好活，却要拼命拉她在身边？双连牌位，我是不愿意坐的！”

老妇人似乎还有许多刻毒的锐利的话，可是秀才走远开听不见了。

在夏天，婴儿底头上生了一个疮，有时身体稍稍发些热，于是这位老妇人就到处地问菩萨，求佛药，给婴儿敷在疮上，或灌下肚里，婴儿底母亲觉得并不十分要紧，反而使这样小小的生命哭成一身的汗珠，她不愿意，或将吃了几口的药暗地里拿去倒掉了。于是这位老妇人就高声叹息，向秀才说：

"你看，她竟一点也不介意他底病，还说孩子是并不怎样瘦下去。爱在心里的是深的；专疼表面是假的。"

这样，妇人只有暗自挥泪，秀才也不说什么话了。

秋宝一周纪念的时候，这家热闹地排了一天的酒筵，客人也到了三四十，有的送衣服，有的送面，有的送银制的狮狉，给婴儿挂在胸前的，有的送镀金的寿星老头儿，给孩子钉在帽上的，许多礼物，都在客人底袖子里带来了。他们祝福着婴儿的飞黄腾达，赞颂着婴儿的长寿永生；主人底脸孔，竟是荣光照耀着，有如落日的云霞反映着在他底颊上似的。

可是在这天，正当他们筵席将举行的黄昏时，来了一个客，从朦胧的暮光中向他们底天井走进，人们都注意他：一个憔悴异常的乡人，衣服补衲的，头发很长，在他底腋下，挟着一个纸包。主人骇异地迎上前去，问他是那里人，他口吃似地答了，主人一时糊涂的，但立刻明白了，就是那个皮贩。主人更轻轻地说：

"你为什么也送东西来呢？你真不必的呀！"

来客胆怯地向四周看看，一边答说：

"要，要的……我来祝祝这个宝贝长寿千……"

他似没有说完，一边将腋下的纸包打开来了，手指颤动地打开了两三重的纸，于是拿出四只铜制镀银的字，一方寸那么大，是"寿比南山"四字。

秀才底大娘走来了，向他仔细一看，似乎不大高兴。秀才却将他招待到席上，客人们互相私语着。

两点钟的酒与肉，将人们弄得胡乱与狂热了：他们高声猜着拳，用大碗盛着酒互相比赛，闹得似乎房子都被震动了。只有那个皮贩，他虽然也喝了两杯酒，可是仍然坐着不动，客人们也不招呼他。等到兴尽了，于是各人草草地吃了一碗饭，互祝着好话，从两两三三的灯笼光影中，走散了。

而皮贩，却吃到最后，用人来收拾羹碗了，他才离开了桌，走到廊下的黑暗处。在那里，他遇见了他底被典的妻。

"你也来做什么呢？"妇人问，语气是非常凄惨的。

"我那里又愿意来，因为没有法子。"

"那末你为什么来的这样晚？"

"我那里来买礼物的钱呀?! 奔跑了一上午，哀求了一上午，又到城里买礼物，走得乏了，饿了，也迟了。"

妇人接着问：

"春宝呢？"

男子沉吟了一息答：

"所以，我是为春宝来的。……"

"为春宝来的？"妇人惊异地回音似地问。

男人慢慢地说：

"从夏天来，春宝是瘦的异样了。到秋天，竟病起来了。我又那里有钱给他请医生吃药，所以现在，病是更厉害了！再不想法救救他，眼见得要死了！"静寂了一刻，继续说："现在，我是向你来借钱的……"

这时妇人底胸膛内，简直似有四五只猫在抓她，咬她，咀嚼着她底心脏一样。她恨不得哭出来，但在人们个个向秋宝祝颂的日子，她又怎么好跟在人们底声音后面叫哭呢？她吞下她底眼泪，向她底丈夫说；

"我又那里有钱呢？我在这里，每月只给我两角钱的零用，我自己又那里要用什么，悉数补在孩子底身上了。现在，怎么好呢？"

他们一时没有话，以后，妇人又问：

"此刻有什么人照顾着春宝呢？"

"托了一个邻舍，我仍旧想回家，我就要走了。"

他一边说着，一边揩着泪。女的同时哽咽着说：

"你等一下罢，我向他去借借看。"

她就走开了。

三天以后的一天晚上，秀才忽然问这妇人道；

"我给你的那只青玉戒指呢？"

"在那天夜里，给了他了。给了他拿去当了。"

"没有借你五块钱么？"秀才愤怒地。

妇人低着头停了一息答：

"五块钱怎么够呢！"

秀才接着叹息说：

"总是前夫和前儿好，无论我对你怎么样！本来我很想再留你两年的，现在，你还是到明春就走罢！"

女人简直连泪也没有地呆着了。

几天后，他还向她那么地说：

"那只戒指是宝贝，我给你是要你传给秋宝的，谁知你一下就拿去当了！幸得她不知道，要是知道了，有三个月好闹了！"

妇人是一天天地黄瘦了。没有精采的光芒在她底眼睛里起来，而讥笑与冷骂的声音又充塞在她底耳内了。她是时常记念着她底春宝的病的，探听着有没有从她底本乡来的朋友，也探听着有没有向她底本乡去的便客，她很想得到一个关于"春宝的身体已复原"的消息，可是消息总没有；她也想借两元钱或买些糖果去，方便的客人又没有，她不时地抱着秋宝在门首过去一些的大路边，眼睛望着来和去的路。这种情形却很使秀才底大妻不舒服了，她时常对秀才说：

"她那里愿意在这里呢，她是极想早些飞回去的。"

有几夜，她抱着秋宝在睡梦中突然喊起来，秋宝也被吓醒，哭起来了。秀才就追逼地问：

"你为什么？你为什么？"

可是女人拍着秋宝，口子哼哼的没有答。秀才继续说：

"梦着你底前儿死了么，那么地喊？连我都被你叫醒了。"

女人急忙地一边答：

"不，不，……好像我底前面有一圹坟呢！"

秀才没有再讲话，而悲哀的幻象更在女人底前面展现开来，她要走向这坟去。

冬末了，催离别的小鸟，已经到她底窗前不住地叫了。先是孩子断了奶，又叫道士们来给孩子度了一个关，于是孩子和他亲生的母亲的别离——永远的别离的命运就被决定了。

这一天，黄妈先悄悄地向秀才底大妻说：

"叫一顶轿子送她去么？"

秀才底大妻还是手里捻着念佛珠说：

"走走好罢，到那边轿钱是那边付的，她又那里有钱呢，听说她底亲夫连饭也没得吃，她不必摆阔了。路也不算远，我也是曾经走过三四十里路的人，她底脚比我大，半天可以到了。"

这天早晨当她给秋宝穿衣服的时候，她底泪如溪水那么地流下，孩子向她叫："婶婶，婶婶，"——因为老妇人要他叫自己是"妈妈"，只准叫她是"婶婶"——她向他咽咽地答应。她很想对他说几句话，意思是：

"别了，我底亲爱的儿子呀！你底妈妈待你是好的，你将来也好好地待还她罢，永远不要再记念我了！"

可是她无论怎样也说不出。她也知道一周半的孩子是不会了解的。

秀才悄悄地走向她，从她背后的腋下伸进手来，在他底手内是十枚双毫角子，一边轻轻说：

"拿去罢，这两块钱。"

妇人扣好孩子底钮扣，就将角子塞在怀内的衣袋里。

老妇人又进来了，注意着秀才走出去的背后，又向妇人说：

"秋宝给我抱去罢，免得你走时他哭。"

妇人不做声响，可是秋宝总不愿意，用手不住地拍在老妇人底脸上，于是老妇人生气地又说：

"那末你同他去吃早饭去罢，吃了早饭交给我。"

黄妈拼命地劝她多吃饭，一边说：

"半月来你就这样了，你真比来的时候还瘦了。你没有去照照镜子。今天，吃一碗下去罢，你还要走三十里路呢。"

她只不关紧要地说了一句：

"你对我真好!"

但是太阳是升的非常高了,一个很好的天气,秋宝还是不肯离开他底母亲,老妇人便狠狠地将他从她底怀里夺去,秋宝用小小的脚踢在老妇人底肚子上,用小小的拳头骚住她底头发,高声呼喊她。妇人在后面说:

"让我吃了中饭去罢。"

老妇人却转过头,汹汹地答:

"赶快打起你底包袱去罢,早晚总有一次的!"

孩子底哭声便在她的耳内渐渐远去了。

打包裹的时候,耳内是听着孩子底哭声。黄妈在旁边,一边劝慰着她,一边却看她打进什么去。终于,她挟着一只旧的包裹走了。

她离开他底大门时,听见她底秋宝的哭声;可是慢慢地远远地走了三里路了,还听见她底秋宝的哭声。

暖和的太阳所照耀的路,在她底面前竟和天一样无穷止地长。当她走到一条河边的时候,她很想停止她底那么无力的脚步,向明澈可以照见她自己底身子的水底跳下去了。但在水边坐了一会之后,她还得依前去的方向,移动她自己底影子。

太阳已经过午了,一个村里的一个年老的乡人告诉她,路还有十五里;于是她向那个老人说:

"伯伯,请你代我就近叫一顶轿子罢,我是走不回去了!"

"你是有病的么?"老人问。

"是的,"

她那时坐在村口的凉亭里面。

"你从那里来?"

妇人静默了一时答:

"我是向那里去的;早晨我以为自己会走的。"

老人怜悯地也没有多说话,就给她找了两位轿夫,一顶没篷的轿。因为那是下秧的时节。

下午三四时的样子,一条狭窄而污秽的乡村小街上,抬过了一顶没篷的轿子,轿里躺着一个脸色枯萎如同一张干瘪的黄菜叶那么的中年妇人,两眼朦胧地颓唐地闭着。嘴里的呼吸只有微弱地吐出。街上的人们个个睁着惊异的目光,怜悯地凝视着过去。一群孩子们,争噪地跟在轿后,好像一件奇异的事情落到这沉寂小村镇里来了。

春宝也是跟在轿后的孩子们中底一个,他还在似赶猪那么地哗着轿走,可是当轿子一转一个弯,却是向他底家里去的路,他却伸直了两手而奇怪了,等到轿子到了他家里的门口,他简直呆似地远远地站在前面,背靠一株柱子上,面向着轿,其余的孩子们胆怯地围在轿的两边。妇人走出来了,她昏迷的眼睛还认不清站在前面的,穿着褴褛的衣服,头发蓬乱的,身子和三年前一样的短小,那个八岁的孩子是她底春宝。突然，她哭出来地高叫了：

“春宝呀!”

一群孩子们，个个无意地吃了一惊，而春宝简直吓的躲进屋里他父亲那里去了。

妇人在灰暗的屋内坐了许久许久，她和她底丈夫都没有一句话。夜色降落了，他下垂的头昂起来，向她说：

“烧饭吃罢!”

妇人就不得已地站起来，向屋角上旋转了一周，一点也没有气力地对她丈夫说：

“米缸内是空空的……”

男人冷笑了一声，答说：

“你真在大人家底家里生活过了！米，盛在那只香烟盒子内。”

当天晚上，男子向他底儿子说：

“春宝，跟你底娘去睡!”

而春宝却靠在灶边哭起来了。他底母亲走近他，一边叫：

“春宝，宝宝!”

可是当她底手去抚摸他底时候，他又躲闪开了。男子加上说：

“会生疏得那么快，一顿打呢!”

她眼睁睁地睡在一张龌龊的狭板床上，春宝陌生似地睡在她底身边。在她底已经麻木的脑内，仿佛秋宝肥白可爱地在她身边挣动着，她伸出两手想去抱，可是身边是春宝。这时，春宝睡着了，转了一个身，他底母亲紧紧地将他抱住，而孩子却从微弱的鼾声中，脸伏在她底胸膛上，两手抚摩着她底两乳。

沉静而寒冷的死一般的长夜，似无限地拖延着，拖延着……

★导读

柔石（1902—1931），原名赵平福，后改名赵平复，浙江宁海人。1918年入读浙江省立第一师范学校，加入新文学团体“晨光社”。1928年到上海从事革命文学运动，在鲁迅的帮助下发起成立“朝花社”，创办《朝花周刊》。1930年春加入“左联”，5月加入中国共产党，1931年2月7日在龙华被秘密杀害，为“左联五烈士”之一。鲁迅曾写《为了忘却的纪念》，追悼柔石和其他烈士。主要作品有长篇小说《旧时代之死》、中篇小说《二月》和短篇小说《为奴隶的母亲》等。

《为奴隶的母亲》发表于1930年3月的《萌芽》第1卷第3期，是柔石的短篇代表作。小说以浙东的“典妻”陋俗为题材，讲述一个没有名字的农村妇女被侮辱被损害的悲惨命运。中国新文学史上描写典妻习俗的作品不在少数，许杰的《赌徒吉顺》和罗淑的《生人妻》等都是其中的名篇。《为奴隶的母亲》的独特之处在于，柔石细致入微地描写了作为一个“奴隶”的女人，其“母亲”与“妻子”身份之间的分裂，以及想为母亲而不能的境遇。

故事从“她底丈夫是一个皮贩”开始，主人公的称谓是一个单纯揭示性别身份的“她”，这个先天的身份决定了她的奴隶地位。“丈夫”的存在，表明她的另一重身份是妻子。她的第三重身份是母亲，她借此获得了另一个称谓——春宝娘。丈夫既是皮贩又长于农作，“然而境况总是不佳，债是年年积起来了。他大约就因为境况的不佳。烟也吸了，酒也喝了，钱也赌起来了。这样，竟使他变做一个非常凶狠而暴躁的男子”。显然，作为妻子，她是不幸福的。丈夫以一百元的价码将她典到秀才家。尽管她只是秀才家的生育工具，但相比于年老强悍的大妻，秀才对于年轻温顺的她颇有几分喜欢。从残暴的丈夫身边来到性情和善、讲话低声的秀才家，她多多少少体会到了一点温情。尽管在秀才家既要身兼女仆之职，又要忍受大妻的冷嘲热讽，她还是满意的。生下秋宝后，她甚至“白而且壮了”。然而，好景不长，三年期满，她立即被大妻所驱赶。

小说最为沉痛之处是其想为母亲而不能的现实境遇。她是一个母亲，这使她具备了被典的资格。一个像物品一样被典当的女人，只不过是一个奴隶。这个男性之间的交易品，其作为母亲的权利随时可能被剥夺：刚生下来的女儿被丈夫扔到沸水中烫死，昏过去的她连女儿的哭喊也没听到；无奈离开五岁的儿子春宝，去做秀才家的生育工具；生下秋宝，却只能是秋宝的“婶婶”，甚至“婶婶”也做不长久，在秋宝一岁多的时候，她被迫再次离开。三年典当，三年分离，春宝从五岁长到八岁，对她的态度也由依恋亲昵变为生疏隔阂。至于秋宝，她大概永远也见不到了。

这个逆来顺受的妇人，对于丈夫早已不存奢望，她隐约憧憬的不过是能够同时陪伴在两个孩子身边。“春宝的爸爸不是一个长寿的人，他底病一定是在三五年之内要将他带走到不可知的异国里去的，于是，她便要求她底第二个丈夫，将春宝也领过来，这样，春宝也在她底眼前。”这可以说是妇人终极的人生梦想。然而，这个典妻故事中的母亲，这个奴隶一样活着的妇人，没有人关心和在乎她的感受，她也完全没有觉悟、勇气和能力主宰自己的命运。她只能永远活在与儿子的离别，以及对不在身边的另一个儿子的思念和煎熬当中：在秋宝睡在怀里的时候想春宝，当春宝睡在身边时又错觉是秋宝肥白可爱地在挣动。春宝和秋宝，春华秋实，是四季流转，也是生命循环。赋予生命的母亲，却只能经历一次次痛苦的离别。小说暗示，妇人在母亲身份一次次被剥夺、母性情感一次次被压抑的过程中，已经临近崩溃的边缘。她不时出现幻听和幻觉：在三里之外还听见秋宝的哭声；伸手去抱春宝却发现身边空空如也；面前有坟，她要走向这坟去。

在妇人独自踏上归途时，小说进一步加强了对其惨淡结局的暗示。三年前，她坐着轿子到秀才家；三年后，她要独自一个人走三十里路回故家。当她走到一条河边时，她很想跳下去，但终于还是向前移动。剩下十五里路时，她再也走不动了，只好叫了一顶轿子。下午三四点钟左右，"狭窄而污秽的乡村小街上，抬过了一顶没篷的轿子，轿里躺着一个脸色枯萎如同一张干瘪的黄菜叶那么的中年妇人，两眼朦胧地颓唐地闭着。嘴里的呼吸只有微弱地吐出"。在从一个男人走向另一个男人，在告别一个儿子又告别一个儿子的历程中，妇人不堪折磨，已然奄奄一息。然而，在故家等待她的不是温暖和慰藉，而是冰冷、讥笑、困窘和隔膜。小说以"沉静而寒冷的死一般长的夜，似无限地拖延着，拖延着……"作结，最后的省略号，仿佛母亲被撕裂的心滴出的血，隐藏在黑暗中的眼流出的泪，一点一点，直至衰弱的生命终于消耗殆尽。（陈翠平）

★思考题：

1. 简单分析皮贩和秀才这两个男性人物形象。
2. 简单分析小说的艺术特色。

家（节选）

巴　金

六

高觉新是觉民弟兄所称为"大哥"的人。他和觉民、觉慧虽然是同一个母亲所生，而且生活在同一个家庭里，可是他们的处境并不相同。觉新在这一房里是长子，在这个大家庭里又是长房的长孙。就因为这个缘故，在他出世的时候，他的命运便决定了。

他的相貌清秀，自小就很聪慧，在家里得着双亲的钟爱，在私塾得到先生的赞美。看见他的人都说他日后会有很大的成就，便是他的父母也在暗中庆幸有了这样的一个"宁馨儿"。

他在爱的环境中渐渐地长成，到了进中学的年纪。在中学里他是一个成绩优良的学生，四年课程修满毕业的时候又名列第一。他对于化学很感到兴趣，打算毕业以后再到上海或北京的有名的大学里去继续研究，他还想到德国去留学。他的脑子里充满了美丽的幻想。在那个时期中他是一般同学所最羡慕的人。

然而恶运来了。在中学肄业的四年中间他失掉了母亲，后来父亲又娶了一个年轻的继母。这个继母还是他的死去的母亲的堂妹。环境似乎改变了一点，至少他失去了一样东西。固然他知道，而且深切地感到母爱是没有什么东西能代替的，不过这还不曾在他的心上留下十分显著的伤痕。因为他还有更重要的东西，这就是他的前程和他的美妙的幻梦。同时他还有一个能够了解他、安慰他的人，那是他的一个表妹。

但是有一天他的幻梦终于被打破了，很残酷地打破了。事实是这样：他在师友的赞誉中得到毕业文凭归来后的那天晚上，父亲把他叫到房里去对他说：

"你现在中学毕业了。我已经给你看定了一门亲事。你爷爷希望有一个重孙，我也希望早日抱孙。你现在已经到了成家的年纪，我想早日给你接亲，也算了结我一桩心事。……我在外面做官好几年，积蓄虽不多，可是个人衣食是不用愁的。我现在身体不大好，想在家休养，要你来帮我料理家事，所以你更少不掉一个内助。李家的亲事我已经准备好了。下个月十三是个好日子，就在那一天下定。……今年年内就结婚。"

这些话来得太突然了。他把它们都听懂了，却又好像不懂似的。他不作声，只是点着头。他不敢看父亲的眼睛，虽然父亲的眼光依旧是很温和的。

他不说一句反抗的话，而且也没有反抗的思想。他只是点头，表示愿意顺从父亲的话。可是后来他回到自己的房里，关上门倒在床上用铺盖蒙着头哭，为了他的破灭了的幻梦而哭。

关于李家的亲事，他事前也曾隐约地听见人说过，但是人家不让他知道，他也不好意思打听。而且他不相信这种传言会成为事实。原来他的相貌清秀和聪慧好学曾经使某几个有女儿待嫁的绅士动了心。给他做媒的人常常往来高公馆。后来经他的父亲同继母商量、选择的结果，只有两家姑娘的芳名不曾被淘汰，因为在这两个姑娘之间，父亲不能决定究竟哪一个更适宜做他儿子的配偶，而且两家请来做媒的人的情面又是同样地大。于是父亲只得求助于拈阄的办法，把两个姑娘的姓氏写在两方小红纸片上，把它们揉成两团，拿在手里，走到祖宗的神主面前诚心祷告了一番，然后随意拈起一个来。李家的亲事就这样地决定了。拈阄的结果他一直到这天晚上才知道。

是的，他也曾做过才子佳人的好梦，他心目中也曾有过一个中意的姑娘，就是那个能够了解他、安慰他的钱家表妹。有一个时期他甚至梦想他将来的配偶就是她，而且祈祷着一定是她，因为姨表兄妹结婚，在这种绅士家庭中是很寻常的事。他和她的感情又是那么好。然而现在父亲却给他挑选了另一个他不认识的姑娘，并且还决定就在年内结婚，他的升学的希望成了泡影，而他所要娶的又不是他所中意的那个"她"。对于他，这实在是一个大的打击。他的前程断送了。他的美妙的幻梦破灭了。

他绝望地痛哭，他关上门，他用铺盖蒙住头痛哭。他不反抗，也想不到反抗。他忍受了。他顺从了父亲的意志，没有怨言。可是在心里他却为着自己痛哭，为着他所爱的少女痛哭。

到了订婚的日子他被人玩弄着，像一个傀儡；又被人珍爱着，像一个宝贝。

他做人家要他做的事，他没有快乐，也没有悲哀。他做这些事，好像这是他应尽的义务。到了晚上这个把戏做完贺客散去以后，他疲倦地、忘掉一切地熟睡了。从此他丢开了化学，丢开了在学校里所学的一切。他把平日翻看的书籍整齐地放在书橱里，不再去动它们。他整天没有目的地游玩。他打牌，看戏，喝酒，或者听父亲的吩咐去作结婚时候的种种准备。他不大用思想，也不敢多用思想。

不到半年，新的配偶果然来了。祖父和父亲为了他的婚礼特别在家里搭了戏台演戏庆祝。结婚仪式并不如他所想象的那样简单。他自己也在演戏，他一连演了三天的戏，才得到了他的配偶。这几天他又像傀儡似地被人玩弄着；像宝贝似地被人珍爱着。他没有快乐，也没有悲哀。他只有疲倦，但是多少还有点兴奋。可是这一次把戏做完贺客散去以后，他却不能够忘掉一切地熟睡了，因为在他的旁边还睡着一个不相识的姑娘。在这个时候他还要做戏。

他结婚，祖父有了孙媳，父亲有了媳妇，别的许多人也有了短时间的笑乐，但他自己也并不是一无所得。他得到一个能够体贴他的温柔的姑娘，她的相貌也并不比他那个表妹的差。他满意了，在短时期内他享受了他以前不曾料想到的种种乐趣，在短时期内他忘记了过去的美妙的幻梦，忘记了另一个女郎，忘记了他的前程。他满足了。他陶醉了，陶醉在一个少女的爱情里。他的脸上常常带着笑容，而且整天躲在房里陪伴他的新婚的妻子。周围的人都羡慕他的幸福，他也以为自己是幸福的了。

这样地过了一个月，有一天也是在晚上，父亲又把他叫到房里去对他说：

“你现在成了家，应该靠自己挣钱过活了，也免得别人说闲话。我把你养到这样大，又给你娶了媳妇，总算尽了我做父亲的责任。以后的事就要完全靠你自己。……家里虽然有钱可以送你到下面去继续求学，但是一则你已经有了妻子，二则，现在没有分家，我自己又在管账，不好把你送到下面去。……而且你到下面去读书，爷爷也一定不赞成。闲在家里，于你也不好。……我已经给你找好了一个位置，就在西蜀实业公司，薪水虽然不多，总够你们两个人零用。你只要好好做事，将来一定有出头的日子。明天你就到公司事务所去办事，我领你去。这个公司的股子我们家里也有好些，我还是一个董事。事务所里面几个同事都是我的朋友，他们会照料你。……”

父亲一句一句平板地说下去，好像这些话都是极其平常的。他听着，他应着。他并不说他愿意或是不愿意。一个念头在他的脑子里打转：“一切都完了。”他的心里藏着不少的话，可是他一句话也不说。

第二天下午，父亲对他谈了一些关于在社会上做事待人应取的态度的话，他一一地记住了。两乘轿子把他们父子送到西蜀实业公司经营的商业场的后门。他跟着父亲走到事务所去，见了那个四十多岁有八字须的驼背的黄经理，那个面貌跟老太婆相似的陈会计，那个瘦长的王收账员，以及其他两三个相貌平常的职员。经理问了他几句话，他都简单地像背书似地回答了。这些人虽然对他很客气，但是他总觉得在谈话上，在举动上，他们跟他不是一类的人；而且他也奇怪为什么以前就很少看见这种人。

父亲先走了，留下他在那里，惶恐而孤独，好像被抛弃在荒岛上面。他并没有办事，一个人痴呆地坐在经理室里，看经理跟别人谈话。他这样地坐了整整两个多钟头。经理忽然发见了他，对他客气地说："今天没有事，世兄请回去罢。"他像囚犯遇赦似的，高兴地雇了轿子回家，一路上催着轿夫快走，他觉得世界上再没有比家更可爱的了。

他回到家里，先去见祖父，听了一番训话；然后去见父亲，又是一番训话。最后他回到自己的房里，妻又向他问长问短，到底是从妻那里得到一些安慰。第二天上午十点在家吃过早饭后，他便到公司去，一直到下午四点钟才回家。这一天他有了自己的办公室，而且在经理和同事们的指导下开始做了工作。

这样在十九岁的年纪他便大步走进社会了。他逐渐地熟悉了这个环境，学到了新的生活方法，而且逐渐地把他在中学四年中所得到的学识忘掉。这种生活于他不再是陌生的了。他第一次领到三十元现金的薪水的时候，他心里充满着欢喜和悲哀，一方面因为这是自己第一次挣来的钱，另一方面却因为这是卖掉自己前程所得的代价。可是以后一个月一个月平淡地生活下去，他按月领到那三十元的薪水，便再没有什么特殊的感觉了，没有欢喜，也没有悲哀。

这种生活也还是可以过下去的，没有欢喜，也没有悲哀。虽然每天照例要看见那几张脸，听那些无味的谈话，做那些呆板的事，可是他周围的一切还是平静而安稳。家里的人也不来打扰他，让他和妻安静地过他们的家庭生活。

……

★导读

巴金（1904—2005），原名李尧棠，字芾甘。"巴金"是他1929年发表小说《灭亡》时开始使用的笔名。他还使用过王文慧、余一等笔名。巴金讷言慎行，他说自己是从探索人生出发走上文学道路的。大家庭的出身和无政府主义影响了作为战士的巴金的创作和人格。巴金出生在成都一个官僚地主大家庭。"五四"运动激发了他青春的豪情，在19岁时他离开家庭，出川远游，一去就是18年。在散文《爱尔克的灯光》中，巴金写了自己这18年的情绪记忆。他把这个大家庭存放在自己的作品中，他说过要是没有最初19年的生活，他写不出《家》这样的作品。无政府主义则在道德人格方面塑造了他战士的形象，并使他在理想与现实的矛盾中选择了文学。

巴金是以战士的身份进行创作的，1935年他说，"自我执笔以来就没有停止过对我的敌人的攻击。我的敌人是什么？一切旧的观念，一切阻碍社会进化和人性的发展的不合理的制度，一切摧残爱的势力，他们都是我最大的敌人。"这是贯穿他创作始终的原则。巴金在抗战爆发前的作品充满着青春的热情，他在回顾这段写作生活时说，“每天每夜热情在我底身体内燃烧起来，……大多数人底苦和我自己底苦，他们使我底手颤动着，拿了笔在白纸上写黑字”。“当热情在我身体内燃烧起来的时候，那颗心，那颗快要炸裂的心是无处安放的。”这时期的作品主要有“激流三部曲”中的《家》、“爱情三部曲”《雾》、《雨》、《电》。抗战后的作品以20世纪40年代的《憩园》、《第四病室》、《寒夜》为代表，比起前期作品的热情，这些作品更显得深刻冷隽。这时的作品还有“激流三部曲”中的《春》和《秋》等。建国后，巴金的主要作品是“讲真话”的《随想录》。2002年11月，国务院授予巴金“人民作家”称号。

《家》是“激流三部曲”的第一部，是巴金最有代表性的作品。《家》最初的名字叫《春梦》，完成于1931年，同年在上海《时报》上以《激流》的题名连载，1933年由开明书店出单行本时改名为《家》。

《家》以高觉新兄弟三人的爱情故事为主线，写了“五四”时期发生在成都一个大家庭内的新与旧、专制与反抗的冲突，描绘了一个封建大家庭的崩溃历史。由于旧中国的家国同构性，高家也被看成是封建专制制度的象征。小说批判专制、激扬反抗，洋溢着青春的激情。小说所写到的六七十个人物当中，高老太爷是专制的族长，觉慧是这个大家庭里幼稚而大胆的叛徒，鸣凤是以死抗议专制的丫头，梅芬、瑞珏是被封建婚姻和迷信害死的牺牲者。

在所有人物当中，觉新是塑造得最成功的人物形象。清醒地认识到而又无能改变也不愿意改变自己的悲剧命运，是觉新性格的基本特征。觉新接受过“五四”思潮的影响，在他的心中也曾萌生过对理想和幸福的憧憬与追求，如他曾想去上海学化学，他曾爱恋梅芬。他甚至同觉民、觉慧一样，清楚地感觉到了封建大家庭的丑恶本质及其崩溃的命运，他也感觉到了是旧家庭夺去了他的青春。因此他才会同情弟弟们的个性追求，他才会不满长辈们的荒唐。但是长房长孙的地位，使他固守“承重孙”的“责任”，努力维持大家庭的秩序；他所奉行的“作揖主义”也使他时时体验和目睹着自己和他亲爱的人在大家庭秩序中的牺牲。觉新的思与行是分裂的，这导致了他内心的矛盾与痛苦。巴金曾说：“觉新是我的大哥，他是我一生爱的最多的人。”“我为他花了那么多的笔墨，也无非是想通过这个人来鞭挞旧制度。”通过觉新的悲剧，巴金控诉了封建家庭对想有所作为的青年的摧残。觉新的悲剧，是封建末世软弱知识分子的悲剧，同时也让人们想到我们民族性格中的劣根性。

《家》的字里行间充满着作者爱与恨的激情，巴金把这种激情灌注到人物之中，也渗入到景物描写中。他借鉴《红楼梦》的结构方法，以觉慧和鸣凤，觉新和梅芬、瑞珏之间的感情纠葛为情节主线，把各种人物及高家各种矛盾、家庭以外的社会生活组织在主线周围，在紧凑周密、跌宕有致的叙述中合乎社会发展规律地描述了封建大家庭崩溃过程。作品注重人物的内心刻画，如鸣凤投湖前的心理描写等。（袁向东）

★思考题：

1. 简评觉新、觉慧形象。
2. 细读鸣凤投湖的章节，并分析其心理描写。

夜总会里的五个人（节选）

穆时英

一　五个从生活里跌下来的人

一九三二年四月六日星期六下午

金业交易所里边挤满了红着眼珠子的人。

标金的跌风，用一小时一百基罗米突的速度吹着，把那些人吹成野兽，吹去了理性，吹去了神经。

胡均益满不在乎地笑。他说：

“怕什么呢？再过五分钟就转涨风了！”

过了五分钟，——

“六百两进关啦！”

交易所里又起了谣言：“东洋大地震！”

“八十七两！”

“三十二两！”

“七钱三！”

（一个穿毛葛袍子，嘴犄角儿咬着象牙烟嘴的中年人猛的晕倒了。）

标金的跌风加速地吹着。

再过五分钟，胡均益把上排的牙齿，咬着下嘴唇——

嘴唇碎了的时候，八十万家产也叫标金的跌风吹破了。

嘴唇碎了的时候，一颗坚强的近代商人的心也碎了。

一九三二年四月六日星期六下午

郑萍坐在校园里的池旁。一对对的恋人从他前面走过去。他睁着眼看；他在等，等着林妮娜。

昨天晚上他送了只歌谱去，在底下注着：

如果你还允许我活下去的话，请你明天下午到校园里的池旁来。为了你，我是连头发也愁白了！

林妮娜并没把歌谱退回来——一晚上，郑萍的头发又变黑啦。

今天他吃了饭就在这儿等，一面等，一面想：

“把一个钟头分为六十分钟，一分钟分为六十秒，那种分法是不正确的。要不然，为什么我只等了一点半钟，就觉得胡髭又在长起来了呢？”

林妮娜来了，和那个长腿汪一同地。

“Hey，阿萍，等谁呀？”长腿汪装鬼脸。

林妮娜歪着脑袋不看他。

他哼着歌谱里的句子：

陌生人啊！
从前我叫你我的恋人，
现在你说我是陌生人！
陌生人啊！
从前你说我是你的奴隶，
现在你说我是陌生人！
陌生人啊……

林妮娜拉了长腿汪往外走，长腿汪回过脑袋来再向他装鬼脸。他把上面的牙齿，咬著下嘴唇：——

嘴唇碎了的时候，郑萍的头发又白了。

嘴唇碎了的时候，郑萍的胡髭又从皮肉里边钻出来了。

一九三二年四月六日星期六下午

霞飞路，从欧洲移植过来的街道。

在浸透了金黄色的太阳光和铺满了阔树叶影子的街道上走着。在前面走着的一个年轻人忽然回过脑袋来看了她一眼，便和旁边的还有一个年轻人说起话来。

她连忙竖起耳朵来听：

年轻人甲——“五年前顶抖的黄黛茜吗！”

年轻人乙——“好眼福！生得真……阿门。”

年轻人甲——“可惜我们出世太晚了！阿门！女人是过不得五年的！”

猛的觉得有条蛇咬住了她的心，便横冲到对面的街道上去。一抬脑袋瞧见橱窗里自家儿的影子——青春是从自家儿身上飞到别人身上去了。

“女人是过不得五年的！”

便把上面的牙齿咬紧了下嘴唇：——

嘴唇碎了的时候，心给那蛇吞了。

嘴唇碎了的时候，她又跑进买装饰品的法国铺子里去了。

一九三二年四月六日星期六下午

季洁的书房里。

书架上放满了各种版本的莎士比亚的 *Hamlet*，日译本，德译本，法译本，俄译本，西班牙译本……甚至于土耳其文的译本。

季洁坐在那儿抽烟，瞧着那烟往上腾，飘着，飘着，忽然他觉得全宇宙都化了烟往上腾——各种版本的 *Hamlet* 张着嘴跟他说起话来啦：

“你是什么？我是什么？什么是你？什么是我？”

季洁把上面的牙齿咬着下嘴唇。

“你是什么？我是什么？什么是你？什么是我？”

嘴唇碎了的时候，各种版本的 *Hamlet* 笑了。

嘴唇碎了的时候，他自家儿也变了烟往上腾了。

一九××年——星期六下午

市政府。

一等书记缪宗旦忽然接到了市长的手书。

在这儿干了五年，市长换了不少，他却生了根似地，只会往上长，没降过一次级，可是也从没接到过市长的手书。

在这儿干了五年，每天用正楷写小字，坐沙发，喝清茶，看本埠增刊，从不迟到，从不早走，把一肚皮的野心，梦想，和罗曼史全扔了。

在这儿干了五年，从没接到过市长的手书，今儿忽然接到了市长的手书！便怀着抄写公文的那种谨慎心情拆了开来。谁知道呢？是封撤职书。

一回儿，地球的末日到啦！

他不相信：

“我做错了什么事呢？”

再看了两遍，撤职书还是撤职书。

他把上面的牙齿咬着下嘴唇：——

嘴唇破了的时候，墨盒里的墨他不用再磨了。

嘴唇破了的时候，会计科主任把他的薪水送来了。

二　星期六晚上

厚玻璃的旋转门：停着的时候，像荷兰的风车；动着的时候，象水晶柱子。

五点到六点，全上海几十万辆的汽车从东部往西部冲锋。

可是办公处的旋转门象了风车，饭店的旋转门便象了水晶柱子。人在街头站住了，交通灯的红光潮在身上泛溢着，汽车从鼻子前擦过去。水晶柱子似的旋转门一停，人马上就鱼似地游进去。

星期六晚上的节目单是：

1，一顿丰盛的晚宴，里边要有冰水和冰淇淋；

2，找恋人；

3，进夜总会；

4，一顿滋补的点心，冰水，冰淇淋和水果绝对禁止。

（附注：醒回来是礼拜一了——因为礼拜日是安息日。）

吃完了 Chicken à la king 是水果，是黑咖啡。恋人是 Chicken à la king 那么娇嫩的，水果那么新鲜的。可是她的灵魂是咖啡那么黑色的……伊甸园里逃出来的蛇啊！

星期六晚上的世界是在爵士的轴子上回旋着的“卡通”的地球，那么轻快，那么疯狂地；没有了地心吸力，一切都建筑在空中。

星期六的晚上，是没有理性的日子。

星期六的晚上，是法官也想犯罪的日子。

星期六的晚上，是上帝进地狱的日子。

带着女人的人全忘了民法上的诱奸律，每一个让男子带着的女子全说自己还不满十八岁，在暗地里伸一伸舌尖儿。开着车的人全忘了在前面走着的，因为他的眼珠子正在玩赏着恋人身上的风景线，他的手却变了触角。

星期六的晚上，不做贼的人也偷了东西，顶爽直的人也满肚皮是阴谋，基督教徒说了谎话，老年人拼着命吃返老还童药片，老练的女子全预备了 Kissproof 的点唇膏。……

街——

（普益地产公司每年纯利达资本三分之一

100 000 两

东三省沦亡了吗

没有　东三省的义军还在雪地和日寇作殊死战

同胞们快来加入月捐会

《大陆报》销路已达五万份

一九三三年宝塔克

自由吃排）

“《大晚夜报》!”卖报的孩子张着蓝嘴，嘴里有蓝的牙齿和蓝的舌尖儿，他对面的那只蓝的高跟儿鞋鞋尖正冲着他的嘴。

“《大晚夜报》!”忽然他又有了红嘴，从嘴里伸出舌尖儿来，对面的那只大酒瓶里倒出葡萄酒来了。

红的街，绿的街，蓝的街，紫的街……强烈的色调化装着的都市啊！霓虹灯跳跃着——五色的光潮，变化着的光潮，没有色的光潮——泛滥着光潮的天空，天空中有了酒，有了烟，有了高跟儿鞋，也有了钟……

请喝白马牌威士忌酒……吉士烟不伤吸者咽喉……

亚历山大鞋店，约翰生酒铺，拉萨罗烟商，德茜音乐铺，朱古力糖果铺，国泰大戏院，汉密而登旅社……

回旋着，永远回旋着的霓虹灯——

忽然霓虹灯固定了：

“皇后夜总会”

玻璃门开的时候，露着张印度人的脸；印度人不见了，玻璃门也关啦。门前站着个穿蓝褂子的人，手里拿着许多白哈吧狗儿，吱吱地叫着。

一只大青蛙，睁着两只大圆眼爬过来啦，肚子贴着地，在玻璃门前吱的停了下来。低着脑袋，从车门里出来了那么漂亮的一位小姐，后边儿跟着钻出来了一位穿晚礼服的绅士，马上把小姐的胳膊拉上了。

“咱们买个哈吧狗儿。”

绅士马上掏出一块钱来，拿了只哈吧狗给小姐。

“怎么谢我？”

小姐一缩脖子，把舌尖冲着他一吐，绉着鼻子做了个鬼脸。

“Charming，dear！”

便按着哈吧狗儿的肚子，让它吱吱地叫着，跑了进去。

三　五个快乐的人

白的台布，白的台布，白的台布，白的台布……白的——

白的台布上面放着：黑的啤酒，黑的咖啡，……黑的，黑的……

白的台布旁边坐着的穿晚礼服的男子：黑的和白的一堆：黑头发，白脸，黑眼珠子，白领子，黑领结，白的浆褶衬衫，黑外褂，白背心，黑裤子……黑的和白的……

白的台布后边站着侍者，白衣服，黑帽子，白裤子上一条黑镶边……

白人的快乐，黑人的悲哀。非洲黑人吃人典礼的音乐，那大雷和小雷似的鼓声，一只大号角呜呀呜的，中间那片地板上，一排没落的斯拉夫公主们在跳着黑人的跸跶舞，一条条白的腿在黑缎裹着的身子下面弹着：——

得得得——得达！

又是黑和白的一堆！为什么在她们的胸前给镶上两块白的缎子，小腹那儿镶上一块白的缎子呢？跳着，斯拉夫的公主们；跳着，白的腿，白的胸脯儿和白的小腹；跳着，白的和黑的一堆……白的和黑的一堆，全场的人全害了疟疾。疟疾的音乐啊，非洲的林莽里是有毒蚊子的。

哈吧狗从扶梯那儿叫上来。玻璃门开啦，小姐在前面，绅士在后面。

……

四 四个送殡的人

一九三二年四月十日，四个人从万国公墓出来，他们是去送胡均益入土的。这四个人是愁白了头发的郑萍，失了业的缪宗旦，二十八岁零四天的黄黛茜，睁着解剖刀似的眼珠子的季洁。

黄黛茜——“我真做人做疲倦了！”

缪宗旦——“他倒做完了人咧！能象他那么憩一下多好啊！”

郑萍——“我也有了颗老人的心了！”

季洁——“你们的话我全不懂。”

大家便默着。

一长串火车驶了过去，驶过去，驶过去，在悠长的铁轨上，嘟的叹了口气。

辽远的城市，辽远的旅程啊！

大家太息了一下，慢慢儿的走着——走着，走着。前面是一条悠长的，寥落的路……

辽远的城市，辽远的旅程啊！

★导读

穆时英（1912—1940），浙江慈溪人，被誉为“新感觉派圣手”。1928年开始文学创作，1929年发表处女作《黑旋风》。抗战期间一度流亡香港，曾任《星岛日报》编辑。1939年回南京供职于汪伪政府，任《国民新闻》总编辑，1940年被暗杀。主要著作有短篇小说集《南北极》、《公墓》、《白金的女体塑像》、《圣处女的感情》等。

《夜总会里的五个人》完成于1932年12月22日，发表于1933年2月1日的《现代》第2卷第4期，后收入小说集《公墓》，是穆时英的代表作之一。有论者认为这篇小说是“穆氏的短篇中最为成功的一个：不论是修辞，技巧，结构都洗练得纯美，达到整体的统一，诚是文字艺术上的珍品”。（杨之华：《穆时英论》，载《中央导报》，1940年8月1日第1卷第5期）。小说描述了破产的金子大王胡均益、青春逝去的交际花黄黛茜、困惑的学者季洁、失恋的大学生郑萍、失业的市府秘书缪宗旦这五个失意者在夜总会相遇，胡均益自杀，以及四人为其送殡的场景。

在《公墓·自序》中，穆时英自言创作的“目的只是想表现一些从生活上跌下来的，一些没落的 Pierrots。在我们的社会里，有被生活压扁了的人，也有被生活挤出来的人，可是那些人并不一定，或是说，并不必然地要显出反抗，悲愤，仇恨之类的脸来；他们可以在悲哀的脸上戴了快乐的面具的。每一个人，除非他是毫无感觉的人，在心的深底里都蕴藏着一种寂寞感，一种没有办法排除的寂寞感”。《夜总会里的五个人》真正要传达的正是一种失落、焦虑、颓废、疲倦、寂寞的情绪，这种情绪带有作家个人的生命体验。在几乎同时发表的散文《我的生活》（载《现代出版界》，1933年2月1日第9期）中，穆时英写道：“对一切世间的东西，我睁着好奇的，同情的眼，可是同时我却在心的深底里，蕴藏着一种寂寞，海那样深大的寂寞，不是眼泪，或是太息所能扫洗的寂寞，不是朋友爱人所能抚慰的寂寞”。小说中的五个人（以及在夜总会工作的约翰生）失意的理由各不相同，但他们不约而同地于星期六晚上聚集在夜总会，体验着相同的落寞情绪，表现出现代都市人内心深处的迷惘和忧愁。

新感觉派小说依托于20世纪30年代的上海，对于这个号称“东方巴黎”的现代都市里的新生事物和公共空间多有描写，诸如电影院、咖啡馆、舞厅、夜总会、公园、港口、小汽车、爵士舞等，不一而足。作家们往往有意反叛精细描摹的写实技巧，大胆采用印象主义的手法，呈现主观化、感觉化的特定场景，穆时英尤其擅长这种印象式的笔触。在小说中，一九三二年四月六日星期六晚上的上海是这样的：“红的街，绿的街，蓝的街，紫的街……强烈的色调化装着的都市啊！霓虹灯跳跃着——五色的光潮，变化着的光潮，没有色的光潮——泛滥着光潮的天空，天空中有了酒，有了烟，有了高跟儿鞋，也有了钟”。作为小说的中心场景，夜总会充斥着白与黑的色调：“白的台布，白的台布，白的台布，白的台布……白的——”“白的台布上面放着：黑的啤酒，黑的咖啡，……黑的，黑的……”

从上述引文中，我们不难发现小说对视觉效果的追求及对画面感的刻意经营。这就涉及到新感觉派小说中的一个十分重要的表现技巧，即对电影艺术手法的借鉴和移用。在这篇小说中，作者仿佛一个手持摄像机的导演，通过镜头的移动和剪辑，带领读者观赏一个个画面和场景。在小说的结尾，四个人送自杀的胡均益入土后，从万国公墓出来，每个人都得到一个特写镜头，在各自说了一句话后，画面静默下来。镜头推向远方，“一长串火车驶了过去，驶过去，驶过去，在悠长的铁轨上，嘟的叹了口气”。空镜头拉近，转向四个人行走的远景镜头，“大家太息了一下，慢慢儿的走着——走着，走着。前面是一条悠长的，寥落的路……”在空镜头和远景镜头之后，作者分别插入奠定全文基调的人生感慨：“辽远的城市，辽远的旅程啊！”无论身份如何，在这个国际大都会中，每个人都要面对寂寞而辽远的人生旅程。

由于文字和镜头这两种媒介在表现方式上的差异，要通过文字去营造镜头所擅长的视觉图景的并置和转换，就必须依靠文字和意象的有意重复。例如在小说的第一部分，作者就重复以“一九三二年四月六日星期六下午”的句式引出分处不同场景的五个主要人物。在距离夜总会关门只有二十分钟的时候，作者重复以“时间的足音在×××的心上悉悉地响着，每一秒钟像一只蚂蚁似地打他/她的心脏上面爬过去，一只一只地，那么快的，却又那么多，没结没完的——”这个句子，引出各个人物的内心独白。这种有意反复的手法，是相当出位的个性化的写作实验，它虽然在某种程度上破坏了文字表达的惯例，但在特定的语境下也产生了独特的表达效果。（陈翠平）

★思考题：

1. 简单分析《夜总会里的五个人》中的上海都会背景。
2. 谈谈你对穆时英笔下的Pierrot（丑角）形象的看法。

边城（节选）

沈从文

一

由四川过湖南去，靠东有一条官路。这官路将近湘西边境到了一个地方名为“茶峒”的小山城时，有一小溪，溪边有座白色小塔，塔下住了一户单独的人家。这人家只一个老人，一个女孩子，一只黄狗。

小溪流下去，绕山岨流，约三里便汇入茶峒大河。人若过溪越小山走去，则只一里路就到了茶峒城边。溪流如弓背，山路如弓弦，故远近有了小小差异。小溪宽约廿丈，河床为大片石头作成。静静的河水即或深到一篙不能落底，却依然清澈透明，河中游鱼来去皆可以计数。小溪既为川湘来往孔道，限于财力不能搭桥，就安排了一只方头渡船。这渡船一次连人带马，约可以载二十位搭客过河，人数多时则反复来去。渡船头竖了一枝小小竹杆，挂着一个可以活动的铁环，溪岸两端水面横牵了一段废缆，有人过渡时，把铁环挂在废缆上，船上人则引手攀缘那横缆，慢慢的牵船过对岸去。船将拢岸了，管理这渡船的，一面口中嚷着“慢点慢点”，一面自己霍的跃上了岸，拉着铁环，于是人货牛马全上了岸，翻过小山不见了。渡头既为公家所有，故过渡人不必出钱。有人心中不安，抓了一把钱掷到船板上时，管渡船的必一一拾取，依然塞到那人手心里去，俨然吵嘴时的认真神气：“我有了口粮，三斗米，七百钱，够了。谁要这个！”

但不成，凡事求个心安理得，出气力不受酬谁好意思，不管如何还是有人要把钱的。管船人却情不过，也为了心安起见，便把这些钱托人到茶峒去买茶叶和草烟，把茶峒出产的上等草烟，一扎一扎挂在自己腰带边，过渡的谁需要这东西皆慷慨奉赠。有时从神气上估计那远路人对于身边草烟引起了相当的注意时，便把一小束草烟扎到那人包袱上去，一面说：“大哥，不吸这个吗？这好的，这妙的，看样子不成材，巴掌大叶子，味道蛮好，送人也很合式!”茶叶则在六月里放进大缸里去，用开水泡好，给过路人随意解渴。

管理这渡船的，就是住在塔下的那个老人。活了七十年，从二十岁起便守在这小溪边，五十年来不知把船来去渡了若干人。年纪虽那么老了，骨头硬硬的，本来应当休息了，但天不许他休息，他仿佛便不能够同这一分生活离开。他从不思索自己的职务对于本人的意义，只是静静的很忠实的在那里生存下去。代替了天，使他在日头升起时，感到生活的力量，当日头落下时，又不至于思量与日头同时死去的，是那个伴在他身旁的女孩子。他唯一的朋友是一只渡船和一只黄狗，唯一的亲人便只那个女孩子。

女孩子的母亲，老船夫的独生女，十五年前同一个茶峒军人唱歌相熟后，很秘密的背着那忠厚爸爸发生了暧昧关系。有了小孩子后，这屯戍军士便想约了她一同向下游逃去。但从逃走的行为上看来，一个违悖了军人的责任，一个却必得离开孤独的父亲。经过一番考虑后，屯戍兵见她无远走勇气，自己也不便毁去作军人的名誉，就心想：一同去生既无法聚首，一同去死当无人可以阻拦，首先服了毒。女的却关心腹中的一块肉，不忍心，拿不出主张。事情业已为作渡船夫的父亲知道，父亲却不加上一个有分量的字眼儿，只作为并不听到过这事情一样，仍然把日子很平静的过下去。女儿一面怀了羞惭，一面却怀了怜悯，依旧守在父亲身边。待到腹中小孩生下后，却到溪边故意吃了许多冷水死去了。在一种奇迹中，这遗孤居然已长大成人，一转眼间便十三岁了。为了住处两山多篁竹，翠色逼人而来，老船夫随便给这个可怜的孤雏拾取了一个近身的名字，叫作“翠翠”。

翠翠在风日里长养着，故把皮肤变得黑黑的，触目为青山绿水，故眸子清明如水晶。自然既长养她且教育她，为人天真活泼，处处俨然如一只小兽物。人又那么乖，如山头黄麂一样，从不想到残忍事情，从不发愁，从不动气。平时在渡船上遇陌生人对她有所注意时，便把光光的眼睛瞅着那陌生人，作成随时皆可举步逃入深山的神气，但明白了面前的人无机心后，就又从从容容的在水边玩耍了。

老船夫不论晴雨，必守在船头。有人过渡时，便略弯着腰，两手缘引了竹缆，把船横渡过小溪。有时疲倦了，躺在临溪大石上睡着了，人在隔岸招手喊过渡，翠翠不让祖父起身，就跳下船去，很敏捷的替祖父把路人渡过溪，一切皆溜刷在行，从不误事。有时又与祖父黄狗一同在船上，过渡时与祖父一同动手牵缆索。船将近岸边，祖父正向客人招呼：“慢点，慢点”时，那只黄狗便口衔绳子，最先一跃而上，且俨然懂得如何方为尽职似的，把船绳紧衔着拖船拢岸。

风日清和的天气，无人过渡，镇日长闲，祖父同翠翠便坐在门前大岩石上晒太阳。或把一段木头从高处向水中抛去，嗾使身边黄狗从岩石高处跃下，把木头衔回来。或翠翠与黄狗皆张着耳朵，听祖父说些城中多年以前的战争故事。或祖父同翠翠两人，各把小竹作成的竖笛，逗在嘴边吹着迎亲送女的曲子。过渡人来了，老船夫放下了竹管，独自跟到船边去，横溪渡人，在岩上的一个，见船开动时，于是锐声喊着：

“爷爷，爷爷，你听我吹——你唱！”

爷爷到溪中央便很快乐的唱起来，哑哑的声音同竹管声，振荡在寂静空气里，溪中仿佛也热闹了些。实则歌声的来复，反而使一切更寂静。

有时过渡的是从川东过茶峒的小牛，是羊群，是新娘子的花轿，翠翠必争着作渡船夫，站在船头，懒懒的攀引缆索，让船缓缓的过去，牛羊花轿上岸后，翠翠必跟着走，站到小山头，目送这些东西走很远了，方回转船上，把船牵靠近家的岸边。且独自低低的学小羊叫着，学母牛叫着，或采一把野花缚在头上，独自装扮新娘子。

茶峒山城只隔渡头一里路，买油买盐时，逢年过节祖父得喝一杯酒时，祖父不上城，黄狗就伴同翠翠入城里去备办东西。到了卖杂货的铺子里，有大把的粉条，大缸的白糖，有炮仗，有红蜡烛，莫不给翠翠一种很深的印象，回到祖父身边，总把这些东西说个半天。那里河边还有许多船，比起渡船来全大得多，有趣味得多，翠翠也不容易忘记。

……

五

两年日子过去了。

这两年来两个中秋节，恰好无月亮可看，凡在这边城地方，因看月而起整夜男女唱歌的故事，皆不能如期举行，故两个中秋留给翠翠的印象，极其平淡无奇。两个新年虽照例可以看到军营里与各乡来的狮子龙灯，在小教场迎春，锣鼓喧阗很热闹，到了十五夜晚，城中舞龙耍狮子的镇筸兵士，还各自赤裸着肩膊，往各处去欢迎炮仗烟火。城中军营里，税关局长公馆，河街上一些大字号，莫不头先截老毛竹筒，或镂空棕榈树根株，用洞硝拌和磺炭钢砂，一千槌八百槌把烟火做好。好勇取乐的军士，光赤着个上身，玩着灯打着鼓来了，小鞭炮如落雨的样子，从悬到长竿尖端的空中落到玩灯的肩背上，锣鼓催动急促的拍子，大家皆为这事情十分兴奋。鞭炮放过一阵后，用长凳绑着的大筒灯火，在敞坪一端燃起了引线，先是嘶嘶的流泻白光，慢慢的这白光便吼啸起来，作出如雷如虎惊人的声音，白光向上空冲去，高至二十丈，下落时便洒散着满天花雨。玩灯的兵士，在火花中绕着圈子，俨然毫不在意的样子。翠翠同他的祖父，也看过这样的热闹，留下一个热闹的印象，但这印象不知为什么原因，总不如那个端午所经过的事情甜而美。

翠翠为了不能忘记那件事，上年一个端午又同祖父到城边河街去看了半天船，一切玩得正好时，忽然落了行雨，无人衣衫不被雨湿透。为了避雨，祖孙二人同那只黄狗，走到顺顺吊脚楼上去，挤在一个角隅里。有人扛凳子从身边过去，翠翠认得那人正是去年打了火把送她回家的人，就告给祖父：

“爷爷，那个人去年送我回家，他拿了火把走路时，真像喽啰！”

祖父当时不作声，等到那人回头又走过面前时，就一把抓住那个人，笑嘻嘻的说：

“嗨嗨，你这个喽啰！要你到我家喝一杯也不成，还怕酒里有毒，把你这个真命天子毒死！”

那人一看是守渡船的，且看到了翠翠，就笑了。“翠翠，你长大了！二老说你在河边大鱼会吃你，我们这里河中的鱼，现在吞不下你了。”

翠翠一句话不说，只是抿起嘴唇笑着。

这一次虽在这喽啰长年口中听到个“二老”名字，却不曾见及这个人。从祖父与那长年谈话里，翠翠听明白了二老是在下游六百里外青浪滩过端午的。但这次不见二老却认识了大老，且见着了那个一地出名的顺顺。大老把河中的鸭子捉回家里后，因为守渡船的老家伙称赞了那只肥鸭两次，顺顺就要大老把鸭子给翠翠。且知道祖孙二人所过的日子，十分拮据，节日里自己不能包粽子，又送了许多三角粽。

那水上名人同祖父谈话时，翠翠虽装作眺望河中景致，耳朵却把每一句话听得清清楚楚。那人向祖父说翠翠长得很美，问过翠翠年纪，又问有不有人家。祖父则很快乐的夸奖了翠翠不少，且似乎不许别人来关心翠翠的婚事，故一到这件事便闭口不谈。

回家时，祖父抱了那只白鸭子同别的东西，翠翠打火把引路。两人沿城墙脚走去，一面是城，一面是水。祖父说：“顺顺是个好人，大方得很。大老也很好。这一家人都好！”翠翠说：“一家人都好，你认识他们一家人吗？”祖父不明白这句话的意思所在，因为今天太高兴一点，便笑着说：“翠翠，假若大老要你做媳妇，请人来做媒，你答应不答应？”翠翠就说：“爷爷，你疯了！再说我就生你的气！”

祖父话虽不再说了，心中却很显然的还转着这些可笑的不好的念头。翠翠着了恼，把火炬向路两旁乱晃着，向前怏怏的走去了。

“翠翠，莫闹，我摔到河里去，鸭子会走脱的！”

“谁也不稀罕那只鸭子！”

祖父明白翠翠为什么事不高兴，便唱起摇橹人驶船下滩时催橹的歌声，声音虽然哑沙沙的，字眼儿却稳稳当当毫不含糊。翠翠一面听着一面向前走去，忽然停住了发问：

“爷爷，你的船是不是正在下青浪滩呢？”

祖父不说什么，还是唱着，两人皆记起顺顺家二老的船正在青浪滩过节，但谁也不明白另外一个人的记忆所止处。祖孙二人便沉默的一直走还家中。到了渡口，那代理看船的，正把船泊在岸边等候他们。几人渡过溪到了家中，剥粽子吃。到后那人要进城去，翠翠赶即为那人点上火把，让他有火把照路。人过了小溪上小山时，翠翠同祖父在船上望着，翠翠说：

“爷爷，看喽啰上山了啊！”

祖父把手攀引着横缆，注目溪面升起的薄雾，仿佛看到了什么东西，轻轻的吁了一口气。祖父静静的把船拉过对岸家边时，要翠翠先上岸去，自己却守在船边，因为过节，明白一定有乡下人从城里看龙船，还得乘黑赶回家乡。

……

二十

夜间果然落了大雨，挟以吓人的雷声。电光从屋脊上掠过时，接着就是訇的一个炸雷。翠翠在暗中抖着。祖父也醒了，知道她害怕，且担心她招凉，还起身来把一条布单子搭到她身上去。祖父说：

"翠翠，不要怕！"

翠翠说："我不怕！"说了还想说："爷爷你在这里我不怕！"

訇的一个大雷，接着是一种超越雨声而上的洪大闷重倾圮声。两人皆以为一定是溪岸悬崖崩落了！担心到那只渡船，会早已压在崖石下面去了。

祖孙两人便默默的躺在床上听雨声雷声。

但无论如何大雨，过不久，翠翠却依然就睡着了。醒来时天已亮了，雨不知在何时业已止息，只听到溪两岸山沟里注水入溪的声音。翠翠爬起身来，看看祖父还似乎睡得很好，开了门走出去，门前已成为一个水沟，一股浊流便从塔后哗哗的流来，从前面悬崖直堕而下。并且各处皆是那么一种临时的水道。屋旁菜园地已为山水冲乱了，菜秧皆掩在粗砂泥里了。再走过前面去看看溪里一切，才知道溪中也涨了大水，水已漫过了码头，水脚快到茶缸边了。下到码头去的那条路，正同一条小河一样，哗哗的泄着黄泥水。过渡的那一条横溪牵定的缆绳，已被水淹去了。泊在崖下的渡船，已不见了。

翠翠看看屋前悬崖并不崩坍，故当时还不注意渡船的失去。但再过一阵，她上下搜索不到这东西，无意中回头一看，屋后白塔已不见了，一惊非同小可。赶忙向屋后跑去，才知道白塔业已坍倒，大堆砖石极凌乱的摊在那儿。翠翠吓慌得不知所措，只锐声叫她的祖父。祖父不起身，也不答应，就赶回家里去，到得祖父床边摇了祖父许久，祖父还不作声。原来这个老年人在雷雨将息时已死了。

翠翠于是大哭起来。

过一阵，有从茶峒过川东跑差事的人，到了溪边，隔溪喊过渡，翠翠正在灶边一面哭着一面烧水为死去的祖父抹澡。

那人还以为老船夫一家还不醒，急于过河，喊叫不应，就抛小石头过溪，打到屋顶上。翠翠鼻涕眼泪成一片的走出来，跑到溪边高崖前站定。

那城里人老不高兴的神气隔溪喊着：

"喂，不早了！把船划过来！"

"船跑了！"

"你爷爷做什么事情去了呢？他管船，有责任！"

"他管船，管了五十年的船——他死了啊！"

翠翠一面向隔溪人说着一面大哭起来。那人知道老船夫死了，得进城去报信，就说：

“真死了吗？不要哭吧，我回城去告他们，要他们弄条船带东西来！”

那人回到茶峒城边时，一见熟人就报告这件事，不多久，全茶峒城里外便皆知道这个消息了。河街上船总顺顺，派人找了一只空船，带了副白木匣子，即刻向碧溪岨撑去。城中杨马兵却同一个老军人，赶到碧溪岨去了，砍了几十根大毛竹，用葛藤编作筏子，作为来往过渡的临时渡船。筏子编好后，撑了那个东西，到翠翠家中那一边岸下，留老兵守竹筏来往渡人，自己跑到翠翠家去看那个死者，眼泪湿莹莹的，摸了一会躺在床上硬僵僵的老友，又赶忙着做些应做的事情。到后帮忙的人来了，从大河船上运来棺木也来了，住在城中的老道士，还带了许多法器，一件旧麻布道袍，并提了一只大公鸡，来尽义务办理念经起水诸事，也从筏上渡过来了。家中人出出进进，翠翠都只坐在灶边矮凳上呜呜的哭着。

到了中午，船总顺顺也来了，还跟着一个人扛了一口袋米，一坛酒，一腿猪肉。见了翠翠就说：

“翠翠，爷爷死了我知道了，老年人是必需死的，不要发愁，一切有我！”

各方面看看，就回去了。

到了下午入了殓，一些帮忙的回的回家去了，晚上便只剩下了那老道士、杨马兵同顺顺家派来的两个年青长年。黄昏以前老道士用红绿纸剪了一些花朵，用黄泥作了一些烛台。天断黑后，棺木前小桌上点起黄色九品蜡，燃了香，棺木周围也点了小蜡烛，老道士披上那件蓝麻布道袍，开始了丧事中绕棺仪式。老道士在前拿着纸幡引路，孝子第二，马兵殿后，绕着那寂寞棺木慢慢转着圈子。两个长年则站在灶边空处，胡乱的打着铙钹。老道士一面闭了眼睛走去，一面且唱且哼，安慰亡灵。提到关于亡魂所到西方极乐世界花香四季时，老马兵就把木盘里的纸花，向棺木上高高撒去，象征这个西方极乐世界情形。

到了半夜，事情办完了，放过爆竹，蜡烛也快熄灭了，翠翠泪眼婆娑的，赶忙又到灶边去烧火，为帮忙的人办消夜。吃了消夜，老道士歪到死人床上睡着了。剩下几个人还得照规矩在棺木前守夜，老马兵便为大家唱丧堂歌取乐，用个空的量米木升子，当作小鼓，把手剥剥剥的一面敲着一面唱下去——唱王祥卧冰的事情，唱黄香扇枕的事情。

翠翠哭了一整天，也同时忙了一整天，到这时已倦极了，把头靠在棺前迷着了，两个长年同马兵既吃了消夜，喝过两杯酒，精神还虎虎的，便轮流把丧堂歌唱下去。但只一会儿，翠翠又醒了，仿佛梦到什么，惊醒后明白祖父已死，于是又幽幽的干哭起来。

“翠翠，翠翠，不要哭啦，人死了哭不回来的！”

老马兵接着就说了一个做新嫁娘的人哭泣的笑话，话语中夹杂了三五个粗野的字眼儿，因此引起两个长年咕咕的笑了许久。黄狗在屋外吠着，翠翠开了大门，到外面去站了一会，耳听到各处是虫声，天上月色极好，大星子嵌进透蓝天空里，非常沉静温柔。翠翠想想：

“这是真事吗？爷爷当真死了吗？”

老马兵原来跟在她的后边，因为他知道女孩子心门儿窄，说不定一炉火闷在灰里，痕迹不露，见祖父去了，自己一切皆已无望，跳崖悬梁，想跟着祖父一块儿去，也说不定！故随时小心监视到翠翠。

老马兵见翠翠痴痴的站着，时间过了许久还不回头，就打着咳叫翠翠说：

“翠翠，露水落了，不冷么？”

“不冷。”

“天气好得很！”

“呀……”一颗大流星使翠翠轻轻的喊了一声。

接着南方又是一颗流星划空而下。对溪有猫头鹰叫。

“翠翠，”老马兵业已同翠翠并排一块儿站定了，很温和的说：“你进屋里睡去了吧，不要胡思乱想！”

翠翠默默的回到祖父棺木前面，坐在地上又呜咽起来。守在屋中两个长年已睡着了。

那一个马兵便幽幽的说道：“不要哭了！不要哭了！你爷爷也难过咧。眼睛哭胀喉咙哭嘶有什么好处。听我说，爷爷的心事我全都知道，一切有我。我会把一切安排得好好的，对得起你爷爷。我会安排，什么事都会。我要一个爷爷欢喜你也欢喜的人来接收这只渡船！不能如我们的意，我老虽老，还能拿镰刀同他们拚命。翠翠，你放心，一切有我！……”

远处不知什么地方鸡叫了，老道士在那边床上胡胡涂涂的自言自语：“天亮了吗？早咧！”

……

★导读

沈从文（1902—1988），原名沈岳焕，湖南凤凰县人。沈从文的血管里流着苗族健康的血液，故乡的沅水淘沥了他创作的天性。少时参加土著部队，辗转于湘、川、黔边地，经历了“不易设想的痛苦怕人生活”。及长，又由苗区小县跑到北京大城，靠写作谋生。后又到上海、青岛、昆明等地，编过杂志报纸，当过大学教授。1924年开始发表作品，20世纪30年代进入创作高峰。他的作品既多且有个性，一以贯之地持“乡下人”的眼光观察现代中国，主要是描写湘西中国和都市中国，在两相对照中表明自己的文化态度。体裁涉及小说、散文、评论，代表性的作品有《边城》、《长河》、《萧萧》、《八骏图》、《湘西》、《湘行散记》等。

建国后在历史博物馆、中国社会科学院历史研究所工作，有《中国服饰研究》出版。

中篇小说《边城》1934年1月开始在《国闻周报》上连载，同年9月由上海生活书店出版发行。1943年9月开明书店出版改订本，沈从文曾有“宜用开明本”语。本书所用片段就是节选自开明本。沈从文自己说：“《边城》要表现的本是‘一种人生的形式’，一种‘优美、健康、自然，而又不悖乎人生的人性形式’”（《从文小说习作选·代序》）。沈从文是在翠翠的爱情故事中完成合理的人生形式叙述的。

翠翠的生命是在碧水翠竹间自然生长着的。翠翠和祖父及黄狗相守于边城茶峒渡口，她的名字是祖父拾取了身边的篁竹逼人的翠色而取的。“自然既长养她且教育她，为人天真活泼，处处俨然如一只小兽物。人又那么乖，如山头黄麂一样，从不想到残忍的事情，从不发愁，从不动气。”

翠翠的爱情是在端午节的水边而生的，她的爱情故事像河中流动着的彩霞，波折而美幻。翠翠的爱情是随着她的生命成长而自然生长出来的。在两年前的端午节上，水中的白鸭把人称“岳云”的二老傩送带到了她的近前，在误会中她“又吃惊又害羞”地把身有本领、心地善良且是秀拔出众的傩送收藏到了心底，以致“翠翠沉默了一个夜晚”。“时间在成长她”，翠翠的爱情也由朦胧而明确，但自然的爱情也像河水一样出现了许多波折，最终成为悲剧的美幻。这波折除了王团总家的碾坊嫁妆之外，主要是大老天宝也喜欢翠翠。天宝来提亲，翠翠知道说媒的是为大老，“不曾把头抬起”，“随手把空豆荚抛到水中去，望着它们在水中从从容容的流去，自己也俨然从容了许多”。翠翠无言水有声，翠翠想的还是傩送。于是就有了走“马路”的傩送唱歌、翠翠做梦的神奇情节。梦中的翠翠在“又软又缠绵”的歌声中“各处飞，飞到对溪悬崖半腰，摘了一大把虎耳草”。

大老天宝眼见“车路”走不通，“马路”又败下阵来，便驾油船下辰州，不幸的是在茨滩遇难。天宝的死，在顺顺、傩送父子和老船夫、翠翠一家之间系了个结。傩送带着悲哀随船队去了桃园，翠翠的爱情也遇上了险滩。雷雨之夜，白塔塌了，老船夫死了，杨马兵接替了老船夫的社会职责。杨马兵给翠翠讲了老船夫如何为她的爱情而奔走的事，使翠翠知道了她的爱情牵动着那么多人的心。翠翠决意要在渡口等待“使翠翠在睡梦里为歌声把灵魂轻轻浮起的年青人”。“这个人也许永远不会回来了，也许‘明天’回来。”

温柔明慧的翠翠所期待的幸福，为何在那么多的好人帮助下还难以实现呢？这是沈从文给我们留下的思考空间，也使小说中弥漫着爱与怅惘的氛围。这就是自然人生的一种表现形式。（袁向东）

★思考题：

1. 细读小说，体会沈从文的写作和水的关系。

2. 结合《竹林的故事》的阅读，简单谈谈沈从文小说和冯文炳（废名）小说的联系。

山峡中

艾　芜

江上横着铁链作成的索桥，巨蟒似的，现出顽强古怪的样子，终于渐渐吞蚀在夜色中了。

桥下凶恶的江水，在黑暗中奔腾着，咆哮着，发怒地冲打崖石，激起吓人的巨响。

两岸蛮野的山峰，好象也在怕着脚下的奔流，无法避开一样，都把头尽量地躲入疏星寥落的空际。

夏天的山中之夜，阴郁、寒冷、怕人。

桥头的神祠，破败而荒凉的，显然已给人类忘记了，遗弃了，孤零零地躺着，只有山风江流送着它的余年。

我们这几个被世界抛却的人们，到晚上的时候，趁着月色星光，就从远山那边的市集里，悄悄地爬了下来，进去和残废的神们，一块儿住着，作为暂时的自由之家。

黄黑斑驳的神龛面前，烧着一堆煮饭的野火，跳起熊熊的红光，就把伸手取暖的阴影鲜明地绘在火堆的周遭。上面金衣剥落的江神，虽也在暗淡的红色光影中，显出一足踏着龙头的悲壮样子，但人一看见那只扬起的握剑的手，是那么地残破，危危欲坠了，谁也要怜惜他这位末路英雄的。锅盖的四围，呼呼地冒出白色的蒸气，咸肉的香味和着松柴的芬芳，一时到处弥漫起来。这是宜于哼小曲吹口哨的悠闲时候，但大家都是静默地坐着，只在暖暖手。

另一边角落里，燃着一节残缺的蜡烛，摇曳地吐出微黄的光辉，展画出另一个暗淡的世界。没头的土地菩萨侧边，躺着小黑牛，污腻的上身完全裸露出来，正无力地呻唤着，衣和裤上的血迹，有的干了，有的还是湿渍渍的。夜白飞就坐在旁边，给他揉着腰杆，擦着背，一发现重伤的地方，便惊讶地喊：

“呵呀，这一处！”

接着咒骂起来：

“他妈的！这地方的人，真毒！老子走尽天下，也没碰见过这些吃人的东西！……这里的江水也可恶，象今晚要把我们冲走一样！”

夜愈静寂，江水也愈吼得厉害，地和屋宇和神龛都在震颤起来。

“小伙子，我告诉你，这算什么呢？对待我们更要残酷的人，天底下还多哩，……苍蝇一样的多哩！”

这是老头子不高兴的声音，由那薄暗的地方送来，仿佛在责备着，“你为什么要大惊小怪哪。”他躺在一张破烂虎皮的毯子上面，样子却望不清楚，只是铁烟管上的旱烟，现出一明一暗的红焰。复又吐出教训的话语：

“我么？人老了，拳头棍棒可就挨得不少。……想想看，吃我们这行饭，不怕挨打就是本钱哪！……没本钱怎么做生意呢？”

在这边烤火的鬼冬哥把手一张，脑袋一仰，就大声插嘴过去，一半是讨老人的好，一半是夸自己的狠。

“是呀，要活下去，我们这批人打断腿子倒是常有的事情，……象那回在鸡街，鼻血打出了，牙齿打脱了，腰杆也差不多伸不起来，我回来的时候，不是还在笑么？……”

“对哪！”老头子高兴地坐了起来，“还有，小黑牛就是太笨了，嘴巴又不会扯谎，有些事情一说就说脱了的，……象今天，你说，也掉东西，谁还拉着你哩，……只晓得说‘不是我，不是我’，就是这一句，人家怎不搜你身上呢？……不怕挨打，也好嘛？……呻唤，呻唤，尽是呻唤！”

我虽是没有就着火光看书了，但却仍旧把书拿在手里的。鬼冬哥得了老头子的赞许，就动手动足起来，一把抓着我的书喊道：

“看什么？书上的废话，有什么用呢？一个钱也不值，……烧起来还当不得这一根干柴……听，老人家在讲我们的学问哪！”

一面就把一根干柴，送进火里。

老头子在砖上叩去了铁烟管上的余烬，很矜持地说道：

“我们的学问，没有写在纸上，……写来给傻子读么？……第一……一句话，就是不怕和扯谎！……第二……我们的学问，哈哈哈。”

似乎一下子觉出了，我才同他合伙没久的，便用笑声掩饰着更深一层的话了。

“烧了吧，烧了吧，你这本傻子才肯读的书！”

鬼冬哥作势要把书抛进火里去，我忙抢着喊：

“不行！不行！”

侧边的人就叫了起来：

“锅碰倒了！锅碰倒了！”

“同你的书一块去跳江吧！”

鬼冬哥笑着把书丢给了我。

老头子轻徐地向我说道：

“你高兴同我们一道走，还带那些书做什么呢。……那是没用的，小时候我也读过一两本。”

“用处是不大的，不过闲着的时候，看看罢了，象你老人家无事时吸烟一样。……”

我不愿同老头子引起争论，因为就有再好的理由也说不服他这顽强的人的，所以便这样客气地答复他。他得意地笑了，笑声在黑暗中散播着。至于说到要同他们一道走，我却没有如何决定，只是一路上给生活压来说气忿话的时候，老头子就误以为我真的要入伙了。今天去干的那一件事，无非由于他们的逼迫，凑凑角色罢了，并不是另一个新生活的开始。我打算趁此向老头子说明也许不多几天，就要独自走我的，但却给小黑牛突然一阵猛烈的呻唤，打断了。

大家皱着眉头沉默着。

在这些时候，不息地打着桥头的江涛，仿佛要冲进庙来，扫荡一切似的。江风也比往天晚上大些，挟着尘沙，一阵阵地滚入，简直要连人连锅连火吹走一样。

残烛熄灭，火堆也闷着烟，全世界的光明，统给风带走了，一切重返于无涯的黑暗。只有小黑牛痛苦的呻吟，还表示出了我们悲惨生活的存在。

野老鸦拨着火堆，尖起嘴巴吹，闪闪的红光，依旧喜悦地跳起，周遭不好看的脸子，重又画出来了。大家吐了一口舒适的气。野老鸦却是流着眼泪了，因为刚才吹的时候，湿烟熏着了他的眼睛，他伸手揉揉之后，独自悠悠然地说：

“今晚的大江，吼得这么大……又凶，……象要吃人的光景哩，该不会出事吧……”

大家仍旧沉默着。外面的山风江涛，不停地咆哮，不停地怒吼，好象诅咒我们的存在似的。

小黑牛突然大声地呻唤，发出痛苦的呓语：

“哎呀，……哎……害了我了……害了我了，……哎呀……哎呀……我不干了！我不……”

替他擦着伤处的夜白飞，点燃了残烛，用一只手挡着风，照映出小黑牛打坏了的身子——正痉挛地做出要翻身不能翻的痛苦光景，就赶快替他往腰部揉一揉，狠狠地抱怨他：

“你在说什么？你……鬼附着你哪！”

同时掉头回去，恐怖地望望黑暗中的老头子。

小黑牛突地翻过身，沙声嘶叫：

“你们不得好死的！你们！……菩萨呀！菩萨呀！”

已经躺下的老头子突然坐了起来，轻声说道：

“这样吗？……哦……”

忽又生气了，把铁烟管用力地往砖上叩了一下，说：

“菩萨，菩萨，菩萨也同你一样的倒楣！”。

交闪在火光上面的眼光，都你望我我望你地，现出不安的神色。

野老鸦向着黑暗的门外，看了一下，仍旧静静地说：

“今晚的江水实在吼得太大了！……我说嘛……”

“你说，……你一开口，就不是吉利的！”

鬼冬哥粗暴地盯了野老鸦一眼，狠狠地诅咒着。

一阵风又从破门框上刮了进来，激起点点红艳的火星，直朝鬼冬哥的身上溅射。他赶快退后几步，向门外黑暗中的风声，扬着拳头骂：

“你进来！你进来！……”

神祠后面的小门一开，白色鲜朗的玻璃灯光和着一位油黑脸蛋的年青姑娘，连同笑声，挤进我们这个暗淡的世界里来了。黑暗、沉闷和忧郁，都悄悄地躲去。

“喂，懒人们！饭煮得怎样了？……孩子都要饿哭了哩！”

一手提灯，一手抱着一块木头人儿，亲昵地偎在怀里，做出母亲那样高兴的神情。

蹲着暖手的鬼冬哥把头一仰，手一张，高声哗笑起来：

“哈呀，野猫子，……一大半天，我说你在后面做什么？……你原来是在生孩子哪！……”

“呸，我在生你！”

接着“颇”的响了一声。野猫子生气了，鼓起原来就是很大的乌黑眼睛，把木人儿打在鬼冬哥的身旁，一下子冲到火堆边上，放下了灯，揭开锅盖，用筷子查看锅里翻腾滚沸的咸肉。白蒙蒙的蒸气，便在雪亮的灯光中，袅袅地上升着。

鬼冬哥拾起木人儿，装模作样地喊道：

“啊呀，……尿都跌出来了！……好狠毒的妈妈！”

野猫子不说话，只把嘴巴一尖，头颈一伸，向他做个顽皮的鬼脸，就撕着一大块油腻腻的肉，有味地嚼她的。

小骡子用手肘碰碰我，斜起眼睛打趣说：

“今天不是还在替孩子买衣料吗？……”

接着大笑起来。

“嘿嘿，……酒鬼……嘿嘿，酒鬼。”

鬼冬哥也突地记起了，哗笑着，向我喊：

“该你抱！该你抱！”

就把木人儿递在我的面前。

野猫子将锅盖骤然一盖，抓着木人儿，抓着灯，象风一样蓦地卷开了。

小骡子的眼珠跟着她的身子溜，点点头说：

“活象哪，活象哪，一条野猫子！”

她把灯、木人儿和她自己，一同蹲在老头子的面前，撒娇地说：

“爷爷，你抱抱！娃儿哭哩！”

老头子正生气地坐着，虎着脸，耳根下的刀疤，绽出红涨的痕迹，不答理他的女儿。女儿却不怕爸爸的，就把木人儿的蓝色小光头，伸向短短的络腮胡上，顽皮地乱闯着，一面努起小嘴巴，娇声娇色地说：

“抱，嗯，抱，一定要抱！”

“不！”

老头子的牙齿缝里挤出这么一声。

“嗯，一定要抱，一定要，一定！”

老头子在各方面，都很顽强的，但对女儿却每一次总是无可如何地屈伏了。接着木人儿，对在鼻子尖上，瞪大眼睛，粗声粗气地打趣道：

“你是哪个的孩子？……喊声外公吧！喊，蠢东西！”

"不给你玩！拿来，拿来！"

野猫子一把抓去了，气得翘起了嘴巴。

老头子却粗暴地哗笑起来。大家都感到了异常的轻松，因为残留在这个小世界里的怒气，这一下子也已完全冰消了。

我只把眼光放在书上，心里却另外浮起了今天那一件新鲜而有趣的事情。

早上，他们叫我装做农家小子，拿着一根长烟袋，野猫子扮成农家小媳妇，提着一只小竹篮，同到远山那边的市集里，假作去买东西。他们呢，两个三个地，远远尾在我们的后面，也装作忙忙赶市的样子。往日我只是留着守东西，从不曾伙他们去干的，今天机会一到，便逼着扮演一位不重要的角色，可笑而好玩地登台了。

山中的市集，也很热闹的，拥挤着许多远地来的庄稼人。野猫子同我走到一家布摊子的面前，她就把竹篮子套在手腕上，乱翻起摊子上的布来，选着条纹花的说不好，选着棋盘格的也说不好，惹得老板也感到烦厌了。最后她扯出一匹蓝底白色的印花布，喜孜孜地叫道：

"呵呀，这才好看哪！"

随即掉转身来，仰起乌溜溜的眼睛，对我说：

"爸爸，……买一件给阿狗吧！"

我简直想笑起来——天呀，她怎么装得这样象！幸好始终板起了面孔，立刻记起了他们教我的话。

"不行，太贵了！……我没那样多的钱花！"

"酒鬼，我晓得！你的钱，是要喝马尿水的！"

同时在我的鼻子尖上，竖起一根示威的指头，点了两点。说完就一下子转过身去，气狠狠地把布丢在摊子上。

于是，两个人就小小地吵起嘴来了。

满以为狡猾的老板总要看我们这幕滑稽剧的，哪知道他才是见惯不惊了，眼睛始终照顾着他的摊子。

野猫子最后赌气说：

"不买了，什么也不买了！"

一面却向对面街边上的货摊子望去。突然做出吃惊的样子，低声地向我也是向着老板喊：

"呀！看，小偷在摸东西哪！"

我一望去，简直吓灰了脸，怎么野猫子会来这一着？在那边干的人不正是夜白飞、小黑牛他们吗？

然而，正因为这一着，事情却得手了。后来，小骡子在路上告诉我，就是在这个时候，狡猾的老板始把时时刻刻都在提防的眼光，引向远去，他才趁势偷去一匹上好的细布的。当时我却不知道，只听得老板幸灾乐祸地袖着手说：

"好呀！好呀！王老三，你也倒楣了！"

我还呆着看，野猫子便揪了我一把，喊道：

“酒鬼，死了么?”

我便跟着她赶快走开，却听着老板在后面冷冷地笑着，说风凉话哩。

“年纪青青，就这样的泼辣！咳!”

野猫子掉回头来啐了一口。

……

“看进去了！看进去了!”

鬼冬哥一面端开燉肉的锅，一面打趣着我。

于是，我的回味便同山风刮着的火烟一道儿溜走了。

中夜，纷乱的足声和嘈杂的低语，惊醒了我；我没有翻爬起来，只是静静地睡着。象是野猫子吧？走到我所睡的地方，站了一会，小声说道：

“睡熟了，睡熟了。”

我知道一定有什么瞒我的事在发生着了，心里禁不住惊跳起来，但却不敢翻动，只是尖起耳朵凝神地听着。忽然听见夜白飞哀求的声音，在暗黑中颤抖地说着：

“这太残酷了，太，太残酷了……魏大爷，可怜他是……”

尾声低小下去，听着的只是夜深打岸的江涛。

接着老头子发出钢铁一样的高音，叱责着：

“天底下的人，谁可怜过我们?……小伙子，个个都对我们捏着拳头哪！要是心肠软一点，还活得到今天吗？你……哼，你！小伙子，在这里，懦弱的人是不配活的。……他，又知道我们的……咳，那么多！怎好白白放走呢?”

那边角落里躺着的小黑牛，似乎被人抬了起来，一路带着痛苦的呻唤和着杂色的足步，流向神词的外面去。一时屋里静悄悄的了，简直空洞得十分怕人。

我轻轻地抬起头，朝破壁缝中望去，外面一片清朗的月色，已把山峰的姿影、岩石的面部和林木的参差，或浓或淡地画了出来，更显着峡壁的阴森和凄郁，比黄昏时候看起来还要怕人些。山脚底，汹涌着一片蓝色的奔流，碰着江中的石礁，不断地在月光中，溅跃起、喷射起银白的水花。白天，尤其黄昏时候，看起来象是顽强古怪的铁索桥呢，这时却在皎洁的月下，露出妩媚的修影了。

老头子和野猫子站在桥头。影子投在地上。江风掠飞着他们的衣裳。

另外抬着东西的几个阴影，走到索桥的中部，便停了下来。蓦地一个人那么样的形体，很快地丢下江去。原先就是怒吼着的江涛，却并没有因此激起一点另外的声息，只是一霎时在落下处，跳起了丈多高亮晶晶的水珠，然而也就马上消灭了。

我明白了，小黑牛已经在这世界上凭借着一只残酷的巨手，完结了他的悲惨的命运了。但他往天那样老实而苦恼的农民样子，却还遗留在我的心里，搅得我一时无法安睡。

他们回来了。大家都是默无一语地悄然睡下，显见得这件事的结局，是不得已的，谁也不高兴做的。

在黑暗中，野老鸦翻了一个身，自言自语地低声说道：

“江水实在吼得太大了!”

没有谁答一句话，只有庙外的江涛和山风，鼓噪地应和着。

我回忆起小黑牛坐在坡上息气时，常常爱说的那一句话了。

“那多好呀！……那样的山地！……还有那小牛!”

随着他那忧郁的眼睛了望去，一定会在晴明的远山上面，看出点点灰色的茅屋和正在缕缕升起的蓝色轻烟的。同伙们也知道，他是被那远处人家的景色，勾引起深沉的怀乡病了，但却没有谁来安慰他，只是一阵地瞎打趣。

小骡子每次都爱接着他的话说：

“还有那白白胖胖的女人罗!”

另一人插嘴道：

“正在张太爷家里享福哪，吃好穿好的。”

小黑牛呆住了，默默地低下了头。

“鬼东西，总爱提这些！……我们打几盘再走吧，牌呢？牌呢？……谁捡着?”

夜白飞始终袒护着小黑牛；众人知道小黑牛的悲惨故事，也是由他的嘴巴传达出来的。

“又是在想，又是在想！你要回去死在张太爷的拳头下才好的！……同你的山地牛儿一块去死吧!”

鬼冬哥在小黑牛的鼻子尖上，示威似地摇一摇拳头，就抽身到树荫下打纸牌去了。

小黑牛在那个世界里躲开了张太爷的拳击，掉过身来在这个世界里却仍然又免不了江流的吞食，不禁就由这想起，难道穷苦人的生活本身，便原是悲痛而残酷的么？也许地球上还有另外的光明留给我们的吧？明天我终于要走了。

次晨醒来，只有野猫子和我留着。

破败调残的神祠，尘灰满积的神龛，吊挂蛛网的屋角，俱如我枯燥的心地一样，是灰色的、暗淡的。

除却时时刻刻都在震人心房的江声而外，在这里简直可以说没有一样东西使人感到兴奋了。

野猫子先我起来，穿着青花布的短衣，大脚统的黑绸裤，独自生着火，燉着开水，悠悠闲闲地坐在火旁边唱着：

“……
江水呵，
慢慢流，

流呀流，
流到东边大海头，
……”

我一面爬起来扣着衣纽，听着这样的歌声，越发感到岑寂了。便没精打采地问（其实自己也是知道的）：

“野猫子，他们哪里去了？”

“发财去了！”

接着又唱她的：

“那儿呀，没有忧！
那儿呀，没有愁！”

她见我不时朝昨夜小黑牛睡的地方了望，便打探似地说道：

“小黑牛昨夜可真叫得凶！大家都吵来睡不着。”

一面闪着她乌黑的狡猾的眼睛。

“我没听见。”

打算听她再捏造些什么话，便故意这样地回答。

“一早就抬他去医伤去了！……他真是个该死的家伙，不是爸爸估着他，说着好，他还不去呢！”

她比着手势，很出色地形容着，好象真有那么一回事一样。

刚在火堆边坐着的我简直感到忿怒了，便低下头去，用干树枝拔着火冷冷地说：

“你的爸爸，太好了，太好了！……可惜我却不能多跟他老人家几天了。”

“你要走了吗？”她吃了一惊，随即生气地骂道：“你也想学小黑牛了！”

“也许……不过……”

我一面用干枝画着灰，一面犹豫地说。

“不过什么？不过！……爸爸说的好，懦弱的人，一辈子只有给人踏着过日子的。……伸起腰杆吧！抬起头吧！……羞不羞哪，像小黑牛那样子！”

“你的爸爸，说的话，是对的，做的事，却错了！”

“为什么？”

“你说为什么？并且昨夜的事情，我通通看见了！”

我说着，冷冷的眼光浮了起来。看见她突然变了脸色，但又一下子恢复了原状，而且狡猾地笑着：“嘿嘿，就是为了这才要走吗？你这不中用的！”

马上揭开开水罐子看，气冲冲地骂：

“还不开！还不开！”

蓦地象风一样卷到神殿后面去，一会儿，抱了一抱干柴出来。一面拨大火，一面柔和地说：

“害怕吗？要活下去，怕是不行的。昨夜的事，多着哩，久了就会见惯了的。……是吗？规规矩矩地跟我们吧，……你这阿狗的爹，哈哈哈。”

她狂笑起来，随即抓着昨夜丢下了的木人儿，顽皮地命令我道：

“木头，抱，抱，他哭哩！”

我笑了起来，但却仍然去整顿我的衣衫和书。

“真的要走么？来来来，到后面去！”

她的两条眉峰一竖，眼睛露出恶毒的光芒，看起来，却是又美丽又可怕的。

她比我矮一个头，身子虽是结实，但却总是小小的，一种好奇的冲动作弄着我，于是无意识地笑了一下，便尾着她到后面去了。

她从柴草中抓出一把雪亮的刀来，半张不理地，递给我，斜瞬着狡猾的眼睛，命令道：

“试试看，哪，你砍这棵树！”

我由她摆布，接着刀，照着面前的黄果树，用力砍去，结果只砍了半寸多深。因为使刀的本事，我原是不行的。

“让我来！”

她突地活跃了起来，夺去了刀，做出一个侧面骑马的姿势，很结实地一挥，喳的一刀，便没入树身三四寸的光景，又毫不费力地拔了出来，依旧放在柴草里面，然后气昂昂地走来我的面前，两手插在腰上，微微地撅起嘴巴，笑嘻嘻地嘲弄我：

“你怎么走得脱呢？……你怎么走得脱呢？”

于是，在这无人的山中，我给这位比我小块的野女子窘住了。正还打算这样地回答她：

“你的爸爸会让我走的！”

但她却忽地抽身跑开了，一面高声唱着，仿佛奏着凯旋一样。

“这儿呀，也没有忧，
这儿呀，也没有愁，
……”

我漫步走到江边去，无可奈何地徘徊着。

峰尖浸着粉红的朝阳。山半腰，抹着一两条淡淡的白雾。崖头苍翠的树丛，如同洗后一样的鲜绿。峡里面，到处都流溢着清新的晨光。江水仍旧发着吼声，但却没有夜来那样的怕人。清亮的波涛，碰在嶙峋的石上，溅起万朵灿然的银花，宛若江在笑着一样。谁能猜到这样美好的地方，曾经发生过夜来那样可怕的事情呢？

午后，在江流的澎湃中，迸裂出马铃子连击的声响，渐渐强大起来。野猫子和我都感到非常的诧异，赶快跑出去看。久无人行的索桥那面，从崖上转下来一小队人，正由桥上走了过来。为首的一个胖家伙，骑着马，十多个灰衣的小兵，尾在后面。还有两三个行李挑子，和一架坐着女人的滑竿。

“糟了！我们的对头呀！”

野猫子恐慌起来，我却故意喜欢地说道：

“那么，是我的救星了！”

野猫子恨恨地看了我一眼，把嘴唇紧紧地闭着，两只嘴角朝下一弯，傲然地说：

“我还怕么？……爸爸说的，我们原是在刀上过日子哪！迟早总有那么一天的。”

他们一行人来到庙前，便息了下来。老爷和太太坐在石阶上，互相温存地问询着。勤务兵似的孩子，赶忙在挑子里面，找寻着温水瓶和毛巾。抬滑竿的伕子，满头都是汗，走下江边去喝江水。兵士们把枪横在地上，从耳上取下香烟缓缓地点燃，吸着。另一个班长似的灰衣汉子，军帽挂在脑后，毛巾缠在颈上，走到我们的面前。枪兜子抵在我的足边，眼睛盯着野猫子，盘问我们是做什么的，从什么地方来，到什么地方去。

野猫子咬着嘴唇，不做声。

我就从容地回答他，说我们是山那边的人，今天从丈母家回来，在此息息气的。同时催促野猫子说：

“我们走吧！——阿狗怕在家里哭哩！”

“是呀，我很担心的。……唉，我的足怪疼哩！”

野猫子做出焦眉愁眼的样子，一面就摸着她的足，叹气。

“那就再息一会吧。”

我们便开始讲起山那边家中的牛马和鸡鸭，竭力做出一对庄稼人应有的风度。

他们息了一会，就忙着赶路走了。

野猫子欢喜得直是跳，抓着我喊：

“你怎么不叫他们抓我呢？怎么不呢？怎么不呢？”

她静下来叹一口气，说：

“我倒打算杀你哩；唉，我以为你是恨我们的。……我还想杀了你，好在他们面前显显本事。……先前，我还不曾单独杀过一个人哩。”

我静静地笑着说：

“那么，现在还可以杀哩。”

“不，我现在为什么要杀你呢？……”

“那么，规规矩矩地让我走吧！”

“不！你得让爸爸好好地教导一下子！……往后再吃几个人血馒头就好了！”

她坚决地吐出这话之后，就重又唱着她那常常在哼的歌曲，我的话，我的祈求，全不理睬了。

于是，我只好等着黄昏的到来，抑郁地。

晚上，他们回来了，带着那么多的“财喜”，看情形，显然是完全胜利，而且不象昨天那样小干的了。老头子喝得泥醉，由鬼冬哥的背上放下，便呼呼地睡着。原来大家因为今天事事得手，就都在半路上的山家酒店里，喝过庆贺的酒了。

夜深都睡得很熟，神殿上交响着鼻息的鼾声。我却不能安睡下去，便在江流激湍中，思索着明天怎样对付老头子的话语，同时也打算趁夜深人静，悄悄地离开此地。但一想到山中不熟悉的路径，和夜间出游的野物，便又只好等待天明了。

大约将近黎明的时候，我才昏昏地沉入梦中。醒来时，已快近午，发现出同伴们都已不见了，空空洞洞的破残神祠里，只我一人独自留着。江涛仍旧热心地打着崖石，不过比往天却显得单调些，寂寞些了。

我想着，这大概是我昨晚独自儿在这里过夜，做了一场荒诞不经的梦，今朝从梦中醒来，才有点感觉异常吧。

但看见躺在砖地上的灰堆，灰堆旁边的木人儿，与乎留在我书里的三块银元时，烟霭也似的遐思和怅惘，便在我岑寂的心上，缕缕地升起来了。

★导读

艾芜（1904—1992），原名汤道耕，四川新繁人。1921 年考入四川省立第一师范学校。1925 年离家出走，漂泊于云南边境及东南亚一带，后因参加缅甸共产主义小组反对英国殖民统治的活动被捕，并于 1931 年春被押送回国，5 月到上海，1932 年加入“左联”。主要作品有短篇小说集《南行记》，长篇小说《丰饶的原野》，散文集《漂泊杂记》等。

《山峡中》原载 1934 年 3 月的《青年界》第 5 卷第 3 号，后收入 1935 年 12 月由上海文化生活出版社出版的小说集《南行记》，是艾芜的早期代表作。《南行记》取材于艾芜早年的流浪经历，多写在社会底层挣扎的强盗、小偷、走私贩、偷马贼、滑竿夫等各类边缘人物。正如艾芜自述，《南行记》把“身经的，看见的，听过的，——一切弱小者被压迫而挣扎起来的悲剧，切切实实地写了出来”。《南行记》不仅开拓了边地人民传奇生活的另类题材，而且呈现了观察人性和体验生命的不同视角。《山峡中》讲述“我”在流浪途中，偶遇一个偷盗团伙后的所见所闻所感。

小说开篇即描写了阴郁、荒凉的自然环境：巨蟒似的铁索桥下，凶恶的江水在黑暗中咆哮。然而，当山峡流溢着清新的晨光时，这个地方也可以美丽如斯：“清亮的波涛，碰在嶙峋的石上，溅起万朵灿然的银花，宛若江在笑着一样”。山峡之景既可怕又美丽，端看观者的角度和心境。几个被世界抛却的人将桥头破败的神祠，作为暂时的自由之家。他们的性情，也很难简单以善恶来定论。世界是残酷的，人性是复杂的，“我”在困惑中感受着、思考着生命的色彩。

小黑牛是小说中最悲情的角色，这个老实的穷苦人所向往的不过是灰色茅屋和缕缕炊烟，然而生活带给他的，只有悲痛和残酷。他先是被张太爷用拳头抢去山地、牛和女人，继而在盗贼的世界里被江流吞食。在白天的偷盗行动中，小黑牛失手被擒、被打。被疼痛折磨的他不停呻唤，发出“我不干了”的呓语。但在奉行丛林法则的偷盗团伙中，他甚至没有离开的自由。深夜，他被残酷地丢到江中。“原先就是怒吼着的江涛，却并没有因此激起一点另外的声息，只是一霎时在落下处，跳起了丈多高亮晶晶的水珠，然而也就马上消灭了。”小黑牛无声无息的死是对弱肉强食的社会无言的控诉。

野猫子是一个十分复杂的女性形象，她最核心的特质在于一个“野”字。这个油黑脸蛋的年青姑娘，在白色鲜朗的玻璃灯光和笑声中登场，一扫神祠黑暗、沉闷、忧郁的气氛，带来异常的轻松。鬼冬哥笑她生孩子时，她粗野地以“我在生你”回击；她撕着大块油腻的肉有味地嚼着；她撒娇地要爸爸抱她的木头人儿；她悠闲地在火旁唱歌。作为偷盗团伙头目的女儿，她有着在刀上过日子的可怕和恶毒：不怕挨打、精于扯谎、擅长使刀、出卖并参与谋杀小黑牛，甚至打算杀“我”，她做好了自己也“迟早总有那么一天”的准备，心肠磨砺得无比强硬。魏大爷教给她的学问，是抛弃道德和良心，在残酷的环境中生存下去的强悍和狡猾。

叙述者“我”既是“我们”中的一员，又是游移于“我们”之外的旁观者。“我”的标志性特征是手中的书，并由此引发了关于“书上的废话”和“我们的学问”的比较。“我们的学问”是“不怕和扯谎”；“书上的废话”或曰知识分子的视角，使“我”对魏大爷作出这样的判断：“说的话，是对的，做的事，却错了！”流浪的过程中，“我”暂时进入这个世界，无可无不可地扮演着不重要的角色。这个暂时的“我们”世界，终归要分离为“我”与“他们”。“我”同情他们的生存境遇，却无法认同他们的冷硬残酷。小说的结尾，他们不见了，给“我”留下了木头人和三块银元。“烟霭也似的遐思和怅惘，便在我岑寂的心上，缕缕地升起来了”。他们最后还是给“我”留下了一丝温暖和光亮，而“我”将带着对他们的记忆和对生命的感悟，继续寂寞地漂泊和寻觅。（陈翠平）

★思考题：

1. 简单分析《山峡中》的叙述视角。
2. 简单分析“野猫子”这一女性人物形象。

死水微澜（节选）

李劼人

第二部分　在天回镇

一

由四川省省会成都，出北门到成都府属的新都县，一般人都说有四十里，其实只有三十多里。路是弯弯曲曲画在极平坦的田畴当中，虽然是一条不到五尺宽的泥路，仅在路的右方铺了两行石板；虽然大雨之后，泥泞有几寸深，不穿新草鞋几乎半步难行，而晴明几日，泥泞又变为一层浮动的尘土，人一走过，很少有不随着鞋的后跟而扬起几尺的；然而到底算是川北大道。它一直向北伸去，直达四川边县广元，再过去是陕西省的宁羌州、汉中府，以前走北京首都的驿道，就是这条路线。并且由广元分道向西，是川甘大镇碧口，再过去是甘肃省的阶州、文县，凡西北各省进出货物，这条路是必由之道。

路是如此平坦，但是不知从什么时代起，用四匹马拉的高车，竟自在四川全境绝了踪，到现在只遗留下一种二把手推着行走的独轮小车；而运货只有骡马与挑担，运人只有八人抬的、四人抬的、三人抬的、二人抬的各种轿子。

以前官员士子来往北京与四川的，多半走这条路。尤其是学政总督的上任下任。沿路州县官吏除供张之外，便须修治道路。以此，大川北路不但与川东路一样，按站都有很宽绰很大样的官寓，并且常被农人侵蚀为田的道路：毕竟不似其他大路，只管是通道，而只能剩一块二尺来宽的石板给人轿驼马等行走，而这路还居然保持到五尺来宽的路面。

路是如此重要，所以每日每刻，无论晴雨，你都可以看见有成群的驼畜，载着各种货物，参杂在四人官轿、三人丁拐轿、二人对班轿、以及载运行李的扛担挑子之间，一连串的来，一连串的去。在这人流当中，间或一匹瘦马，在项下摇着一串很响的铃铛，载着一个背包袱挎雨伞的急装少年，飞驰而过，你就知道这便是驿站上送文书的了。不过近年因为有了电报，文书马已逐渐逐渐的少了。

就在成都与新都之间，刚好二十里处，在锦田绣错的广野中，位置了一个不算大也不算小的镇市。你从大路的尘幕中，远远的便可望见在一些黑魆魆的大树荫下，象岩石一样，伏着一堆灰黑色的瓦屋；从头一家起，直到末一家止，全是紧紧接着，没些儿空隙。在灰黑瓦屋丛中，也象大海里涛峰似的，高高突出几处雄壮的建筑物，虽然只看得见一些黄琉璃碧琉璃的瓦面，可是你一定猜得准这必是关帝庙火神庙，或是什么宫什么观的大殿与戏台了。

镇上的街，自然是石板铺的，自然是着鸡公车的独轮碾出很多的深槽，以显示交通频繁的成绩，更无论乎驼畜的粪，与行人所弃的甘蔗渣子。镇的两头，不能例外没有极脏极陋的穷人草房，没有将土地与石板盖满的秽草猪粪，狗矢人便。而臭气必然扑鼻，而褴褛的孩子们必然在这里嬉戏，而穷人妇女必然设出一些摊子，售卖水果与便宜的糕饼，自家便安坐在摊后，共邻居们谈天做活。

不过镇街上也有一些较为可观的铺子，与镇外情形便全然不同了。即如火神庙侧那家云集栈，虽非官寓，而气派竟不亚于官寓，门口是一片连三开间的饭铺，进去是一片空坝，全铺的大石板，两边是很大的马房。再进去，一片广大的轿厅，可以架上十几乘大轿。穿过轿厅，东厢六大间客房，西厢六大间客房，上面是五开间的上官房。上官房后面，一个小院坝，一道短墙与更后面的别院隔断；而短墙的白石灰面上，是彩画的福禄寿三星图，虽然与全部房舍同样的陈旧黯淡，表白出它的年事已高，但是青春余痕，终未泯灭干净。

这镇市是成都北门外有名的天回镇。志书上，说它得名的由来，远在中唐。因为唐玄宗避安禄山之乱，由长安来南京，——成都在唐时号称南京，以其在长安之南也。——刚到这里，便“天旋地转回龙驭”了。皇帝在昔自以为是天之子，天子由此回銮，所以得了这个带点历史臭味的名字。

二

镇街上还有一家比较可观的铺子，在火神庙之南，也是一个双开间的铺面。在前是黑漆漆过的，还一定漆得很好；至今被风日剥蚀，黑漆只剩了点痕迹，但门枋、门槛、铺板、连里面一条长柜台，还是好好的并未朽坏。招牌是三个大字：兴顺号，新的时候，那贴金的字，一定很辉煌；如今招牌的字虽不辉煌，但它的声名，知道的却多。

兴顺号是镇上数一数二，有好几十年历史的一家杂货铺。货色诚不能与城内一般大杂货店相比，但在乡间，总算齐备。尤其是卖的各种白酒，比镇上任何酒店任何杂货铺所卖的都好。其实酒都是贩来的，都是各地烧房里烤的，而兴顺号的酒之所以被人称扬者，只在掺的水比别家少许多而已。

兴顺号还有被人称扬之处，在前是由于掌柜——在别处称老板，成都城内以及近乡都称掌柜——蔡兴顺之老实。蔡兴顺小名叫狗儿，曾经读过两年书，杂字书满认得过，写得起。所以当他父亲在时，就在自家铺子里管理帐目，并从父亲学了一手算盘。二十岁上，曾到新都县城里一家商店当过几年先生。一点恶嗜好没有，人又极其胆小可靠，只是喜欢喝一杯，不过也有酒德，微醺时只是瞇着眼睛笑，及了量，便酣然一觉，连炸雷都打不醒。老板与同事们都喜欢他，也因为他太老实一点，对于别人的玩弄，除了受之勿违外，实在不晓得天地间还有报复的一件事。于是，大家遂给他敬上了一个徽号，叫傻子。

他父亲要死时，他居然积存了十二两银子回来。他父亲虽是病得发昏，也知道这儿子是个克绍箕裘的佳儿，不由不放心大胆，一言不发，含笑而逝。老蔡兴顺既死，狗儿便承继了这个生理，并承继了兴顺名号。做起生意，比他父亲还老实，这自然受人称扬；但不象他父亲通达人情，不管你是至亲好友，要想向他赊欠一点东西，那却是从来没有的事。可是也有例外，这例外只限于他一个表哥歪嘴罗五爷。

兴顺号在近年来被人称扬的，自然由于他的老婆了。

方蔡傻子三年，满孝生意鼎盛之际，他新都的一个旧同事，因为一件什么事，路过天回镇，来看他；也不知他因了什么缘由，忽然留这旧同事吃了杯大曲酒，一个盐蛋，两块豆腐干。这位被优礼的客人，大概为答报他盛情起见，便给他做起媒来。说他有个远方亲戚，姓邓的，是个务农人家，有个姑娘，已二十二岁了，有人材，有脚爪，说来配他，恰是再好没有了。

蔡傻子虽然根本未想到娶妻这件事，也不明白娶妻的好处，但既经人当面提说，也不免红起脸来。自己没有主意，特意将罗歪嘴找来商量。

罗歪嘴道："你是有身家的生意人，不比我这个跑滩匠，你应该讨个老婆，把姑夫的香烟承继起来。我早就跟你留心了的，既有人做媒，那便好了；你只管答应下，我一切跟你帮忙好了。"

务农人家的女儿配一个杂货铺的掌柜，谁不说是门户相当，天作之合？何况蔡掌柜又无父母、伯叔、兄弟、姊妹，人又本分，这婚姻又安得不一说便成，一成便就呢？

但是谁也料不到猪能产象。务农人家的姑娘，竟不象一个村姑，而象一个城里人。首先把全镇轰动的，就是陪奁丰富，有半堂红漆木器；其次是新娘子有一双伶俐小脚；再次是新娘子人材出众。

新婚之后，新娘子只要一到柜台边，一般少年必一拥而来，称着蔡大嫂，要同她攀谈。她虽是怯生，却居然能够对答几句，或应酬一杯便茶，一筒水烟；与一般乡下新娘子只要见了生人，便把头埋着，一万个不开口的，比并起来，自然她就苏气多了。

镇上男子们不见得都是圣人之徒。可惜邓家幺姑嫁给蔡傻子，背地议论为"一朵鲜花插在牛矢上"的，何尝没有人？羡慕蔡傻子，羡慕到眼红，不惜犯法背理，要想把乾坤扭转来的，又何尝没有人？

蔡傻子之所以能够毫无所损的安然过将下去者，正亏他的表哥罗歪嘴的护法力量。

三

罗歪嘴——其实他的嘴并不歪。因为他每每与女人调情时，却免不要把嘴歪几歪，于是便博得了这个绰号。——名字叫罗德生，也是本地人。据说，他父亲本是个小粮户，他也曾读过书，因为性情不近，读到十五岁，还未把《四书》读完；一旦不爱读了，便溜出去，打流跑滩。从此就加入哥老会，十几年只回来过几次。

他父母死了。一个姐姐嫁在老棉州，小小家当，早就弄光。到他回来之时，总是住在他姑夫老蔡兴顺的铺子内。老蔡兴顺念着内亲情谊，待他很好。他对姑夫，也极其恳挚，常向他说："你老人家待我太厚道，我若有出头日子，总不会忘记你老人家的。"

老蔡兴顺回答的是："我们都是至亲，不要说这些生分话。只是你表弟狗儿太老实，你随时照顾他一下就好了。"

蔡傻子承继之后，也居然能贴体父志，与他常通有无，差不多竟象是亲兄弟一样。

最近三四年，他当了本码头舵把子朱大爷的大管事。以他的经历，以他的本领，朱大爷声光越大，而他的地位却也越高。纵横四五十里，只要以罗五爷一张名片，尽可吃通，至于本码头的天回镇，更勿庸说了。

罗歪嘴更令一般人佩服的，就是至今还是一个光杆。年纪已是三十五岁，在手上经过的银钱，总以千数，而到现在，除了放利的几百两银子外，随身只有红漆皮衣箱一口，被盖卷一个，以及少许必用的东西。

他的钱那里去了？这是报得出帐目来的：弟兄伙的通挪不说了，其次是吃了，再次是嫖了。

嫖，在袍哥界中，以前规矩严时，本是不许的，但到后来，也就没有人疵议了。况乎罗歪嘴嫖得很有分寸，不是卖货，他绝不下手，他常说："老子们出钱买淫，天公地道。"又常自负：婊子、兔子、小旦，嫖过不少，好看的，娇媚的，到手总有几十，但玩过就是，顶多四个月，一脚踢开。说不要，就不要，自己从未沉迷过，也从未与人争过风，吃过醋。

有人劝他不如正正经经讨个老婆，比起嫖来，既省钱，又方便。再则，三十五岁的人，也应该有个家才好呀。他的回答，则是："家有啥子味道？家就是枷！枷一套上颈项，你就休想摆脱。女人本等就是拿来玩的，只要新鲜风趣，出了钱也值得。老是守着一个老婆，已经寡味了，况且讨老婆，总是讨的好人家女儿，无非是作古正经死板板的人，那有什么意思？"

他的见解如此，而与蔡兴顺的交谊又如彼。所以当蔡大嫂新嫁过来，许多人正要发狂之际，罗歪嘴便挺身而出，先向自己手下三个调皮的弟兄张占魁、田长子、杜老四，郑重吩咐道："蔡傻子，谁不晓得是老子的表弟，他的老婆，自是老子的表弟妇。不过长得伸抖一点，这也是各人的福气。……其实，也不算什么，为啥子大家就不安本分起来？……你们去跟我招呼一声罢！"

罗歪嘴发了话，蔡傻子夫妇才算得了清静，一直到两年半之后，金娃子已一岁零四个月，才发生了一件新的事故。

四

蔡大嫂是邓大娘前夫的女儿。她的亲生父亲，是在一个大户人家当小管事的。她出世半岁，就丧了父亲，一岁半时，就随母来到邓家。母亲自然是爱的，后父也爱如己出，大家都喊她做幺女，幺姑，虽然在她三岁上，她母亲还给她生了一个妹妹，直到四岁才害天花死了。

邓幺姑既为父母所钟爱，自然，凡乡下姑娘所应该做的事：爬柴草，喂猪，纺棉纱，织布，她就有时要做，她母亲也会说："幺姑丢下好了，去做你的细活路！"但是，她毕竟如她母亲所言，自幼爱好，粗活路不做，细活路却是很行的。因此，在十二岁上，她已缠了一双好小脚。她母亲常于她洗脚之后，听见过她在半夜里痛得不能睡，抱着一双脚，啡啡的呻吟着哭，心里不忍得很，叫她把裹脚布松一松，"幺姑，我们乡下人的脚，又不比城里太太小姐们的，要缠那么小做啥子？"

她总是一个字的回答："不！"劝狠了，她便生气说："妈也是呀！你管得我的！为啥子乡下人的脚，就不该缠小？我偏要缠，偏要缠，偏要缠！痛死了是我嘛！"

她又会做针线，这是她十五岁上，跟邻近韩家院子里的二奶奶学的。韩二奶奶是成都城里一个大户人家的姑娘，嫁到韩家不过四年，已经生了一儿一女，但一直过不惯乡下生活，终日都是愁眉苦眼的想念成都。虽有妯娌姊妹，总不甚说得来，有时一说到成都，还要被她们带笑的讥讽说："成都有啥子好？连乡坝里一根草，都是值钱的！烧柴哩，好象烧檀香！我们也走过一些公馆，看得见簸箕大个天，没要把人闷死！成都人啥子都不会，只会做假。"于是，例证就来了。二奶奶一张口如何辩得赢多少口，只好不辩。一直在邓幺姑跟前，二奶奶才算舒了气。

邓幺姑顶喜欢听二奶奶讲成都。讲成都的街，讲成都的房屋，讲成都的庙宇花园，讲成都的小饮食，讲成都一年四季都有新尝的小菜："这也怪了！我是顶喜欢吃新鲜小菜的。当初听说嫁到乡坝里来，我多高兴，以为一年到头，都有好小菜吃了。那里晓得乡坝里才是鬼地方！小菜倒都有，吃萝卜就尽吃萝卜，吃白菜就尽吃白菜！总之：一样菜出来，就吃个死！并且菜都出得迟，打个比方，象这一晌，在成都已吃新鲜茄子了，你看，这里的茄子才在开花！……"

尤其令邓幺姑神往的，就是讲到成都一般大户人家的生活，以及妇女们争奇斗艳的打扮。二奶奶每每讲到动情处，不由把眼睛揉着道："我这一辈子是算了的，在乡坝里拖死完事！还想再过从前日子，只好望来生去了！幺姑，你有这样一个好胎子，又精灵，说不定将来嫁跟城里人家，你才晓得在成都过日子的味道！"

并且逢年过节，又有逢年过节的成都。二奶奶因为思乡病的原因，愈把成都美化起来。于是，两年之间，成都的幻影，在邓幺姑的脑中，竟与所学的针线功夫一样，一天一天的进步，一天一天的扩大，一天一天的真确。从二奶奶口中，零零碎碎将整个成都接受过来，虽未见过成都一面，但一说起来，似乎比常去成都的大哥哥还熟悉些。她知道成都有东南西北四道城门，城墙有好高，有好厚；城门洞中间，来往的人如何拥挤。她知道由北门至南门有九里三分之长，西门这面别有一个满城，里面住的全是满吧儿，与我们汉人很不对的。她知道北门方面有个很大的庙宇，叫文殊院；吃饭的和尚日常是三四百人，煮饭的锅，大得可以煮一只牛，锅巴有两个铜钱厚。她知道有很多的大会馆，每个会馆里：单是戏台，就有六七处，都是金碧辉煌的；江南馆顶阔绰了，一年要唱五六百本整本大戏，一天总是两三个戏台的唱。她知道许多热闹大街的名字：东大街，总府街，湖广馆；湖广馆是顶好买菜的地方，凡是新出的菜蔬野味，这里全有；并且有一个卓家大酱园，是做过宰相的卓秉恬家开的，豆腐乳要算第一。她知道点心做得顶好的是淡香斋，桃圆粉香肥皂做得顶好的是桂林轩，卖肉包子的是都益处，过了中午就买不着了，卖水饺子的是亢饺子，此外还有便宜坊，三钱银子可以配一个消夜攒盒，一两二钱银子可以吃一只烧填鸭，就中顶著名的，是青石桥的温鸭子。她知道制台、将军、藩台、臬台，出来多大威风，全街没一点人声，只要听见导锣一响，铺子里铺子外，凡坐着的人，都该站起来，头上包有白帕子，戴有草帽子的，都该立刻揭下；成都华阳称为两首县，出来就不同了，拱竿四轿拱得有房檐高，八九个轿夫抬起飞跑，有句俗话说："要吃饭，抬两县，要睡觉，抬司道。"她知道大户人家是多么讲究，房子是如何的高大，家具是如何的齐整，差不多家家都有一个花园。她更知道当太太的、奶奶的、少奶奶的、小姐的、姑娘的、姨太太的，是多么舒服安适，日常睡得晏晏的起来，梳头打扮，空闲哩，做做针线，打打牌，到各会馆女看台去看看戏，吃得好，穿得好，又有老婆子丫头等服伺；灶房里有伙房有厨子，打扫跑街的有跟班有打杂，自己从没有动手做过饭扫过地；一句话说完，大户人家，不但太太小姐们，不做这些粗事，就是上等丫头，又何尝摸过锅铲，提过扫把？那个的手，不是又白又嫩，长长的指甲，不是凤仙花染红的？

邓幺姑之认识成都，以及成都妇女生活，是这样的，固无怪其对于成都，简直认为是她将来归宿的地方。

有时，因为阴雨或是什么事，不能到韩家大院去，便在堂屋织布机旁边，或在灶房烧火板凳上，同她母亲讲成都，她母亲虽是生在成都，嫁在成都，但她所讲的，几乎与韩二奶奶所讲的是两样。成都并不象天堂似的好，也不象万花筒那样五色缤纷，没钱人家苦得比在乡坝里还厉害："乡坝里说苦，并不算得。只要你勤快，到处都可找得着吃，找得着烧。任凭你穿得再褴褛，再坏，到人家家里，总不会受人家的嘴脸。还有哩，乡坝里的人，也不象成都人那样动辄笑人，鄙薄人，一句话说得不好，人家就看不起你。我是在成都伤过了心的。记得你前头爹爹，以前还不是做小生意的，我还不是当过掌柜娘来？强强勉勉过了一年多不操心的日子，生你头半年，你前头爹爹运气不好，一场大病，把啥子本钱都害光了。想着那时，我怀身大肚的走不动，你前头爹爹扶着病，一步一拖的去找亲戚，找朋友，想借几个钱来吃饭医病。你看，这就是成都人的好处，谁睬他？后来，连啥子都当尽卖光，只光光的剩一张床。你前头爹爹好容易找到赵公馆去当个小管事，一个月有八钱银子，那时已生了你了。……”

……

★导读

李劼人（1891—1962），原名李家祥，四川成都人。1911 年毕业于四川高等学堂附属中学，1915 年起任成都《群报》总编辑，1919 年赴法勤工俭学，大量研读法国文学，对福楼拜、左拉、莫泊桑等作家极为推崇。1925 年起，一面教书，一面写作，那时即“打算把几十年来所生活过，所切感过，所体验过，在我看来意义非常重大，当得起历史转捩点的这一段社会现象，用几部有联续性的长篇小说，一段落一段落地把它反映出来。”这个设想实现于 1935 年至 1937 年间创作的《死水微澜》、《暴风雨前》和《大波》。三部长篇小说均以四川为背景，描写了从甲午战争到辛亥革命前后的广阔社会，实现了史诗性质与世态描写的高度结合。而且，这几部小说都十分注重对于四川风俗画的呈现，如乡场赶集、乡党规矩、婚丧习俗、大街小巷、茶铺酒馆、官家筵宴、邻里纠纷等。四川女性的泼辣能干，以及川西平原的方言土语，无不跃然纸上。

《死水微澜》于 1935 年 7 月由上海中华书局出版，是李劼人的代表作。1992 年，导演凌子风将小说拍成电影《狂》，在香港和大陆上演，引起了较大反响。李劼人在致舒新城的信中表示，《死水微澜》的内容“系描写当时社会生活，洋货势力之逐渐侵入，教会之侵略，人民对西人之盲目，官绅之昏庸腐朽，礼教之无聊，哥老会之盛行，民与官之隔膜……”。（《现代名人书信手迹》，中华书局 1992 年版）小说以 1894 年甲午战争到 1901 年辛丑条约订立这个时期为背景，描述了成都城外一个小乡镇上两种恶势力（教民和袍哥）的相激相荡。将这两种势力联系起来，巧妙而自然地推动情节演进的人物是蔡大嫂。

小说的中心人物邓幺姑/蔡大嫂，成长于乡间，却在患思乡病的韩二奶奶不无美化的讲述中，神往着五彩缤纷的成都景象。对于这个富于幻想的农村女性而言，婚姻几乎是她成为城里人的唯一方式。随着韩二奶奶的奄然而逝，她只能不甚情愿地嫁给木讷老实的蔡兴顺，成了天回镇上的一名杂货铺老板娘。之后，她看上了丈夫的表哥罗歪嘴，两人公然姘居，并一起到成都看花灯，圆了少女时代的梦。罗歪嘴是一名走官府、进衙门、慷慨仗义的袍哥，顾天成本是一名土粮户，在他前往官府捐官的途中，被罗歪嘴陷害，既输光了银子，又挨了毒打。立志报仇的顾天成改信洋教，借助洋人的势力与官府拉上关系，再利用官府的力量抓了蔡兴顺，吓跑了罗歪嘴。为救丈夫和相好，蔡大嫂答应嫁给顾天成，成了有钱的顾三奶奶。

不少评论者将蔡大嫂与福楼拜笔下的包法利夫人进行比较。两者的出身背景和情欲观念的确有相似之处，但两个女人的下场却大相径庭。包法利夫人最后负债累累，身败名裂，服毒自杀；蔡大嫂在嫁给顾天成时列出了一堆条款，要“三媒六证，花红酒果，像娶黄花闺女一样……办得体体面面，热热闹闹，并且一定要邓、蔡、顾三家的亲朋、好友、家族、乡里们到场吃喜酒，会亲拜客，免得后来拿耳朵去装闲话。”一悲一喜之间，也带出了一个十分重要且有趣的问题，那就是到底该如何评价蔡大嫂这个人物形象？

在主流的道德标准中，蔡大嫂无疑是个坏女人，但在小说中，坏女人不仅没有受到应有的惩罚，反而活得悠游滋润，风生水起。叙述者搁置了自己的道德判断，把蔡大嫂放到她成长和生活的现实环境中，呈现其人生不同阶段的种种选择和可能，以及现实环境对其产生的真实反应。“大家于他们的爱，又是眼红，又是怀恨，又是鄙薄。”这句话既是天回镇人对蔡大嫂和罗歪嘴之间酽到着迷、发狂的感情的态度，也是蔡大嫂的行为举止在现实环境中所激起的反应。

这一点在小说的“序幕”和“余波”部分表现得尤为明显。“序幕”中，叙述者“我”是城里的小少爷，清明节到乡下坟园祭祖，遇到了蔡大嫂。她身材长挑，装扮俏丽，爱笑会说，做的鱼又嫩又有味，爹爹感慨这女人“凡百都好”，“只可惜品行太差”。多年后，蔡大嫂已“与我们有姻娅之谊”，“爹爹见着她时，也备极恭敬，并且很周旋她。‘品行太差’一句话，他老人家大约久已忘怀了。”而在小说的结尾，父母问：“就不怕旁的人背后议论吗?”蔡大嫂答曰：“只要我顾三奶奶有钱，一肥遮百丑！……怕哪个?”对于这个回答，邓大爷只能摇头道：“世道不同了！……世道不同了！……”在小说的一头一尾，“我”爹爹所代表的城里大户人家和邓大爷所代表的农村贫苦人家，对于一个女人道德品行的评价都让位于其所拥有的钱财和势力。晚清以来，民间的道德规范日益松动，金钱和权势成为价值体系的中心。死水微澜，女性的评价体系处在不动声色的崩坏过程中。

刘再复在《中国究竟有没有大师》一文中称：“在中国现代小说史上，如果说《阿Q正传》、《边城》、《金锁记》、《生死场》是最精彩的中篇的话，那么，李劼人的《死水微澜》应当是最精致、最完美的长篇了。也许以后的时间会证明，《死水微澜》的文学价值完全超过《子夜》、《骆驼祥子》、

《家》等。”这当然是一家之言，但在主流的文学史框架中，《死水微澜》的确在一定程度上被忽视或低估了。（陈翠平）

★思考题：

1. 谈谈你对蔡大嫂这个人物形象的看法。
2. 简单分析第一部分“序幕”在整部小说中的叙事功能。

骆驼祥子（节选）

老　舍

祥子在海甸的一家小店里躺了三天，身上忽冷忽热，心中迷迷忽忽，牙床上起了一溜紫泡，只想喝水，不想吃什么。饿了三天，火气降下去，身上软得象皮糖似的。恐怕就是在这三天里，他与三匹骆驼的关系由梦话或胡话中被人家听了去。一清醒过来，他已经是“骆驼祥子”了。

自从一到城里来，他就是“祥子”，仿佛根本没有个姓；如今，“骆”摆在“跋子”之上，就更没有人关心他到底姓什么了。有姓无姓，他自己也并不在乎。不过，三条牲口才换了那么几块钱，而自己倒落了个外号，他觉得有点不大上算。刚能挣扎着立起来，他想出去看看。没想到自己的腿能会这样的不吃力，走到小店门口他一软就坐在了地上，昏昏沉沉的坐了好大半天，头上见了凉汗。又忍了一会儿，他睁开了眼，肚中响了一阵，觉出点饿来。极慢的立起来，找到了个馄饨挑儿。要了碗馄饨，他仍然坐在地上。呷了口汤，觉得恶心，在口中含了半天，勉强的咽下去；不想再喝。可是，待了一会儿，热汤象股线似的一直通到腹部，打了两个响嗝。他知道自己又有了命。

肚中有了点食，他顾得看看自己了。身上瘦了许多，那条破裤已经脏得不能再脏。他懒得动，可是要马上恢复他的干净利落，他不肯就这么神头鬼脸的进城去。不过，要干净利落就得花钱，剃剃头，换换衣服，买鞋袜，都要钱。手中的三十五元钱应当一个不动，连一个不动还离买车的数儿很远呢！可是，他可怜了自己。虽然被兵们拉去不多的日子，到现在一想，一切都象个噩梦。这个噩梦使他老了许多，好象他忽然的一气增多了好几岁。看着自己的大手大脚，明明是自己的，可是又象忽然由什么地方找到的。他非常的难过。他不敢想过去的那些委屈与危险，虽然不去想，可依然的存在，就好象连阴天的时候，不去看天也知道天是黑的。他觉得自己的身体是特别的可爱，不应当再太自苦了。他立起来，明知道身上还很软，可是刻不容缓的想去打扮打扮，仿佛只要剃剃头，换件衣服，他就能立刻强壮起来似的。

打扮好了，一共才花了两块二毛钱。近似搪布的一身本色粗布裤褂一元，青布鞋八毛，线披儿织成的袜子一毛五，还有顶二毛五的草帽。脱下来的破东西换了两包火柴。拿着两包火柴，顺着大道他往西直门走。没走出多远，他就觉出软弱疲乏来了。可是他咬上了牙。他不能坐车，从哪方面看也不能坐车：一个乡下人拿十里八里还能当作道儿吗，况且自己是拉车的。这且不提，以自己的身量力气而被这小小的一点病拿住，笑话；除非一交栽倒，再也爬不起来，他满地滚也得滚进城去，决不服软！今天要是走不进城去，他想，祥子便算完了；他只相信自己的身体，不管有什么病！

晃晃悠悠的他放开了步。走出海甸不远，他眼前起了金星。扶着棵柳树，他定了半天神，天旋地转的闹慌了会儿，他始终没肯坐下。天地的旋转慢慢的平静起来，他的心好似由老远的又落到自己的心口中，擦擦头上的汗，他又迈开了步。已经剃了头，已经换上新衣新鞋，他以为这就十分对得起自己了；那么，腿得尽它的责任，走！一气他走到了关厢。看见了人马的忙乱，听见了复杂刺耳的声音，闻见了干臭的味道，踏上了细软污浊的灰土，祥子想趴下去吻一吻那个灰臭的地，可爱的地，生长洋钱的地！没有父母兄弟，没有本家亲戚，他的唯一的朋友是这座古城。这座城给了他一切，就是在这里饿着也比乡下可爱，这里有的看，有的听，到处是光色，到处是声音；自己只要卖力气，这里还有数不清的钱，吃不尽穿不完的万样好东西。在这里，要饭也能要到荤汤腊水的，乡下只有棒子面。才到高亮桥西边，他坐在河岸上，落了几点热泪！

太阳平西了，河上的老柳歪歪着，梢头挂着点金光。河里没有多少水，可是长着不少的绿藻，象一条油腻的长绿的带子，窄长，深绿，发出些微腥的潮味。河岸北的麦子已吐了芒，矮小枯干，叶上落了一层灰土。河南的荷塘的绿叶细小无力的浮在水面上，叶子左右时时冒起些细碎的小水泡。东边的桥上，来往的人与车过来过去，在斜阳中特别显着匆忙，仿佛都感到暮色将近的一种不安。这些，在祥子的眼中耳中都非常的有趣与可爱。只有这样的小河仿佛才能算是河；这样的树，麦子，荷叶，桥梁，才能算是树，麦子，荷叶，与桥梁。因为它们都属于北平。

坐在那里，他不忙了。眼前的一切都是熟习的，可爱的，就是坐着死去，他仿佛也很乐意。歇了老大半天，他到桥头吃了碗老豆腐：醋，酱油，花椒油，韭菜末，被热的雪白的豆腐一烫，发出点顶香美的味儿，香得使祥子要闭住气；捧着碗，看着那深绿的韭菜末儿，他的手不住的哆嗦。吃了一口，豆腐把身里烫开一条路；他自己下手又加了两小勺辣椒油。一碗吃完，他的汗已湿透了裤腰。半闭着眼，把碗递出去："再来一碗！"

站起来，他觉出他又象个人了。太阳还在西边的最低处，河水被晚霞照得有些微红，他痛快得要喊叫出来。摸了摸脸上那块平滑的疤，摸了摸袋中的钱，又看了一眼角楼上的阳光，他硬把病忘了，把一切都忘了，好似有点什么心愿，他决定走进城去。

城门洞里挤着各样的车，各样的人，谁也不敢快走，谁可都想快快过去，鞭声，喊声，骂声，喇叭声，铃声，笑声，都被门洞儿——象一架扩音机似的——嗡嗡的联成一片，仿佛人人都发着点声音，都嗡嗡的响。祥子的大脚东插一步，西跨一步，两手左右的拨落，象条瘦长的大鱼，随浪欢跃那样，挤进了城。一眼便看到新街口，道路是那么宽，那么直，他的眼发了光，和东边的屋顶上的反光一样亮。他点了点头。

他的铺盖还在西安门大街人和车厂呢，自然他想奔那里去。因为没有家小，他一向是住在车厂里，虽然并不永远拉厂子里的车。人和的老板刘四爷是已快七十岁的人了；人老，心可不老实。年轻的时候他当过库兵，设过赌场，买卖过人口，放过阎王账。干这些营生所应有的资格与本领——力气，心路，手段，交际，字号等等——刘四爷都有。在前清的时候，打过群架，抢过良家妇女，跪过铁索。跪上铁索，刘四并没皱一皱眉，没说一个饶命。官司教他硬挺了过来，这叫作“字号”。出了狱，恰巧入了民国，巡警的势力越来越大，刘四爷看出地面上的英雄已成了过去的事儿，即使黄天霸再世也不会有多少机会了。他开了个洋车厂子。土混混出身，他晓得怎样对付穷人，什么时候该紧一把儿，哪里该松一步儿，他有善于调动的天才。车夫们没有敢跟他要骨头的。他一瞪眼，和他哈哈一笑，能把人弄得迷迷忽忽的，仿佛一脚登在天堂，一脚登在地狱，只好听他摆弄。到现在，他有六十多辆车，至坏的也是七八成新的，他不存破车。车租，他的比别家的大，可是到三节他比别家多放着两天的份儿。人和厂有地方住，拉他的车的光棍儿，都可以白住——可是得交上车份儿，交不上账而和他苦腻的，他扣下铺盖，把人当个破水壶似的扔出门外。大家若是有个急事急病，只须告诉他一声，他不含忽，水里火里他都热心的帮忙，这叫作“字号”。

刘四爷是虎相。快七十了，腰板不弯，拿起腿还走个十里二十里的。两只大圆眼，大鼻头，方嘴，一对大虎牙，一张口就象个老虎。个子几乎与祥子一边儿高，头剃得很亮，没留胡子。他自居老虎，可惜没有儿子，只有个三十七八岁的虎女——知道刘四爷的就必也知道虎妞。她也长得虎头虎脑，因此吓住了男人，帮助父亲办事是把好手，可是没人敢娶她作太太。她什么都和男人一样，连骂人也有男人的爽快，有时候更多一些花样。刘四爷打外，虎妞打内，父女把人和车厂治理得铁筒一般。人和厂成了洋车界的权威，刘家父女的办法常常在车夫与车主的口上，如读书人的引经据典。

在买上自己的车以前，祥子拉过人和厂的车。他的积蓄就交给刘四爷给存着。把钱凑够了数，他要过来，买上了那辆新车。

“刘四爷，看看我的车!”祥子把新车拉到人和厂去。老头子看了车一眼，点了点头：“不离!”

“我可还得在这儿住，多咱我拉上包月，才去住宅门!”祥子颇自傲的说。

“行!”刘四爷又点了点头。

于是，祥子找到了包月，就去住宅山；掉了事而又去拉散座，便住在人和厂。……

入了秋，祥子的病已不允许他再拉车，祥子的信用已丧失得赁不出车来。他作了小店的照顾主儿。夜间，有两个铜板，便可以在店中躺下。白天，他去作些只能使他喝碗粥的劳作。他不能在街上去乞讨，那么大的个子，没有人肯对他发善心。他不会在身上作些彩，去到庙会上乞钱，因为没受过传授，不晓得怎么把他身上的疮化装成动人的不幸。作贼，他也没那套本事，贼人也有团体与门路啊。只有他自己会给自己挣饭吃，没有任何别的依赖与援助。他为自己努力，也为自己完成了死亡。他等着吸那最后的一口气，他是个还有口气的死鬼，个人主义是他的灵魂。这个灵魂将随着他的身体一齐烂化在泥土中。

北平自从被封为故都，它的排场，手艺，吃食，言语，巡警……已慢慢的向四外流动，去找那与天子有同样威严的人和财力的地方去助威。那洋化的青岛也有了北平的涮羊肉；那热闹的天津在半夜里也可以听到低悲的“硬面——饽饽”；在上海，在汉口，在南京，也都有了说京话的巡警与差役，吃着芝麻酱烧饼；香片茶会由南而北，在北平经过双熏再往南方去；连抬杠的杠夫也有时坐上火车到天津或南京去抬那高官贵人的棺材。

北平本身可是渐渐的失去原有的排场，点心铺中过了九月九还可以买到花糕，卖元宵的也许在秋天就下了市，那二三百年的老铺户也忽然想起作周年纪念，借此好散出大减价的传单……经济的压迫使排场去另找去路，体面当不了饭吃。不过，红白事情在大体上还保存着旧有的仪式与气派，婚丧嫁娶仿佛到底值得注意，而多少要些排场。婚丧事的执事，响器，喜轿与官罩，到底还不是任何都市所能赶上的。出殡用的松鹤松狮，纸扎的人物轿马，娶亲用的全份执事，与二十四个响器，依旧在街市上显出官派大样，使人想到那太平年代的繁华与气度。

祥子的生活多半仗着这种残存的仪式与规矩。有结婚的，他替人家打着旗伞；有出殡的，他替人家举着花圈挽联；他不喜，也不哭，他只为那十几个铜子，陪着人家游街。穿上杠房或喜轿铺所预备的绿衣或蓝袍，戴上那不合适的黑帽，他暂时能把一身的破布遮住，稍微体面一些。遇上那大户人家办事，教一干人等都剃头穿靴子，他便有了机会使头上脚下都干净利落一回。脏病使他迈不开步，正好举着面旗，或两条挽联，在马路边上缓缓的蹭。

可是，连作这点事，他也不算个好手。他的黄金时代已经过去了，既没从洋车上成家立业，什么事都随着他的希望变成了“那么回事”。他那么大的个子，偏争着去打一面飞虎旗，或一对短窄的挽联；那较重的红伞与肃静牌等等，他都不肯去动。和个老人，小孩，甚于至妇女，他也会去争竞。他不肯吃一点亏。

打着那么个小东西，他低着头，弯着背，口中叼着个由路上拾来的烟卷头儿，有气无力的慢慢的蹭。大家立定，他也许还走；大家已走，他也许多站一会儿；他似乎听不见那施号发令的锣声。他更永远不看前后的距离停匀不停匀，左右的队列整齐不整齐，他走他的，低着头象作着个梦，又象思索着点高深的道理。那穿红衣的锣夫，与拿着绸旗的催押执事，几乎把所有的村话都向他骂去：“孙子！我说你呢，骆驼！你他妈的看齐！”他似乎还没有听见。打锣的过去给了他一锣锤，他翻了翻眼，朦胧的向四外看一下。没管打锣的说了什么，他留神的在地上找，看有没有值得拾起来的烟头儿。体面的，要强的，好梦想的，利己的，个人的，健壮的，伟大的，祥子，不知陪着人家送了多少回殡；不知道何时何地会埋起他自己来，埋起这堕落的，自私的，不幸的，社会病胎里的产儿，个人主义的末路鬼！

★导读

老舍（1899—1966），原名舒庆春，字舍予，满族正红旗人。老舍生于北京贫民家庭，长在北京胡同，这对他的“京味”小说创作影响至深。师范学校毕业后，老舍从事教育工作，并在1922年发表了他的第一篇短篇小说《小铃儿》。1924年至1929年他在英国的伦敦大学东方学院任教，这期间他以老舍为笔名发表了《老张的哲学》等两部长篇小说，这是他创作生涯的真正开始。1930年到1937年在山东齐鲁大学、山东大学任教的7年是老舍创作的高峰期，主要作品有长篇小说《离婚》、《骆驼祥子》，中篇小说《月牙儿》，短篇小说《断魂枪》等。抗战开始后，他到武汉、重庆等地从事抗战文化活动。1938年他出任中华全国文艺界抗敌协会总务部主任，1944年开始，陆续完成了长篇小说《四世同堂》的第一部《惶惑》、第二部《偷生》和第三部《饥荒》的创作。

建国后老舍主要从事戏剧创作，有剧本《茶馆》等，还有未完成的小说《正红旗下》。1951年12月，北京市人民政府授予老舍“人民艺术家”的称号。1966年8月24日，老舍投湖自尽。

老舍是位勤奋而多产的作家，1999年人民文学出版社出版了《老舍全集》，共19卷。除小说、剧本外，老舍还涉笔散文、曲艺、诗歌、翻译、文论等文体的写作。

表现中国现代化过程中，北京市民的文化、命运、心理是老舍作品最突出的特色。

《骆驼祥子》1936年夏写于青岛，1936年9月至1937年10月在《宇宙风》第25至48期上连载，1939年由人间书屋出版单行本。1955年人民文学出版社出版了删去最后一章半的修订版。《骆驼祥子》还是有着世界影响的小说，从20世纪40年代起有日、英、法、德、俄等译本出版。

祥子是个破产的农民，为了谋生来到北京城。老舍为了叙述，要他融入北京城，祥子为了生存，也要融入这座城。所以老舍为祥子选择了北京，祥子自己则经过一番尝试，选择了拉洋车。拉上自己的车“是他的志愿，希望，甚至宗教”，老舍则要他在拉车过程中表现北京贫民的魂灵毁灭的悲剧。

这样一来老舍和祥子就共同开始了这个毁灭故事的叙述。在小说的第三章，老舍明确地和祥子汇合到北京了：祥子辛辛苦苦、省吃俭用地攒了三年的钱，买来了属于自己的车。他把买车的那天定为自己的生日，车就是他的命。可是很快地他和车都被逃兵抢走了。在逃回时祥子顺手牵了三匹骆驼。当他卖了骆驼，换了新衣重新回到北京城时，祥子有了回家的感觉："看见了人马的忙乱，听见了复杂刺耳的声音，闻见了干臭的味道，踏上了细软污浊的灰土，祥子想趴下去吻一吻那个灰臭的地，可爱的地，生长洋钱的地！没有父母兄弟，没有本家亲戚，他的唯一的朋友是这座古城。这座城给了他一切，就是在这里饿着也比乡下可爱。"祥子吃了两碗老豆腐，"站起来，他就觉出他又像个人了"。老舍让祥子融入了北京，祥子也懂得了些北京人的礼仪。即使是刚遭了劫难，惊魂甫定的祥子再次去人和车场租车时，还是送给刘四一盒火柴作见面礼。火柴虽小，可它确乎是祥子作为北京贫民身份的证明。像树一样的祥子靠自己的理想和力气取得了身份后，老舍为他敞开了北京城的地狱入口，展示了城市化过程中丑陋的东西，正是这些东西扭曲了祥子这颗树。"由车夫的内心状态观察地狱是什么样子"是老舍叙述的重点，在买车失车的三起三落过程中，祥子被北京城的制度和人推挤着进入了地狱。对祥子来说，这地狱是讹走了他买车钱的孙侦探，是难产而死的虎妞，是毁了他身体的夏太太，为考试成绩而告密的阮明，还有已经在地狱里的小福子、二强子，老马祖孙。当然祥子自身的弱点也是他的地狱，他不合群，"不得哥们"，他孤独、脆弱，最终为多舛的命运所征服，丧失了要强的精神。所以在小说结尾老舍才说他是"社会病胎里的产儿，个人主义的末路鬼！"

《骆驼祥子》是中国现代小说的代表性作品，夏志清的《中国现代小说史》说《骆驼祥子》是"最好的中国现代小说"。老舍自己在广告中也说《骆驼祥子》是"我的重头戏，好比谭叫天唱《定军山》"。这部小说的成就还表现在人物塑造和语言的运用方面。祥子是个不爱说话、不爱交往、"闷葫芦罐"式的车夫，老舍主要是用心理和行为描写塑造这个形象的。虎妞也是个成功的市民形象。老舍熟练地驾驭北京口语，在俗白中追求精致的美，使他获得了语言大师的美誉，周作人说："至老舍出，更加重北京话的分子，故其著作正可与《红楼》、《儿女》相比，其情形正同，非是偶然也。"（袁向东）

★**思考题：**

1. 祥子是如何毁灭的？

2. 细读第三章祥子夜行、第四章祥子进城的描写，体会老舍在语言和古城描写方面的"京味"。

华威先生

张天翼

转弯抹角算起来——他算是我的一个亲戚。我叫他“华威先生”。他觉得这种称呼不大好。

“嗳，你真是!”他说。“为什么一定要个‘先生’呢。你应当叫我‘威弟’。再不然叫‘阿威’。”

把这件事交涉过了之后，他立刻戴上了帽子：

“我们改日再谈好不好？我总想畅畅快快跟你谈一谈——唉，可总是没有时间。今天刘主任起草了一个县长公余工作方案，硬叫我参加意见，叫我替他修改。三点钟又还有一个集会。”

这里他摇摇头，没奈何地苦笑了一下。他声明他并不怕吃苦：在抗战时期大家都应当苦一点。不过——时间总要够支配呀。

“王委员又打了三个电报来，硬要请我到汉口去一趟。这里全省文化界抗敌总会又成立了，一切抗战工作都要领导起来才行。我怎么跑得开呢，我的天!”

于是匆匆忙忙跟我握了握手，跨上他的包车。

他永远挟着他的公文皮包。并且永远带着他那根老粗老粗的黑油油的手杖。左手无名指上带着他的结婚戒指。拿着雪茄的时候就叫这根无名指微微地弯着，而小指翘得高高的，构成一朵兰花的图样。

这个城市里的黄包车谁都不作兴跑，一脚一脚挺踏实地踱着，好象饭后千步似的。可是包车例外：叮当，叮当，叮当，——一下子就抢到了前面。黄包车立刻就得往左边躲开，小推车马上打斜，担子很快地就让到路边。行人赶紧就避到两旁的店铺里去。

包车踏铃不断地响着。钢丝在闪着亮。还来不及看清楚——它就跑得老远老远的了，象闪电一样快。

而——据这里有几位抗战工作者的上层分子的统计——跑得顶快的是那位华威先生的包车。

他的时间很要紧。他说过——

“我恨不得取消晚上睡觉的制度。我还希望一天不止二十四小时。抗战工作实在太多了。”

接着掏出表来看一看，他那一脸丰满的肌肉立刻紧张了起来。眉毛皱着，嘴唇使劲撮着，好象他在把全身的精力都要收敛到脸上似的。他立刻就走：他要到难民救济会去开会。

照例——会场里的人全到齐了坐在那里等着他。他在门口下车的时候总得顺便把踏铃踏它一下：叮！

同志们彼此看着：唔，华威先生到会了。有几位透了一口气。有几位可就拉长了脸瞧着会场门口，有一位甚至于要准备决斗似的——抓着拳头瞪着眼。

华威先生的态度很庄严，用种从容的步子走进去，他先前那副忙劲儿好象被他自己的庄严态度消解掉了。他在门口稍为停了一会儿，让大家好把他看个清楚，仿佛要唤起同志们的一种信任心，仿佛要给同志们一种担保——什么困难的大事也都可以放下心来。他并且还点点头。他眼睛并不对着谁，只看着天花板。他是在对整个集体打招呼。

会场里很静。会议就要开始。有谁在那里翻着什么纸张，窸窸窣窣的。

华威先生很客气地坐到一个冷角落里，离主席位子顶远的一角，他不大肯当主席。

"我不能当主席，"他拿着一支雪茄烟打手势。"工人抗战工作协会的指导部今天开常会。通俗文艺研究会的会议也是今天。伤兵工作团也要去的，等一下。你们知道我的时间不够支配：只容许我在这里讨论十分钟。我不能当主席。我想推举刘同志当主席。"

说了就在嘴角上闪起一丝微笑，轻轻地拍几下手板。

主席报告的时候，华威先生不断地在那里括洋火点他的烟。把表放在面前，时不时象计算什么似地看看它。

"我提议！"他大声说。"我们的时间是很宝贵的：我希望主席尽可能报告得简单一点。我希望主席能够在两分钟之内报告完。"

他括了两分钟洋火之后，猛的站了起来。对那正在哇啦哇啦的主席摆摆手：

"好了，好了。虽然主席没有报告完，我已经明白了。我现在还要赴别的会，让我先发表一点意见。"

停了一停。抽两口雪茄，扫了大家一眼。

"我的意见很简单，只有两点，"他舔舔嘴唇。"第一点，就是——每个工作人员不能够怠工。而是相反，要加紧工作。这一点不必多说，你们都是很努力的青年，你们都能热心工作。我很感谢你们。但是还有一点——你们时时刻刻不能忘记，那就是我要说的第二点。"

他又抽了两口烟，嘴里吐出来的可只有热气。这就又括了一根洋火。

"这第二点呢就是：青年工作人员要认定一个领导中心。你们只有在这一个领导中心的领导之下，抗战工作才能够展开。青年是努力的，是热心的，但是因为理解不够，工作经验不够，常常容易犯错误。要是上面没有一个领导中心，往往要弄得不可收拾。"

瞧瞧所有的脸色，他脸上的肌肉耸动了一下——表示一种微笑。他往下说：

"你们都是青年同志，所以我说得很坦白，很不客气。大家都要做抗战工作，没有什么客气可讲。我想你们诸位青年同志一定会接受我的意见。我很感激你们。好了，抱歉得很，我要先走一步。”

把帽子一戴，把皮包一挟，瞧着天花板点点头，挺着肚子走了出去。

到门口可又想起了一件什么事。他把当主席的同志拽开，小声儿谈了几句。

“你们工作——有什么困难没有？”他问。

“我刚才的报告提到了这一点，我们……”

华威先生伸出个食指顶着主席的胸脯：

“唔，唔，唔。我知道我知道。我没有多余的时间来谈这件事。以后——你们凡是想到的工作计划，你们可以到我家里去找我商量。”

坐在主席旁边那个长头发青年注意地看着他们，现在可忍不住插嘴了：

“星期三我们到华先生家里去过三次，华先生不在家……”

那位华先生冷冷地瞅他一眼，带着鼻音哼了一句——“唔，我有别的事，”又对主席低声说下去：

“要是我不在家，你们跟密司黄接头也可以。密司黄知道我的意见，她可以告诉你们。”

密司黄就是他的太太。他对第三者说起她来，总是这么称呼她的。

他交代过了这才真的走开。这就到了通俗文艺研究会的会场。他发现别人已经在那里开会，正有一个人在那里发表意见。他坐了下来，点着了雪茄，不高兴地拍了三下手板。

“主席！”他叫。“我因为今天另外还有一个集会，我不能等到终席。我现在有点意见，想要先提出来。”

于是他发表了两点意见：第一，他告诉大家——在座的人都是当地的文化人，文化人的工作是很重要的，应当加紧地做去。第二，文化人应当认清一个领导中心，文化人在文抗会的领导中心的领导之下团结起来，统一起来。

五点三刻他到了文化界抗敌总会的会议室。

这回他脸上堆上了笑容，并且对每一个人点头。

“对不住得很，对不住得很：迟到了三刻钟。”

主席对他微笑一下，他还笑着伸了伸舌头，好象闯了祸怕挨骂似的。他四面瞧瞧形势，就拣在一个小胡子的旁边坐下来。

他带着很机密很严重的脸色——小声儿问那个小胡子：

“昨晚你喝醉了没有？”

“还好，不过头有点子晕。你呢？”

“我啊——我不该喝了那三杯猛酒，”他严肃地说。“尤其是汾酒，我不能猛喝。刘主任硬要我干掉——嗨，一回家就睡倒了。密司黄说要跟刘主任去算账呢：要质问他为什么要把我灌醉。你看！”

一谈了这些，他赶紧打开皮包，拿出一张纸条——写几个字递给了主席。

“请你稍为等一等，”主席打断了一个正在发言的人的话。“华威先生还有别的事情要走。现在他有点意见：要求先让他发表。”

华威先生点点头站了起来。

“主席!”腰板微微地一弯。“各位先生!”腰板微微地一弯。“兄弟首先要请求各位原谅：我到会迟了点，而又要提前退席。……”

随后他说出了他的意见。他声明——这文化界抗敌总会的常务理事会，是一切救亡工作的领导机关，应该时时刻刻起领导中心作用。

“群众是复杂的。工作又很多。我们要是不能起领导作用，那就很危险，很危险。事实上，此地各方面的工作也非有个领导中心不可。我们的担子真是太重了，但是我们不怕怎样的艰苦，也要把这担子担起来。”

他反复地说明了领导中心作用的重要，这就戴起帽子去赴一个宴会。他每天都这么忙着。要到刘主任那里去联络。要到各学校去演讲。要到各团体去开会。而且每天——不是别人请他吃饭，就是他请别人吃饭。

华威太太每次遇到我，总是代替华威先生诉苦。

“唉，他真苦死了！工作这么多，连吃饭的工夫都没有。”

“他不可以少管一点，专门去做某一种工作么?”我问。

“怎么行呢？许多工作都要他去领导呀。”

可是有一次，华威先生简直吃了一大惊。妇女界有些人组织了一个战时保婴会，竟没有去找他!

他开始打听，调查。他设法把一个负责人找来。

“我知道你们委员会已经选出来了。我想还可以多添加几个。由我们文化界抗敌总会派人来参加。”

他看见对方在那里踌躇，他把下巴挂了下来：

“问题是在这一点：你们委员是不是能够真正领导这工作？你能不能够对我担保——你们会内没有汉奸，没有不良份子？你能不能担保——你们以后工作不至于错误，不至于怠工？你能不能担保，你能不能？你能够担保的话，那我要请你写个书面的东西，给我们文抗会常务理事会。以后万一——如果你们的工作出了毛病，那你就要负责。”

接着他又声明：这并不是他自己的意思。他不过是一个执行者。这里他食指点点对方胸脯：

“如果我刚才说的那些你们办不到，那不是就成了非法团体了么?”

这么谈判了两次，华威先生当了战时保婴会的委员。于是在委员会开会的时候，华威先生挟着皮包去坐这么五分钟，发表了一两点意见就跨上了包车。

有一天他请我吃晚饭。他说因为家乡带来了一块腊肉。

我到他家里的时候，他正在那里对两个学生样的人发脾气。他们都挂着文化界抗敌总会的徽章。

“你昨天为什么不去，为什么不去?”他吼着。“我叫你拖几个人去的。但是我在台上一开始演讲，一看——连你都没有去听！我真不懂你们干了些什么?”

“昨天——我去出席日本问题座谈会的。”

华威先生猛地跳起来了：

“什么！什么！日本问题座谈会？怎么我不知道，怎么不告诉我?”

“我们那天部务会议决议了的。我来找过华先生，华先生又是不在家——”

“好啊，你们秘密行动!”他瞪着眼。“你老实告诉我——这个座谈会到底是什么背景，你老实告诉我!”

对方似乎也动了火：

“什么背景呢，都是中华民族！部务会议议决的，怎么是秘密行动呢。……华先生又不到会，开会也不终席，来找又找不到……我们总不能把部里的工作停顿起来。”

“混蛋!”他咬着牙，嘴唇在颤抖着。“你们小心！你们，哼，你们！你们！……”他倒到了沙发上，嘴巴痛苦地抽得歪着。“妈的！这个这个——你们青年！……”

五分钟之后他抬起头来，害怕地四面看一看。那两个客人已经走了。他叹一口长气，对我说：

“唉，你看你看！现在的青年怎么办，现在的青年!”

这晚他没命地喝了许多酒，嘴里嘶嘶地骂着那些小伙子。他打碎了一只茶杯。密司黄扶着他上了床，他忽然打个寒噤说：

“明天十点钟有个集会……”

★导读

张天翼（1906—1985），学名张元定，字汉弟，号一之，祖籍湖南湘乡，生于南京。1924 年考入上海美术专科学校，1925 年考入北京大学预科，1926 年退学，在沪宁杭一带任教师、记者、编辑和小职员，广泛接触中下层市民生活。1927 年加入中国共产党，1931 年加入“左联”。代表性作品有短篇小说《包氏父子》、《砥柱》、《华威先生》，童话《大林和小林》、《秃秃大王》、《宝葫芦的秘密》等。

《华威先生》发表于 1938 年 4 月 16 日的《文艺阵地》第 1 卷第 1 期，是张天翼的代表作。小说以速写的方式塑造了一个沉迷于各种会议的官僚形象，成为抗战时期“暴露与讽喻”文学的滥觞。张天翼以“华威”命名角色，显然富有深意。他在 1942 年 9 月《答编者问》中自言：“一个人物的名字，称呼，都得合他的身份，要是绰号，则还得能够表现那个人的某种特点。”“华”姓的设置当是效仿鲁迅在《药》中对“华”、“夏”之姓的隐喻，而“威”暗示着对“权威”的渴望。张天翼在《华威先生》中延续了“五四文学”中的国民性批判主题，华威先生正是中国官僚阶层精神深处权力欲的某种表征。今时今日，“华威先生”们依然活跃在各种会场，令人望而生出熟悉之感。

张天翼曾把《华威先生》与另外两个短篇《谭九先生的工作》、《“新生”》结集出版，合称“速写三篇”。这也就是在自招，《华威先生》主要的写作手法正是“速写”。张天翼以简明锐利的语言，生动传神地描写出华威先生的各种形态，具有极强的画面感。华威先生是个怎样的人呢？“他永远挟着他的公文皮包”，“永远带着他那根老粗老粗的黑油油的手杖”，拿着雪茄时，“小指翘得高高的，构成一朵兰花的图样”。华威先生是文化界抗敌总会常务理事会的成员，抗战工作多，他“每天都这么忙着”。华威先生常常挂在嘴边的话是时间不够支配：“我恨不得取消晚上睡觉的制度。我还希望一天不止二十四小时。”这位先生每天奔走于大大小小的会场，迟到早退是常有的事。他不时“掏出表来看一看”，或是“把表放在面前”，他的时间和耐心有限，在括了两分钟洋火后，便会猛地站起来，打断别人的讲话。意见发表完后，他“把帽子一戴，把皮包一挟，瞧着天花板点点头，挺着肚子走了出去”，跨上黄包车，急忙赶赴下一个会场。

华威先生每会必说的意见有两点：第一点是要加紧工作，第二点是要认定一个领导中心，其中又以第二点为核心。小说主要以第三人称进行讲述，偶尔采用第一人称。华威先生是“我”的一个转弯抹角的亲戚，“我”在小说开头出场，以对话的方式呈现了华威先生“领导”事忙的形象。在小说的后半段，“我”代表读者提出疑问：“他不可以少管一点，专门去做某一种工作么?”接着，叙述者讲述了华威先生会场生涯的两次危机，从而更为深入地揭示出其近乎偏执的权力欲和领导欲。

华威先生遇到的第一次危机是战时保婴会竟然没有找他。他找来负责人，连续以几个“你能不能担保”相逼问，并以指认对方为“非法团体”相威胁，顺利地解决了问题，如愿当上了战时保婴会的委员。第二次危机是委员会的青年人出席了日本座谈会，却没有告诉华威先生。而这个危机又是由这个青年没有去听他的演讲引发的：“你昨天为什么不去，为什么不去?”“我叫你拖几个人去的。……连你都没有去听!”华威先生享受的是众星捧月的感觉，他不辞劳苦辗转会场，为的就是一次次确认自己的权威。当这种权威受到一丝挑战（华威先生不在家，青年找不到他）时，华威先生气得嘴唇颤抖，“嘴巴痛苦地抽得歪着”，嘶嘶地骂着“混蛋”、“妈的”。从出场时的自命不凡到结尾时的气急败坏，叙述者由表及里地凸显出华威先生“包而不办”的深层心理。（陈翠平）

★思考题：

1. 谈谈华威先生这一人物形象的现实意义。
2. 简单分析小说中的讽刺手法。

在其香居茶馆里

沙 汀

坐在其香居茶馆里的联保主任方治国，当他看见正从东头走来，嘴里照例扰嚷不休的邢幺吵吵的时候，简直立刻冷了半截，觉得身子快要坐不稳了。

使他发生这种异状的原因是：为了种种糊涂措施，目前他正处在全镇市民的围攻当中，这是一；其次，幺吵吵的第二个儿子，因为缓役了四次，又从不出半文壮丁费，好多人讲闲话了；加之，新县长又宣布了要认真整顿“役政”，于是他就赶紧上了封密告，而在三天前被兵役科捉进城了。

最为重要的还在这里：正如全市市民批评的那样，幺吵吵是个不忌生冷的人，什么话他都嘴一张就说了，不管你受得住受不住。就是联保主任的令尊在世的时候，也经常对他那张嘴感到头痛。因为尽管幺吵吵本人并不可怕，他的大哥可是全县极有威望的耆宿，他的舅子是财务委员，县政上的活跃分子，都是很不好沾惹的。

幺吵吵终于一路吵过来了。这是那种精力充足，对这世界上任何事物都采取一种毫不在意的态度的典型男性。他时常打起哈哈在茶馆里自白道：“老子这张嘴么，就这样：说是要说的，吃也是要吃的；说够了回去两杯甜酒一喝，倒下去就睡！……”

现在，幺吵吵一面跨上其香居的阶沿，拖了把圈椅坐下，一面直着嗓子，干笑着嚷叫道：

“嗨，对！看阳沟里还把船翻了么！……”

他所参加的那张茶桌已经有着三个茶客，全是熟人：十年前当过视学的俞视学；前征收局的管账，现在靠着利金生活的黄光锐；会文纸店的老板汪世模汪二。

他们大家，以及旁的茶客，都向他打着招呼：

“拿碗来！茶钱我给了。”

“坐上来好吧，”俞视学客气道，“这里要舒服些。”

“我要那么舒服做什么哇？”出乎意外，幺吵吵横着眼睛嚷道，“你知道么，我坐上席会头昏的，——没有那个资格！……”

本份人的视学禁不住红起脸来。但他随即猜出来幺吵吵是针对着联保主任说的，因为当他嚷叫的时候，视学看见他满含恶意地瞥了一眼坐在后面首席上的方治国。

除却联保主任，那张桌子还坐得有张三监爷。人们都说他是方治国的军师，实际上，他可只能跟主任坐坐酒馆，在紧要关头进点不着边际的忠告。但这并不特别，他原是对什么事都关心的，而往往忽略了自己。他的老婆孩子经常在家里是饿着饭的，他却很少管顾。

同监爷对面坐着的是黄牦牛肉，正在吞服一种秘制的戒烟丸药。他是主任的重要助手；虽然并无多少才干，惟一的本领就是毫无顾忌。“现在的事你管那么多做什么哇？”他常常这么说，“拿得到手的就拿！”

牦牛肉应付这世界上一切经常使人大惊小怪的事变，只有一种态度：装做不懂。

“你不要管他的，发神经！”他小声向主任建议。

“这回子把蜂窝戳破了。”主任方治国苦笑说。

“我看要赶紧‘缝’啊！”捧着暗淡无光的黄铜烟袋，监爷皱着脸沉吟道，“另外找一个人去‘抵’怎样？”

“已经来不及了呀。”主任叹口气说。

“管他做什么呵！”牦牛肉眨眼而且努嘴，“是他妈个火炮性子。”

这时候，幺吵吵已经拍着桌子，放开嗓子在叫嚷了。但是他的战术依然停留在第一阶段，即并不指出被攻击的人的姓名，只是影射着对方，正像一通没头没脑的谩骂那样。

“搞到我名下来了！”他显得做作地打了一串哈哈，“好得很！老子今天就要看他是什么东西做出来的：人吗？狗吗？你们见过狗起草么，嗨，那才有趣！……”

于是他又比又说地形容起来了。虽然已经蓄了十年上下的胡子，幺吵吵的粗鲁话可是越来越多。许多闲着无事的人，有时候甚至故意挑弄他说下流话。他的所谓“狗”，是指他的仇人方治国说的，因为主任的外祖父曾经当过衙役，而这又正是方府上下人等最大的忌讳。

因为他形容得太恶俗了，俞视学插嘴道：

“少造点口孽呵！有道理讲得清的。”

“我有啥道理哇！”幺吵吵忽然板起脸嚷道，“有道理，我也早当了什么主任了。两眼墨黑，见钱就拿！”

“吓，邢表叔！……”

气得脸青面黑的身材瘦小的联保主任方治国，一下子忍不住站起来了。

“吓，邢表叔！”他重复说，“你说话要负责呵！”

“什么叫做负责哇？我就不懂！表叔！”幺吵吵模拟着主任的声调，这惹得大家忍不住笑起来，“你认错人了！认真是你表叔，你也不吃我了！”

“对，对，对，我吃你！”主任解嘲地说，干笑着坐了下去。

“不是吗？”幺吵吵拍了一巴掌桌了，嗓子更加高了，“兵役科的人亲自对我大哥说的！你的报告真做得好呢。我今天倒要看你长的几个卵子！……”

幺吵吵一个劲说下去。而他愈来愈加觉得这不是开玩笑，也不是平日的瞎吵瞎闹，完全为了个痛快；他认真感觉到愤激了。

他十分相信，要是一年半年以前，他是用不着这么样着急的，事情好办得很。只需给他大哥一个通知，他的老二就会自自由由走回来的。而且以往抽丁，他的老二就躲掉过四次。但是现在情形已经两样，一切要照规矩办了。而最为严重的，是他的老二已经抓进城了。

他已经派了他的老大进城，而带回来的口信，更加证明他的忧虑不是没有根据。因为那捎信人说，新县长是认真要整顿兵役的，好几个有钱有势的青年人都偷跑了，有的成天躲在家里。幺吵吵的大哥已经试探过两次，但他认为情形险恶。额外那捎信人又说，壮丁就快要送进省了。

凡是邢大老爷都感觉棘手的事，人还能有什么办法呢？他的老二只有作炮灰了。

“你怕我是聋子吧，”幺吵吵简直在咆哮了，“去年蒋家寡母子的儿子五百，你放了；陈二靴子两百，你也放了！你比土匪头儿萧大个子还要厉害。钱也拿了，脑袋也保住了，——老子也有钱的，你要张一张嘴呀？”

“说话要负责啊！邢幺老爷！……”

主任又出马了，而且现出假装的笑容。

主任是一个糊涂而胆怯的人。胆怯，因为他太有钱了；而在这个边野地区，他又从来没有摸过枪炮。这地区是几乎每个人都能来两手的，还有人靠着它维持生计。好些年前，因为预征太多，许多人怕当公事，于是联保主任这个头衔忽然落在他头上了，弄得一批老实人莫名其妙。

联保主任很清楚这是实力派的阴谋，然而，一向忍气吞声的日子驱使他接受了这个挑战。他起初老是垫钱，但后来他尝到甜头了：回扣、黑粮，等等。并且，当他走进茶馆的时候，招呼茶钱的声音也来得响亮了。而在三年以前，他的大门上已经有了一道县长颁赠的匾额：

尽瘁桑梓

但是，不管怎样，正像他自己感觉到的一般，在这回龙镇，还是有人压住他的。他现在多少有点失悔自己做了糊涂事情；但他佯笑着，满不在意似地接着说道：

“你发气做啥啊，都不是外人！……”

“你也知道不是外人么？”幺吵吵反问，但又并不等候回答，一直嚷叫下去道，“你既知道不是外人，就不该搞我了，告我的密了！”

“我只问你一句！……”

联保主任又一下站起来了，而他的笑容更加充满一种讨好的意味。

“你说一句就是了！”他接着说，“兵役科什么人告诉你的？”

“总有那个人呀，”幺吵吵冷笑说。“像还是谣言呢！”

“不是！你要告诉我什么人说的啦。”联保主任说，态度装得异常诚恳。

因为看见幺吵吵松了劲，他察觉出可以说理的机会到了。于是就势坐向俞视学侧面去，赌咒发誓地分辩起来，说他一辈子都不会做出这样胆大糊涂的事情来的！

他坐下，故意不注意幺吵吵，仿佛视学他们倒是他的对手。

“你们想吧，”他说，摊开手臂，蹙着瘦瘦的铁青的脸蛋，“我姓方的是吃饭长大的呀！并且，我一定要抓他的人做啥呢？难道‘委员长’会赏我个状元当么？没讲的话，这街上的事，一向糊得圆我总是糊的！”

“你才会糊！”幺吵吵叹着气抵了一句。

“那总是我吹牛呵！”联保主任无可奈何地辩解说，瞥了一眼他的对手，“别的不讲，就拿救国公债说吧，别人写的多少，你又写的多少？”

他随又把嘴凑近视学的耳朵边呻唤道：

“连丁八字都是五百元呀！”

联保主任表演得如此精彩，这不是没原因的，他想充分显示出事情的重要性，和他对待幺吵吵的一片苦心。同时，他发觉看热闹的人已经越来越多，几乎街都快轧断了，漏出风声太不光彩，而且容易引起纠纷。

大约视学相信了他的话，或者被他的态度感动了，兼之又是出名的好好先生，因此他斯斯文文地扫了扫喉咙，开始劝解起幺吵吵来。

“幺哥！我看这样啊：人不抓，已经抓了，横竖是为国家。……”

“这你才会说！”幺吵吵一下撑起来了，眯起眼睛问视学道，“这样会说，你那一大堆，怎么不挑一个送起去呢？”

“好！我两个讲不通。”

视学满脸通红，故意勾下脑袋喝茶去了。

“再多讲点就讲通了！”幺吵吵重又坐了下去，接着满脸怒气嚷道，“没有生过娃娃当然会说生娃娃很舒服！今天怎么把你个好好先生遇到了呵：冬瓜做不做得甑子？做得。蒸垮了呢？那是要垮呀，——你个老哥子真是！”

他的形容引来一片笑声。但他自己却并不笑，他把他那结结实实的身子移动了一下，抹抹胡子，又把袖头两挽，理直气壮地宣告道：

“闲话少讲！方大主任，说不清楚你今天走不掉的！”

“好呀！”主任一面应声，一面懒懒退还原地方去，“回龙镇只有这样大一个地方哩，我会往哪里跑？就要跑也跑不脱的。”

联保主任的声调和表情照例带着一种嘲笑的意味，至于是嘲笑自己，或者嘲笑对方，那就要凭你猜了。他是经常凭藉了这点武器来掩护自己的；而且经常弄得顽强的敌手哭笑不得。人们一般都叫他做软硬人；碰见老虎他是绵羊，如果对方是绵羊呢，他又变成了老虎了。

当他回到原位的时候，牯牛肉一面吞服着戒烟丸，生气道：

“我白还懒得答呢，你就让他吵去！”

“不行不行，”监爷意味深长地说，“事情不同了。”

监爷一直这样坚持自己的意见，是颇有理由的。因为他确信这镇上正在对准联保主任进行一种大规模的控告，而邢大老爷，那位全县知名的绅耆，可以使这控告成为事实，也可以打消它。这也就是说，现在联络邢家是个必要措施。何况谁知道新县长是怎样一副脾气的人呢！

这时候，茶堂里的来客已增多了。连平时懒于出门的陈新老爷也走来了。新老爷是前清科举时代最末一科的秀才，当过十年团总，十年哥老会的头目，八年前才退休的。他已经很少过问镇上的事情了，但是他的意见还同团总时代一样有效。

新老爷一露面，茶客们都立刻直觉到：幺吵吵已经布置好一台讲茶了。茶堂里响起一片零乱的呼唤声。有照旧坐在座位上向茶倌叫喊的，有站起来叫喊的，有的一面挥着钞票一面叫喊，但是都把声音提得很高很高，深恐新老爷听不见。

其间一个茶客，甚至于怒气冲冲地吼道：

“不准乱收钱啦！嗨！这个龟儿子听到没有？……”

于是立刻跑去塞一张钞票在堂倌手里。

在这种种热情的骚动中间，争执的双方，已经很平静了。联保主任知道自己会亏理的，他在殷勤地争取着客人，希望能于自己有利。而幺吵吵则一直闷着张脸，这是因为当着这许多漂亮人物面前，他忽然深切地感觉到，既然他的老二被抓，这就等于说他已经失掉了面子！

这镇上是流行着这样一种风气的，凡是照规矩行事的，那就是平常人，重要人物都是站在一切规矩之外的。比如陈新老爷，他并不是个惜疼金钱的脚色，但是就连打醮这类事情，他也没有份的；否则便会惹起人们大惊小怪，以为新老爷失了面子，和一个平常人没多少区别了。

面子在这镇上的作用就有如此厉害，所以幺吵吵闷着张脸，只是懒懒地打着招呼。直到新老爷问起他是否欠安的时候，这才稍稍振作起来。

“人倒是好的，”他苦笑着说，“就是眉毛快给人剪光了！”

接着他又一连打了一串干燥无味的哈哈。

“你瞎说！”新老爷严正地切断他，“简直瞎说！”

“当真哩！不然，也不敢劳驾你哥子动步了。”

为了表示关切，新老爷深深叹了口气。

“大哥有信来没有呢？”新老爷接着又问。

“他也没办法呀！……”

幺吵吵呻唤了。

“你想吧，”为了避免人们误会，以为他的大哥也成了没面子的脚色了，他随又解释道，“新县长的脾气又没有摸到，叫他怎么办呢？常言说，新官上任三把火，又是闹起要整顿役政的，谁知道他会发些什么猫儿毛病？前天我又托蒋门神打听去了。”

“新县长怕难说话，”一个新近从城里回来的小商人插入道，“看样子就晓得了：随常一个人在街上串，戴他妈副黑眼镜子……”

严肃沉默的空气没有使小商人说下去。

接着，也没有人敢再插嘴，因为大家都不知道应该如何表示自己的感情。表示高兴吧，这是会得罪人的，因为情形的确有些严重；但说是严重吧，也不对，这又会显得邢府上太无能了。所以彼此只好暧昧不明地摇头叹气，喝起茶来。

看见联保主任似乎正在考虑一种行动，牦牛肉包着戒烟丸药，小声道：

“不要管他！这么快县长就叫他们喂家了么？”

“去找找新老爷是对的！”监爷意味深长地说。

这个脸面浮肿、常以足智多谋自负的没落绅士，正投了联保主任的机，方治国早就考虑到这个必要的措施了。使得他迟疑的，是他觉得，比较起来，新老爷同邢家的关系一向深厚得多，他不一定捡得到便宜。虽然在派款和收粮上面，他并没有对不住新老爷的地方；逢年过节，他也从未忘记送礼，但在几件小事情上，他是开罪过新老爷的。

比如，有一回曾布客想抵制他，抬出新老爷来，说道：

“好的，我们到新老爷那里去说！”

“你把时候记错了！”主任发火道，“新老爷吓不倒我！”

后来，事情虽然依旧是在新老爷的意志下和平解决了的，但是他的失言一定已经散播开去，新老爷给他记下一笔账了。但他终于站了起来，向着新老爷走过去了。

这个行动，立刻使得人们很振作了，大家全都期待着一个新的开端。有几个人在大声喊叫堂倌拿开水来，希望缓和一下他们的紧张心情。幺吵吵自然也是注意到联保主任的攻势的，但他不当作攻势看，以为他的对手是要求新老爷调解的；但他猜不准这个调解将会采取一种什么方式。

而且，幺吵吵看来，在目前这样一种严重问题上，一个能够叫他满意的调解办法，是不容易想出来的。这不能道歉了事，也不能用金钱的赔偿弥补，那么剩下来的只有上法庭起诉了！但一想到这个，他就立刻不安起来，因为一个决心整饬役政的县长，难道会让他占上风?!

幺吵吵觉得苦恼，而且感觉一切都不对劲。这个坚实乐观的汉子，第一次遭到烦扰的袭击了，简直就同一个处在这种境况的平常人不差上下：一点抓拿没有！

他忽然在桌子上拍了一掌，苦笑着自言自语道：

“哼！乱整吧，老子大家乱整！”

“你又来了！”俞视学说，“他总会拿话出来说啦。”

“这还有什么说的呢？”幺吵吵苦着脸反驳道，“你个老哥子怎么不想想呵：难道什么天王老子会有这么大的面子，能够把人给我取回来么?!”

“不是那么讲。取不出来，也有取不出的办法。”

“那我就请教你！”幺吵吵认真快发火了，但他尽力克制着自己，“什么办法呢?！——说一句对不住了事？——打死了让他赔命？……”

“也不是那样讲。……”

“那又是怎样讲呢？”幺吵吵终于大发其火，直着嗓子叫了，“老实说吧，他就没有办法！我们只有到场外前大河里去喝水了！”

这立刻引起一阵新的骚动。全都预感到精彩节目就要来了。

一个立在阶沿下人堆里的看客，大声回绝着朋友的催促道：

“你走你的嘛，我还要玩一会！”

提着茶壶穿堂走过的堂倌，也在兴高采烈叫道：

“让开一点，看把脑袋烫肿！”

在当街的最末一张桌子上，那里离幺吵吵隔着四张桌子，一种平心静气的谈判已经快要结束。但是效果显然很少，因为长条子的陈新老爷，忽然气冲冲站起来了。

陈新老爷仰起瘦脸，颈子一扭，大叫道：

“你倒说你娃条鸟啊！……”

但他随又坐了下去，手指很响地击着桌面。

“老弟！”他一直望着联保主任，几乎一字一顿地说，“我不会害你的！一个人眼光要放远大一点，目前的事是谁也料不到的！——懂么？”

“我懂呵！难道你会害我？”

“那你就该听大家的劝呀！”

“查出来要这个啦，——我的老先人！”

联保主任苦涩地叫着，同时用手拿在后颈上一比：他怕杀头。

这的确也很可虑，因为严惩兵役舞弊的明令，已经来过三四次了。这就算不作数，我们这里隔上峰还远，但是县长对于我们就全然不相同了：他简直就在你的鼻子前面。并且，既然已经把人抓起去了，就要额外买人替换，一定也比平日困难得多。

加之，前一任县长正是为了壮丁问题被撤职的，而新县长一上任便宣称他要扫除役政上的种种积弊。谁知道他是不是也如一般新县长那样，上任时候的官腔总特别打得响，结果说过算事，或者他硬要认真地干一下？他的脾气又是怎样的呢？……

此外，联保主任还有一个不能冒这危险的重大理由。他已经四十岁了，但他还没有取得父亲的资格。他的两个太太都不中用，虽然一般人把责任归在这作丈夫的先天不足上面。好像就是再活下去，他也永远无济于事，作不成父亲。

然而，不管如何，看光景他是决不会冒险了。所以停停，他又解嘲地继续道：

“我的老先人！这个险我不敢冒。认真是我告了他的密都说得过去……”

他佯笑着，而且装做得很安静。同幺吵吵一样，他也看出了事情的诸般困难的，而他首先应该矢口否认那个密告的责任。但他没有料到，他把新老爷激恼了。

新老爷没有让他说完，便很生气地反驳道：

“你这才会装呢！可惜是大老爷亲自听兵役科说的！”

“方大主任！”幺吵吵忽然直接地插进来了，“是人做出来的就撑住哇！我告诉你：赖，你今天无论如何赖不脱的！”

“嘴巴不要伤人啊！”联保主任忍不住发起火来。

他态度严正，口气充满了警告气味；但是幺吵吵可更加蛮横了。

“是的，老子说了，是人做出来的你就撑住！”

“好嘛，你多凶呵。”

“老子就是这样！”

“对对对，你是老子！哈哈！……”

联保主任响着干笑，一面退回自己原先的座位上去。他觉得他在全镇的市民面前受了侮辱，他决心要同他的敌人斗到底了。仿佛就是拚掉老命他都决不低头。

联保主任的幕僚们依旧各有各的主见。牦牛肉说：

“你愈让他愈来了，是吧！”

“不行不行，事情不同了。”监爷叹着气说。

许多人都感到事情已经闹成僵局，接着来的一定会是谩骂，是散场了。因为情形明显得很，争吵的双方都是不会动拳头的。那些站在大街上看热闹的，已经在准备回家吃午饭了。

但是，茶客们却谁也不能轻易动身，担心有失体统。并且新老爷已经请了幺吵吵过去，正在进行一种新的商量，希望能有一个顾全体面的办法。虽然按照常识，一个二十岁的青年人的生命，绝不能和体面相提并论，而关于体面的解释也很不一致。

然而，不管怎样，由于一种不得已的苦衷，幺吵吵终于是让步了。

“好好，”他带着决然忍受一切的神情说，“就照你哥子说的做吧！”

“那么方主任，”新老爷紧接着站起来宣布说，“这一下就看你怎样，一切用费幺老爷出，人由你找；事情也由你进城去办：办不通还有他们大老爷，——”

“就请大老爷办不更方便些么？”主任嘴快地插入说。

“是呀！也请他们大老爷，不过你负责就是了。

“我负不了这个责。”

“什么呀?!”

“你想，我怎么能负这个责呢?”

“好!”

新老爷简捷地说，闷着脸坐下去了。他显然是被对方弄得不快意了；但是，沉默一会，他又耐着性子重新劝说起来。

“你是怕用的钱会推在你身上吧?”新老爷笑笑说。

“笑话!”联保主任毫不在意地答道，“我怕什么？又不是我的事。”

“那又是什么人的事呢?”

“我晓得的呀!”

联保主任回答这句话的时候，带着一种做作的安闲态度，而且嘲弄似地笑着，好像他是什么都不懂得，因此什么也不觉得可怕；但他没有料到幺吵吵冲过来了。而且，那个气得胡子发抖的汉子，一把扭牢他的领口就朝街面上拖。

“我晓得你是个软硬人！——老子今天跟你拚了！……”

"大家都是面子上的人，有话好好说呵!"茶客们劝解着。

然而，一面劝解，一面偷偷溜走的也就不少。堂倌已经在忙着收茶碗了。监爷在四处向人求援；昏头昏脑地胡乱打着漩子；而这也正证明着联保主任并没有白费自己的酒肉。

"这太不成话了!"他摇头叹气说，"大家把他们分开吧!"

"我管不了!"视学边往街上溜去边说，"看血喷在我身上。"

牦牛肉在收捡着戒烟丸药，一面叽叽咕咕嚷道：

"这样就好！哪个没有生得有手么？好得很!"

但当丸药收捡停当的时候，他的上司已经吃了亏了。联保主任不断淌着鼻血，左眼睛已经青肿起来。他是新老爷解救出来的，而他现在已经被安顿在茶堂门口一张白木圈椅上面。

"你姓邢的是对的!"他摸摸自己的肿眼睛说，"你打得好！……"

"你嘴硬吧!"幺吵吵气喘吁吁地唾着牙血，"你嘴硬吧！……"

牦牛肉悄悄向联保主任建议，说他应该马上找医生诊治一下，取个伤单；但是他的上司拒绝了他，反而要他赶快去雇滑竿。因为联保主任已经决定立刻进城控告去了。

联保主任的眷属，特别是他的母亲，那个以悭吝出名的小老太婆，早已经赶来了。

"咦，兴这样打么?"她连连叫道，"这样眼睛不认人么?!"

邢幺太太则在丈夫耳朵边报告着联保主任的伤势。

"眼睛都肿来像毛桃子了！……"

"老子还没有打够!"吐着牙血，幺吵吵吸口气说。

别的来看热闹的妇女也很不少，整个市镇几乎全给翻了转来。吵架打架本来就值得看，一对有面子的人物弄来动手动脚，自然也就更可观了！因而大家的情绪比看把戏还要热烈。

但正当这人心沸腾的时候，一个左腿微跛，满脸胡须的矮汉子忽然从人丛中挤了进来。这是蒋米贩子，因为神情呆板，大家又叫他蒋门神。前天进城赶场，幺吵吵就托过他捎信的，因此他立刻把大家的注意一下子集中了。那首先抓住他的是刑幺太太。

这是个顶着假发的肥胖妇人，爱做作，爱饶舌，诨名九娘子。她颤声颤气问那米贩子道：

"托你打听的事情呢？……坐下来说吧!"

"打听的事情?"米贩子显得见怪似地答道，"人已经出来啦。"

"当真的呀!"许多人吃惊了，一齐叫了出来。

"那还是假的么？我走的时候，还在十字口茶馆里打牌呢。昨天夜里点名，他报数报错了，队长说他没资格打国仗，就开革了；打了一百军棍。"

"一百军棍?!"又是许多声音。

“不是大老爷面子大，你就再几个一百也出来不了呢。起初都讲新县长厉害，其实很好说话。前天大老爷请客，一个人老早就跑去了：戴他妈副黑眼镜子……”

米贩子叙说着，而他忽然一眼注意到了幺吵吵和联保主任。

“你们是怎样搞的？你牙齿痛吗？你的眼睛怎么肿啦？……”

★导读

沙汀（1904—1992），原名杨朝熙，又名杨子青，四川安县人。1921年入读四川省立第一师范学校，1927年加入中国共产党，在故乡从事革命活动。1929年到上海，1932年加入“左联”。1937年抗日战争爆发后回到四川，1938年到延安，任鲁迅艺术学院文学系代主任，1941年皖南事变后避居故乡，坚持文学创作。代表性作品有短篇小说《代理县长》、《在其香居茶馆里》、《兽道》，长篇小说《淘金记》、《困兽记》、《还乡记》等。

《在其香居茶馆里》发表于1940年12月1日《抗战文艺》第6卷第4期，是沙汀的短篇小说代表作。抗战时期，国民党进入四川，蒋介石利用保甲制度和袍哥帮会，控制着“大后方”。沙汀自幼生活在川西北的小城镇，经常跟随舅父出入士绅豪门之家，熟悉权势阶层的腐败情形。在这篇意在暴露国统区兵役黑幕的讽刺小说中，联保主任方治国、地方乡绅刑幺吵吵、当过十年团总十年哥老会头目的陈新老爷等地方势力悉数登场，上演一出劲爆的闹剧。

沙汀巧妙地将事件背景设置在川西北回龙镇的一间茶馆里。在偏远边僻之地，茶馆是一个小镇的政治文化、买卖交易、休闲娱乐、舆论活动、调解纠纷的中心，也是三教九流、各色人等聚集的社交场所和公共空间。一地之茶馆，正是一地之社会生活的一扇窗口、一面镜子。从其香居茶馆里见出回龙镇，从回龙镇又可推演至整个川西北，乃至国统区。豪绅、袍哥、官吏表面冲突争执，实则沆瀣一气，横行无忌，承受兵役官差、苛捐杂税的永远是无权无势的贫苦百姓。

“坐在其香居茶馆里的联保主任方治国，当他看见正从东头走来，嘴里照例扰攘不休的刑幺吵吵的时候，简直立刻冷了半截，觉得身子快要坐不稳了。”小说开篇，作家不仅干净利落地交代了地点和人物，而且不动声色地渲染了紧张气氛。原来，新县长宣布要整顿“役政”，联保主任便趁势上了封密告，致使缓役四次且从不出半文壮丁费的刑幺吵吵的二儿子，在三天前被兵役科捉进城了。两个头面人物之间的冲突一触即发，一个火炮性子，不忌生冷，一个软硬人，碰见老虎是绵羊，遇到绵羊变老虎，两人你来我往，好不热闹。正在相持不下之际，新老爷登场调解，却终于功亏一篑，联保主任和刑幺吵吵大打出手。此时，蒋门神带来消息：刑大老爷请客，新县长欣然赴宴，“人已经出来啦”。整场吵架，松弛有度，波澜起伏，角色心理细致入微，人物语言谐趣生动，川味浓郁。

兵役问题在城里圆满解决，刑幺吵吵和联保主任虚惊一场，没有摸到的新县长的脾气终于摸到了。这位时常一个人在街上串，戴副黑眼镜的新县长，宣称扫除役政积弊云云，不过是新官上任时照例的虚张声势罢了。无论是城里还是镇上，流行的风气都是面子，“凡是照规矩行事的，那就是平常人，重要人物都是站在一切规矩之外的。”因而，对于刑幺吵吵来说，老二被抓的同时，他已经失掉了面子，和联保主任的吵架几乎是必然的。

联保主任和刑幺吵吵之间其实有一种潜在的默契，那就是要共同进行一场精彩的表演。评论者多强调镇上和城里相互平行的明暗双线，对于小说中看与被看的潜在结构却有所忽视。从某种意义上说，这场滑稽的闹剧正因为有着越来越多的看客，而精彩纷呈，高潮迭起。看客们毫不吝啬自己的反应，刑幺吵吵一句“冬瓜做不做得甑子”的形容引来一片笑声。新老爷一露面，“茶客们都立刻直觉到：幺吵吵已经布置好一台讲茶了”，他们随即报以种种热情的骚动。在不知如何表态时，“彼此只好暧昧不明地摇头叹气，喝起茶来。”联保主任站起来走向新老爷，“这个行动，立刻使得人们很振作了，大家全都期待着一个新的开端”。刑幺吵吵大发其火时，看客们“全都预感到精彩节目就要来了”。一个立在阶沿下人堆里的看客，大声回绝着朋友的催促“你走你的嘛，我还要玩一会!”当两人终于打起来时，“大家的情绪比看把戏还要热烈”，“整个市镇几乎全给翻了转来”。刑幺吵吵因为老二被抓失了面子，心情烦乱，比平时更加咄咄逼人；联保主任因为在全镇人面前受了侮辱，决心拼掉老命誓不低头。和鲁迅笔下“看/被看”的情节模式相比，沙汀在暗示看客空虚无聊的精神状态之外，着重表现了被看者的面子意识。(陈翠平)

★思考题:

1. 简单分析《在其香居茶馆里》的结构艺术。
2. 谈谈你对小说中大量运用四川方言土语这一现象的看法。

我在霞村的时候

丁　玲

因为政治部太嘈杂，莫俞同志决定要把我送到邻村去暂住，实际我的身体已经复原了，不过既然有安静的地方暂时休养，趁这机会整理一下近三月来的笔记，觉得也很好，我便答应他到霞村去住两个星期，那里离政治部有三十里路。

我没有骑马去，同走的是宣传科的一位女同志，她大约有些工作，她不是个好说话的人，所以一路显得很寂寞，加上她是一个“改组派”的脚，我的精神又不大好，我们上午就出发，太阳快下山了，才到达目的地。

远远看这村子，也同其他村子差不多。但我知道，这村子里还有一个未被毁去的建筑得很美丽的天主教堂，和一个小小的松林，而我就将住在靠山的松林里，从这里可以直望到教堂。虽说我还没有看见教堂，但我已经看到那山边的几排整齐的窑洞，以及窑洞上边的一大块绿色的树林，和绕在村子外边的大路上的柳林，我觉得很满意这村子。

“可以说已经到了，让我们再休息一会儿走吧，你说好么?”我时时担心着我的女伴的脚。

“不，我们不要再休息了，你看天，我们还要找行李呢，不知道他们已经替我们掮到没有。”

从我的女伴口里，我对这村子的认识是很热闹的。但当我们走进村口时，却连一个小孩子，一只狗也没有碰到，只见几片枯叶轻轻地被风卷起，飞不多远又坠下来了。

“这里从先是小学堂，自从去年鬼子来后就毁了，你看那边台阶，那是一个很大的教室呢。”阿桂（我的女伴）告诉我，她显得有些激动，不像白天那样沉默了。她接着又指着一个空空的大院子：“一年半前这里可热闹呢，同志们天天晚饭后就在这里打球。”

她又急起来了：“怎么今天这里没有人呢？我们还是先到村公所去，还是到山上去呢？我说先到一个地方去问问再上山，尽管山上我也熟，先问清总是好的。唉，行李也不知掮到什么地方去了，我倒不要紧，就怕你冷。”

村公所的大门墙上，贴了很多白纸条，上面写着“农民救国会办事处”、“妇女救国会霞村分会”、“民众武装自卫会”、“……”。但我们到了里边，却静悄悄地找不到一个人，几张横七竖八的桌子空空地摆在那里。我们正奇怪，匆匆地跑来一个人，他看了一看我，似乎想问什么，却又把话咽下去了，还想往外跑，但被我们叫住了。

他只好连连地答应我们：“我们的人嘛，都到村西口去了。行李？嗯，是有行李，老早就抬到山上了，是刘二妈家里。”于是他站住了打量着我们。

我们知道了他是农救会的人之后，便要求他陪同我们一道上山去，并且要他把我写给这边一个同志的条子送去。

他答应了替我们送条子，却不肯陪我们，而且显得有点不耐烦的样子，把我们丢下独自跑走了。

街上也是静悄悄的，有几家在关门，有几家门还开着，里边黑漆漆的，我们想走上前去问，却又不知如何问起。幸好阿桂对这村子还熟，她引导着我走上山，这时已经黑下来了，冬天的阳光是下去得快的。

山不高，沿着山脚上去，错错落落有很多石砌的窑洞，也有土窑洞，洞外边常有些空地，大树，石碾子，也常有人站在空坪上眺望着。阿桂明知没有到，但一碰着人便要问：

“刘二妈的家是这样走的么?”“刘二妈的家还有多远?”“请你告诉我怎样到刘二妈的家里?”或是问：“你看见有行李送到刘二妈家去过么?刘二妈在家么?”

回答总是使我们满意的，这些满意的回答一直把我们送到最远的、最高的刘家院子里，两只小狗最先走出来欢迎我们。

接着有人出来问了。一听说是我，便又出来了两个人，他们掌着灯把我们送到一个靠东的窑洞里。这窑洞里面很空，靠窗的炕上堆得有我的铺盖卷和一口小皮箱，还有阿桂的一条被子。

她们里面有认识阿桂的，拉着她的手问长问短，后来索性把阿桂拉出去了。我一个人留在这屋子里，只好整理铺盖。我刚要躺下，她们又涌进来了。有一个青年媳妇托着一缸面条，阿桂、刘二妈和另外一个小姑娘拿着碗、筷和一碟子葱同辣椒，小姑娘又捧来一盆燃得红红的火。

她们殷勤地督促着我吃面，也摸着我的两手、两臂，刘二妈和那媳妇也都坐上炕来了。她们露出一种神秘的神气，又接着谈讲着她们适才所谈到的一个问题。我先还以为她们所诧异的是我，慢慢我觉到我的来住并未能使她们感觉到如何神奇的趣味，她们只热心于一点，那就是她们谈话的内容。我不愿做出太好打听的样子，所以也不问她们，但只无头无尾的听见几句，也弄不清，尤其是刘二妈说话之中，常常要把声音压低，像怕什么人听见似的那么耳语着。阿桂已经完全不是同一道走路时的阿桂了，她仿佛满能干似的，很爱说话，而且也能听人说话的样子，她表现出很能把握住别人说话的中心意思。另外两人不大说什么，不时也补充一两句，却那么聚精会神地听着，深怕遗漏去一个字似的。

忽然院子里发生了一阵嘈杂的声音，不知有多少人在同时说话，也不知道闯进了多少人来。刘二妈几人慌慌张张地都爬下炕去往外跑，我也莫名其妙地跟着跑到外边去看。这时院子里实在完全黑了，有两个纸糊的红灯笼在人丛中摇晃，我挤到人堆里去瞧，什么也看不见，他们也是无所谓地在挤着而已，他们都想说什么，都又不说，只听见一些极简单的对话，而这些对话只有更把人弄糊涂的：

“玉娃，你也来了么?”

“看见没有?”

“看见了，我有些怕。”

“怕什么，不也是人么，更标致了呢。”

我开始以为总是谁家要娶新娘子了，他们却回答我不是的；我又以为是俘虏，却还不是的。我跟着人走到中间的窑门口，却见窑里挤得满满的是人，而且烟雾沉沉地看不清，我只好又退出来。人似乎也在慢慢地退去了，院子里空旷了许多。

我不能睡去，便在灯底下整理着小箱子，翻着那些练习簿、相片，又削着几枝铅笔。我显得有些疲乏，却又感觉着一种新的生活要到来以前的那种亢奋。我分配着我的时间，我要从明天起便遵守规定下来的生活秩序，这时却有一个男人嗓子在门外响起了：

“还没有睡么? ××同志。”

还没有等到我答应，这人便进来了，是一个二十岁左右的、还文雅的乡下人。

“莫主任的信我老早就看到了，这地方还比较安静，一切事情我都交托刘二妈，你要什么尽管问她。莫主任说你要在这里住两星期，行，要是住得还好，就多住一阵也不要紧。我就住在邻院，下边的那几个窑，有事就叫这里的人找我。”

他不肯上炕来坐，地下又没有凳子，我便也跳下炕去：

“呵，你就是马同志，我给你的一个条子收到了么？请坐下来谈谈吧。”

我知道他在这村子上负点责，是一个未毕业的初中学生。

“他们告诉我，你写了很多书，可惜我们这里没有买，我都没有见到。”他望了望炕上开着口的小箱子。

我们话题一转到这里的学习情形时，他便又说：“等你休息几天后，我们一定要请你做一个报告：群众的也好，训练班的也好，总之，你一定得帮助我们，我们这里最难的工作便是‘文化娱乐’。”

像这样的青年人我在前方看了很多很多，当刚刚接触他们的时候常常感到惊讶，觉得这些同自己有一点距离的青年们实在变得很快，不过一多了，也就失去了追求了解他们的热心了。所以我便又把话拉回来。

“刚才，他们发生了什么事么?”

“刘大妈的女儿贞贞回来了。想不到她才英雄呢。”即刻我感到在他的眼睛里多了一样东西，那里面放射着愉悦的、热情的光辉。

我正要问下去时，他却又加上说明了：“她是从日本人那里回来的，她已经在那里干了一年多了。”

“呵!”我不禁也惊叫起来了。

他打算再告诉我一些什么时，外边有人在叫他了，他只好对我说明天他一定叫贞贞来找我。而且他还提起我注意似的，说贞贞那里“材料”一定很多的。

很晚阿桂才回来睡，她躺到床上老是翻来覆去地睡不着，不住地唉声叹气。我虽说已经疲倦到极点了，仍希望她能告诉我一些关于今晚上的事情。

“不，××同志！我不能说，我真难受，我明天告诉你吧，呵！我们女人真作孽呀！”于是她把被蒙着头，动也不动，也再没有叹息，我不知道她什么时候才睡着的。

第二天一早我便到屋外去散步，不觉得就走到村子底下去了。我走进了一家杂货铺，一方面是休息，一方面买了他们很多枣子，是打算送给刘二妈家里煮稀饭吃的。那杂货铺老板听说我住在刘二妈家里，便挤着那双小眼睛，有趣的低声问我道：

“她那侄女儿你看见了么？听说病得连鼻子也没有了，那是给鬼子糟蹋的呀。”他又转过脸去朝站在柜台里边门口的他的老婆说：“亏她有脸面回家来，真是她爹刘福生的报应。”

“那娃儿向来就风风雪雪的，你没有看见她早前就在街上浪来浪去，她不是同夏大宝打得火热么？要不是夏大宝穷，她不老早就嫁给他了么？”那老婆子拉着衣角走了出来。

“谣言可多呢，”他转过脸来抢着又说。这次他的眼睛已不再眨动了，却做出一副正经的样子：“听说起码一百个男人总‘睡’过，哼，还做了日本官太太，这种缺德的婆娘，是不该让她回来的。”

我忍住了气，因为不愿同他吵，就走出来了。我并没有再看他，但我感觉到他又眯着那小眼睛很得意地望着我的背影。

走到天主堂转角的地方，又听到有两个打水的妇人在谈着，一个说：

“还找过陆神父，一定要做姑姑，陆神父问她理由，她不说，只哭，知道那里边闹的什么把戏，现在呢，弄得比破鞋还不如……”

另一个便又说：“昨天他们告诉我，说走起路来一跛一跛的，唉，怎么好意思见人！”

“有人告诉我，说她手上还戴得有金戒指，是鬼子送的哪！”

“说是还到大同去过，很远的，见过一些世面，鬼子话也会说哪。……”

这散步于我是不愉快的，我便走回家来了。这时阿桂已不在家，我就独自坐在窑洞里读一本小册子。

我把眼睛从书上抬起来，看见靠墙立着两个粮食篓子，那大约很有历史的吧，它的颜色同墙壁一般黑，我把一块活动的窗户纸掀开，就看见一片灰色的天（已经不是昨天来时的天气了）和一片扫得很干净的土地，从那地的尽头上，伸出几株枯枝的树，疏疏朗朗地划在那死寂的铅色的天上。

院子里没有什么人走动。

我又把小箱子打开，取出纸笔来写了两封信。怎么阿桂还没回来呢？我忘记她是有工作的，而且我以为她是将与我住下去似的了。

冬天的日子本来是很短的，但这时我却以为它比夏天的日子还长呢。

后来我看见那小姑娘出来了，于是跳下炕到门外去招呼她，但她只望着我笑了一笑，便跑到另外一个窑洞里去了。我在院子里走了两个圈，看见一只苍鹰飞到那教堂的树林子里边去了。那院子里有很多大树。

我又在院子里走起来，我走到靠右边的尽头，我听见有哭泣的声音，是一个女人，而且在压抑住自己，时时都在擤鼻涕。

我努力地排遣自己，思索着这次来的目的和计划，我一定要好好休养，而且按着自己规定的时间去生活。于是我又回到房子里来了，既然不能睡，而写笔记又是多么无聊呵！

幸好不久刘二妈来看我了，她一进来，那小姑娘跟着也来了，后来那媳妇也来了。她们都坐到我的炕上，围着一个小火盆。那小姑娘便查看着那小方炕桌上的我的用具。

“那时谁也顾不到谁，”刘二妈述说着一年半前鬼子打到霞村来的事：“咱们家住在山上的还好点，跑得快，村底下的人家有好些都没有跑走，也是命定下的，早不早迟不迟，这天咱们家的贞贞却跑到天主堂去了，后来才知道她是找那个外国神父要做姑姑去的，为的也是风声不好，她爹正在替她讲亲事，是西柳村一家米铺的小老板，年纪快三十了，填房，家道厚实，咱们都说好，就只贞贞自己不愿意，她向着她爹哭过。别的事她爹都能依她，就只这件事老头子不让，咱们老大又没儿，总企望把女儿许个好人家。谁知道贞贞却赌气跑到天主堂去了，就那一忽儿，落在火坑了哪，您说做娘老子的怎不伤心……”

“哭的是她的娘么?”

“就是她娘。”

“你的侄女儿呢?”

“侄女儿么，到底是年轻人，昨天回来哭了一场，今天又欢天喜地到会上去了，才十八岁呢。”

“听说做过日本人太太，真的么?”

“这就难说了，咱也摸不清，谣言自然是多得很，病是已经弄上身了，到那种地方，还保得住干净么！小老板的那头亲事，还不吹了，谁还肯要鬼子用过的女人，的的确确是有病，昨天晚上她自己也说了。她这一跑，真变了，她说起鬼子来就像说到家常便饭似的，才十八岁呢，已经一点也不害臊了。”

“夏大宝今天还来过呢，娘！”那媳妇悄声的说着，用探问的眼睛望着刘二妈。

“夏大宝是谁呢?”

“是村底下磨房里的一个小伙计，早先小的时候同咱们贞贞同过一年学，两个要好得很，可是他家穷，就连咱们家也不如，他正经也不敢怎么样的，偏偏咱们贞贞痴心痴意，总要去缠着他，一来又怪了他。要去做姑姑也还不是为了他?自从贞贞给日本鬼弄去后，他倒常来看看咱们老大两口子。起先咱们大爹一见他就气，有时骂他，他也不说什么，骂走了第二次又来，倒是一个有良心的孩子，现在自卫队当一个小排长呢。他今天又来了，好像向咱们大妈求亲来着呢，只听见她哭，后来他也哭着走了。”

“他知不知道你侄女儿的情形呢?”

“怎会不知道?这村子里就没有人不清楚,全比咱们自己还清楚呢。”

“娘,人都说夏大宝是个傻孩子呢。”

“嗯,这孩子总算有良心,咱是愿意这头亲事的。自从鬼子来后,谁还再是有钱的人呢。看老大两口子的口气,也是答应的。唉,要不是这孩子,谁肯来要呢?莫说有病,名声就实在够受了。”

“就是那个穿深蓝色短棉袄,带一顶古铜色翻边毡帽的。”小姑娘闪着好奇的眼光,似乎也很了解这回事。

在我记忆里出现了这样一个人影:今天清晨我出外散步的时候,看见了这么一个年轻的小伙子,有着一副很机伶也很忠厚的面孔。他站在我们院子外边,却又并不打算走进来的样子;约莫当我回家时,又看见他从后边的松林里走出来。我只以为是这院了里人或邻院的人,我那时并没有很注意他,现在想起来,倒觉得的确是一个短小精悍、很不坏的年轻人。

我的休养计划怕不能完成了,为什么我的思绪这样地乱?我并不着急于要见什么人,但我幻想中的故事是不断地增加着。

阿桂现着一副很明白我的神气,望着我笑了一下便走出去了。

我明白了她的意思,于是来回在炕上忙碌了一番,觉得我们的铺、灯、火都明亮了许多。我刚把茶缸子搁在火上的时候,果然阿桂已经回到门口了,我听见她后边还跟得有人。

“有客人来了,××同志!”阿桂还没有说完,便听见另外一个声音噗哧一笑:“嘻……”

在房门口我握住了这并不熟识的人的手了。她的手滚烫,使我不能不略微吃惊。她跟着阿桂爬上炕去时,在她的背上,长长地垂着一条发辫。

这间使我感到非常沉闷的窑洞,在这新来者的眼里,却很新鲜似的,她用满有兴致的眼光环绕地探视着。她身子稍稍向后仰地坐在我的对面,两手分开撑住她坐的铺盖上,并不打算说什么话似的,最后把眼光安详地落在我的脸上了。阴影把她的眼睛画得很长,下巴很尖。虽在很浓厚的阴影之下的眼睛,那眼珠却被灯光和火光照得很明亮,就像两扇在夏天的野外屋宇里洞开的窗子,是那么坦白,没有尘垢。

我也不知道如何来开始我们的谈话,怎么能不碰着她的伤口,不会损害到她的自尊心。我便先从缸子里倒了一杯已经热了的茶。

“你是南方人吧?我猜你是的,你不像咱们省里的人。”倒是贞贞先说了。

“你见过很多南方人么?”我想最好随她高兴说什么我就跟着说什么。

“不,”她摇着头,仍旧盯着我瞧,“我只见过几个,总是有些不同。我喜欢你们那里人,南方的女人都能念很多很多的书,不像咱们,我愿意跟你学,你教我好吗?”

我答应她之后忽地她又说了:“日本的女人也都会念很多很多书,那些鬼子兵都藏得有几封写得漂亮的信：有的是他们的婆姨的，有的是相好来的，也有不认识的姑娘们写信给他们，还夹上一张照片，写了好些肉麻的话，真怪，怎么她们那么喜欢打仗，喜欢当兵的人，也不知道她们是不是真心，总哄得那些鬼子当宝贝似地揣在怀里。"

"听说你会说日本话，是么？"

在她脸上轻微地闪露了一下羞赧的颜色，接着又很坦然地说下去，"时间太久了，跑来跑去一年多，多少就会了一点儿，懂得他们说话很有用处。"

"你跟着他们跑了很多地方么？"

"不是老跟着一个队伍跑的，人家总以为我做了鬼子官太太，享富贵荣华，实际我跑回来过两次，连现在这回是第三次了。后来我是被派去的，也是没有办法，现在他们不再派我去了，要替我治病。也好，我也挂牵我的爹娘，回来看看他们。可是娘真没有办法，没有女儿是哭，有了女儿还是哭。"

"你一定吃了很多的苦吧。"

"她吃的苦真是想也想不到，"阿桂露出一副难受的样子，像要哭似的，"做了女人真倒霉，贞贞你再说吧。"她更挤拢去，紧靠她身边。

"苦么，"贞贞像回忆着一件辽远的事一样，"现在也说不清。有些是当时难受，于今想来也没有什么；有些是当时倒也马马虎虎地过去了，回想起来却实在伤心呢。一年多，日子也就过去了。这次一路回来，好些人都奇怪地望着我。就说这村子的人吧，都把我当一个外路人，有亲热我的，也有逃避我的。再说家里几个人吧，还不都一样，谁都偷偷地瞧我，没有人把我当原来的贞贞看了。我变了么，想来想去，我一点也没有变，要说，也就心变硬一点罢了。人在那种地方住过，不硬一点心肠还行么，也是因为没有办法，逼得那么做的哪！"

一点有病的样子也没有，她的脸色红润，声音清晰，不显得拘束，也不觉得粗野。她并不含一点夸张，也使人感觉不到她有什么牢骚，或是悲凉的意味，我忍不住要问到她的病了。

"人大约总是这样，哪怕到了更坏的地方，还不是只得这样，硬着头皮挺着腰肢过下去，难道死了不成？现在呢，我再也不那么想了，我说人还是得找活路，除非万不得已。所以他们说要替我治病，我想也好，治了总好些。这几天病倒不觉得什么了。路过张家驿时，住了两天，他们替我打了两次药针，又给了一些药我吃。只有今年秋天的时候，那才厉害，人家说我肚子里面烂了，又赶了有一个消息要立刻送回来，找不到一个能代替的人，那晚上摸黑我一个人来回走了三十里，走一步，痛一步，只想坐着不走了。要是别的不关紧要的事，我一定不走回去了，可是这不行哪，唉，又怕被鬼子认出来，又怕误了时间，后来整整睡了一个星期，才又拖着起了身。一条命要死好像也不大容易，你说是么？"

她并没有等我的答复，却又继续说下去了。

有的时候，她也停顿下来，在这时间，她也望望我们，也许是在我们脸上找点反应，也许她只是思索着别的。看得出阿桂比贞贞显得更难受，阿桂大半的时候沉默着，有时说几句话，她说的话总只为的传达出她的无限的同情，但她沉默时，却更显得她为贞贞的话所震慑住了，她的灵魂被压抑，她感受了贞贞过去所受的那些苦难。

我以为那说话的人丝毫没有想到要博得别人的同情，纵是别人正为她分担了那些罪过，她似乎也没有感觉到，同时也正因为如此，就使人觉得更可同情了。如果她说起她这段历史的时候，并不是像现在这样，心平气和，甚至使你以为她是在说旁人那样，那是宁肯听她哭一场，哪怕你自己也陪着她哭，都是觉得好受些的。

后来阿桂倒哭了，贞贞反来劝她。我本有许多话准备同贞贞说的，也说不出口了，我愿意保持住我的沉默。当她走后，我强制自己在灯下读了一个钟头的书，连睡得那么邻近的阿桂，也不看她一眼，或问她一句，哪怕她老是翻来覆去地睡不着，一声一声地叹息着。

以后贞贞每天都来我这里闲谈，她不只是说她自己，也常常很好奇地问我许多那些不属于她的生活中的事。有时我的话说得很远，她便显得很吃力地听着，却是非常要听的。我们也一同走到村底下去，年轻人都对她很好，自然都是那些活动分子。但像杂货店老板那一类的人，总是铁青着脸孔，冷冷地望着我们，他们嫌厌她，卑视她，而且连我也当着不是同类的人的样子看待了。尤其那一些妇女们，因为有了她才发生对自己的崇敬，才看出自己的圣洁来，因为自己没有被敌人强奸而骄傲了。

阿桂走了之后，我们的关系就更密切了，谁都不能缺少谁似的，一忽儿不见就会彼此挂念。我喜欢那种有热情的，有血肉的，有快乐、有忧愁、又有明朗的性格的人，而她就正是这样。我们的闲谈常常占去了很多时间，我总以为那些谈天，于我的学习和休养，都是非常有帮助的。可是日子一天天过去，贞贞对我并不完全坦白的事，竟被我发觉了；但我绝不会对她有一丝怨恨，而且我将永远不去触她这秘密，每个人一定有着某些最不愿告诉人的东西深埋在心中，这是指属于私人感情的事，既与旁人毫无关系，也不会有关系于她个人的道德。

到了我快走的那几天，贞贞忽然显得很烦躁，并没有什么事，也不像打算要同我谈什么的，却很频繁地到我屋里来，总是心神不宁的，坐立不安的，一会儿又走了。我知道她这几天吃得很少，甚至常常不吃东西。我问过她的病，我清楚她现在所担受的烦扰，决不只是肉体上的。她来了，有时还说几句毫无次序的话；有时她似乎要求我说一点什么，做出一副要听的神气。但我也看得出她在想一些别的，那些不愿让人知道的，她是正在掩饰着这种心情，装出无所谓的样子。

有两次，我看见那显得很精悍的年轻小伙子从贞贞母亲的窑中出来，我曾把他给我的印象和贞贞一道比较，我以为我非常同情他，尤其当现在的贞贞被很多人糟蹋过，染上了不名誉的、难医的病症的时候，他还能耐心地来看她，向她的父母提出要求，他不嫌弃她，不怕别人笑骂。他一定觉得她这时更需要他，他明白一个男子在这样的时候对他相好的女人所应有的气概和责任。而贞贞呢，虽说在短短的时间中，找不出她有很多的伤感和怨恨，她从没有表示过她希望有一个男子来要她，或者就说是抚慰吧。但她也以为因为她是受过伤的，正因为她受伤太重，所以才养成她现在的强硬，她就有了一种无所求于人的样子。可是如果有些爱抚，非一般同情可比的怜惜，去温暖她的灵魂是好的。我喜欢她能哭一次，找到一个可以哭的地方去哭一次。我希望我有机会吃到这家人的喜酒，至少我也愿意听到一个喜讯再离开。

“然而贞贞在想着一些什么呢？这是不会拖延好久，也不应成为问题的。”我这样想着，也就不多去思索了。

刘二妈她的小媳妇、小姑娘也来过我房子，估计她们的目的，无非想来报告些什么，有时也说一两句。但我总不给她们说话的机会，我以为凡是属于我朋友的事，如若朋友不告诉我，我又不直接问她，却在旁人那里去打听，是有损害于我的朋友和我自己，也是有损害于我们的友谊的。

就在那天黄昏，院子里又热闹起来了，人都聚集在那里走来走去，邻舍的人全来了，他们交头接耳的，有的显得悲戚，也有的满感兴趣的样子。天气很冷，他们好奇的心却很热，他们在严寒底下耸着肩，弓着腰，笼着手，他们吹着气，在院子中你看我，我看你，好像在探索着很有趣的事似的。

开始我听见刘大妈的房子里有些吵闹的声音，接着刘大妈哭了。后来还有男人哭的声音，我想是贞贞的父亲吧。接着又有摔碗的声音，我忍不住，分开看热闹的人冲进去了。

“你来得很好，你劝劝咱们贞贞吧。”刘二妈把我扯到里边去。

贞贞把脸藏在一头纷乱的长发里，望得见两颗狰狰的眼睛从里边望着众人。我走到她旁边便站住了。她似乎并没有感觉我的到来，或者也把我当作一个毫不足介意的敌人之一罢了。她的样子完全变了，几乎使我不能在她的身上回想起一点点那些曾属于她的洒脱、明朗、愉快，她像一个被困的野兽，她像一个复仇的女神，她憎恨着谁呢？为什么要做出那么一副残酷的样子？

“你就这样的狠心，全不为娘老子着想，你全不想想这一年多来我为你受的罪……”刘大妈在炕上一边捶着一边骂，她的眼泪像雨点一样，有的落在炕上，有的落在地上，还有的就顺着脸往下流。

有好几个女人围着她，扯着她，她们不准她下炕来。我以为一个女人当失去了自尊心，一任她的性情疯狂下去的时候，真是可怕。我很想告诉她，你这样哭是没有用的，同时我也明白在这时是无论什么话都不会有效的。

老头子显得很衰老的样子，他垂着两手，叹着气。夏大宝坐在他旁边，用无可奈何的眼光望着两个老人。

“你总得说一句呀，你就不可怜可怜你的娘么？……”

“路走到尽头总要转弯的，水流到尽头也要转弯的，你就没有一点弯转么？何苦来呢？……”

一些女人们就这样劝贞贞。

我看出这事是不会如大家所希望的了。贞贞早已表示不要任何人可怜她，她也不可怜任何人。她是早已决定，没有弯转的，要说赌气，就算赌气吧。她现在是咬紧了牙关要坚持下去的神情。

她们听了我的劝告，请贞贞到我的房里边去休息，一切问题到晚上再谈。于是我便领着贞贞出来了。可是她并没有到我的房中去，她向后山上跑了。

“这娃儿心事大呢……”

“哼，瞧不起咱乡下人了……”

“这种破铜烂铁，还搭臭架子，活该夏大宝倒霉……”

聚集在院子中的人们纷纷议论着，看看已经没有什么好看的了，便也散去了。

我在院子中踌躇了一会，便决计到后山去。山上有些坟堆，坟周围都是松树，坟前边有些断了的石碑，一个人影子也没有，连落叶的声音都没有。我从这边穿到那边，我叫着贞贞的名字，似乎有点回声，来安慰一下我的寂寞，但随即更显得万山的沉静，天边的红霞已经退尽了，四周围浮上一层寂静的、烟似的轻雾，绵延在远近的山的腰边。我焦急，我颓然坐在一块碑上，我盘旋着一个问题：再上山去呢，还是在这里等她呢？我希望我能替她分担些痛苦。

我看见一个影子从底下上来了，很快我便认识出就是夏大宝。我不做声，希望他没有看见我，让他直到上面去吧。但是他却在朝我走来。

“你找到了么？我到现在还没有看见她。”我不得不向他打一个招呼。

他走到我面前，就在枯草地上坐下去。他沉默着，眼望着远方。

我微微有些局促。他的确还很年轻呢，他有两条细细的长眉，他的眼很大，现在却显得很呆板，他的小小的嘴唇紧闭着，也许在从前是很有趣的，但现在只充满着烦恼，压抑住痛苦的样子，他的鼻是很忠厚的，然而却有什么用呢？

“不要难受，也许明天就好了，今天晚上我定要劝她。”我只好安慰他。

“明天，明天，……她永远都会恨我的，我知道她恨我……”他的声音稍稍的有点儿哑，是一个沉郁的低音。

“不，她从没有向我表示过对人有什么恨。”我搜索着我的记忆，我并没有撒谎。

“她不会对你说的，她不会对任何人说的，她一定到死都不饶恕我的。”

“为什么她要恨你呢？”

“当然罗……”忽的他把脸朝着我，注视着我，“你说，我那时不过是一个穷小子，我能拐着她逃跑么？是不是我的罪？是么？”

他并没有等到我的答复就又说下去了，几乎是自语：“是我不好，还能说是我对么，难道不是我害了她么？假如我能像她那样有胆子，她是不会……”

“她的性格我懂得，她永远都要恨我的。你说，我应该怎样？她愿意我怎样？我如何能使她快乐？我这命是不值什么的，我在她面前也还有点用处么？你能告诉我么？我简直不知我应该怎样才好，唉，这日子真难受呀！还不如让鬼子抓去……”他不断的喃喃下去。

当我邀他一道回家去的时候，他站起来同我走了几步，却又停住了，他说他听见山上有声音。我只好鼓励他上山去，我直望到他的影子没入更厚的松林中去，才踏上回去的路，天色已经快要全黑了。

这天晚上我虽然睡得很迟，却没有得着什么消息，不知道他们怎么过的。

等不到吃早饭，我把行李都收拾好了。马同志答应今天来替我搬家。我已准备回政治部去，并且回到延安去，因为敌人又要大举“扫荡”了。我的身体不允许我再留在这里，莫主任说无论如何要先把这些伤病员送走。我的心却有些空荡荡的，坚持着不回去么？身体又累着别人；回去么？何时再来呢？我正坐在我的铺上沉思着的时候，我觉得有人悄悄地走进我的窑洞。

她一耸身跳上炕来坐在我的对面了，我看见贞贞脸上稍稍的有点浮肿，我去握着那只伸在火上的手，那种特别使我感觉刺激的烫热又使我不安了，我意识到她有着不轻的病症。

“贞贞！我要走了，我们不知何时再能相会，我希望，你能听你娘……”

“我就是来告诉你的，”她一下就打断了我的话，“我明天也要动身了。我恨不得早一天离开这家。”

“真的么?”

“真的!”在她的脸上那种特有的明朗又显出来了。“他们叫我回……去治病。”

“呵!”我想我们也许要同道的。“你娘知道了么?”

“不，还不知道，只说治病，病好了再回来，她一定肯放我走的，在家里不是也没有好处么?”

我觉得她今天显得稀有的平静。我想起头天晚上夏大宝说的话了。我冒昧地便问她道：

“你的婚姻问题解决了么?”

“解决，不就是那么吗?”

“是听娘的话么?”我还不敢说出我对她的希望，我不愿想着那年轻人所给我的印象，我希望那年轻人有快乐的一天。

“听她们的话，我为什么要听她们的话，她们听过我的话么?”

“那么，你果真是和她们赌气么?”

“和她们赌气？那才不值得。”

“那么，……你真的恨夏大宝么?”

她半天没有回答我，后来她说了，说得更为平静的：“恨他，我也说不上。我觉得我已经是一个有病的人了，我的确被很多鬼子糟蹋过，到底是多少，我也记不清了，总之，是一个不干净的人了。既然已经有了缺憾，就不想再有福气，我觉得活在不认识的人面前，忙忙碌碌的，比活在家里，比活在有亲人的地方好些。这次他们既然答应送我到延安去治病，那我就想留在那里学习，听说那里是大地方，学校多，什么人都可以学习的。大家扯在一堆并不会怎样好，那就还是公开，各奔各的前程。我这样打算是为了我自己，也为了旁人，所以我并不觉得有什么对不住人的地方，也没有什么高兴的地方。而且我想，到了延安，还另有一番新的气象。我还可以再重新作一个人，人也不一定就只是爹娘的，或自己的。别人说我年轻，见识短，脾气别扭，我也不辩，有些事情哪能让人人都知道呢?”

我觉得非常惊诧，新的东西又在她身上表现出来了。我觉得她的话的确值得我们研究，我当时只能说出我赞成她的打算的话。

我走的时候，她的家属在那里送我，只有她到公所里去了，也再没有看见夏大宝。我心里并没有难受，我仿佛看见了她的光明的前途，明天我将又见着她的，定会见着她的，而且还有好一阵时日我们不会分开了。果然，一走出她家的门，马同志便告诉了我关于她的决定，证实了她早上告诉我的话很快便会实现了。

★导读

丁玲（1904—1986），原名蒋伟，字冰之，湖南临澧人。1918 年就读于桃源第二女子师范学校预科，1919 年转入长沙周南女子中学。1922 年初赴上海，1923 年在中国共产党创办的上海大学中国文学系学习，1924 年到北京，曾在北京大学旁听，1927 年开始文学创作。1929 年与胡也频、沈从文在上海合办《红黑》杂志。1930 年加入“左联”，1931 年任《北斗》主编及“左联”党团书记。1932 年加入中国共产党，1936 年奔赴陕北，曾任《解放日报》文艺副刊主编。代表性作品有小说《莎菲女士的日记》、《母亲》、《我在霞村的时候》、《太阳照在桑干河上》，杂文《三八节有感》等。

《我在霞村的时候》是丁玲延安时期的代表作，发表于 1941 年 6 月的《中国文化》第 3 卷第 1 期。小说讲述了具有慰安妇和情报员双重身份的少女贞贞因病回家后的经历。女主角名为“贞贞”，整个故事也由“贞”与“不贞”的争议构成。以革命者的角度观之，贞贞以身体获取情报的行为堪称英雄。有一次，为了送回情报，贞贞忍着肚子里面烂了的剧痛，连夜摸黑走了三十里，这显然是无比坚贞的革命举动。村里以马同志为代表的年轻活动分子都对她很好，“我”对她更是欣赏有加。然而，霞村村民对贞贞的主流看法却是嫌弃和鄙视，因为她和很多日本男人“睡”过，是一个被用过的不贞女人。叙述者讽刺而痛心地写道：“尤其那一些妇女们，因为有了她才发生对自己的崇敬，才看出自己的圣洁来，因为自己没有被敌人强奸而骄傲了。”在贞贞出场之前，霞村充斥着神秘的气息和嘈杂的声音，各种谣言迅速散播开来。

因为贞贞的归来，霞村热闹起来，人们聚集在院子里交头接耳。“天气很冷，他们好奇的心却很热，他们在严寒底下耸着肩，弓着腰，笼着手，他们吹着气，在院子中你看我，我看你，好像在探索着很有趣的事似的。”在这个位于解放区的落后保守的山村，人们因为有热闹可看，而带着莫名的兴奋，迫不及待地发表各自的见解。有人夸耀自己的先见之明：“她早前就在街上浪来浪去”；有人幸灾乐祸、讽刺挖苦：“听说病得连鼻子也没有了”、“走起路来一跛一跛的”；有人显示自己道德上的优越感，斥骂贞贞“缺德”、“丢脸”、“比破鞋还不如”、“怎么好意思见人”；有人羡慕嫉妒：“说是还到大同去过，很远的，见过一些世面，鬼子话也会说哪”，甚至谣传贞贞做了官太太、戴着金戒指。凡此种种，不一而足。

当贞贞终于出现在“我”面前时，一点有病的样子也没有，脸色红润，声音清晰，“我”几乎立刻喜欢上了这个性格明朗的女孩。“虽在很浓厚的阴影之下的眼睛，那眼珠却被灯光和火光照得很明亮，就像两扇在夏天的野外屋宇里洞开的窗子，是那么坦白，没有尘垢。”这个女孩的内心虽然有着隐秘的伤痛，但她仍然对这个世界充满了兴致和憧憬。她喜欢“我”这样的南方女人，甚至对遥远的日本女人不无羡慕，因为她们都能念很多很多的书。每次来找“我”闲谈，她常常“好奇地问我许多那些不属于她的生活中的事”。正如“我”是一个外来者，贞贞也是霞村的一个异数。十五六岁的时候，她便公然与穷小子夏大宝恋爱。当父亲嫌贫爱富，要把她另嫁他人时，她便跑到天主教堂，打算做姑姑。被抓去做了慰安妇，聪明的她很快学起了鬼子话，成了得力的情报员。这个十八岁的少女，经历了一年半间的种种，坚强中带着几分沧桑，她说：“人大约总是这样，哪怕到了更坏的地方，还不是只得这样，硬着头皮挺着腰肢过下去，难道死了不成?”

《我在霞村的时候》以“我”的视角展开叙述。“我”既是一个革命干部，又是一位作家，还是一名女性。但文中诸如“我们女人真作孽呀”、“做了女人真倒霉”这些基于性别立场的感慨，却出自另一位女同志阿桂之口。在文本的深层结构中，“我”和贞贞是惺惺相惜的同类人，她们需要的不是同情。当夏大宝被负罪感（当初没有胆量带贞贞逃跑）驱使向贞贞求婚时，贞贞却选择了离开。

她希望到延安去治病、学习，“重新作一个人”。在贞贞的内心深处，隐隐有着对自由的向往。“我觉得活在不认识的人面前，忙忙碌碌的，比活在家里，比活在有亲人的地方好些。”这其实是一种相当现代的“生活在别处”的冲动，贞贞的选择让人想起当年决定抛开一切、只身南下的莎菲。无论是莎菲，还是贞贞，都在一定程度上，言说了丁玲个人的生命体验和内心隐秘。因而，尽管贞贞将要前往的正是“我”因为太嘈杂而暂时离开的地方，“我”仍然祝福了她的“光明的前途”。毕竟，人生是要向前的。

丁玲因写作《在医院中》、《我在霞村的时候》等小说，并在自己主持的《解放日报·文艺副刊》上发表王实味的《野百合花》等一批带有批判意味的杂文，而在延安整风运动中受批判，并于20世纪50年代受到再批判。因文成名，又以文获罪，丁玲的文学生涯令人欷歔不已。(陈翠平)

★思考题:

1. 简单分析贞贞这个人物形象。
2. 谈谈你对小说思想内涵的理解。

小城三月

萧　红

一

三月的原野已经绿了，像地衣那样绿，透出在这里、那里。郊原上的草，是必须转折了好几个弯儿才能钻出地面的，草儿头上还顶着那胀破了种粒的壳，发出一寸多高的芽子，欣幸地钻出了土皮。放牛的孩子在掀起了墙脚下面的瓦时，找到了一片草芽了，孩子们回到家里告诉妈妈，说："今天草芽出土了!"妈妈惊喜地说："那一定是向阳的地方!"抢根菜的白色的圆石似的籽儿在地上滚着，野孩子一升一斗地在拾着。蒲公英发芽了，羊咩咩叫，乌鸦绕着杨树林子飞。天气一天暖似一天，日子一寸一寸的都有意思。杨花满天照地飞，像棉花似的。人们出门都是用手捉着，杨花挂着他了。草和牛粪都横在道上，放散着强烈的气味。远远的有用石子打船的声音。"空空……"的大声传来。

河冰化了，冰块顶着冰块，苦闷地又奔放地向下流。乌鸦站在冰块上寻觅小鱼吃，或者是还在冬眠的青蛙。

天气突然地热起来，说是"二八月，小阳春"，自然冷天气要来的，但是这几天可热了。春带着强烈的呼唤从这头走到那头……

小城里被杨花给装满了，在榆钱还没变黄之前，大街小巷到处飞着，像纷纷落下的雪块……

春来了。人人像久久等待着一个大暴动，今天夜里就要举行，人人带着犯罪的心情，想参加到解放的尝试……春吹到每个人的心坎，带着呼唤，带着蛊惑……

我有一个姨，和我的堂哥哥大概是恋爱了。

姨母本来是很近的亲属，就是母亲的姊妹。但是我这个姨，她不是我的亲姨，她是我的继母的继母的女儿。那么她可算与我的继母有点血统的关系了，其实也是没有的。因为我这个外祖母是在已经做了寡妇之后才来到我外祖父家，翠姨就是这个外祖母原来在另外一家所生的女儿。

翠姨还有一个妹妹，她的妹妹小她两岁，大概是十七、八岁，那么翠姨也就是十八、九岁了。

翠姨生得并不是十分漂亮，但是她长得窈窕，走起路来沉静而且漂亮，讲起话来清楚地带着一种平静的感情。她伸手拿樱桃吃的时候，好像她的手指尖对那樱桃十分可怜的样子，她怕把它触坏了似的轻轻地捏着。

假若有人在她的背后唤她一声，她若是正在走路，她就会停下了；若是正在吃饭，就要把饭碗放下，而后把头向着自己的肩膀转过去，而全身并不大转，于是她自觉地闭合着嘴唇，像是有什么要说而一时说不出来似的……

而翠姨的妹妹，忘记了她叫什么名字，反正是一个大说大笑的，不十分修边幅，和她的姐姐完全不同。花的绿的，红的紫的，只要是市上流行的，她就不大加以选择，做起一件衣服来赶快就穿在身上。穿上了而后，到亲戚家去串门，人家恭维她的衣料怎样漂亮的时候，她总是说，和这完全一样的，还有一件，她给了她的姐姐了。

我到外祖父家去，外祖父家里没有像我一般大的女孩子陪着我玩，所以每当我去，外祖母总是把翠姨喊来陪我。

翠姨就住在外祖父的后院，隔着一道板墙，一招呼，听见就来了。

外祖父住的院子和翠姨住的院子，虽然只隔一道板墙，但是却没有门可通，所以还得绕到大街上去从正门进来。

因此有时翠姨先来到板墙这里，从板墙缝中和我打了招呼，而后回到屋去装饰了一番，才从大街上绕了个圈来她母亲的家里。

翠姨很喜欢我。因为我在学堂里念书，而她没有，她想什么事我都比她明白。所以，她总是有许多事务同我商量，看看我的意见如何。

到夜里，我住在外祖父家里了，她就陪着我也住下。

每每睡下就谈，谈过了半夜，不知为什么总是谈不完……

开初谈的是衣服怎样穿，穿什么样颜色，穿什么样的料子。比如走路应该快或是应该慢，有时，白天里她买了一个别针，到夜里她拿出来看看，问我这别针到底是好看或是不好看。那时候，大概是十五年前的时候，我们不知别处如何装扮一个女子，而在这个城里，几乎个个都有一条宽大的绒绳结的披肩，蓝的，紫的，各色的都有，但最多多不过枣红色的。几乎在街上所见的都是枣红色的大披肩了。

哪怕红的绿的那么多，但总没有枣红色的最流行。

翠姨的妹妹有一条，翠姨有一条，我的所有的同学，几乎每人有一条。就连素不考究的外祖母的肩上也披着一条，只不过披的是蓝色的，没有敢用最流行的枣红色的就是了。因为她总算年纪大了一点，对年轻人让了一步。

还有那时候都流行穿绒绳鞋，翠姨的妹妹就赶快地买了穿上，因为她那个人很粗心大意，好坏她不管，只是人家有她也有，别人是人穿衣服，而翠姨的妹妹就好像被衣服所穿了似的，芜芜杂杂。但永远合乎着应有尽有的原则。

翠姨的妹妹的那绒绳鞋，买来了，穿上了。在地板上跑着，不大一会工夫，那每只鞋脸上系着的一只毛球，竟有一个毛球已经离开了鞋子，向上跳着，只还有一根绳连着，不然就要掉下来了。很好玩的，好像一颗大红枣被系到脚上去了。因为她的鞋子也是枣红色的。大家都在嘲笑她的鞋子一买回来就坏了。

翠姨她没有买，她犹疑了好久，不管什么新样的东西到了，她总不是很快地就去买了来，也许她心里边早已经喜欢了，但是看上去她都像反对似的，好像她都不接受。

她必得等到许多人都开始采办了，这时候，看样子她才稍稍有些动心。

好比买绒绳鞋，夜里她和我谈话，问过我的意见，我说也是好看的，我有很多的同学，她们也都买了绒绳鞋。

第二天，翠姨就要求我陪着她上街，先不告诉我去买什么，进了铺子选了半天别的，才问到我绒绳鞋。

走了几家铺子，都没有，都说是已经卖完了。我晓得店铺的人是这样瞎说的，表示他这家店铺平常总是最丰富的，只恰巧你要的这件东西，他就没有了。我劝翠姨说，咱们慢慢地走，别家一定会有的。

我们是坐马车从街梢上的外祖父家来到街中心的。

见了第一家铺子，我们就下了马车。不用说，马车我们已经是付过了车钱的。等我们买好了东西回来的时候，会另外叫一辆的，因为我们不知道要等多久。

大概看见什么好，虽然不需要也要买点；或是东西已经买全了，不必要再多留连，也要留连一会；或是买东西的目的，本来只在一双鞋，而结果鞋子没有买到，反而罗里罗索地买回来许多用不着的东西。

这一天，我们辞退了马车，进了第一家店铺。

在别的大城市里没有这种情形，而在我家乡里往往是这样，坐了马车，虽然是付过了钱，让他自由去兜揽生意，但是他常常还仍旧等候在铺子的门外。等一出来，他仍旧请你坐他的车。

我们走进第一个铺子，一问没有。于是就看了些别的东西，从绸缎看到呢绒，从呢绒再看到绸缎，布匹是根本不看的，并不像母亲们进了店铺那样子，这个买去做被单，那个买去做棉袄的，因为我们管不了被单棉袄的事。母亲们一月不进店铺，一进店铺又是这个便宜应该买；那个不贵，也应该买。比方一块在夏天才用得着的花洋布，母亲们冬天里就买起来了，说是趁着便宜多买点，总是用得着的。而我们就不然了，我们是天天进店铺的，天天搜寻些个是好看的，是贵的值钱的，平常时候绝对的用不到想不到的。

那一天，我们买了许多花边回来，钉着光片的，带着琉璃的。说不上要做什么样的衣服才配得着这种花边。也许根本没有想到做衣服，就贸然地把花边买下了。一边买着，一边说好，翠姨说好，我也说好。到后来，回到家里，当众打开了让大家评判，这个一言，那个一语，让大家说得也有点没有主意了，心里已经五六分空虚了。于是赶快地收拾了起来，或者从别人的手中夺过来，把它包起来，说她们不识货，不让她们看了。

勉强说着：

"我们要做一件红金丝绒的袍子，把这个黑琉璃边镶上。"

或是："这红的我们送人去……"

说虽仍旧如此说，心里已经八九分空虚了，大概是这些所心爱的，从此就不会再出头露面的了。

在这小城里，商店究竟没有多少，到后来又加上看不到绒绳鞋，心里着急，也许跑得更快些。不一会工夫，只剩了三两家了。而那三两家，又偏偏是不常去的，铺子小，货物少。想来它那里也是一定不会有的了。

我们走进一个小铺子里去，果然有三四双，非小即大，而且颜色都不好看。

翠姨有意要买，我就觉得奇怪，原来就不十分喜欢，既然没有好的，又为什么要买呢？让我说着，没有买成回家去了。

过了两天，我把买鞋子这件事情早就忘了。

翠姨忽然又提议要去买。

从此我知道了她的秘密，她早就爱上了那绒绳鞋了，不过她没有说出来就是。她的恋爱的秘密就是这样子的。她似乎要把它带到坟墓里去，一直不要说出口，好像天底下没有一个人值得听她的告诉……

在外边飞着满天大雪，我和翠姨坐着马车去买绒绳鞋。我们身上围着皮褥子，赶车的车夫高高地坐在车夫台上，摇晃着身子，唱着沙哑的山歌："喝咧咧……"耳边的风呜呜地啸着，从天上倾下来的大雪，迷乱了我们的眼睛，远远的天隐在云雾里，我默默地祝福翠姨快快买到可爱的绒绳鞋，我从心里愿意她得救……

市中心远远地朦朦胧胧地站着，行人很少，全街静悄无声。我们一家挨一家地问着，我比她更急切，我想赶快买到吧，我小心地盘问着那些店员们，我从来不放弃一个细微的机会，我鼓励翠姨，没有忘记一家。使她都有点儿诧异，我为什么忽然这样热心起来。但是我完全不管她的猜疑，我不顾一切地想在这小城里面，找出一双绒绳鞋来。

只有我们的马车，因为载着翠姨的愿望，在街上奔驰得特别的清醒，又特别的快。雪下的更大了，街上什么人都没有了，只有我们两个人，催着车夫，跑来跑去。一直到天都很晚了，鞋子没有买到。翠姨深深地看着我的眼睛说："我的命，不会好的。"我很想装出大人的样子，来安慰她，但是没有等到找出什么适当的话来，泪便流出来了。

二

翠姨以后也常来我家住着，是我的继母把她接来的。

因为她的妹妹订婚了，怕是她一旦结了婚，忽然会剩下她一个人来，使她难过。因为她的家里并没有多少人，只有她的一个六十多岁的老祖父，再就是一个也是寡妇的伯母，带一个女儿。

堂姊妹本该在一起玩耍解闷的，但是因为性格的相差太远，一向是水火不同炉地过着日子。

她的堂妹妹，我见过，永久是穿着深色的衣裳，黑黑的脸，一天到晚陪着母亲坐在屋子里，母亲洗衣裳，她也洗衣裳；母亲哭，她也哭。也许她帮着母亲哭她死去的父亲，也许哭的是她们的家穷。那别人就不晓得了。

本来是一家的女儿，翠姨她们两姊妹却像有钱的人家的小姐，而那个堂妹妹，看上去却像乡下丫头。这一点，使她得到常常到我们家里来住的权利。

她的亲妹妹订婚了，再过一年就出嫁了。在这一年中，妹妹大大地阔气了起来，因为婆家那方面一订了婚就送来了聘礼。这个城里，从前不用大洋票，而用的是广信公司出的帖子，一百吊一千吊的论。她妹妹的聘礼大概是几万吊。所以她忽然不得了起来，今天买这样，明天买那样，花别针一个又一个的，丝头绳一团一团的，带穗的耳坠子，洋手表，样样都有了。每逢上街的时候，她和她姐姐一道，现在总是她付车钱了。她的姐姐要付，她却百般的不肯，有时当着人面，姐姐一定要付，妹妹一定不肯，结果闹得很窘，姐姐无形中觉得一种权利被人剥夺了。

但是关于妹妹的订婚，翠姨一点也没有羡慕的心理。妹妹未来的丈夫，她是看过的，没有什么好看，很高，穿着蓝袍子黑马褂，好像商人，又像一个小土绅士。又加上翠姨太年轻了，想不到什么丈夫，什么结婚。

因此，虽然妹妹在她的旁边一天比一天丰富起来，妹妹是有钱了，但是妹妹为什么有钱的，她没有考查过。

所以当妹妹尚未离开她之前，她绝对的没有重视“订婚”的事。

就是妹妹已经出嫁了，她也还是没有重视这“订婚”的事。

不过她常常地感到寂寞。她和妹妹出来进去的，因为家庭环境孤寂，竟好像一对双生子似的，而今去了一个，不但翠姨自己觉得单调，就是她的祖父也觉得她可怜。

所以自从她的妹妹嫁了人，她就不大回家，总是住在她的母亲的家里。有时我的继母也把她接到我们家里。

翠姨非常聪明，她会弹大正琴，就是前些年所流行在中国的一种日本琴，她还会吹箫或是会吹笛子。不过弹那琴的时候却很多。住在我家里的时候，我家的伯父，每在晚饭之后必同我们玩这些乐器的。笛子、箫、日本琴、风琴、月琴，还有什么打琴。真正的西洋的乐器，可一样也没有。

在这种正玩得热闹的时候，翠姨也来参加了，翠姨弹了一个曲子，和我们大家立刻就配合上了。于是大家都觉得在我们那已经天天闹熟了的老调子之中，又多了一个新的花样。于是立刻我们就加倍的努力，正在吹笛的把笛子吹得特别响，把笛膜振抖得似乎就要爆炸了似的，滋滋地叫着。十岁的弟弟在吹口琴，他摇着头，好像要把那口琴吞下去似的，至于他吹的是什么调子，已经是没有人留意了。在大家忽然来了勇气的时候，似乎只需要这种胡闹。

而那按风琴的人，因为越按越快，到后来也许是已经找不到琴键了，只是那踏脚板越踏越快，踏得呜呜地响，好像有意要毁坏了那风琴，而想把风琴撕裂了一般的。

大概所奏的曲子是《梅花三弄》，也不知道接连地弹过了多少圈，看大家的意思都不想要停下来。不过到了后来，实在是气力没有了，找不着拍子的找不着拍子，跟不上调的跟不上调，于是在大笑之中，大家停下来了。

不知为什么，在这么快乐的调子里边，大家都有点伤心，也许是乐极生悲了，把我们都笑得一边流着眼泪，一边还笑。

正在这时候，我们往门窗处一看，我的最小的小弟弟，刚会走路，他也背着一个很大的破手风琴来参加了。

谁都知道，那手风琴从来也不会响的。把大家笑死了。在这回得到了快乐。

我的哥哥（伯父的儿子，钢琴弹得很好），吹箫吹得最好，这时候他放下了箫，对翠姨说："你来吹吧！"翠姨却没有言语，站起身来，跑到自己的屋子去了，我的哥哥好久好久地看住那帘子。

三

翠姨在我家，和我住一个屋子。月明之夜，屋子照得通亮。翠姨和我谈话，往往谈到鸡叫，觉得也不过刚刚才半夜。

鸡叫了，才说："快睡吧，天亮了。"

有的时候，一转身，她又问我：

"是不是一个人结婚太早不好，或许是女孩子结婚太早是不好的！"

我们以前谈了很多话，但没有谈到这些。

总是谈什么衣服怎样穿，鞋子怎样买，颜色怎样配；买了毛线来，这毛线应该打个什么样的花纹；买了帽子来，应该评判这帽子还微微有缺点，这缺点究竟在什么地方，虽然说是不要紧，或者是一点关系也没有，但批评总是要批评的。

有时再谈得远一点，就是表姊表妹之类订了婆家，或是什么亲戚的女儿出嫁了，或是什么耳闻的，听说的，新娘子和新姑爷闹别扭之类。

那个时候，我们的县里早就有了洋学堂了，小学好几个，大学没有。只有一个男子中学，往往成为谈论的目标。谈论这个，不单是翠姨，外祖母、姑姑、姐姐之类，都愿意讲究这当地中学的学生。因为他们一切洋化，穿着裤子，把裤腿卷起来一寸；一张口，“格得毛宁”外国话，他们彼此一说话就“答答答”，听说这是什么毛子话。而更奇怪的是他们见了女人不怕羞。这一点，大家都批评说是不如从前了。从前的书生，一见了女人脸就红。

我家算是最开通的了。叔叔和哥哥他们都到北京和哈尔滨那些大地方去读书了，他们开了不少的眼界。回到家里来，大讲他们那里都是男孩子和女孩子同学。

这一题目，非常的新奇，开初都认为这是造了反。后来因为叔叔也常和女同学通信，因为叔叔在家庭里是有点地位的人。并且父亲从前也加入过国民党，革过命，所以这个家庭都“咸与维新”起来。

因此在我家里，一切都是很随便的，逛公园，正月十五看花灯，都是不分男女，一齐去。

而且我家里设了网球场，一天到晚地打网球，亲戚家的男孩子来了，我们也一齐地打。

这都不谈，仍旧来谈翠姨。

翠姨听了很多的故事。关于男学生结婚的事情，就是我们本县里，已经有几件事情不幸的了。有的结婚了，从此就不回家了；有的娶来了太太，把太太放在另一间屋子里住着，而且自己却永久住在书房里。

每逢讲到这些故事时，多半别人都是站在女的一边，说那男子都是念书念坏了，一看了那不识字的又不是女学生之类就生气。觉得处处都不如他。天天总说婚姻不自由，可是自古至今，都是爹许娘配的，偏偏到了今天，都要自由。看吧，这还没有自由呢，就先来了花头故事了，娶了太太的不回家，或是把太太放在另一个屋子里。这些都是念书念坏了的。

翠姨听了许多别人家的评论。大概她心里边也有些不平，她就问我不读书是不是很坏的，我自然说是很坏的。而且她看了我们家里男孩子、女孩子通通到学堂去念书的。而且我们亲戚家的孩子也都是读书的。

因此她对我很佩服，因为我是读书的。

但是不久，翠姨就订婚了。就是她妹妹出嫁不久的事情。

她的未来的丈夫，我见过，在外祖父的家里。人长得又矮又小，穿一身蓝布棉袍子，黑马褂，头上戴一顶赶大车的人所戴的四耳帽子。

当时翠姨也在的，但她不知道那是她的什么人，她只当是哪里来了这样一位乡下的客人。外祖母偷着把我叫过去，特别告诉了我一番，这就是翠姨将来的丈夫。不久翠姨就很有钱，她的丈夫的家里，比她妹妹丈夫的家里还更有钱得多。婆婆也是个寡妇，守着个独生的儿子。儿子才十七岁，是在乡下的私学馆里读书。

翠姨的母亲常常替翠姨解说，人矮点不要紧，岁数还小呢，再长上两三年两个人就一般高了。劝翠姨不要难过，婆家有钱就好的。聘礼的钱十多万都交过来了，而且就由外祖母的手亲自交给了翠姨，而且还有别的条件保障着，那就是说，三年之内绝对不准娶亲，借着男的一方面年纪太小为辞，翠姨更愿意远远的推着。

翠姨自从订婚之后，是很有钱的了，什么新样子的东西一到，虽说不是一定抢先去买了来，总是过不了多久，箱子里就要有的了。那时候夏天最流行银灰色市布大衫，而翠姨穿起来最好，因为她有好几件，穿过两次不新鲜就不要了，就只在家里穿，而出门就又去做一件新的。

那时候正流行着一种长穗的耳坠子，翠姨就有两对：一对红宝石的，一对绿的。而我的母亲才能有两对，而我才有一对。可见翠姨是顶阔气的了。

还有那时候就已经开始流行高跟鞋了。可是在我们本街上却不大有人穿，只有我的继母早就开始穿，其余就算是翠姨。并不是一定因为我的母亲有钱，也不是因为高跟鞋一定贵，只是女人们没有那么摩登的行为，或者说她们不很容易接受新的思想。

翠姨第一天穿起高跟鞋来，走路还很不安定，但到第二天就比较的习惯了。到了第三天，就说以后，她就是跑起来也是很平稳的。而且走路的姿态更加可爱了。

我们有时也去打网球玩玩，球撞到她脸上的时候，她才用球拍遮了一下，否则她半天也打不到一个球。因为她一上了场站在白线上就是白线上，站在格子里就是格子里，她根本不动。有的时候，她竟拿着网球拍子站着一边去看风景去了。尤其是大家打完了网球，吃东西的吃东西去了，洗脸的洗脸去了。惟有她一个人站在短篱前面，向着远远的哈尔滨市影痴望着。

有一次我同翠姨一同去做客。我继母的族中娶媳妇。她们是八旗人，也就是满人。满人才讲究场面呢，所有的族中的年轻的媳妇都必得到场，而且个个打扮得如花似玉。似乎咱们中国的社会，是没这么繁华的社交的场面的，也许那时候，我是小孩子，把什么都看得特别繁华。就只说女人们的衣服吧，就个个都穿得和现在西洋女人在夜总会里边那么庄严，一律都穿着绣花大袄。而她们是八旗人，大袄的襟下一律的没有开口，而且很长。大袄的颜色枣红的居多，绛色的也有，玫瑰紫色的也有。而那上边绣的花色，有的荷花，有的玫瑰，有的松竹梅，一句话，特别的繁华。

她们的脸上，都搽着白粉，她们的嘴上都染得桃红。

每逢一个客人到了门前，她们是要列着队出来迎接的，她们都是我的舅母，一个一个地上前来问候了我和翠姨。

翠姨早就熟识她们的，有的叫表嫂子，有的叫四嫂子。而在我，她们就都是一样的，好像小孩子的时候，所玩的用花纸剪的纸人，这个和那个都是一样，完全没有分别。都是花缎的袍子，都是白白的脸，都是很红的嘴唇。

就是这一次，翠姨出了风头了。她进到屋里，靠着一张大镜子旁坐下了。女人们就忽然都上前来看她，也许她从来没有这么漂亮过，今天把别人都惊住了。

依我看，翠姨还没有她从前漂亮呢，不过她们说翠姨漂亮得像棵新开的腊梅。翠姨从来不搽胭脂的，而那天又穿了一件为着将来做新娘子而准备的蓝色缎子满是金花的夹袍。

翠姨让她们围起看着，难为情了起来，站起来想要逃掉似的，迈着很勇敢的步子，茫然地往里边的房间里闪开了。

谁知那里边就是新房呢，于是许多的嫂嫂就哗然地叫着，说：

“翠姐姐不要急，明年就是个漂亮的新娘子，现在先试试去。”

当天吃饭饮酒的时候，许多客人从别的屋子来呆呆地望着翠姨。翠姨举着筷子，似乎是在思量着，保持着镇静的态度，用温和的眼光看着她们。仿佛她不晓得人们专门在看着她似的。但是别的女人们羡慕了翠姨半天了，脸上又都突然地冷落起来，觉得有什么话要说出，又都没有说，然后彼此对望，笑了一下，吃菜了。

四

有一年冬天，刚过了年，翠姨就来到了我家。

伯父的儿子——我的哥哥，就正在我家里。

我的哥哥，人很漂亮，很直的鼻子，很黑的眼睛，嘴也好看，头发也梳得好看，人很长，走路很爽快。大概在我们所有的家族中，没有这么漂亮的人物。

冬天，学校放了寒假，所以来我们家里休息。大概不久，学校开学就要上学去了。哥哥是在哈尔滨读书。

我们的音乐会，自然要为这新来的角色而开了，翠姨也参加的。

于是非常的热闹，比方我的母亲，她一点也不懂这行，但是她也列了席，她坐在旁边观看。连家里的厨子，女工，都停下了工作来望着我们，似乎他们不是听什么乐器，而是在看人。我们聚满了一客厅。这些乐器的声音，大概很远的邻居都可以听到。

第二天邻居来串门的，就说：

“昨天晚上，你们家又是给谁祝寿？”

我们就说，是欢迎我们的刚到的哥哥。因此，我们家是很好玩的，很有趣的。不久，就来到了正月十五看花灯的时节了。

我们家里自从父亲维新革命，总之在我们家里，兄弟姊妹，一律相待，有好玩的就一齐玩，有好看的就一齐去看。

伯父带着我们，哥哥、弟弟、姨……共八九个人，在大月亮地里往大街里跑去了。那路之滑，滑得不能站脚，而且高低不平。他们男孩子们跑在前面，而我们因为跑得慢就落了后。

于是那在前边的他们回头来嘲笑我们，说我们是小姐，说我们是娘娘。说我们走不动。

我们和翠姨早就连成一排向前冲去，但是，不是我倒，就是她倒，到后来还是哥哥他们一个一个地来扶着我们。说是扶着，未免的太示弱了，也不过就是和他们连成一排向前进着。

不一会到了市里，满路花灯，人山人海。又加上狮子、旱船、龙灯、秧歌，闹得眼也花起来，一时也数不清多少玩艺，哪里会来得及看，似乎只是在眼前一晃，就过去了，而一会别的又来了，又过去了。其实也不见得繁华得多么了不得了，不过觉得世界上是不会比这个再繁华的了。

商店的门前，点着那么大的火把，好像热带的大椰子树似的，一个比一个亮。

我们进了一家商店，那是父亲的朋友开的。他们很好地招待我们，茶、点心、橘子、元宵。我们哪里吃得下去，听到门外一打鼓，就心慌了。而外边鼓和喇叭又那么多，一阵来了，一阵还没有去远，一阵又来了。

因为城本来是不大的，有许多熟人也都是来看灯的，都遇到了。其中我们本城里的在哈尔滨念书的几个男学生，他们也来看灯了。哥哥都认识他们。我也认识他们，因为这时候我到哈尔滨念书去了。所以一遇到了我们，他们就和我们在一起。他们出去看灯，看了一会，又回到我们的地方，和伯父谈话，和哥哥谈话。我晓得他们，因为我们家比较有势力，他们是很愿和我们讲话的。

所以回家的一路上，又多了两个男孩子。

不管人讨厌不讨厌，他们穿的衣服总算都市化了。个个都穿着西装，戴着呢帽，外套都是到膝盖的地方，脚下很利落清爽。比起我们城里的那种怪样子的外套，好像大棉袍子似的，好看得多了。而且颈间又都束着一条围巾，那围巾自然也是全丝全线的花纹。似乎一束起那围巾来，人就更显得庄严，漂亮。

翠姨觉得他们个个都很好看。

哥哥也穿的西装，自然哥哥也很好看。因此在路上她直在看哥哥。

翠姨梳头梳得是很慢的，必定梳得一丝不乱，搽粉也要搽了洗掉，洗掉再搽，一直搽到认为满意为止。花灯节的第二天早晨，她就梳得更慢，一边梳头一边在思量。本来按规矩每天吃早饭必得三请两请才能出席，今天必得请到四次，她才来了。

我的伯父当年也是一位英雄，骑马、打枪绝对的好。后来虽然已经五十岁了，但是风采犹存。我们都爱伯父的，伯父从小也就爱我们。诗、词、文章，都是伯父教我们的。翠姨住在我们家里，伯父也很喜欢翠姨。今天早饭已经开好了。催了翠姨几次，翠姨总是不出来。

伯父说了一句："林黛玉……"

于是我们全家的人都笑了起来。

翠姨出来了，看见我们这样地笑，就问我们笑什么。我们没有人肯告诉她。翠姨知道一定是笑的她，她就说：

"你们赶快的告诉我，若不告诉我，今天我就不吃饭了。你们读书识字，我不懂，你们欺侮我……"

闹嚷了很久，还是我的哥哥讲给她听了。伯父当着自己的儿子面前到底有些难为情，喝了好些酒，总算是躲过去了。

翠姨从此想到了念书的问题，但是她已经二十岁了，上哪里去念书？上小学，没有她这样大的学生，上中学，她是一字不识，怎么可以？所以仍旧住在我们家里。

弹琴、吹箫、看纸牌，我们一天到晚地玩着。我们玩的时候全体参加，我的伯父，我的哥哥，我的母亲。

翠姨对我的哥哥没有什么特别的好，我的哥哥对翠姨就像对我们，也是完全的一样。

不过哥哥讲故事的时候，翠姨总比我们留心听些，那是因为她的年龄稍稍比我们大些，当然在理解力上，比我们更接近一些哥哥的了。哥哥对翠姨比对我们稍稍的客气一点。他和翠姨说话的时候，总是“是的”“是的”的，而和我们说话则“对啦”“对啦”。这显然因为翠姨是客人的关系，而且在名分上比他大。

不过有一天晚饭之后，翠姨和哥哥都没有了。每天饭后大概总要开个音乐会的。这一天，也许因为伯父不在家，没有人领导的缘故，大家吃过也就散了，客厅里一个人也没有。我想找弟弟和我下一盘棋，弟弟也不见了。于是我就一个人在客厅里按起风琴来，玩了一下，也觉得没有趣。客厅是静得很的，在我关上了风琴盖子之后，我就听见了在后屋里，或者在我的房子里是有人的。

我想一定是翠姨在屋里。快去看看她，叫她出来张罗着看纸牌。

我跑进去一看，不单是翠姨，还有哥哥陪着她。

看见了我，翠姨就赶快地站起来说：

“我们去玩吧。”

哥哥也说：

“我们下棋去，下棋去。”

他们出来陪我来玩棋，这次哥哥总是输，从前是他回回赢我的，我觉得奇怪，但是心里高兴极了。

不久寒假终了，我就回到哈尔滨的学校念书去了。可是哥哥没有同来，因为他上半年生了点病，曾在医院里休养了一些时候，这次伯父主张他再请两个月的假，留在家里。

以后家里的事情，我就不大知道了。都是由哥哥或母亲讲给我听的。我走了以后，翠姨还住在我家里。

后来母亲告诉过，就是在翠姨还没有订婚之前，有过这样一件事情。我的族中有一个小叔叔，和哥哥一般大的年纪，说话口吃，没有风采，也是和哥哥在一个学校里读书。虽然他也到我们家里来过，但怕翠姨没有见过。那时外祖母就主张给翠姨提婚。那族中的祖母一听就拒绝了，说是寡妇的孩子，命不好，也怕没有家教，何况父亲死了，母亲又出嫁了，好女不嫁二夫郎，这种人家的女儿，祖母不要。但是我母亲说，辈分合，他家还有钱，翠姨过门是一品当朝的日子，不会受气的。

这件事情翠姨是晓得的，而今天又见了我的哥哥，她不能不想哥哥大概是那样看她的。她自觉地觉得自己的命运不会好的。现在翠姨自己已经订了婚，是一个人的未婚妻；二则她是出了嫁的寡妇的女儿，她自己一天把这背了不知有多少遍，她记得清清楚楚。

五

翠姨订婚，转眼三年了。正这时，翠姨的婆家，通了消息来，张罗要娶。她的母亲来接她回去整理嫁妆。

翠姨一听就得病了。

但没有几天，她的母亲就带着她到哈尔滨采办嫁妆去了。

偏偏那带着她采办嫁妆的向导，又是哥哥介绍来的他的同学。他们住在哈尔滨的秦家岗上，风景绝佳，是洋人最多的地方。那男学生们的宿舍里边，有暖气，洋床。翠姨带着哥哥的介绍信，像一个女同学似的被他们招待着。又加上已经学了俄国人的规矩，处处尊重女子，所以翠姨当然受了他们不少的尊敬，请她吃大菜，请她看电影。坐马车的时候，上车让她先上；下车的时候，人家扶她下来。她每一动别人都为她服务，外套一脱，就接过去了；她刚一表示要穿外套，就给她穿上了。

不用说，买嫁妆她是不痛快的，但那几天，她总算一生中最开心的时候。

她觉得到底是读大学的人好，不野蛮，不会对女人不客气，绝不能像她的妹夫常常打她的妹妹。

经这到哈尔滨去一买嫁妆，翠姨就更不愿意出嫁了。她一想那个又丑又小的男人，她就恐怖。

她回来的时候，母亲又接她来到我们家来住着，说她的家里又黑，又冷，说她太孤单可怜。我们家是一团和气的。

到了后来，她的母亲发现她对于出嫁太不热心，该剪裁的衣裳，她不去剪裁；有一些零碎还要去买的，她也不去买。做母亲的总是常常要加以督促，后来就要接她回去，接到她的身边，好随时提醒她。她的母亲以为年轻的人必定要随时提醒的，不然总是贪玩。而况出嫁的日子又不远了，或者就是二三月。

想不到外祖母来接她的时候，她从心里不肯回去，她竟很勇敢地提出来她要读书的要求。她说她要念书，她想不到出嫁。

开初外祖母不肯，到后来，她说若是不让她读书，她是不出嫁的。外祖母知道她的心情，而且想起了很多可怕的事情……

外祖母没有办法，依了她。给她在家里请了一位老先生，就在自己家院子的空房子里边摆上了书桌，还有几个邻居家的姑娘，一齐念书。

翠姨白天念书，晚上回到外祖母家。

念了书，不多日子，人就开始咳嗽，而且整天地闷闷不乐。她的母亲问她，有什么不如意？陪嫁的东西买得不顺心吗？或者是想到我们家去玩吗？什么事都问到了。

翠姨摇着头不说什么。

过了一些日子，我的母亲去看翠姨，带着我的哥哥。他们一看见她，第一个印象，就觉得她苍白了不少。而且母亲断言地说，她活不久了。

大家都说是念书累的，外祖母也说是念书累的，没有什么要紧的，要出嫁的女儿们，总是先前瘦的，嫁过去就要胖了。

而翠姨自己则点点头，笑笑，不承认，也不加以否认。还是念书，也不到我们家来了，母亲接了几次，也不来，回说没有工夫。

翠姨越来越瘦了，哥哥去到外祖母家看了她两次，也不过是吃饭、喝酒，应酬了一番。而且说是去看外祖母的。在这里，年轻的男子去拜访年轻的女子，是不可以的。哥哥回来也并不带回什么欢喜或是什么新奇的忧郁，还是一样和我们打牌下棋。

翠姨后来支持不了啦，躺下了。她的婆婆听说她病，就要娶她。因为花了钱，死了不是可惜了吗？这一种消息，翠姨听了病就更加严重。婆家一听她病重，立刻要娶她。因为在迷信中有这样一章，病新娘娶过来一冲，就冲好了。翠姨听了就只盼望赶快死，拚命地糟蹋自己的身体，想死得越快一点儿越好。

母亲记起了翠姨，叫哥哥去看翠姨。是我的母亲派哥哥去的。母亲拿了些钱让哥哥给翠姨送去，说是母亲送她在病中随便买点什么吃的。母亲晓得他们年轻人是很拘泥的，或者不好意思去看翠姨，也或者翠姨是很想看他的，他们好久不能看见了。同时翠姨不愿出嫁，母亲很久的就在心里猜疑着他们了。

男子是不好去专访一位小姐的，这城里没有这样的风俗。母亲给了哥哥一件礼物，哥哥就可去了。

哥哥去的那天，她家里正没有人，只是她家的堂妹妹迎接着这从未见过的生疏的年轻的客人。那堂妹妹还没问清客人的来由，就往外跑，说是去找她们的祖父去，请他等一等。大概她想凡是男客就是来会祖父的。

客人只说了自己的名字，那女孩子连听也没有听就跑出去了。

哥哥正想，翠姨在什么地方？或者在里屋吗？翠姨大概听出什么人来了，她就在里边说："请进来。"

哥哥进去了。坐在翠姨的枕边，他要去摸一摸翠姨的前额，是否发热，他说：

"好了点吗？"

他刚一伸出手去，翠姨就突然地拉住他的手，而且大声地哭起来了，好像一颗心也哭出来了似的。哥哥没有准备，就很害怕，不知道说什么，做什么。他不知道现在应该是保护翠姨的地位，还是保护自己的地位。同时听得见外边已经有人来了，就要开门进来了。一定是翠姨的祖父。

翠姨平静地向他笑着，说：

"你来得很好，一定是姐姐，你的婶母告诉你来的，我心里永远纪念着她。她爱我一场，可惜我不能去看她了……我不能报答她了……不过我总会记起在她家里的日子的……她待我也许没有什么，但是我觉得已经太好了……我永远不会忘记的……我现在也不知道为什么，心里只想死得快一点就好，多活一天也是多余的……人家也许以为我是任性……其实是不对的。不知为什么，那家对我也会是很好的，但是我不愿意。我小时候，就不好，我的脾气总是，不从心的事，我不愿意……这个脾气把我折磨到今天了……可是我怎能从心呢……真是笑话……谢谢姐姐她还惦着我……请你告诉她，我并不像她想的那么苦，我也很快乐……”翠姨痛苦的笑了一笑，“我心里很安静，而且我求的我都得到了……”

哥哥茫然地不知道说什么。这时，祖父进来了。看了翠姨的热度，又感谢了我的母亲，对我哥哥的降临，感到荣幸。他说请我母亲放心吧，翠姨的病马上就会好的，好了就嫁过去。

哥哥看了看翠姨就退出去了，从此再没有看见她。

哥哥后来提起翠姨常常落泪，他不知翠姨为什么死，大家也都心中纳闷。

尾 声

等我到春假回来，母亲还当我说：

“要是翠姨一定不愿意出嫁，那也是可以的，假如他们当我说。”

……

翠姨坟头的草籽已经发芽了，一掀一掀地和土粘成了一片，坟头显出淡淡的青色，常常会有白色的山羊跑过。

这时城里的街巷，又装满了春天。

暖和的太阳，又转回来了。

街上有提着筐子卖蒲公英的了，也有卖小根蒜的了。更有些孩子们，他们按着时节去折了那刚发芽的柳条，正好可以拧成哨子，就含在嘴里满街地吹。声音有高有低，因为哨子有粗有细。

大街小巷到处是呜呜呜，呜呜呜。好像春天从他们的手里招待回来了似的。但是这为期甚短。一转眼，吹哨子的不见了。

接着杨花飞起来了，榆钱飘满了一地。

在我的家乡那里，春天是快的。五天不出屋，树发芽了，再过五天不看树，树长叶了，再过五天，这树就像绿得使人不认识它了。使人想，这棵树，就是前天的那棵树吗？自己回答自己，当然是的。春天就像跑的那么快。好像人能够看见似的，春天从老远的地方跑来了，跑到这个地方，只向人的耳朵吹一句小小的声音：“我来了呵”，而后很快地就跑过去了。

春，好像它不知道多么忙迫，好像无论什么地方都在招呼它。假若它晚到一刻，阳光会变色的，大地会干成石头，尤其是树木，那真是好像再多一刻工夫也不能忍耐。假若春天稍稍在什么地方留连了一下，就会误了不少的生命。

春天为什么它不早一点来，来到我们这城里多住一些日子。而后再慢慢地到另外的一个城里去，在另外一个城里也多住一些日子。

但那是不能的了，春天的命运就是这么短。

年轻的姑娘们，她们三两成双，坐着马车，去选择衣料去了，因为就要换春装了。她们热心地弄着剪刀，打着衣样，想装成自己心中想得出的那么好。她们白天黑夜地忙着，不久春装换起来了，只是不见载着翠姨的马车来。

……

★导读

萧红（1911—1942），原名张廼莹，出生于黑龙江省呼兰县一个地主家庭。1920年入读呼兰县立第二小学女生部，1927年考入哈尔滨市东省特别区区立第一女子中学，展露绘画和文学才华。1932年结识萧军，1933年开始文学创作。1935年，中篇小说《生死场》由鲁迅资助出版，从而确立起其在中国现代文学史上的地位。1937年撤往武汉，1938年到重庆，1940年随端木蕻良飞抵香港。代表性作品有小说《生死场》、《马伯乐》、《呼兰河传》、《小城三月》等。

《小城三月》是萧红的最后一部小说，发表于1941年7月1日的《时代文学》第1卷第2期。小说延续了《呼兰河传》的风格，以抒情的笔致、平静的口吻、回忆的姿态，追怀一位美丽的小城少女。和“我”没有血缘关系的翠姨，是一位没有读过书的旧式女子，长得窈窕、沉静，非常聪明，会弹大正琴，会吹笛子和萧。她生就小心谨慎、隐忍内向的性格，哪怕是爱上一双绒绳鞋，她也不说出来。她喜欢“我”，因为“我在学堂里念书，她想什么事我都比她明白”。对于读书人，翠姨又是羡慕又是自卑。带着对“我”那个在哈尔滨读书的堂哥的爱，翠姨年纪轻轻便寂寂死去。

在小说的尾声，母亲对“我”说：“要是翠姨一定不愿意出嫁，那也是可以的，假如他们当我说”。然而，“他们”中的堂哥，在翠姨拉住他的手大哭时，“他不知道现在应该是保护翠姨的地位，还是保护自己的地位”。他对翠姨有好感，大概也是喜欢的，但他不懂这个女孩的心，并没有真正爱她，至少没有爱到愿意牺牲自己的程度，因而他不会“说”。一个再嫁寡妇的女儿，没有读过书，又订了婚，岂敢奢望一个有家世有文化的漂亮男子？翠姨更不会“说”。

从故事的表层来看，翠姨的悲剧是由她的性格造成的，但借由妹妹这个人物的设定，文本所暗示的结论恰恰是相反的。翠姨的妹妹有着和姐姐完全不同的性格，总是大说大笑的，粗心大意的。什么东西，无论好坏，人家有她也要有。翠姨因为犹疑，最后跑遍小城，也没有买到鞋。妹妹的绒绳鞋早早买来了，只可惜一买回来就坏了。她早早订婚、结婚，结果呢？“妹夫常常打她的妹妹”。翠姨对订婚对象的恐惧心理，很大程度上正是缘于妹妹显然不幸福的婚姻。那双绒绳鞋隐喻着姐妹俩对幸福婚姻的向往，一个得不到，一个得到后立即坏掉。小心敏感的姐姐和粗心率真的妹妹，不过是各有各的不幸罢了。

翠姨的悲剧说到底还是“小城”、“三月”的时空环境造成的。从小说中的“十五年前”这个线索推断，故事发生的时间大约在20世纪20年代中期。距离“五四”新文化运动已有七八年的时间，小城也吹来了一点民主、科学、自由、解放的春风。洋学堂早就有了，大学没有，男子中学只有一个，那里的学生们一切洋化。在“我”家这样最开通的家庭，设有网球场，逛公园、看花灯之类的事都是男女一齐去。然而，小城距离婚恋自由还很遥远：寡妇再嫁受人非议，年轻的男子不可以去拜访年轻的女子。在“我”家享受过快乐时光的翠姨，因为办嫁妆，去了一趟大城市哈尔滨。她像个女学生似地处处受尊重，度过了一生中最开心的几天。体验过文明的翠姨再也不愿意去野蛮的所在，那个不为人理解的决定，与其说是任性，不如说是清醒。“我心里很安静，而且我求的我都得到了”，她见识过，经历过，也勇敢地争取过，只可惜她终于还是无法真正拥有那些文明与美好。于是，她决定带着对好时光的回忆和憧憬结束自己的人生。

小说始于三月，复止于三月，从开篇到尾声，故事时间持续了三、四年。翠姨出场时，正是十八九岁情窦初开的年纪。春天来了，“带着呼唤，带着蛊惑”，她和堂哥“大概是恋爱了”。小说的尾声，翠姨的恋爱和人生，都像这小城的春天，那么快就结束了。“春天为什么它不早一点来，来到我们这城里多住一些日子，而后再慢慢地到另外的一个城里去，在另外一个城里也多住一些日子。”这个城里，那个城里，又有多少翠姨那样的少女，被文明、自由、温暖的春风短暂地吹拂之后，怀着憧憬和不甘，悄然逝去。小城三月，年轻的姑娘们换起春装来，“只是不见载着翠姨的马车来”。小说结束在这怅然而伤感的追念之中，令人久久难以释怀。（陈翠平）

★思考题：

1. 简单分析小说叙述者“我”的形象。
2. 结合《呼兰河传》，谈谈你对“萧红体”艺术特色的看法。

小二黑结婚（节选）

赵树理

一　神仙的忌讳

刘家峧有两个神仙，邻近各村无人不晓：一个是前庄上的二诸葛，一个是后庄上的三仙姑。二诸葛原来叫刘修德，当年做过生意，抬脚动手都要论一论阴阳八卦，看一看黄道黑道。三仙姑是后庄于福的老婆，每月初一十五都要顶着红布摇摇摆摆装扮天神。

二诸葛忌讳“不宜栽种”，三仙姑忌讳“米烂了”。这里边有两个小故事：有一年春天大旱，直到阴历五月初三才下了四指雨。初四那天大家都抢着种地，二诸葛看了看历书，又掐指算了一下说：“今日不宜栽种。”初五日是端午，他历年就不在端午这天做什么，又不曾种；初六倒是个黄道吉日，可惜地干了，虽然勉强把他的四亩谷子种上了，却没有出够一半。后来直到十五才又下雨，别人家都在地里锄苗，二诸葛却领着两个孩子在地里补空子。邻家有个后生，吃饭时候在街上碰上二诸葛便问道：“老汉！今天宜栽种不宜？”二诸葛翻了他一眼，扭转头返回去了，大家就嘻嘻哈哈传为笑谈。

三仙姑有个女孩叫小芹。一天，金旺他爹到三仙姑那里问病，三仙姑坐在香案后唱，金旺他爹跪在香案前听。小芹那年才九岁，晌午做捞饭，把米下进锅里了，听见她娘哼哼得很中听，站在桌前听了一会，把做饭也忘了。一会，金旺他爹出去小便，三仙姑趁空子向小芹说：“快去捞饭！米烂了！”却不料就叫金旺他爹听见，回去就传开了。后来有些好玩笑的人，见了三仙姑就故意问别人“米烂了没有？”

二　三仙姑的来历

三仙姑下神，足足有三十年了。那时三仙姑才十五岁，刚刚嫁给于福，是前后庄上第一个俊俏媳妇。于福是个老实后生，不多说一句话，只会在地里死受。于福的娘早死了，只有个爹，父子两个一上了地，家里只留下新媳妇一个人。村里的年青人们感觉着新媳妇太孤单，就慢慢自动的来跟新媳妇作伴，不几天就集合了一大群，每天嘻嘻哈哈，十分哄伙。于福他爹看见不像个样子，有一天发了脾气，大骂一顿，虽然把外人挡住了，新媳妇却跟他闹起来。新媳妇哭了一天一夜，头也不梳，脸也不洗，饭也不吃，躺在炕上，谁也叫不起来，父子两个没了办法。邻家有个老婆替她请了一个神婆子，在她家下了一回神，说是三仙姑跟上她了，她也哼哼唧唧自称吾神长吾神短，从此以后每月初一十五就下起神来，别人也给她烧起香来求财问病，三仙姑的香案便从此设起来了。

青年们到三仙姑那里去，要说是去问神，还不如说是去看圣像。三仙姑也暗暗猜透大家的心事，衣服穿得更新鲜，头发梳得更光滑，首饰擦得更明，宫粉搽得更匀，不由青年们不跟着她转来转去。

这是三十来年前的事。当时的青年，如今都已留下了胡子，家里都是子媳成群，所以除了几个老光棍，差不多都没有那些闲情到三仙姑那里去了。三仙姑却和大家不同，虽然已经四十五岁，却偏爱当个老来俏，小鞋上仍要绣花，裤腿上仍要镶边，顶门上的头发脱光了，用黑手帕盖起来，只可惜宫粉涂不平脸上的皱纹，看起来好象驴粪蛋上下了霜。

老相好都不来了，几个老光棍不能叫三仙姑满意，三仙姑又团结了一伙孩子们，比当年的老相好更多，更俏皮。

三仙姑有什么本领能团结这伙青年呢？这秘密在她女儿小芹身上。

三 小 芹

三仙姑前后共生过六个孩子，就有五个没有成人，只落了一个女儿，名叫小芹。小芹当两三岁时候，就非常伶俐乖巧，三仙姑的老相好们，这个抱过来说是“我的”，那个抱起来说是“我的”，后来小芹长到五六岁，知道这不是好话，三仙姑教她说：“谁再这么说，你就说‘是你的姑姑’。”说了几回，果然没有人再提了。

小芹今年十八了，村里的轻薄人说，比她娘年轻时候好得多。青年小伙子们，有事没事，总想跟小芹说句话。小芹去洗衣服，马上青年们也都去洗；小芹上树采野菜，马上青年们也都去采。

吃饭时候，邻居们端上碗爱到三仙姑那里坐一会，前庄上的人来回一里路，也并不觉得远。这已经是三十年来的老规矩，不过小青年们也这样热心，却是近二三年来才有的事。三仙姑起先还以为自己仍有勾引青年的本领，日子长了，青年们并不真正跟她接近，她才慢慢看出门道来，才知道人家来了为的是小芹。

不过小芹却不跟三仙姑一样，表面上虽然也跟大家说说笑笑，实际上却不跟人乱来，近二三年，只是跟小二黑好一点。前年夏天，有一天前晌，于福去地，三仙姑去溜门，家里只留下小芹一个人，金旺来了，嘻皮笑脸向小芹说：“这会可算是个空子吧？”小芹板起脸来说：“金旺哥！咱们以后说话规矩些！你也是娶媳妇大汉了！”金旺撇撇嘴说：“咦！装什么假正经？小二黑一来管保你就软了！有便宜大家讨开点，没事；要正经除非自己锅底没有黑。”说着就拉住小芹的胳膊悄悄说："不用装模作样了！"不料小芹大声喊道："金旺！"金旺赶紧跑出来。一边还咄念道："等得住你！"说着就悄悄溜走了。

……

★导读

赵树理（1906—1970），原名赵树礼，山西沁水人。1925年考入山西省立第四师范，1930年起一边流浪一边开始写作。1937年加入中国共产党，投身革命，曾任《黄河日报》编辑。美国记者贝尔登于1947年采访了赵树理，并在后来写成的《中国震撼世界》一书中表示，在当时的解放区，赵树理是毛泽东、朱德之外最出名的人。赵树理立志为农民写作，形成了文学史上的"山药蛋派"。主要代表性作品有小说《小二黑结婚》、《李有才板话》、《李家庄的变迁》、《登记》、《三里湾》等。

《小二黑结婚》初版于1943年9月，扉页上印着彭德怀的题词："像这种从群众调查研究中写出来的通俗故事还不多见。"山西省左权县农民岳冬至因与智英祥自由恋爱，招致村干部的嫉妒。几个村干部以乱搞男女关系为名，将岳冬至殴打致死，并伪装成自杀事件。赵树理亲自参与了这起命案的调查，将犯人绳之以法。以岳冬至的死亡和智英祥的远走他乡为结局的悲剧故事，深深地触动了赵树理的心。1942年，晋冀鲁豫边区、太行区政府相继颁布新婚姻法规，严禁早婚，废除买卖婚姻、童养媳及一夫多妻等陋习。然而，很多老一辈农民看不惯青年男女自由恋爱，对新婚姻法不理解也不认同。有鉴于此，赵树理决定改写岳冬至和智英祥的故事，以更好地宣传并推动婚姻观念的变革。小说问世后，初版2万册很快售罄，1944年3月再版2万册。据统计，在解放前，这部小说的版本有10余种之多。与此同时，各地剧团纷纷以地方戏曲的形式演出《小二黑结婚》，1950年和1964年，小说两次被改编成电影。

《小二黑结婚》的广受欢迎，与其民族化、大众化的艺术风格有着直接关系。根据农民的审美习惯，赵树理选择了一条和"五四"以来的现代作家大相径庭的创作道路。他创造了一种章回体、评书体的现代小说形式，突出小说的故事性，并多以链式结构，一环紧扣一环地推动故事的演进。在情节的铺陈上，多以扣子（即在最紧要的关头戛然而止）的方式造成悬念，使得读者欲罢不能。赵树理熟悉农村生活，往往以生动、形象、幽默的口语化语言，刻画鲜明的农民形象。他还常常给人物取各种贴切传神的绰号，令读者在会心一笑的同时留下深刻印象。

赵树理把现实生活中的悲剧改写成团圆美满的喜剧。从小说的题目不难看出，故事的焦点不在年轻人的恋爱，而在于恶霸势力和落后人物的阻挠，区政府对恶人的惩治、对落后力量的改造，以及最后的结婚。故事中的四股力量，恶霸金旺、兴旺兄弟被判十五年徒刑；落后的老一辈人开始转变，三仙姑换上了符合年龄的打扮，又悄悄拆去了装神弄鬼的香案，二诸葛不再到人前卖弄那一套阴阳，两位“神仙”顺水推舟同意了儿女的婚事；小芹和小二黑成了村里第一对好夫妻；超越于三者之上的区政府代表着新兴的权威，引导农村的变革。因为新政权的介入，家长权威迅速衰落与溃败，年轻一代成为革命成果的受益人，自然也是革命事业的积极拥护者。

相比被赋权、被赐福的小二黑和小芹，赵树理对二诸葛和三仙姑这两个人物形象的塑造更见功力。刘家峧的两位“神仙”，二诸葛“抬脚动手都要论一论阴阳八卦，看一看黄道黑道”，三仙姑“每月初一十五都要顶着红布摇摇摆摆装扮天神”。同样是落后人物，叙述者对顽固迷信、胆小怕事的二诸葛有着明显的同情，对三仙姑的态度则是讥讽的，并在道德层面上将其判定为“恶”。三仙姑十五岁嫁给于福，是“前后庄上第一个俊俏媳妇”，于福却是个老实后生，“不多说一句话，只会在地里死受”。感情生活不如意的三仙姑借下神的机会，和青年们嘻嘻哈哈、打情骂俏。可惜岁月无情，三仙姑依然爱青年们，青年们却只爱小芹了。她把小芹视为竞争对手，一心把她嫁出去，俨然农村版的曹七巧。叙述者对三仙姑的贬抑无意间流露出其陈旧的妇女观，一个四十五岁仍然渴望受异性欢迎的女性，被描写为一个十足的丑角。叙述者嘲笑偏爱老来俏的三仙姑：宫粉涂不平脸上的皱纹，“好象驴粪蛋上下了霜”。在区政府，擦着粉、穿着花鞋的三仙姑成了鲁迅笔下“看/被看”场景中的主角，“邻近的女人们都跑来看，挤了半院，唧唧哝哝说：‘看看！四十五了！’‘看那裤腿！’‘看那鞋！’三仙姑半辈没有脸红过，偏这会撑不住气了，一道道热汗在脸上流。”以当下的眼光重读经典文本，有时候会有更复杂的阅读感受，这些差异性的感受反过来也丰富了文本的内涵。（陈翠平）

★**思考题：**

1. 以《小二黑结婚》为例，简单分析赵树理创作的民族化、大众化倾向。
2. 谈谈你对《小二黑结婚》中所呈现的妇女观的看法？

金锁记（节选）

张爱玲

三十年前的上海，一个有月亮的晚上……我们也许没赶上看见三十年前的月亮。年轻的人想着三十年前的月亮该是铜钱大的一个红黄的湿晕，像朵云轩信笺上落了一滴泪珠，陈旧而迷糊。老年人回忆中的三十年前的月亮是欢愉的，比眼前的月亮大，圆，白；然而隔着三十年的辛苦路往回看，再好的月色也不免带点凄凉。

月光照到姜公馆新娶的三奶奶的陪嫁丫鬟凤箫的枕边。凤箫睁眼看了一看，只见自己一只青白色的手搁在半旧高丽棉的被面上，心中便道："是月亮光么?"凤箫打地铺睡在窗户底下。那两年正忙着换朝代，姜公馆避兵到上海来，屋子不够住的，因此这一间下房里横七竖八睡满了底下人。

凤箫恍惚听见大床背后有窸窸窣窣的声音，猜着有人起来解手，翻过身去，果见布帘子一掀，一个黑影趿着鞋出来了，约摸是伺候二奶奶的小双，便轻轻叫了一声"小双姐姐"。小双笑嘻嘻走来，踢了踢地下的褥子道："吵醒了你了。"她把两手抄在青莲色旧绸夹袄里，下面系着明油绿裤子。凤箫伸手捻了捻那裤脚，笑道："现在颜色衣服不大有人穿了。下江人时兴的都是素净的。"小双笑道："你不知道，我们家哪比得旁人家？我们老太太古板，连奶奶小姐们尚且做不得主呢，何况我们丫头？给什么，穿什么——一个个打扮得庄稼人似的!"她一蹲身坐在地铺上，拣起凤箫脚头一件小袄来，问道："这是你们小姐出阁，给你们新添的?"凤箫摇头道："三季衣裳，就只外场上看见的两套是新制的，余下的还不是拿上头人穿剩下的贴补贴补!"小双道："这次办喜事，偏赶着革命党造反，可委屈了你们小姐!"凤箫叹道："别提了！就说省俭些罢，总得有个谱子！也不能太看不上眼了。我们那一位，嘴里不言语，心里岂有不气的?"小双道："也难怪三奶奶不乐意。你们那边的嫁妆，也还凑合着，我们这边的排场，可太凄惨了。就连那一年娶咱们二奶奶，也还比这一趟强些!"凤箫愣了一愣道："怎么？你们二奶奶……"

小双脱下了鞋，赤脚从凤箫身上跨过去，走到窗户跟前，笑道："你也起来看看月亮。"凤箫一骨碌爬起身来，低声问道："我早就想问你了，你们二奶奶……"小双弯腰拾起那件小袄来替她披上了，道："仔细招了凉。"凤箫一面扣钮子，一面笑道："不行，你得告诉我!"小双笑道："是我说话不留神，闯了祸!"凤箫道："咱们这都是自家人了，干吗这么见外呀?"小双道："告诉你，你可别告诉你们小姐去！咱们二奶奶家里是开麻油店的。"凤箫哟了一声道："开麻油店！打哪儿想起的？像你们大奶奶，也是公侯人家的小姐，我们那一位虽比不上大奶奶，也还不是低三下四的人——”小双道：“这里头自然有个缘故。咱们二爷你也见过了，是个残废。做官人家的女儿谁肯给他？老太太没奈何，打算替二爷置一房姨奶奶，做媒的给找了这曹家的，是七月里生的，就叫七巧。”凤箫道：“哦，是姨奶奶。”小双道：“原是做姨奶奶的，后来老太太想着，既然不打算替二爷另娶了，二房里没个当家的媳妇，也不是事，索性聘了来做正头奶奶，好教她死心塌地服侍二爷。”凤箫把手扶着窗台，沉吟道：“怪道呢！我虽是初来，也瞧料了两三分。”小双道：“龙生龙，凤生凤，这话是有的。你还没听见她的谈吐呢！当着姑娘们，一点忌讳也没有。亏得我们家一向内言不出，外言不入，姑娘们什么都不懂。饶是不懂，还臊得没处躲！”凤箫噗嗤一笑道：“真的？她这些村话，又是从哪儿听来的？就连我们丫头——”小双抱着胳膊道：“麻油店的活招牌，站惯了柜台，见多识广的，我们拿什么去比人家？”凤箫道：“你是她陪嫁来的么？”小双冷笑说：“她也配！我原是老太太跟前的人，二爷成天的吃药，行动都离不了人，屋里几个丫头不够使，把我拨了过去。怎么着？你冷哪？”凤箫摇摇头。小双道：“瞧你缩着脖子这娇模样儿！”一语未完，凤箫打了个喷嚏，小双忙推她道：“睡罢！睡罢！快焐一焐。”凤箫跪了下来脱袄子，笑道：“又不是冬天，哪儿就至于冻着了？”小双道：“你别瞧这窗户关着，窗户眼儿里吱溜溜的钻风。”

两人各自睡下。凤箫悄悄地问道：“过来了也有四五年了罢？”小双道：“谁？”凤箫道：“还有谁？”小双道：“哦，她，可不是有五年了。”凤箫道：“也生男育女的——倒没闹出什么话柄儿？”小双道：“还说呢！话柄儿就多了！前年老太太领着阖家上下到普陀山进香去，她做月子没去，留着她看家。舅爷脚步儿走得勤了些，就丢了一票东西。”凤箫失惊道：“也没查出个究竟来？”小双道：“问得出什么好的来？大家面子上下不去！那些首饰左不过将来是归大爷二爷三爷的。大爷大奶奶碍着二爷，没好说什么。三爷自己在外头流水似的花钱，欠了公账上不少，也说不响嘴。”

她们俩隔着丈来远交谈。虽是极力地压低了喉咙，依旧有一句半句声音大了些，惊醒了大床上睡着的赵嬷嬷，赵嬷嬷唤道：“小双。”小双不敢答应。赵嬷嬷道：“小双，你再混说，让人家听见了，明儿仔细揭你的皮！”小双还是不做声。赵嬷嬷又道：“你别以为还是从前住的深堂大院哪，由得你疯疯癫癫！这儿可是挤鼻子挤眼睛的，什么事瞒得了人？趁早别讨打！”屋里顿时鸦雀无声。赵嬷嬷害眼，枕头里塞着菊花叶子，据说是使人眼目清凉的。她欠起头来按了一按髻上横绾的银簪，略一转侧，菊叶便沙沙作响。赵嬷嬷翻了个身，吱吱格格牵动了全身的骨节，她唉了一声道：“你们懂得什么！”小双与凤箫依旧不敢接嘴。久久没有人开口，也就一个个的朦胧睡去了。

天就快亮了。那扁扁的下弦月，低一点，低一点，大一点，像赤金的脸盆，沉了下去。天是森冷的蟹壳青，天底下黑魆魆的只有些矮楼房，因此一望望得很远。地平线上的晓色，一层绿，一层黄，又一层红，如同切开的西瓜——是太阳要上来了。渐渐马路上有了小车与塌车辘辘推动，马车蹄声得得。卖豆腐花的挑着担子悠悠吆喝着，只听见那漫长的尾声："花……呕！花……呕！"再去远些，就只听见"哦……呕！哦……呕！"

屋子里丫头老妈子也起身了，乱着开房门，打脸水，叠铺盖，挂帐子，梳头。凤箫伺候三奶奶兰仙穿了衣裳，兰仙凑到镜子前面仔细望了一望，从腋下抽出一条水绿洒花湖纺手帕，擦了擦鼻翅上的粉，背对着床上的三爷道："我先去替老太太请安罢。等你，准得误了事。"正说着，大奶奶玳珍来了，站在门槛上笑道："三妹妹，咱们一块儿去。"兰仙忙迎了出去道："我正担心着怕晚了，大嫂原来还没上去。二嫂呢？"玳珍笑道："她还有一会儿耽搁呢。"兰仙道："打发二哥吃药？"玳珍四顾无人，便笑道："吃药还在其次——"她把拇指抵着嘴唇，中间的三个指头握着拳头，小指头翘着，轻轻地"嘘"了两声。兰仙诧异道："两人都抽这个？"玳珍点头道："你二哥是过了明路的，她这可是瞒着老太太的，叫我们夹在中间为难，处处还得替她遮盖遮盖。其实老太太有什么不知道？有意的装不晓得，照常地派她差使，零零碎碎给她罪受，无非是不肯让她抽个痛快罢了。其实也是的，年纪轻轻的妇道人家，有什么了不得的心事，要抽这个解闷儿？"

玳珍兰仙手挽手一同上楼，各人后面跟着贴身丫鬟，来到老太太卧室隔壁的一间小小的起坐间里。老太太的丫头榴喜迎了出来，低声道："还没醒呢。"玳珍抬头望了望挂钟，笑道："今儿老太太也晚了。"榴喜道："前两天说是马路上人声太杂，睡不稳。这现在想是惯了，今儿补足了一觉。"

紫榆百龄小圆桌上铺着红毡条，二小姐姜云泽一边坐着，正拿着小钳子磕核桃呢，因丢下了站起来相见。玳珍把手搭在云泽肩上，笑道："还是云妹妹孝心，老太太昨儿一时高兴，叫做糖核桃，你就记住了。"兰仙玳珍便围着桌子坐下了，帮着剥核桃衣子。云泽手酸了，放下了钳子，兰仙接了过来。玳珍道："当心你那水葱似的指甲，养得这么长了，断了怪可惜的！"云泽道："叫人去拿金指甲套子去。"兰仙笑道："有这些麻烦的，倒不如叫他们拿到厨房里去剥了！"

众人低声说笑着，榴喜打起帘子，报道："二奶奶来了。"兰仙云泽起身让坐，那曹七巧且不坐下，一只手撑着门，一只手撑了腰，窄窄的袖口里垂下一条雪青洋绉手帕，身上穿着银红衫子，葱白线香滚，雪青闪蓝如意小脚裤子，瘦骨脸儿，朱口细牙，三角眼，小山眉，四下里一看，笑道："人都齐了。今儿想必我又晚了！怎怪我不迟到——摸着黑梳的头！谁教我的窗户冲着后院子呢？单单就派了那么间房给我，横竖我们那位眼看是活不长的，我们净等着做孤儿寡妇了——不欺负我们，欺负谁？"玳珍淡淡的并不接口，兰仙笑道："二嫂住惯了北京的屋子，怪不得嫌这儿憋闷得慌。"云泽道："大哥当初找房子的时候，原该找个宽敞些的，不过上海像这样的，只怕也算敞亮的了。"兰仙道："可不是！家里人实在多，挤是挤了点——"七巧挽起袖口，把手帕子掖在翡翠镯子里，瞟了兰仙一眼，笑道："三妹妹原来也嫌人太多了。连我们都嫌人多，像你们没满月的自然更嫌人多了！”兰仙听了这话，还没有怎么，玳珍先红了脸，道：“玩是玩，笑是笑，也得有个分寸，三妹妹新来乍到的，你让她想着咱们是什么样的人家？”七巧扯起手绢子的一角遮住了嘴唇道：“知道你们都是清门净户的小姐，你倒跟我换一换试试，只怕你一晚上也过不惯。”玳珍啐道：“不跟你说了，越说你越上头上脸的。”七巧索性上前拉住玳珍的袖子道：“我可以赌得咒——这三年里头我可以赌得咒！你敢赌么？”玳珍也撑不住噗嗤一笑，咕哝了一句道：“怎么你孩子也有了两个？”七巧道：“真的，连我也不知道这孩子是怎么生出来的！越想越不明白！”玳珍摇手道：“够了，够了，少说两句罢。就算你拿三妹妹当自己人，没什么避讳，现放着云妹妹在这儿呢，待会儿老太太跟前一告诉，管叫你吃不了兜着走！”

云泽早远远地走开了，背着手站在阳台上，撮尖了嘴逗芙蓉鸟。姜家住的虽然是早期的最新式洋房，堆花红砖大柱支着巍峨的拱门，楼上的阳台却是木板铺的地。黄杨木阑干里面，放着一溜大篾篓子，晾着笋干。敝旧的太阳弥漫在空气里像金的灰尘，微微呛人的金灰，揉进眼睛里去，昏昏的。街上小贩遥遥摇着拨浪鼓，那瞢腾的“不楞登……不楞登”里面有着无数老去的孩子们的回忆。包车呆呆地跑过，偶尔也有一辆汽车叭叭叫两声。

七巧自己也知道这屋子里的人都瞧不起她，因此和新来的人分外亲热些，倚在兰仙的椅背上问长问短，携着兰仙的手左看右看，夸赞了一回她的指甲，又道：“我去年小拇指上养的比这个足足还长半寸呢，掐花给弄断了。”兰仙早看穿了七巧的为人和她在姜家的地位，微笑尽管微笑着，也不大答理她。七巧自觉无趣，踅到阳台上来，拎起云泽的辫梢来抖了一抖，搭讪着笑道：“哟！小姐的头发怎么这样稀朗朗的？去年还是乌油油的一头好头发，该掉了不少罢？”云泽闪过身去护着辫子，笑道：“我掉两根头发，也要你管！”七巧只顾端详她，叫道：“大嫂你来看，云姐姐的确瘦多了，小姐莫不是有了心事了？”云泽啪的一声打掉了她的手，恨道：“你今儿个真的发了疯了！平日还不够讨人嫌的？”七巧把两手筒在袖子里，笑嘻嘻地道：“小姐脾气好大！”

玳珍探出头来道：“云妹妹，老太太起来了。”众人连忙扯扯衣襟，摸摸鬓脚，打帘子进隔壁房里去，请了安，伺候老太太吃早饭。婆子们端着托盘从起坐间里穿了过去，里面的丫头接过碗碟，婆子们依旧退到外间来守候着。里面静悄悄的，难得有人说句把话，只听见银筷子头上的细银链条窸窣颤动。老太太信佛，饭后照例要做两个时辰的功课，众人退了出来，云泽背地里向玳珍道：“二嫂不忙着过瘾去，还挨在里面做什么？”玳珍道：“想是有两句私房话要说。”云泽不由得笑了起来道：“她的话，老太太哪里听得进？”玳珍冷笑道：“那倒也说不定。老年人心思总是活动的，成天在耳边絮聒着，十句里头相信一两句，也未可知。”

兰仙坐着磕核桃，玳珍和云泽便顺着脚走到阳台上来，虽不是存心偷听正房里的谈话，老太太上了年纪，有点聋，喉咙特别高些，有意无意之间不免有好些话吹到阳台上的人的耳朵里来。云泽把脸气得雪白，先是握紧了拳头，又把两只手使劲一撒，便向走廊的另一头跑去。跑了两步，又站住了，身子向前伛偻着，捧着脸呜呜哭了起来。玳珍赶上去扶着劝道："妹妹快别这么着！快别这么着！不犯着跟她这样的人计较！谁拿她的话当桩事！"云泽甩开了她，一径往自己屋里奔去。玳珍回到起坐间里来，一拍手道："这可闯出祸来了！"兰仙忙道："怎么了？"玳珍道："你二嫂去告诉了老太太，说女大不中留，让老太太写信给彭家，叫他们早早把云妹妹娶过去罢。你瞧，这算什么话！"兰仙也怔了一怔道："女家说出这种话来，可不是自己打脸么？"玳珍道："姜家没面子，还是一时的事，云妹妹将来嫁了过去，叫人家怎么瞧得起她？她这一辈子还要做人呢！"兰仙道："老太太是明白人，不见得跟那一位一样的见识。"玳珍道："老太太起先自然是不爱听，说咱们家的孩子，决不会生这样的心。她就说：'哟！您不知道现在的女孩子跟您从前做女孩子时候的女孩子，哪儿能够打比呀？时世变了，人也变了，要不怎么天下大乱呢？'你知道，年岁大的人就爱听这一套，说得老太太也有点疑疑惑惑起来。"兰仙叹道："好端端怎么想起来的，造这样的谣言！"玳珍两肘支在桌子上，伸着小指剔眉毛，沉吟了一会，嗤的一笑道："她自己以为她是特别的体贴云妹妹呢！要她这样体贴我，我可受不了！"兰仙拉了她一把道："你听——不能是云妹妹罢？"后房似乎有人在那里大放悲声，蹬得铜床柱子一片响。嘈嘈杂杂还有人在那里解劝，只是劝不住。玳珍站起身来道："我去看看。别瞧这位小姐好性儿，逼急了她，也不是好惹的。"

玳珍出去了，那姜三爷姜季泽却一路打着呵欠进来了。季泽是个结实小伙子，偏于胖的一方面，脑后拖一根三脱油松大辫，生得天圆地方，鲜红的腮颊，往下坠着一点，有湿眉毛，水汪汪的黑眼睛里永远透着三分不耐烦，穿一件竹根青窄袖长袍，酱紫芝麻地一字襟珠扣小坎肩，问兰仙道："谁在里头喊喊喳喳跟老太太说话？"兰仙道："二嫂。"季泽抿着嘴摇摇头。兰仙笑道："你也怕了她？"季泽一声儿不言语，拖过一把椅子，将椅背抵着桌面，把袍子高高的一撩，骑着椅子坐了下来，下巴搁在椅背上，手里只管把核桃仁一个一个拈来吃。兰仙睨了他一眼道："人家剥了这一晌午，是专诚孝敬你的么？"正说着，七巧掀着帘子出来了，一眼看见了季泽，身不由主的就走了过来，绕到兰仙椅子背后，两手兜在兰仙脖子上，把脸凑了下去，笑道："这么一个人才出众的新娘子！三弟你还没谢谢我哪！要不是我催着他们早早替你办了这件事，这一耽搁，等打完了仗，指不定要十年八年呢！可不把你急坏了！"兰仙生平最大的憾事便是出阁的日子正赶着非常时期，潦草成了家，诸事都欠齐全，因此一听见这不入耳的话，她那小长挂子脸便往下一沉。季泽望了兰仙一眼，微笑道："二嫂，自古好心没有好报，谁都不承你的情！"七巧道："不承情也罢！我也惯了。我进了你姜家的门，别的不说，单只守着你二哥这些年，衣不解带的服侍他，也就是个有功无过的人——谁见我的情来？谁有半点好处到我头上？"季泽笑道："你一开口就是满肚子的牢骚！"七巧长长地吁了一口气，只管拨弄兰仙衣襟上扣着的金三事儿和钥匙。半响，忽道："总算你这一个来月没出去胡闹过。真亏了新娘子留住了你。旁人跪下地来求你也留你不住!"季泽笑道："是吗？嫂子并没有留过我，怎见得留不住?"一面笑，一面向兰仙使了个眼色。七巧笑得直不起腰道："三妹妹，你也不管管他！这么个猴儿崽子，我眼看他长大的，他倒占起我的便宜来了!"

她嘴里说笑着，心里发烦，一双手也不肯闲着，把兰仙揣着捏着，捶着打着。恨不得把她挤得走了样才好。兰仙纵然有涵养，也忍不住要恼了，一性急，磕核桃使差了劲，把那二寸多长的指甲齐根折断。七巧哟了一声道："快拿剪刀来修修。我记得这屋里有一把小剪子的。"便唤："小双！榴喜！来人哪!"兰仙立起身来道："二嫂不用费事，我上我屋里铰去。"便抽身出去。七巧就在兰仙的椅子上坐下了，一手托着腮，抬高了眉毛，斜睐着季泽道："她跟我生了气么?"季泽笑道："她干吗生你的气?"七巧道："我正要问呀——我难道说错了话不成？留你在家倒不好？她倒愿意你上外头逛去?"季泽笑道："这一家子从大哥大嫂起，齐了心管教我，无非是怕我花了公账上的钱罢了。"七巧道："阿弥陀佛，我保不定别人不安着这个心，我可不那么想。你就是闹了亏空，押了房子卖了田，我若皱一皱眉头，我也不是你二嫂了。谁叫咱们是骨肉至亲呢？我不过是要你当心你的身子。"季泽嗤的一笑道："我当心我的身子，要你操心?"七巧颤声道："一个人，身子第一要紧。你瞧你二哥弄的那样儿，还成个人吗？还能拿他当个人看?"季泽正色道："二哥比不得我，他一下地就是那样儿，并不是自己作践的。他是个可怜的人，一切全仗二嫂照护他了。"七巧直挺挺的站了起来，两手扶着桌子，垂着眼皮，脸庞的下半部抖得像嘴里含着滚烫的蜡烛油似的，用尖细的声音逼出两句话道："你去挨着你二哥坐坐！你去挨着你二哥坐坐!"她试着在季泽身边坐下，只搭着他的椅子的一角，她将手贴在他腿上，道："你碰过他的肉没有？是软的、重的，就像人的脚有时发了麻，摸上去那感觉……"季泽脸上也变了色，然而他仍旧轻佻地笑了一声，俯下腰，伸手去捏她的脚道："倒要瞧瞧你的脚现在麻不麻!"七巧道："天哪，你没挨着他的肉，你不知道没病的身子是多好的……多好的……"她顺着椅子溜下去，蹲在地上，脸枕着袖子，听不见她哭，只看见发髻上插的风凉针，针头上的一粒钻石的光，闪闪掣动着。发髻的心子里扎着一小截粉红丝线，反映在金刚钻微红的光焰里。她的背影一挫一挫，俯伏了下去。她不像在哭，简直像在翻肠搅胃地呕吐。

……

七巧似睡非睡横在烟铺上。三十年来她戴着黄金的枷。她用那沉重的枷角劈杀了几个人，没死的也送了半条命。她知道她儿子女儿恨毒了她，她婆家的人恨她，她娘家的人恨她。她摸索着腕上的翠玉镯子，徐徐将那镯子顺着骨瘦如柴的手臂往上推，一直推到腋下。她自己也不能相信她年青的时候有过滚圆的胳膊。就连出了嫁之后几年，镯子里也只塞得进一条洋绉手帕。十八九岁做姑娘的时候，高高挽起了大镶大滚的蓝夏布衫袖，露出一双雪白的手腕，上街买菜去。喜欢她的有肉店里的朝禄，她哥哥的结拜弟兄丁玉根，张少泉，还有沈裁缝的儿子。喜欢她，也许只是喜欢跟她开开玩笑，然而如果她挑中了他们之中的一个，往后日子久了，生了孩子，男人多少对她有点真心。七巧挪了挪头底下的荷叶边小洋枕，凑上脸去揉擦了一下，那一面的一滴眼泪她就懒怠去揩拭，由它挂在腮上，渐渐自己干了。

七巧过世以后，长安和长白分了家搬出来住。七巧的女儿是不难解决她自己的问题的。谣言说她和一个男子在街上一同走，停在摊子跟前，他为她买了一双吊袜带。也许她用的是她自己的钱，可是无论如何是由男子的袋里掏出来的。……当然这不过是谣言。

三十年前的月亮早已沉了下去，三十年前的人也死了，然而三十年前的故事还没完——完不了。

★导读

张爱玲（1920—1995），本名张煐，祖籍河北丰润，生于上海。祖父张佩纶为清末名臣，祖母李菊耦是李鸿章的长女。1922 年迁居天津，1927 年回到上海，学习绘画、钢琴和英文。1931 年就读上海圣玛利亚女校，1939 年入读香港大学，1942 年香港沦陷，未毕业即回上海，开始卖文生涯，并迅速走红。1952 年赴港，1955 年赴美。主要著作有小说集《传奇》，散文集《流言》等。近年来，《同学少年都不贱》、《小团圆》、《雷峰塔》、《易经》等遗稿陆续出版。

《金锁记》是张爱玲的代表作，连载于 1943 年 11 月至 12 月间的上海《杂志》第 12 卷第 2 期和第 3 期，1944 年收入小说集《传奇》，列为首篇。傅雷在 1944 年 5 月的《万象》第 3 卷第 11 期上以“迅雨”之名发表《论张爱玲的小说》，称《金锁记》为张爱玲“截至目前为止的最完满之作”，是“我们文坛最美的收获之一”。夏志清在《中国现代小说史》中，更是盛赞《金锁记》是“中国从古以来最伟大的中篇小说”。张爱玲在《自己的文章》中说：“我的小说里，除了《金锁记》里的曹七巧，全是些不彻底的人物”，自证《金锁记》的独特性。张爱玲赴美后，曾将《金锁记》改写为英文小说 *Rouge of the North*，又于 1966 年将 *Rouge of the North* 译成中文，以“怨女”为题，连载于香港《星岛日报》。一个故事，以两种语言数次书写，可见张爱玲对这个题材的偏爱。

小说以“三十年前上海，一个有月亮的晚上……然而隔着三十年的辛苦路往回看，再好的月色也不免带点凄凉”开始，以“三十年前的月亮早已沉了下去，三十年前的人也死了，然而三十年前的故事还没完——完不了”结束，小说以月亮为核心意象，讲述了主人公曹七巧三十年间凄厉惊悚的人生故事。她戴着黄金的枷锁，又“用那沉重的枷角劈杀了几个人，没死的也送了半条命”。这个“麻油店的活招牌”被兄长嫁到姜家，成了患有“软骨症”

的二少爷的太太。情欲的压抑、众人的冷眼，使得七巧的心理渐趋变态，她亲手断送了一对儿女的幸福。在人生的最后时刻，七巧“似睡非睡横在烟铺上”，脑海中浮现自己十八九岁做姑娘时的场景，当年滚圆的胳膊，如今骨瘦如柴，镯子一直推到腋下。她的一生可怜又可恶，仿佛“玻璃匣子里蝴蝶的标本，鲜艳而凄怆”。

小说从七巧婚后五年写起，以电影蒙太奇手法，将时间转换到十年后。“翠竹帘子已经褪了色，金山绿水换了一张她丈夫的遗像，镜子里的人也老了十年”。丈夫、婆婆相继过世，七巧分到家产，另外租了房子住下。几个月后，姜季泽上门，花言巧语哄七巧卖田买房，在金钱和假意之间，七巧选择了金钱，彻底断了自己的情路。从此，她的生活中只有金钱、鸦片、麻将和一双儿女，扭曲变态的心理似乎只有在折磨儿女时才能得到满足和平衡。

如果说七巧是张爱玲笔下少有的彻底人物，长安则属于不彻底的人物，正如她的脚。七巧担心管不住女儿，在长安十三岁那年给她裹脚，裹了一年多又渐渐放松了，“然而长安的脚可不能完全恢复原状了”，不彻底的脚暗示着不彻底的性格和人生。长安进了洋学堂，“脸色也红润了，胳膊腿腕也粗了一圈”。结果，因为七巧常去学校闹，长安觉得丢脸，决定不念了，“她觉得她这牺牲是一个美丽的，苍凉的手势”。她用口琴吹着“Long，Long Ago”的调子，望着墨灰的天上模糊的缺月，放弃了一切上进的思想，二十四岁那年开始一心一意地抽鸦片。三十岁时遇到童世舫，她开始戒烟，并重新感受到快乐。然而，母亲执意反对，长安想：“这是她的生命里顶完美的一段，与其让别人给它加上一个不堪的尾巴，不如她自己早早结束了它。一个美丽而苍凉的手势……”分手的那天，她在公园恍惚听见口琴迟钝地吹出“Long，Long Ago”。她最初也是最后的爱就此完结，在那个“没有光的所在”，她断了幸福的念头。

一方面，《金锁记》在人性的剖析、心理的发掘、意象的运用、气氛的营造、蒙太奇手法的借鉴等方面，彰显出鲜明的现代特征。另一方面，《金锁记》对古典小说尤其是《红楼梦》多有师承。张爱玲8岁开始读《红楼梦》，晚年写成《红楼梦魇》，自言“十年一觉迷考据，赢得红楼梦魇名”。小说开头，以丫头的闲话和妯娌的议论铺陈七巧的出身、性情和处境，正是《红楼梦》中经典的侧面烘托笔法。七巧和《红楼梦》中的夏金桂颇为相似：曹七巧卖麻油，夏金桂卖桂花，两人均出身贫贱，言行粗鄙，受人轻蔑，并在欲望受挫后，情挑叔子。再看七巧斥骂兄长：“斗得过他们，你到我跟前来邀功要钱，斗不过他们，你往那边一倒。本来见了做官的就魂都没有了，头一缩，死活随我去。”《红楼梦》第46回中鸳鸯骂嫂子：“我若得脸呢，你们外头横行霸道，自己就封了自己是舅爷；我若不得脸，败了时，你们把王八脖子一缩，生死由我去！”两段话如出一辙。

不仅在技巧、人物、语言等方面取法《红楼梦》，《金锁记》同样也隐含了大家族衰亡、败落的思想意蕴。姜家本是清朝高官，辛亥革命后，从北京迁往上海租界，靠遗产度日，坐吃山空，仿佛二少爷那没有生命的肉体，只能一天天萎缩下去。正如七巧所骂：“别瞧你们家轰轰烈烈，公侯将相的，其实全不是那么回事！早就是外强中干，这两年连空架子也撑不起了。人呢，一代坏似一代，眼里哪儿还有天地君亲？少爷们是什么都不懂，小姐们就知道霸钱要男人——猪狗都不如！”更有讽刺意味的是，留学归来的童世舫发现自己所怀念的古中国，姨奶奶生孩子，闺秀抽鸦片，一下子委顿下来。这就从大家族的衰亡、败落进一步深化为古中国的糜烂、腐朽，童世舫试图在旧式文化中寻找慰藉，终究只落得难堪的落寞。《金锁记》乃至张爱玲小说的魅力，正在于融传统与现代于一炉，铸炼出独特而鲜明的个性风格。（陈翠平）

★思考题：

1. 简单分析《金锁记》中的月亮意象。
2. 比较分析张爱玲以同一题材书写的小说《金锁记》与《怨女》。

围城（节选）

钱钟书

三

……

方鸿渐到馆子，那两个客人已经先在。一个躬背高额，大眼睛，苍白脸，戴夹鼻金丝眼镜，穿的西装袖口遮没手指，光光的脸，没胡子也没皱纹，而看来像个幼稚的老太婆或者上了年纪的小孩子。一个气概飞扬，鼻子直而高，侧望像脸上斜搁了一张梯，颈下打的领结饱满齐整得使方鸿渐绝望地企羡。辛楣见了鸿渐，热烈欢迎。彼此介绍之后，鸿渐才知道那位躬背的是哲学家褚慎明，另一位叫董斜川，原任捷克中国公使馆军事参赞，内调回国，尚未到部，善做旧诗，是个大才子。这位褚慎明原名褚家宝，成名以后，嫌“家宝”这名字不合哲学家身份，据斯宾诺沙改名的先例，换成“慎明”，取“慎思明辨”的意思。他自小负神童之誉，但有人说他是神经病。他小学、中学、大学都不肯毕业，因为他觉得没有先生配教他考他。他最恨女人，眼睛近视得利害而从来不肯配眼镜，因为怕看清楚了女人的脸，又常说人性里有天性跟兽性两部分，他自己全是天性。他常翻外国哲学杂志，查出世界大哲学家的通信处，写信给他们，说自己如何爱读他们的书，把哲学杂志书评栏里赞美他们著作的话，改头换面算自己的意见。外国哲学家是知识分子里最牢骚不平的人，专门的权威没有科学家那样高，通俗的名气没有文学家那样大，忽然几万里外有人写信恭维，不用说高兴得险的忘掉了哲学。他们理想中国是个不知怎样闭塞落伍的原始国家，而这个中国人信里说几句话，倒有分寸，便回信赞褚慎明是中国新哲学的创始人，还有送书给他的。不过褚慎明再写信去，就收不到多少复信，缘故是那些虚荣的老头子拿了他的第一封信向同行卖弄，不料彼此都收到他的这样一封信，彼此都是他认为“现代最伟大的哲学家”，不免扫兴生气了。褚慎明靠着三四十封这类回信，吓倒了无数人，有位爱才的阔官僚花一万金送他出洋。西洋大哲学家不回他信的只有柏格森；柏格森最怕陌生人去缠他，住址严守秘密，电话簿上都没有他的名字。褚慎明到了欧洲，用尽心思，写信到柏格森寓处约期拜访，谁知道原信退回，他从此对直觉主义痛心疾首。柏格森的敌人罗素肯敷衍中国人，请他喝过一次茶，他从此研究数理逻辑。他出洋时，为方便起见，不得不戴眼镜，对女人的态度逐渐改变。杜慎卿厌恶女人，跟她们隔三间屋还闻着她们的臭气，褚慎明要女人，所以鼻子同样的敏锐。他心里装满女人，研究数理逻辑的时候，看见 a posteriori 那个名词会联想到 posterior，看见 × 记号会联想到 kiss，亏得他没细读柏拉图的太米蔼斯对话（Timaeus），否则他更要对着 × 记号出神。他正把那位送他出洋的大官僚讲中国人生观的著作翻成英文，每月到国立银行里领一笔生活费，过极闲适的日子。董斜川的父亲董沂孙是个老名士，虽在民国做官而不忘前清。斜川才气甚好，跟着老子做旧诗。中国是出儒将的国家，不比法国有一两个提得起笔的将军，就要请进国家学院去高供着。斜川的将略跟一般儒将相去无几，而他的诗即使不是儒将做的，也算得好了。文能穷人，所以他官运不好，这对于士兵，倒未始非福。他做军事参赞，不去讲武，倒批评上司和同事们文理不通，因此内调。他回国不多几天，想另谋个事。

方鸿渐见董斜川像尊人物，又听赵辛楣说他是名父之子，不胜倾倒，说：“老太爷沂孙先生的诗，海内闻名。董先生不愧家学渊源，更难得是文武全才。”他自以为这算得恭维周到了。

董斜川道：“我做的诗，路数跟家严不同。家严年轻时候的诗取径没有我现在这样高。他到如今还不脱黄仲则、龚定盦那些乾嘉人习气，我一开笔就做的同光体。”

方鸿渐不敢开口。赵辛楣向跑堂要了昨天开的菜单，予以最后审查。董斜川也向跑堂的要了一支秃笔，一方砚台，把茶几上的票子飞快的书写着，方鸿渐心里诧异。褚慎明危坐不说话，像内视着潜意识深处的趣事而微笑，比了他那神秘的笑容，蒙娜丽莎（Mona Lisa）的笑算不得什么一回事。鸿渐攀谈道：“褚先生最近研究些什么哲学问题？”

褚慎明神色慌张，瞥了鸿渐一眼，别转头叫赵辛楣道：“老赵，苏小姐该来了。我这样等女人，生平是破例。”

辛楣把菜单给跑堂，回头正要答应，看见董斜川在写，忙说：“斜川，你在干什么？”

董斜川头都不抬道：“我在写诗。”

辛楣释然道：“快多写几首，我虽不懂诗，最爱看你的诗。我那位朋友苏小姐，新诗做得非常好，对旧诗也很能欣赏。回头把你的诗给她看。”

斜川停笔，手指拍着前额，像追思什么句子，又继续写，一面说：“新诗跟旧诗不能比！我那年在庐山跟我们那位老世伯陈散原先生聊天，偶尔谈起白话诗。老头子居然看过一两首新诗。他说还算徐志摩的诗有点意思，可是只相当于明初杨基那些人的境界，太可怜了。女人做诗，至多是第二流，鸟里面能唱的都是雄的，譬如鸡。”

辛楣大不服道：“为什么外国人提起夜莺，总说它是雌的？”

褚慎明对雌雄性别，最有研究，冷冷道：“夜莺雌的不会唱，会唱的是雄夜莺。”

说着，苏小姐来了。辛楣利用主人职权，当鸿渐的面向她专利地献殷勤。斜川一拉手后，正眼不瞧她，因为他承受老派名士对女人的态度；或者谑浪玩弄，这是对妓女的风流；或者眼观鼻，鼻观心，这是对朋友内眷的礼貌。褚哲学家害馋痨地看着苏小姐，大眼珠仿佛哲学家谢林的“绝对观念”，像“手枪里弹出的子药”，险的突破眼眶，迸碎眼镜。辛楣道：“今天本来也请了董太太，董先生说她有事不能来。董太太是美人，一笔好中国画，跟我们这位斜川兄真是珠联璧合。”

斜川客观地批判说：“内人长得相当漂亮，画也颇有家法。她画的《斜阳萧寺图》，在很多老辈的诗集里见得到题咏。她跟我逛龙树寺，回家就画这个手卷，我老太爷题两首七绝，有两句最好：‘贞元朝士今谁在，无限僧寮旧夕阳！’的确，老辈一天少似一天，人才好像每况愈下，‘不须上溯康乾世，回首同光已惘然！’。”说时摇头慨叹。

方鸿渐闻所未闻，甚感兴味。只奇怪这样一个英年洋派的人，何以口气活像遗少，也许是学同光体诗的缘故。辛楣请大家入席，为苏小姐杯子里斟满了法国葡萄汁，笑说：“这是专给你喝的，我们另有我们的酒。今天席上慎明兄是哲学家，你跟斜川兄都是诗人，方先生又是哲学家又是诗人，一身兼两长，更了不得。我一无所能，只会喝两口酒，方先生，我今天陪你喝它两斤酒，斜川兄也是洪量。”

方鸿渐吓得跳起来道：“谁讲我是哲学家和诗人？我更不会喝酒，简直滴酒不饮。”

辛楣按住酒壶，眼光向席上转道：“今天谁要客气推托，我们就罚他两杯，好不好？”

斜川道：“赞成！这样好酒，罚还是便宜。”

鸿渐拦不住道："赵先生，我真不会喝酒，也给我葡萄汁，行不行?"

辛楣道："哪有不会喝酒的留法学生？葡萄汁是小姐们喝的。慎明兄因为神经衰弱戒酒，是个例外。你别客气。"

斜川呵呵笑道："你即不是文纨小姐的'倾国倾城貌'，又不是慎明先生的'多愁多病身'，我劝你还是'有酒直须醉'罢。好，先干一杯，一杯不成，就半杯。"

苏小姐道："鸿渐好像是不会喝酒——辛楣这样劝你，你就领情稍微喝一点罢。"辛楣听苏小姐护惜鸿渐，恨不得鸿渐杯里的酒滴滴都化成火油。他这愿望没实现，可是鸿渐喝一口，已觉一缕火线从舌尖伸延到胸膈间。慎明只喝茶，酒杯还空着。跑堂拿上一大瓶叵耐牌A字牛奶，说已经隔水温过。辛楣把瓶给慎明道："你自斟自酌罢，我不跟你客气了。"慎明倒了一杯，尖着嘴唇尝了尝，说："不凉不暖，正好。"然后从口袋里掏出个什么外国补药瓶子，数四粒丸药，搁在嘴里，喝一口牛奶咽下去。苏小姐道："褚先生真知道养生!"慎明透口气道："人没有这个身体，全是心灵，岂不更好；我并非保重身体，我只是哄乖了它，好不跟我捣乱——辛楣，这牛奶还新鲜。"

辛楣道："我没哄你罢？我知道你的脾气，这瓶奶送到我家以后，我就搁在电气冰箱里冻着。你对新鲜牛奶这样认真，我有机会带你去见我们相熟的一位徐小姐，她开牛奶场，请她允许你每天凑着母牛的奶直接吸一个饱——今天的葡萄汁、酒、牛奶都是我带来的，没叫馆子里预备。文纨，吃完饭，我还有一匣东西给你。你爱吃的。"

苏小姐道："什么东西？——哦，你又要害我头痛了。"

方鸿渐道："我就不知道你爱吃什么东西，下次也可以买来孝敬你。"

辛楣又骄又妒道："文纨，不要告诉他。"

苏小姐为自己的嗜好抱歉道："我在外国想吃广东鸭肫肝，不容易买到。去年回来，大哥买了给我吃，咬得我两太阳酸痛了好几天。你又要来引诱我了。"

鸿渐道："外国菜里从来没有鸡鸭肫肝，我在伦敦看见成箱的鸡鸭肫肝贱得一文不值，人家买了给猫吃。"

辛楣道："英国人吃东西远比不上美国人花色多。不过，外国人的吃胆总是太小，不敢冒险，不像我们中国人什么肉都敢吃。并且他们的烧菜原则是'调'，我们是'烹'，所以他们的汤菜尤其不够味道。他们白煮鸡，烧了一滚，把汤丢了，只吃鸡肉，真是笑话。"

鸿渐道："这还不算冤呢！茶叶初到外国，那些外国人常把整磅的茶叶放在一锅子水里，到水烧开，泼了水，加上胡椒和盐，专吃那叶子。"

大家都笑。斜川道："这跟樊樊山把鸡汤来沏龙井茶的笑话相同。我们这位老世伯光绪初年做京官的时候，有人外国回来送给他一罐咖啡，他以为是鼻烟，把鼻孔里的皮都擦破了。他集子里有首诗讲这件事。"

鸿渐道："董先生不愧系出名门！今天听到不少掌故。"

慎明把夹鼻眼镜按一下，咳声嗽，说：“方先生，你那时候问我什么一句话？”

鸿渐糊涂道：“什么时候？”

“苏小姐还没来的时候，”——鸿渐记不起——“你好像问我研究什么哲学问题，对不对？”对这个照例的问题，褚慎明有个刻板的回答，那时候因为苏小姐还没来，所以他留到现在表演。

“对，对。”

“这句话严格分析起来，有点毛病。哲学家碰见问题，第一步研究问题：这成不成问题，不成问题的是假问题 pesudoquestion，不用解决，也不可解决。假使成问题呢，第二步研究解决，相传的解决正确不正确，要不要修正。你的意思恐怕不是问我研究什么问题，而是问我研究什么问题的解决。”

方鸿渐惊奇，董斜川厌倦，苏小姐迷惑，赵辛楣大声道：“妙，妙，分析得真精细，了不得！了不得！鸿渐兄，你虽然研究哲学，今天也甘拜下风了，听了这样好的议论，大家得干一杯。”

鸿渐经不起辛楣苦劝，勉强喝了两口，说：“辛楣兄，我只在哲学系混了一年，看了几本指定参考书。在褚先生前面只能虚心领教做学生。”

褚慎明道：“岂敢，岂敢！听方先生的话好像把一个个哲学家为单位，来看他们的著作。这只算研究哲学家，至多是研究哲学史，算不得研究哲学。充乎其量，不过做个哲学教授，不能成为哲学家。我喜欢用自己的头脑，不喜欢用人家的头脑来思想。科学文学的书我都看，可是非万不得已决不看哲学书。现在许多号称哲学家的人，并非真研究哲学，只研究些哲学上的人物文献。严格讲起来，他们不该叫哲学家 philosophers，该叫‘哲学家学家’ philophilosophers。”

鸿渐说：“philophilosophers 这个字很妙，是不是先生用自己头脑想出来的？”

“这个字是有人在什么书上看见了告诉 Bertie，Bertie 告诉我的。”

“谁是 Bertie？”

“就是罗素了。”

世界有名的哲学家，新袭勋爵，而褚慎明跟他亲狎得叫他乳名，连董斜川都羡服了，便说：“你跟罗素很熟？”

“还够得上朋友，承他瞧得起，请我帮他解答许多问题。”天知道褚慎明并没吹牛，罗素确问过他什么时候到英国、有什么计划、茶里要搁几块糖这一类非他自己不能解答的问题——“方先生，你对数理逻辑用过功没有？”

“我知道这东西太难了，从没学过。”

“这话有语病，你没学过，怎会‘知道’它难呢？你的意思是：‘听说这东西太难了。’”

辛楣正要说“鸿渐兄输了，罚一杯”，苏小姐为鸿渐不服气道：“褚先生可真精明利害哪！吓得我口都不敢开了。”

慎明说：“不开口没有用，心里的思想照样的混乱不合逻辑，这病根还没有去掉。”

苏小姐撅嘴道：“你太可怕了！我们心里的自由你都要剥夺了。我瞧你就没本领钻到人心里去。”

褚慎明有生以来，美貌少女跟他讲“心”，今天是第一次。他非常激动，夹鼻眼镜泼剌一声直掉在牛奶杯子里，溅得衣服上桌布上都是奶，苏小姐胳膊上也沾润了几滴。大家忍不住笑。赵辛楣揿电铃叫跑堂来收拾。苏小姐不敢皱眉，轻快地拿手帕抹去手臂上的飞沫。褚慎明红着脸，把眼镜擦干，幸而没破，可是他不肯戴上，怕看清了大家脸上逗留的余笑。

董斜川道：“好，好，虽然‘马前泼水’，居然‘破镜重圆’，慎明兄将来的婚姻一定离合悲欢，大有可观。”

辛楣道：“大家干一杯，预敬我们大哲学家未来的好太太。方先生，半杯也喝半杯。”——辛楣不知道大哲学家从来没娶过好太太，苏格拉底的太太就是泼妇，褚慎明的好朋友罗素也离了好几次婚。

鸿渐果然说道：“希望褚先生别像罗素那样的三四次闹离婚。”

慎明板着脸道：“这就是你所学的哲学！”苏小姐道：“鸿渐，我看你醉了，眼睛都红了。”斜川笑得前仰后合。辛楣嚷道：“岂有此理！说这种话非罚一杯不可！”本来敬一杯，鸿渐只需喝一两口，现在罚一杯，鸿渐自知理屈，挨了下去，渐渐觉得另有一个自己离开了身子在说话。

慎明道：“关于 Bertie 结婚离婚的事，我也和他谈过。他引一句英国古话，说结婚仿佛金漆的鸟笼，笼子外面的鸟想住进去，笼内的鸟想飞出来；所以结而离，离而结，没有了局。”

苏小姐道：“法国也有这么一句话。不过，不说是鸟笼，说是被围困的城堡 fortresse assiégée，城外的人想冲进去，城里的人想逃出来。鸿渐，是不是？”鸿渐摇头表示不知道。

辛楣道：“这不用问，你还会错么！”

慎明道：“不管它鸟笼罢，围城罢，像我这种一切超脱的人是不怕围困的。”

鸿渐给酒摆布得失掉自制力道：“反正你会摆空城计。”结果他又给辛楣罚了半杯酒，苏小姐警告他不要多说话。斜川像在寻思什么，忽然说道：“是了，是了。中国哲学家里，王阳明是怕老婆的。”——这是他今天第一次没有叫“老世伯”的人。

辛楣抢说：“还有什么人没有？方先生，你说，你念过中国文学的。”

鸿渐忙说：“那是从前的事，根本没有念通。”辛楣欣然对苏小姐做个眼色，苏小姐忽然变得很笨，视若无睹。

“大学里教你国文的是些什么人？”斜川不无兴趣地问。

鸿渐追想他的国文先生都叫不响，不比罗素，陈散原这些名字，像一支上等哈瓦那雪茄烟，可以挂在口边卖弄，便说：“全是些无名小子，可是教我们这种不通的学生，已经太好了。斜川兄，我对诗词真的一窍不通，偶尔看看，叫我做呢，一个字都做不出。”苏小姐嫌鸿渐太没面子，心痒痒地要为他挽回体面。

斜川冷笑道：“看的是不是燕子龛、人境庐两家的诗？”

“为什么？”

“这是普通留学生所能欣赏的二毛子旧诗。东洋留学生捧苏曼殊，西洋留学生捧黄公度。留学生不知道苏东坡、黄山谷，心目间只有这一对苏黄。我没说错罢？还是黄公度好些，苏曼殊诗里的日本味儿，浓得就像日本女人头发上的油气。”

苏小姐道：“我也是个普通留学生，就不知道近代的旧诗谁算顶好。董先生讲点给我们听听。”

“当然是陈散原第一。这五六百年来，算他最高。我常说唐以后的大诗人可以把地理名词来包括，叫‘陵谷山原’。三陵：杜少陵，王广陵——知道这个人么？——梅宛陵；二谷：李昌谷，黄山谷；四山：李义山，王半山，陈后山，元遗山；可是只有一原，陈散原。”说时，翘着左手大拇指。鸿渐懦怯地问道：“不能添个‘坡’字么？”

“苏东坡，他差一点。”

鸿渐咋舌不下，想苏东坡的诗还不入他法眼，这人做的诗不知怎样好法，便问他要刚才写的诗来看。苏小姐知道斜川写了诗，也向他讨；因为只有做旧诗的人敢说不看新诗，做新诗的人从不肯说不懂旧诗的。斜川把四五张纸，分发同席，傲然靠在椅背上，但觉得这些人都不懂诗，决不能领略他句法的妙处，就是赞美也不会亲切中肯。这时候，他等待他们的恭维，同时知道这恭维不会满足自己，仿佛鸦片瘾发的时候只找到一包香烟的心理。纸上写着七八首近体诗，格调很老成。辞军事参赞回国那首诗有：“好赋归来看妇靥，大惭名字止儿啼”；愤慨中日战事的诗有：“直疑天尚醉，欲与日偕亡”；此外还有：“清风不必一钱买，快雨端宜万户封”；“石齿漱寒濑，松涛泻夕风”；“未许避人思避世，独扶浅醉赏残花”。可是有几句像：“泼眼空明供睡鸭，蟠胸秘怪媚潜虬”；“数子提携寻旧迹，哀芦苦竹照凄悲”；“秋气身轻一雁过，鬓丝摇影万鸦窥”；意思非常晦涩。鸿渐没读过《散原精舍诗》，还竭力思索这些字句的来源。他想芦竹并没起火，照东西不甚可能，何况“凄悲”是探海灯都照不见的。“数子”明明指朋友并非小孩子，朋友怎可以“提携”？一万只乌鸦看中诗人几根白头发，难道“乱发如鸦窠”，要宿在他头上？心里疑惑，不敢发问，怕斜川笑自己外行人不懂。

大家照例称好，斜川客气地淡漠，仿佛领袖受民众欢迎时的表情。辛楣对鸿渐道：“你也写几首出来，让我们开开眼界。”鸿渐极口说不会做诗。斜川说鸿渐真的不能做诗，倒不必勉强。辛楣道：“那么，大家喝一大杯，把斜川兄的好诗下酒。”鸿渐要喉舌两关不留难这口酒，溜税似地直咽下去，只觉胃里的东西给这口酒激的要冒上来，好比已塞的抽水马桶又经人抽一下水的景象。忙搁下杯子，咬紧牙齿，用坚强的意志压住这阵泛滥。

苏小姐道：“我没见过董太太，可是我想像得出董太太的美。董先生的诗

‘好赋归来看妇靥’，活画出董太太的可爱的笑容，两个深酒窝。”

赵辛楣道：“斜川有了好太太不够，还在诗里招摇，我们这些光杆看了真眼红，”说时，仗着酒勇，涎着脸看苏小姐。

褚慎明道：“酒窝生在他太太脸上，只有他一个人看。现在写进诗里，我们都可以仔细看个饱了。”

斜川生气不好发作，板着脸说：“跟你们这种不通的人，根本不必谈诗。我这一联是用的两个典，上句梅圣俞，下句杨大眼，你们不知道出处，就不要穿凿附会。”

辛楣一壁斟酒道：“抱歉抱歉！我们罚自己一杯。方先生，你应该知道出典，你不比我们呀！为什么也一窍不通？你罚两杯，来！”

鸿渐生气道：“你这人不讲理，为什么我比你们应当知道？”

苏小姐因为斜川骂“不通”，有自己在内，甚为不快，说：“我也是一窍不通的，可是我不喝这杯罚酒。”

辛楣已有醉意，不受苏小姐约束道：“你可以不罚，他至少也得还喝一杯，我陪他。”说时，把鸿渐杯子里的酒斟满了，拿起自己的杯子来一饮而尽，向鸿渐照着。

鸿渐毅然道：“我喝完这杯，此外你杀我头也不喝了。”举酒杯直着喉咙灌下去，灌完了，把杯子向辛楣一扬道：“照——”他“杯”字没出口，紧闭嘴，连跌带撞赶到痰盂边，“哇”的一声，菜跟酒冲口而出，想不到肚子里有那些呕不完的东西，只吐得上气不接下气，鼻涕眼泪胃汁都赔了。心里只想：“大丢脸！亏得唐小姐不在这儿。”胃里呕清了，恶心不止，旁茶几坐下，抬不起头，衣服上都溅满脏沫。苏小姐要走近身，他疲竭地做手势阻止她。辛楣在他吐得厉害时，为他敲背。斜川叫跑堂收拾地下，拿手巾，自己先倒杯茶给他漱口。褚慎明掩鼻把窗子全打开，满脸鄙厌，可是心里高兴，觉得自己泼的牛奶，给鸿渐的呕吐在同席的记忆里冲掉了。

斜川看鸿渐好了些，笑说：“‘凭阑一吐，不觉筌篌’，怎么饭没吃完，已经忙着还席了！没有关系，以后拚着吐几次，就学会喝酒了。”

辛楣道：“酒，证明真的不会喝了。希望诗不是真的不会做，哲学不是真的不懂。”

苏小姐发恨道：“还说风凉话呢！全是你不好，把他灌到这样，明天他真生了病，瞧你做主人的有什么脸见人？——鸿渐，你现在觉得怎么样？”把手指按鸿渐的前额，看得辛楣悔不曾学过内功拳术，为鸿渐敲背的时候，使他受致命伤。

鸿渐头闪开说：“没有什么，就是头有点痛。辛楣兄，今天真对不住你，各位也给我搅得扫兴，请继续吃罢。我想先回家去了，过天到辛楣兄府上来谢罪。”

苏小姐道：“你多坐一会，等头不痛了再走。”

辛楣恨不得立刻撵鸿渐滚蛋，便说：“谁有万金油？慎明，你随身带药的，有没有万金油？”

慎明从外套和裤子袋里掏出一大堆盒儿，保喉、补脑、强肺、健胃、通便、发汗、止痛的药片、药丸、药膏全有。苏小姐拣出万金油，伸指蘸了些，为鸿渐擦在两太阳。辛楣一肚皮的酒，几乎全成酸醋，忍了一会，说："好一点没有？今天我不敢留你，改天补请。我分付人叫车送你回去。"

苏小姐道："不用叫车，他坐我的车，我送他回家。"

辛楣惊骇得睁大了眼，口吃说："你，你不吃了？还有菜呢。"鸿渐有气无力地恳请苏小姐别送自己。

苏小姐道："我早饱了，今天菜太丰盛了。褚先生董先生，请慢用，我先走一步。辛楣，谢谢你。"

辛楣哭丧着脸，看他们俩上车走了。他今天要鸿渐当苏小姐面出丑的计划，差不多完全成功，可是这成功只证实了他的失败。鸿渐斜靠着车垫，苏小姐叫他闭上眼歇一会。在这个自造的昏天黑地里，他觉得苏小姐凉快的手指摸他的前额，又听她用法文低声自语："pauv re petit!"他力不从心，不能跳起来抗议。汽车到周家，苏小姐命令周家的门房带自己汽车夫扶鸿渐进去。到周先生周太太大惊小怪赶出来认苏小姐，要招待她进去小坐，她汽车早开走了。老夫妇的好奇心无法满足，又不便细问蒙头躺着的鸿渐，只把门房考审个不得了，还嫌他没有观察力，骂他有了眼睛不会用，为什么不把苏小姐看个仔细。

……

★导读

钱钟书（1910—1998），字默存，号槐聚，笔名中书君。江苏无锡人。钱钟书少年好学，出身于书香世家。博闻强识，毕业于清华大学。学贯中西，留学英法。性情平和，身兼学者与作家。学术著作有《谈艺录》、《宋诗选注》、《管锥编》等，文学作品有散文集《写在人生边上》、短篇小说集《人·鬼·兽》、长篇小说《围城》。他还曾负责《毛泽东选集》、毛泽东诗词的英译工作。

钱钟书的文学作品不多，但冷峭幽默，有书卷气。多暴露人们灵魂中的弱点，有哲理意蕴。

抗战期间，钱钟书曾尊父命到湖南蓝田师范学院服侍父亲并任教。上海沦陷后他被困上海，以教书写作为生。《围城》就创作于这个时期。作者说《围城》整整写了两年，"两年里忧世伤生，屡想终止"（《围城·序》）。《围城》在1946年2月15日出版的《文艺复兴》第1卷第2期开始连载，到第2卷第6期共分10次登完。1947年5月由上海晨光出版公司出版单行本。

书名《围城》，其本意取自法国的一句谚语：婚姻好像是被围困的城堡，城外的人想要冲进去，城里的人想逃出来。在小说的第5章，作者通过赵辛楣之口说“近来对人生万事”都有“围城”之感。后来杨绛先生进一步阐释“围城”时说“婚姻也罢，职业也罢，人生大抵如此”。这也是《围城》的深层意蕴所在。

小说的故事发生在抗战期间的1937—1939年。作者借了社会的动荡，用行走式的结构方法，写了主人公方鸿渐东奔西突地“进城”、“出城”的婚恋和人生。小说以方鸿渐坐邮轮从欧洲回国开始，在船上和香港的鲍小姐有过一夜的风流，虽有同船的文学博士苏文纨矜持相待，但对于这个临时“城堡”还能进退自如。继之以淞沪会战后从家乡来到上海，在苏文纨和唐晓芙之间展开了新的“围城”。这次他是得罪了苏文纨、失去了唐小姐，已显出他人生的狼狈。最后在无奈之中方鸿渐于1938年9月跟着赵辛楣去湖南的三闾大学教书。在艰苦的旅行中，同行的孙柔嘉开始编织罗网猎取未设防的方鸿渐。待到1939年夏天经香港回到上海时，爱情已死在心中的方鸿渐的身边却莫名其妙地有了太太孙柔嘉。战乱加家乱，方鸿渐的婚姻又告破裂。

方鸿渐是个弱质的知识分子形象。他披了些老中国的晚霞，淋了点西风欧雨，不学而略有术，在文化交流、中西合璧的大话下怪相迭出。他又心地善良，性格柔顺，嘴上机敏而内心懦弱无能，明白自己的处境却改变不了自己的困境。方鸿渐的这种人生困境也是现代人所意识到的普遍的人性悲哀。钱钟书用了反讽、比喻等手法，把这层悲哀包裹在喜剧氛围中和知识所形成的词语密林中。

从方鸿渐的行走进出围城的过程中，我们还看到了上海租界、三闾大学里知识分子的众生相。（袁向东）

★思考题：

1. 如何理解《围城》中的“围城”？
2. 阅读小说，分析方鸿渐的形象。

第二章 诗 歌

老 鸦

胡 适

一

我大清早起，
站在人家屋角上哑哑的啼。
人家讨嫌我，说我不吉利；
——我不能呢呢喃喃讨人家的欢喜！

二

天寒风紧，无枝可栖。
我整日里飞去飞回，整日里又寒又饥。
——我不能带着鞘儿，翁翁央央的替人家飞；
不能叫人家系在竹竿头，赚一把小米！

★导读

胡适（1891—1962），原名胡洪骍，字适之，安徽绩溪人，现代著名学者。1910 年留学美国。1917 年初在《新青年》发表《文学改良刍议》。同年回国任北京大学教授，并参加编辑《新青年》，提倡白话文和新文学。先后任中国公学校长、北京大学文学院院长、国民党政府驻美大使、北京大学校长等。1962 年在台湾逝世。一生在哲学、文学、史学、古典文学考证诸方面均有成就。主要著作有《尝试集》、《胡适文存》、《中国哲学史大纲》（上）、《白话文学史》、《中国古代小说考证》等，1999 年北京大学出版社出版了由欧阳哲生编辑的11卷的《胡适文集》。

《老鸦》写于1917年12月，发表于1918年2月的《新青年》，收录于1920年出版的《尝试集》。这首白话诗既是中国现代文学早期白话诗作的典型作品，也很能代表创作者自身的精神世界。

白话诗在中国白话语言正式成为文学正统语言的过程中有重要作用，主要表现在白话诗的语言应用上。这首《老鸦》在语言上就贯彻了胡适《尝试集》的语言风格，纯粹使用白话入诗。全诗自然押韵，且使用了多个叠用象声词“哑哑”、“呢呢喃喃”、“翁翁央央”等，使诗歌在朗朗上口的同时富有韵律感与节奏感。

全诗语言朴素简洁，采用了白描的手法来展现诗作对象——老鸦的生活状态与精神状态。第一节用别人对我的态度“人家讨嫌我，说我不吉利”与我的态度“我不能呢呢喃喃讨人家的欢喜”进行对比，来表达自己要坚持自我意见与自由表达的精神；第二节写出在“天寒风紧”的冬日，这只老鸦虽然“整日里飞去飞回，整日里又寒又饥”，却依然坚持不能为了“赚一把小米”而放弃自由讨人欢喜。全诗以“老鸦”口吻自居，且将“老鸦”形象与“带着鞘儿”的鸽子还有“赚一把小米”的黄鸟进行对比，前后出现三次“不能”，这种重复正是对自我态度的深刻坚持与反复表达。

中国近现代文学的白话文学发展是一条相当重要的线索，作为早期“尝试型”白话诗的代表作品，《老鸦》也同时展现出作者在精神气质以及文学修养方面对中国传统文学的继承。比如这虽然是一首白话诗，除了“大清早”“人家”“屋角”这种口语式白话，也出现了“天寒风紧，无枝可栖”这样的典型的文言语言。再者，全诗以“老鸦”为描写对象是典型的“咏物诗”，而“老鸦”这一形象也出自传统文人典故：北宋名臣范仲淹因言招罪被贬，友人梅尧臣写《灵乌赋》婉劝范仲淹多学报喜鸟儿莫学乌鸦，范仲淹亦回一篇《灵乌赋》，表示不管人们是否喜欢，自己也要坚持“宁鸣而死，不默而生”，胡适选择“老鸦”入诗正以范仲淹这种选择为标榜，完成自我表达。

作为中国新文化运动的主将，胡适早年提倡“白话诗”，在自己的朋友文人圈子里多遭质疑，回国以后对社会提出种种批评亦遭非议，中晚年从政一直坚持自由主义精神，除了“老鸦”这种“宁鸣而死，不默而生”的精神追求，胡适的白话诗中，“蝴蝶”、“鸽子”、“乌鸦”这类可以在天空自由翱翔的形象常常是他选择的诗作描写对象，同时也是一种情感寄托与精神吁求。

胡适是英国进化论大师赫胥黎与美国实验主义鼻祖杜威的忠实门生，他坚定地认为中国文学从“文言文”走向“白话”是文学进化的必然过程。

他坚持实验主义精神——既然大家都质疑白话文学的可行性，那么就从最难突破的白话诗开始实验，自己动手写以此证明白话文学的强大生命力。胡适的《尝试集》作为中国现代文学第一本白话诗集，最重要的价值不在于其中诗歌本身的白话艺术魅力，而在于作为新文学运动组成部分的尝试精神与先锋作用。1918 年以后，《新青年》上陆续出现沈尹默、刘半农、鲁迅的白话诗。1920 年，上海出版了新文学史上第一部白话新诗总集。（刘茉琳）

★思考题：

1. 分析《老鸦》反映出胡适怎样的思想与心态？
2. 阅读胡适的诗集《尝试集》，简析胡适的新诗在新文化运动中的作用。

凤凰涅槃

郭沫若

天方国古有神鸟名“菲尼克司”（Phoenix），满五百岁后，集香木自焚，复从死灰中更生，鲜美异常，不再死。按此鸟殆即中国所谓凤凰；雄为凤，雌为凰。

《孔演图》云：“凤凰火精，生丹穴。”

《广雅》云：“凤凰……雄鸣曰即即，雌鸣曰足足。”

序　曲

除夕将近的空中，
飞来飞去的一对凤凰，
唱著哀哀的歌声飞去，
衔著枝枝的香木飞来，
飞来在丹穴山上。

山右有枯槁了的梧桐，
山左有消歇了的醴泉，
山前有浩茫茫的大海，
山后有阴莽莽的平原，
山上是寒风凛冽的冰天。

天色昏黄了，
香木集高了，

凤已飞倦了，
凰已飞倦了，
他们的死期将近了。

凤啄香木，
一星星的火点迸飞。
凰扇火星，
一缕缕的香烟上腾。
凤又啄，
凰又扇，
山上的香烟弥散，
山上的火光弥满。

夜色已深了，
香木已燃了，
凤已啄倦了，
凰已扇倦了，
他们的死期已近了！

啊啊！
哀哀的凤凰！
凤起舞，低昂！
凰唱歌，悲壮！
凤又舞，
凰又唱，
一群的凡鸟，
自天外飞来观葬。

凤　歌

即即！即即！即即！
即即！即即！即即！
茫茫的宇宙，冷酷如铁！
茫茫的宇宙，黑暗如漆！
茫茫的宇宙，腥秽如血！
宇宙呀，宇宙，
你为什么存在？
你自从哪里来？

你坐在哪里在？
你是个有限大的空球？
你是个无限大的整块？
你若是有限大的空球，
那拥抱着你的空间
他从哪里来？
你的外边还有些什么存在？
你若是无限大的整块？
这被你拥抱着的空间
他从哪里来？
你的当中为什么又有生命存在？
你到底还是个有生命的交流？
你到底还是个无生命的机械？

昂头我问天，
天徒矜高，莫有点儿知识。
低头我问地，
地已死了，莫有点儿呼吸。
伸头我问海，
海正扬声而呜咽。

啊啊！
生在这样个阴秽的世界当中，
便是把金刚石的宝刀也会生锈。
宇宙呀，宇宙，
我要努力地把你诅咒：
你脓血污秽着的屠场呀！
你悲哀充塞着的囚牢呀！
你群鬼叫号着的坟墓呀！
你群魔跳梁着的地狱呀！
你到底为什么存在？

我们飞向西方，
西方同是一座屠场。
我们飞向东方，
东方同是一座囚牢。
我们飞向南方，

南方同是一座坟墓。
我们飞向北方，
北方同是一座地狱。
我们生在这样个世界当中，
只好学着海洋哀哭。

凰　歌

足足！足足！足足！
足足！足足！足足！
五百年来的眼泪倾泻如瀑。
五百年来的眼泪淋漓如烛。
流不尽的眼泪，
洗不净的污浊，
浇不熄的情炎，
荡不去的羞辱，
我们这飘渺的浮生，
到底要向哪儿安宿？

啊啊！
我们这飘渺的浮生，
好像那大海里的孤舟，
左也是漶漫，
右也是漶漫，
前不见灯台，
后不见海岸，
帆已破，
樯已断，
楫已飘流，
柁已腐烂，
倦了的舟子只是在舟中呻唤，
怒了的海涛还是在海中泛滥。

啊啊！
我们这飘渺的浮生，
好像这黑夜里的酣梦。
前也是睡眠，
后也是睡眠，

来得如飘风，
去得如轻烟。
来如风，
去如烟，
眠在后，
睡在前，
我们只是这睡眠当中的
一刹那的风烟。

啊啊！
有什么意思？
有什么意思？
痴！痴！痴！
只剩些悲哀，烦恼，寂寥，衰败，
环绕着我们活动着的死尸，
贯串着我们活动着的死尸，

啊啊！
我们年青时候的新鲜哪儿去了？
我们年青时候的甘美哪儿去了？
我们年青时候的光华哪儿去了？
我们年青时候的欢爱哪儿去了？
去了！去了！去了！
一切都已去了，
一切都要去了。
我们也要去了，
你们也要去了，
悲哀呀！烦恼呀！寂寥呀！衰败呀！

凤凰同歌

啊啊！
火光熊熊了。
香气蓬蓬了。
时期已到了。
死期已到了。
身外的一切，
身内的一切！

一切的一切！
请了！请了！

群　鸟　歌

岩　鹰
哈哈，凤凰！凤凰！
你们枉为这禽中的灵长！
你们死了么？你们死了么？
从今后该我为空间的霸王！

孔　雀
哈哈，凤凰！凤凰！
你们枉为这禽中的灵长！
你们死了么？你们死了么？
从今后请看我花翎上的威光！

鸱　枭
哈哈，凤凰！凤凰！
你们枉为这禽中的灵长！
你们死了么？你们死了么？
哦！是那儿来的鼠肉的馨香？

家　鸽
哈哈，凤凰！凤凰！
你们枉为这禽中的灵长！
你们死了么？你们死了么？
从今后请看我们驯良百姓的安康！

鹦　鹉
哈哈，凤凰！凤凰！
你们枉为这禽中的灵长！
你们死了么？你们死了么？
从今后请看我们雄辩家的主张！

凤凰更生歌

鸡　鸣

听潮涨了，
听潮涨了，
死了的光明更生了。

春潮涨了，
春潮涨了，
死了的宇宙更生了。

春潮涨了，
春潮涨了，
死了的凤凰更生了。

凤凰和鸣

我们更生了。
我们更生了。
一切的一，更生了。
一的一切，更生了。
我们便是他，他们便是我。
我中也有你，你中也有我。
我便是你。
你便是我。
火便是凤。
凤便是火。
翱翔！翱翔！
欢唱！欢唱！

我们光明，我们新鲜，
我们华美，我们芬芳，
一切的一，芬芳。
一的一切，芬芳。
芬芳便是你，芬芳便是我。
芬芳便是他，芬芳便是火。
火便是你。
火便是我。
火便是他。

火便是火。
翱翔！翱翔！
欢唱！欢唱！

我们热诚，我们挚爱，
我们欢乐，我们和谐。
一切的一，和谐。
一的一切，和谐。
和谐便是你，和谐便是我。
和谐便是他，和谐便是火。
火便是你。
火便是我。
火便是他。
火便是火。
翱翔！翱翔！
欢唱！欢唱！

我们生动，我们自由，
我们雄浑，我们悠久。
一切的一，悠久。
一的一切，悠久。
悠久便是你，悠久便是我。
悠久便是他，悠久便是火。
火便是你。
火便是我。
火便是他。
火便是火。
翱翔！翱翔！
欢唱！欢唱！

我们欢唱，我们翱翔。
我们翱翔，我们欢唱。
一切的一，常在欢唱。
一的一切，常在欢唱。
是你在欢唱？是我在欢唱？
是他在欢唱？是火在欢唱？
欢唱在歌唱！

欢唱在欢唱！
只有欢唱！
只有欢唱！
欢唱！
欢唱！
欢唱！

★导读

郭沫若（1892—1972），原名郭开贞，四川乐山人，中国现代著名浪漫主义诗人，剧作家。1914 年留学日本，1918 年开始新诗创作，1918 年与郁达夫等组织创造社，同年出版诗集《女神》，1923 年从九州帝国大学毕业回国后，弃医从文，1926 年参加北伐战争，1927 年参加南昌起义，1928 年旅居日本，1937 年回国从事抗日救亡活动，创作了一批借古讽今的优秀的历史剧。主要作品有诗集《女神》、《星空》、《瓶》和历史剧《屈原》等。

《凤凰涅槃》于 1920 年连载于《时事新报》副刊《学灯》，是郭沫若的白话新诗集《女神》中的代表作品，在中国现代诗歌史上有重要的历史地位，开辟了中国白话诗的新道路。这首诗最初刊登于 1920 年的《时事新报·学灯》。在新文化运动的关键时刻，成为中国白话新诗创作的第一个高峰，不仅是中国白话新诗的奠基之作，也成为狂飙突进的“五四”运动的精神风帆。

《凤凰涅槃》是一首杰出的浪漫主义抒情长诗，全诗分为六个组成部分：“序曲”、“凤歌”、“凰歌”、“凤凰同歌”、“群鸟歌”、“凤凰更生歌”。全诗内容上从凤凰准备自焚，到凤凰自焚的过程，并最终在烈火中更生永恒，色彩从灰暗到明亮最终缤纷五彩；情感从哀鸣低沉到悲愤质问，最终激昂欢呼，形成一个如同交响乐章的完整结构。

“序曲”描写凤凰的生存环境已经变得梧桐枯槁，醴泉消歇，平原无生气，痛苦与绝望的气氛弥漫世界，在这样的环境中凤凰决定自焚涅槃以求更生永恒。这里象征着中国社会的现实景象，凤凰的自焚是一种“叛逆”的新生，诗作者也在这里指明了中国社会以及知识分子的唯一前途。

凤凰自焚的过程由“凤歌”、“凰歌”、“凤凰同歌”及“群鸟歌”组成。“凤歌”与“凰歌”是阴阳互济的一组对唱，“凤凰同歌”与“群鸟歌”则如同合唱。其中，“凤歌”是稍带阳刚的悲愤发问，质问黑暗社会的天与地，表达深刻的批判；“凰歌”则是略显阴柔的自我解剖，描述对“飘渺浮生”的回顾与告别。合唱曲“凤凰同歌”主要表达对现实的否定与坚定告别，“群鸟歌”则以群鸟的丑恶阴暗心态描写与凤凰的光明和谐形成鲜明对比。

“凤凰更生歌”写的是经历大火之后，凤凰获得了新生与永恒，作者在这里用尽了赞美的辞藻：光明、新鲜、净朗、华美、芬芳、和谐、欢乐、热诚、雄浑、生动、自由、永恒，以此表达出作者对新生活以及新生命的无比渴求与自信，表达出诗人对“凤凰形象”的热爱以及对“涅槃精神”的追求。

整首诗作实际上是对当时中国社会及民族现实的象征。诗中“凤凰涅槃”是中国文化中的著名传说，诗作虽然处处彰显着现代气息，但“凤凰”以及“群鸟”形象，“丹穴山”等传统意境的选择，“涅槃”这一特殊文化含义的背景，使得整首诗呈现了鲜明的民族特色，为中国现代新诗在文化选择上做出了新的自我定位。

《凤凰涅槃》作为《女神》中最重要的作品，代表了他青年时期（日本留学时期）对中国国内“五四”运动及“新文化”运动带来的民族文化新生的敏锐感触，这种感触被他以“喷火”式的情感方式放在诗歌形式中表达出来，是对社会民族重生的热烈渴求，也是对知识分子自我进行否定再生的“涅槃”过程，自我与集体与整个“民族文化”，即“一切的一”“一的一切”和谐统一，完美彰显了“五四”精神与历史的“青春期情感”。

郭沫若是中国现代文学史上重要的诗人与戏剧家，同时他也是重要的历史学家、古文字学家与社会活动家。1921 年正式出版的《女神》在我国现代史上有不可替代的重要作用，他的历史剧《屈原》、《虎符》、《蔡文姬》等也是重要的诗剧。“诗歌”与“戏剧”两种文学体裁的特性一直贯穿与交织在他的文学创作中，可以说是“诗中有剧，剧中有诗”，比如《屈原》里的《雷电颂》至今仍然是诗歌朗诵中百颂不厌的篇章。（刘茉琳）

★思考题：

1. 简述郭沫若的《凤凰涅槃》代表了怎样的时代精神？
2. 阅读郭沫若的诗集《女神》，简述新诗特征。

教我如何不想她

刘半农

天上飘着些微云，
地上吹着些微风。
啊！
微风吹动了我头发，

教我如何不想她？

月光恋爱着海洋，
海洋恋爱着月光。
啊！
这般蜜也似的银夜，
教我如何不想她？

水面落花慢慢流，
水底鱼儿慢慢游。
啊！
燕子你说些什么话？
教我如何不想她？

枯树在冷风里摇。
野火在暮色中烧。
啊！
西天边有些儿残霞，
教我如何不想她？

★导读

刘半农（1891—1934），江苏江阴人，名复。笔名有寒星、范奴冬女士。有诗集《扬鞭集》、《瓦釜集》，两本诗集收作者写于1917年至1925年的诗歌143首。

刘半农是最早写新诗的人之一。在1917年5月发表的《我之文学改良观》中，提出“增多诗体”，“于有韵之诗外，别增无韵之诗”。他的《卖萝卜的人》、《窗纸》是现代最早的无韵诗和散文诗。他还尝试用方言写诗。周作人在《扬鞭集·序》中说：“那时作新诗的人实在不少，但据我看来，容我不客气地说，只有两个人具有诗人的天分，一个是尹默，一个就是半农。”

《教我如何不想她》1920年9月4日写于伦敦，1923年9月16日发表在北京《晨报》副刊上，标题为《情歌》。1926年经赵元任谱成歌曲，更得以广泛流传（收入赵元任《新诗歌集》，商务印书馆1928年版）。在这首诗歌的传播过程中，有个有趣的故事。说一天，刘半农到赵元任家里喝茶小坐，碰巧和青年学生相遇，一见刘先生，青年学生简直难以相信眼前这个矮身躯、方头颅的人，竟然是创作出美妙歌词的作者。过后有打油诗从学生中传出：教我如何不想她，请来共饮一杯茶；原来如此一老叟，教我如何还想他？

在这首诗中，“她”是抒情的对象，也是诗意的所在。她者所指，诗评家或曰祖国，或谓爱情的对象。两者皆通。前者意义宏大，后者一往情深。其实，按照中国诗学传统，结合刘半农的传记材料，这两者是可以合二为一的，它们是诗意本身所表现出的一个问题的两个过程。

女性代词“她”，是刘半农1920年在伦敦创造的，这年6月他专门写有《她字底问题》。鲁迅在《忆刘半农君》中说这是“大仗”，是刘作为《新青年》“里的一个战士”的证明。

诗中的“她”基本的诗意当是指抒情主人公爱慕、思念着的伊人。向往红袖添香夜读书生活的刘半农，曾经以半侬为号写过鸳鸯蝴蝶派小说的刘半农，制造这点诗意简直是小菜一碟。然而，此时的半农正携妻带女生活在英国，过着留学生活。作为有天分的诗人，他也很容易把东方的祖国具体化为她，把她抽象成遥远的祖国。正像郭沫若在有名的《炉中煤》中用聪俊的姑娘比作日夜思念的祖国一般。刘半农的女儿刘小蕙说赵元任在1980年曾亲口对她说，他歌曲中的“她”是代表当年他和刘半农在国外日夜思念的祖国(《半农诗歌集评》，书目文献出版社1984年版)。这种转化在我们中国诗学的规则中是允许的，甚至是赞许的。正像王逸注《楚辞》所谓的“香草美人，比媲于君”。对于这两方面的诗意，我们在阅读时可以根据自己的生活体验和审美积淀来做一分为二或合而为一的解读。

在抒情方式上，这首诗着意于意境的营造，来表现对她的一往情深。在整齐的诗形中，每节的前两句选择容易引起思念的景物来起兴，如浮云微风，月光大海，落花流水，飞燕残霞。之后用“啊”字转入直接抒发，呼喊出“教我如何不想她”。最后一节写枯树冷风，古典而萧瑟，像一幅久远的中国画，不尽的思念和感伤也定格在这图画中，保存于国人情感的博物馆里。(袁向东)

★思考题：

1. 阅读刘半农的诗，听赵元任谱曲的歌曲《教我如何不想她》，体会“啊”字在两种艺术形式中的表现力。

2. 阅读周作人的《扬鞭集·序》，结合刘半农的诗歌，简析他为什么说刘半农是《新青年》里最有诗人天分的诗人之一。

死　水

闻一多

这是一沟绝望的死水，
清风吹不起半点漪沦。
不如多扔些破铜烂铁，
爽性泼你的剩菜残羹。

也许铜的要绿成翡翠，
铁罐上绣出几瓣桃花。
再让油腻织一层罗绮，
霉菌给他蒸出些云霞。

让死水酵成一沟绿酒，
漂满了珍珠似的白沫；
小珠们笑声变成大珠，
又被偷酒的花蚊咬破。

那么一沟绝望的死水，
也就夸得上几分鲜明。
如果青蛙耐不住寂寞，
又算死水叫出了歌声。

这是一沟绝望的死水，
这里断不是美的所在，
不如让给丑恶来开垦，
看他造出个什么世界。

★导读

闻一多（1899—1946），原名闻家骅，湖北浠水人，新月派诗人。1913年考入清华学校，1919年开始新诗创作。1922年留学美国，先学习绘画，后转学文学。1925年回国，与徐志摩主编北京《晨报·诗镌》，倡导新格律诗。1927年南下武汉，任北伐军总政治部文艺股股长。1928年起先后在武汉大学、青岛大学和清华大学以及后来的西南联大任教授，1946年被国民党特务杀害。主要著作有诗集《红烛》、《死水》和论著《唐诗杂论》等。

《死水》写于1925年，发表于1926年4月15日《晨报·诗镌》第3号，是闻一多的重要代表作。

闻一多是诗歌创作者，同时也是诗歌评论家与理论建设者。形式的代表性是诗歌这种体裁安身立命的根本，好的诗歌必须是内容与形式的协调、意义与音调的结合，闻一多自觉地进行新诗格律研究且付诸实践，他写的《诗的格律》提出自己的新诗格律主张，并且在诗歌创作中践行了自己的主张。作为中国现代白话文学发展的重要组成部分，白话诗的创作一直是人们关注的重点。

作为前期新月派诗人的代表，闻一多提出了不同于郭沫若“泛神”、“自然主义”的浪漫主义诗歌的主张，认为“自然的不都是美的，美不是现成的。其实没有选择便没有艺术。”要走一条与“五四”时期形式自由、情感奔放的诗歌艺术完全不同的道路，认为艺术创作过程必须以理性节制情感，要经过一个筛选、甄别、创作、加工的过程，最终以具体意象来体现诗人的生命感悟与情感体会，在他的诗歌创作中就凝结成“红烛”、“死水”等著名的具体意象。其中“死水”就是对中国当时黑暗丑陋的旧社会的一种象征表达。通过多种角度多个层次的描写，表达诗人对现实的绝望，对美好的渴求，“一沟绝望的死水”就是旧中国的象征。

此外，闻一多强调新诗尽管是白话语言创作，也要走格律化道路，开辟了一条新格律诗道路，并具体表述为“三美”原则：音乐美、绘画美、建筑美。

“音乐美”指诗歌的音节要“均齐”与“和谐”，为此闻一多还专门提出了“音尺”的概念，他认为每行诗有几个音尺、音尺排列可以不固定，但是每行的三字尺、二字尺数目却应该相等。具体到《死水》这首诗中，“这是”、“一沟”、“清风”这些是二字尺，“绝望的”、“吹不起”是“三字尺”，他们在每行中的排列顺序不一，但是每行都是由三个“二字尺”与一个“三字尺”构成，因此每行字数都一样，整首诗读起来有内部的跌宕起伏，又和谐匀称，节奏感强，是新诗“音乐美”的典范之作。

“绘画美”是要求诗人在诗歌创作中有丰富的色彩追求，形成一种独特的视觉表达效果。比如《死水》中每一节诗描述死水的不同层次，使用大量的不同色彩效果的意象，如“翡翠”、“桃花”、“罗绮”、“云霞”、“绿酒”等看似美好的辞藻来形容“死水”，色彩丰满之余却产生了一种特殊的触目惊心的效果。

“建筑美”是指“节的匀称”、“句的均齐”。闻一多早期诗歌刻意追求每行音尺数目的统一，看起来整首诗非常齐整，被称为“豆腐块”诗作。回到《死水》这首诗看看，全诗有5节共20行，每节都是4行，每行都是9

个字，外形相当整齐美观。

“三美”加在一起，使这首格律诗的探索之作从视觉到听觉，无论是阅读还是朗诵都展现了完整统一、和谐律动的格律之美。

闻一多的其他诗歌，如《七子之歌》等深切表达了对祖国命运的关心与对社会现实的惆怅，《红烛》等则集中体现了作者自身强烈的情感与使命感，是中国新诗新月时期的扛鼎诗人。（刘茉琳）

★思考题：

1. 试谈《死水》的“三美”特征。
2. 简述闻一多“新格律诗”对于现代白话新诗发展的贡献。

葬 我

朱 湘

葬我在荷花池内，
耳边有水蚓拖声，
在绿荷叶的灯上，
萤火虫时暗时明——

葬我在马缨花下，
永作着芬芳的梦——
葬我在泰山之巅，
风声呜咽过孤松——

不然，就烧我成灰，
投入泛滥的春江，
与落花一同漂去，
无人知道的地方。

★导读

朱湘（1904—1933），字子沅，笔名天用、董天柱，安徽太湖县人。1919年入北平清华学校，并加入清华文学社。1922年11月发表处女作《废园》。1923年参加文学研究会。1927年毕业于清华大学。1929年留美回国，任安徽大学外国文学系主任。1932 年因与校长意见不合拂袖而去，开始漂泊的生活。1933 年 12 月 5 日晨由上海乘吉和轮赴南京，深夜渐近燕子矶时，手捧《海涅诗集》跳水自杀。著有诗集《夏天》、《草莽集》、《石门集》和《永言集》，及散文、评论、书信、翻译作品等十余种。已出版《朱湘诗选》。

《葬我》写于 1925 年 2 月 2 日，诗名为《葬我》，实际上却是表达诗人的审美追求，通过不同的意象以及意象群表达出诗人对生活、对生命的审美追求。

在中国新诗的发展过程中，如何面对白话新诗在传统与现代之间的定位，在欧化与古典之间的融合一直是纠缠于新诗人心中的难题。朱湘在这方面有自己的独特见解，他的诗作有化用传统的巧妙之作，也有沿用古韵的清新之作，在接受欧化语言改造白话诗的同时，他并不拒绝《诗经》、五言七言、乐府长短句等传统诗歌的宝贵遗产，而是将他们化用到自己的白话新诗创作中，为中国白话新诗开创了别样的审美。

第一节写的是一幅荷花池的美景，荷花亭亭玉立的形象与水蚓拖声形成视觉与听觉的双重美感；绿荷叶的形象与“灯”似乎相距甚远，但因为作者“萤火虫”的巧思构成美好的想象。荷叶本来就有“出淤泥而不染”的高洁气质，这里正是一种“质本洁来还洁去”的意境。

第二节诗人通过“马缨花下”与“泰山之巅”两种相对比的意象构成“阴柔”与“阳刚”两种选择。“芬芳的梦”与风声过“孤松”都是作者想象的美好意境，前者唯美动人，后者苍凉悲壮。

第三节作者给出最后一种选择，化成灰与春江落花一同漂远，这是中国浪漫文人的传统情思，最后也成为作者对自身的谶语。作者通过三节诗表达出共同的审美追求：浪漫的、美好的、壮烈的或者是高洁的，都是直指生命的最终价值的。在“五四”自由浪漫唯美的精神洗礼后，诗人的情思在沟通古今的诗歌中得到了全面展示。

诗人的追求是全面的，他认为诗应当是“内容、外形、音节并重的”，这是因为“想象、情感、思想，三种诗的成分是彼此独立的，惟有音节的表达出来，他们才能融合起来成为一个浑圆的整体。”而诗与歌又是有共同渊源的艺术创作。因此，诗人非常重视诗的平仄与音韵。这首《葬我》只有三节，隔行押韵，前两节“梦”、“松”押的是钟东韵，后两节“江”、“方”则押江阳韵，有变化又有统一，读起来余韵深长。诗中“荷花”、“孤松”、“春江水”都是中国传统文化中的经典意象，诗人的巧妙化用使得诗歌产生了一种古韵悠长的美感。

朱湘是一位性格外冷内热、天真清高的诗人，但一生命运多舛。早年在清华读书曾因其文学才华被誉为“清华四子”，却又因为沉迷于文学书籍常常旷课导致被勒令退学，他自己也表达了对刻板的清华教育的不满。留美回国后境遇不佳，穷困潦倒，自己未满周岁的儿子竟活活饿死。这样一位多情又多难的诗人最终选择在1933年投身南京采石矶，葬身冰冷江水。（刘茉琳）

★思考题：

1. 谈谈《葬我》的艺术手法。
2. 阅读朱湘的其他作品，简论其现代白话诗歌创作对传统诗歌手法的借鉴。

弃 妇

李金发

长发披遍我两眼之前，
遂隔断了一切羞恶之疾视，
与鲜血之急流，枯骨之沉睡
黑夜与蚊虫联步徐来，
越此短墙之角，
狂呼在我清白之耳后，
如荒野狂风怒号：
战栗了无数游牧。

靠一根草儿，与上帝之灵往返在空谷里。
我的哀戚惟游蜂之脑能深印着；
或与山泉长泻在悬崖，
然后随红叶而俱去。

弃妇之隐忧堆积在动作上，
夕阳之火不能把时间之烦闷
化成灰烬，从烟突里飞去，
长染在游鸦之羽，
将同栖止于海啸之石上，
静听舟子之歌。

衰老的裙裾发出哀吟，

徜徉在丘墓之侧
永无热泪，
点滴在草地，
为世界之装饰。

★导读

李金发（1900—1976），原名李淑良，广东梅县人，著名现代诗人。早年就读于香港圣约瑟中学，后至上海入南洋中学留法预备班。1919 年赴法勤工俭学，1920 年开始创作格调怪异的诗歌，并于 1925 年至 1927 年间连续出版《微雨》、《为幸福而歌》、《食客与凶年》三部诗集，在中国新诗坛引起一阵骚动，被称为“诗怪”，是中国现代文学早期象征诗派的第一人。

李金发留学法国时钻研雕塑，同时接受了当时流行于法国的现代主义、象征派尤其是波德莱尔的影响。波德莱尔的《恶之花》是象征主义诗派的重要作品，其中以恶为美、以丑入诗的新奇手法被李金发引入中国诗坛，使得他笔下的诗作与同时期的中国现代白话诗作产生极大区别。李金发的诗作中将对孤独、生死、悲伤、绝望、梦幻等生命体验作为重要的诗歌素材，这首收入 1925 年出版的第一本诗集《微雨》中的《弃妇》就是代表作。

诗歌的第一节是以“弃妇”为叙述主体。“长发披遍我两眼之前”以及“隔断”在一开始就点明了现代派的逃避现实退回内心的强烈愿望。“隔断”的对象有三个：“羞恶之疾视”、“鲜血之急流”、“枯骨之沉睡”，“羞恶”是出自自我的体验感受，“疾视”则是出自他人的动作，两者结合在一起是表达自我对外部世界的隔绝；而“鲜血之急流”、“枯骨之沉睡”应该是进一步表达弃妇所遭受的种种冲突、冷漠与生死之恐惧。正因为有这样的体验，在弃妇的感受里，在“黑夜”中，“蚊虫”的扑动竟如狂风怒号，这是一种非理性的感官体验，以夸张与陌生化的笔法表达弃妇的视觉与听觉冲突，形成一种生活实际与生命体验的矛盾夸张。

第二节继续写弃妇的感受，以主观表达正面陈述出生命飘零的弃妇之痛，“靠一根草儿”——表达的实际是“无所依靠”，或如“山泉”或如“红叶”都是一种飘零孤苦之感。第三节诗歌叙述主体转变，诗人自身显现，“弃妇之隐忧堆积在动作上”，什么动作诗人却没有言明，形成一个可供读者以想象填充的空白意象。弃妇最终的哀痛只能回到现实的墓地中徜徉，在生与死的对话中，“永无热泪”。

李金发曾经说过“诗之需要 image（形象、象征），犹人身之需要血液。现实中，没有什么了不得的美，美是蕴藏在想象中，象征中，抽象的推敲中。”《弃妇》正是一首象征主义的代表诗作。诗作中“长发”、“鲜血”、“枯骨”、“黑夜”、“灰烬”、“游鸦”等意象表面上看起来是互不关联的事物，却被诗人有机地整合在“弃妇”这一形象的统摄中，以“生死”、“悲哀”、“阴冷”、“衰败”等特征联系在一起，使得全诗在这些意象的组合中形成强烈的审美体验，诗人本身对生命的质问，对孤独的体验以及一种近似于“厌世”的感受就在这些意象的组合中实现了。

尽管诗人是受到法国现代派象征主义的影响，其诗作中也彰显着波德莱尔《恶之花》的冲击，但是整首诗歌依然呈现出对中国传统诗歌的继承，对“弃妇诗”传统的利用是最明显的一点，而其中的许多意象选择也是传统诗文中常常出现的，只是诗人在使用这些意象以及诗歌主题的时候，采用了更为尖锐与激烈的情感，这是相对于中国传统文化而言最“陌生化”的部分，而这些熟悉的意象也在诗人笔下以全新的组合方式出现，因此就形成了当时人觉得李金发诗歌晦涩难懂的体验。实际上，在引入西方诗歌流派与借鉴西方艺术手法的同时，任何一位诗人都是无法超越自己的传统文化的，而这种对传统的创新恰恰是中国现代新诗的重要特征。(刘茉琳)

★思考题：

1. 试谈《弃妇》中的意象使用。
2. 阅读李金发的其他诗歌，简论他对法国象征主义诗歌的借鉴。

再别康桥

徐志摩

轻轻的我走了，
　正如我轻轻的来；
我轻轻的招手，
　作别西天的云彩。

那河畔的金柳，
　是夕阳中的新娘；
波光里的艳影，
　在我的心头荡漾。

软泥上的青荇，
　油油的在水底招摇；
在康河的柔波里，

我甘心做一条水草！

那榆荫下的一潭，
　不是清泉，是天上虹；
揉碎在浮藻间，
　沉淀着彩虹似的梦。

寻梦？撑一支长篙，
　向青草更青处漫溯；
满载一船星辉，
　在星辉斑斓里放歌。

但我不能放歌，
　悄悄是别离的笙箫；
夏虫也为我沉默，
　沉默是今晚的康桥！

悄悄的我走了，
　正如我悄悄的来；
我挥一挥衣袖，
　不带走一片云彩。

★导读

徐志摩（1896—1931），原名徐章垿，浙江海宁人。1915年起先后在沪江大学、天津北洋大学、北京大学求学。1918年赴美，先后在克拉克大学社会学系、哥伦比亚大学经济学系学习。1920年转入英国剑桥大学学习政治经济学，同时开始新诗创作。1922年回国，任北京大学教授。1923年底到1924年与胡适等发起成立新月社（最初为聚会）。1925年任北京《晨报》副刊主编。1926年在副刊上开辟“诗镌”。1927年与胡适等人创办新月书店，后又创办并编辑《新月》月刊。1929年任南京中央大学教授、中华书局编辑和北京大学教授。1931年11月19日因飞机失事遇难。主要作品有诗集《志摩的诗》、《翡冷翠的一夜》、《猛虎集》、《云游》和散文集《落叶》、《自剖》等。在中国现代文人世界里，徐志摩尽管只生活了35年，其卓越的才情、浪漫的生涯与极富艺术天才的诗文创作却成为后世不尽的话题与想象。

《再别康桥》写于1928年11月6日，是徐志摩脍炙人口的名篇，也是最能代表其诗歌艺术追求的诗歌佳作。康桥对于作者来说是重要的求学圣地、人生转折点，也是一种人生理想的寄托，他曾经说过：“我的眼是康桥教我睁的，我的求知欲是康桥给我拨动的，我的自我意识是康桥给我胚胎的。”可见康桥对于徐志摩之重要，为此作者曾“一别”康桥，如今这篇佳作则已是故地重游，“再别”康桥。

从诗歌描写对象而言，全诗都选择康桥的自然景物进行描写。诗歌从开头的晚霞写到夕阳，从夕阳写到星辉，最后从星辉过渡到静谧的夏夜，时序井然；金柳、青荇、水草、彩虹还有斑斓的星辉，这种种事物结合在一起，形成色彩斑斓的景象。全诗一共七节，每节四句，每一节描写一个景物或者一种意境，但是节与节之间是相互联系，承上启下的，形成一种优美的内在关系。

作为新月派的代表人物，徐志摩与闻一多一样注重诗歌的“音乐美”、“绘画美”和“建筑美”，但在具体的诗歌创作中，徐志摩则更灵活自然，才情动人。

徐志摩曾说过：“诗歌的美妙不在于它的文字意义，而在于它的不可捉摸的音节里。”可见对诗歌音律的追求是诗人在创作时的重中之重，但是这种追求并非以刻板的形式出现，而是与内容奇妙结合，形成浓郁的情韵。以《再别康桥》为例，全诗一共七节，每节二、四换韵，各节又不断地换韵，造成了既和谐又富于流动变化的韵律结构与声律美。“倒装反复”是诗人常用的诗歌手法，人人熟悉的诗句“轻轻的我走了，正如我轻轻的来，/我轻轻的招手，作别西天的云彩。”这里一共出现了三个“轻轻的”，但是位置各不相同，抬起放下极其自然，篇末的“悄悄的”一词使用也是异曲同工；在“夏虫也为我沉默，沉默是今晚的康桥!”这样的句子，诗人使用了“顶真”格手法，使诗歌意象相连，音韵相接，形成或紧凑或徐缓的节奏。

《再别康桥》是传统诗文中的“别离曲”，采用的却是“现代白话”，其中诗歌语言有明显的英语调式，欧风显著，但同时古韵流动，含蓄典雅。全诗描绘了一幅幅流动的宁静的画面，是为了抒发自己的深情厚谊，其中有对往昔美好生活的回忆，有对康桥的依恋不舍，更多的则是对离愁的体会。

胡适曾经以“爱”、“美”、“自由”来概括徐志摩一生的追求。除了《再别康桥》，诗人的其他作品，比如《雪花的快乐》、《偶然》、《我等候你》、《沙扬娜拉》等作品都集中体现了他的这种追求，他一生不懈的追求爱情，赞美与向往美好的事物，在自由的生命体验中丰富诗歌创作，诗作想象多元、意境灵动，为中国现代诗歌留下了许多佳作与名篇，是中国现代文坛上不可多得的“天才诗人”。(刘茉琳)

★思考题：

1. 试谈《再别康桥》的艺术风格。
2. 结合徐志摩的其他诗歌，简述诗人对“爱”、“美”与“自由”的追求。

我底记忆

戴望舒

我底记忆是忠实于我的，
忠实得甚于我最好的友人。

它存在在燃着的烟卷上，
它存在在绘着百合花的笔杆上，
它存在在破旧的粉盒上，
它存在在颓垣的木莓上，
它存在在喝了一半的酒瓶上，
在撕碎的往日的诗稿上，在压干的花片上，
在凄暗的灯上，在平静的水上，
在一切有灵魂没有灵魂的东西上，
它在到处生存着，像我在这世界一样。

它是胆小的，它怕着人们底喧嚣，
但在寂寥时，它便对我来作密切的拜访。
它底声音是低微的，
但是它底话是很长，很长，
很多，很琐碎，而且永远不肯休：
它底话是古旧的，老是旧着同样的故事，
它底音调是和谐的，老是唱着同样的曲子，
有时它还模仿着爱娇的少女底声音，
它底声音是没有气力的，
而且还夹着眼泪，夹着太息。

它底拜访是没有一定的，
在任何时间，在任何地点，
甚至当我已上床，朦胧地想睡了；
人们会说它没有礼貌，
但是我们是老朋友，

它是琐琐地永远不肯休止的，
除非我凄凄地哭了，或是沉沉地睡了；
但是我是永远不讨厌它，
因为它是忠实于我的。

★导读

戴望舒（1905—1950），原名戴朝安，浙江杭县人，现代派诗歌的代表诗人。童年因疾患留下脸部缺陷，铸就其悒郁气质。自小喜读婉约细腻的晚唐五代诗，1922年开始诗歌创作，1925年在上海震旦大学法文班接触法国早期象征主义诗人魏尔伦等的诗作。1932年自费赴法国学习，受法国早期象征主义诗歌影响。抗战爆发后，任香港《星岛日报》、《珠江日报〈大众日报〉》副刊主编，1941年被日本宪兵逮捕入狱，1950年因病去世。

“记忆”是我们每个人都很熟悉的东西，却又是难以用语言表达的抽象事物，正是这样一个描写对象，经过诗人的艺术加工，却将抽象化为具象，把无声无形的难以捉摸的“记忆”用诗歌语言捕捉下来，以形象的客观事物表现了自己微妙的内心世界。

全诗共分为五节，第一节仅两句话却把“记忆”拟人化了，给予一个“友人”的身份，使得记忆于作者、于读者都有了情感特质与特殊属性。接下来的第二节诗人为了说明“记忆”无处不在的特质，用了一系列的事物：燃着的烟卷、绘着百合花的笔杆、破旧的粉盒、颓垣的木莓、喝了一半的酒瓶、撕碎的往日的诗稿……这些叠加的意象具备生活化与随意性的特征，但是也具备丰富的暗示性，使得记忆成为有生命的存在。

诗进入第三节后，“记忆”不仅有了身份有了生命，还有性格特征——“它是胆小的”，因此这是作者“寂寥”时的密友，此后的几节诗人详细的描述了记忆来访时的心情与状态，与其说在描写“记忆”，不如说是作者对自我的认识，对内心的体悟，对生命的回望。因此，诗人才说记忆是“最忠实的朋友”。

综观全诗，语言平实、意象简单，但是情感丰富，尤其是以诗歌语言将抽象事物化为具体描写对象，并赋予了他以生命、情感与性格，是诗人一大创举。此诗是诗人对自我的执着表达，展现的正是一种诗人内在生命的声音。

人们习惯于将戴望舒的诗歌创作分为前后两期，以1940年代初在香港以抗日罪被捕入狱到营救获释为界。他的前期诗歌多写个人的感伤、孤寂的心境，受到西方象征派诗歌的影响，意象的多重使用、情感的含蓄表达是前期的主要特征，《雨巷》既是这一时期的代表作也是作者的成名作；后期诗歌则走出个人情感伤怀的狭小天地，侧重于表达对祖国的深挚感情，对侵略者的刻骨痛恨，《我用残损的手掌》等现实主义色彩浓厚的作品是这一时期的代表作品。

《我底记忆》是诗人诗歌生涯中的重要作品，完成了诗人脱离象征派诗歌影响，彻底走向现代派诗歌的转型。《雨巷》的成名主要来自于诗人对古典诗词的美妙化用，尤其是其中诗歌韵律的完美搭配，整首诗充满华丽的意象、精巧的语词、优雅的韵脚、美好的想象，至今仍然是许多人爱不释手的篇章。然而诗人却在自己收获最多赞誉的时候改变了诗歌创作方向，他在《论诗零札》中谈到“单是美的字眼的组合不是诗的特点。”《我底记忆》不仅放弃了美的字眼，选择日常物品作为意象，更重要的在于这是一首“不借重音乐的诗”。相较于《雨巷》，整首诗没有新格律诗整饬诗行与贯穿全诗的平仄韵脚，而是完全凭借诗人内在情绪的流动来组织统领全诗，尽管使用近乎“口语”的表达方式，却用“诗情”营造出一种跳动的旋律，使得全诗形成朴素、平实而意味深厚的散文诗审美。这种散文诗审美也是诗人对中国现代白话新诗的重要贡献，从“大白话”写作到对新格律诗的追求，到戴望舒完成的现代派诗作对语言的纯熟使用与对“诗情”的执着追求，诗歌正是在不断调整与创新中彰显出迷人的艺术生命力。（刘茉琳）

★思考题：

1. 谈谈《雨巷》与《我底记忆》在新诗艺术上有怎样的区别？
2. 试论《我底记忆》中的内在“诗情”是如何表达的？

别了，哥哥

（作算是向一个Class的告别词吧！）

殷　夫

别了，我最亲爱的哥哥，
你的来函促成了我的决心，
恨的是不能握一握最后的手，
再独立地向前途踏进。

二十年来手足的爱和怜，
二十年来的保护和抚养，
请在这最后的一滴泪水里，

收回吧，作为恶梦一场。

你诚意的教导使我感激，
你牺牲的培植使我钦佩，
但这不能留住我不向你告别，
我不能不向别方转变。

在你的一方，哟，哥哥，
有的是，安逸，功业和名号，
是治者们荣赏的爵禄，
或是薄纸糊成的高帽。

只要我，答应一声说：
“我进去听指示的圈套”，
我很容易能够获得一切，
从名号直至纸帽。

但你的弟弟现在饥渴，
饥渴着的是永久的真理，
不要荣誉，不要功建，
只望向真理的王国进礼。

因此机械的悲鸣扰了他的美梦，
因此劳苦群众的呼号震动心灵，
因此他尽日尽夜地忧愁，
想做个 Prometheus 偷给人间以光明。

真理和愤怒使他强硬，
他再不怕天帝的咆哮，
他要牺牲去他的生命，
更不要那纸糊的高帽。

这，就是你弟弟的前途，
这前途满站着危崖荆棘，
又有的是黑的死，和白的骨，
又有的是砭人肌筋的冰雹风雪。

但他决心要踏上前去，
真理的伟光在地平线下闪照，
死的恐怖都辟易远退，
热的心火会把冰雪溶消。

别了，哥哥，别了，
此后各走前途，
再见的机会是在，
当我们和你隶属着的阶级交了战火。

★导读

殷夫（1909—1931），原名徐柏庭，笔名殷夫、白莽、徐白等，浙江象山人。太阳社成员，普罗诗歌的代表诗人。有诗集《孩儿塔》等存世。

殷夫因从事革命活动，先后四次被捕。1931年2月7日被国民党当局秘密杀害于上海龙华警备司令部，是著名的“左联”五烈士之一。

《别了，哥哥》写于1929年，是组诗《血字》中的一首，发表在1930年5月10日出版的《海燕》（《拓荒者》）第4、5期合刊上，是殷夫“红色鼓动诗”中的名篇。

作为“红色鼓动诗”的诗人，殷夫在1929年年底前对标语口号式的书写是有警觉的，这也是他区别于其他普罗诗人的地方。将个人情感体验和革命的理想、信念相结合，是殷夫这首诗歌的突出特色。殷夫的大哥徐培根是国民党的高级官员，曾在1927年、1928年两次保释殷夫出狱。诗人在亲情与信仰、荣誉与真理、爵禄与死亡选择之中，向我们敞开了情感的闸门。一端是同胞兄弟，一端是“永久的真理”，两者之间都灌注着自己太多的经历和记忆。在看似两难的选择中，诗人选择的是后者，而且是没有丝毫的动摇和犹豫。这是革命者的气概所在，也是作为普罗诗歌的气脉所在。兄弟阋墙，分道扬镳，不是个我小情感的摩擦所致，而是诗人将个我融入“我们”、融入新兴阶级的自觉选择。因为“机械的悲鸣扰了他的美梦”，“劳苦群众的呼号震动心灵”，因此他“想做个Prometheus偷给人间以光明”，因此诗人才用“向一个阶级的告别”来说明这首诗。对真理的追求、对现实的愤怒，是诗人对“告别”的宏大说明。对“荣赏的爵禄”和“薄纸糊成的高帽”的鄙视，使诗人“强硬”，令他无法不告别哥哥而选择“满站着危崖荆棘”的前途，为此不惜“牺牲去他的生命”。

这首诗用向哥哥倾诉的形式，张扬革命信念，形成富有张力的抒情结构。“别了，我最亲爱的哥哥”，诗歌以向哥哥呢喃般的倾诉开始，但所诉说的却是“我的决心”，我的“只望向真理的王国进礼”的决心，这就形成了亲情和革命之间的张力。亲情不能阻碍革命，而革命又连着一丝亲情，抒情主人公的形象因此变得丰满而真实。最后一节再次用“别了，哥哥”起句，和首节呼应，只是首节里“不能握一握最后的手”的遗憾，变成了此时“再见的机会是在，当我们和你隶属着的阶级交了战火”的宣言。

鲁迅在《白莽作〈孩儿塔〉序》里曾这样评说殷夫的诗：“这是东方的微光，是林中的响箭，是冬末的萌芽，是进军的第一步，是对于前驱者爱的大纛，也是对于摧残者憎的丰碑。一切所谓的圆熟简练，静穆幽远之作，都无须来作比方，因为这诗属于别一世界。”《别了，哥哥》当也属“别一世界”。(袁向东)

★思考题：

1. 结合对作品的阅读，谈谈如何理解殷夫的诗属于“别一世界”？
2. 结合作品，分析这首诗的抒情结构。

老　马

臧克家

总得叫大车装个够，
它横竖不说一句话，
背上的压力往肉里扣，
它把头沉重地垂下！

这刻不知道下刻的命，
它有泪只往心里咽，
眼里飘来一道鞭影，
它抬起头望望前面。

★导读

臧克家（1905—2004），笔名有何嘉等，山东诸城人。有诗集《烙印》（自印，1932 年）、《罪恶的黑手》（生活书店，1934 年）、《自己的写照》（上海文学出版社，1936 年）、《宝贝儿》（上海万叶书店，1946 年）等。从 1957 年《诗刊》创刊始，臧克家长期担任《诗刊》的主编，直到 1963 年。2001 年 1 月获首届“中国诗人奖——终生成就奖”。2003 年获由国际诗人笔会颁发的“中国当代诗魂金奖”。

《老马》一诗，写于臧克家在山东大学读书时期，初发表在《新月》月刊，后收入《烙印》。诗人曾经说过：“我的每首诗，都是经验的结晶。”这首诗的灵感来自于一匹北方农村常见的驾辕拉车的老马。当诗人亲眼看到被鞭子驱使着负重前行的老马时，他从心里感到了一种压力。当这种感觉和他对北方农村、农民的感觉以及自己生活经验联系在一起的时候，就有了《老马》这首诗歌明确而丰富的内涵：马、诗人自己、北方农民乃至民族精神。

诗歌以马为题，从字面上看也是真切地写出了负重老马的形象。诗分两节，首节写马的载物承重时刻，突出的是老马在沉重压力下的站稳与坚忍，即使是“压力往肉里扣”，也奋力地支撑着，只是“把头沉重地垂下”；末节写待发将行之际，强调的是老马在鞭影中的沉默和前瞻。泪往心里咽，抬头望前面。在两节诗中，诗人分别细致地书写了老马载物和将行的神态与感受。这感受分明是诗人自己生活体验的爆发，因此诗歌也就由马及人，实现了以马喻人的转换，而这个人又是个体和类的结合体，它包含着诗人自己和北方农民乃至中国人。诗人自己也曾这样说他的《老马》：当时感觉到的“生活是苦痛的，心情是沉郁而悲愤的。这时的思想、感情与受压迫、受痛苦的农民有一脉相通之处。对于‘背上的压力往肉里扣’的老马亦然。因此我写了老马，另外也写了许多受压迫的农民形象，实际上也就写了我自己”(《关于〈老马〉》)。在诗人看来生活是“嚼着苦汁”的营生，有“一万支暗箭埋伏在你周边，伺候你一千回小心里一回的不检点”(《生活》)。对于这样的苦痛生活，诗人主张采取“坚忍主义”：咬紧牙关和磨难苦斗。坚忍主义的社会基础应该是挣扎在中国北方大地上的农民，他们的这种生活态度也是塑造中国坚韧的民族精神的一股强大力量。臧克家认为一首好诗应“不拘死一个意义上，叫每个读者凭着自己的才智去领悟出一个意境来。被领悟的可能性越大，这诗的价值也就越高。一篇好顶好的诗，仿佛是一个最大的‘函数’”。《老马》就是这样一首有着丰富内涵的好诗。

闻一多的新格律诗对臧克家影响很大。《老马》每节4行，隔行押韵，诗形整齐，讲究节奏和韵律。臧克家赞成苦吟，讲究结构，追求字句的锤炼，这些在《老马》中都有典型的表现，如在炼字方面，“扣”、“咽”等动词的运用，逼真地传达出了诗人的感受。(袁向东)

★思考题：

1. 如何理解《老马》内涵的丰富性？
2. 分析《老马》结构和用字方面的特点。

大堰河——我的保姆

艾　青

大堰河，是我的保姆。
她的名字就是生她的村庄的名字，
她是童养媳，
大堰河，是我的保姆。

我是地主的儿子；
也是吃了大堰河的奶而长大了的
大堰河的儿子。

大堰河以养育我而养育她的家，
而我，是吃了你的奶而被养育了的，
大堰河啊，我的保姆。

大堰河，今天我看到雪使我想起了你：
你的被雪压着的草盖的坟墓，
你的关闭了的故居檐头的枯死的瓦菲，
你的被典押了的一丈平方的园地，
你的门前的长了青苔的石椅，
大堰河，今天我看到雪使我想起了你。

你用你厚大的手掌把我抱在怀里，抚摸我；
在你搭好了灶火之后，
在你拍去了围裙上的炭灰之后，
在你尝到饭已煮熟了之后，
在你把乌黑的酱碗放到乌黑的桌子上之后，
在你补好了儿子们的为山腰的荆棘扯破的衣服之后，
在你把小儿被柴刀砍伤了的手包好之后，
在你把夫儿们的衬衣上的虱子一颗颗的掐死之后，
在你拿起了今天的第一颗鸡蛋之后，
你用你厚大的手掌把我抱在怀里，抚摸我。

我是地主的儿子，
在我吃光了你大堰河的奶之后，
我被生我的父母领回到自己的家里。
啊，大堰河，你为什么要哭？

我做了生我的父母家里的新客了！
我摸着红漆雕花的家具，
我摸着父母的睡床上金色的花纹，
我呆呆地看檐头的写着我不认得的“天伦叙乐”的匾，
我摸着新换上的衣服的丝的和贝壳的钮扣，
我看着母亲怀里的不熟识的妹妹，
我坐着油漆过的安了火钵的炕凳，
我吃着碾了三番的白米的饭，
但，我是这般忸怩不安！因为我
我做了生我的父母家里的新客了。

大堰河，为了生活，
在她流尽了她的乳液之后，
她就开始用抱过我的两臂劳动了；
她含着笑，洗着我们的衣服，
她含着笑，提着菜篮到村边的结冰的池塘去，
她含着笑，切着冰屑悉索的萝卜，
她含着笑，用手掏着猪吃的麦糟，
她含着笑，扇着炖肉的炉子的火，
她含着笑，背了团箕到广场上去
晒好那些大豆和小麦，
大堰河，为了生活，
在她流尽了她的乳液之后，
她就用抱过我的两臂，劳动了。

大堰河，深爱着她的乳儿；
在年节里，为了他，忙着切那冬米的糖，
为了他，常悄悄地走到村边的她的家里去，
为了他，走到她的身边叫一声“妈”，
大堰河，把他画的大红大绿的关云长
贴在灶边的墙上，

大堰河，会对她的邻居夸口赞美她的乳儿；
大堰河曾做了一个不能对人说的梦：
在梦里，她吃着她的乳儿的婚酒，
坐在辉煌的结彩的堂上，
而她的娇美的媳妇亲切的叫她“婆婆”
……
大堰河，深爱她的乳儿！

大堰河，在她的梦没有做醒的时候已死了。
她死时，乳儿不在她的旁侧，
她死时，平时打骂她的丈夫也为她流泪，
五个儿子，个个哭得很悲，
她死时，轻轻地呼着她的乳儿的名字，
大堰河，已死了，
她死时，乳儿不在她的旁侧。

大堰河，含泪的去了！
同着四十几年的人世生活的凌侮，
同着数不尽的奴隶的凄苦，
同着四块钱的棺材和几束稻草，
同着几尺长方的埋棺材的土地，
同着一手把的纸钱的灰，
大堰河，她含泪的去了。

这是大堰河所不知道的：
她的醉酒的丈夫已死去，
大儿做了土匪，
第二个死在炮火的烟里，
第三，第四，第五
在师傅和地主的叱骂声里过着日子。
而我，我是在写着给予这不公道的世界的咒语。
当我经了长长的飘泊回到故土时，
在山腰里，田野上，
兄弟们碰见时，是比六七年前更要亲密！
这，这是为你，静静的睡着的大堰河
所不知道的啊！

大堰河，今天，你的乳儿是在狱里，
写着一首呈给你的赞美诗，
呈给你黄土下紫色的灵魂，
呈给你拥抱过我的直伸着的手，
呈给你吻过我的唇，
呈给你泥黑的温柔的脸颜，
呈给你养育了我的乳房，
呈给你的儿子们，我的兄弟们，
呈给大地上一切的，
我的大堰河般的保姆和她们的儿子，
呈给爱我如爱她自己的儿子般的大堰河。

大堰河，
我是吃了你的奶而长大了的
你的儿子，
我敬你
爱你！

★导读

艾青（1910—1996），原名蒋海澄，浙江金华人。主要诗集有《大堰河》（自印，1936年，上海群众杂志公司发行）、《他死在第二次》（上海群众杂志公司，1939年）、《北方》（自印，1939年；上海文化生活出版社，1942年）、《火把》（重庆烽火社，1941年）、《黎明的通知》（桂林文化供应社，1943年）等。还有《诗论》、《新诗论》等。

艾青是中国新诗史上的又一座高峰。艾青的诗风忧郁，这忧郁来自他儿时的经历，来自于他从法国带回的“芦笛”，还来自于他对中国现实的感受。他的诗经常使用土地、太阳意象来抒发对祖国和人民的爱，对光明、理想的追求。艾青倡导自由诗体和诗歌的散文美。

《大堰河——我的保姆》是艾青的成名作和代表作，1933年1月写于狱中，发表在1934年5月1日出版的上海《春光》月刊第一卷第3期上，后收入诗集《大堰河》中。

《大堰河——我的保姆》是一首带有自传色彩的抒情诗。诗人出生时因被算命先生算出会克父母，所以被父母送到贫苦农妇大堰河（大叶河）家抚养，5岁时才回到父母的家中。诗人自己说这首诗“完全是按照事实写的，写的全是自己的真实感情”。诗人用叙事和抒情相结合的方法写这种事实和感情。诗歌的叙述线索描绘了大堰河苦难的命运：她是连名字也没有的童养媳，在劳苦和丈夫的打骂中过完了为奴隶的一生。大堰河的凄苦也是“数不尽的奴隶的凄苦”。诗歌还通过一系列的细节展现大堰河的善良、质朴的心灵和母性的美德。她把乳儿当作自己的亲子抚养，给他以爱的温暖，在梦中想象着乳儿的幸福。诗歌的抒情线索表达了“我”对大堰河的爱，强调对大堰河的感恩：“大堰河，/我是吃了你的奶而长大了的/你的儿子，我敬你/爱你！”诗人还把这种爱升华为对“大地上一切的，/我的大堰河般的保姆和她们的儿子”。和这种爱相联系，诗人诅咒了造成大堰河的苦难的“不公道的世界”。

这是一首自由体新诗。诗人认为自由体新诗应该“在一定的规律里自由或奔放”（《诗论》），其中的一条规律就是“要有旋律，念起来流畅，像一条小河，有时声音高，有时声音低，因感情的起伏而变化”（《诗的形式问题》）。这首诗共13节，每节的行数不一，诗句长短不定，不押韵，因感情起伏而形成了内在旋律和节奏，表现出舒缓的散文美。13节诗中有12节是每节的第一句和最后一句重复，这种反复回旋的手法也增强了感情色彩。

诗中用了你、我、她三种人称，“你”利于倾诉，“我”便于抒情，“她”适合叙述。（袁向东）

★思考题：

1. 朗诵全诗，体会因感情的起伏变化所形成的诗歌旋律和节奏。
2. 诗歌用了排比、复沓、对比等手法，分析其传情达意的作用。

断　章

卞之琳

你站在桥上看风景，
看风景的人在楼上看你。

明月装饰了你的窗子，
你装饰了别人的梦。

★导读

卞之琳（1910—2000），江苏海门人，“现代派”诗人。1929 年入北京大学英文系学习，并开始诗歌创作。1933 年后在保定、济南等地的中学任教。抗战时期先后在四川大学、延安鲁迅艺术院、西南联大、南开大学任教。1947 年赴英国专事创作，1949 年回国，任北京大学教授。主要作品有诗集《汉园集·数行集》、《音尘集》、《鱼目集》等。

卞之琳在现代新诗史上有独特贡献，有人评价为“上承新月、中出现代，下启九叶”，可见他在整个中国新诗发展史中有着举足轻重的地位。卞之琳很喜欢晚唐温庭筠、李商隐以及五代冯延巳等人的诗词，他的诗歌中对温庭筠词的清新、李商隐诗的晦涩都有明显的风格继承，但他的诗歌绝不仅仅是对古典诗词的简单套用，他的诗歌也喜欢状写日常生活、梦境、风景，但是在这种抒写之外又投入了更深一层作者对人生的思考，他的诗歌有很鲜明的化欧风、化古趣的风格，正如这首写于 1935 年 10 月的《断章》，意象很是古典，其哲学思考与语言表达又有着西方风味，还带着点禅趣，他开启的这种“智性抒情”的现代诗传统将哲学思辨过程放入日常生活现象，以诗歌语言开发其中深意，独树一帜。

“视角”是文学作品里很重要的元素，不管在何种文学体裁中，作者对“视角”的选取都是其构思作品以及读者进入作品的重要渠道。这首小诗中，作者作为叙述主体，选择了超然物外的视角来观察人与世界，又在人与世界中道破了主客体之间的微妙转化关系。当“你”站在桥上看风景时，“你”自然是主角，看风景是你的主动选择；可是相对于另一位“在楼上”“看风景的人”来说，“你”又变成了“被看的风景”，是客体，那一位“在楼上”看风景的才是“主体”。与之相对应，到了第二幅光景中，明月“装饰”作为主体的你的窗子，而“你”在别人的梦中则如明月的位置是“装饰”的客体。但不管人与世界是怎样的互相转化互相装饰，作者都始终站在一个超然物外的角度冷静温情的看着这一切，不仅看，还描写，且明白。

从这种分析来看，“装饰”以及“相对性”应该是这首诗的主要表达对象。这种“相对性”是一种哲学思辨意味的开掘，放入现代新诗中，显得别有韵味。其实诗中“人”、“明月”、“窗子”、“梦”等意象都是古诗中常用的意象，但是经过现代白话语言的重新组合，产生了陌生化的效果；而诗歌显示的这种哲学思辨其实也有“禅宗”古趣，但因为诗人有意识地采用现代新诗格律，且在诗歌中形成了一种带“重复”意味的节奏，加上整首诗歌有鲜明的新月诗派“建筑美”的追求，又在古趣中彰显出了欧风。可以说，诗人在继承与发展、借鉴与创新中寻找到了中国现代新诗的新途径。

所谓“一花一世界”，短短两句四行诗，却独步整个现代新诗界，这首《断章》原本是作者卞之琳写的一首长诗中的片段，取出来单独成诗，因此取名《断章》。整首诗将一个相对性的世界融入在一幅精美的斗方风景画中，有桥有月、有人有梦，和谐自然，读者在不同的境遇与迥异的心境下阅读这首诗会产生不同的体会与回响，这就是诗歌阐释的“不确定性”带来的极大魅力。(刘茉琳)

★思考题：

1. 谈谈《断章》的“视角”艺术。
2. 阅读卞之琳的其他诗歌，理解“智性抒情”的表达方式。

十四行诗（第二十七首）

冯　至

从一片泛滥无形的水里，
取水人取来椭圆的一瓶，
这点水就得到一个定型；
看，在秋风里飘扬的风旗，

它把住些把不住的事体，
让远方的光、远方的黑夜
和些远方的草木的荣谢，
还有个奔向远方的心意，

都保留一些在这面旗上。
我们空空听过一夜风声，
空看了一天的草黄叶红，

向何处安排我们的思、想？
但愿这些诗像一面风旗
把住一些把不住的事体。

★导读

冯至（1905—1993），河北涿县人。1921 年入北京大学学习，1930 年赴德留学，攻文学和哲学。归国后历任西南联大、北京大学教授，60 年代后任中国社科院研究员、所长。他是在大学时代开始创作，最初以《昨日之歌》、《北游及其他》奠定了诗坛地位。

早在 1920 年代，冯至就被鲁迅誉为“中国最为杰出的抒情诗人”，此时他还只是 20 岁出头，作为“浅草——沉钟社”的成员之一，也是北京大学的学生之一，听着鲁迅讲厨川白村的《苦闷的象征》。冯至的创作历程贯穿“五四”到新中国成立，此后大部分精力放在外国文学研究与翻译工作上。他曾在德国最古老的大学留学五年，主修德国文学，兼修美术史与哲学，深受德国治学风格严谨的影响，在诗风上又深受里尔克影响。

冯至 1927 年有《昨日之歌》，1929 年有《北游及其他》，1942 年有《十四行集》，1959 年《十年诗抄》，1989 年有《立斜阳集》，他具备以感性凝练思想、以诗性叩问哲学的精神，他天生具备“沉思”的特质，因此在他的诗歌历程中，可以看出一位诗人在不断否定自我，走向新的价值追求的过程；在他的诗歌中，也可以最早读到对人内心隐秘世界的探求、对现代性危机的质问、对自我生存价值的怀疑、对“大我”价值发现的历程。这是一位不断探求的歌者，也是一位永不满足的学者。

《十四行集》1942 年由桂林明日社出版，是冯至的诗歌重要代表作，第二十七首是整部诗集的最后一首。1940 年代，诗人带着家人经历了长达一年的漂泊终于在昆明的西南联大稳定下来，在战火纷飞的国土上找到了略微可以安心的一方书桌。然而当整个国家笼罩在大的战争话语下时，任何一个地方都不可能幸免，任何一个人都不可能挣脱，冯至的这二十七首诗正是在大的战争话语下产生的，这是诗歌独特的创作背景。

十四行体是西方诗歌传统中一种独特的诗歌形式，由前八行和后六行两个部分组成，前八行是两段四行诗，后六行一般是三三或二四结构，这种诗歌体式相对简单，但在段式、节奏、韵式上有着反复多样的变化和严格要求，使许多欧洲诗人都望而生畏。中国现代新诗发展过程中，许多留学国外的诗人发现了这种十四行体与中国近体律诗有相似之处，20 世纪 20 年代闻一多将之译为“商籁体”，冯至在 1942 年所作的这一部《十四行集》在当时产生了巨大影响。

在冯至的这些十四行诗中，世界被全方位地纳入了诗歌描写的范畴，从自然山水到日常生活，此外还有蔡元培、鲁迅、杜甫、歌德和梵高等精神领袖出现在诗歌中。从第 24 首开始，诗集开始收束，这首《从一片泛滥无形的水里》就成为整部诗集最后的辽远的歌声。在诗集中，诗人通过借用西方现代派的表现技巧，将生与死的对话、崇高与卑微的对比、个体与民族的关系、历史与现实的勾连等通过暗示、象征、联想、跳跃等手法形象地表述了出来。正如这首诗中所言，世界或者现实就像是泛滥无形的水，诗歌语言也许是一种把握的方式，诗人通过优美精湛的诗歌语言形成了一面“秋风里飘扬的风旗”，不仅抓住了当时的人与心境与历史，也抓住了现代诗歌的艺术之脉。(刘茉琳)

★思考题：

1. 谈谈这首十四行诗使用了哪些诗歌艺术手法？
2. 阅读冯至的《十四行集》，谈谈诗人对“十四行诗”艺术的借鉴与移植。

诗八章

穆　旦

一

你底眼睛看见这一场火灾，
你看不见我，虽然我为你点燃；
唉，那燃烧着的不过是成熟的年代，
你底，我底。我们相隔如重山！

从这自然底蜕变底程序里，
我却爱了一个暂时的你。
即使我哭泣，变灰，变灰又新生，
姑娘，那只是上帝玩弄他自己。

二

水流山石间沉淀下你我，
而我们成长，在死底子宫里。
在无数的可能里一个变形的生命
永远不能完成他自己。

我和你谈话，相信你，爱你，
这时候就听见我底主暗笑，
不断地他添来另外的你我
使我们丰富而且危险。

三

你底年龄里的小小野兽，
它和春草一样地呼吸，
它带来你底颜色，芳香，丰满，
它要你疯狂在温暖的黑暗里。

我越过你大理石的理智殿堂，
而为它埋藏的生命珍惜；
你我底手底接触是一片草场，
那里有它底固执，我底惊喜。

四

静静地，我们拥抱在
用言语所能照明的世界里，
而那未成形的黑暗是可怕的，
那可能和不可能的使我们沉迷。

那窒息着我们的
是甜蜜的未生即死的言语，
它底幽灵笼罩，使我们游离，
游进混乱的爱底自由和美丽。

五

夕阳西下，一阵微风吹拂着田野，
是多么久的原因在这里积累。
那移动了景物的移动我底心
从最古老的开端流向你，安睡。

那形成了树木和屹立的岩石的，

将使我此时的渴望永存，
一切在它底过程中流露的美
教我爱你的方法，教我变更。

六

相同和相同溶为怠倦，
在差别间又凝固着陌生；
是一条多么危险的窄路里，
我制造自己在那上面旅行。

他存在，听从我底指使，
他保护，而把我留在孤独里，
他底痛苦是不断的寻求
你底秩序，求得了又必须背离。

七

风暴，远路，寂寞的夜晚，
丢失，记忆，永续的时间，
所有科学不能祛除的恐惧
让我在你底怀里得到安憩——

呵，在你底不能自主的心上，
你底随有随无的美丽的形象，
那里，我看见你孤独的爱情
笔立着，和我底平行着生长！

八

再没有更近的接近，
所有的偶然在我们间定型；
只有阳光透过缤纷的枝叶
分在两片情愿的心上，相同。

等季候一到就要各自飘落，
而赐生我们的巨树永青，

它对我们的不仁的嘲弄
（和哭泣）在合一的老根里化为平静。

★导读

穆旦（1918—1977），原名查良铮，笔名还有梁真，浙江海宁人。作为九叶诗人，穆旦的主要诗集有《探险队》（文聚社，1945年）、《穆旦诗集》（自印，1947年）和《旗》（文化生活出版社，1948年）。

《诗八章》写于1942年，收入《穆旦诗集》。作品所表达的是对古老爱情的现代体验。

"我"和"你"之间在"成熟的年代"点燃起爱情，"我和你谈话，相信你，爱你"，"你底年龄里的小小野兽"，使"我越过你大理石的理智殿堂"。但作者显然并不想像一般的爱情诗那样温柔而感伤地抒情，而是在写"你我"互相亲和、渗透的同时，还写了相互的矛盾、距离，更在"你我"之外，设置了"我底主"——代表着命运和客观世界的"上帝"。"上帝"在观察着"你我"，支配"你我"的爱情，"使我们丰富而且危险"。"我"、"你"、"上帝"形成三股力量，纠缠在燃烧起来的爱情之中，注定了这次爱情经历的痛苦。痛苦的经历倒使"我"对爱情有了更理性的感受。这样就在"我"、"你"、"上帝"三种力量关于爱情纠缠所形成的表层结构之下，生成另一"既相互矛盾又并存的生和死的力，幸福的允诺和接踵而至的幻灭的力"（郑敏：《诗人与矛盾》）。不仅如此，在爱情中"我"还感到了一个不完满的自我："在死底子宫里/在无数的可能里一个变形的生命/永远不能完成他自己。"在不完满中，找不准自己的位置是件很艰难的事，人生便有了倦怠和陌生感："相同和相同溶为怠倦，/在差别间又凝固着陌生；/是一条多么危险的窄路里，/我制造自己在那上面旅行。"为了强调这种深层结构，诗人不断地变换意象来叙写"你"、"我"和"上帝"，广泛地采用暗喻换喻的手法。

唐湜在《博求者穆旦》中说作者的诗"常常有一个辩证发展的过程，一个由外向内，由广而深，由泛而实的过程；而他的思想与诗的意象里也最多生命的辩证的对立、冲击与跃动，他也许是中国诗人里较少绝对意识又较多辩证观念的一个，而可贵的还是他的自觉性的敏锐"。正因为穆旦有这样的追求，所以在这首情诗中我们才能看到一个残缺的"我"的不圆满的爱情，我们才能从诗中感悟到人、事之间无限的联系与分裂。（袁向东）

★思考题：

1. 细读全诗，体会作品"思维的复杂化，情感的线团化"特点。
2. 体会作品深层结构的含义。

第三章 散 文

寄小读者（七）

冰 心

通讯七

亲爱的小朋友：

八月十七的下午，约克逊号邮船无数的窗眼里，飞出五色飘扬的纸带，远远的抛到岸上，任凭送别的人牵住的时候，我的心是如何的飞扬而凄恻！

痴绝的无数的送别者，在最远的江岸，仅仅牵着这终于断绝的纸条儿，放这庞然大物，载着最重的离愁，飘然西去！

船上生活，是如何的清新而活泼。除了三餐外，只是随意游戏散步。海上的头三日，我竟完全回到小孩子的境地中去了，套圈子，抛沙袋，乐此不疲，过后又绝然不玩了。后来自己回想很奇怪，无他，海唤起了我童年的回忆，海波声中，童心和游伴都跳跃到我脑中来。我十分的恨这次舟中没有几个小孩子，使我童心来复的三天中，有无猜畅好的游戏！

我自少住在海滨，却没有看见过海平如镜。这次出了吴淞口，一天的航程，一望无际尽是粼粼的微波。凉风习习，舟如在冰上行。到过了高丽界，海水竟似湖光。蓝极绿极，凝成一片。斜阳的金光，长蛇般自天边直接到阑旁人立处。上自穹苍，下至船前的水，自浅红至于深翠，幻成几十色，一层层，一片片的漾开了来。……小朋友，恨我不能画，文字竟是世界上最无用的东西，写不出这空灵的妙景！

八月十八夜，正是双星渡河之夕。晚餐后独倚阑旁，凉风吹衣。银河一片星光，照到深黑的海上。远远听得楼阑下人声笑语，忽然感到家乡渐远。繁星闪烁着，海波吟啸着，凝立悄然，只有惆怅。

十九日黄昏，已近神户，两岸青山，不时的有渔舟往来。日本的小山多半是圆扁的，大家说笑，便道是“馒头山”。这馒头山沿途点缀，直到夜里，远望灯光灿然，已抵神户。船徐徐停住，便有许多人上岸去。我因太晚，只自己又到最高层上，初次看见这般璀璨的世界，天上微月的光，和星光，岸上的灯光，无声相映。不时的还有一串光明从山上横飞过，想是火车周行。……舟中寂然，今夜没有海潮音，静极心绪忽起：“倘若此时母亲也在这里……”我极清晰的忆起北京来，小朋友，恕我，不能往下再写了。

冰心

一九二三年八月二十日，神户。

朝阳下转过一碧无际的草坡，穿过深林，已觉得湖上风来，湖波不是昨夜欲睡如醉的样子了。——悄然的坐在湖岸上，伸开纸，拿起笔，抬起头来，四围红叶中，四面水声里，我要开始写信给我久违的小朋友。小朋友猜我的心情是怎样的呢？

水面闪烁着点点的银光，对岸意大利花园里亭亭层列的松树，都证明我已在万里外。小朋友，到此已逾一月了，便是在日本也未曾寄过一字，说是对不起呢，我又不愿！

我平时写作，喜在人静的时候。船上却处处是公共的地方，舱面阑边，人人可以来到。海景极好，心胸却难得清平。我只能在晨间绝早，船面无人时，随意写几个字，堆积至今，总不能整理，也不愿草草整理，便迟延到了今日。我是尊重小朋友的，想小朋友也能尊重原谅我！

许多话不知从哪里说起，而一声声打击湖岸的微波，一层层的没上杂立的潮石，直到我蔽膝的毡边来，似乎要求我将她介绍给我的小朋友。小朋友，我真不知如何的形容介绍她！她现在横在我的眼前。湖上的月明和落日，湖上的浓阴和微雨，我都见过了，真是仪态万千。小朋友，我的亲爱的人都不在这里，便只有她——海的女儿，能慰安我了。Lake Waban，谐音会意，我便唤她做“慰冰”。每日黄昏的游泛，舟轻如羽，水柔如不胜桨。岸上四围的树叶，绿的，红的，黄的，白的，一丛一丛的倒影到水中来，覆盖了半湖秋水。夕阳下极其艳冶，极其柔媚。将落的金光，到了树梢，散在湖面。我在湖上光雾中，低低的嘱咐它，带我的爱和慰安，一同和它到远东去。

小朋友！海上半月，湖上也过半月了，若问我爱哪一个更甚，这却难说。——海好像我的母亲，湖是我的朋友。我和海亲近在童年，和湖亲近是现在。海是深阔无际，不着一字，她的爱是神秘而伟大的，我对她的爱是归心低首的。湖是红叶绿枝，有许多衬托，她的爱是温和妩媚的，我对她的爱是清淡相照的。这也许太抽象，然而我没有别的话来形容了！

小朋友，两月之别，你们自己写了多少，母亲怀中的乐趣，可以说来让我听听么？——这便算是沿途书信的小序，此后仍将那写好的信，按序寄上，日月和地方，都因其旧，“弱游”的我，如何自太平洋东岸的上海绕到大西洋东岸的波士顿来，这些信中说得很清楚，请在那里看罢！

不知这几百个字，何时方达到你们那里，世界真是太大了！

冰心

一九二三年十月十四日，慰冰湖畔，威尔斯利。

★导读

冰心（1900—1999），原名谢婉莹，1900年出生于福建福州，后随当海军军官的父亲生活在上海、烟台、北京等地。冰心从1919年开始发表作品，1921年参加文学研究会。主要作品有诗集《繁星》（商务印书馆，1923年）、《春水》（新潮社，1922年），小说集《超人》（商务印书馆，1923年）等以及散文集《寄小读者》（北新书局，1926年）、《往事》（上海开明书店，1930年）等。

冰心的作品以书写童心、母爱、大自然为特色，笔涉散文、新诗、小说等文体。在冰心的所有作品中，散文成就最高，影响最大。她的散文“在青年读者之中，是曾经有过极大的魔力的。一直到现在，从许多青年的作品中，我们还可以看到这种‘冰心体’的文章”（阿英：《谢冰心小品序》）。

1923年夏，从燕京大学毕业的冰心获得美国威尔斯利女子学院的奖学金，去美国留学。《寄小读者》所收的是她从1923年到1926年在美国留学期间写给国内小朋友的29封书信。其中的“通讯七”是冰心散文的代表性作品。这主要表现在以下两点：

首先这篇散文所写的以童心、母爱和大自然最为突出。文章以小朋友为通信、交谈对象，向他们介绍了“海上半月，湖上也过半月了”的海色湖光，倾诉了离开母亲、朋友后的心情。随着作者的旅行，文章也自然地分为两个部分，前半篇写作者在海上航行三天的见闻、心境。在用简短的段落开头之后，用三个较长的段落分别写游玩时“童心和游伴都跳跃到我脑中来”，“蓝极绿极，凝成一片”的大海，由“天上微月的光，和星光，岸上的灯光”所引起的对母亲的思念。后半篇作者已从船上“公共地方”转到湖边，“悄然的坐在湖岸上”，向小朋友介绍异国的湖光山色。她是深爱这仪态万千的湖的，她相信湖也喜欢她，所以她把湖名“谐音会意”地译为“慰冰湖”。结尾处冰心把海比作母亲，将湖视为朋友，再一次强调了童心、母爱和大自然，向小朋友敞开了自己心灵深处中的爱的清流。

其次是这篇散文所具有的诗似的文字，体现了冰心“白话文言化，中文西文化”的语言主张。文中她将浸了文言汁液的词汇、句子安插在白话的叙述中，既形成了节奏，又使文章里袅袅地飘荡着典雅气息。郁达夫说“冰心女士散文的清丽，文字的典雅，思想的纯洁，在中国算是独一无二的作家了”（《中国新文学大系·散文二集·导言》），信是至评。（袁向东）

★思考题：

1. 细读全文，体会其语言特点。
2. 简述作品是如何将童心、母爱、大自然融为一体的？

苦　雨

周作人

伏园兄：

北京近日多雨，你在长安道上不知也遇到否，想必能增你旅行的许多佳趣。雨中旅行不一定是很愉快的，我以前在杭沪车上时常遇雨，每感困难，所以我于火车的雨不能感到什么兴味，但卧在乌篷船里，静听打篷的雨声，加上欸乃的橹声，以及“靠塘来，靠下去”的呼声，却是一种梦似的诗境。倘若更大胆一点，仰卧在脚划小船内，冒雨夜行，更显出水乡住民的风趣，虽然较为危险，一不小心，拙劣地转一个身，便要使船底朝天。二十多年前往东浦吊先父的保姆之丧，归途遇暴风雨，一叶扁舟在白鹅似的波浪中间滚过大树港，危险极也愉快极了。我大约还有好些“为鱼”时候——至少也是断发文身时候的脾气，对于水颇感到亲近，不过北京的泥塘似的许多“海”实在不很满意，这样的水没有也并不怎么可惜。你往“陕半天”去似乎要走好两天的准沙漠路，在那时候倘若遇见风雨，大约是很舒服的，遥想你胡坐骡车中，在大漠之上，大雨之下，喝着四打之内的汽水，悠然进行，可以算是“不亦快哉”之一。但这只是我的空想，如诗人的理想一样地靠不住，或者你在骡车中遇雨，很感困难，正在叫苦连天也未可知，这须等你回京后问你再说了。

我住在北京，遇见这几天的雨，却叫我十分难过。北京向来少雨，所以不但雨具不很完全，便是家屋构造，于防雨亦欠周密。除了真正富翁以外，很少用实垛砖墙，大抵只用泥墙抹灰敷衍了事。近来天气转变，南方酷寒而北方淫雨，因此两方面的建筑上都露出缺陷。一星期前的雨把后园的西墙淋坍，第二天就有“梁上君子”来摸索北房的铁丝窗，从次日起赶紧邀了七八位匠人，费两天工夫，从头改筑，已经成功十分八九，总算可以高枕而卧，前夜的雨却又将门口的南墙冲倒二三丈之谱。这回受惊的可不是我了，乃是川岛君“佢们”俩，因为“梁上君子”如再见光顾，一定是去躲在“佢们”的窗下窃听的了。为消除“佢们”的不安起见，一等大气晴正，急须大举地修筑，希望日子不至于很久，这几天只好暂时拜托川岛君的老弟费神代为警护罢了。

前天十足下了一夜的雨，使我夜里不知醒了几遍。北京除了偶然有人高兴放几个爆仗以外，夜里总还安静，那样哗喇哗喇的雨声在我的耳朵里已经不很听惯，所以时常被它惊醒，就是睡着也仿佛觉得耳边粘着面条似的东西，睡的很不痛快。还有一层，前天晚间据小孩们报告，前面院子里的积水已经离台阶不及一寸，夜里听着雨声，心里胡里胡涂地总是想水已上了台阶，浸入西边的书房里了。好容易到了早上五点钟，赤脚撑伞，跑到西屋一看，果然不出所料，水浸满了全屋，约有一寸深浅，这才叹了一口气，觉得放心了；倘若这样兴高采烈地跑去，一看却没有水，恐怕那时反觉得失望，没有现在那样的满足也说不定。幸而书籍都没有湿，虽然是没有什么价值的东西，但是湿成一饼一饼的纸糕，也很是不愉快。现今水虽已退，还留一种涨过大水后的普通的臭味，固然不能留客坐谈，就是自己也不能在那里写字，所以这封信是在里边炕桌上写的。

这回大雨，只有两种人最喜欢。第一是小孩们。他们喜欢水，却极不容易得到，现在看见院子里成了河，便成群结队的去“蹚河”去。赤了足伸到水里去，实在很有点冷，但是他们不怕，下到水里还不肯上来。大人见小孩们玩的很有趣，也一个两个地加入，但是成绩却不甚佳，那一天里滑倒了三个人，其中两个都是大人——其一为我的兄弟，其一是川岛君。第二种喜欢下雨的则为虾蟆。从前同小孩们往高亮桥去钓鱼钓不着，只捉了好些虾蟆，有绿的，有花条的，拿回来都放在院子里，平常偶叫几声，在这几天里便整日叫唤，或者是荒年之兆吧，却极有田村的风味。有许多耳朵皮嫩的人，很恶喧嚣，如麻雀虾蟆或蝉的叫声，凡足以妨碍他们的甜睡者，无一不深恶而痛绝之。大有灭此而午睡之意，我觉得大可以不必如此，随便听听都是很有趣味的，不但是这些久成诗料的东西，一切鸣声其实都可以听。虾蟆在水田里群叫，深夜静听，往往变成一种金属音，很是特别，又有时仿佛是狗叫，古人常称蛙蛤为吠，大约是从实验而来。我们院子里的虾蟆现在只见花条的一种，它的叫声更不漂亮，只是格格格这个叫法，可以说是革音，平常自一声至三声，不会更多，唯在下雨的早晨，听它一口气叫上十二三声，可见它是实在喜欢极了。

这一场大雨恐怕在乡下的穷朋友是很大的一个不幸，但是我不曾亲见，单靠想象是不中用的，所以我不去虚伪地代为悲叹了。倘若有人说这所记的只是个人的事情，于人生无益，我也承认，我本来只想说个人私事，此外别无意思。今天太阳已经出来，傍晚可以出外去游嬉，这封信也就不再写下去了。

我本等着看你的秦游记，现在却由我先写给你看，这也可以算是“意表之外”的事吧。

★导读

周作人（1885—1967），原名櫆寿，字启明、起孟，号知堂，浙江绍兴人。周作人的文学成就主要有二：一是倡导人的文学；二是创作抒发个人情志的小品文。他的散文以自我为中心，闲适为格调，风格平和冲淡，富知识性、趣味性。

1924 年是周作人思想发展、文学创作的转折点。后来他自己说这时开始“梦想家与传道者的气味渐渐地有点淡薄下去了”，心态多了中年式的平和。写作的重点也转向了小品文，放弃了“流氓似的”凌厉文风而归于平淡。《苦雨》正是写于 1924 年的作品，后来收入《雨天的书》。

《苦雨》一文，用个人体验的苦来状本是无情之物的雨，属借物咏怀一类。苦者所指，既是北京的连阴雨，更是自己的心境。苦自何来？来自现实中自己的“苦”，孩子、虾蟆的乐；也来自回忆自己曾经历过的“乐”雨，来自自己想象出来的喜雨。作者被雨淋湿了的心境，湿漉漉地游走在苦乐比照之间，起伏于虚实变化之中。

文章以苦雨为题，却是在回忆自己的“乐”雨开始的。“卧在乌篷船里，静听打篷的雨声，加上欸乃的橹声，以及‘靠塘来，靠下去’的呼声，却是一种梦似的诗境。”接着“遥想”在旅途中朋友“在大漠之上，大雨之下”，“悠然进行，可以算是‘不亦快哉’之一”。然而所有这些快乐，都是虚妄的，就“如诗人的理想一样地靠不住”。作者真实的感觉却来自现实中的苦雨。现实的雨“把后园的西墙淋坍”，第二天“梁上君子”便来光顾；雨声使自己“睡的很不痛快”；雨水漫台阶，涌进了书房。孩子和虾蟆是不能体会自己的苦的，于是在孩子们、虾蟆们的乐中，作者将苦雨化为闲适情趣的一部分。这种情趣是自己主动的选择，因为“我不去虚伪地代为悲叹了”，“我本来只想说个人私事，此外别无意思”。我们能从他“别无意思”的“私事”中听出些意思吗？

周作人是喜欢苦雨的，所以他后来拿“苦雨”作斋号。还应看到，作者选择的是书信体，这便于娓娓地“任闲话”，谈私事。（袁向东）

★思考题：

1. 作者是如何讲述“苦雨”的？
2. 作者为什么强调所讲的是“私事”？

陶然亭的雪

俞平伯

悄然的北风，黯然的同云，炉火不温了，灯还没有上呢。这又是一年的冬天。在海滨草草营巢，暂止飘零的我，似乎不必再学黄叶们故意沙沙的作成那繁响了。老实说，近来时序的迁流，无非逼我换了几回衣裳；把夹衣叠起，把棉衣抖开，这就是秋尽冬来的惟一大事。至于秋之为秋，冬之为冬，我之为我，一切之为一切，固依然自若，并非可叹可悲可怜可喜的意味，而且连那些意味的残痕也觉无从觅哩。千条万派活跃的流泉似全然消释于无何有之乡土，剩下“漠然”这么一味来相伴了。看看窗外酿雪的同云，倒活画出我那潦倒的影儿一个。像这样喑哑无声的蠢然一物，除血脉呼吸的轻颤以外，安息在冬天的晚上，真真再好没有了。有人说，这不是静止——静止是没有的——是均衡的动，如两匹马以同速同向去跑着，即不异于比肩站着的石马。但这些问题虽另有人耐烦去想，而我则岂其人呢。所以于我顶顶合式，莫如学那冬晚的停云。（你听见它说过话吗?）无如编辑《星海》的朋友们逼我饶舌。我将怎样呢？——有了！在“悄然的北风，黯然的同云，炉火不温了，灯还没有上呢”这个光景下，令我追忆昔年北京陶然亭之雪。

我虽生长于江南，而自曾北去以后，对于第二故乡的北京也真不能无所恋恋了。尤其是在那样一个冬晚，有银花纸糊裱的顶棚和新衣裳一样綷縩的纸窗，一半已烬一半还红着，可以照人须眉的泥炉火，还有墙外边三两声的担子吆喝。因房这样矮而洁，窗这样低而明，越显出天上的同云格外的沉凝欲堕，酿雪的意思格外浓鲜而成熟了。我房中照例上灯独迟些，对面或侧面的火光常浅浅耀在我的窗纸上，似比月色还多了些静穆，还多了些凄清。当我听见廓落的院子里有脚声，一会儿必要跟着“砰”关风门了，或者“砣搭”下帘子了。我便料到必有寒紧的风在走道的人颈傍拂着，所以他要那样匆匆的走，如此，类乎此黯淡的寒姿，在我忆中至少可以匹敌江南春与秋的姝丽了，至少也可以使惯住江南的朋友了解一点名说苦寒的北方，也有足以系人思念的冬之黄昏啊。有人说，“这岂不将钩惹我们的迟暮之感?”真的！——可是，咱们谁又是专喝蜜水的人呢。

总是冬天罢，（谁要你说?）年月日忘怀了。读者们想决不屑介意于此琐琐的，所以忘怀倒也没要紧。那天是雪后的下午。我其时住在东华门侧一条曲折的小胡同里，而G君所居更偏东些。我们雇了两辆“胶皮”，向着陶然亭去，但车只雇到前门外大外郎营。（从东城至陶然亭路很远，冒雪雇车很不便。）车轮咯咯吱吱的切碾着白雪，留下凹纹的平行线，我们遂由南池子而天安门东，渐逼近车马纷填，兀然在目的前门了。街衢上已是一半儿泥泞，一半儿雪了。幸而北风还时时吹下一阵雪珠，蒙络那一切，正如疏朗冥濛的银雾。亦幸而雪在北京，似乎是白面捏的，又似乎是白泥塑的。（往往到初春时，人家庭院里还堆着与土同色的雪，结果是成筐的挑了出去完事。）若移在江南，檐漏的滴搭，不终朝而消尽了。

言归正传。我们下了车，踏着雪，穿粉房琉璃街而南，眩眼的雪光愈白，栉比的人家渐寥落了。不久就远远望见清旷莹明的原野，这正是在城圈里耽腻了的我们所期待的。累累的荒冢，白着头的，地名叫做窑台。我不禁连想那“会向瑶台月下逢”的所谓瑶台。这本是比拟不伦，但我总不住的那么想。

那时江亭之北似尚未有通衢。我们踯躅于白蓑衣广覆着的田野之间，望望这里，望望那里，都很像江亭似的。商量着，偏西南方较高大的屋，或者就是了。但为什么不见一个亭子呢？藏在里边罢?

到拾级而登时，已确信所测不误了。然踏穿了内外竟不见有什么亭子。幸而上面挂着的一方匾；否则那天到的是不是陶然亭，若至今还是疑问，岂非是个笑话。江亭无亭，这样的名实乖违，总使我们怅然若失。我来时是这样预期的，一座四望极目的危亭，无碍无遮，在雪海中沐浴而嬉，宛如回旋的灯塔在银涛万沸之中，浅礁之上，亭亭矗立一般。而今竟只见拙钝的几间老屋，为城圈之中所习见而不一见的，则已往的名流觞咏，想起来真不免黯然寡色了。

然其时雪又纷纷扬扬而下来，跳舞在灰空里的雪羽，任意地飞集到我们的粗呢氅衣上。趁它们未及融为明珠的时候，我即用手那么一拍，大半掉在地上，小半已渗进衣襟去。"下马先寻题壁字"，来来回回的循墙而走，咱们也大有古人之风呢。看看咱们能拾得什么？至少也当有如"白丁香折玉亭亭"一样的句子被传诵着罢。然而竟终于不见！可证"一蟹不如一蟹"这句老话真是有一点意思的。后来幸而觅得略可解嘲的断句，所谓"卅年戎马尽秋尘"者，从此就在咱们嘴里咕噜着了。

在曲折廓落的游廊间，当北风卷雪渺无片响的时分，忽近处递来琅琅读书声。谛听，分明得很，是小孩子的。它对于我们十分亲密，因为和从前我们在书房里所唱出的正是一个样子的。这尽可以使我重温热久未曾尝的儿时的甜酒，使我俯拾眠歌声里的温馨梦痕；并可以减轻北风的尖冷，抚慰素雪的飘零。换一句干脆点的话，就是在清冷双绝的况味中，它恰好给喝了一点热热酽酽的东西，使一切已凝的，一切凝着的，一切将凝的，都软洋洋弹着腰肢不自支持了。

书声还正琅琅然呢。我们寻诗的闲趣被窥人的热念给岔开了。从回廊下踅过去，两明一暗的三间屋，玻璃窗上帷子亦未下。天色其时尚未近黄昏；惟云天密吻，酿雪意的浓酣，阡陌明胸，积雪痕的寒皎，似乎全与迟暮合缘，催着黄昏快些来罢。至屋内的陈设，人物的须眉，已尽随年月日时的迁移，送进茫茫昧昧的乡土，在此也只好从缺。几个较鲜明的印象，尚可片片掇拾以告诸君的，是厚的棉门帘一个，肥短的旱调袋一支；老黄色的《孟子》一册，上有银朱圈点，正翻到《离娄》篇首；照例还有白灰泥炉一个，高高的火苗窜着；以外……"算了罢，你不要在这儿写帐哟!"

游览必终之以大嚼，是我们的惯例，这里边好像有鬼催着似的。我曾和我姊姊说过："咱们以后不用说逛什么地方，老实说吃什么地方好了。"她虽付之一笑，却不斥我为胡闹，可见中非无故了。我且曾以之问过吾师。吾师说得尤妙，"好吃是文人的天性，"这更令我不便追问下去。因为既曰天性，已是第一因了。还要求它的因，似乎不很知趣。如理化学家说到电子，心理学家说到本能，生机哲学者说到什么"隐得而希"……

闲言少表。天性既不许有例外，谈到白雪，自然会归到一条条的白面上去。不过这种说法是很辱没胜地的，且有点文不对题。所以在江亭中吃的素面，只好割爱不谈。我只记得青汪汪的一炉火，温煦最先散在人的双颊上。那户外的尖风呜呜的独自去响。倚着北窗，恰好鸟瞰那南郊的旷莽积雪。玻璃上偶沾了几片鹅毛碎雪，更显得它的莹明不滓。雪固白得可爱，但它干净得尤好。酿雪的云，融雪的泥，各有各的意思；但总不如一半留着的雪痕，一半飘着的雪华，上上下下，迷眩难分的尤为美满。脚步声听不到，门帘也不动，屋里没有第三个人。我们手都插在衣袋里，悄对着那排向北的窗。窗外有几方妙绝的素雪装成的册页。累累的坟，弯弯的路，枝枝桠桠的树，高高低低的屋顶，都秃着白头，耸着白肩膀，危立在卷雪的北风之中。上边不见一只鸟儿展着翅，下边不见一条虫儿蠢然的动（或者要归功于我的近视眼），不用提路上的行人，更不用提马足车尘了。惟有背后已热的瓶笙吱吱的响，是为静之独一异品；然依昔人所谓"蝉噪林逾静"的静这种诠释，它虽努力思与岑寂绝缘终久是失败的哟。死样的寂每每促生胎动的潜能，惟万寂之中留下一分两分的喧哗，使就烬的赤灰不致以内炎而重生烟焰；故未全枯寂的外缘正能孕育着止水一泓似的心境。这也无烦高谈妙谛，只当咱们清眠不熟的时光便可以稍稍体验这番悬谈了。闲闲的意想，乍生乍灭，如行云流水一般的不关痛痒，比强制吾心，一念不着的滋味如何？这想必有人能辨别的。

炉火使我们的颊热，素面使我们的胃饱，飘零的暮雪使我们的心越过越黯淡。我们到底不得不出去一走，到底不得不面迎着雪，脚踹着雪，齐向北快快的走。离亭数十步外有一土坡，上开着一家油厂，厂右有小小的断坟并立。从坟头的小碣，知道一个葬的是鹦鹉，一个名为香冢，想又是美人黄土那类把戏了。只是一件，油厂有狗，喜拦门乱吠。G君是怕狗的；因怕它咬，并怕那未必就咬的吠，并怕那未必就吠的狗。而我又是怯登土坡的，雪覆着的坡子滑滑的难走，更有点望之生畏。故我们商量商量，还是别去为妙。

我们绕坡北去时，G君抬头而望（我记得其时狗没有吠）对我说，来年春归时，种些红杜鹃花在上面，我点点头。路上还商量着买杜鹃花的价钱。……现在呢，然而现在呢？我惆怅着夙愿的虚设。区区的愿原不妨孤负；然区区的愿亦未免孤负，则以外的岂不又可知了。——北京冬间早又见了三两寸的雪，而上海至今只是黯然的同云，说是酿雪，说是酿雪，而终于不来。这令我由不得追忆那年江亭玩雪的故事。

★导读

俞平伯（1900—1990），原名俞铭衡，浙江德清人。1919年北京大学文科毕业后，曾在燕京大学、北京大学、清华大学等校任教。"五四"时期，俞平伯积极参加新文学运动，是新潮社、文学研究会、语丝社的成员。他最初以创作新诗为主，有诗集《冬夜》（1922年）、《西还》（1924年）、《忆》（1925年）等，并与朱自清等人创办了现代文学史上最早的新诗刊物《诗》月刊。从20年代后期起，俞平伯更多地写作散文。结集有《燕知草》（1928年）、《杂拌儿》（1928年）、《杂拌儿之二》（1933年）、《燕郊集》（1936年）等。他的《红楼梦研究》是"新红学派"的代表作之一。

《陶然亭的雪》是俞平伯的散文中风格相对平易的一篇。这种抒情小品在作者笔下舒展自然，景色描写并不拘泥于具体细节，而有朦胧之美，与飘雪天气结合得正好，也暗合了因回忆引入的对这一年前的观雪经历的记忆。作者在简单自然甚至略带平淡琐屑的游历过程中生发的一些情思、理想、趣味。

由于深受传统思想与文化的浸染，文章中有对禅理的表达也有对明代雅致小品的追随。写到曲折回廊间闻读书声，作者一番感叹，“这尽可以使我重温热久未曾尝的儿时的甜酒，使我俯拾眠歌声里的温馨梦痕；并可以减轻北风的尖冷，抚慰素雪的飘零。”这一段话古意深浓，“眠歌声里的温馨梦痕”与“抚慰素雪的飘零”是两幅充满想象的优美图景，接着作者自己又写道“换一句干脆点的话，就是在清冷双绝的况味中，它恰好给喝了一点热热酽酽的东西，使一切已凝的，一切凝着的，一切将凝的，都软洋洋簟着腰肢不自支持了。”这却又马上变成纯粹的白话了，简单朴素的语言清晰明白。另一方面，作者也毫不掩饰人间俗世的魅力，尤其是那一句“我曾和我姊姊说过：‘咱们以后不用说逛什么地方，老实说吃什么地方好了’”，把趣味至上的文人气表达得甚是可爱。

这篇文章行文随意也可以说结构散漫，主要是一种非理性的直觉经验的表达，作者完全不受逻辑思考的束缚，跳跃性的思考方式就用跳跃性的语言表达出来，这也正是俞平伯散文的特点之一，常常是天南地北无边无尽，所谓古今万代同时登场，东南西北万象纷呈，而在其中心的往往是作者追求的“趣味”与“心意”。

俞平伯是晚清大学者俞樾的曾孙，北京大学毕业后参加“五四”运动又在多所大学任教，其文章有浓厚的文人气。正如前文所言，他与朱自清恰恰代表了当时散文里的两种流派，一种是朱自清那种自觉地以成为现代白话文章典范为方向的“语体文”；一种就是俞平伯继承且发展周作人“美文”一脉的雅致小品。周作人曾经评价俞平伯的散文有一种“独特的风致”，他吸取了明人小品的传统，又放入了新文学的审美，固执的保留着一点传统文人的“涩”，执拗的追求“雅”，于是形成了独属于俞平伯的独特风致。

现代文学史上有两篇同一题目的散文——《桨声灯影里的秦淮河》，分别出自俞平伯与朱自清之手，如今想来，两位至交好友又是文坛名人一起泛舟秦淮河，回去各写一篇同题白话散文，但风格迥异的确是文坛佳话。只是后来因各种历史境遇，朱自清的散文一直是中学课本中的必选科目，又因爱国行为被誉为“民主战士”赞誉不断；俞平伯建国以后因“红楼梦研究”被打成反动学术权威一下子沉寂了近三十年，在文学史上留下了的只是这位大师渐行渐远并不鲜明的身影。（刘茉琳）

★思考题：

1. 这篇《陶然亭的雪》表现了俞平伯散文怎样的“独特的风致”？

2. 阅读俞平伯与朱自清的《桨声灯影里的秦淮河》，谈谈两位作者不同的写作风格？

背　影

朱自清

我与父亲不相见已二年余了，我最不能忘记的是他的背影。那年冬天，祖母死了，父亲的差使也交卸了，正是祸不单行的日子。我从北京到徐州，打算跟着父亲奔丧回家。到徐州见着父亲，看见满院狼藉的东西，又想起祖母，不禁簌簌地流下眼泪。父亲说，“事已如此，不必难过，好在天无绝人之路！”

回家变卖典质，父亲还了亏空；又借钱办了丧事。这些日子，家中光景很是惨澹，一半为了丧事，一半为了父亲赋闲。丧事完毕，父亲要到南京谋事，我也要回北京念书，我们便同行。

到南京时，有朋友约去游逛，勾留了一日；第二日上午便须渡江到浦口，下午上车北去。父亲因为事忙，本已说定不送我，叫旅馆里一个熟识的茶房陪我同去。他再三嘱咐茶房，甚是仔细。但他终于不放心，怕茶房不妥帖；颇踌躇了一会。其实我那年已二十岁，北京已来往过两三次，是没有甚么要紧的了。他踌躇了一会，终于决定还是自己送我去。我两三回劝他不必去；他只说，“不要紧，他们去不好！”

我们过了江，进了车站。我买票，他忙着照看行李。行李太多了，得向脚夫行些小费，才可过去。他便又忙着和他们讲价钱。我那时真是聪明过分，总觉他说话不大漂亮，非自己插嘴不可。但他终于讲定了价钱，就送我上车。他给我拣定了靠车门的一张椅子；我将他给我做的紫毛大衣铺好座位。他嘱我路上小心，夜里要警醒些，不要受凉。又嘱托茶房好好照应我。我心里暗笑他的迂；他们直认得钱，托他们直是白托！而且我这样大年纪的人，难道还不能料理自己么？唉，我现在想想，那时真是太聪明了！

我说道，“爸爸，你走吧。”他往车外看了看，说，“我买几个橘子去。你就在此地，不要走动。”我看那边月台的栅栏外有几个卖东西的等着顾客。走到那边月台，须穿过铁道，须跳下去又爬上去。父亲是一个胖子，走过去自然要费事些。我本来要去的，他不肯，只好让他去。我看见他戴着黑布小帽，穿着黑布大马褂，深青布棉袍，蹒跚地走到铁道边，慢慢探身下去，尚不大难。可是他穿过铁道，要爬上那边月台，就不容易了。他用两手攀着上面，两脚再向上缩；他肥胖的身子向左微倾，显出努力的样子，这时我看见他的背影，我的泪很快地流下来了。我赶紧拭干了泪，怕他看见，也怕别人看见。我再向外看时，他已抱了朱红的橘子往回走了。过铁道时，他先将橘子散放在地上，自己慢慢爬下，再抱起橘子走。到这边时，我赶紧去搀他。他和我走到车上，将橘子一股脑儿放在我的皮大衣上。于是扑扑衣上的泥土，心里很轻松似的。过一会说，“我走了，到那边来信!”我望着他走出去。他走了几步，回过头看见我，说，“进去吧，里边没人。”等他的背影混入来来往往的人里，再找不着了，我便进来坐下，我的眼泪又来了。

近几年来，父亲和我都是东奔西走，家中光景是一日不如一日。他少年出外谋生，独立支持，做了许多大事。哪知老境却如此颓唐！他触目伤怀，自然情不能自已。情郁于中，自然要发之于外；家庭琐屑便往往触他之怒。他待我渐渐不同往日。但最近两年的不见，他终于忘却我的不好，只是惦记着我，惦记着我的儿子。我北来后，他写了一信给我，信中说道，“我身体平安，惟膀子疼痛利害，举箸提笔，诸多不便，大约大去之期不远矣。”我读到此处，在晶莹的泪光中，又看见那肥胖的，青布棉袍，黑布马褂的背影。唉！我不知何时再能与他相见！

★导读

朱自清（1898—1948），字佩弦，浙江绍兴人，中国现代著名散文家、学者。1916 年，“五四”运动前夕，朱自清毕业于江苏省立第八中学，同年考入北京大学预科学习，此后进入哲学系，对于他日后的“美育”思想奠定了极重要的基础。早期他曾是文学研究会成员，参与发起新文学史上第一个诗歌团体——中国新诗社，并发表新诗。1920 年大学毕业后，他辗转江浙一带在多所中学任教 6 年并撰写小说和散文，中学任教经历是他“美育”思想的实践，也影响了他的文学创作。1925 年后他在清华大学任教又赴英国及欧陆数国漫游，抗日战争爆发后，随清华大学南迁，到昆明西南联大继续从事教学工作及学术研究、杂文写作。1946 年随校返京，继续任清华大学教授。1948 年 6 月，贫病交迫中，朱自清仍在《抗议美国扶日政策并拒绝领取美援面粉宣言》上签字，8 月病逝于北京，被誉为“有骨气的爱国文化人”。主要著作有诗文集《踪迹》，散文集《背影》、《你我》、《欧游杂记》，论著《诗言志辩》、《论雅俗共赏》、《新诗杂话》等。有《朱自清全集》行世。

《背影》写于 1925 年 10 月，是书写父子深情的作品。家中诸事不顺，祖母逝世、家中变卖、赋闲待业等等事情都导致父亲心情低落，作者写父亲没有着笔于其眼睛、身体、外貌等常见的描写对象，而是独独选择了“背影”。这是父与子之间独特的对话：不善言语，但情意很深，只能落笔于父亲的背影处，将这种深情变得委婉含蓄，又因为这种节制而更让人感动。

文中四处出现“背影”：第一次是在文章开头，开篇点题就是“背影”，一种儿子对父亲深深的想念之情就在一个朦胧的背影中展开；第二次是车站送别，也就是“背影”的重点描写，穿着大马褂、身材笨重的父亲为儿子翻过月台买橘子的“背影”不仅打动了自诩聪明的儿子，也打动了无数读者，一个细节就把父亲对儿子无私的爱清晰表达了出来；第三次是父亲与儿子告别后“背影”，一笔带过但是情绪线索连贯；第四次是儿子读着父亲的来信眼前浮现了父亲的“背影”，呼应文章开头，圆满收束。叙写父子离别细节与“背影”成为良好搭配，父与子的不善沟通又情谊深厚在“背影”这一意象中得到全面深化。

《背影》是朱自清的散文中描写个人与家庭生活的一类，与之相类似的还有《儿女》、《悼亡妇》，另外朱自清的散文中还有专门书写社会生活，抨击黑暗现实的作品，比如《生命价格——七毛钱》、《白种人——上帝的骄子》等，以及以描写自然景物为主的借景抒情的名篇《桨声灯影里的秦淮河》、《荷塘月色》等，其中书写亲情温暖与自然景物的散文最能代表朱自清的白话散文，语言洗练，文笔清丽，有沉郁之美。

朱自清的散文一直以来都是中国白话文章的典范之作，他的散文从建国前就开始出现在中学语文课本中，作为“语体文”树立写作规范，为中国现代白话散文立下写作典范，同时也打破了白话写不出“美文”的迷信。朱自清自觉地承担起书写现代白话文章的使命，也在这些文章中贯穿了自己的“美育”思想。(刘茉琳)

★思考题：

1. 阅读《背影》，谈谈朱自清如何通过特殊角度表达父子情深。
2. 阅读朱自清的其他文章，思考中国现代白话散文的“语体文”追求。

谈“流浪汉”

梁遇春

当人生观论战已经闹个满城风雨，大家都谈厌烦了不想再去提起时候，我一天忽然写一篇短文，叫做《人死观》。这件事实在有些反动嫌疑，而且该挨思想落后的罪名，后来仔细一想，的确很追悔。前几年北平有许多人讨论 Gentleman 这字应该要怎么样子翻译才好，现在是几乎谁也不说这件事了，我却又来喋喋，谈那和“君子” Gentleman 正相反的“流浪汉” Vagabond，将来恐怕免不了自悔。但是想写文章时候，哪能够顾到那么多呢？

Gentleman 这字虽然难翻，可是还不及 Vagabond 这字那样古怪，简直找不出适当的中国字眼来。普通的英汉字典都把它翻做“走江湖者”“流氓”“无赖之徒”“游手好闲者”……，但是我觉得都丢失这个字的原意。Vagabond 既不像走江湖的卖艺为生，也不是流氓那种一味敲诈，“无赖之徒”“游手好闲者”都带有贬骂的意思，Vagabond 却是种可爱的人儿。在此无可奈何时候，我只好暂用“流浪汉”三字来翻，自然也不是十分合式的。我以为 Gentleman，Vagabond 这些字所以这么刁钻古怪，是因为它们被人们活用得太久了，原来的意义早已消失，于是每个人用这个字时候都添些自己的意思，这字的涵义越大，更加好活用了。因此在中国寻不出一个能够引起那么多的联想的字来。本来 Gentleman，Vagabond 这二个字和财产都有关系的，一个是拥有财产，丰衣足食的公子，一个是毫无恒产，四处飘零的穷光蛋。因为有钱，自然能够受良好的教育，行动举止也温文尔雅，谈吐也就蕴藉不俗，更不至于跟人铢锱必较，言语冲撞了。Gentleman 这字的意义就由世家子弟一变变做斯文君子，所以现在我们不管一个人出身的贵贱，财产的有无，只要他的态度是温和，做人很正直，我们都把他当作 Gentleman。一班穷酸的人们被人冤枉时节，也可以答辩道："我虽然穷，却是个 Gentleman。" Vagabond 这个字意义的演化也经过了同样的历程。本来只指那班什么财产也没有，天天随便混过去的人们。他们既没有一定的职业，有时或者也干些流氓的勾当。但是他们整天随遇而安，倒也无忧无虑，他们过惯了放松的生活，所以就是手边有些钱，也是胡里胡涂地用光，对人们当然是很慷慨的。他们没有身家之虑，做事也就痛痛快快，并不像富人那种畏首畏尾，瞻前顾后。酒是大杯地喝下去，话是随便地顺口开河，有时也胡诌些有趣味的谎语。他们万事不关怀，天天笑呵呵，规矩的人们背后说他们没有责任心。他们与世无忤，既不会桌上排着一斗黄豆，一斗黑豆，打算盘似的整天数自己的好心思和坏心思，也不会皱着眉头，弄出连环巧计来陷害人们。他们的行为是胡涂的，他们的心肠是好的。他们是大个顽皮小孩，可是也带了小孩的天真。他们脑里存了不少奇奇怪怪的幻想，满脸春风，老是笑眯眯的，一些机心也没有。……我们现在把凡是带有这种心情的人们都叫做 Vagabond，就是他们是王侯将相的子孙，生平没有离开家乡过也不碍事。他们和中国古代的侠客有些相像，可是他们又不像侠客那样朴刀横腰，给夸大狂迷住，一脸凶气，走遍天下专为打不平。他们对于伦理观念，没有那么死板地痴痴执着。我不得已只好翻做"流浪汉"，流浪是指流浪的心情，所以我所赞美的流浪汉或者同守深闺的小姐一样，终身未出乡里一步。

英国十九世纪末叶诗人和小品文作家斯密士 Alexander Smith 对于流浪汉是无限地颂扬。他有一段描写流浪汉的文章，说得很妙。他说："流浪汉对于许多事情的确有他的特别意见。比如他从小是同密尼表妹一起养大，心里很爱她，而她小孩时候对于他的感情也是跟着年龄热烈起来，他俩结合后大概也可以好好地过活，他一定把她娶来，并没有考虑到他们收入将来能够不能够允许他请人们来家里吃饭或者时髦地招待朋友。这自然是太鲁莽了。可是对于流浪汉你是没法子说服他。他自己有他一套再古怪不过的逻辑（他自己却以为是很自然的推论），他以为他是为自己娶亲的，并不是为招待他的朋友的缘故；他把得到一个女人的真心同纯洁的胸怀比袋里多一两镑钱看得重得多。规矩的人们不爱流浪汉。那班膝下有还未出嫁姑娘的母亲特别怕他——并不是因他为子不孝，或者将来不能够做个善良的丈夫，或者对朋友不忠，但是他的手不像别人的手，总不会把钱牢牢地握着。他对于外表丝毫也不讲究。他结交朋友，不因为他们有华屋美酒，却是爱他们的性情，他们的好心肠，他们讲笑话听笑话的本领，以及许多别人看不出的好处。因此他的朋友是不拘一类的，在富人的宴会里却反不常见到他的踪迹。我相信他这种流浪态度使他得到许多好处。他对于人生的希奇古怪的地方都有接触过。他对于人性晓得便透彻，好像一个人走到乡下，有时舍开大路，去凭吊荒墟古冢，有时在小村逆旅休息，路上碰到人们也攀谈起来，这种人对于乡下自然比那在座四轮马车里骄傲地跑过大道的知道得多，我们因为这无理的骄傲，丢失了不少见识。一点流浪汉的习气都没有的人是没有什么价值的。”斯密士说到流浪汉的成家立业的法子，可见现在所谓的流浪汉并不限于那无家可归，脚跟如蓬转的人们。斯密士所说的只是一面，让我再由另一个观察点——流浪汉和 Gentleman 的比较——来论流浪汉，这样子一些一些凑起来或者能够将流浪汉的性格描摹得很完全，而且流浪汉的性格复杂万分（汉既以流浪名，自不是安分守己，方正简单的人们），绝不能一气说清。

英国文学里分析 Gentleman 的性格最明晰深入的文章，公推是那位叛教分子纽门 J. H. Newman（纽门，英国作家，红衣主教）的《大学教育的范围同性质》。纽门说：“说一个人他从来没有给别人以苦痛，这句话几乎可以做‘君子’的定义……‘君子’总是从事于除去许多障碍，使同他接近的人们能够自然地随意行动；‘君子’对于他人行动是取赞同合作态度，自己却不愿开首主动……真正的‘君子’极力避免使同他在一块的人们心里感到不快或者颤震，以及一切意见的冲突或者感情的碰撞，一切拘束，猜疑，沉闷，怨恨；他最关心的是使每个人都很随便安逸像在自己家里一样。”这样小心翼翼的君子，我们当然很愿意和他们结交，但是若使天下人都是这么我让你，你体贴我，扭扭捏捏地，谁也都是捧着同情等着去附和别人的举动，可是谁也不好意思打头阵；你将就我，我将就你，大家天天只有个互相将就的目的，此外是毫无成见的，这样的世界和平固然很和平，可惜是死国的和平。迫得我们不得不去欢迎那豪爽英迈，勇往直前的流浪汉。他对于自己一时兴到想干的事趣味太浓厚了，只知道口里吹着调子，放手做去，既不去打算这事对人是有益是无益，会成功还是容易失败，自然也没有虑及别人的心灵会不会被他搅乱，而且“君子”们袖手旁观，本是无可无不可的，大概总会穿着白手套轻轻地鼓掌。流浪汉干的事情不一定对社会有益，造福于人群，可是他那股天不怕，地不怕，不计得失，不论是非的英气总可以使这麻木的世界呈现些须生气，给“君子”们以赞助的材料，免得“君子”们整天掩着手打呵欠（流浪汉才会痛快地打呵欠，“君子”们总是像林黛玉那样子抿着嘴儿）找不出话讲，我承认偷情的少女，再嫁的寡妇都是造福于社会的，因为没有她们，那班贞洁的小姐，守节的孀妇就失去了谈天的材料，也无从来赞美自己了。并且流浪汉整天瞎闹过去，不仅目中无人，简直把自己都忘却了。真正的流浪汉所以不会引起人们的厌恶，因为他已经做到无人无我的境地，那一刹那间的冲动是他惟一的指导，他自己爱笑，也喜欢看别人的笑容，别的他什么也不管了。“君子”们处处为他人着想，弄得不好，反使别人怪难受，倒不如流浪汉的有饭大家吃，有酒大家喝，有话大家说，先无彼此之分，人家自然会觉得很舒服，就是有冲撞地方，也可以原谅，而且由这种天真的冲撞更可以见流浪汉的毫无机心。真是像中国旧文人所爱说文章本天成，妙手偶得之，流浪汉任性顺情，万事随缘，丝毫没有想到他人，人们却反觉得他是最好的伴侣，在他面前最能够失去世俗的拘束，自由地行动。许多人爱留连在乌烟瘴气的酒肆小茶店里，不愿意去高攀坐在王公大人们客厅的沙发上，一班公子哥儿喜欢跟马夫下流人整天打伙，不肯到他那客气温和的亲戚家里走走，都是这种道理。纽门又说："君子知道得很清楚，人类理智的强处同弱处，范围同限制。若使他是个不信宗教的人，他是太精明太雅量了，绝不会去嘲笑或者反宗教；他太智慧了，不会武断地或者热狂地反教。他对于虔敬同信仰有相当的尊敬；有些制度他虽然不肯赞同，可是他还以为这些制度是可敬的良好的或者有用的；他礼遇牧师，自己仅仅是不谈宗教的神秘，没有去攻击否认。他是信教自由的赞助者，这并不只是因为他的哲学教他对于各种宗教一视同仁，一半也是由于他的性情温和近于女性，凡是有文化的人们都是这样。"这种人修养功夫的确很到家，可谓火候已到，丝毫没有火气，但是同时也失去活气，因为他所磨炼去的火是 Prometheus（普罗米修斯）由上天偷来做人们灵魂用的火。十八世纪第一画家 Reynolds（雷诺兹，英国画家）是位脾气顶好的人，他的密友约翰生（就是那位麻脸的胖子）一天对他说："Reynolds，你对于谁也不恨，我却爱那善于恨人的人。"约翰生伟大的脑袋蕴蓄有许多对于人生微妙的观察，他通常冲口而出的牢骚都是入木三分的慧话。恨人恨得好（A good hater）真是一种艺术，而且是人人不可不讲究的。我相信不会热烈地恨人的人也是不知道怎地热烈地爱人。流浪汉是知道如何恨人，如何爱人。他对于宗教不是拼命地相信，就是尽力地嘲笑。Donne（约翰·顿，英国教士，诗人），Herrick（罗·赫里克，英国传教士，诗人），Cellini（B·塞里尼，意大利作家，雕刻家）都是流浪汉气味十足的人们，他们对于宗教都有狂热；Voltaire（伏尔泰），Nietzsche（尼采，德国哲学家）这班流浪汉就用尽俏皮的辞句，热嘲冷讽，掉尽枪花，来讥骂宗教。在人生这幕悲剧的喜剧或者喜剧的悲剧里，我们实在应该旗帜分明地对于一切不是打倒，就是拥护，否则到处妥协，灰色地独自踯躅于战场之上，未免太单调了，太寂寞了。我们既然知道人类理智的能力是有限的，那么又何必自作聪明，僭居上帝的地位，盲目地对于一切主张都持个大人听小孩说梦话态度，保存一种白痴的无情脸孔，暗地里自夸自己的眼力不差，晓得可怜同原谅人们低弱的理智。真真对于人类理智力的薄弱有同情的人是自己也加入跟着人们胡闹，大家一起乱来，对人们自然会有无限同情。和人们结伙走上错路，大家当然能够不言而喻地互相了解。当浊酒三杯过后，大家拍桌高歌，莫名其妙地相视而笑，莫逆于心，那时人们才有真正同情，对于人们的弱点有愿意的谅解，并不像"君子"们的同情后面常带有我佛如来怜悯众生的冷笑。我最怕那人生的旁观者，所以我对于厚厚的约翰生传会不倦地温读，听人提到 Addison（爱迪生，英国诗人，散文家）的旁观报就会皱眉，虽然我也承认他的文章是珠圆玉润，修短适中，但是我怕他那像死尸一般的冰冷。纽门自己说“君子”的性情温和近于女性（The gentleness and effeminacy of feeling），流浪汉虽然没有这类在台上走S式步伐的旖旎风光，他却具有男性的健全。他敢赤身露体地和生命肉搏，打个你死我活。不管流浪汉的结果如何，他的生活是有力的，充满趣味的，他没有白过一生，他尝尽人生的各种味道，然后再高兴地去死的国土里遨游。这样在人生中的趣味无穷翻身打滚的态度，已经值得我们羡慕，绝不是女性的“君子”所能晓得的。

那稣说过：“凡想要保全生命的，必丧掉生命。凡丧掉生命的，必救活生命。”流浪汉无时不是只顾目前的痛快，早把生命的安全置之度外。可是他却无时不尽量地享受生之乐。守己安分的人们天天守着生命，战战兢兢，只怕丢失了生命，反把生命真正的快乐完全忽略，到了盖棺论定，自己才知道白宝贵了一生的生命，却毫无受到生命的好处，可惜太迟了，连追悔的时候都没有。他们对于生命好似守财虏的念念不忘于金钱，不过守财虏还有夜夜关起门来，低着头数血汗换来的钱财的快乐，爱惜生命的人们对于自己的生命，只有刻刻不忘的担心，连这种沾沾自喜的心情也没有，守财虏为了金钱缘故还肯牺牲了生命，比那什么想头也消失了，光会顾惜自己皮肤的人们到底是高一等，所以上帝也给他那份应得的快乐。用句罗素的老话，流浪汉对于自己生命不取占有冲动，是被创造冲动的势力鼓舞着。实在说起来，宇宙间万事万物流动不息，那里真有常住的东西。只有灭亡才是永存不变的，凡是存在的天天总脱不了变更，这真是“法轮常转”。Walter Pater（裴特尔，英国散文家）在他的《文艺复兴研究》的结论曾将这个意思说得非常美妙，可惜写得太好了，不敢翻译。尤其生命是瞬刻之间，变幻万千的，不跳动的心是属于死人的。所以除非顺着生命的趋势，高兴地什么也不去管往前奔，人们绝不能够享受人生。近代小品文家 Jaekson（杰克逊，美国散文家）在他那篇论“流浪汉”文里说：“流浪汉如入生命的波涛汹涌的狂潮里生活。”他不把生命紧紧地拿着（普通人将生命握得太紧，反把生命弄僵化死了），却做生命海中的弄潮儿，伸开他的柔软身体，跟着波儿上下，他感觉到处处触着生命，他身内的热血也起共鸣。最能够表现流浪汉这种精神的是美国放口高歌，不拘韵脚的惠特曼 Walt Whitman。他那本诗集《草之叶》*Leaves of Grass* 里句句诗都露出流浪汉的本色，真可说是流浪汉的圣经。流浪汉生活所以那么有味，一半也由于他们的生活是很危险的。踢足球，当兵，爬悬崖峭壁……所以会那么饶有趣味，危险性也是一个主因。在这个单调寡趣，平淡无奇的人生里凡有血性的人们常常觉到不耐烦，听到旷野的呼声，原人时代啸游山林，到处狩猎的自由化做我们的本能，潜伏在黑礼服的里面，因此我们时时想出外涉险，得个更充满的不羁生活。万顷波涛的大海谁也知道覆灭过无千无数的大船，可是年年都有许多盎格罗萨格逊的小孩恋着海上危险的生涯，宁愿抛弃家庭的安逸，违背父母的劝谕，跑去过碧海苍天中辛苦的水手生涯。海所以会有那么大的魔力就是因为它是世上最险的地方，而身心健全的好汉哪个不爱冒险，爱慕海洋的生活，不仅是一“海上夫人”而已也。所以海洋能够有小说家们像 Marryat（墨雅特，英国小说家），

Cooper（科伯，英国诗人），Loti（洛蒂，法国小说家），Conrad（康拉德，英国小说家），等等去描写它，而他们的名著又能够博多数人的同情。蔼理斯曾把人生比做跳舞，若使世界真可说是个跳舞场，那么流浪汉是醉眼蒙眬，狂欢地跳二人旋转舞的人们。规矩的先生们却坐在小桌边无精打采地喝无聊的咖啡，空对着似水的流年惘怅。

流浪汉在无限量地享受当前生活之外，他还有丰富的幻想做他的伴侣。Dickens（狄更斯，英国小说家）的《块肉余生述》（今译《大卫·科波菲尔》）里面的Micawber在极穷困的环境中不断地说“我们快交好运了”，这确是流浪汉的本色。他总是乐观的，走的老是蔷薇的路。他相信前途一定会光明，他的将来果然会应了他的预测，因为他一生中是没有一天不是欣欣向荣的；就是悲哀时节，他还是肯定人生，痛痛快快地哭一阵后，他的泪珠已滋养大了希望的根苗。他信得过自己，所以他在事情还没有做出之前，就先口说莲花，说完了，另一个新的冲动又来了，他也忘却自己讲的话，那事情就始终没有干好。这种言行不能一致，孔夫子早已反对在前，可是这类英气勃勃的矛盾是多么可爱！蔼理斯在他的名著《生命的跳舞》里说：“我们天天变更，世界也是天天变更，这是顺着自然的路，所以我们表面的矛盾有时就全体来看却是个深一层的一致。”（他的话大概是这样，一时记不清楚。）流浪汉跟着自然一团豪兴。想到哪里就说到哪里，他的生活是多么有力。行为不一定是天下一切主意的唯一归宿，有些微妙的主张只待说出已是值得赞美了，做出来或者反见累赘。神话同童话里的世界哪个不爱，虽然谁也知道这是不能实现的。流浪汉的快语在惨淡的人生上布一层彩色的虹。这就很值得我们谢谢了，并且有许多事情起先自己以为不能胜任，若使说出话来，因此不得不努力去干，倒会出乎意料地成功；倘然开头先怕将来不好，连半句话也不敢露，一碰到障碍，就随它去，那么我们的做事能力不是一天天退化了？一定要言先乎事，做我们努力的刺激，生活才有兴味，才有发展。就是有时失败，富有同情的人们定会原谅，尖酸刻薄人们的同情是得不到的，并且是不值一文的。我们的行为全借幻想来提高，所以Masefield（梅斯菲尔德，英国文学家）说“缺乏幻想能力的人民是会灭亡的。”幻想同矛盾是良好生活的经纬。流浪汉心里想出七古八怪的主意，干出离奇矛盾的事情。什么传统正道也束缚他不住，他真可说是自由的骄子，在他的眼睛里，世界变做天国，因为他过的是天国里的生活。

若使我们翻开文学史来细看，许多大文学家全带有流浪汉气味。Shakespeare（莎士比亚）偷过人家的鹿，Ben Jonson（本·约森，英国诗人，剧作家），Marlowe（马娄，英国作家，诗人）等都是Mermaid Tavern这家酒店的老主顾，Goldsmith（古尔德史密斯，爱尔兰文学家）吴市吹箫，靠着他的口笛遍游大陆，Steele（斯蒂尔，英国散文家）整天忙着躲债，Charles Lamb（兰姆，英国作家），Leigh Hunt（享特，英国作家）颠头颠脑，吃大烟的Coleridge（柯勒律治，英国诗人，哲学家），De Quincey（德昆西，英国散文家）更不用讲了，拜伦，雪莱，济茨那是谁也晓得的。就是Wordsworth（华兹华斯，英国诗人）那么道学先生神气，他在法国时候，也有过一个私生女，他有一首有名的十四行诗就是说这个女孩。目光如炬专说精神生活的塔果尔，小孩时候最爱的是逃学。Browning（勃朗宁，英国诗人）带着人家的闺秀偷跑，Mrs. Browning（勃朗宁夫人）违着父亲淫奔，前数年不是有位好事先生考究出 Dickens（狄更斯）年青时许多不轨的举动，其他如 Swinburne（斯文伯恩，英国诗人，批评家），Stevenson（斯蒂文生，英国小说家）以及《黄书》杂志那班唯美派作家那是更不用说了。为什么偏是流浪汉才会写出许多不朽的书，让后来"君子"式的大学生整天整夜按部就班地念呢？头一下因为流浪汉敢做敢说，不晓得掩饰求媚，委曲求全，所以他的话真挚动人。有时加上些瞒天大谎，那谎却是那样子大胆子地杜撰的，一般拘谨人和假君子所绝对不敢说的。谎言因此有谎言的真实在，这真实是扯谎者的气魄所逼成的。而且文学是个性的结晶，个性越显明，越能够坦白地表现出来，那作品就更有价值。流浪汉是具有出类拔萃的个性的人物，他们的思想同行事全有他们的特别性格的色彩，他们豪爽直截的性情使他们能够把这种怪异的性格跃跃地呈现于纸上。斯密士说得不错："天才是个流浪汉"，希腊哲学家讲过知道自己最难，所以在世界文学里写得好的自传很少，可是世界中所流传几本不朽的自传全是流浪汉写的。Cellini（B. 塞里尼，意大利雕刻家，作家）杀人不眨眼，并且敢明明白白地记下，他那回忆录（Memoirs）过了几千年还没有失去光辉。Augustine（奥古斯丁，古罗马思想家）少年时放荡异常，他的忏悔录却同托尔斯泰（他在莫斯科纵欲的事迹也是不可告人的）的忏悔录，卢骚的改忏悔录同垂不朽。富兰克林也是有名的流浪汉，不管他怎样假装作正人君子，他那浪子的骨头总常常露出，只要一念 Cobbett（考贝特，英国新闻记者）攻击他的文章就知道他是多么古怪的一个人。De Quincey（德昆西）的《英国一个吃鸦片人的忏悔录》，这个名字已经可以告诉我们那内容了。做《罗马衰亡史》的 Gibbon（吉朋，英国历史学家），他年青时候爱同教授捣乱，他那本薄薄的自传也是个愉快的读物。Jeffries（杰弗里斯，英国小说家）一心全在自然的美上面，除开游荡山林外，什么也不注意，他那《心史》是本冰雪聪明，微妙无比的自白。记得从前美国一位有钱老太太希望她的儿子成个文学家，写信去请教一位文豪，这位文豪回信说："每年给他几千镑，让他自己鬼混去罢。"这实在是培养创造精神的无上办法。我希望想写些有生气的文章的大学生不死滞在文科讲堂里，走出来当一当流浪汉罢。最近半年北大的停课对于中国将来文坛大有裨益，因为整天没有事只好逛市场跑前门的文科学生免不了染些流浪汉气息。这种千载一时的机会，希望我那些未毕业的同学们好好地利用，免贻后悔。

前几年才死去的一位英国小说家 Conrad（康拉德）在他的散文集《人生与文学》内，谈到一位有流浪汉气的作家 Luffmann，说起有许多小女读他的书以后，写信去向他问好，不禁醋海生波，顾影自怜地（虽然他是老舟子出身）叹道："我平生也写过几本故事（我不愿意无聊地假装自谦），既属纪实，又很有趣。可是没有女人用温柔的话写信给我。为什么？只是因为我没有他那种流浪汉气。家庭中可爱的专制魔王对于这班无法无天的人物偏动起怜惜的心肠。"流浪汉确是个可爱的人儿，他具有完全男性，情怀潇洒，磊落大方，哪个怀春的女儿见他不会倾心。俗语说："痴心女子负心汉。"就是因为负心汉全是处处花草颠连的浪子，什么事情都不放在心头，他那痛快淋漓的气概自然会叫那老被人拘在深闺里的女孩儿一见心倾，后来无论他怎地负心总是痴心地等待着。中古的贵女爱骑士，中国从前的美人爱英雄总是如花少女对于风尘中飘荡人的一往情深的表现。红拂的夜奔李靖，乌江军帐皇的虞姬，随着范蠡飘荡五湖的西施……这些例子也不知道有多少。清朝上海窑子爱姘马夫，现在电影明星姘汽车夫，姨太太跟马弁偷情也是同样的道理。总之流浪汉天生一种叫人看着不得不爱的情调，他那种古怪莫测的行径正中女人爱慕热情的易感心灵。岂女人的心见着流浪汉会融，我们不是有许多瞎闹胡乱用钱行事乖张的朋友，常常向我们借钱捣乱，可是我们始终恋着他们率直的态度，对他们总是怜爱帮忙。天下最大的流浪汉是基督教里的魔鬼。可是哪个人心里不喜欢魔鬼。在莎士比亚以前英国神话剧盛行时候，丑角式的魔鬼一上场，大家都忙着拍手欢迎，魔鬼的一举一动看客必定跟着捧腹大笑。Robert Lynd（林德，爱尔兰散文家）在他的小品文集《橘树》里《论魔鬼》那篇中说："《失乐园》诗所说的撒旦在我们想像中简直等于儿童故事里面伟大英猛的海盗。"凡是儿童都爱海盗，许多人念了密尔敦史诗觉得诡谲的撒旦比板板的上帝来得有趣得多。魔鬼的堪爱地方大多了，不是随便说得完，留得将来为文细论。

清末有几位王公贝勒常在夏天下午换上叫花子的打扮，偷跑到什刹海路旁口唱莲花向路人求乞，黄昏时候才解下百衲衣回王府去。我在北京住了几年，心中很羡慕旗人知道享乐人生，这事也是一个证明。大热天气里躺在柳荫底下，顺口唱些歌儿，自在地饱看来往的男男女女；放下朝服，着半件轻轻的破衫，尝一尝暂时流浪生活的滋味，这是多么知道享受人生。戏子的生活也是很有流浪汉的色彩，粉墨登场，去博人们的笑和泪，自己仿佛也变做戏中人物，清末宗室有几位经常上台串演，这也是他们会寻乐地方。白浪滔天半生奔走天下，最后入艺者之家，做一个门弟子，他自己不胜感慨，我却以为这真是浪人应得的涅槃。不管中外，戏子女优必定是人们所喜欢的人物，全靠着他们是社会中最明显的流浪汉。Dickens（狄更斯）的小说所以会那么出名，每回出版新书时候，要先通知警察到书店门口守卫，免得购书的人争先恐后打起架来，也是因为他书内大脚色全是流浪汉，Pickwick 俱乐部那四位会员和他们周游中所遇的人们。《双城记》中的Carton等等全是第一等的流浪汉。《儒林外史》的杜少卿，《水浒》的鲁智深，《红楼梦》的柳二郎，《老残游记》的补残老是深深地刻在读者的心上，变成模范的流浪汉。

流浪汉自己一生快活，并且凭空地布下快乐的空气，叫人们看到他们会高兴起来，说不出地喜欢他们，难怪有人说："自然创造我们时候，我们个个都是流浪汉，是这俗世把我弄成个讲究体面的规矩人。"在这点我要学着卢骚，高呼"返于自然"。无论如何，在这麻木不仁的中国，流浪汉精神是一服极好的兴奋剂，最需要的强心针。就是把什么国家，什么民族一笔勾销，我们也希望能够过个有趣味的一生，不像现在这样天天同不好不坏，不进不退的先生们敷衍。写到这里，忽然记起东坡一首《西江月》，觉得很能道出流浪汉的三昧，就抄出做个结论罢！

照野弥弥浅浪，
横空隐隐层霄，
障泥未解玉骢骄，
我欲醉眠芳草。

可惜一溪风月，
莫教踏碎琼瑶，
解鞍攲枕绿杨桥，
杜宇一声春晓。

顷在黄州，春夜行蕲水中，过酒家饮，酒醉。乘月至一溪桥上，解鞍曲肱，醉卧少休。及觉已晓，乱山攒拥，流水锵锵，疑非尘世也。书此语桥柱上。

★导读

梁遇春（1906—1932），福建闽侯人。1924 年进入北京大学英文系学习。1928 年秋毕业后曾到上海暨南大学任教。成为《新月》月刊“海外出版界”专栏的主笔后，前后发表 13 篇文章。翌年返回北京大学图书馆工作。同年 3 月，出版散文《春醪集》。后因染急性猩红热，猝然去世。他在大学学习期间就开始了文学活动，主要是翻译西方文学作品和写作散文。1926 年他开始陆续在《语丝》、《奔流》、《骆驼草》、《现代文学》、《新月》等刊物上发表散文，后大部分收入《春醪集》和《泪与笑》中。译著有 30 种之多，其中主要有《英国小品文选》、《近代讲坛》及《恋爱与婚姻》。

1920 年代到 1930 年代是中国现代散文发展最为繁荣的年代，这一时期的人们对于散文有不同的见解，也有不同的追求：有凭杂文为刀为枪的，有以美文赏花品茗的，也有用小品文嬉笑怒骂的；就如犀利的鲁迅、冲淡的周作人、秀美的朱自清以及空灵的徐志摩、幽默的林语堂。这一位梁遇春却是大家比较陌生的一位散文作家。也许是因为这位有着深厚的英文功底又博学的才子太短命，仅 27 岁就因猩红热去世，留下的著述不够丰厚，但在这仅有的 36 篇作品中，已然可以勾勒出一个鲜活的“杂文家”、一个率性天真的“博学者”、一个在现代散文史上“文风独特”的作家。

《谈“流浪汉”》写于1929年，是梁遇春作品中人们津津乐道的一篇，究其原因不仅是文章写得好，最重要是文章其中反映了梁遇春自身的性格与价值追求。世人多喜欢贬抑流浪汉推崇绅士，梁遇春偏偏写篇文章来赞美流浪汉。他赞美的流浪汉能随性而为，痛快洒脱，且举出一长串艺术家的名单来证明这种“流浪汉”心性何等可爱，如此看来，他正是以这种“流浪汉”心性作为自己的人生追求。看他文章写的流浪汉：“他们与世无忤，既不会桌上排着一斗黄豆，一斗黑豆，打算盘似的整天数自己的好心思和坏心思，也不会皱着眉头，弄出连环巧计来陷害人们。他们的行为是胡涂的，他们的心肠是好的。”这正是借着对“流浪汉”的赞美来批评那些一天到晚打着小算盘，表面上绅士规矩，实则一肚子坏水的“君子”们，后面一句总结的话“他们是大个顽皮小孩，可是也带了小孩的天真。”正是写出了“流浪汉”最重要的秉性——天真，而这句话不也正可看作是对梁遇春这位充满青春朝气有勇气思考写作的“流浪汉作家”的评价吗？文章最后说“就是把什么国家，什么民族一笔勾销，我们也希望能够过个有趣味的一生，不像现在这样天天同不好不坏，不进不退的先生们敷衍。”足见作者对“趣味”“自由”的至上追求，放置在当时的文化环境中，他的这种期盼正与“五四”之后追求浪漫、追求真性情的社会风气相适应。

梁遇春毕业于北京大学英文系，因此受西方文学的影响甚深。在西方接受美学中就有这样一个说法：文学传统中有三种重要的审美类型：骑士、牧人与小丑，分别发展成了三种重要的文学类型：英雄式的、田园式的与流浪汉式的。梁遇春这里赞美的恰恰是基于小丑发展而来的流浪汉式审美。整篇文章中，作者对西方文化经典与文化名言信手拈来，文章中引述斯密士、纽门、林德的话语作为注脚证明自己的观点，巧妙之处在于即使是大段引文也毫不觉突兀，而与他自己的文章浑然天成，结尾处又引来清末王公贝勒的轶事并以苏东坡的西江月收束文章，沉浸在西方文化中的篇章一下子晕出了东方神韵。

读梁遇春的散文要了解英国散文大师兰姆，他是对梁遇春影响最深的作家，梁遇春对人生的观察与思考，以及那种谈话体的散文写作模式就是从兰姆处学习又巧妙化来，兰姆曾经说过随笔写作“无非是作者同读者的对谈”，也正是这种“谈话”体造就了梁遇春散文娓娓动听的风格。（刘茉琳）

★思考题：

1. 梁遇春所描写的“流浪汉”到底是一种怎样的性格特征？
2. 梁遇春的谈话体散文写作模式有怎样的特色？

雨 前

何其芳

最后的鸽群带着低弱的笛声在微风里划一个圈子后，也消失了。也许是误认这灰暗的凄冷的天空为夜色的来袭，或是也预感到风雨的将至，遂过早地飞回它们温暖的木舍。

几天的阳光在柳条上撒下的一抹嫩绿，被尘土埋掩得有憔悴色了，是需要一次洗涤。还有干裂的大地和树根也早已期待着雨。雨却迟疑着。

我怀想着故乡的雷声和雨声。那隆隆的有力的搏击，从山谷返响到山谷，仿佛春之芽就从冻土里震动，惊醒，而怒茁出来。细草样柔的雨声又以温存之手抚摩它，使它簇生油绿的枝叶而开出红色的花。这些怀想如乡愁一样萦绕得使我忧郁了。我心里的气候也和这北方大陆一样缺少雨量，一滴温柔的泪在我枯涩的眼里，如迟疑在这阴沉的天空里的雨点，久不落下。

白色的鸭也似有一点烦躁了，有不洁的颜色的都市的河沟里传出它们焦急的叫声。有的还未厌倦那船一样的徐徐的划行，有的却倒插它们的长颈在水里，红色的蹼趾伸在尾后，不停地扑击着水以支持身体的平衡。不知是在寻找沟底的细微的食物，抑是贪那深深的水里的寒冷。

有几个已上岸了。在柳树下来回地作绅士的散步，舒息划行的疲劳。然后参差地站着，用嘴细细地梳理它们遍体白色的羽毛，间或又摇动身子或扑展着阔翅，使那缀在羽毛间的水珠坠落。一个已修饰完毕的，弯曲它的颈到背上，长长的红嘴藏没在翅膀里，静静合上它白色的茸毛间的小黑眼睛，仿佛准备睡眠。可怜的小动物，你就是这样做你的梦吗？

我想起故乡放雏鸭的人了。一大群鹅黄的雏鸭游牧在溪流间，清浅的水，两岸青青的草，一根长长的竹竿在牧人的手里。他的小队伍是多么欢欣地发出啁啾声，又多么驯服地随着他的竿头越过一个山野又一个山坡。夜来了，帐幕似的竹篷撑在地上，就是他的家。但这是怎样辽远的想象呵！在这多尘土的国土里，我仅只希望听见一点树叶上的雨声。一点雨声的幽凉滴到我憔悴的梦，也许会长成一树圆圆的绿阴来覆荫我自己。

我仰起头。天空低垂如灰色的雾幕，落下一些寒冷的碎屑到我脸上。一只远来的鹰隼仿佛带着怒愤，对这沉重的天色的怒愤，平张的双翅不动地从天空斜插下，几乎触到河沟对岸的土阜，而又鼓扑着双翅作出猛烈的声响腾上了。那样巨大的翅使我惊异，看见了它两肋间斑白的羽毛。接着听见了它有力的鸣声，如同一个巨大的心的呼号，或是在黑暗里寻找伴侣的叫唤。

然而雨还是没有来。

★导读

何其芳（1912—1977），原名何永芳，四川万县人，中国著名诗人、散文家、文学评论家、“红学”理论家。1929 年到上海入中国公学预科学习，1935 年北京大学哲学系毕业。1936 年他与卞之琳、李广田的诗歌合集《汉园集》出版。散文集《画梦录》于 1937 年出版，并获得《大公报》文艺金奖。1938 年夏到延安鲁迅艺术学院任教，同年加入中国共产党。1944 年到 1947 年，两次被派到重庆，在周恩来的直接领导下进行工作。历任中共四川省委委员、宣传部副部长，《新华日报》社副社长等职。建国后，历任中国文学艺术界联合会委员、中国作家协会理事和书记处书记、中国社会科学院文学研究所所长等职。在“文革”中也不能幸免，被打为“走资派”，于 1977 年 7 月 24 日在北京逝世。著有诗集《预言》、《夜歌和白天的歌》，散文集《画梦录》，文艺论文集《关于现实主义》、《论〈红楼梦〉》、《关于写诗和读诗》、《文学艺术的春天》等。

何其芳在中国现代散文文学史上是以精致优美的文风蜚声文坛的，他的第一本散文集《画梦录》获得 1936 年《大公报》散文文艺金奖，这篇《雨前》正是其中的经典篇章。当年评出的这个奖项一方面是奖掖后进，另一方面也是对当时京派散文的特殊鼓励。现代散文史上以周作人开创的“闲话风”与鲁迅开创的“独语体”一直是两种深得人心的流派。“闲话”之文需要作者有闲适心态摹写生活中点点滴滴，并从中提炼出自己的体味从而与读者对话；“独语体”则多是作者内心有不得不表达的难言之语、难述之情，往往脱离现实生活创造一个用意象构造的文学世界来寄托自己的忧思，何其芳的《画梦录》中的《独语》、《黄昏》、《雨前》等就是这种重在内心抒情的篇章。

《雨前》写于 1933 年，是何其芳的散文名篇。1930 年代是一个特殊的年代，“五四”高潮的落下使得许多年轻知识分子在社会黑暗面前处于苦闷焦急的状态，希望寻找到新的路向来实现理想。作者将自己的内心思想意蕴在了文字之中，文章的整体象征，“雨前”的种种景物及动物的描写都是为了表达作者内心的苦闷与需要，使得全文既是写景名篇也成了抒情佳作。全文篇幅不长，却出现了多处意象，通过对鸽群、大地、白鸭、鹰等有不同象征意义对象的描写，以及不同修辞手法的综合应用，创造出了一个大雨之前的艺术世界，篇名为“雨前”，真正“雨”出现的次数却最少，正如古人写春天就写春树，雨前是一种自然状态，作者正是通过对不同自然景物的描写来融会成一幅整体的“雨前”景象的。

文中出现了许多不同的意象，而这些意象又分别呈现出不同的对比作用：第一组是“最后的鸽群”，文章一开头就用“最后的”来修饰，将酝酿已久期盼已久的状态直接呈现；第二组意象作者写“柳条上”的嫩绿，“干裂的大地”，表达大自然对雨的渴求，同时自然过渡到自我身上，写出南方与北方的对比，我对故乡大雨的怀念，又呈现出过去与现在的时空对比；第三组作者开始写都市河沟里的“白色鸭群”并且以“作绅士的散步”以及“准备睡眠”做梦写出它们的惯求安逸，接下来写到“故乡放雏鸭的人”以及“雏鸭”的欢欣又富于生命力，将都市与乡间进行对比，表达作者对生命力的渴求与生活状态的追求；最后一组意象是充满“怒愤”的鹰，“鼓扑着双翅”“有力的鸣声，如同一个巨大的心的呼号，或是在黑暗里寻找伴侣的呼唤”。显然这已经不仅是鹰的状态，而是投射到鹰身上的作者自我形象，是“我”在内心里发出呼号，希望寻找到新的生活，得到大雨的滋润。最终作者以一句简单的“然而雨还是没有来”就结束全文，言有尽而意无穷，压抑之感贯穿全文。

《雨前》的修辞手法应用非常灵活丰富，通篇都是修辞，如第二段中将“雨声”与“雷声”比喻为“隆隆的有力的搏击”，有声音也有感触，是“通感”的使用，接着“春之芽”的“震动”与“惊醒”以及后面的“温存之手抚摩它”都是拟人手法。文中使用的修辞手法更好地将描写对象赋予人的生命与体验及情感，进一步达到整体的象征作用，表达出作者内心的强烈情感。（刘茉琳）

★思考题：

1. 在《雨前》这篇文章里，作者分别描述了哪些场景或意象，象征着什么？
2. 阅读何其芳的后期散文，思考其前后艺术创作思想的变化。

送阿宝出黄金时代

丰子恺

阿宝，我和你在世间相聚，至今已十四年了，在这五千多天内，我们差不多天天在一处，难得有分别的日子。我看着你呱呱堕地，嘤嘤学语，看你由吃奶改为吃饭，由匍匐学成跨步。你的变态微微地逐渐地展进，没有痕迹，使我全然不知不觉，以为你始终是我家的一个孩子，始终是我们这家庭里的一种点缀，始终可做我和你母亲的生活的慰安者。然而近年来，你态度行为的变化，渐渐证明其不然。你已在我们的不知不觉之间长成了一个少女，快将变为成人了。古人谓“父母之年不可不知也，一则以喜，一则以惧。”我现在反行了古人的话，在送你出黄金时代的时候，也觉得悲喜交集。

所喜者，近年来你的态度行为的变化，都是你将由孩子变成成人的表示。我的辛苦和你母亲的劬劳似乎有了成绩，私心庆慰。所悲者，你的黄金时代快要度尽，现实渐渐暴露，你将停止你的美丽的梦，而开始生活的奋斗了，我们仿佛丧失了一个从小依傍在身边的孩子，而另得了一个新交的知友。“乐莫乐于新相知”；然而旧日天真烂漫的阿宝，从此永远不得再见了！

记得去春有一天，我拉了你的手在路上走。落花的风把一阵柳絮吹在你的头发上，脸孔上，和嘴唇上，使你好像冒了雪，生了白胡须。我笑着搂住了你的肩，用手帕为你拂拭。你也笑着，仰起了头依在我的身旁。这在我们原是极寻常的事：以前每天你吃过饭，是我同你洗脸的。然而路上的人向我们注视，对我们窃笑，其意思仿佛在说：“这样大的姑娘儿，还在路上教父亲搂住了拭脸孔！”我忽然看见你的身体似乎高大了，完全发育了，已由中性似的孩子变成十足的女性了。我忽然觉得，我与你之间似乎筑起一堵很高，很坚，很厚的无影的墙。你在我的怀抱中长起来，在我的提携中大起来；但从今以后，我和你将永远分居于两个世界了。一刹那间我心中感到深痛的悲哀。我怪怨你何不永远做一个孩子而定要长大起来，我怪怨人类中何必有男女之分。然而怪怨之后立刻破悲为笑。恍悟这不是当然的事，可喜的事么？

记得有一天，我从上海回来。你们兄弟姊妹照例拥在我身旁，等候我从提箱中取出“好东西”来分。我欣然地取出一束巧格力来，分给你们每人一包。你的弟妹们到手了这五色金银的巧格力，照例欢喜得大闹一场，雀跃地拿去尝新了。你受持了这赠品也表示欢喜，跟着弟妹们去了。然而过了几天，我偶然在楼窗中望下来，看见花台旁边，你拿着一包新开的巧格力，正在分给弟妹三人。他们各自争多嫌少，你忙着为他们均分。在一块缺角的巧格力上添了一张五色金银的包纸派给小妹妹了，方才三面公平。他们欢喜地吃糖了，你也欢喜地看他们吃。这使我觉得惊奇。吃巧格力，向来是我家儿童们的一大乐事。因为乡村里只有箬叶包的糖饼，草纸包的状元糕，没有这种五色金银的糖果；只有甜煞的粽子糖，咸煞的盐青果，没有这种异香异味的糖果。所以我每次到上海，一定要买些回来分给儿童，借添家庭的乐趣。儿童们切望我回家的目的，大半就在这“好东西”上。你向来也是这“好东西”的切望者之一人。你曾经和弟妹们赌赛谁是最后吃完；你曾经把五色金的锡纸积受起来制成华丽的手工品，使弟妹们艳羡。这回你怎么一想，肯把自己的一包藏起来，如数分给弟妹们吃呢？我看你为他们分均匀了之后表示非常的欢喜，同从前赌得了最后吃完时一样，不觉倚在楼上独笑起来。因为我忆起了你小时候的事：十来年之前，你是我家里的一个捣乱分子，每天为了要求的不满足而哭几场，挨母亲打几顿。你吃蛋只要吃蛋黄，不要吃蛋白，母亲偶然夹一筷蛋白在你的饭碗里，你便把饭粒和蛋白乱拨在桌子上，同时大喊“要黄！要黄！”你以为凡物较好者就叫做“黄”。所以有一次你要小椅子玩耍，母亲搬一个小凳子给你，你也大喊“要黄！要黄！”你要长竹竿玩，母亲拿一根“史的克”给你，你也大喊“要黄！要黄！”你看不起那时候还只一二岁而不会活动的软软。吃东西时，把不好吃的东西留着给软软吃；讲故事时，把不幸的角色派给软软当。向母亲有所要求而不得允许的时候，你就高声地问："当错软软么？当错软软么？"你的意思以为：软软这个人要不得，其要求可以不允许；而阿宝是一个重要不过的人，其要求岂有不允许之理？今所以不允许者，大概是当错了软软的原故。所以每次高声地提醒你母亲，务要她证明阿宝正身，允许一切要求而后已。这个一味"要黄"而专门欺侮弱小的捣乱分子，今天在那里牺牲的自己的幸福来增殖弟妹们的幸福，使我看了觉得可笑，又觉得可悲。你往日的一切雄心和梦想已经宣告失败，开始在遏制自己的要求，忍耐自己的欲望，而谋他人的幸福了；你已将走出惟我独尊的黄金时代，开始在尝人类之爱的辛味了。

记得去年有一天，我为了必要的事，将离家远行。在以前，每逢我出门了，你们一定不高兴，要阻住我，或者约我早归。在更早的以前，我出门须得瞒过你们。你弟弟后来寻我不着，须得哭几场。我回来了，倘预知时期，你们常到门口或半路上来迎候。我所描的那幅题曰《爸爸还不来》的画，便是以你和你的弟弟的等我归家为题材的。因为我在过去的十来年中，以你们为我的生活慰安者，天天晚上和你们谈故事，作游戏，吃东西，使你们都觉得家庭生活的温暖，少不来一个爸爸，所以不肯放我离家。去年这一天我要出门了，你的弟妹们照旧为我惜别，约我早归。我以为你也如此，正在约你何时回家和买些什么东西来，不意你却劝我早去，又劝我迟归，说你有种种玩意可以骗住弟妹们的阻止和盼待。原来你已在我和你母亲谈话中闻知了我此行有早去迟归的必要，决意为我分担生活的辛苦了。我此行感觉轻快，但又感觉悲哀。因为我家将少却了一个黄金时代的幸福儿。

以上原都是过去的事，但是常常切在我的心头，使我不能忘却。现在，你已做中学生，不久就要完全脱离黄金时代而走向成人的世间去了。我觉得你此行比出嫁更重大。古人送女儿出嫁诗云："幼为长所育，两别泣不休。对此结中肠，义往难复留。"你出黄金时代的"义往"，实比出嫁更"难复留"，我对此安得不"结中肠"？所以现在追述我的所感，写这篇文章来送你。你此后的去处，就是我这册画集里所描写的世间。我对于你此行很不放心。因为这好比把你从慈爱的父母身旁遣嫁到恶姑的家里去，正如前诗中说："自小阙内训，事姑贻我忧。"事姑取甚样的态度，我难于代你决定。但希望你努力自爱，勿贻我忧而已。

约十年前，我曾作一册描写你们的黄金时代的画集（《子恺画集》）。其序文（《给我的孩子们》）中曾经有这样的话："我的孩子们！我憧憬于你们的生活，每天不止一次！我想委曲地说出来，使你们自己晓得。可惜到你们懂得我的话的时候，你们将不复是可以使我憧憬的人了。这是何等可悲哀的事啊！""但是你们的黄金时代有限，现实终于要暴露的。这是我经验过来的情形，也是大人们谁也经验过来的情形。我眼看见儿时伴侣中的英雄、好汉，一个个退缩、顺从、妥协、屈服起来，到像绵羊的地步。我自己也是如此。'后之视今，亦犹今之视昔'，你们不久也要走这条路呢！"写这些话时的情景还历历在目，而现在你果然已经

"懂得我的话"了！果然也要"走这条路"了！无常迅速，念此又安得不结中肠啊！

廿三（1934）年岁暮，选辑近作漫画，定名为《人间相》，付开明出版。选辑既竟，取十年前所刊《子恺画集》比较之，自觉画趣大异。读序文，不觉心情大异。遂写此篇，以为《人间相》辑后感。

★导读

丰子恺（1898—1975），浙江桐乡人，是弘一法师李叔同的弟子，以创作漫画与散文出名，而在书法、美育、音乐等方面也卓有成就。散文集《缘缘堂随笔》、《缘缘堂再笔》等，均是百读不厌的好文章，其文情感真挚朴素，佛心、禅趣、童心交织，读之能抛开身边纷纭琐事，寻得一湾清泉一般倍感清凉。

《送阿宝出黄金时代》原载于1935年5月13日和14日的《申报·自由谈》，是丰子恺诸多儿童系列散文中表达他与长女阿宝之间父女情深的佳品。在丰子恺看来孩子们最宝贵的就是儿童时代，那是"黄金时代"，他总希望自己的孩子就留在这黄金时代里，但是这想法就如同"蜘蛛网落花"，只能保留一点点春的痕迹而已，最终孩子们还是会不可挽留的成长，面对残酷的现实。作为父亲，都是对自己的宝贝女儿百般疼爱，而难以面对女儿的成长，于是这些"父亲"的笔下就出了许多这样的好文章，除了丰子恺这不舍地将阿宝送出黄金时代，台湾散文大家余光中笔下的《我的四个假想敌》也是"父亲作家"笔下的名篇。

丰子恺的文章情感细腻真诚，文中最动人的也往往是细节的描写，给人留下深刻印象。为了写出阿宝的"成长"，以她如今得到巧克力懂得与弟妹们分食，与当年争取自己在家里的"正统地位"，要吃蛋黄，要比弟妹强等等小细节来对比，以证明阿宝已经成长为自觉地压抑自己的要求，甚至已经懂得要分担父亲生活辛苦的长女了。其中尤其是写到小阿宝无理地"要黄"以及"当错软软么"的取闹细节，让人忍俊不禁，一位在父母万般疼爱中长大的可爱小女孩的形象让人难忘，丰家温馨美满的家庭氛围更让人憧憬。

除了散文，丰子恺以漫画著称。1924年，他以"漫画"名首发《人散后，一钩新月如水》，此后中国才有了"漫画"这一名称。也许是因为有这种"画面感"的自觉性，丰子恺的散文往往细节场景画面感甚强。文章中讲述旧日春天里的某一日，与女儿拉手在街上行走为女儿拂拭脸上的柳絮，猛然惊觉女儿长大了的小插曲，那一幅春日里父女在街头牵手并行的场面仿佛就在眼前。

丰子恺笔下儿童题材散文非常多，有写自己子女儿童时代的，也有回忆自身儿童时代的，童心童趣是他文章与漫画中常常选择的题材。他曾经在《我的漫画》中谈到："向来憧憬于儿童生活，尤其是那时，我初尝世味，看见了当时社会里的虚伪骄矜之状，觉得成人大都已失本性，只有儿童天真烂漫，人格完整，这才是真正的'人'。于是变成了儿童崇拜者，在随笔中、漫画中，处处赞扬儿童。"可见丰子恺画儿童、写儿童都是有他自身的价值判断的，画儿童的纯是为了反衬成人的杂；写儿童的真是为了批评成人的伪。

丰子恺为文求真，写画求美，做人更是一生善良坦荡，可惜"文革"期间遭受迫害病逝。俞平伯曾说"他的漫画风格简易朴实，意境隽永含蓄，是沟通文学与绘画的一座桥梁。"实际上，他的散文又何尝不是沟通绘画与文学的桥梁呢？观其画如同读美文，读其文也如同品佳画。（刘茉琳）

★思考题：

1. 通过丰子恺的这篇文章谈谈他对童心童真的赞美。
2. 欣赏丰子恺的部分漫画作品，谈谈他在文学与绘画之间的艺术沟通。

女吊

鲁迅

大概是明末的王思任说的罢："会稽乃报仇雪耻之乡，非藏垢纳污之地！"这对于我们绍兴人很有光彩，我也很喜欢听到，或引用这两句话。但其实，是并不的确的；这地方，无论为那一样都可以用。

不过一般的绍兴人，并不像上海的"前进作家"那样憎恶报复，却也是事实。单就文艺而言，他们就在戏剧上创造了一个带复仇性的，比别的一切鬼魂更美，更强的鬼魂。这就是"女吊"。我以为绍兴有两种特色的鬼，一种是表现对于死的无可奈何，而且随随便便的"无常"，我已经在《朝华夕拾》里得了绍介给全国读者的光荣了，这回就轮到别一种。

"女吊"也许是方言，翻成普通的白话，只好说是"女性的吊死鬼"。其实，在平时，说起"吊死鬼"，就已经含有"女性的"的意思的，因为投缳而死者，向来以妇人女子为最多。有一种蜘蛛，用一枝丝挂下自己的身体，悬在空中，《尔雅》上已谓之"蚬，缢女"，可见在周朝或汉朝，自经的已经大抵是女性了，所以那时不称它为男性的"缢夫"或中性的"缢者"。不过一到做"大戏"或"目连戏"的时候，我们便能在看客的嘴里听到"女吊"的称呼。也叫作"吊神"。横死的鬼魂而得到"神"的尊号的，我还没有发见过第二位，则其受民众之爱戴也可想。但为什么这时独要称她“女吊”呢？很容易解：因为在戏台上，也要有“男吊”出现了。

我所知道的是四十年前的绍兴，那时没有达官显宦，所以未闻有专门为人（堂会?）的演剧。凡做戏，总带着一点社戏性，供着神位，是看戏的主体，人们去看，不过叨光。但“大戏”或“目连戏”所邀请的看客，范围可较广了，自然请神，而又请鬼，尤其是横死的怨鬼。所以仪式就更紧张，更严肃。一请怨鬼，仪式就格外紧张严肃，我觉得这道理是很有趣的。

也许我在别处已经写过。“大戏”和“目连”，虽然同是演给神，人，鬼看的戏文，但两者又很不同。不同之点：一在演员，前者是专门的戏子，后者则是临时集合的Amateur——农民和工人；一在剧本，前者有许多种，后者却好歹总只演一本《目连救母记》。然而开场的“起殇”，中间的鬼魂时时出现，收场的好人升天，恶人落地狱，是两者都一样的。

当没有开场之前，就可看出这并非普通的社戏，为的是台两旁早已挂满了纸帽，就是高长虹之所谓“纸糊的假冠”，是给神道和鬼魂戴的。所以凡内行人，缓缓的吃过夜饭，喝过茶，闲闲而去，只要看挂着的帽子，就能知道什么鬼神已经出现。因为这戏开场较早，“起殇”在太阳落尽时候，所以饭后去看，一定是做了好一会了，但都不是精彩的部分。“起殇”者，绍兴人现已大抵误解为“起丧”，以为就是召鬼，其实是专限于横死者的。《九歌》中的《国殇》云：“身既死兮神以灵，魂魄毅兮为鬼雄”，当然连战死者在内。明社垂绝，越人起义而死者不少，至清被称为叛贼，我们就这样的一同招待他们的英灵。在薄暮中，十几匹马，站在台下了；戏子扮好一个鬼王，蓝面鳞纹，手执钢叉，还得有十几名鬼卒，则普通的孩子都可以应募。我在十余岁时候，就曾经充过这样的义勇鬼，爬上台去，说明志愿，他们就给在脸上涂上几笔彩色，交付一柄钢叉。待到有十多人了，即一拥上马，疾驰到野外的许多无主孤坟之处，环绕三匝，下马大叫，将钢叉用力的连连刺在坟墓上，然后拔叉驰回，上了前台，一同大叫一声，将钢叉一掷，钉在台板上。我们的责任，这就算完结，洗脸下台，可以回家了，但倘被父母所知，往往不免挨一顿竹篠（这是绍兴打孩子的最普通的东西），一以罚其带着鬼气，二以贺其没有跌死，但我却幸而从来没有被觉察，也许是因为得了恶鬼保佑的缘故罢。

这一种仪式，就是说，种种孤魂厉鬼，已经跟着鬼王和鬼卒，前来和我们一同看戏了，但人们用不着担心，他们深知道理，这一夜决不丝毫作怪。于是戏文也接着开场，徐徐进行，人事之中，夹以出鬼：火烧鬼，淹死鬼，科场鬼（死在考场里的），虎伤鬼……孩子们也可以自由去扮，但这种没出息鬼，愿意去扮的并不多，看客也不将它当作一回事。一到“跳吊”时分——“跳”是动词，意义和“跳加官”之“跳”同——情形的松紧可就大不相同了。台上吹起悲凉的喇叭来，中央的横梁上，原有一团布，也在这时放下，长约戏台高度的五分之二。看客们都屏着气，台上就闯出一个不穿衣裤，只有一条犊鼻裈，面施几笔粉墨的男人，他就是“男吊”。一登台，径奔悬布，像蜘蛛的死守着蛛丝，也如结网，在这上面钻，挂。他用布吊着各处：腰，胁，胯下，肘弯，腿弯，后项窝……一共七七四十九处。最后才是脖子，但是并不真套进去的，两手扳着布，将颈子一伸，就跳下，走掉了。这“男吊”最不易跳，演目连戏时，独有这一个脚色须特请专门的戏子。那时的老年人告诉我，这也是最危险的时候，因为也许会招出真的“男吊”来。所以后台上一定要扮一个王灵官，一手捏诀，一手执鞭，目不转睛的看着一面照见前台的镜子。倘镜中见有两个，那么，一个就是真鬼了，他得立刻跳出去，用鞭将假鬼打落台下。假鬼一落台，就该跑到河边，洗去粉墨，挤在人丛中看戏，然后慢慢的回家。倘打得慢，他就会在戏台上吊死；洗得慢，真鬼也还会认识，跟住他。这挤在人丛中看自己们所做的戏，就如要人下野而念佛，或出洋游历一样，也正是一种缺少不得的过渡仪式。

这之后，就是“跳女吊”。自然先有悲凉的喇叭；少顷，门幕一掀，她出场了。大红衫子，黑色长背心，长发蓬松，颈挂两条纸锭，垂头，垂手，弯弯曲曲的走一个全台，内行人说：这是走了一个“心”字。为什么要走“心”字呢？我不明白。我只知道她何以要穿红衫。看王充的《论衡》，知道汉朝的鬼的颜色是红的，但再看后来的文字和图画，却又并无一定颜色，而在戏文里，穿红的则只有这“吊神”。意思是很容易了然的；因为她投缳之际，准备作厉鬼以复仇，红色较有阳气，易于和生人相接近，……绍兴的妇女，至今还偶有搽粉穿红之后，这才上吊的。自然，自杀是卑怯的行为，鬼魂报仇更不合于科学，但那些都是愚妇人，连字也不认识，敢请“前进”的文学家和“战斗”的勇士们不要十分生气罢。我真怕你们要变呆鸟。

她将披着的头发向后一抖，人这才看清了脸孔：石灰一样白的圆脸，漆黑的浓眉，乌黑的眼眶，猩红的嘴唇。听说浙东的有几府的戏文里，吊神又拖着几寸长的假舌头，但在绍兴没有。不是我袒护故乡，我以为还是没有好；那么，比起现在将眼眶染成淡灰色的时式打扮来，可以说是更彻底，更可爱。不过下嘴角应该略略向上，使嘴巴成为三角形：这也不是丑模样。假使半夜之后，在薄暗中，远处隐约着一位这样的粉面朱唇，就是现在的我，也许会跑过去看看的，但自然，却未必就被诱惑得上吊。她两肩微耸，四顾，倾听，似惊，似喜，似怒，终于发出悲哀的声音，慢慢地唱道：

“奴奴本是杨家女，
呵呀，苦呀，天哪！……”

下文我不知道了。就是这一句，也还是刚从克士那里听来的。但那大略，是说后来去做童养媳，备受虐待，终于弄到投缳。唱完就听到远处的哭声，这也是一个女人，在衔冤悲泣，准备自杀。她万分惊喜，要去“讨替代”了，却不料突然跳出“男吊”来，主张应该他去讨。他们由争论而至动武，女的当然不敌，幸而王灵官虽然脸相并不漂亮，却是热烈的女权拥护家，就在危急之际出现，一鞭把男吊打死，放女的独去活动了。老年人告诉我说：古时候，是男女一样的要上吊的，自从王灵官打死了男吊神，才少有男人上吊；而且古时候，是身上有七七四十九处，都可以吊死的，自从王灵官打死了男吊神，致命处才只在脖子上。中国的鬼有些奇怪，好像是做鬼之后，也还是要死的，那时的名称，绍兴叫作"鬼里鬼"。但男吊既然早被王灵官打死，为什么现在"跳吊"，还会引出真的来呢？我不懂这道理，问问老年人，他们也讲说不明白。

而且中国的鬼还有一种坏脾气，就是"讨替代"，这才完全是利己主义；倘不然，是可以十分坦然的和他们相处的。习俗相沿，虽女吊不免，她有时也单是"讨替代"，忘记了复仇。绍兴煮饭，多用铁锅，烧的是柴或草，烟煤一厚，火力就不灵了，因此我们就常在地上看见刮下的锅煤。但一定是散乱的，凡村姑乡妇，谁也决不肯省些力，把锅子伏在地面上，团团一刮，使烟煤落成一个黑圈子。这是因为吊神诱人的圈套，就用煤圈炼成的缘故。散掉烟煤，正是消极的抵制，不过为的是反对"讨替代"，并非因为怕她去报仇。被压迫者即使没有报复的毒心，也决无被报复的恐惧，只有明明暗暗，吸血吃肉的凶手或其帮闲们，这才赠人以"犯而勿校"或"勿念旧恶"的格言，——我到今年，也愈加看透了这些人面东西的秘密。

★导读

鲁迅的杂文创作代表着中国现代文学、现代思想的成就。鲁迅自己把杂文当作"感应的神经，是攻守的手足"，他将杂文文体的自由性与报刊媒体的时效性相结合，使他富于创造力的思想和极具个性的艺术表现力得到了充分的发挥。

《女吊》是鲁迅晚年极为自得的作品，在他去世的前两天还向日本朋友介绍这篇作品（鹿地亘《鲁迅和我》）。《女吊》于1936年9月20日写讫，发表在10月5日出版的《中流》半月刊第一卷第三期，收入《且介亭杂文末编·附集》。

在1926年9月5日写完、9月20日发表的《死》中，鲁迅说对于怨敌，"我也一个都不宽恕"。《女吊》继续这一精神，主题在于赞扬复仇。大病中的鲁迅从埋在自己心中的民间记忆里，挖掘出了绍兴目连戏中复仇女吊的形象，并几乎是用尽自己的元气来讲述这个关于"女性吊死鬼"的故事。鲁迅用"首章标其事，卒章显其志"的方法，突出复仇主题。文章开头说绍兴民风："会稽乃报仇雪耻之乡"；忆绍兴目连的女吊："他们就在戏剧上创造了一个带复仇性的，比别的一切鬼魂更美，更强的鬼魂。"文章的结尾与开头相互照应，跳出记忆，说出自己的经验与思想："被压迫者即使没有报复的毒心，也决无被报复的恐惧，只有明明暗暗，吸血吃肉的凶手或其帮闲们，这才赠人以'犯而勿校'或'勿念旧恶'的格言，——我到今年，也愈加看透了这些人面东西的秘密了。”这是生命经验的表述，也体现着鲁迅的战斗性格。

作为鲁迅晚期的作品，《女吊》的叙述显得更加成熟、从容。在叙述女吊时先以写看客、起殇、男吊作铺垫，然后才写女吊的悲凉音乐、心字步形、鲜红的服装等，笔墨不多，突出的是女吊作为“厉鬼”的“阳气”。在这些叙述之间，鲁迅仍是涉笔成趣地议论，形成文章的起伏节奏。（袁向东）

★思考题：

1. 鲁迅为什么赞扬复仇？
2. 阅读全文，体会议论所形成的节奏。

冬至之晨杀人记

林语堂

孔子曰：上士杀人用笔端，中士杀人用语言，下士杀人用石盘。可见杀人的方法很多。我刚会一位客，因为他谈锋太健了，就用两句半话把他杀死。虽然死不死由他，但杀不杀却由我，总尽我中士之义务了。

事情是这样的。我虽不信耶稣，却守圣诞，即俗所谓外国冬至。几日来因为圣诞节到，加倍闹忙，多买不应买的什物，多与小孩打滚，而且在这节期中似乎觉得义应特别躲懒，所以《中国评论报》“小评论”的稿始终未写，取稿的人却于二十分钟内要来了。本来我办事很有系统，此时却想给他不系统一下。我想一人终年规规矩矩做事，到这节期撒一烂污，也没什么。就使《中国评论报》不能按期出版，中国也不致就此灭亡罢？所以我正坐在一洋铁炉边，梦想有壁炉观火的快乐，暂把胸中挂虑，一齐付之梦中炉火，化归乌有，飞上青天。只因素来安分成性，所以虽然坐着做梦，却是时向那架打字机丢眼色。结果我明晓大义，躲懒之心被克复了，我下决心正在准备工作。

正在这赶稿之时，知道有文章要写，却不知如何下笔，忽然门外铃响。看了片子，是个陌生客。这倒叫我为难，因为如果是熟客，我可以恭祝他圣诞一下，再请他滚蛋。不过来客情形又似十分重要。所以我叫听差先告诉来人，我此刻甚忙，不过如有要事，不妨进来坐谈几分钟。他说事情非常紧要，由是进来了。

这位先生，穿的很整齐，举止也很风雅。其实看他聚珍版仿宋的名片，也就知道他是个学界中人。他的颡额很高，很像一位文人学者，但是嘴巴尖小，而且眼睛渺细，看来不甚叫人喜欢。他手里拿着一个纸包。我已经对他不怀好意了。

于是我们开始寒暄。某君是久仰我的“大名”，而且也曾拜读过我的“大作”。

“浅薄的很。先生不要见笑。”我照例恭恭敬敬的回答。但是这句话刚出口，我登时就觉不妙。我得了一种感觉，我们还得互相回敬十五分钟，大绕大湾，才有言归正传的希望。到底不知他有什么公干。

老实说，我会客的经验十分丰富。大概来客越知书识礼，互相回敬的寒暄语及大绕大湾的话头越多。谁也知道，见生客是不好冒冒昧昧，像洋鬼子“此来为某事”直截了当开题，因为这样开题，便不风雅了。凡读书人初次相会，必有读书人的身分，把做八股的工夫，或是桐城起承转伏的义法拿出来。这样谈话起来，叫做话里有文章，文章不但应有风格，而且应有结构。大概可分为四段。不过谈话并不像文章的做法，下笔便破题而承题；入题的话是留在最后。这四段是这样的：（一）谈寒暄，评气候；（二）叙往事，追旧谊；（三）谈时事，发感慨；（四）所要奉托之“小事”。凡读书人，绝不肯从第四段讲起，必须运用章法，有伏，有承，气势既壮，然后陡然收笔，于实为德便之下，兀然而止。这四段若用图画分类法，亦可分为（一）气象学，（二）史学，（三）政治，（四）经济。第一段之作用在于“坐稳”，符于来则安之之义。“尊姓”“大名”“久仰”“夙慕”及“今天天气哈哈哈”属于此段。位安而后情定。所谓定情，非定情之夕之谓，不过联络感情而已，所以第二段便是叙旧。也许有你的令侄与某君同过学，也许你住过南小街，而他住过无量大人胡同，由是感情便融洽了。如果大家都是北大中人，认识志摩，适之，甚至辜鸿铭，林琴南——那便更加亲挚而话长了。感情既洽，声势斯壮，故接着便是谈时事，发感慨。这第三段范围甚广，包括有：中国不亡是无天理，救国策，对于古月三王草将马二弓长诸政治领袖之品评，等等。连带的还有追随孙总理几年到几年之统计。比如你光绪三十年听见过一次孙总理演讲，而今年是民国二十九年，合计应得三十三年，这便叫做追随总理三十三年。及感情既洽，声势又壮，陡然下笔之机已到，于是客饭茶起立，拿起帽子，突兀而来，转入第四段：现在有一小事奉烦，先生不是认识××大学校长吗？可否写一封介绍信。总结全文。

这冬至之晨，我神经聪敏，知道又要恭聆四段法的文章了。因为某先生谈吐十分风雅，举止十分雍容，所以我有点准备。心坎里却在猜想他纸包里不知有无宝贝，或是他要介绍我什么差事。话虽如此，我们仍旧从气象学谈起。

十二宫星宿已经算过，某先生偶然轻快的提起傅君来。傅君是北大的高材生。我明白，他在叙旧，已经在第二段。是的，这位先生确是雄才，胸中有光芒万丈，笔锋甚健。他完全同意，但是我的眼光总是回复射在打字机上及他的纸包。然而不知怎样，我们的感情，果然融洽起来了。这位先生谈的句句有理，句句中肯。

自第二段至第三段之转入，是非常自然。

傅君，蜀人也。你瞧，四川不是正在有叔侄大义灭亲的斯杀一场吗，某先生说四川很不幸。他说看见我编辑的《论语》半月刊（我听人家说看见《论语》半月刊总是快活），知道四川民国以来共有四百七十七次的内战。我自然无异辞，不过心里想："中国人的时间实在太充裕了"，《评论报》的佣人就要来取稿了。所以也不大再愿听他的议论，领略他的章法，而很愿意帮他结束第三段。我们已谈了半个多钟头。这时我觉得叫一切四川军阀都上吊，转入正题，也不致出岔。

"先生今日来访，不知有何要事？"

"不过一点小小的事。"他说，打开他的纸包。"听说先生与某杂志主编胡先生是戚属，可否奉烦先生将此稿转交胡先生。"

"我与胡先生并非戚属，而且某杂志之名，也没听见过。"我口不由心狂妄的回答。言下觉得颇有中士杀人之慨。这时剧情非常紧张。因为这样猛然一来，不但出了我自己意料之外，连这位先生也愕然。我们俩都觉得啼笑皆非，因为我们深深惋惜，这样用半个钟点工夫做起承转伏正要入题的好文章，因为我狂妄，弄得毫无收场，我的罪过真不在魏延踢倒七星灯之下了。此时我们俩都觉得人生若梦！因为我知道我已白白地糟蹋我最宝贵的冬至之晨，而他也感觉白白地糟蹋他气象天文史学政治的学识。

★导读

林语堂（1895—1976），原名和乐、玉堂，福建龙溪人。1912 年入上海圣约翰大学，毕业后在清华大学任教。1919 年赴美留学，1922 年获哈佛大学文学硕士学位。同年转德国莱比锡大学攻读语言学。1923 年获博士学位后回国任北京大学教授、北京女子师范大学教务长及英文系主任，并为《语丝》撰稿。1926 年任厦门大学文学院院长。1932 年起在上海编辑《论语》、《人间世》、《宇宙风》等杂志，提倡"闲适"、"幽默"的小品文。1936 年移居美国。1966 年回台湾定居，曾受聘香港中文大学教授。1976 年在香港病逝。主要著作有《剪拂集》、《大荒集》、《我的话》、《吾国吾民》、《京华烟云》等。

所谓"杀人"并非夺人性命，而是取孔夫子所言"上士杀人用笔端，中士杀人用语言，下士杀人用石盘"，使用"两句半话把他杀死"的意思。林语堂的文章往往有描述与批评国民文化的精髓，此篇之精要是会客寒暄的学问，总结为"（一）谈寒暄，评气候；（二）叙往事，追旧谊；（三）谈时事，发感慨；（四）所要奉托之'小事'"四段式，而最终的目的不过就是求人帮忙。行文过程中作者多次使用反语，比如"这位先生确是雄才，胸中有光芒万丈，笔锋甚健"来揶揄知识分子的口若悬河实际内容毫无价值等种种陋习；有时又使出自己的杀手锏——幽默，比如"这时我觉得叫一切四川军阀都上吊，转入正题，也不致出岔”。用夸张的方式表达出自己此时此刻的心情，那种对人情世故的洞察透彻使人会心一笑。

文章中的语言，比如“位安而后情定。所谓定情，非定情之夕之谓，不过联络感情而已。”这样的句子是典型的文言表述方法。在林语堂的小品文中，他正面提倡文言进入散文写作，在他看来：白话俚语，文白相糅，取长补短才是现代语言的正道。在我们今天看来，从1919年“五四”运动提倡白话文到1930年代硕果累累，似乎应该全是白话文的天下，这样的理解不免粗疏。实际情况是，在新诗创作中，闻一多等人在提倡“新格律”以纠正白话诗的粗糙，而一本纯文言杂志《青鹤》能在1932年发行之后坚挺五年，以及诸位老先生一直难以忘怀的旧诗文传情言志的方式也足以证明文言文的魅力。所以林语堂此时提倡文言进入散文创作，正是在纠正白话写作的粗糙，希望对现代汉语进行锤炼与打造，保留文言的雅致与魅力，今天读来，林语堂的文章余韵无穷，很主要出于这种文白相济的语言魅力。

林语堂认为“小品文即在人生途上小憩谈天，意本闲适，故亦容易探出人生味道来。”人生途中，“对于种种人生心灵上问题，加以研究，即是牛毛细一样题目，亦必究其究竟，不使放过。”其实林语堂正是从对人生的起居生活点滴的细致考察与生动描述中，探求国民文化国民精神，从而达到文化批判的目的。

鲁迅曾经翻译过一位日本作家的文章《闲谈》，其中谈到：“没有闲谈的世间，是难住的世间；不知闲谈的可贵的社会，是局促的社会。而不知尊重闲谈的妙手的国民，是不在文化发达的路上的国民。”然而处于一个动荡黑暗的社会里，吊诡的现实是，真正体悟到“闲谈”精神并将之发扬光大到散文创作中的林语堂及其“小品文”却并不受鲁迅先生的待见，甚至被称为“小摆设”。也是因为这一“小摆设”的评价导致了多年对林语堂的价值的误解与疏忽，即使今天在消费文化的概念下，林语堂似乎成为了一个时髦词汇，许多人都能诌出几句林语堂的“名言”或者“幽默”，但其背后依然是很多不可避免的误读与粗疏理解。林语堂曾经在《今文八弊》中概括时人为文的八种弊病，其一就是虚伪，所谓“方巾作祟，猪肉薰人”，他认为“文学革命之目标，也不仅在文字词章，是要使人的思想与人生较接近，而达到诚实较近情的现代人生观而已。”这里所说的“诚实较近情的现代人生观”今天看来似乎依然是社会所需要的最重要品行，而文学革命之目标，今日亦未能实现。

在林语堂的世界里，作家生存的最低标准是“所说是自己的话，所表是自己的意。”而最高标准自然就是“两脚踏东西文化，一心评宇宙文章。”林语堂是极具智慧之人，面对人间百态，细致入微又清晰透彻，小至蚊蝇大至宇宙，在他看来无非都应该真诚面对，老实表达，所谓的“智慧”与“幽默”也源自于这真正的“诚实较近情的现代人生观”，这才是我们今天应该从他的文字里品读出来的真意，也就不枉老先生一番苦心了。(刘茉琳)

★思考题：

1. 林语堂的这篇文章中有哪些“幽默”手法？
2. 阅读林语堂的其他文章，谈谈林语堂对中国传统文化的理解与批判。

雅　舍

梁实秋

到四川来，觉得此地人建造房屋最是经济。火烧过的砖，常常用来做柱子，孤零零的砌起四根砖柱，上面盖上一个木头架子，看上去瘦骨嶙嶙，单薄得可怜；但是顶上铺了瓦，四面编了竹篦墙，墙上敷了泥灰，远远的看过去，没有人能说不像是座房子。我现在住的“雅舍”正是这样一座典型的房子。不消说，这房子有砖柱，有竹篦墙，一切特点都应有尽有。讲到住房，我的经验不算少，什么“上支下摘”，“前廊后厦”，“一楼一底”，“三上三下”，“亭子间”，“茆草棚”，“琼楼玉宇”和“摩天大厦”，各式各样，我都尝试过。我不论住在哪里，只要住得稍久，对那房子便发生感情，非不得已我还舍不得搬。这“雅舍”，我初来时仅求其能蔽风雨，并不敢存奢望，现在住了两个多月，我的好感油然而生。虽然我已渐渐感觉它是并不能蔽风雨，因为有窗而无玻璃，风来则洞若凉亭，有瓦而空隙不少，雨来则渗如滴漏。纵然不能蔽风雨，“雅舍”还是自有它的个性。有个性就可爱。

“雅舍”的位置在半山腰，下距马路约有七八十层的土阶。前面是阡陌螺旋的稻田。再远望过去是几抹葱翠的远山，旁边有高粱地，有竹林，有水池，有粪坑，后面是荒僻的榛莽未除的土山坡。若说地点荒凉，则月明之夕，或风雨之日，亦常有客到，大抵好友不嫌路远，路远乃见情谊。客来则先爬几十级的土阶，进得屋来仍须上坡，因为屋内地板乃依山势而铺，一面高，一面低，坡度甚大。客来无不惊叹，我则久而安之，每日由书房走到饭厅是上坡，饭后鼓腹而出是下坡，亦不觉有大不便处。

“雅舍”共是六间，我居其二。篦墙不固，门窗不严，故我与邻人彼此均可互通声息。邻人轰饮作乐，咿唔诗章，喁喁细语，以及鼾声，喷嚏声，吮汤声，撕纸声，脱皮鞋声，均随时由门窗户壁的隙处荡漾而来，破我岑寂。入夜则鼠子瞰灯，才一合眼，鼠子便自由行动，或搬核桃在地板上顺坡而下，或吸灯油而推翻烛台，或攀援而上帐顶，或在门框桌脚上磨牙，使得人不得安枕。但是对于鼠子，我很惭愧的承认，我“没有法子”。“没有法子”一语是被外国人常常引用着的，以为这话最足代表中国人的懒惰隐忍的态度。其实我的对付鼠子并不懒惰。窗上糊纸，纸一戳就破；门户关紧，而相鼠有牙，一阵咬便是一个洞洞。试问还有什么法子？洋鬼子住到“雅舍”里，不也是“没有法子”？比鼠子更骚扰的是蚊子。“雅舍”的蚊风之盛，是我前所未见的。“聚蚊成雷”真有其事！每当黄昏时候，满屋里磕头碰脑的全是蚊子，又黑又大，骨骼都像是硬的。在别处蚊子早已肃清的时候，在“雅舍”则格外猖獗，来客偶不留心，则两腿伤处累累隆起如玉蜀黍，但是我仍安之。冬天一到，蚊子自然绝迹，明年夏天——谁知道我还是否住在“雅舍”！

“雅舍”最宜月夜——地势较高，得月较先。看山头吐月，红盘乍涌，一霎间，清光四射，天空皎洁，四野无声，微闻犬吠，坐客无不悄然！舍前有两株梨树，等到月升中天，清光从树间筛洒而下，地上阴影斑斓，此时尤为幽绝。直到兴阑人散，归房就寝，月光仍然逼进窗来，助我凄凉。细雨蒙蒙之际，“雅舍”亦复有趣。推窗展望，俨然米氏章法，若云若雾，一片弥漫。但若大雨滂沱，我就又惶悚不安了，屋顶湿印到处都有，起初如碗大，俄而扩大如盆，继则滴水乃不绝，终乃屋顶灰泥突然崩裂，如奇葩初绽，砉然一声而泥水下注，此刻满室狼藉，抢救无及。此种经验，已数见不鲜。

“雅舍”之陈设，只当得简朴二字，但洒扫拂拭，不使有纤尘。我非显要，故名公巨卿之照片不得入我室；我非牙医，故无博士文凭张挂壁间；我不业理发，故丝织西湖十景以及电影明星之照片亦均不能张我四壁。我有一几一椅一榻，酣睡写读，均已有着，我亦不复他求。但是陈设虽简，我却喜欢翻新布置。西人常常讥笑妇人喜欢变更桌椅位置，以为这是妇人天性喜变之一征。诬否且不论，我是喜欢改变的。中国旧式家庭，陈设千篇一律，正厅上是一条案，前面一张八仙桌，一边一把靠椅，两旁是两把靠椅夹一只茶几。我以为陈设宜求疏落参差之致，最忌排偶。“雅舍”所有，毫无新奇，但一物一事之安排布置俱不从俗。人入我室，即知此是我室。笠翁《闲情偶寄》之所论，正合我意。

“雅舍”非我所有，我仅是房客之一。但思“天地者万物之逆旅”，人生本来如寄，我住“雅舍”一日，“雅舍”即一日为我所有。即使此一日亦不能算是我有，至少此一日“雅舍”所能给予之苦辣酸甜，我实躬受亲尝。刘克庄词：“客里似家家似寄。”我此时此刻卜居“雅舍”，“雅舍”即似我家。其实似家似寄，我亦分辨不清。

长日无俚，写作自遣，随想随写，不拘篇章，冠以“雅舍小品”四字，以示写作所在，且志因缘。

★导读

梁实秋（1902—1987），原名梁治华，字实秋，笔名秋郎、子佳、程淑等，浙江杭县人，生于北京，现代著名作家、翻译家、文学批评家。1915年秋考入清华学校，在清华读书八年。1923年毕业后赴美留学，获文学硕士学位。1926年回国任教，1934年任北京大学研究教授兼外文系主任。1935年秋创办《自由评论》，先后主编过《世界日报》副刊《学文》和《北平晨报》副刊《文艺》。“七七事变”后，离家独身到后方。1938年任国民参政会参政员，教科书编辑委员会常委。抗战胜利后回北平任师大英语系教授。1949年到台湾，任台湾师范学院（后改师范大学）英语系教授，后兼系主任，再后又兼文学院院长。40岁以后着力较多的是散文和翻译。散文代表作有《雅舍小品》、《雅舍谈吃》、《看云集》、《偏见集》、《秋室杂文》等，长篇散文集《槐园梦忆》等，译有《莎士比亚全集》等。

《雅舍小品》一直是读书人的良友，许多人读散文都喜欢梁实秋的淡雅文风，幽默趣致。这里选的《雅舍》写的正是这“雅舍小品”所产生的地方，也是作者表达自己人生观的重要作品。

1939年抗战进入艰苦的焦灼时期，梁实秋随国民政府教育部迁往重庆北碚，在这里与两三好友共同购置一套平房定居，命名为“雅舍”。这房子砖柱木架，瓦顶篾壁，既不能遮风也不能避雨，缺点多多，顶多算得上“像”一座房子，可是梁实秋却对这里充满感情。且因为他住进来后，小小土房往来无白丁，谈笑有鸿儒，这雅舍虽如“陋室”，也陪伴他度过了七年艰难的战争岁月，诞生出了一批好文章。这就是“雅舍”，舍虽陋，人却雅；战争虽无情，人情却温暖；世事虽纷乱，文章却清静。

这篇《雅舍》从艺术风格上来说包含了梁实秋散文的许多基本特征，比如为文喜欢骈散相间，梁实秋的散文是中国现代白话散文发展的高峰，他的文章不拘泥于白话文言，排偶、对偶、排比句式也纷杂使用，更显出了文学功力的老到。“我非显要，故名公巨卿之照片不得入我室；我非牙医，故无博士文凭张挂壁间；我不业理发，故丝织西湖十景以及电影明星之照片亦均不能张我四壁。”三段式文言排比，把作者的性格彰显无遗，文采与个人魅力交相呼应；此外，梁文虽名为“雅舍小品”，但从不避讳生活中的俗事入文，写起日常种种声音，“邻人轰饮作乐，咿唔诗章，喁喁细语，以及鼾声，喷嚏声，吮汤声，撕纸声，脱皮鞋声”一长串声音罗列起来，生活气息跃然纸上；写老鼠偷油、聚蚊成雷更是一幅悠然自得，既来之则安之的超然物外的描画，使人觉得生趣盎然。这“生趣”的背后自然就是作者的幽默与智慧在点点闪光。

然而，梁实秋的《雅舍》及《雅舍小品》之所以多年来被读者奉为经典，除了其文风淡雅，落笔生花，最重要的还是其中透露出来的人生观与价值观，使人反复咀嚼亦滋味无穷。看这篇《雅舍》，写的是一处实在“不雅”甚至寒伧简陋的小房子，作者却说“虽然我已渐渐感觉它并不能蔽风雨，因为有窗而无玻璃，风来则洞若凉亭，有瓦而空隙不少，雨来则渗如滴漏。纵然不能蔽风雨，‘雅舍’还是自有它的个性。有个性就可爱。”这“个性”还不是作者赋予的吗？房子都是人住的，什么人住进去就能生出什么味道，梁实秋愣是在这样的陋室里发现温暖与个性：比如便宜清风赏月，比如“若说地点荒凉，则月明之夕，或风雨之日，亦常有客到，大抵好友不嫌路远，路远乃见情谊。”其实不难看出，作者在对房子缺点进行描绘的时候，是抱着一种无比“怜爱”的心态的，这房子在艰苦的七年战争岁月中陪伴他，陪伴他写作，陪伴他赏月，陪伴他会友，陪伴他思亲，其中的情感早已不是遮风避雨可以解释的。作者身在陋室，但于战争年代亦已甚感满足，就在这样的简陋环境中品味文化才是最值得品读的文章之味与人生之态。（刘茉琳）

★思考题：

1. 在《雅舍》中，谈谈梁实秋表达的生活态度？
2. 阅读梁实秋的《雅舍小品》，谈谈作者对散文艺术的追求。

第四章 戏 剧

获虎之夜（节选）

田 汉

时　间　辛亥革命后某年的一个冬夜
地　方　长沙东乡仙姑岭边一山村
人　物　魏福生　　富裕之猎户
　　　　魏黄氏　　福生妻
　　　　莲　姑　　福生独生女
　　　　魏胡氏　　莲姑之祖母
　　　　李东阳　　邻人，甲长
　　　　何维贵　　李之亲戚，农夫
　　　　黄大傻　　莲姑表兄，贫颠行乞
　　　　屠大，周三　魏家所雇之长工
布　景　魏福生家的“火房”（即乡人饭后的休息室，客来时的应接室，冬夜一家人的围炉向火处）。开幕时魏福生坐炉房吸水烟。其母老态龙钟坐在草围椅上吸旱烟。福生之妻正泡茶。莲姑，十八九岁，山家装束而不掩其美。将泡好的茶用盘子托着先奉其祖母，次奉其父，次托茶四杯出“火房”送给其家的佣工。福生目送其女出去，对其妻低语。

……

莲　姑　（携白布和棉花一卷登场，就少年侧坐，为之洗去血迹绷裹伤处。少年略转侧微带呻吟之声。莲姑细声呼少年）黄大哥，黄大哥！

黄大傻　（从呻吟声中隐约吐出一种痛苦的答声）唔。

李东阳　壶里的水开了。快灌点开水。

〔黄氏冲一碗开水，俟略冷，端到少年身边，祖母拿枝筷子挑开少年的口徐徐灌之。

李东阳　好了，肚子有些转动了。

祖　母　这也是一种星数。

莲　姑　（微呼之）黄大哥，黄大哥。

黄大傻　（声音略大）唔，嗳哟。

祖　母　可怜的孩子，他这一气痛晕了呢。

黄大傻　（呻吟中杂着梦呓）嗳哟，莲姑娘。痛啊。

黄　氏　这孩子这样痛还没有忘记莲儿呢。

莲　姑　（抚之）黄大哥。

黄大傻　（睁开眼四望）哦呀。我怎么在这里？我怎么睡在这里？

李东阳　你刚才在山上被猎枪打了，我们把你抬到这里来的。这会子清醒了一点没有？

黄大傻　清醒了一点。哦呀，李大公。哦呀，姑母，姑姨驰，莲姑娘。莲姑娘，我怎么看见你，我只当我还倒在山上呢。（拭目）我们不是在做梦吗？

莲　姑　黄大哥，不是做梦啊，是真的。你睡在我家火房里的竹床上。

黄大傻　是真的。……但是我可没有想到我今晚能再见你啊。你要嫁了。听说你要嫁了。是这几天要过门了。我想来贺喜，可又没有胆子进这张门。我只想，只想到你出阁那天。陈家一定要招些叫化子来，打旗子的。那时我想去讨一面旗子打了，也算是我一点子的敬意。……是，是那一天？日子已经定了没有？

莲　姑　黄大哥……（哭不可抑）

〔福生急上。

福　生　李待诏不在家，找了一个空，血止了一点没有？

李东阳　止了一点。莲姑娘替他裹好了。

福　生　（见莲姑）莲儿还不进去。进去！

莲　姑　（踌躇）……

福　生　还不进去。你这不识羞的东西。

莲　姑　爹爹。我今晚要看护他一晚。我这一辈子只求爹爹这一件事。

福　生　他是你什么人？为什么定要你看护他，他受了伤，我自然要想法子替他诊好的，不要你过问。你还不替我滚进去！

李东阳　让她招扶一下何妨呢？病人总得姑娘们招扶才好。

福　生　甲长先生，你不大晓得这个情形。……我是决不让我的女儿看护他的。第一我就不知道他为什么这时候要跑到那样的山上去送死。

李东阳　心里不大清白的人，总是这样的。

福　生　不然。你要说他傻吗，他有时候说出话来一点也不傻。我只不懂他为什么总要寻着我家吵。

黄大傻　姑爹，我以后永不要你老人家操心了。我永不到你老人家的府上来了。今晚就是最后一次。我本没有想到今晚能到你老人家的家里来的。更没有想到会象受了重伤的野物一样倒在这个地方。我只想能在后山上隐隐约约看得见这屋子的灯光就够了。

福　生　你为什么今晚要来看我家的灯光？

黄大傻　姑爹，不止今晚。除了上两晚之外，我差不多晚晚都来的。我自从在庙里的戏台下面安身以来，晚晚是这样的。那怕是发风下雨的晚上都没有间断过。我只要一望见这家里的灯光，我就象见了亲人一样，把我的什么苦楚都忘记了。

祖　母　咳！没有爹娘的孩子真是可怜啊。

福　生　你既然这样想到我家来，何不好好对我讲呢？

黄大傻　我晓得我就好好的对你老人家讲，你老人家也不见得肯要我到这家里来，并且我是挨过你老人家的打骂的呀，我也不愿意进来。

福　生　我打你骂你，都是愿你学好。谁叫你那样不听说呢？我要你学木匠去，你不去。学裁缝，你也不去。后来我荐你到田家冲去看牛去，你也不去。偏要在这近旁讨饭，叫我如何不恼呢？

黄大傻　是的，我情愿在这近旁讨饭。我情愿一个人睡在戏台下面，我不愿离开这个地方，那怕你老人家通知团上要把我这个无家可归的孩子驱逐出境，我也不愿离开这个地方。

福　生　我是怕你不务正业才要驱逐你呀。假如你是学好的，我何至如此。

黄大傻　嗨！贫穷人家的孩子总是要被人家驱逐的。不过你老人家何尝是怕我不务正业，无非怕我害你家的莲姑娘罢。

福　生　你们听，我早知道他是装傻的。

黄大傻　姑爹，我实在是个傻子，我明明晓得没有爱莲姑娘的资格，我偏不能舍掉她，我怎么不是个傻子呢？我和莲姑娘从小就在一块儿，那时我家里还好，你老人家还带玩带笑的说过，将来这两个孩子倒是好一对。其实不待你老人家说，我们那时的小孩子心里早模模糊糊有这个意思了。后来我爹爹不幸去世，家里亏空不少，你老人家已经冷了一大半。及至我妈妈也过了，家里又遭了火烧，卖尽田产，还不够还债。我读书的机会自然没有了。就是学手艺吗，也全由别人作主，今天要我去裁缝，我不愿意，逃出来，挨了一遭打骂之后，后天又拖我去学木匠，……我那时早晓得莲姑娘不是我的了。我去学木匠那天早晨想要找莲姑娘说句话都被你老人家禁止了。我只怨自己的命苦，屡次想打断这个念头，怎奈任如何也打不断。上屋里陈八先生可怜我，叫我同他到城内去学生意。我想这或者可以帮助我忘记莲姑娘的事。但是我同他走到离城不过几里路的湖迹渡，我依然一个人折回来了。我不能忘记莲姑娘，我不能离开莲姑娘所住的地方。多亏仙姑庙的王道长可怜我，许我在庙里的戏台下面安身。我时常替他做些杂事。他遇着我没有讨得饭的时候，也把些吃剩的斋饭把我充饥。我就是这样过一年多的日子。

莲　姑　（哭）……

黄大傻　一个没有爹娘，没有兄弟，没有亲戚朋友的小孩子，日中间还不怎样，到了晚上独自一个人睡在庙前的戏台底下，是多么凄凉，多么可怕的境况啊！烧起火来，只照着自己一个人的影子；唱起歌来，哭起来，只听得自己一个人的声音。我才晓得世间上顶可怕的不是虎豹，也不是鬼怪，就是寂寞啊！

莲　姑　（泣更哀）……

黄大傻　我寂寞得没有法子，每到太阳落了，山上的鸟儿都归到巢里去了的时候，便一个人慢慢的走到这后面的山上来望这个屋子里的灯光，尤其是莲姑娘窗上的灯光。我一看了这窗上的灯光，好象我还是五六年前在爹爹妈妈膝下做幸福的孩子，每天到这边山上来喊莲妹出来同玩，我拚命的摘些山花给莲妹戴的时候一样，真不知道多么欢喜，多么安慰！尤其是落霏霏细雨的晚上，那窗上的灯光，远远望起来越显得朦朦胧胧的，又好象秋天里我捉得许多萤火虫儿，莲妹把它装在蛋壳里一样，真是好看。我一面呆看，一面痴想，每每被雨点把一身打的透湿，还不觉得，直等那灯光熄了，莲妹也睡了，我才凄凄凉凉的挨到戏台底下去睡。

莲　姑　（啜泣）……

祖　母　可怜的孩子，那不会受凉吗？

黄大傻　受凉？没有爹娘的孩子有谁管他受不受凉呢？并且寂寞比病还要可怕。我只要免得我心里一刻子的寂寞，也顾不得病了。我受了一年多的风霜饥饿，身子早已坏了。这几天又得了一点病，所以有两晚没有来看这边窗上的灯。我自己恐怕到我爹妈的膝下去的时候不远了，又听说莲姑娘就是这几天要嫁到陈家里去，所以我今晚特再到这边山上来再望望我那两晚没有望见，也许以后永远望不见的灯光，不想刚到山上便绊着药绳，挨了这一枪。……我盼望那一枪把我打死了倒好，免得还要受几点钟的苦痛。……不过因为这个缘故，我居然能再见莲姑娘一面，我这一枪也挨得值得，就死也死得值得。莲妹！我的伤受得很重，并且身子又病了。你招扶我一下罢。只要你的手触我一下，我的病就会好了，我的痛也可以忘记了。莲姑娘你招扶我一晚，我只求你这件事。

莲　姑　是，黄大哥，我一定招扶你。

李东阳　有莲姑娘招扶他，他的伤一定好得快些。

祖　母　可怜的孩子，不想他这样爱着莲儿。

黄　氏　看起来他这一枪还是为莲儿挨的。可怜病得这样子又受了这样重的伤。他的娘若在世，不知道怎样伤心呢。

莲　姑　（抚着少年的手）黄大哥。你好好睡。我今晚一定招扶你。

黄大傻 （安慰极了）啊，多谢。

福　生 （暴怒的口吻）不能！莲儿，快进去。这里有我招扶，你不要管。你已经是陈家里的人，你怎么好看护他。说起来成什么话！

莲　姑 我怎么是陈家里的人？

福　生 我把你许给陈家里了，你便是陈家里的人。

莲　姑 我把我自己许了他，我就是黄家里的人。

福　生 你这是什么话？你这不懂事的东西！你怎敢在你父亲面前强嘴！（见莲姑还握着少年的手）你还不放手，替我滚进去。你不要招打。

莲　姑 你老人家打死我，我也不放手。

福　生 ……（改用一种慈父的口吻）莲儿，你仔细想想，你爹爹不是因为很爱你才把你看给陈家里吗？你爹辛苦半生，只有你这一个女儿。因此不想把你胡乱给人。好容易千选万选，才选了陈家里这样的好人家。还怕陈家里嫌我们猎户出身不大愿意。算是看得你人物还不错，才应允了这门亲事。只望你心满意足的到陈家里去，过半生快乐日子。生了一男半女回门来唤唤外公也算我没有儿子的人的一种福分。不想你这不懂事的东西再三推托，后来经我和你妈仔细劝你，你才回心转意，亲口应允了。……

黄　氏 是呀，莲儿你自己还应允了的呀。

莲　姑 我因为爹爹再三逼我，我没有法子，只好应允了。原想找个机会和黄大哥商量在过门以前逃到别的地方去。

福　生 唔。你居然想逃！

莲　姑 想逃。我多久想逃，只是没有机会。第一次打了虎的时候到我家看的人很多，我就想趁那时候逃。刚走到半山遇着屠大爷，我只好转来。后来隔过门的日子越近，你老人家越不肯叫我出去。前几天借着送虎肉才同张二姑娘到仙姑殿去了一回。因为有张二姑娘同走，不好问人。没有找着黄大哥。

福　生 找着便怎样？

莲　姑 找着了，我便约个日子同他跑。

黄　氏 安排跑到那里去？

莲　姑 跑到城里去。

黄　氏 找谁？

莲　姑 找张家大姐介绍我到纺纱厂做工去。

福　生 唔。

莲　姑 不想我没有找着他，他倒先到我家来了。象受了重伤的老虎似的抬到我家来了。身体瘦到这个样子，腿上还打一个大洞。……流这许多血。黄大哥，可怜的黄大哥。我是不离你的了。生，死，我都不离你。

福　生　我偏要你离开他。偏不许你……。你这种不孝的东西。（猛力想扯开他们的手。但他们死力不放）

莲　姑　爹爹！

祖　母　（同时）福生！

李东阳　（同时）福生！

黄　氏　（同时）嗳呀。莲儿，你放手罢。

莲　姑　不。我死也不放手。世间上没有人能拆开我们的手。

福　生　我能够！（暴怒如雷猛力扯开他们的手，拖着莲姑望房里走）你这种畜生，不要脸的畜生，不打你如何晓得厉害。（拖进房里闻扑打声抗争声）哼！你还强嘴不？你还发疯不？你还喊黄大哥不？你还要气死我不？（每问一句打一下）

大　家　（同时）福生，福生，嗳呀，不要打。

〔皆拥到后房去。台上只剩少年一人，死骸似的倒在竹床上，闻里面打莲姑声，旧病新创一齐裂发。

黄大傻　嗳呀。我再不能受了。（忍痛回顾强起取床边猎刀）莲姑娘，我先你一步罢。（自刺其胸而死）

〔里面福生，“你还不听说不？你还要喊黄大哥不？你做陈家里的人不？”之声与竹鞭响声，哀呼“黄大哥”之声益烈，劝解者号哭者的声音伴奏之。

——幕徐下——

★导读

田汉（1898—1968），原名田寿昌，湖南长沙人。中国现代戏剧奠基人。1912 年入读长沙师范学校，1916 年赴日留学，1921 年与郭沫若、郁达夫等人共同发起成立“创造社”。1922 年回国，任上海中华书局编辑，并致力于话剧事业。1924 年与易漱渝创办《南国》半月刊，1926 年与唐槐秋合办“南国电影剧社”，1927 年将其扩大为“南国社”，同时创办“南国艺术学院”。1930 年参与发起成立“左联”，曾任中国左翼戏剧家联盟党团书记。他还是中华人民共和国国歌《义勇军进行曲》的词作者。主要剧作有《获虎之夜》、《名优之死》等。

《获虎之夜》是田汉早期话剧的代表作，写于 1921 年（也有研究者推测写作时间为 1922 年），发表于 1924 年第 2 期《南国》半月刊，后因杂志停刊，剧作并未登完，最早的完整版收入同年由中华书局出版的田汉剧集《咖啡店之一夜》。这出独幕剧以湖南长沙东乡的一个小山村为背景，讲述了富裕猎户魏福生拆散女儿莲姑与表兄黄大傻，将莲姑许配给当地数一数二的人家，却于获虎之夜误伤黄大傻，致使少年自杀而亡的悲剧故事。剧作的主题直指嫌贫爱富的等级观念和家长专制的婚姻制度，呼应了“五四”时期鼓吹婚恋自由、个性解放的文化思潮。

《获虎之夜》精致的结构一直为评论家所称道。剧作采用了古典戏剧的“三一律”，故事发生于一个冬天的夜晚，魏福生家的“火房”，并以“获虎”为情节主线，贯穿全剧。为使独生女嫁得光彩，魏福生在山上布好抬枪，计划再打一只老虎为莲姑添一样好嫁奁。等待的过程中，魏福生与妻子及母亲聊着女儿的亲事，谈及安身于仙姑庙戏台之下的黄大傻，后又与带着亲戚前来看虎的甲长李东阳叙谈旧日的打虎奇闻，“火房”中一派喜庆祥和。随着一声枪响，抬进“火房”的不是众人期待的老虎，而是一个十七八岁的褴褛少年，腿上鲜血淋漓，面色灰白，已经昏过去了，剧情由此急转直下。少年醒转之后，剧作以倒叙的手法，将往事一一交代。原来，多年前，黄大傻和莲姑青梅竹马，本是魏福生默许的一对。之后，父母相继过世，又遭遇了火灾，黄大傻卖尽田产，还不够抵债，成了一个彻头彻尾的穷小子。魏福生嫌贫爱富，试图将其驱逐出境未果，继而威逼打骂，一心想把黄大傻赶走。偏偏黄大傻痴情不改，夜夜到山上遥望莲姑窗上的灯光，不意挨了一枪。莲姑得知黄大傻的苦情经历后，宣称：“世上没有人能拆开我们的手”。面对女儿的公然反抗，魏福生怒不可遏，将莲姑拖进房里责骂鞭打。黄大傻在扑打声斥骂声哀呼声劝解声号哭声的伴奏下，以猎刀刺胸而死，悲剧在最高潮的瞬间戛然而止。年轻人不屈的抗争和父辈无情的压迫碰撞激荡，使全剧迸发出沉痛高昂的批判力量。

《获虎之夜》体现了田汉早期剧作的浪漫感伤风格，剧作家自言《获虎之夜》代表了“青春期的感伤”，映出“纯朴的青春时代的影像”。仙姑岭原是虎狼出没的深山老林，猎户易四聋子因为老虎吃了自己的儿子，立誓复仇。他杀死了四只窝里的幼虎，激怒了母虎，一人一虎之间展开了惊心动魄的搏斗，母虎咬去易四聋子的半边脑袋后，虽身受重伤仍凛然生威，逃向密林深处，端坐死去。这个人虎之间相互复仇的惊险故事与剧作主线并无直接关系，但作者仍然在独幕剧中用了较大篇幅绘声绘色地加以渲染。是不是其中间杂传奇、惊骇、残酷和惨烈的浪漫色彩对作者有着莫名的吸引力？而那个被视为“癫子”的黄大傻，与其说是一个现实中的破落山村少年，不如说是浪漫化了的漂泊者、畸零人形象。他无家可归，被人驱逐，寄身破庙，行乞度日，却不曾熄灭心中的爱与美之梦。他在将死的夜晚，向着所爱之人倾诉：“世间上顶可怕的不是虎豹，也不是鬼怪，就是寂寞啊!”“尤其是落霏霏细雨的晚上，那窗上的灯光，远远望起来越显得朦朦胧胧的，又好象秋天里我捉得许多萤火虫儿，莲妹把它装在蛋壳里一样，真是好看。”最后，他成了重伤的野兽，被抬回爱人身边，决绝地选择了死亡，将整个剧作的浪漫感伤氛围推至顶点。

黄大傻的死亡既是一种殉情行为，亦是一种梦想幻灭之后的自我放弃。相比之下，莲姑更具现实精神，她一直在积极寻找逃离家庭的机会，并有着具体的计划：找到黄大哥后，跑到城里，找张家大姐介绍到纺纱厂做工。随着黄大傻的自杀，莲姑的梦也飘散在仙姑岭的上空。(陈翠平)

★思考题：

1. 简单分析《获虎之夜》的结构艺术。
2. 谈谈田汉对中国话剧发展的贡献。

一只马蜂

丁西林

剧中人：

吉老太太　年约五十余岁，身材细小，体质强健，淡素服装，非常的清洁。

吉 先 生　吉老太太的儿子，年约二十六七，强健，活泼，极平常极自然的服装。

余 小 姐　年约二十五六，姿态美丽，面目富有表情，服装精致。

仆　　人

布景：

一间小小长方形的房子，后面墙壁中间，两扇宽门。门的左边置一衣架，靠墙一小桌，桌上置鲜花。右边靠墙立一书柜，内藏成套的中西文书籍。右壁的里边，开一独门，门前为短门大窗，窗边置写字桌，上置文具。房的右壁，后半亦开一门，前半靠壁置书架，架上置装饰品。壁上悬字画。房子中央略偏前与右，置一小圆桌，上置茶具，桌的右侧置大椅（即安乐椅），左侧置可坐两人的长椅，两椅之间，置一小椅，椅上皆置腰枕。

开幕时吉老太太睡卧在大椅上，脚下置高垫，手中报纸，落地上。

吉 先 生　（将左门徐徐推开，见老太太睡卧椅上。轻步走至衣架，取了一件薄大衣，走至椅前，轻轻盖在老太太身上。老太太醒觉。吉含笑问）睡着了没有？

吉老太太　我本想闭了眼睛歇一会，不想一不留心，就睡着了。（坐起）

吉 先 生　老人家的眼睛，同小孩子的眼睛一样，闭不得的。一闭了，就不由你做主。（将报纸拾起，坐在小椅上）

吉老太太 现在什么时候了？

吉 先 生 （由怀里取出一个表看了一看）三点一刻。

吉老太太 你在哪里一直到现在？

吉 先 生 在书房里写了两封信。

吉老太太 喔，不错，你替我把那封信写了吧。

吉 先 生 好，现在就写。（坐到写字桌，从抽屉里拿出信纸信封，砚里倒了水，磨墨取笔，预备写字）怎样写法？

吉老太太 随便的写几句好了。你把我们动身的日子告诉他们，叫他们雇一只船到港口接一接。

吉 先 生 你一面说，我一面写吧。一定下星期二动身么？

吉老太太 喔，已经不是日子，还再不动身！

吉 先 生 （一面写，一面念，一面说）"……十九日起程回南。"（停笔用手指计算日期）十九，二十，二十一。（写）"二十一日到港。叫张宏同江妈雇一只船到港口接一接。"（问）是不是？

吉老太太 是，最好叫到李老四家的船，干净。要是李老四的船出了门，叫邓祥发家的也可以。

吉 先 生 （写）最好叫到李老四家的船。（一面写一面口中低声地念）……邓祥发家的也可以。（问）还有什么？

吉老太太 （自己想她的心思）这几天太阳已经很厉害，不如叫他们先把南房里的皮衣服拿出来晒一晒。

吉 先 生 好，还有什么？

吉老太太 没有什么。（自言自语）王妈回家，说过了节，就回来，不知现在已经回来了没有？

吉 先 生 （继续地写信）

吉老太太 余小姐，应该送她点礼物才好。

吉 先 生 （先写完了信，然后答话，再接着写信封）你不是说送她一件衣料的么？（写完了信封）好了，写完了。

吉老太太 （被吉打破她的深思）写完了么？

吉 先 生 （走至椅前，将这信送出）要不要看一遍？

吉老太太 你念一念吧。

吉 先 生 （念信） "二妹览： '已经不是日子，还再不动身！'母亲说。……"

吉老太太 这是写的什么？

吉 先 生 这是写信的一个帽子。（继续一句一句的念信）"母亲定于十九日动身。二十一日到港。叫张宏同江妈雇一只船到港口接一接。最好叫到李老四家的船，干净。要是李老四家的船出了门，叫邓祥发家的也可以。这几天太阳已经很厉害，不如叫他们先把南房里的皮衣服拿出来晒一晒。王妈回家，说过了节，就回来，不知现在已经回来了没有？”没有写错吧？

吉老太太 （笑）喔，你们现在写信，都是这样写么？

吉 先 生 这是最时行的直写式的白话文，有一句，说一句。你没有旁的话要说么？

吉老太太 没有。

吉 先 生 这下边是我的事。（继续念信）“这次母亲在京，一切都好，惟有两件事，不大称心……”

吉老太太 我有什么事不称心？

吉 先 生 （不答，继续念信）“第一，她这次来京的目的，本想劝她的儿子，赶紧讨个媳妇，她可早点抱个孙儿。方头大耳，既肥且皙。嗳！不想来京两月，绝少成绩。媳妇，毫无影响，孙子，渺无消息；第二，她满心满意，想亲上加亲，把姊妹改做亲家，侄儿变做女婿。不想她那不肖之女，又刚愎自用，不顺母意。因此上，这几日来，口中不言，心中闷闷。不过那位表侄先生，现已广托亲友，多方物色。夫诚能动神，勤能移山，况在佳人才子聚会之首都，求一称心合意之老婆乎！故数月之内，定有良缘。将来一杯喜酒，或能稍慰老年人愿天下有情人无情人都成眷属之美情也。”说得对不对？不要生气啊。

吉老太太 （稍有不快之意）我有这些闲工夫来同你们生气！你们的事，我老早就对你们讲过，由你们自己去，我一概不管。你们爱怎么说，就怎么说。

吉 先 生 （将信封好，贴了邮票，走至椅旁，一手放椅背上，一手理她的头发）妈，你是一个特殊的女人，你什么事都是非常。你是一个非常的良妻，一个非常的贤母。惟有这一件，你没有逃出了个母亲的公例。

吉老太太 把这件大衣挂起来。（吉将衣挂原处。老太太追想到她以前的生活）“贤妻良母”，配不上这四个字！（吉坐到原处）你父亲死的时候，你只有八岁，云儿也只有五岁。那个时候，我就不相信那私塾先生的教书方法——也一半舍不得你们去受那野蛮的管束——所以我就拿定主意，自己教你们。一直把你教到十六岁。那时所有的产业，就是那分来的五十亩坏田。现在你们可以不愁穿，不愁吃。不是说大话，要是你们不是每年上千块钱的学费用费，现在大约十倍那么多都不止了。

吉 先 生 所以我说你是一个特殊的女人。

吉老太太 是的，贤妻良母，有什么稀奇？现在的一般小姐们不是一天到晚所鄙薄不屑得做的么？

吉 先 生 你要原谅她们。她们因为有几千年没有说过话，现在可以拿起笔来，做文章，她们只要说，说，说，连她们自己都不知道说的些什么。

吉老太太 现在这班小姐们，真教人看不上眼。不懂得做人，不懂得治家。我不知道她们的好处在什么地方？

吉 先 生 她们都是些白话诗，既无品格，又无风韵。旁人莫名其妙，然而她们的好处，就在这个上边。

吉老太太 我问你，这样的人也不好，那样的人也不好，旧的，你说她们是八股文，新的，你又说她们是白话诗……

吉 先 生 是的，同样的没有东西，没有味儿。

吉老太太 那末你到底要怎样的一个人，你就愿意？

吉 先 生 （耸肩）坏的就是连我自己都不知道。要是找老婆如同找数学的未知数一样，能够立出一个代数方程式来，那倒容易办了。

吉老太太 怎么你们表兄弟两个，这样的不同！那一个就请这个，托那个，差不多今天等不到明天。你总是不把它当一件正经事看。

吉 先 生 不把它当一件正经事看！因为我把它看得太正经了，所以到今天还没有结婚。要是我把它当做配眼镜一样，那么你的孙子，已经进了中学。

吉老太太 （觉得她没有办法）倒一杯茶给我。（吉倒了一杯茶送给老太太，自己亦倒了一杯，慢慢饮之。老太太沉思半晌）你知道不知道，你的表兄弟已经同我说了几次，要我替他做媒？

吉 先 生 怎么不知道？

吉老太太 你知道他要说的是谁么？

吉 先 生 余小姐，是不是？你问过她了没有？

吉老太太 （很慢地答）没有。

吉 先 生 为什么不问她？

吉老太太 为什么不问？（少顷）我想今天问她——好不好？（语时视吉）

吉 先 生 很好，看护妇配医生，互助的原则，合作的精神，结婚时最好的演说资料。

吉老太太 （微微地叹了一口气）

仆　　人 （推开左门）老太太，余小姐来了。

吉老太太 请她进来。（仆人走出，吉放下茶杯，忙走至写字桌，整理笔砚，折好了桌上报纸）

〔仆人由外面推开左门让余走进，自己随后收去了桌上的茶具。

余 小 姐 （带了帽子手套，一手提钱包，进来之后，一面与主人招呼，一面脱去手套，将钱包置于门旁小桌上，解下帽子）老太太，吉先生。

吉老太太　余小姐。
吉 先 生　余小姐。（吉接过帽子，挂衣架上）
余 小 姐　老太太，对不住得很，劳你们等了。
吉老太太　没有什么，请坐。（让余坐大椅）
余 小 姐　喔，老太太坐，老太太不用客气，我这儿坐好。（扶老太太坐大椅，自坐小椅，吉自坐长椅上）两点半钟就想来，突然来了一个病人，要替他腾出一间房间来，忙了半天。还打算打电话，说不能来了，后来我想老太太就要回南，无论怎样忙，都要来陪老太太玩半天。
吉老太太　多谢你，我们也知道你医院里事情很忙。所以一向不常请你出来。今天是因为我们快要回南，想请你来，我们好当面向你道谢。这一次实在劳苦了你。起先是我们吉先生，住了两个星期，都是你招呼，后来又是我自己，我们实在感激你的了不得。
余 小 姐　老太太太客气，那是我们的职务。老太太这几天饮食可好一点？
吉老太太　胃口不强，我一向就是这样。那一次到北京来，因为在路上略微受了一点辛苦，所以觉得不大舒服，实在没有什么病。我们吉先生一定要我到医院去，说医院里怎样的舒服，怎样的干净。我总是不想去。后来他又说我精神不好，一定是睡觉不好，非得到一个清静的地方去静养几天不可。我被他说不过了，方才住到医院去。我出来的时候，他还要我再多住几天。
吉 先 生　我的母亲是不相信医院，不相信看护妇的。
吉老太太　我并没有说我不相信看护妇，我是因为常常听见讲医院里招呼不大周到。
吉 先 生　没有什么，你现在不但相信她们，并且喜欢她们。
余 小 姐　我们也知道，外面有很多的人，说我们的坏话，现在不是我来替自己辩护，有时实在不是看护妇的疏忽，实在是这一班生病的太太小姐们的麻烦。我常时同其余的同事说了玩，说这些人什么事不会做，连生病也不会生……
吉 先 生　要生病生得好，本来不是一件容易的事。
余 小 姐　她们第一，就不肯听医生的话，要这样要那样，一天要压几十次铃子。你对她们说，叫她们不要吃东西，她一回儿要到外边买些水果，一回儿想叫家里送点鸡汤。你想，要叫我们同平常人家的老妈子伺候太太小姐们一样，我们哪里有这么许多工夫？我们平均每人要招呼十个人。喔，说也是无用，她们哪里肯讲理？
吉 先 生　做看护妇本来是一种很苦的职业，因为世界上最不讲理的是醉汉，其次就要算病人。
余 小 姐　好笑得很，遇到一种奇怪的人，病快好的时候，他还要你陪他谈

天。(看了吉一眼)

吉 先 生 那真是可想而知的讨厌。要是个男人，还没有什么，假若是个女人，那恐怕简直没有办法。

吉老太太 不过我终是不相信，其余的人，能够同你一样。纵然有你这样的能干，也一定不会这样的和善，这样的体贴。

〔仆人由左门入，手里拿了一个盘，盘中置茶壶、茶杯、糖碟等物。

余 小 姐 (老太太欲倒茶) 老太太请坐，让我自己来倒。(倒了一杯茶送老太太)

吉老太太 喔，谢谢你。(吉倒了一杯茶送余)

余 小 姐 (受吉之茶) 谢谢。(欲代吉倒茶)

吉 先 生 谢谢，我不喝茶。

余 小 姐 (一面喝茶) 老太太为什么不在北京多住几天？有吉小姐在家，难道还不放心么？

吉老太太 她倒什么都能够，不过我这次离家已经很久。我本是因为吉先生病了，所以来看看。

余 小 姐 我想吉小姐一定也是很能干。

吉老太太 什么叫能干？不过一个女孩子应该知道的事，我不容她们不知道。

余 小 姐 不过要想能同老太太一样的能干，恐怕不容易。

吉 先 生 做能干父母的子女，是一件很苦的事。暑假那么热的天气，回到家，只有两个星期，两个星期一过，就一个赶到乡里去种田，一个赶到厨房里去烧饭。

吉老太太 (笑) 我是一个很顽固的人——我现在也有了年纪，也不怕人笑话——我以为一个人多知道一点事，一定不会有坏处。我不相信，一个女人会做了饭，就不会做文章。

吉 先 生 不错。不过困难的不是会做了饭的女人不会做文章，是会做了文章的女人就不会做饭。

余 小 姐 吉小姐会到北京来么？我很想认识她，我想她一定是同老太太一样的和气，可爱。

吉老太太 她旁的没有什么好处，不过还直爽。就是我嫌她有点新的习气。

余 小 姐 (高兴) 我想我们一定会变做好朋友，她来的时候，老太太一定要叫她写信给我。

吉老太太 (向吉) 你有她的照片没有？

吉 先 生 有一张的，不知到哪里去了。

余 小 姐 (忆起) 喔，吉先生信里，说老太太要我一张照片，我今天带来了。(走向小桌)

吉老太太 (不解) 我没有说要照片。(向吉) 我几时……

吉先生 你怎么没有讲？真是有了年纪的人，说过去的话，不要几天就忘了。

余小姐 （装不听见，由钱包里取出一张小照片）这一张不大好，不十分像，等以后有了好的时候，再送老太太吧。（以照片送给老太太）

吉老太太 （看照片）你已经长得很好看，这张照片更加好。

吉先生 （向老太太取了照片，取笑老太太）你平常最讲究会说话的，怎么今天自己把话说差了？你应该说，这张照片固然很好看，但是总不及照片的主人好看。（与余对看了一眼）

吉老太太 我是说的老实话。

吉先生 你们还坐一会儿才去吧？（向老太太）我送你一个好看的相片框子。（吉带照片由左门走出。两人不语片刻。老太太对余注视，余不知所语，取了一块糖来吃）

吉老太太 余小姐，我有几句话，很久就想同你谈谈。（将椅移近，余忙将口里的糖吞下，理了一理裙子，坐直了身子，用心地听）我想你一定以为我是一个很爱舒服的人，你知道我年轻的时候，很过了些辛苦的日子。我们吉先生，从小就没了父亲，家里大大小小的事情，都全靠我一个人去问，连他们的书，也都是我自己教他们。差不多吃了二十年的苦，才把他们带到这么大。现在他们什么事都用不着我去担心。不过还有一件，我放不了心，就是他们都还没有成家。（余的身子略微地颤动了一下）这一层，我也同吉先生说过好几次，他都不把它当一件事。——我也不知道他到底是什么意思。现在子女的婚姻，本来也用不着父母去管，所以我也只好由他们自己去。（叹了一口气，略顿）我有一个表侄。（余转了一转身子，恢复了自然的呼吸）你大概也认识他，他到医院看过我。他虽然只看见过你几次，但是因为他时常听见我说你怎样的好，所以他很敬重你。他向我说了好多次，托我说媒，我都没有提过。因为我自己儿子的事，我都不管，我哪里有工夫去管旁人家的事？不过他说，他一来不知道你的意思，所以不好向你开口，二来就是想对你说，也没有个好的机会。他，人是一个很好的人，他学的是医道，现在预备自己挂牌行医。他的脾气很好。也是一点坏的嗜好都没有。——喔，我知道我是一个很腐败的老太婆，说媒的事，是你们现在最不欢喜的。要是这样，我请你不要生气。

余小姐 （如梦初觉）我很感谢老太太的好意，哪有生气的道理？

吉老太太 他还想在我回南之前，得一个回信。我想这也不是立刻就要怎样的一件事，你如要细细想一想，你回去写封信告诉我，我想也没有什么不可以。（略顿）你的意思怎么样？你有什么话，尽可对我说，你知道我差不多把你同自己的女儿一样的看待。

余小姐 （思索了一会，打定了主意）我想我们年轻的人，一点经验没有，什么事都全靠年纪大一点的人到处指点教导。老太太的意思怎么样？

吉老太太 喔，这是你自己的事，总得你自己做主。

余小姐 老太太的意思，如果觉得很好，那自然不会有错。

吉老太太 那我就说你很愿意？

余小姐 不过我想总得写一封信回去，问问父母的意思。

吉老太太 不错，不错，自然应该这样。那你就写封信回去，等你接到家里回信之后，再说吧。

余小姐 我想单由我写信去，还不十分妥当。

吉老太太 那有什么不好？

余小姐 可以不可以请吉先生写一封详细的信，把老太太的意思告诉我家里，我再另外写一封信，一齐寄去？

吉老太太 不错，不错，应该这样。回来我对吉先生说一说，叫他写起一封信来。写好了，我叫一个人送给你。你说好不好？

余小姐 老太太的主意很好。

吉老太太 我们还是坐一会，还是就到公园去？

余小姐 老太太的意思怎么样？

吉老太太 我们就去好不好？我叫他们去请吉先生去。（走去压电铃）

余小姐 我借你们的电话用一用。

吉老太太 在那边院子里，你知道。（余由右门出，仆人由左门入）你去请吉先生，就说我们现在到公园去了。（仆人由左门出。老太太坐回原处，若有所思）

吉先生 （由左门入，手里拿了照片，装好了框子。进来之后，将照片放在书架上，看了一看，移动一回）余小姐哪儿去了？

吉老太太 （沉思中）打电话去了。

吉先生 （坐到小椅上，取了一块牛奶糖，慢慢去其外皮，随便地问）你的媒做得怎么样，问了她没有？

吉老太太 问过了。

吉先生 她怎么样讲？（将糖送至嘴边）

吉老太太 她很愿意。

吉先生 （将糖由嘴边拿回）她很愿意？她说很愿意么？她怎样说？

吉老太太 她没有说什么。

吉先生 她没有说什么，你怎样知道她很愿意？

吉老太太 这用不着说的。

吉先生 喔，不错，这一类的事是用不着明说的，是不是？同天气一样，只要看看天色就知道了。（老太太对他严厉地看了一看）那么，已经定了？

吉老太太 她还要写封信回去，问问她的父母，要等……

吉 先 生 问问她的父母！（解悟）喔！（把一块糖投入口中）

吉老太太 你笑什么？你笑她把她的父母太看重了，是不是？我听了很欢喜。

吉 先 生 没有的事！我听了也很欢喜！（又拿了一块放进嘴去）她说了什么时候写信没有？

吉老太太 她要请你替她写。

吉 先 生 要我替她写！这真奇怪。我又不是她的亲兄弟，亲叔伯，她为什么要请我替她写信，这不是奇而又奇的事？

吉老太太 你看了奇怪么？我看了一点也不奇怪。

吉 先 生 为什么不奇怪？

吉老太太 因为——因为还没有认出她。她是一个大户人家出来的女孩子，知道什么是应该说的，什么是不应说的。她知道害羞。

吉 先 生 喔喔！女孩子！害羞！（又拿一块糖放进嘴去）

吉老太太 怎么你向来不吃糖的人，今天爱吃起糖来了？

吉 先 生 今天的糖特别有味儿！（高兴，即起）你们现在就到公园去么？

吉老太太 等余小姐打完了电话。

吉 先 生 （想了一想）你不换一件衣服？

吉老太太 不过是到公园去坐一坐，谁再去换衣服？

吉 先 生 可是天气很凉，不换，也应该加一件。——在哪里，我替你去拿，好不好？

吉老太太 我自己去，你不知道，（吉开右门让老太太走出，将门关好，走到书架，取照片在手仔细地审看。将照片放回，在房里走了两转。余由右门入）

吉 先 生 电话打通没有？

余 小 姐 打通了。（注意老太太不在房内，两人对看了一看）

吉 先 生 （将长椅向前稍推）老太太到后面去换一换衣服，叫请你在这里等一会。请坐。

余 小 姐 （由女人的直觉知将有有趣的谈判发生，为准备抵御起见，先摸了一摸头发，理了一理裙子，选了长椅离小椅远的一边坐了。吉坐小椅上）老太太真是一个很可佩服的人，那么大年纪，穿的衣服，比年轻的小姐们还要讲究。

吉 先 生 一个人什么都可以不讲究，惟有衣服不可以不讲究。

余 小 姐 为什么？

吉 先 生 因为人是一个社会动物。一个人生在世上，所有的一切物质上的幸福，精神上的愉快，都是社会给他的。所以一个人对于社会，应当尽量的报答。

余小姐　那与穿衣服有关系么？

吉先生　关系大得很！因为报答社会，有种种不同的方法。有职业的，藉他的职业，有技能的，用他的技能。当兵的可以替我们杀人，做律师的可以替我们打官司，做医生的可以替我们治病。不过还有一种人，——就像我们——既无职业，又无技能，最少也应该有几件好看的衣服，才不至于走到人家面前，叫人家看了难过。

余小姐　（笑）哈，我明白了。愈无用的人，愈应该穿好看的衣服，对不对？

吉先生　对，不过有用的人，也不应该着不好看的衣服。社会上没有一种职业，我们可以承认他有不顾装束的权利。一个人，自生至死，也没有一个时期，我们可以承认他有无须掩饰的特权。假若一个女人，因为她已经结了婚，就不管她头发的高低，因为她生了儿子，就不管她袖子的长短，或是一个男人，因为他能够诌得几句诗词歌赋，就不洗清他的面孔，因为能够画得几笔山水草虫，就不剃光他的下巴，拉直了他的袜筒，那都是社会的罪人。

余小姐　这样讲，恐怕我们都是社会的罪人。

吉先生　你？喔！（欲言又止）

余小姐　我怎么样？

吉先生　你？两个月以前，你冤枉说我发烧的时候，我不是已经对你讲过么？

余小姐　我冤枉说你发烧？

吉先生　自然是冤枉。什么温度三十九，脉跳一百多，那都是你造的谣言，——是的，完全是谣言。——不过我很感激你，假使没有你的谣言，我如何能够住到两个星期？喔！那两个星期！那是我一生最快乐的两个星期！（叹）嗳，无论怎么，不会再有的。

余小姐　（同想到那时的景况）是的，也不知说了多少话！从来没有看见过这样爱说话的病人。

吉先生　是的，那都是些极真诚，极平常，极正当的话。为什么平常我们不能讲？为什么要男人装了病，方才可以讲？为什么女人听了，一定要冤枉说他发烧？要是现在我说你的眼睛生得怎样的动人，嘴唇怎样的可爱，你会装做没有听见，把我的额角摸一摸，枕头拥一拥，说一声："现在歇一会儿吧。你说话说得太多！"社会真是一个不自然的东西！这一类的话，有什么说不得？为什么现在不能说？

余小姐　因为——因为你现在不发烧！

吉先生　你怎么知道我不发烧？我一年到头，没有一天不发烧。你要不相信，你现在替我试一试。（伸手放在长椅边上，余从长椅那一边，移到这一边，先理了一理裙子，然后用右手把脉，同时看左手上的腕表。约数秒钟无语）我病的时候，说了很多的话，是不是？（余点头）说了些什么？

余小姐　（余将手缩回）你说中国是一个可怜的社会，男人尤其可怜。除了赌钱，遇不到人家的小姐太太，除了生病，得不到女人的一点同情。所以你一个星期要打一次牌，一个月要装一次病。

吉先生　对呀！这像生病的人讲的话么？——发烧不发烧？

余小姐　（犹豫）七十七次。

吉先生　可见得是说谎。

余小姐　为什么？

吉先生　因为你就没有数！

余小姐　喔，一个人可以随便说谎么？

吉先生　自然不能“随便“。不过我们处在这个不自然的社会里面，不应该问的话，人家要问，可以讲的话，我们不能讲，所以只有说谎的一个方法，可以把许多丑事遮盖起来。

余小姐　我们从小就知道，说谎是不道德的。

吉先生　道德是没有标准的，随时代随个人而变的东西，平常“所谓“道德，不是多数人对于少数人的迷信，就是这班人对于那班人的偏见。

余小姐　这样说，世界上没有善恶好坏的标准了？

吉先生　世界上只有脏的习惯是坏习惯，丑的行为是恶行为。

余小姐　所以什么谎都可以说，只要说得好听。做贼，赌钱，都可以做，只要做得好看？

吉先生　一点都不错。不过世界上美神经发达的人很少。做贼同赌钱的时候，大半都是不大十分雅观。说谎，说得好的人很多，不过我最佩服的是你。

余小姐　我向来不说谎，你说我说谎，你有什么证据？

吉先生　对呀！所以佩服你的缘故，就是因为拿不出证据来。不过一个人说谎说太多了，总有一天，转不过弯来，要露出马脚来。

余小姐　我从来不欢喜说谎。

吉先生　好吧，白说是没有用的。我问你一件事。

余小姐　什么事？

吉先生　老太太替你做媒没有？

余小姐　（着急）你不应该问这句话。

吉先生　为什么不应该？

余小姐　因为这一类的话，连自己的父兄都不应该问，朋友更加不应该。

吉先生 喔，新文化！新文化！不过你知道不知道？一个人的婚事，从前，是父母专制，现在因为用不着父母去管，所以用不着父母去问。（吉先生的意见，以为婚姻的事如果不要人帮忙则已，如要帮忙，父母应该是最重要的人物，现在所以不要他们过问，一则因为他们专制，二则也因为他们不能帮忙。这一层似乎还没有人见到，所以附带声明）但是现在的婚姻是朋友专制，要想结婚，非靠朋友帮忙不可，所以你说朋友不应该过问，是完全错误。

余小姐 我去看看老太太去。（起立欲走）

吉先生 （起立阻之）不要走，不要走，我还有一件要紧的事，没有对你说。请坐。（两人同坐下）我不在这里的时候，老太太同你讲了很多的话，是不是？

余小姐 是的。

吉先生 她说到我不想结婚的话没有？

余小姐 说了很多。

吉先生 你知道，我不想结婚。

余小姐 为什么不想结婚？

吉先生 因为一个人最宝贵的是美神经，一个人一结了婚，他的美神经就迟钝了。

余小姐 这样说，还是不结婚的好。

吉先生 是的，你可以不可以陪我？

余小姐 陪你做什么？

吉先生 陪我不结婚。（走至余前，伸出两手）陪我不要结婚！

余小姐 （为他两目的诚意与爱情所动）可以。（以手与之）

吉先生 给我一个证据。

余小姐 你要什么证据？

吉先生 你让我抱一抱！（释其手，作欲抱状）

余小姐 （走开）等你再生病的时候。

吉先生 不过我的母亲告诉我，说你已经答应了做她的侄媳妇，那怎么办？

余小姐 （得意）那没有什么，我的父母不愿意我嫁给医生！

吉先生 对，我知道，我们是天生的说谎一对！（趁其不备，双手抱之）

余小姐 （失声大喊）喔！（老太太由右门，仆人由左门，同时惊慌入。吉已释手）

吉老太太 什么事，什么事？（余以一手掩面，面红不知所言）

吉先生 （走至余前，将余手取下，视其面）什么地方？刺了你没有？

吉老太太 什么事？什么一回事？

余小姐 （呼了一口深气）喔，一只马蜂！（以目谢吉）

（闭幕）

★导读

丁西林（1893—1974），原名丁燮林，字巽甫，江苏泰兴人。1910年考入上海南洋工学，1914年赴英国伯明翰大学攻读物理学，1919年获理科硕士学位。同年回国后到北京大学物理系任教，业余从事话剧创作。主要作品有话剧《一只马蜂》、《压迫》、《三块钱国币》、《妙峰山》等。

丁西林偏爱话剧，尤其是独幕喜剧，有“独幕剧圣手”的美誉。在他所创作的9部话剧中，只有《等太太回来的时候》和《妙峰山》是多幕剧，其他7部均为独幕喜剧。在中国现代话剧史上，丁西林是一个独特的存在。其精致巧妙的戏剧结构、机智幽默的语言艺术和棋逢对手的人物关系，在第一个作品《一只马蜂》中已有鲜明而成熟的体现。《一只马蜂》原载于《太平洋》杂志1923年4卷3号，是丁西林的话剧代表作。

《一只马蜂》中的登场人物依次为吉先生、吉老太太和余小姐，场景限定在吉先生的客厅，从某种意义上说，这就是一场客厅戏。吉先生是相信爱情却不要婚姻的新式青年，吉老太太则深具“老年人愿天下有情人无情人都成眷属之美情”，只想儿子赶紧讨个媳妇，她可早点抱个“方头大耳，既肥且皙”的孙儿。新式年轻人与旧式老太太因为婚恋观的差异所形成的矛盾，正是“五四”文学的基本主题之一。母子间的矛盾未被激化，吉先生和母亲的对话，奉承逢迎中带着戏谑调侃，虚与委蛇的同时暗藏机锋。他赞美吉老太太是“一个特殊的女人”，又直言其在儿女婚姻上未能逃出母亲的公例。他顺着母亲的口风贬抑新女性“都是些白话诗，既无品格，又无风韵”，又表示“她们的好处，就在这个上边”。吉老太太有意替表侄和余小姐说媒，吉先生回答“很好，看护妇配医生，互助的原则，合作的精神，结婚时最好的演说资料”，表面赞成，内含讥讽。

稍后登场的余小姐对待老太太的态度与吉先生有异曲同工之妙。两人之间的话题有二，一是称赞对方，二是说媒。老太太夸余小姐能干、和善、体贴，余小姐则不着痕迹地想象素未谋面的吉小姐必然同母亲一样能干、和气、可爱，巧妙地赞美了老太太。得知老太太有意为医生表侄说媒时，余小姐不仅表示愿意，而且提出要请吉先生帮忙写信回家征询父母的意见。此番应对可谓一石三鸟，一来讨了老太太欢心，老太太对余小姐的顺从和教养（知道害羞）赞不绝口；二来可以笃定且得体地回绝亲事，因为她知道父母不愿意她嫁给医生；三来借机试探吉先生，看看他对自己的心意究竟如何。余小姐的聪明机智，于此可见一斑。

很多研究者指出丁西林的戏剧常采用“欺瞒”模式，这在《一只马蜂》中体现得极为明显。吉先生和余小姐这对新式青年男女，既不想被老太太操控，又不愿正面忤逆，于是以说谎的方式进行欺骗和隐瞒。说谎是否不道德呢？吉先生的看法是这样的：“道德是没有标准的，随时代随个人而变的东西，平常‘所谓’道德，不是多数人对于少数人的迷信，就是这班人对于那班人的偏见”。既然如此，出于好的用心，偶尔说点小谎也就无伤大雅了。为了应付老太太对婚事的关心，吉先生和余小姐都多多少少说了谎。

不仅如此，我们看到，在吉先生和余小姐两人的关系中，也伴随着说谎。如吉先生谎称老太太要照片，其实是他自己想要。余小姐拿来自己的照片，谦（谎）称“这一张不大好”，老太太说老实话：“你已经长得很好看，这张照片更加好”，吉先生借取笑老太太之机表白：“这张照片固然很好看，但是总不及照片的主人好看”。又如吉先生生病住院时，以各种理由找余小姐谈天。对于他的赞美、表白、怪论，余小姐往往以“冤枉”他发烧作结。终于，余小姐为吉先生的诚意与爱情所动，答应陪他“不结婚”，吉先生喜言“我们是天生的说谎的一对”。吉先生情不自禁地突然拥抱，令余小姐失声大喊，老太太和仆人闻声而入。余小姐以一手掩面，面红无语，吉先生上前取下余小姐的手，佯问“什么地方？刺了你没有？”余小姐答曰“喔，一只马蜂！”两个年轻人凭借心领神会的默契和不相上下的机智，以又一个谎话巧妙地化解了危机，产生了强烈的喜剧效果。

当然，这种喜剧效果的产生，还在于欺瞒和被欺瞒的双方并没有道德立场上的高下，有的只是智力上的碰撞。老太太原本喜欢余小姐，但儿子要的是爱情，母亲要的是婚姻，吉先生不想自找麻烦，索性以谎话欺瞒，换来暂时的风平浪静。吉先生和余小姐之间彼此了然的谎话，更是双方共享的风情和乐趣，于你来我往之际保持“美神经”的活跃。（陈翠平）

★思考题：

1. 简单分析《一只马蜂》的语言艺术。
2. 丁西林的戏剧创作在中国话剧史上有何独特性？

这不过是春天（节选）

李健吾

人物	警察厅厅长	年四十余
	厅长夫人	年近三十
	女子小学校长	前者堂姊，未婚，年三十余
	王彝丞	厅长秘书，年约三十
	白振山	密探，年约五十
	冯允平	年约三十

男　仆

地点　华北某市

时代　北伐中某年春天

时间　第一幕　某日下午

第二幕　次日下午

第三幕　又次日下午

第三幕

还是那间客室，因为时间改了上午，不免有些发黯，然而渐渐浅褪，直到最后，依旧亮了起来。

秘书陪同密探等候厅长出来。

王彝丞　要是真的话，你敢动手逮捕他吗？

白振山　（迟疑）这得看事行事。现在我一点逮捕的意思也没有。不过做主的不是我，我也不过受人差遣，我跟谁都没有恩怨。

王彝丞　姓谭的是姓冯的，倒是小事。问题在牵着太太。

白振山　所以我来跟厅长讨个主意。

王彝丞　你应该先问清楚太太。

白振山　不，我先探探厅长口气。我向例主张，先办公事，后讲交易。

王彝丞　这样一来，那姓冯的就算跟头栽定了。不瞒你说，我讨厌这小子那份儿神气，只要不碍着太太，干掉他我吃饭也吃的定心。

白振山　我把他打进监牢，你拿什么谢我呢？

王彝丞　我？

白振山　别的不说，你的秘书位子先就稳了。

王彝丞　自个儿人，总好办。

白振山　厅长好像还没有起床。

王彝丞　厅长回头有饭局，自个儿做东，要出门也就快了。

白振山　（行近圆儿）这儿有两杯茶，还有点儿热，像谁刚来过。

王彝丞　是那位小学校长。

白振山　她一定是送信来的。也好，先让太太有个准备。对于花钱不在乎的人们，总得给点儿时间划算。

王彝丞　姓谭的一早出了门。

白振山　更好，这出戏正要背着他唱。

〔男仆由客厅上。

男　仆　厅长用过早点出来。

白振山　不要紧，我多等等。

男　仆　太太跟姨小姐就从花园回来。

白振山　（会意）好，好，我们前面儿等。厅长出来，烦你通知一声。（向王）我们前面坐。

〔他们由客厅下。

〔男仆过去开开小门，侧身而立。

〔夫人和校长手挽手，说着话，缓缓走上。

〔男仆由原路下。

校　长　你不如再想想。是我引他来的，如今还是我引他去。你犯不上死心眼儿留他。害你自个儿是真的。

夫　人　他一早儿上你学校去的？

校　长　没有，直到如今，我没有瞧见他。

夫　人　我疑心是他叫你来的。

校　长　不，是我自个儿要来的。来，我们坐下细谈谈。

〔两个人坐在沙发上。

夫　人　茶冷了，不要换一杯热的？

校　长　谢谢你，我不喝。

夫　人　你在这儿用午饭，好吗？

校　长　你不用打断我的话头儿。好孩子，听我说。

夫　人　我听着，你说好了。

校　长　你得放他走。你这样恋着他，一不小心，有什么把柄落在人家眼里，你这官太太就不用想体面。毁了自个儿是小事，把人家也赔在里头，太犯不上了。再说，一个三十岁的男子汉，也不是死乞白赖可以留得住的。他已经不是你爱而又爱你的那个学生，那股子热情也早就用到别的地方。你跟他厮混了这两天，看不出来，也该觉得出来。看看我，妹妹。你敢说你没有觉到一点儿？你口硬，不甘心承认，没有勇气承认，我全明白。

夫　人　你不明白。

校　长　得啦，你那点傻劲儿，只是骗骗自个儿的遮眼罩子，其实黑是黑，难受还是难受。人就是这样子。受人奉承惯了，地位高了，离生活远了，就不相信天下会有不如意的事。一心情愿，万一有个什么落空的话，就不知不觉学了那些奉承的脸相，低首下心，自个儿奉承自个儿。那才叫惨！惨透了，我的好妹妹！

夫　人　好姐姐，你也让我说两句真话。你才刚讲，万一有个什么落空的话，不过，你应该知道，十年前我落了一次空，跌得那样重，跌走了我的心，我的一切，把我跌成了一个空壳儿。所以我不会再落空的，而且，我也不要再落空。这回他来了，一看那张似熟不熟的脸，那颗似热不热的心，我才晓得我这十年来缺了点儿什么。是的，我要留住他。就是我不留他，他也没有离开这儿的必要。你那些话呀，就我看来，是叫做替古人担忧。

校　长　可是，对着那张似熟不熟的脸，似热不热的心，你真就不感到一点点幻灭，幻灭的悲哀？你不见得没有感到，不过样子做的挺硬挣，像是哄的住人，哄的住自个儿，其实你那两只水汪汪的眼睛先是奸细。得啦，听我的话，打发他走。

夫　人　你那么相信我的势力？就以为我真有本领永远留得住他，扣在自个儿身边？

校　长　如今你也许没有那种魔力，不过，你什么事都做得出来。

夫　人　你忘记了一桩事。从前我那么年轻，那么好看的时候，受不住我半句话的刺激，他一言不发，就离开了我。现在我上了年纪，嫁了一个他看不上眼的男人，染了许多他看不上眼的习气，你真就以为我能够挽得住他，——一个飘荡了十年，见过千千万万女性的美男子？谢谢你，究竟是姐姐，太看得起我。

校　长　咱姐儿俩都是女人，我要说你说的太厉害，你得记住全是为了你好。方才你把自个儿说得那么难堪，看着我，我说，那是良心话，还是说来好玩？我可不信你出于本心。天下没有一个女人甘心揭破自个儿的底细，要是揭破的话，还是我那句话，她什么事都做得出来。

夫　人　你以为我会杀人？

校　长　不，你没有那份儿胆子。

夫　人　我会闹离婚？

校　长　你？做了十年阔太太，回头闹离婚？好比鱼失了水，你马上涸死。从前你嫌人家穷，现在你就不嫌了？你一定还记得当年你跟他分手的情形。你把情用得那样长远，把话说得那样弯曲，在你以为你满是好意。你要是忘了，我还记得：什么“允平呀，你好好儿干去，你别管我，将来有一天你成了名人，大名人，蔡松坡一样的大名人，我就是给你做老妈子也愿意！”

夫　人　（打断；讥讪）你的记性可真好！怪不得要去教书！

校　长　（不理睬；继续）你以为人家受不住你讽刺，离开了你。可是，现在过了十年，他回来了，连个小名人也算不上，就是一点点名人边儿也没有沾上，你这样死心眼儿留他，又算什么？

夫　人　好姐姐，我是一个活人，不是一个死天秤，由你摆上摆下，加一个砝码儿去一个砝码儿地掂分量。

校　长　可是，大家都是活人，不止你一个人是。你忘了别人也有理想。他离开你，不是怕你挖苦，是怕你毁了他的理想。

夫　人　这人你就错了。别瞧我那时候讽刺他，就是我讽刺他，也是因为我看他看得重，盼他盼得心切。我不要他做一辈子的只知道谈恋爱的苦学生。我要他有志气。

校　长　别瞧你把自个儿叫做一个文明新女性，你就没有静下一分钟理理你那些乱糟糟的思想。你做的是才子佳人的梦，不知道那只是一群书生坐在书房里头发呆的把戏。什么“蔡松坡一样的大名人”，简直是佳人盼她情郎中状元！我这老姐姐也许把话说得太直了，不过，你别生气，我有一句话还要直。这就是，冯先生不是才子，你呀，你更不是什么佳人。

夫　人　你的话越说越离奇。

校　长　好，我就说不离奇的。方才我说冯先生离开了你。过了两年，你就嫁我们这位厅长大人。十年以来，你没有得到他一封信，就是一张贺年卡，你也没有接过。（看着她）不是吗？

夫　人　（伤了心）没有。

校　长　我偶尔接到他一两封信，这我从来没有对你说过。有什么用呢？你过得很舒坦，他有他的事业。好马不吃回头草，各人走各人的路，他是他的，你是你的。你从前不留他，现在尤其不应该留他。难道你真就那么糊涂，从前以为他不配做你丈夫，如今就可以当你情人了吗？

夫　人　我没有叫他来，是他自个儿来的。

校　长　人家由于友谊，你以为人家由于爱情？见天儿受人奉承，你看不出人跟人还有区别。你要他跟你那群人一样，见天儿过来巴结太太？说穿了，那也不全为你。

夫　人　我一点不要作践他。

校　长　临了儿还不一样？过不上两个暑天，你照样儿会把他打在秘书群里头。来，让我问你。你能不能抛下眼前的荣华富贵，跟他私奔？

夫　人　你发了疯！

校　长　哈！你不成，是不是？

夫　人　当然不成。

校　长　我想不到你回得这样斩钉截铁。好啦，我也不用再问你，你自个儿明白。

夫　人　不过你才刚说的，我什么事都做得出来。

校　长　做出来满足你的私欲，是不是？你把人全看做填路的石子儿，叫你走个快，走个稳，早点儿叫你称心如意。

夫　人　我没有你说的那么可怕。

校　长　我不跟你拌嘴。

夫　人　你领他来，你领他走，不成！我不是纸扎人儿，你领不了他走，我爱他，他也亲我来的。

校　长　你是一个顶倔强的小孩子，我不同你讲话。

夫　人　你是一个顶别扭的小学校长，我跟你没有话说。

〔她虽说扭开身子，却又偷偷在看校长的脸色。

校　长　来，来，别撅嘴。

夫　人　（耍赖）你得帮我想一个主意留他。

校　长　他说他要走的？

夫　人　他没有说，他叫我“试试看”。

校　长　我简直不懂你们这些孩子话。为什么“试试看”？

夫　人　他说我留不住他，我说我留得住他，他说“试试看”。

校　长　我不管。

夫　人　你得叫他答应我当秘书。

校　长　你不成，我怎么能够？

夫　人　他听你的话。

校　长　可是你爱他，他也亲你来的。

夫　人　（站起）你这叫吃飞醋！

校　长　谢谢你，我再也不同你讲话。

夫　人　你马上给我走！

校　长　对不住，我等一个人回来说一句话。

夫　人　不许你见他！

校　长　他会见我的。你看！回过头！

〔冯允平由客厅上。看见她们剑拔弩张的情势，他愣住了，站在屋心，不再前行。

冯允平　怎么啦？

夫　人　（趋前）不怎么！她爱你！

〔她冲出小门。

〔冯打算追她回来，迟疑了一下，立刻转回身，过来坐在沙发上。

冯允平　你们吵嘴来的？

校　长　没有什么要紧，你知道她的脾气。她一会儿就跟我好。

冯允平　（疲倦）我才叫跑得累。

校　长　说是你一早儿出了门。我等了好久。

冯允平　等我？

校　长　我来告你一件怪事。昨天黄昏，有人到学校探听你的消息。

冯允平　（凝神）什么人？

校　长　起先门房上来回话，我只当是你的朋友。可是今天早晌又有人来探听，据门房人讲，校门左近总有人转来转去，像是守着什么人出入。

冯允平　噢？他怎么一个问法？

校　长　详细我不知道。不过就底下人讲，一个二十多岁的年轻人，穿了一身蓝布长褂儿，样子怪像学生，一进门房就问：有没有一位冯允平冯先生。

冯允平 奇怪！怎么会问到你那儿去？

校　长 怪的是今天早晨又有人来问。这回换了一个五十多岁的人，也是一进来就问冯允平冯先生。口气挺像一个老朋友。门房回了一句没有这人。他就打听有没有一位姓谭的。

冯允平 朋友里头没有人知道我姓谭，也没有过五十岁的人。

校　长 一定有人想知道你的行止。

冯允平 （站起，徘徊）很难讲。

校　长 谁能够知道姓冯的就是姓谭的呢？除非……我看你马上就得离开这儿。你新从南方来，说不定引起官方的注意。要不然，就是有人在暗地里进行什么不利于你的阴谋。

冯允平 也许姓王的怕我顶掉他的秘书位子。

校　长 你这两天出门，不觉得有人尾随？

〔冯摇摇头。

校　长 好些人糊里糊涂失了踪，你得小心才是。

冯允平 （站住）你没有告诉令妹？

校　长 没有。我怕她大惊小怪，反而弄坏了你的事。

〔冯点点头。两个人思维着。

校　长 你还在这儿住下去吗？

冯允平 不。我进去收拾收拾就走。我这儿没有事了。

校　长 全都顺利？

冯允平 多亏同志们热心，替我跑了不少腿。

校　长 我怕女主人不放你走。你看得出来，她很恋着你。

冯允平 不过我走了，会跟我没有来一样。

校　长 是说你？是说她？

冯允平 都可以说，不过我的意思更指她而言。

校　长 你这回跟她盘桓了几天，该有点儿满足，补起十年来的惦记。

〔冯点点头。

校　长 （站起）那么你走好了。

冯允平 论理我应当谢谢你。

校　长 没有什么。我倒应当谢谢你，因为你，我学校多了一千块钱基金。（两人握手）你大概不会再到我那边去。

冯允平 我想不会。

〔夫人重由小门上。她笑嘻嘻的，差不多另换了一个人。

夫　人 （向校长）姐姐，怎么，你要走吗？

校　长 是的。这么快，你平了气？

夫　人　根本我就没有生气。

校　长　（向冯）你亲眼看见她跑出去的。我倒不管她生不生气，不过她毁谤我的名誉，我要提出抗议的。

夫　人　我留你用午饭，算和解了吧。

校　长　我出来了一早晨，这时得回学校看看。改一次，你恭恭敬敬写一份请帖来，我再来领情吧。

夫　人　真的，你不要走，回头厅长出门，家里只我一个人。

校　长　（向外行）我给你举荐一位陪客。

夫　人　我要你陪。

校　长　也要我亲你吗？

〔她笑着向客厅跑出去。

夫　人　看我不掰掉你的嘴！

〔她追出去。

〔冯站在那里，唇边挂着微笑，静听遥遥传来的“再见！再见！”他仿佛醒了过来，预备由小门下。

〔男仆由小门上，闪在一侧。

〔厅长披着一口钟，戴着绒帽，从小门进来。他看见冯，点点头。

厅　长　早晨没有出去？

冯允平　刚回来。

厅　长　噢！天气还好。（向男仆）请白先生这儿见。

男　仆　是，老爷。

厅　长　备汽车。

男　仆　是，老爷。

〔男仆由客厅下。

厅　长　谭先生有事，请便。

冯允平　是。

〔冯由小门下。

〔厅长行近圆几，坐在沙发上。

〔稍缓，白振山在帘边出现，看见厅长，远远鞠下躬去，然后趋向前面。

厅　长　你坐下，振山。

白振山　不敢。

厅　长　你坐下好说话。

白振山　是，厅长。

厅　长　你快点儿说，我出去还有应酬。

白振山　是。（坐在沙发边沿）这是关于逮捕那个姓冯的事。

厅　长　我记得，我记得。（用力在想）他叫什么来的？

白振山　冯允平。
厅　长　是的。你侦察得怎么样？有没有这个人？
白振山　有这人。
厅　长　好得很。逮住没有？
白振山　困难就在这上头。不敢欺瞒厅长，这得买通几个得力的眼线，因为，厅长明白，我们队里没有人认识这姓冯的。
厅　长　他藏在什么地方？
白振山　现在不敢说一定。有些嫌疑地方，已经派好了人看守。
厅　长　那就好办。只要面生，形迹可疑，你就下手好了。
白振山　直到如今，还没有遇见这样的人。他既然是南方派来秘密工作的重要人员，一定轻易不拿把柄给人。
厅　长　依你说，这很难办。
白振山　厅长无妨先颁一个赏额。
厅　长　赏额？
白振山　（斗胆）是的。好些地方都得用钱。例如买通眼线，就得一笔开销。依职下看，厅长拨下一千就成。
厅　长　胡说！一千块钱逮个革命党，还不定逮的住逮不住！
白振山　现在革命党看着不要紧，将来里应外合……
厅　长　放屁！这话也是你说的！
白振山　是，是，职下该死！不过，这是厅长的恩典，多少赏下点儿来，底下人好欢欢喜喜办事。
厅　长　他们不关心？
白振山　是，是。
厅　长　你们这些办官事的人，见月儿领了薪俸不算，处处还要讲价钱。总部公事交给我的时候，说好了多少来的？我这儿警饷没有着落，天天跟总部商量，你那儿贼没有逮住，先叫上头开支票，有这种道理吗？
白振山　是，是。
厅　长　你跟了我多少年，官场上这点儿事还不明白？
白振山　是，是。
〔男仆由客厅上。
男　仆　厅长，车备好了。
厅　长　就走。
男　仆　是。老爷。
〔男仆由客厅下。
厅　长　（站起）叫你手下人多用点儿心。
白振山　（站起）是，大人。

厅　长　（向外行）等人逮住以后，那时候百儿八十，我再向总部请。

白振山　全仗大人体恤。

〔他深深一躬下去，已经不见厅长的身影；他站直了，回过身子，做鬼脸，吐舌头，仿佛恐惧过去了，起而代之的是轻蔑，戏弄，报复。听见轻快的步声，他立即严肃起来，装作要出去的样子。

〔夫人由客厅上。一看意中人不在，她收住步，改了面容。

夫　人　呵！白先生！

白振山　（奉承）是，太太。太太好？我这儿正有一桩事跟太太报告。

夫　人　怪啦，你有事跟我讲！好，我们这边儿坐下谈。

白振山　是，太太。

〔等夫人坐好了，坐到原来的地方。

夫　人　什么事？

白振山　先请太太过目一样东西。（从衣袋取出公函，抽出公文，呈上）这儿是。太太请看。

〔夫人接过一看，大是惊恐，然而她不言语，极力表示若无其事的镇静。现在她明白冯允平了，觉得自己受了骗，心上是伤痕，这伤痕一直牵动她的尊严，所以她不喊出口，反而哑着。

〔白观察她的表情。她也晓得他在观察她。她一抬头，他就移开视线。

夫　人　是厅长交下来的？

白振山　厅长交下来的。

夫　人　你探出什么消息没有？

白振山　这，刚有点儿眉目，禀过太太，我就布置。

夫　人　你方才跟厅长谈的就是这个？

白振山　就是这个。不过，太太明白，上头向我要人，可是交的出交不出，又是底下人的事。

夫　人　假定你交不出。

白振山　遵照太太的意思。

夫　人　我没有意思。

白振山　是，是，假定我交不出。

夫　人　那，你怎么样？

白振山　我回厅长一句话：人已闻风远遁。

夫　人　那么，厅长呢？

白振山　厅长回总部一封公文，说：查得并无此人。

夫　人　（差不多扔出那封公文）假定你交得出。

白振山　这，没有这个假定的道理。

夫　人　为什么？

白振山 太太明白，上头没有赏额。

夫　人 （微笑）厅长不给钱？

白振山 是的。

夫　人 你的意思是多少？

白振山 我跟厅长说了个一千的数目，他骂我胡说。

夫　人 譬方有人送你一千，你放他走吗？

白振山 我放。

夫　人 是你说的？

白振山 我用人格担保。

夫　人 （站起）等等，我出去就回来。

白振山 是，太太。

〔他站起来，快步过去拉开小门，弯着腰，等太太出去。然后，他挺直腰，转回身，和水纹散开了一样，他的老脸松适了。

白振山 （自言自语）一千块钱！我一个人吞！呵，呵，留下你那“百儿八十”吧，我的厅长大人！逮住姓冯的，逮不住姓冯的，是革命党也罢，不是也罢，我全不放在心上。就是烧了这座城，毁了你的贪赃前程，我的厅长大人，看着银钱分儿上，我也管不了你那许多！对了，革命党，闹吧！把官儿都让女人做，我才开心！我们太太真有她的！爽快，麻利，精明，慷慨，又年轻漂亮，就是不给钱，人也情愿巴结。

〔听见脚步，他立即转回身，预备过去开门，但是夫人已经进来，他只好闪在后面，卑微地掬着腰，笑着脸。

夫　人 这是一张五百块钱的支票。（把支票放在圆几上）还有五百，明天开给你。

白振山 是，谢谢太太。

〔他趋前取起支票，仔细审看。

夫　人 （鄙夷）不是假的。

白振山 （急忙收起）哪儿话！全凭太太栽培。

夫　人 你们只认识现洋。

白振山 不，不；是，是。

夫　人 明天见过厅长，你再见我。

白振山 是，太太。我知道怎么交代。

夫　人 好，明天见。

白振山 是，太太。

夫　人 对不起，过路烦你把王先生请进来。

白振山 是，太太。我明天早晌来。

〔他一口“太太”，由客厅下。

〔停了半天的鸟啭，忽然又在窗外喧叫。树枝影儿在白净的窗纸上摇动。太阳正在中午。

〔夫人望着绒帘，动也不动，听着外面春天的音籁。她的梦碎了。她静静走向沙发，扑在里面，呜咽着。她需要哭，仿佛情感过分紧张，不得不发泄，却又不能发泄。她不觉察有人由小门进来，站在她旁边，静静地，同情地，看着她渐渐恢复原状。她发现冯允平，因为无法而且无须掩饰，索性不言语。

冯允平 我说过也许不辞而别，不过，那太不近人情，我不应该再犯第二回。（停了停）谢谢女主人的恩情。

夫　人 （声音发哑）你坐下。

冯允平 我特地向你辞行。

夫　人 我知道。我正准备你走。你坐下，听我给你安排。

〔冯只得坐下。

〔王秘书在帘边出现。

王彝丞 是太太叫我？

夫　人 （打起精神）对不起，王先生。你现在还是给我去一趟天津，把彭大夫请来。

王彝亟 是。不过还得乘下午四点钟火车。

夫　人 不用，坐我的汽车去。

王彝丞 （踌躇）我还没有用午饭。

夫　人 你路上用吧。

王彝丞 好，好，一样的。

夫　人 车备好了，请进来说一声。

王彝丞 是，是。

〔他由原路下。

夫　人 要是你上天津的话，不妨坐我的汽车去，好在是个顺路捎带。我想你不会不上天津。从天津可以搭船去上海，从上海可以换船到广东，是不是？

冯允平 （感动）你安排得真好。（想吻她的手）你是人世顶高贵的女子。

夫　人 （缩回手）少肉麻点儿！

冯允平 是我错。对于你，应该用静默感谢。

夫　人 （讥嘲）谢谢你的静默。可是，我或许没有理由问，不过话到了口头上，咽下去也没有用。现在，请问，你的事情全办妥了吗？

冯允平 全办妥了。

夫　人 那么，请你原谅我的直率，你来真个是为我吗？

冯允平 不是。

夫　人 连原因之一也不是了，我的谭先生？（不等他开口）你欺骗我的热情，你欺骗你的老朋友，你欺骗我的一切，你欺骗我，你知道吗？

冯允平 不是欺骗，用不着欺骗。

夫　人 那么，你这善于措辞的革命家，又是什么？

冯允平 是隐瞒，一种事实上必需的顾虑。

夫　人 顾虑我出卖你，卖给我那位厅长大人？

冯允平 说实话，我没有向你解释的必要。

夫　人 （大怒）利用我，是不是必要？闭住你的嘴，我不要听你的！我听够了，听够了你的甜言蜜语！我也看够了，看够了你的无耻的行径！你把我当做一个什么东西！我就这么不配做你的知已？昨天你还亲我，对了！你还分得出心勾引我！你知道吗？昨天晚晌我已经走到你的门口又走回去，你知道吗？你不知道我多么爱你！你看事看得那么高贵，看爱看得那么卑贱，还不如一朵野花，一脚踩在鞋底下！那你为什么来见我，你这么看不起我？你这人面兽心，你就没有拿我当人看！不过，我也是人，我也做给你看，你这负心贼！我还盼你跟我在一起，在一起避暑，快快活活过上一夏天！可是你打心里就没有我！好像只有你一个人配活着，此外都是多余！可是我还偏活着给你看！走，走你的！我不留你！

〔冯默然起立，伸手告辞。

夫　人 呵！我不要你走！我不要你走！来，坐下说一句话，直到如今我还没有听见你开口！（强他就座）我说的太过火，你不见怪，是不是？（温柔地）你不清楚我多爱你。我性子一上来，就忘了分寸。我想爱人的人都是这样，你敢说不是？

冯允平 我伤了你的虚荣是真的。

夫　人 管它哪，你让我伤心倒是真的。说，让我听听你的声音，以后我们也许没有机会再碰见。就是碰见，我也一定成了一个老太婆，——可不是，白头发，鸡皮手，你一样也要为我淌眼泪！（恩爱地）要是你再到北方来，你还来看我，跟这次一样，是不是？

冯允平 （握住她的手）我怕不能够。再来的时候，不像现在，我会掺在我那一大群伙伴里面，兴兴头头，唱着歌，喊着口号，换一个样子。你想不到的狂热样子。

夫　人 （苦笑）我晓得，我晓得。我不会留在北平等到那一天的。现在，我放虎归山，做成我自个儿的毁灭，你该——你该原谅我了吧？

冯允平 原谅？

夫　人 从前我不肯嫁你。

冯允平 用不着原谅。我早就觉得你我不会走在一起的。再说，过去的事我也没有多少工夫想。

夫　人 你为党一定忙得厉害。见天儿早晌你都在外面，做什么？我简直想不出来怎么一个革命法。跟你那些朋友商量，联络，埋伏，破坏，对不对？你一定是一个小头目，或者大头目。你知道吗？你的秘密我全晓得了哪。你奇怪，是不是？说起来也可笑，我花了挺大的价钱买来的，有点儿不值，怕是。不管它，反正我花了一千块钱买来了点儿意外伤心，——我是头号儿傻子，做的还都是头号儿傻事。

冯允平 有人想逮我，是谁？

夫　人 还有谁？那太上皇总部。

冯允平 没有人疑心你？

夫　人 疑心我什么？

冯允平 你我的友谊。

夫　人 我当疑心我是革命党哪。别的话，我们这样女人也不放在心上。你以为我做了厅长大太，就真个正正经经做起人来了吗？也许别的女人会这样子，我虽说糊涂，还不至于一点人味儿不留给自个儿。我老想法儿活着。犹如一盆花儿生在窖子里头，我能够怎么舒展，就怎么舒展。

冯允平 这未尝不是一种生存的道理。

夫　人 你的话倒像一回子事，口气怕没有那么恭敬。我再傻也听得出来。不过，你要我怎么办？别瞧我是一潭死水，见了缝儿也是钻。这正是我那点儿小得意处。我不比你们男人，一赌气，走遍天涯闹革命，闹得丢不开手，命也赔在里头。你敢说，你闹革命不是赌气？

冯允平 一个警察厅厅长太太绝不懂什么是革命的。

夫　人 至少她比一个革命家懂得爱情。

冯允平 我不知道。

夫　人 （跳起来，惨笑）你不知道？我的允平，允平，你不知道？喝，喝，喝，他不知道，我的小革命家哪！（在他面前站直了）我不喜欢你这样寡言——寡味——连动作也寡的英雄！（看见他的脸抽搐）你身边没有带颗炸弹，或者手枪？

冯允平 干什么用？

夫　人 要是我，先炸掉一个警察厅厅长。

冯允平 （微笑）你以为他配吗？你太看高了你丈夫！

夫　人 （思维）你的话有道理。到了性命关头，他头一个投降。来，听我一句话，要是我跟你走呢？

冯允平 你？

夫　人 我。

冯允平 马上？

夫　人 马上。

冯允平 我不信。

夫　人　你跟姐姐一样，不信我会走。

冯允平　她对。

夫　人　你那么看不起我？

冯允平　不，你看人生看得太儿戏。我们没有法子在一起。不可能。

夫　人　（呆了呆，强笑）可是你来看我。

冯允平　我来看我十年前爱过的女孩子，我理想里的，梦想里的，一个已经死去了的女孩子。

夫　人　死去啦？

冯允平　（口气温柔）好在我的记性还没有死。它会帮那女孩子一块儿活下去的。

夫　人　你知道我现在想怎么样你？我想一枪打死你！（看见他不言语）不，我们永远是好朋友，不是吗？锣鼓还没有响，戏就收了场，岂不有点儿太快？心里有点儿遗憾，你不觉得？拉拉手，你真该走了！

〔冯珍重地同她道别。一种凄凉的情绪堵住他，他低下了头。

〔王秘书在帘边出现，看见他们握手，愣了愣，轻轻咳嗽着。

〔夫人看见他，倒退一步。

王彝丞　车备好了，我这就走。

夫　人　好吧。谭先生要到天津去一趟，捎带着他，你一道儿也不寂寞。

王彝丞　（意想不到）谭先生跟我一块儿上天津？

夫　人　他另外有事。

王彝丞　那好极了！怎么，马上就走？

冯允平　我们现在就一同出去。（向夫人）再见！

夫　人　再见！（失了气力）再见！

〔她向前送了两步，扶住琴几，便不动了，望着他们的背影。

幕。

全剧完。

★导读

李健吾（1906—1982），笔名刘西渭，山西运城人。1921 年入读国立北京师范大学附中，1922 年与同学蹇先艾、朱大枬等组织文学团体“曦社”。1925 年考入清华大学，先在中文系，后转入西洋文学系。1925 年加入“文学研究会”，1931 年赴法国留学，1933 年回国，1935 年任暨南大学教授。抗战时期在上海从事进步戏剧运动，抗战胜利后与郑振铎合编《文艺复兴》杂志，并参与筹建上海实验戏剧学校（后改名为上海戏剧专科学校），任戏剧文学系主任。著有文学评论集《咀华集》、《咀华二集》，话剧《这不过是春天》、《以身作则》、《青春》等。

《这不过是春天》是李健吾的第一个喜剧作品，也是其代表作，最初发表于1934年7月1日出版的《文学季刊》第1卷第3期，排在剧本栏目的第一篇，第二篇则是后来蜚声文坛的《雷雨》。《围城》中有一段与李健吾和曹禺有关的情节。赵辛楣和范小姐谈话剧，范小姐问曹禺如何，辛楣瞎猜其是最伟大的戏剧家。当被追问曹禺哪个戏最好时，他冒失地说："他是不是写过一本——呃——'这不过是'——"范小姐的惊骇表情阻止他说出来是"春天"、"夏天"、"秋天"还是"冬天"。范小姐向他讲解："李健吾"并非曹禺用的化名，而是真有其人。钱钟书和曹禺是清华同学，李健吾则是他们的学长。《这不过是春天》发表后曾在全国各地上演，反响较大，难怪话剧外行赵辛楣也有所闻。

《这不过是春天》是三幕剧，时间分别为北伐中的某年春天的某日下午、次日下午和又次日下午，地点是华北某市警察厅厅长家的一间内客室，主要人物为警察厅厅长、厅长夫人、冯允平、女子小学校长、秘书王彝丞和密探白振山等。剧情有一明一暗两条线索，明线是厅长夫人无疾而终的情事，暗线为冯允平的到来和离去。序幕拉开不久，男仆即拿着一份公函登场，厅长夫人懒得打开，因而不知缉捕对象是冯允平。结婚十年的厅长夫人，是一个年近三十、衣饰华贵、生活腻味的少妇，恰逢十年前的相好冯允平来看她，她期待重燃旧情，却发现冯允平已经不爱自己，且是丈夫正在搜捕的革命者。最后，厅长夫人买通密探，送走了冯允平。死水微澜，复归平静。

李健吾在为剧本写的序中表示，"实际这里的人物只有厅长夫人一个人而已"。柯灵在为《李健吾剧作选》所写的序言指出，厅长夫人身上充满了矛盾："理想和现实的矛盾，纯情挚爱和世俗利益的矛盾，物质享受和精神空虚的矛盾，青春不再和似水流年的矛盾，强烈的虚荣心和隐秘的自卑感的矛盾"。登场不久，厅长夫人即向堂姐坦承生活的无聊，自言像个"糖饧人儿"，对于外面的现实全不可知，又没有打进去的那份劲儿。冯允平的到来访如风乍起，吹皱一湖春水。难怪夫人感慨："丁香芽子褪出苞皮，简直要绿起来。春天到了！这一冬天，又是风，又是冷，活不把人闷死！"

冯允平甫登场，便以"记得老早你就有胃病"的贴心话，以及一番关于改名换姓的大道理，令厅长夫人陷入对往日时光的追忆。如今的冯允平老练、笃定，一切尽在掌握之中。她说自己老得不成话了，他说"我看不出你跟从前有什么不一样，更有风韵也难说"。她问你来做什么，他答来访青梅竹马的痕迹。他带来好看的桃花，她认为桃花"不等叶子长出来，就开花，花也未免冒失"，他立即接话"这叫做情不自禁"。凡此种种，怎不令厅长夫人浮想翩翩？她想把冯允平留下来当自己的情人。当然，她也有自知之明，"从前我那么年轻，那么好看的时候，受不住我一句话的刺激，他一言不发，就离开了我。现在我上了年纪，嫁了个他看不上眼的男人，染了许多他看不上眼的习气，你真以为我能够挽得住他——一个飘荡了十年，见过千千万万女性的美男子?”果然，当厅长夫人质问“你来真个是为我吗”时，冯允平回答：“我来看我十年前爱过的女孩子，我理想里的，梦想里的，一个已经死去了的女孩子。”这一切不过是春天的一个梦，梦醒后只留下幻灭的悲哀。

厅长夫人亦有世故精明的一面，并非厅长眼里不懂事的小孩子，看事情甚至比厅长还通透。厅长说广东军队出了韶关时，夫人的话一语中的：“韶关，韶关，你还不照样做官!”她“建议”厅长秘书，做官的秘诀是讨上司太太欢喜，三言两语吓出对方一身冷汗。白振山得知厅长不愿补贴一千大洋抓捕冯允平，转而试探夫人口风。夫人冷静以对，为密探开了五百元的支票，并承诺冯允平安全离去后再给另外五百元。接着，她假意要秘书到天津为自己请大夫，不动声色地让他捎上冯允平。整件事处理得从容机智，干净利落。（陈翠平）

★思考题：

1. 谈谈你对厅长夫人这个人物形象的看法。
2. 简单分析《这不过是春天》的语言特色。

雷雨（节选）

曹　禺

第二幕

〔蘩漪由饭厅下，鲁贵由中门上。移时鲁妈——即鲁侍萍——与四凤上。鲁妈的年纪约有四十六七，鬓发有点斑白，面貌白净，看上去也只有三十八九岁的样子。她的眼睛有些呆滞，时而呆呆地出神，但是在那秀长的睫毛和她圆大的眸子间，还寻得出她年轻时的神韵。她的衣服朴素，洁净，穿在身上，象一个由大家门户落魄的妇人。

〔她头上包着一条白毛巾，怕是坐火车时围着遮土的。她说话总爱微微地笑，声音很低，很沉稳，语音象一个南方人在北方落户久了，夹杂着一些轻快的南方口音，但是她的字句说得很清楚。她的牙齿非常齐整，笑的时候在嘴角旁露出一对深深的笑涡，叫我们想起来四凤笑时口旁一对浅浅的涡影。

〔鲁侍萍拉着女儿的手，鲁四凤亲热地偎在她身边走进来。后面跟着鲁贵，提着一个旧包袱。他骄傲地笑着，比起来，这母女的单纯的欢欣，他更是粗鄙了。

鲁四凤　太太呢？

鲁　贵　就下来。

鲁四凤　妈，您坐下。（鲁妈坐）您累么？

鲁侍萍　不累。

鲁四凤　（高兴地）妈，您坐一坐。我给您倒一杯冰镇的开水。

鲁侍萍　不，不要走，我不热。

鲁　贵　凤儿，你给你妈拿一瓶汽水来，（向鲁侍萍）这儿公馆什么没有？一到夏天，柠檬水，果子露，西瓜汤，橘子，香蕉，鲜荔枝，你要什么，就有什么。

鲁侍萍　不，不，你别听你爸爸的话。这是人家的东西。你在我身旁跟我多坐一会，回头跟我同——同这位周太太谈谈，比喝什么都强。

鲁　贵　太太就会下来，你看你，那块白包头，总舍不得拿下来。

鲁侍萍　（和蔼地笑着）你瞧，说了那么半天，……（笑望着四凤）连这块手巾都忘了取下来啦。（从头上取下白毛巾）你看我的脸脏么？火车上尽是土，看我的头发乱不乱？不要叫人家笑。

鲁四凤　不，不，一点都不。两年没见您，您还是那个样。

鲁　贵　（轻蔑地）你看你们这点穷相，来到大家公馆，也不看看人家的阔排场，尽一个劲儿闲扯。四凤，你先把你这两年做的衣裳给你妈看看。

鲁四凤　妈不希罕这个。

鲁　贵　你不也有点首饰吗？你拿出来给你妈开开眼。看看还是我对，还是把女儿关在家里对？

鲁侍萍　（向鲁贵）我走的时候嘱咐过你，这两年写信的时候也总不断地提醒你，我不愿意我的女儿叫人家使唤。你偏——（忽然觉得这不是谈家事的地方，回头向四凤）你哥哥呢？

鲁四凤　不是在门房里等着我们吗？

鲁　贵　不是等着你们，人家等着见老爷呢。（向鲁侍萍）去年我叫人给你捎个信，告诉你，大海也在矿上找上事了，那都是我在这儿嘀咕上的。

鲁四凤　（厌恶她父亲又表白自己的本领）爸爸，别再扯了，您看看哥哥去吧。

鲁　贵　真他妈的，这孩子我倒忘了。（走向中门，回头）你们好好在这屋子坐一会，别乱动，太太一会儿就下来。

〔鲁贵下。鲁侍萍和四凤见鲁贵走后，都舒展多了。母女二人相对凄然地笑了一笑。〕

鲁侍萍　（伸出手来，向鲁四凤）孩子，让我好好看看你。

鲁四凤 （鲁四凤走到侍萍面前）妈，您不怪我吧？

鲁侍萍 不，做了就做了。——不过为什么这两年你一个字也不告诉我，我到了家，才听见张大婶告诉我，说你在这儿。

鲁四凤 我怕您生气，不敢告诉您。——其实，妈，就是象我这样帮帮人，我想也没有什么关系。

鲁侍萍 你以为妈怕穷么？怕人家笑我们穷么？不，孩子，妈最看得开，不过，我怕你太年轻，容易一阵子犯胡涂，（叹一口气）好，我们先不提这个。（站起来）这位太太真怪，她要见我干什么？

鲁四凤 是啊。（恐惧来了，但是愿意向好的一面想）不，妈，这边太太没有多少朋友，她听说妈也会写字，念书，也许觉着很相近，所以想请妈来谈谈。

鲁侍萍 哦？（慢慢看这屋子的摆设，指着有镜台的柜）这屋子倒是很雅致的。就是家具太旧了点。

鲁四凤 可不是，都是三十年前的老东西了，听说是从前的第一个太太，就是大少爷的母亲，顶爱的东西。您看，从前的家具多笨哪。

鲁侍萍 （用手巾擦擦汗）奇怪——为什么窗户还关上呢？

鲁四凤 您也觉得奇怪不是？这是我们老爷的怪脾气，一到夏天就要关窗户。

鲁侍萍 （回想）凤儿，这屋子我象是在哪儿见过似的。

鲁四凤 （笑）真的？您大概是想我想的，梦里到过这儿。

鲁侍萍 对了，做梦似的。——奇怪，这地方好眼熟。（低下头）

鲁四凤 （慌）妈，您不舒服？您别是受了暑，我给您拿一杯冷水吧？

鲁侍萍 不，不是，你别去。

鲁四凤 妈，您怎么啦？

鲁侍萍 （注意看着房中的一切，沉思着）奇怪——（伸手拉四凤）四凤！

鲁四凤 （摸鲁侍萍的手）您手冰凉，妈。

鲁侍萍 不要紧的，妈不怎么样。真是，真好象我的魂来过这儿似的。

鲁四凤 妈，您别瞎说啦，您怎么来过？他们二十年前才搬到北方来，那时候，您不是还在南方么？

鲁侍萍 不，不，我来过。这些家具，我想不起来——我在哪儿见过。

鲁四凤 妈，您看什么？

鲁侍萍 那个柜，那个柜。（声音愈低，努力地回想着）

鲁四凤 那——那是从前死了的太太的东西。

鲁侍萍 （自语）不能够，不能够。

鲁四凤 （怜惜她的母亲）别多说话了，妈，歇一会儿吧。

鲁侍萍 不要紧的。——刚才我在门房听见这家还有两位少爷？

鲁四凤 嗯，妈，都很好，周家的人都很和气的。

鲁侍萍 周？这家姓周？

鲁四凤 妈，您看您，您刚才不是问着周家的门进来的么？怎么会忘了？妈，您准是路上受热了。我给您拿点水来喝。（走过柜前）妈，您看这就是周家第一个太太的相片。（拿相片过来，站在鲁侍萍背后，给她看）

鲁侍萍 （拿着相片，看）哦！（惊愕得说不出话来）

鲁四凤 （站在侍萍背后）您看她多好看，这就是大少爷的母亲，他们说还有点象我呢。可惜她死了。

〔鲁侍萍拿相片的手有些发颤。

鲁四凤 妈！

鲁侍萍 给我点水喝。

鲁四凤 妈，您到这边来！（扶鲁侍萍到一个大的沙发前。）

〔鲁侍萍手里还紧紧地拿着相片。

鲁四凤 妈，您在这儿躺一躺。我给您拿水去。（由饭厅门忙跑下）

鲁侍萍 哦，天哪。我是死了的人！这是真的么？这张相片？这些家具？——哦，天底下地方大得很，怎么熬过这几十年，偏偏又把我这个可怜的孩子，放回到他——他的家里？哦，天哪！

〔鲁四凤拿水上。

鲁四凤 妈，您喝。

〔鲁侍萍喝水。

鲁四凤 好一点了吗？

鲁侍萍 嗯，好，好啦。孩子，你现在就跟我回家。

鲁四凤 （惊讶）妈，您怎么啦？

〔由饭厅传出蘩漪的声音："四凤！"

鲁四凤 （听）太太。

〔蘩漪声：四凤！

鲁四凤 哎。

〔蘩漪声：四凤，你来，老爷的雨衣你给放在哪儿啦？

鲁四凤 （大声）我就来。（向鲁侍萍）妈等一等，我就回来。

鲁侍萍 你去吧。

〔鲁四凤下。鲁侍萍周围望望，走到柜前。忽然听见屋外花园里走路的声音，她转过身来，等候着。

〔鲁贵由中门上。

鲁　贵 四凤呢？

鲁侍萍 这儿的太太叫了去啦。

鲁　贵 你回头告诉太太，说找着雨衣不用送去了；老爷自己到这儿来，还有话跟太太说。

鲁侍萍 老爷要到这屋里来？

鲁　贵　嗯，你告诉清楚了，别回头老爷来了，太太不在，老头儿又发脾气了。

鲁侍萍　你跟太太说吧。

鲁　贵　这上上下下多少听差都得我支派，我忙不开，我可不能等。

鲁侍萍　我要回家去，我不见太太了。

鲁　贵　为什么？这次太太叫你来，我告诉你，就许有点什么很要紧的事跟你谈谈。

鲁侍萍　我预备带着凤儿回去，叫她辞了这儿的事。

鲁　贵　什么？你看你这点……

〔周蘩漪由饭厅上。

鲁　贵　太太。

周蘩漪　（向门内）四凤，你先把那两件也拿出来，问问老爷要哪一件。（向鲁侍萍）这就是四凤的妈吧？叫你久等了。

鲁　贵　应当的。太太准她来跟您请安就是老大的面子。

〔鲁四凤拿着雨衣由饭厅门进。

周蘩漪　请坐，你来了好半天啦。

鲁侍萍　（只在打量着，没有坐下）不多一会，太太。

鲁四凤　太太，把这三件雨衣都送到老爷那边去么？

鲁　贵　老爷说就放在这儿，老爷自己来拿，还请太太等一会，老爷见您有话说呢。

周蘩漪　知道了。（向鲁四凤）你先到厨房，把晚饭的菜看看，告诉厨房一下。

鲁四凤　是，太太。（望着鲁贵，又疑惧地望着周蘩漪，由中门下）

周蘩漪　鲁贵，告诉老爷，说我同四凤的母亲谈话，回头再请他到这儿来。

鲁　贵　是，太太。（但不走）

周蘩漪　（见鲁贵不走）你有什么事吗？

鲁　贵　太太，今天早上老爷吩咐请德国克大夫来。

周蘩漪　二少爷告诉过我了。

鲁　贵　老爷刚才吩咐，说来了就请太太去看。

周蘩漪　我知道了。你去吧。

〔鲁贵由中门下。

周蘩漪　（向鲁侍萍）坐下谈，不要客气。（自己坐到沙发上）

鲁侍萍　（坐在旁边一张椅子上）我刚下火车，就听说您要我来见见您。

周蘩漪　我常听四凤提到你，说你念过书，从前是个很好的人家。

鲁侍萍　（不愿提起从前的事）四凤这孩子很傻，不懂事，这两年叫您多操心。

周蘩漪　不，她非常聪明，我也很喜欢她。这孩子不应当叫她侍候人，应当替她找一个正当的出路才好。

鲁侍萍 是的，我一直也是不愿意这孩子帮人。

周蘩漪 这一点我很明白。我知道你是个知书达礼的人，一看就看出是个直爽人，我就不妨把请你来的原因现在就跟你说一说。

鲁侍萍 （疑虑地）是不是我这孩子平时的举动有点叫人说闲话？

周蘩漪 （笑着，故做肯定地）不，不是，我先把我家里的情形说一说。我家里的女人很少的。

鲁侍萍 是的。

周蘩漪 老爷，两个少爷，除了我和一两个老妈子以外，其余用的都是男下人。

鲁侍萍 哦。

周蘩漪 四凤的年纪很轻，她才十九岁，是不是？

鲁侍萍 十八。

周蘩漪 （委婉地）那就对了，我记得好象她比我的孩子是大一岁的样子。这样年轻的孩子，在外边做事，又生得很秀气的。

鲁侍萍 （急切地）四凤有什么不检点的地方吗？请您千万不要瞒我。

周蘩漪 不，不，（又笑了）她很好的。我只是说说这个情形。我自己有一个儿子，他才十七岁——恐怕刚才你在花园见过——是个不大懂事的孩子。

〔鲁贵自书房门上。

鲁　贵 老爷催着太太去看病。

周蘩漪 没有人陪着克大夫吗？

鲁　贵 张局长刚走，老爷自己在陪着呢。

周蘩漪 你跟老爷说，说我没有病，我自己并没要请医生来。

鲁　贵 是，太太。（但不走）

周蘩漪 （看鲁贵）你在干什么？

鲁　贵 我等太太还有什么事要吩咐。

周蘩漪 （忽然想起来）有，你跟老爷回完话之后，你出去叫一个电灯匠来。刚才我听说花园藤萝架上的旧电线落下来了，走电，叫他赶快收拾一下，不要电了人。

〔鲁贵由中门下。

周蘩漪 （见鲁侍萍立起）鲁奶奶，你还是坐呀。哦，这屋子又闷热起来啦。（走到窗户前，把窗户打开，回来）这些天我就看着我这孩子奇怪，谁知这两天，他忽然跟我说他很喜欢四凤。

鲁侍萍 （吃一惊）啊？

周蘩漪 他要帮助她学费，叫她上学。他还说——（笑笑）这孩子！——要娶四凤。

鲁侍萍 您不必往下说，我都明白了。

周蘩漪 四凤比我的孩子大，四凤又是很聪明的女孩子，这种情形……

鲁侍萍 （不喜欢蘩漪的暧昧的口气）我的女儿，我总相信是个懂事明白大体的孩子。我向来不愿意她到大公馆帮人，可是我信得过，我的女儿就帮这儿两年，她不会做出什么胡涂事的。

周蘩漪 鲁奶奶，我也知道四凤是个明白的孩子，不过有了这种不幸的情形，我的意思，是非常容易叫人发生误会的。

鲁侍萍 （叹气）今天我到这儿来是万没想到的事，回头我就预备把她带走，现在就请您准了她的长假。

周蘩漪 哦，——如果你以为这样办好，我也觉得很妥当的。不过有一层，我怕，我的孩子有点傻气，他还是会找到你家里见四凤的。

鲁侍萍 您放心，我后悔得很。我不该把这个孩子一个人交给她父亲管的。大后天我就要离开此地，不会再见着周家的人。太太，我想现在带着我的女儿走。

周蘩漪 那么，也好，回头我叫账房把工钱算出来。她自己的东西，我可以派人送去，我有一箱子旧衣服，也可以带着去，留着她以后在家里穿。

鲁侍萍 （自语）我的可怜的孩子！

周蘩漪 （走到侍萍面前）不要伤心，鲁奶奶。如果钱上有什么问题，尽管到我这儿来，一定有办法。好好地带她回去，有你这样一个母亲教育她，自然比在这儿好的。

〔周朴园由书房门上。

周朴园 蘩漪！

〔周蘩漪转身。鲁妈闪在一旁。

周朴园 你怎么还不去？

周蘩漪 （故意地）上哪儿？

周朴园 克大夫还在等着，你不知道么？

周蘩漪 克大夫？谁是克大夫？

周朴园 给你看过病的克大夫。

周蘩漪 我现在没有病。

周朴园 （忍耐）克大夫是我在德国的好朋友，对于脑科很有研究。你的神经有点失常，他一定治得好。

周蘩漪 （爆发）谁说我的神经失常？你们为什么这样咒我？我没有病，告诉你，我没有病！

周朴园 （冷酷地）你当着人这样胡喊乱闹，你自己有病，偏偏要讳病忌医，不肯叫医生治，这不就是神经上的病态么？

周蘩漪 哼，我假若是有病，也不是医生治得好的。（向饭厅门走）

周朴园　（大声喊）站住！你上哪儿去？

周蘩漪　（不在意地）到楼上去。

周朴园　（命令地）你应当听话。

周蘩漪　你！（不经意地打量他）你忘了你自己是怎样一个人啦！（径自由饭厅门下）

周朴园　来人！

〔仆人上。

仆　人　老爷！

周朴园　太太现在在楼上。你叫大少爷陪着克大夫到楼上去给太太看病。

仆　人　是，老爷。

周朴园　叫大少爷告诉克大夫，说我有点累，不陪他了。

仆　人　是，老爷。（下）

周朴园　（点着一支吕宋烟，看见桌上的雨衣，向鲁侍萍）这是太太找出来的雨衣吗？

鲁侍萍　（看着他）大概是的。

周朴园　不对，不对，这都是新的。我要我的旧雨衣，你回头跟太太说。

鲁侍萍　嗯。

周朴园　（看她不走）你不知道这间房子底下人不准随便进来吗？

鲁侍萍　不知道，老爷。

周朴园　你是新来的下人？

鲁侍萍　不是的，我找我的女儿来的。

周朴园　你的女儿？

鲁侍萍　四凤是我的女儿。

周朴园　那你走错屋子了。

鲁侍萍　哦。——老爷没有事了？

周朴园　（指窗）窗户谁叫打开的？

鲁侍萍　哦。（很自然地走到窗前，关上窗户，慢慢地走向中门）

周朴园　（看她关好窗门，忽然觉得她很奇怪）你站一站。

〔鲁侍萍停。

周朴园　你——你贵姓？

鲁侍萍　我姓鲁。

周朴园　姓鲁。你的口音不象北方人。

鲁侍萍　对了，我不是，我是江苏的。

周朴园　你好象有点无锡口音。

鲁侍萍　我自小就在无锡长大的。

周朴园　（沉思）无锡？嗯，无锡，（忽而）你在无锡是什么时候？

鲁侍萍　光绪二十年，离现在有三十多年了。

周朴园 哦，三十年前你在无锡？

鲁侍萍 是的，三十多年前呢，那时候我记得我们还没有用洋火呢。

周朴园 （沉思）三十多年前，是的，很远啦，我想想，我大概是二十多岁的时候。那时候我还在无锡呢。

鲁侍萍 老爷是那个地方的人？

周朴园 嗯，（沉吟）无锡是个好地方。

鲁侍萍 哦，好地方。

周朴园 你三十年前在无锡吗？

鲁侍萍 是，老爷。

周朴园 三十年前，在无锡有一件很出名的事情——

鲁侍萍 哦。

周朴园 你知道吗？

鲁侍萍 也许记得，不知道老爷说的是哪一件？

周朴园 哦，很远了，提起来大家都忘了。

鲁侍萍 说不定，也许记得的。

周朴园 我问过许多那个时候到过无锡的人，我也派人到无锡打听过。可是那个时候在无锡的人，到现在不是老了就是死了。活着的多半是不知道的，或者忘了。不过也许你会知道。三十年前在无锡有一家姓梅的。

鲁侍萍 姓梅的？

周朴园 梅家的一个年轻小姐，很贤慧，也很规矩。有一天夜里，忽然地投水死了。后来，后来，——你知道吗？

鲁侍萍 不敢说。

周朴园 哦。

鲁侍萍 我倒认识一个年轻的姑娘姓梅的。

周朴园 哦？你说说看。

鲁侍萍 可是她不是小姐，她也不贤慧，并且听说是不大规矩的。

周朴园 也许，也许你弄错了，不过你不妨说说看。

鲁侍萍 这个梅姑娘倒是有一天晚上跳的河，可是不是一个，她手里抱着一个刚生下三天的男孩。听人说她生前是不规矩的。

周朴园 （苦痛）哦！

鲁侍萍 她是个下等人，不很守本分的。听说她跟那时周公馆的少爷有点不清白，生了两个儿子。生了第二个，才过三天，忽然周少爷不要她了。大孩子就放在周公馆，刚生的孩子她抱在怀里，在年三十夜里投河死的。

周朴园 （汗涔涔地）哦。

鲁侍萍 她不是小姐，她是无锡周公馆梅妈的女儿，她叫侍萍。

周朴园　（抬起头来）你姓什么？

鲁侍萍　我姓鲁，老爷。

周朴园　（喘出一口气，沉思地）侍萍，侍萍，对了。这个女孩子的尸首，说是有一个穷人见着埋了。你可以打听到她的坟在哪儿吗？

鲁侍萍　老爷问这些闲事干什么？

周朴园　这个人跟我们有点亲戚。

鲁侍萍　亲戚？

周朴园　嗯，——我们想把她的坟墓修一修。

鲁侍萍　哦，——那用不着了。

周朴园　怎么？

鲁侍萍　这个人现在还活着。

周朴园　（惊愕）什么？

鲁侍萍　她没有死。

周朴园　她还在？不会吧？我看见她河边上的衣服，里面有她的绝命书。

鲁侍萍　她又被人救活了。

周朴园　哦，救活啦？

鲁侍萍　以后无锡的人是没见着她，以为她那夜晚死了。

周朴园　那么，她呢？

鲁侍萍　一个人在外乡活着。

周朴园　那个小孩呢？

鲁侍萍　也活着。

周朴园　（忽然立起）你是谁？

鲁侍萍　我是这儿四凤的妈，老爷。

周朴园　哦。

鲁侍萍　她现在老了，嫁给一个下等人，又生了个女孩，境况很不好。

周朴园　你知道她现在在哪儿？

鲁侍萍　我前几天还见着她！

周朴园　什么？她就在这儿？此地？

鲁侍萍　嗯，就在此地。

周朴园　哦！

鲁侍萍　老爷，您想见一见她吗？

周朴园　（连忙）不，不，不用。

鲁侍萍　她的命很苦，离开了周家，周家少爷就娶了一位有钱有门第的小姐。她一个单身人，无亲无故，带着一个孩子在外乡，什么事都做：讨饭，缝衣服，当老妈子，在学校里伺候人。

周朴园　她为什么不再找到周家？

鲁侍萍　大概她是不愿意吧。为着她自己的孩子，她嫁过两次。

周朴园 嗯，以后她又嫁过两次。

鲁侍萍 嗯，都是很下等的人。她遇人都很不如意，老爷想帮一帮她吗？

周朴园 好，你先下去吧。

鲁侍萍 老爷，没有事了？（望着朴园，泪要涌出。）

周朴园 啊，你顺便去告诉四凤，叫她把我樟木箱子里那件旧雨衣拿出来，顺便把那箱子里的几件旧衬衣也捡出来。

鲁侍萍 旧衬衣？

周朴园 你告诉她在我那顶老的箱子里，纺绸的衬衣，没有领子的。

鲁侍萍 老爷那种绸衬衣不是一共有五件？您要哪一件？

周朴园 要哪一件？

鲁侍萍 不是有一件，在右袖襟上有个烧破的窟窿，后来用丝线绣成一朵梅花补上的？还有一件——

周朴园 （惊愕）梅花？

鲁侍萍 旁边还绣着一个萍字。

周朴园 （徐徐立起）哦，你，你，你是——

鲁侍萍 我是从前伺候过老爷的下人。

周朴园 哦，侍萍！（低声）是你？

鲁侍萍 你自然想不到，侍萍的相貌有一天也会老得连你都不认识了。

〔周朴园不觉地望望柜上的相片，又望鲁侍萍。

〔半晌。

周朴园 （忽然严厉地）你来干什么？

鲁侍萍 不是我要来的。

周朴园 谁指使你来的？

鲁侍萍 （悲愤）命，不公平的命指使我来的！

周朴园 （冷冷地）三十年的工夫你还是找到这儿来了。

鲁侍萍 （怨愤）我没有找你，我没有找你，我以为你早死了。我今天没想到到这儿来，这是天要我在这儿又碰见你。

周朴园 你可以冷静点。现在你我都是有子女的人。如果你觉得心里有委屈，这么大年纪，我们先可以不必哭哭啼啼的。

鲁侍萍 哼，我的眼泪早哭干了，我没有委屈，我有的是恨，是悔，是三十年一天一天我自己受的苦。你大概已经忘了你做的事了！三十年前，过年三十的晚上我生下你的第二个儿子才三天，你为了要赶紧娶那位有钱有门第的小姐，你们逼着我冒着大雪出去，要我离开你们周家的门。

周朴园 从前的旧恩怨，过了几十年，又何必再提呢？

鲁侍萍 那是因为周大少爷一帆风顺，现在也是社会上的好人物。可是自从我被你们家赶出来以后，我没有死成，我把我的母亲可给气死了，我亲生的两个孩子你们家里逼着我留在你们家里。

周朴园 你的第二个孩子你不是已经抱走了么？

鲁侍萍 那是你们老太太看着孩子快死了，才叫我带走的。（自语）哦，天哪，我觉得我象在做梦。

周朴园 我看过去的事不必再提起来吧。

鲁侍萍 我要提，我要提，我闷了三十年了！你结了婚，就搬了家，我以为这一辈子也见不着你了；谁知道我自己的孩子偏偏要跑到周家来，又做我从前在你们家里做过的事。

周朴园 怪不得四凤这样象你。

鲁侍萍 我伺候你，我的孩子再伺候你生的少爷们。这是我的报应，我的报应。

周朴园 你静一静。把脑子放清醒点。你不要以为我的心是死了，你以为一个人做了一件于心不忍的事就会忘了么？你看这些家具都是你从前顶喜欢的东西，多少年我总是留着，为着纪念你。

鲁侍萍 （低头）哦。

周朴园 你的生日——四月十八——每年我总记得。一切都照着你是正式嫁过周家的人看，甚至于你因为生萍儿，受了病，总要关窗户，这些习惯我都保留着，为的是不忘你，弥补我的罪过。

鲁侍萍 （叹一口气）现在我们都是上了年纪的人，这些话请你也不必说了。

周朴园 那更好了。那么我们可以明明白白地谈一谈。

鲁侍萍 不过我觉得没有什么可谈的。

周朴园 话很多。我看你的性情好象没有大改，——鲁贵象是个很不老实的人。

鲁侍萍 你不要怕。他永远不会知道的。

周朴园 那双方面都好。再有，我要问你的，你自己带走的儿子在哪儿？

鲁侍萍 他在你的矿上做工。

周朴园 我问，他现在在哪儿？

鲁侍萍 就在门房等着见你呢。

周朴园 什么？鲁大海？他！我的儿子？

鲁侍萍 就是他！他现在跟你完完全全是两样的人。

周朴园 （冷笑）这么说，我自己的骨肉在矿上鼓动罢工，反对我！

鲁侍萍 你不要以为他还会认你做父亲。

周朴园 （忽然）好！痛痛快快的！你现在要多少钱吧！

鲁侍萍 什么？

周朴园 留着你养老。

鲁侍萍 （苦笑）哼，你还以为我是故意来敲诈你，才来的吗？

周朴园 也好，我们暂且不提这一层。那么，我先说我的意思。你听着，鲁贵我现在要辞退的，四凤也要回家。不过——

鲁侍萍 你不要怕，你以为我会用这种关系来敲诈你吗？你放心，我不会的。大后天我就带着四凤回到我原来的地方。这是一场梦，这地方我绝对不会再住下去。

周朴园 好得很，那么一切路费，用费，都归我担负。

鲁侍萍 什么？

周朴园 这于我的心也安一点。

鲁侍萍 你？（笑）三十年我一个人都过了，现在我反而要你的钱？

周朴园 好，好，好，那么，你现在要什么？

鲁侍萍 （停一停）我，我要点东西。

周朴园 什么？说吧。

鲁侍萍 （泪满眼）我——我——我只要见见我的萍儿。

周朴园 你想见他？

鲁侍萍 嗯，他在哪儿？

周朴园 他现在在楼上陪着他的母亲看病。我叫他，他就可以下来见你。不过是——（顿）他很大了，——（顿）并且他以为他母亲早就死了的。

鲁侍萍 哦，你以为我会哭哭啼啼地叫他认母亲吗？我不会那样傻的。我明白他的地位，他的教育，不容他承认这样的母亲。这些年我也学乖了，我只想看看他，他究竟是我生的孩子。你不要怕，我就是告诉他，白白地增加他的烦恼，他也是不愿意认我的。

周朴园 那么，我们就这样解决了。我叫他下来，你看一看他，以后鲁家的人永远不许再到周家来。

鲁侍萍 好，我希望这一生不要再见你。

周朴园 （由衣内取出支票，签好）很好，这是一张五千块钱的支票，你可以先拿去用。算是弥补我一点罪过。

〔鲁侍萍接过支票，把它撕了。

周朴园 侍萍。

鲁侍萍 我这些年的苦不是你拿钱算得清的。

周朴园 可是你——

……

★导读

曹禺（1910—1996），原名万家宝，祖籍湖北潜江，生于天津一个没落的官僚家庭。自小接触大量中国传统戏曲，1922年进入南开中学后加入了南开新话剧团。1928年进入南开大学，1929年转入清华大学西洋文学系，期间广泛阅读莎士比亚、易卜生、契诃夫、奥尼尔等戏剧大师的作品，并开始话剧创作。自1950年开始，长期担任北京人民艺术剧院院长。主要话剧作品有《雷雨》、《日出》、《原野》、《北京人》等。

经过五年的酝酿与修改，曹禺于大学毕业前夕的1933年8月底完成了《雷雨》，并将稿件拿给当时正在筹备《文学季刊》的中学同学靳以。《文学季刊》于1934年1月创刊，1934年7月1日《雷雨》在该刊第1卷第3期上全文刊登。《雷雨》的问世，标志着中国现代话剧的成熟。1935年4月27日，留日学生剧团“中华话剧同好会”在东京进行了《雷雨》的首次演出。同年8月，天津市立师范学校“孤松剧团”在国内首演了《雷雨》，之后上海复旦剧社演出了欧阳予倩导演的《雷雨》。茅盾对于《雷雨》上演后引起的巨大轰动曾以“当年海上惊《雷雨》”加以描述，在将近八十年后的今天，《雷雨》魅力依然，张艺谋导演的电影《满城尽带黄金甲》干脆以“古装宫廷版《雷雨》”为卖点。

《雷雨》为四幕剧，初版时有序幕和尾声。第一、二、四幕的场景均为周宅的客厅，第三幕转移至鲁贵家，舞台演出的时间由上午至午夜两、三点钟。故事讲述30年前周朴园对女仆侍萍始乱终弃，大儿子周萍留在周家，侍萍抱着小儿子鲁大海投河遇救，后嫁给鲁贵，生下四凤，周朴园则娶蘩漪为妻，生下周冲。多年后，鲁大海和周朴园之间有劳资矛盾，周萍先与继母蘩漪乱伦，后爱上女仆四凤，周冲也爱上四凤。侍萍到周家看望女儿，众人之间隐秘而复杂的血缘关系得以揭示。经受不住真相的刺激，四凤冲出室外，于雷雨之夜与紧随其后的周冲相继触电身亡，周萍亦开枪自杀。两个女人，蘩漪发狂，侍萍发疯，一起住在由周宅改建的教会医院。

《雷雨》中共有八个人物，其中最精彩、最富争议性的人物无疑是蘩漪。在为《雷雨》单行本初版（文化生活出版社，1936年1月）所写的序中，曹禺指出，蘩漪、鲁大海、周萍和周朴园、鲁贵分别代表了明暗的两极，前者激烈而极端，后者妥协且敷衍，侍萍、四凤、周冲则是明暗的间色。蘩漪是具有魔性力量的人物。她是一个旧式女人，文弱、明慧，嫁到周家十八年，得到的不是爱而是禁锢，在行将窒息之际，凭借周萍的爱，重新活了过来。然而，周萍受不了道德观念的折磨，逃向新鲜而青春的四凤，希望得到救赎。这个不顾伦常、名誉、母职、性命疯狂去爱的女人，内心郁积的怨怼之火熊熊燃烧，她变身为阴鸷的复仇女神，亲手导演了毁灭一切的悲剧。

在蘩漪导演的悲剧中，最令人痛心的莫过于周冲的死。这个十七岁的青春期少年，善良、纯真，做着美丽的白日梦，梦里是海、天、船、光明和快乐。他以为自己爱四凤，却不知爱的其实只是“爱”这个抽象的观念。“理想如一串一串的肥皂泡荡漾在他的眼前，一根现实的铁针便轻轻地逐个点破。理想破灭时，生命也自然化成空影。”曹禺如是说。借由无辜的周冲和四凤的死，曹禺表达了对冥冥中主宰人类命运的神秘力量的憧憬和恐惧。自《雷雨》问世以来，评论界一直在争论它的主题：暴露封建大家庭的罪恶？反抗旧秩序？女性解放？阶级矛盾？爱恨情仇的纠葛？宿命论和神秘主义？疯癫、囚禁与救赎？《雷雨》的魅力或许正在于它的说不尽道不明，不同的读者有不同的阐释角度。

《雷雨》、《日出》和《原野》被称为“生命三部曲”，它们都体现了曹禺对诗意氛围的出色把握。《雷雨》从题目到场景，从语言到结构，从人物到情节，无不笼罩在一种“雷雨”的氛围中。烦躁多事的夏季，雷雨将至前的郁热、气闷、潮湿、低压，雷声响动时的焦躁、不安，闪电划过时的惊恐、压抑，暴雨倾盆之际冲决一切的原始、野蛮。曹禺认为，蘩漪有着最“雷雨”的性格，“她的生命交织着最残酷的爱和最不忍的恨，她拥有许多行为上的矛盾，但没有一个矛盾不是极端的，‘极端’和‘矛盾’是《雷雨》蒸热的氛围里两种自然的基调，剧情的调整多半以它们为转移。”可见，曹禺乃是有意通过各种方式精心营造“雷雨”的整体氛围。（陈翠平）

★思考题：

1. 谈谈你对《雷雨》主题意蕴的理解。
2. 简单分析《雷雨》的“序幕”和“尾声”的功能。

上海屋檐下（节选）

夏　衍

第二幕

〔同日下午。

〔客堂间，——彩玉伏在桌上啜泣，匡复反背着手，垂着头，无目的地踱着，二人沉默。

〔客堂楼上，——小天津躺在施小宝的床上，脸上浮着不怀好意的微笑，抽着烟。施小宝哭丧着脸，在梳妆台前打扮，沉默。

〔亭子间，——夹着小孩哭声里面，黄家楣大声地在和他父亲谈话，言语不很清楚。不一刻，桂芬带着紧张的表情，拿了热水瓶慢慢地下楼来，她耸着耳朵在听他们父子间的谈话，开后门出去。

〔灶披间，——赵妻在缝衣服，无言。

〔一分钟之后。

〔太阳一闪，灿然的阳光斜斜地射进了这浸透了水气的屋子，赵妻很快地站起身来，把湿透了的洋伞拿出来撑开，再将一竹竿的衣服拿出来晒。

黄　父　（声）瞧，不是出太阳了吗？（一手推开窗）

黄家楣　（声）爸，再住几天，晚上天晴了去看《火烧红莲寺》……（咳嗽）

黄　父　（声）下了半个月的雨，低的几亩田，怕已经氽掉啦，不回去补种，今年吃什么？

〔赵妻好不容易将衣服晒好，回到室内坐定，拿起针线，太阳一暗，又是一阵大点子的骤雨，连忙站起来，收进。

赵　妻　（怨恨之声）唧！

匡　复　（踱到彩玉面前站定）那么你说……你跟志成的同居……

〔杨彩玉无语。

匡　复　（独白似的）你跟他的同居，单是为着生活，而并不是感情上的……

〔杨彩玉无言，不抬起头来，右手习惯地摸索了一下手帕。

〔匡复从地上拾起手帕，无言地交给她，沉默。门外卖物声，阿香悄悄地从后门推门进来，好象耽心着踏湿了的鞋子似的，不敢进来。

匡　复　唔，生活，为了生活！（点头，颓然地坐下。一刻，又象讥讽，又象在透漏他蕴积了许久的感慨）短短的十年，使我们全变啦。十年之前，为着恋爱而抛弃了家庭，十年之前，为着恋爱而不怕危险地嫁了我这样一个流亡者，可是，十年之后……大胆的恋爱至上主义者，变成了小心的家庭主妇了！

〔杨彩玉无言，揩了一下眼泪，望着他。

匡　复　彩玉！怕谁也想不到吧，你能这样的……（不讲下去）

杨彩玉　（低声）你，还在恨我吗？

匡　复　不，我谁也不恨！

杨彩玉　那么，你一定在冷笑，……一定在看不起我吧。当自己爱着的丈夫在监牢里受罪的时候，将结婚当做职业，将同情当做爱情，小心谨慎地替人管着家。……

匡　复　彩玉！

杨彩玉　（提高一些声调）但是，在责备我之前，你得想象一下，这十年来的生活！我跟你结婚之后，就不曾过过一日平安的生活，贫穷，逃避，隔绝了一切朋友和亲戚。那时候，可以说，为着你的理想，为着大多数人的将来，我只是忍耐，忍耐，……可是你进去之后，你的朋友，谁也找不到，即使找到了，尽管嘴里不说，态度上一看就知道，只怕我连累他们。好啦，我是匡复的妻子，我得自个儿活下去，我打定了主意，找职业吧，可是葆珍缠在身边。那时候她才五岁，什么门路都走遍，什么方法都想尽啦，你想，有人肯花钱用一个带小孩的女人吗？在柏油路粘脚底的热天，葆珍跟着我在街上走，起初，走了不多的路就喊脚痛，可是，日子久了，当我问她，"葆珍，还能走吗"的时候，她会笑着跟我说："妈！我走惯啦，一点也不累。"……（禁不住哭了）这是——生活！

匡　复　（痛苦地走过去抚着她的肩膀）彩玉，我一点也没有责备你的意思，我只是说……

杨彩玉　你说，这世界上有我们女人做事的机会吗？冷笑，轻视，排挤，轻薄，用一切的方法逼着，逼着你嫁人！逼着你乖乖的做一个家庭里的主妇！……

匡　复　彩玉！过去的事，不用讲啦，反正讲了也是没有法子可以挽回来。你得冷静一下，我们倒不妨谈谈别的问题。

杨彩玉　……（一刻）别的问题？（回转身来）

匡　复　唔……（沉默，踱着）

〔桂芬泡了开水回来，手里托着几个烧饼。阿香艳羡地跟着进来，桂芬上楼去。一刻，家楣与桂芬出来，站在楼梯上。

黄家楣　（带怒地）方才我出去的时候，你跟爸爸说了些什么？

〔桂芬摇头。

黄家楣　没有说？那为什么上半天还是高高兴兴的，一会儿就会要回去呢？他说今晚上要回去了！

桂　芬　今晚上？（吃惊）不是讲过了去看戏吗？

黄家楣　（恨恨地）已经自个儿在收拾行李啦，还装不知道！

桂　芬　装不知道？你说什么？

黄家楣　我说你赶他走的！

桂　芬　我……赶……他……走！家楣！你讲话不能太任性，我为什么要赶走他？我用什么赶走他？

黄家楣　（冷冷地）为什么，为着我当了你的衣服；用什么，用你的眼泪，用你那副整天皱着眉头的神气。他聋了耳朵，但是他的眼睛没有瞎，你故意地愁穷叹苦，使他……使他不能住下去！……

桂　芬　我故意地？……

黄家楣　我爸爸老啦，你，你，你……

桂　芬　（被激起了的反驳）你不能这样不讲理！你别看了别人的样，将我当作你的出气洞。你希望你爸爸多住几天，我懂得，这是人情。可是我问你，这样多住了几天，对他，对你，有什么好处？你这样只是逼死大家，大家死在一起，…… 我，（带哭声）我为什么要赶走……他

〔黄家楣无言，以手猛抓自己的头发。

桂　芬　（委婉地）家楣！你自己的身体……

〔亭子间小儿哭声。

……

★导读

夏衍（1900—1995），原名沈乃熙，字端先，祖籍河南开封，生于浙江杭州。1915 年入读浙江公立甲种工业学校，1920 年毕业后公费留学日本。1927 年因在日本参加革命活动被驱逐回国。1929 年参与“左联”的筹备工作，后成为“左联”领导人之一。主要作品有报告文学《包身工》，话剧《赛金花》、《上海屋檐下》、《法西斯细菌》等。

《上海屋檐下》是夏衍的话剧代表作，完稿于 1937 年 4 月，发表于同年 11 月。这是一部描写小市民生活的悲喜剧或曰严肃剧。全剧共三幕，描写了上海一座普通的弄堂房子里五户人家的生活。三幕的时间分别为 1937 年 4 月黄梅时节的某一天的早晨、中午和晚上。从开幕到终场，细雨始终不曾停过。这种郁闷得使人不舒服的天气影响了住户们的心境，他们忧郁、焦躁、易怒。五户人家分别是工厂职员林志成（妻杨彩玉、继女葆珍），小学教员赵振宇（妻子、儿子阿牛和女儿阿香），失业的洋行职员黄家楣（妻子桂芬、两岁的儿子咪咪），丈夫长期出海未归的施小宝（流氓“小天津”出入其家），孤苦无依的年老报贩“李陵碑”。剧本以现实主义的创作态度，呈现出抗战爆发前夕上海普通市民的生活困顿和精神隐忧。

五户人家中，林志成、杨彩玉和匡复之间的三角关系是情节的主线。杨彩玉曾是一个“子君”式的人物，为着恋爱抛弃家庭，嫁给匡复。几年后，匡复被捕入狱，她想自立，可是这世界没有给一个带孩子的女人机会。“冷笑，轻视，排挤，轻薄，用一切的方法逼着，逼着你嫁人！逼着你乖乖地做一个家庭里的主妇！”如今，她夹在爱（匡复）与情（林志成）之间，备受煎熬。在几乎无事的剧情中，杨彩玉的选择成了最大悬念。第一幕结束在杨彩玉买菜回来，观众好奇她会选谁？第二幕结束于杨彩玉出去买菜，期间她和匡复相互确定了感情。第三幕出现反转，匡复留下祝福，悄然离去。当然，他并非白来一趟，在女儿身上，匡复重获被监狱生活摧毁的勇气和信心。

和林志成相比，其他几户人家的处境更加贫困和窘迫，他们各有各的艰难和辛酸。赵妻为了一支茭白和菜贩斗智斗勇，丈夫却随遇而安，她不断地抱怨，轻易就发怒。听到儿子问起每个月存六十五元，三年八个月后共存多少钱的数学题时，她简直气不打一处来："存钱？谁？不背债就好啦，还有钱，每个月六十五块，做梦"。当年黄父卖田卖地典房送儿子上大学，如今又添了孙子，他满心欢喜地到上海分享儿子的幸福。年迈耳背的他得知儿子一家要靠典当借贷勉强度日时，当即留下了自己的最后一点血汗钱，连夜赶回乡下。施小宝不仅要养活自己，还要往乡下寄钱，大字不识的她被迫出卖肉体，还要被赵妻和桂芬所鄙夷和憎恶。李陵碑因爱哼京剧《李陵碑》中的"盼娇儿，不由人……"唱词而得名。戏里的杨继业被困两狼山，指望七郎搬来救兵，谁知七郎被杀，结果人马冻饿，碰死在李陵碑前。李陵碑的独子早于"一二八"事变中阵亡，他却坚持认为儿子还活着，在当司令，有点钱便酗酒，没钱就饿着肚子睡觉，已经有些神志不清了。

整部剧中，色调最为明快的角色当属匡复和杨彩玉的女儿葆珍。这个十二岁的女孩虽然常被人嘲笑是"拖油瓶"，却始终保持着热情的面貌。剧中有两个角色的出场总是伴随着歌唱，一个是李陵碑，一个是葆珍。李陵碑唱的是伤感苍凉的挽歌，葆珍唱的是爽朗积极的欢歌。她热爱学习，放学后就去做"小先生"，她不仅自己唱，还教阿牛、阿香和大人们唱。孩子的歌声仿佛阳光，照亮中年人发霉阴霾的心境，她的歌教给父亲匡复勇敢活下去的斗志。全剧结束在葆珍教唱"我们都是勇敢的小娃娃！大家联合起来救国家！救国家！"的歌声中，这种极富象征意味的设定与曹禺在《日出》中的构思颇有相通之处。《日出》在幕布徐徐落下时，响起砸夯工人们高亢而洪亮的合唱："日出东来，满天大红！要得吃饭，可得做工！"陈白露带着对旧世界的控诉死去，太阳却升起来了！上海屋檐下在贫困中颓废苟安的小市民，在孩子们的歌声中，滋生了冲破阴霾走向光明的热望。正如离开的匡复所说："勇敢地活下去！"（陈翠平）

★思考题：

1. 简单分析《上海屋檐下》中主线和副线的关系。
2. 谈谈你对"黄梅天气"多重意蕴的理解。

升官图（节选）

陈白尘

第一幕

第一场

夜晚。

依然是序幕的那间客厅，但由于灯火辉煌，由于少数家具的色彩变换，原有的空旷与阴暗已一变而显得富丽堂皇了。

脚步声、询问声继续不断，继续增高。

闯入者甲和闯入者乙同时醒了，急忙跳下椅子。

〔外面奔进两个人来，一迭连声地问："大人在哪儿？大人在哪儿？"一位是教育局齐局长：不过四十来岁，但暮气沉沉，呵欠连天，含着一根长长的象牙烟嘴。另一位是工务局萧局长：一身笔挺的洋装，油头粉面，顾影自怜，夹着一个大公事皮包。

马局长　（奔去迎接）哎呀！你们这会儿才来！这儿！这儿！

〔钟局长在专心配药。

闯入者甲　（急得搔耳抓头，忽然心肠一硬。低声向闯入者乙警告）不要怕！什么都有我！睡好！装病！

马局长　你们呀！简直赌昏了头！现在才来！

萧局长　（不服他的埋怨）你是四条腿的马呀，——一拍就跑，当然快！

马局长　（受了攻击，马上报复）女人是你的命！又给裙带子扣住了？

齐局长　唉，算了，算了，见面就顶！大人怎么样？

马局长　大人今儿受了大惊！现在睡着了。要是等到你们来呀，大人的命都完了蛋！

萧局长　我说啦，你跑得快呀！

齐局长　（止之）到底是怎么回事？闯下这么大祸？

萧局长　大人，您好些吗？

闯入者甲　二位请坐吧，大人头脑受了震动，神经受了伤，现在话都不能说。刚才钟局长看了，说要好好儿休息，让他睡一会吧。

马局长　哦，哦，我忘了介绍：今儿呀，如果不是他先生在这儿，我们大人早没了命，咱们大伙儿也完了蛋啦！——这位是张先生，我们知县大人的老朋友。——这位是教育局齐局长，这位是工务局萧局长！齐局长是持久战的名将，一口气可以打一百二十圈麻将！这位萧局长是品花能手……

萧局长 （冷酷地）那么你呢？

齐局长 （和解地一笑）别尽在打哈哈！张先生，请问事情到底是怎么发生的？

闯入者甲 （乘机挪了张椅子遮住闯入者乙前，坐下）是呀，我正想给诸位报告一下哩！

萧局长 （打量着他）哦，张先生，我们少会，您是什么时候到此地的？

闯入者甲 （不防这一手）嗯，我是今晚刚刚到！

萧局长 刚刚到！那真是巧极了！

闯入者甲 是呀。（指闯入者乙）大人和我是二十几年前的老朋友啦！这次路过此地，特地来看他。因为是多年不见，一见面就谈呀谈呀，一直谈了半夜！

肃局长 在他的小书房里？

闯入者甲 唉，唉，……是的。……我们就谈呀，谈呀，无所不谈。……

萧局长 （向马局长暧昧地）知县的“太座”还没有回来？

马局长 问你呀！我先走的呀！

萧局长 （低声）我们离开艾公馆也半天了！糟糕！老艾也太不象话了！他们躲到哪儿去了！

闯入者甲 咱们正在谈得痛快，忽然外面噪噪嚷嚷，拥进一群人来，嘿，我一看，足有五六百！

马局长 （舌头一伸）五六百？

闯入者甲 总之是数不清的人！有的拿刀，有的拿棍，有的拿枪！

马局长 居然有枪？

闯入者甲 大概是拿来吓人的，也没有子弹。

马局长 嗯。他们进来要干吗呢？

闯入者甲 哪里还讲道理呢，有的嚷；你霸占我房屋，你强占我田地！……

马局长 嗨嗨！（向萧局长）这大概是老兄的德政？

闯入者甲 有的嚷：你买卖壮丁！你包庇烟赌！……

萧局长 这又是阁下的功劳了？

齐局长 何必再斗嘴呢？大家都逃不了！

钟局长 可没有我的事！

萧局长 钟圣人！你将来当然是进圣庙的！

闯入者甲 还有说：侵吞平价米呀，没收平价布呀，开枪打死学生呀！……

齐局长 （自我讥嘲）瞧，这就扯到我身上来了！

闯入者甲 （笑）诸位原谅，我只是听他们胡说的。

萧局长　对，对，他们还骂些什么，难道老艾倒没有份儿？

闯入者甲　自然还有了：说什么苛捐杂税，囤积居奇，私卖烟酒，征粮舞弊，……骂了一大堆。

萧局长　这全是他财政局干的！

闯入者甲　七嘴八舌，胡叫胡闹，哪里说得清呢？看见了县太爷，动手就打！可巧兄弟自幼儿练过十八般武艺，刀枪剑戟无所不能，凭他们这批乌合之众，哪还放在眼里？兄弟夺过一根棍棒，一边保护着大人，一只手就杀出重围！见一个杀一个，见两个，杀一双！只打得他们落花流水，东逃西散！可是兄弟正打得起劲，一回头，我们大人又被他们包围起来了！这一下，兄弟动了火，掏出家伙，（掏出枪来）乒，乒，乒，对天就是三枪！他们还不放手，兄弟对准领头的一个，一家伙甩倒了！这才救出我们的大人，那几百个乱党也就一哄而散了。

马局长　啊啊啊，……了不起！了不起！张先生你真是！完全亏了你！否则，我们大伙儿可都完了蛋啦！

萧局长　那么秘书长又是怎么死的呢？

闯入者甲　哦，那是……，那只怪知县大人预先没给我介绍，在人乱马翻的时候，我也认不清，就被他们拳打脚踢地打死了！

马局长　我们要替秘书长报仇！

钟局长　（冷冷地）现在先让大人吃药！

闯入者甲　（忙接过来）我来，我来！

〔财政局艾局长：三十多岁的中年人，面圆身肥，一副发福的样子——慌慌张张奔来。

艾局长　糟糕！糟糕！我才知道！我才知道！怎么样了，大人？

萧局长　好，你来了。（拖到一边）正在吃药，现在不能讲话，神经受了伤了！（呶呶嘴）“太座”回来没有？你把她拖到哪儿去了？

马局长　（指着他的鼻子）你呀！你呀！

艾局长　（闪躲地）少胡说白道！——大人！

闯入者甲　大人还需要休息，让他睡吧！

马局长　哦！这位是张先生，我们知县大人的老朋友，刚刚到的。今天的事幸亏有了张先生保驾，否则是不堪设想了！——唔，这位是财政局艾局长！我们县里第一等红人！——我们刚刚听了张先生的报告，真是危险万分，好像一部美国电影！

艾局长　哦哦，请张先生再讲一遍吧！

〔外面的声音：太太回来了！太太回来了！

马局长　知县太太回来了？

闯入者甲　那么，诸位，我们回避一下吧！他们夫妻间一定要恩爱一番了！

马局长 对！对！我们书房里去坐一会，张先生，你再把经过给艾局长讲一次。（邀众人去）

闯入者甲 好的，好的。——哦，这杯药还没有吃哩！诸位先请！

〔众人下。

闯入者乙 （得意）怎么，老大？我真成了知县大人哪？

闯入者甲 （泼去药）躺下！别动！你的太太来了！

闯入者乙 那怎么办？怎么办？

闯入者甲 一不做，二不休！你装病！一句话都不许说！到时候我会来救你！（下）

闯入者乙 （哭丧着脸）老大！老大！你别走呀！……

闯入者甲 （在外）太太回来了？大人睡着了。

〔知县太太虽然是三十来岁的人了，妖艳异常，打扮得十七八岁的少女一般，急急风式的登场。

知县太太 睡着了？（停步，自己再修饰一下，准备一下，然后一个箭步奔向知县，夸张地悲哀）哎呀！你怎么了？亲爱的？受了惊了？（伏在他身上假哭）你看我该死吧，到现在才知道！——这些听差的都浑蛋，一个都不来通知我！张太太、李太太、王太太她们一定拖着我打麻将，我说我不能打呀，我心里乱得很，一定要出什么事呀！你看……

〔闯入者乙闭目发抖，一言不发。

知县太太 亲爱的，你怎么不理我呀？你哪儿受伤了？膀子？腿？还是头呀？（全身找寻）是胸口，肚子？

〔闯入者乙只好装死一般，动也不动。

知县太太 亲爱的，你睁开眼看看我呀！怎么，你生气啦？（抱他的头使之坐起）我知道你生气，（坐在他身旁，拥抱着他）谁想打牌呢？她们三缺一，死拖住我不放呀！好，我再也不打牌了！别气了！别气了！（偎着他的脸）亲爱的，你已经受了伤了，再生气，看气坏了身体！

〔闯入者乙受宠若惊，目瞪口呆。

知县太太 （哄孩子似的）别气了，说句话吧，我的心难过死了！——我的心简直要碎了！

〔闯入者乙又闭上眼。

知县太太 （眼睛一转，撒起娇来）嗯，我知道了，你又在吃醋了，是吧？……你看你，做了县太爷还那么小气！（再偎上他的脸）得了，得了，别小孩子脾气了，你的病要紧，看气坏了，那我的心，就……（悲苦之声）我的心就真碎了！

〔闯入者乙如堕五里雾中，飘飘欲仙。

知县太太 （手抚其额）你看你，今儿又没剃胡子？我给你打水来洗洗脸好吧？（站起身来。）

〔闯入者乙又闭上眼，仰靠在沙发上。

知县太太 （微愠）你怎么啦？老跟我装死装活的！有什么话你说呀！

〔闯入者乙依然不语。

知县太太 怪了！怪了！你这是什么毛病呀？

〔闯入者甲潜步入。

知县太太 你是真病了还是……？哎呀，（注意辨认）你？……

闯入者甲 （在她背后）太太，他不是你的丈夫！

知县太太 （惊跳，转过身来）什么？

闯入者甲 （手枪早抵住她）不许叫！——我跟你说。

知县太太 你是谁？

闯入者甲 你别管我是谁！——告诉你，你的丈夫已经被乱党打死了！这是我替你找来的冒牌货！

〔闯入者乙睁开眼，贪婪地看着她。

知县太太 （下意识地看他一眼）他？……

〔闯入者乙无声地傻笑起来。

闯入者甲 你看不象吗？——这是千载难逢的好机会！

知县太太 你们打算干嘛？

闯入者甲 只要你愿意，咱们可以谈一笔买卖！

知县太太 跟我谈买卖？

闯入者甲 对了。——现在，你的丈夫死了，第一，你变成了寡妇，没了男人；第二，以后做不成知县太太，你什么都完了蛋，你想是不是？

〔知县太太沉思。

闯入者甲 如果你不愿意守寡，不愿意丢掉这知县太太的位置，那很容易，你就承认我这位朋友是知县大人，是你的丈夫！

知县太太 这……

闯入者甲 很简单：你答应，什么条件都好商量；不答应，咱们马上从后门出去，什么事都没有！——可是从今以后，你就不再是知县太太，而且要守一辈子寡。

知县太太 （看了闯入者乙一眼）可是，……如果我只承认一半呢？

闯入者甲 一半？

知县太太 既做买卖就得交代明白：条件可以谈，可是财政局艾局长，他跟我的关系想来你已经知道……

闯入者甲 （恍然大悟）哦！原来你们……

知县太太 如果不干涉我的自由，我可以承认和你这位朋友表面上的关系。承认他是知县大人！至于这条件也好谈。

闯入者甲 （放下枪）好！知县太太，你真痛快！咱们这笔买卖谈成了！

闯入者乙 （大喜向知县太太）你答应了，你答应（抓她的手）做我的太太？

知县太太 你当着真的？（顺手一巴掌）滚开！

〔闯入者乙被击倒椅上。

〔艾、马、齐、萧、钟五位局长同时伸进头来。

众　　人 怎么啦？

知县太太 （跑过去拥抱闯入者乙）亲爱的，看打死好大的一个蚊子！

众　　人 哦！……

〔暗转。

★导读

陈白尘（1908—1994），原名陈增鸿，又名征鸿，江苏淮阴人。中国现代剧作家、小说家。1927年到田汉主持的上海艺术大学学习，并追随田汉进入南国艺术学院，后加入“南国社”。1930年参加左翼戏剧家联盟。1932年在家乡从事革命活动时被捕入狱两年，在狱中仍坚持创作。抗战时期，曾在四川省立戏曲学校、国立戏剧专科学校教书，并担任《华西日报》、《华西晚报》副刊编辑。主要剧作有《岁寒图》、《升官图》、《金田村》等。

《升官图》是陈白尘的话剧代表作，也是中国现代话剧史上的优秀讽刺喜剧。最初连载于1945年10月至11月的《华西晚报》副刊。1946年春，《升官图》在重庆的演出造成了轰动效应。从1946年5月开始，中国艺术剧社在上海连演100多场，连续满座六个月，创造了同时期话剧上座率的最高纪录。田汉特意为此赋诗：“三月渝都未忍谈，又聆新曲到江南。升官类此常千百，捉鬼何尝尽二三。赖有黄金医脑疾，怜她红粉偶衰男。邻翁漫道天将晓，胜利而今更不堪。”虽然作者将故事时间设定在民国初年，但《升官图》就是一部现实版的“官场现形记”，批判的矛头直指抗战时期的国民政府。

在这部政治讽刺剧中登场的各色官员，寡廉鲜耻，群魔乱舞。省长接到百姓的状纸，其中列举了知县的十宗罪：“第一，是苛征暴敛，滥收捐税；第二，是敲诈勒索，诬良为盗；第三，是包庇走私，贩运烟土；第四，是克扣津贴，以饱私囊；第五，是浮报冒领，营私舞弊；第六，是假公济私，囤积居奇；第七，是挪用公款，经商图利；第八，是贩卖壮丁，得钱买放；第九，是征粮借谷，多收少报；第十，是私通乱党，交结匪类！”可谓集各种罪恶于一身，难怪百姓会暴动！他被民众打伤后，被警察误当成乱党，卖到壮丁营，卖了20万。一县之中，上到一县之长，下到普通警察，整个官场已经腐败成风。那么，前来视察的省长又怎么样呢？似乎有点不同。你看他整天挂在嘴边的话是：“平生讲究廉洁，最恨的就是贪污”。别人要给他送礼，他说：“送给我，决不收！”当然，奥妙全在下半句：“可是价钱便宜吗？

我很想买下来”。于是，他用58元买下价值58万的地毯，242元买到一个钻石戒指、一部小汽车、一座洋房。这些还是小意思，最厉害的还是省长大人一生气就会生的怪病。治疗这个怪病的偏方是金条：“左边头痛，一根金条就够；右边痛，要两根；前脑痛，三根；后脑痛，四根；左右前后都痛呢，那就要五根！”

因为假县长送上了“治病偏方”，省长大人表示：“他们说你贪污了九千九百九十九万万之多，我怎么能相信呢？”与此形成鲜明对比的是另一个数据。在省长大人与原县长太太结婚的那天，真县长不合时宜地出现，众人纷纷“指真为假”，只有卫生局长“以真为真”。于是，省长表示：“在他的账上查出一笔毛病，多支了三元三角三分三厘三。本官提倡廉洁，决不容许有丝毫贪污存在！”就这样，真县长和卫生局长被带下去枪毙了。

剧作的情节主线是两个小偷（两人之间为主从关系，甲为见多识广的骗子，乙是胆小贪婪的傻瓜）误入衙门，无巧不巧，夜晚民众暴动，打死秘书长，打晕了县长，乙穿上县长的衣服后，竟与其十分相似。甲操纵乙假扮县长，并弄假成真，升官发财。剧本在主体部分的三幕五场之外，还有序幕和尾声。序幕入梦，尾声梦醒，首尾呼应，使得之前环环相扣、跌宕起伏的情节急转直下，原来一切不过是两个闯入者的一场黄粱美梦。

从上述情节的引述和分析中，不难看出《升官图》在艺术上的重要特点，那就是有意的夸张、变形、巧合、滑稽和荒诞等喜剧手法的集大成运用。此外，作家还运用了戏仿或曰谐拟的艺术技巧，以达到调侃和反讽的效果。如闯入者甲在第一幕中向一众局长胡编乱造自己如何搭救县长时，用的便是以《水浒传》为代表的中国古典小说的语体：“可巧兄弟自幼儿练过十八般武艺，刀枪剑戟无所不能，凭他们这批乌合之众，哪还放在眼里？兄弟只夺过一根棍棒，一边保护着大人，一只手就杀出重围！见一个杀一个，见两个，杀一双！只打得他们落花流水，东逃西散！可是兄弟正打得起劲，一回头，我们大人又被他们包围起来了！这一下，兄弟动了火，掏出家伙，乒，乒，乒，对天就是三枪！他们还不放手，兄弟对准领头的一个，一家伙甩倒了！这才救出我们的大人，那几百个乱党也就一哄而散了。”这番话稍有理性的人都不会信，偏偏众人都信了，是真信还是假信就不得而知了。或者说，作家所追求的并不是生活化的真实，剧中所有的人物和情节都是漫画化的，丑角、骗子、傻瓜们悉数登场，造成了某种别具魅力的“狂欢化”艺术效果。(陈翠平)

★思考题：

1. 简单分析《升官图》的艺术风格。
2. 谈谈你对政治讽刺喜剧的看法。

参考文献

1. 曾华鹏．郁达夫评传．南京：南京大学出版社，2012.
2. 万嵩．叶圣陶新论．兰州：兰州大学出版社，1991.
3. 曾华鹏，蒋明玳．王鲁彦研究资料．北京：知识产权出版社，2010.
4. 吴晓东．废名·桥．上海：上海书店出版社，2011.
5. 陈振国．冯文炳研究资料．北京：知识产权出版社，2010.
6. 关纪新．老舍与满族文化．沈阳：辽宁民族出版社，2008.
7. 陈思和，李辉．巴金研究论稿．上海：复旦大学出版社，2009.
8. 严家炎．新感觉派与心理分析小说．北京：北京大学出版社，1988.
9. 胡适．四十自序．台北：远东图书公司出版社，1985.
10. 陈鉴昌．郭沫若诗歌研究．成都：巴蜀书社，2010.
11. 卢惠余．闻一多诗歌艺术研究．南京：南京大学出版社，2009.
12. 徐志摩．徐志摩全集．上海：上海书店，1994.
13. 方仁念．新月派评论资料选．上海：华东师范大学出版社，1993.
14. 朱湘．精读朱湘．北京：中国国际广播出版社，1998.
15. 刘志权．纯粹的诗人——朱湘．台北：文史哲出版社，2004.
16. 李金发．异国情调：李金发代表作．北京：华夏出版社，2009.
17. 江弱水．卞之琳诗艺研究．合肥：安徽教育出版社，2000.
18. 孙玉石．中国现代诗歌艺术．北京：北京大学出版社，2000.
19. 张德厚，张福贵，章亚昕．中国现代诗歌史论．长春：吉林教育出版社，1995.
20. 吴周文．朱自清散文艺术论．南京：江苏教育出版社，1994.
21. 梁遇春．梁遇春代表作．北京：华夏出版社，2009.
22. 俞平伯，黄裳．俞平伯散文．天津：百花文艺出版社，1985.
23. 石晓枫．白马湖畔的辉光：丰子恺散文研究．台北：秀威资讯科技股份有限公司，2007.
24. 鲁西奇．梁实秋传．北京：中央民族大学出版社，1996.
25. 孙庆升．丁西林研究资料．北京：中国戏剧出版社，1986.
26. 陈白尘．岁寒集．北京：人民文学出版社，1956.
27. 曹禺．曹禺论创作．上海：上海文艺出版社，1986.
28. 田本相：曹禺评传．重庆：重庆出版社，1993.

29. 张旭东．中国现代主义起源的“名”“言”之辩：重读《阿Q正传》．鲁迅研究月刊，2009（1）．

30. ［美］葛浩文．萧红评传．哈尔滨：北方文艺出版社，1985.

31. 钱理群等．中国现代文学三十年．北京：北京大学出版社，1998.

32. 夏志清．中国现代小说史．上海：复旦大学出版社，2005.

33. 孟悦，戴锦华．浮出历史地表．北京：中国人民大学出版社，2004.

34. 杨义．中国现代小说史（三卷本）．北京：人民文学出版社，1986.

35. ［德］顾彬著，范劲译．二十世纪中国文学史．上海：华东师大出版社，2008.

36. 陈平原，夏晓红．二十世纪中国小说理论资料（第一卷 1897—1916）．北京：北京大学出版社，1997.

37. 严家炎．二十世纪中国小说理论资料（第二卷 1917—1927）．北京：北京大学出版社，1997.

38. 吴福辉．二十世纪中国小说理论资料（第三卷 1928—1937）．北京：北京大学出版社，1997.

39. 钱理群．二十世纪中国小说理论资料（第四卷 1937—1949）．北京：北京大学出版社，1997.

40. 龙泉明．中国新诗流变论．北京：人民文学出版社，1999.

41. 佘树森．中国现当代散文研究．北京：北京大学出版社，1993.

42. 蔡江珍．中国散文理论的现代性想象．北京：中国社会科学出版社，2006.

43. 陈白尘，董健．中国现代戏剧史稿．北京：中国戏剧出版社，2008.

44. 刘禾著，宋伟杰等译．跨语际实践——文学，民族文化与被译介的现代性（中国，1900—1937）．北京：生活·读书·新知三联书店，2002.

45. 刘禾．语际书写——现代思想史写作批判纲要．上海：生活·读书·新知三联书店，1999.

46. 王德威．想像中国的方法——历史·小说·叙事．北京：生活·读书·新知三联书店，1998.

47. 周蕾．妇女与中国现代性——东西方之间阅读记．台北：麦田出版有限公司，1995.

48. 蓝棣之．现代文学经典：症候式分析．北京：清华大学出版社，1998.

49. 黄子平．“灰阑”中的叙述．上海：上海文艺出版社，2000.

50. 李欧梵．现代性的追求．北京：生活·读书·新知三联书店，2000.

51. 李欧梵．上海摩登——一种新都市文化在中国．北京：北京大学出版社，2001.

52. 迅雨（傅雷）．论张爱玲的小说．万象，1944，3（11）．

编选说明

一、本书编选性质：既为大学中文专业的学生提供阅读学习中国现代文学原典的选本，也为一般文学爱好者提供了解中国现代文学思想与艺术精华的珍品集。

二、本书编选范围：1917 年至 1949 年的中国新文学作品，包括小说 22 篇，诗歌 14 首，散文 10 篇，话剧 6 部，共计 52 篇。本书重视原典再现，除 15 篇作品受篇幅限制，节选精彩片断外，其余 37 篇作品均收录全篇。

三、本书编选原则：本书试图较为全面地呈现特定时空的文学风貌，大致遵循一人一篇的原则，尽可能为读者介绍更多中国现代文学名家，希望读者以作家为窗口，观赏现代文学美景，甚至跳窗而入，走进现代中国，感受语言艺术的熏染和思想观念的激荡。

四、本书编排顺序：首先，依照小说、诗歌、散文、戏剧的文体类别编排；其次，每种文体类别中的作品按写作时间或发表时间的先后依次排列。

五、本书编写体例：每一篇目写作顺序为篇目名、作家名、作品原文、导读、思考题。导读部分包括作家简介、作品概况（包括发表、出版信息）及个性化的文本分析等内容。思考题帮助读者深化对作品的理解，并引导读者展开拓展性的阅读和思考。

六、本书分工说明：袁向东负责的篇目为小说《潘先生在难中》、《菊英的出嫁》、《竹林的故事》、《家》、《边城》、《骆驼祥子》、《围城》；诗歌《教我如何不想她》、《别了，哥哥》、《老马》、《大堰河——我的保姆》、《诗八章》；散文《寄小读者（七）》、《苦雨》、《女吊》。陈翠平负责的篇目为小说《沉沦》、《阿 Q 正传》、《绣枕》、《创造》、《梅雨之夕》、《为奴隶的母亲》、《夜总会里的五个人》、《山峡中》、《死水微澜》、《华威先生》、《在其香居茶馆里》、《我在霞村的时候》、《小城三月》、《小二黑结婚》、《金锁记》；戏剧《获虎之夜》、《一只马蜂》、《这不过是春天》、《雷雨》、《上海屋檐下》、《升官图》。刘茉琳负责的篇目为诗歌《老鸦》、《凤凰涅槃》、《死水》、《葬我》、《弃妇》、《再别康桥》、《我底记忆》、《断章》、《十四行诗（第二十七首）》；散文《陶然亭的雪》、《背影》、《谈“流浪汉”》、《雨前》、《送阿宝出黄金时代》、《冬至之晨杀人记》、《雅舍》。

七、本书真诚致谢：向热情、开朗、温暖、友善的编辑潘雅琴老师致以最衷心的谢意！